Wolfgang Hohlbein

Enwor 3 + 4

Das tote Land
Der steinerne Wolf

Zwei Romane in einem Band!

blanvalet

Umwelthinweis:
Alle bedruckten Materialien dieses Taschenbuches
sind chlorfrei und umweltschonend.

1. Auflage
Taschenbuchausgabe November 2005
bei Blanvalet, einem Unternehmen der
Verlagsgruppe Random House GmbH, München.

Karten und Innenillustrationen wurden gezeichnet
von Wilhelm Schaberich, Herne
Umschlaggestaltung: Design Team München
Umschlagillustration: Agentur Schlück/Hardy
V. B. · Herstellung: NT
Druck und Einband: GGP Media GmbH, Pößneck
Printed in Germany
ISBN-10: 3-442-24372-6
ISBN-13: 978-3-442-24372-3

www.blanvalet-verlag.de

Das tote Land

NACH EINER SKIZZE VON W. HOHLBEIN / SCHODERICH 6/88

Gegen Morgen kam das Fieber, kamen das Fieber und die Träume. Skar hatte den größten Teil der Nacht neben Gowennas Lager zugebracht, stumm wie sie und von Schmerzen und Schwäche, am meisten aber von dem Gefühl der Hilflosigkeit gepeinigt, das von ihm Besitz ergriffen hatte. Es war eine sinnlose Wache, denn er konnte ihr nicht helfen, nicht einmal Trost zusprechen. Er wollte es auch nicht. Jedes Wort, das er hätte sagen können, wäre ihm in ihrer Situation wie grausamer Spott vorgekommen. Sie hatten nicht mehr miteinander geredet; die wenigen Worte, die sie zu ihm gesprochen hatte, schienen ihre gesamten Kraftreserven aufgebraucht zu haben, und sie war in einen unruhigen, von Krämpfen und Schüttelfrost heimgesuchten Zustand irgendwo zwischen Bewußtlosigkeit und Schlaf verfallen. Die Nacht breitete einen barmherzigen Schleier aus Dunkelheit über ihr zerstörtes Gesicht, und erst gegen Morgen wurde ihr Schlaf ein wenig ruhiger, keine Agonie mehr, sondern das tiefe, erschöpfte Ruhen eines Körpers, der bis über die Grenzen des Erträglichen hinaus belastet worden war. Dafür begann Skars Krise, als hätte das Schicksal nur gewartet, um ihm einen kurzen Blick in seine eigene Zukunft zu gewähren. Zu Anfang war es lediglich ein dumpfer, kaum wahrnehmbarer Druck hinter seiner Stirn, nur ein Schmerz unter unzähligen anderen, die seinen zerschundenen Körper quälten, der jedoch rasch stärker und nach einer Weile zur Qual wurde; ein Schmerz aber, der sich mehr auf geistiger als auf körperlicher Ebene auszubreiten begann und dem er sich nicht wie gewohnt entgegenzustellen und ihn zu bekämpfen vermochte. Er hatte gewußt, daß er kommen würde, so wie in den Nächten zuvor, und doch war es anders. Seine Hand glitt in einer Bewegung, die schon zum Reflex geworden war und die er wie das Luftholen oder Blinzeln schon nicht mehr bewußt wahrnahm, an seinen Hals und suchte den kleinen Lederbeutel, aber diesmal war nichts mehr da, sein Vorrat an Leben und geliehener Stärke war verschwunden, und das Brennen in ihm wurde stärker. Er stand auf und ging mühsam und schleppend und mit hängenden Schultern wie ein alter Mann zum entgegengesetzten Rand des Kraters hinüber, wie ein Tier, das das nahende Ende spürt und sich von der Herde absondert, um in Ruhe zu sterben. Es war seltsam – jetzt, wo er wußte, daß ihn die Droge nicht töten würde, schämte er sich vor den anderen. Er wollte nicht, daß sie sahen, wie er litt, wie er sich herumwerfen und nach dem Gift schreien würde, das in seinen Adern pulsierte.

Er war noch immer stark genug, trotzdem einzuschlafen, einfach, weil er es wollte, aber er wachte immer wieder auf, schweratmend und in Schweiß gebadet und mit klopfendem Herzen, bitteren Blutgeschmack im Mund und mit der Erinnerung an die Bilder, die irgendwo hinter seinen Gedanken lauerten, ohne sich zu zeigen. Er konnte sich – anders als zuvor – nicht an die Träume erinnern, aber irgendwie erschien es ihm, als ob sie immer gleich wären, gleich und doch verschieden: so, als sähe er jedesmal eine neue Version ein und derselben Szene. Die Sonne ging auf und ließ den brodelnden Feuerbaldachin Combats verblassen, und es wurde wärmer, zumindest hier, am Grunde des Kraters, dessen steil aufragende Wände sie vor dem eisigen Wind schützten. Skars Bewußtsein begann sich zu verschleiern, zuerst nur zum Teil, als wären seine Gedanken entlang einer gezackten Rißlinie gespalten, aber die Grenze, hinter der er noch klar denken konnte, verschob sich, wurde mit jeder Handbreit, die die Sonne am Himmel emporstieg, kleiner, bis er schließlich ganz in einem Sumpf aus Fieberphantasien und Qual versank.

Als er erwachte, war wieder Nacht.

Es war ein Erwachen, ganz anders als sonst; nicht das plötzliche, abrupte Heraufsteigen aus einem langen, stärkenden Schlaf, sondern ein bizarrer, in Etappen stattfindender, furchteinflößender Prozeß: langsam und mühevoll, als wäre sein Geist in einen tiefen, unendlich tiefen Abgrund in seiner eigenen Seele gestürzt, aus dem er sich nur mit äußerster Mühe emporarbeiten konnte. Das erste, was er spürte, war Kälte. Er lag nicht mehr auf dem nackten Boden, auf den er sich gelegt hatte, sondern auf einem

Lager aus Kleidern und Stoffetzen, und jemand hatte ihn mit einem Mantel zugedeckt. Seine Hände und Ellbogen waren zerschrammt und bluteten; wahrscheinlich hatte er um sich geschlagen und sich die Haut an scharfkantigem Lavagestein aufgeschürft. Seine gebrochenen Rippen schmerzten unerträglich, aber der Druck hinter seiner Stirn war verschwunden.

War es so leicht? dachte er erschrocken. Hatte er deshalb all die Tage und Wochen der Angst durchgestanden – wegen einer Nacht Fieber und Alpträume? Aber noch während er diesen Gedanken dachte, spürte er bereits, wie das Gift schon wieder mit dünnen, knochigen Fingern bei ihm anklopfte. Es war noch lange nicht vorbei, hatte vielleicht noch nicht einmal richtig begonnen. Alles, was er gewonnen hatte, war eine kurze Erholungspause, ein Moment der Ruhe, nach dem das Gift neu und vielleicht stärker zuschlagen würde.

Er setzte sich auf, sah sich um und stemmte sich umständlich auf Hände und Knie hoch. Der Schlaf hatte ihn nicht erfrischt, sondern ihn im Gegenteil Kraft gekostet; er spürte es, als er vollends aufstand. Seine Hände zitterten, und seine Beine schienen das Gewicht seines Körpers kaum tragen zu können. Sekundenlang blieb er reglos stehen, hielt sich mit beiden Händen am rissigen schwarzen Glas der Kraterwand fest und wartete, bis das Schwindelgefühl schwächer wurde.

Trotzdem liefen seine Gedanken mit seltener Klarheit ab. Er sah alles um sich herum wie auf einem Bild, auf dem ein geschickter Maler die wichtigen Details hervorgehoben und alles andere nur mit knappen Strichen angedeutet hatte, ohne daß der Unterschied bewußt ins Auge fiel. Der Krater war von flachen schwarzen Schatten erfüllt, dazwischen Grau und glänzendes schwarzes Glas in allen nur denkbaren Schattierungen, durchwoben mit dem flackernden blutigen Feuerschein der brennenden Stadt. Er fuhr sich mit der Hand über die Augen, verzog das Gesicht, als er mit einer ungeschickten Bewegung sein gebrochenes Nasenbein berührte und ein scharfer Schmerz wie die Klinge eines schmalen Silberdolches zwischen seine Augen fuhr, und ging unsicher zu den beiden Sumpfmännern hinüber. Sie hatten sich nicht gerührt, die ganze Zeit nicht, seit er aufgewacht war, und vielleicht standen sie schon seit Stunden so da: reglos, zwei kleine, graugekleidete Statuen, die Schattengesichter einander zugewandt, als würden sie miteinander reden. Irgendwo wieherte ein Pferd, es war ein Laut, der seltsam verloren klang und die Leblosigkeit der Ebene, die sie umgab, betonte, und für einen kurzen Moment drang der Geruch von gebratenem Fleisch durch den Nebel aus Schwäche und Übelkeit, der Skars Sinne umgab.

Einer der beiden El-tra wandte den Kopf, als Skar näher kam. »Du bist wach.« Frage, Feststellung, aber auch Ausdruck von Besorgnis, alles schien in diesen drei Worten enthalten zu sein. Die Schattenmänner sprachen selten, und wenn, dann drückten sie selbst dieses wenige mit sparsamen, knappen Worten aus. Und doch vermochten sie mit einem Satz mehr zu sagen, als so mancher, den Skar kannte, in einer stundenlangen Rede.

Er nickte, blieb eine Armlänge vor den beiden Sumpfbewohnern stehen und hob erneut die Hand an den Kopf. »Wie lange ... habe ich geschlafen?« fragte er stockend. Der Klang seiner eigenen Stimme versetzte ihn in Schrecken. Er war heiser, und das Sprechen bereitete ihm Mühe. Er mußte geschrien haben.

»Den ganzen Tag und die halbe Nacht«, antwortete El-tra, einer der beiden El-tra, ohne daß Skar – obgleich er kaum einen Meter vor ihnen stand – feststellen konnte, welcher.

»Was ist mit Gowenna?« fragte er. Sein Blick glitt an den beiden Schattenmännern vorbei dorthin, wo Gowenna lag, aber er konnte nicht mehr als einen dunklen Umriß vor dem schimmernden Lavaglas der Wand erkennen.

El-tra hob hastig den Arm und hielt ihn zurück, als er zu ihr hinübergehen wollte. Skar konnte die winzigen feuchten Schuppen seiner Haut fühlen, obwohl die Hand nicht mehr als ein wirbelnder Schatten war. Ein Gefühl nach Feuchtigkeit und Sumpf durchströmte ihn.

»Laß sie«, bat El-tra. »Sie ist wach, aber sie ...« Zum ersten Mal, seit Skar die Sumpfmänner kennengelernt hatte, erlebte er, daß einer von ihnen spürbar nach den richtigen Worten suchte, und die Erkenntnis erschreckte ihn mehr als alles andere. »Sie will dich nicht sehen«, sagte der Sumpfmann schließlich. »Weder dich noch einen von uns. Bist du hungrig?«

»Ja.«

»Dann komm. Wir haben Fleisch und Früchte.«

Einer der Schattenmänner geleitete ihn zum westlichen Ende des Kraters, während der andere stumm und ohne die geringste Regung dort stehenblieb, wo er war. Skar spürte wieder die Kälte. Der Sturm raste heulend über den steinernen Krater hinweg, aber die Windböen schickten einen eisigen Hauch in den glasierten Kessel hinunter. Skar fröstelte. Die Kälte schien nicht nur seinen Körper, sondern auch seine Seele zu berühren.

Dicht vor der Felswand brannte ein Feuer. El-tra hatte die Flammen so geschickt mit Steinen und Teilen ihrer Ausrüstung abgeschirmt, daß ihr Schein selbst aus zwei Schritten Entfernung nicht zu erkennen war. Skar ließ sich mit einem dankbaren Nicken neben der Feuerstelle nieder, hielt die Finger über die Flammen und genoß das Prickeln, mit dem sich die Kälte Stück für Stück aus seinen Händen entfernte. Wärme ... Er wußte schon gar nicht mehr, was Wärme war. Selbst das Feuer wärmte nicht wirklich, sondern milderte nur die Kälte.

El-tra ließ sich auf der anderen Seite des Feuers nieder, griff unter seinen Mantel und reichte Skar stumm eine lederne Feldflasche. Skar trank. Das Wasser schmeckte seltsam, und es dauerte eine Weile, bis Skar begriff, daß es kein Quellwasser, sondern geschmolzener Schnee war. Nach den ersten Schlucken spürte er, wie durstig er wirklich war. Zwanzig Stunden Fieber hatten seinem Körper mehr Flüssigkeit entzogen, als er geglaubt hatte. Er leerte die Flasche bis zur Hälfte, setzte sie ab und trank nach einem aufmunternden Nicken des Sumpfmannes auch den Rest. Hinterher war sein Mund so trocken wie zuvor, und als er sich mit der Zunge über die Lippen fuhr, spürte er, daß sie aufgesprungen und vereitert waren.

Er gab El-tra die leere Flasche zurück, griff nach dem Braten, der in dünnen Streifen an einem Stock über dem Feuer hing, und begann vorsichtig zu essen. Sein Magen revoltierte schon nach dem ersten Bissen; Übelkeit stieg in dünnen, salzigen Linien in ihm auf, aber er zwang sich, weiterzuessen.

»Tantor?« fragte er mit einer Kopfbewegung auf das Fleisch.

Eltra verneinte. »Mein Bruder war in den Bergen«, sagte er, »an

der Stelle, die Tantor dir bezeichnet hat. Wir fanden einen Beutel voller Salben und Medizin und etwas Feuerholz. Keine Pferde.«
Skar sah verwirrt auf. Er hatte das Wiehern eines Pferdes gehört, und selbst jetzt glaubte er von Zeit zu Zeit trotz des monotonen Heulens des Sturmes ein leises Schnauben und Schaben zu hören; Pferdehufe, die über Gestein schrammten.

»Vela hat sie zurückgelassen«, sagte El-tra, als hätte er seine Gedanken gelesen. »Die Pferde ihrer Krieger. Sie hat sie auseinandergetrieben, aber wir konnten sie wieder einfangen.«

Vela. Der Klang dieses Namens löste irgend etwas in ihm aus, aber er wußte nicht, was.

»Wir haben eines der Tiere geschlachtet«, fuhr El-tra fort. »Sein Fleisch wird reichen, bis wir bewohntes Gebiet finden.«

Skar beugte sich vor, griff nach einer weiteren Bratenscheibe und biß hinein. Allmählich begann er den Geschmack zu spüren. Seine Sinne erwachten nach und nach, aber ein Teil seines Denkens war noch immer verschleiert. Vielleicht nahm er deshalb alles so ruhig hin – er erinnerte sich an jede Einzelheit, die geschehen war, aber es war, als wären es nicht *seine* Erinnerungen, sondern die eines Fremden; Bilder, die irgendwo in seinem Gedächtnis waren, ohne daß er wußte, wie sie dorthin gekommen waren, und die ihn nichts angingen.

»Wie geht es Gowenna?« fragte er noch einmal. Auch seine Stimme begann sich zu normalisieren, wenngleich sie ihm noch immer fremd erschien: heiser und zusätzlich verzerrt durch die hallenden Echos von den mit Glas überzogenen Kraterwänden.

»Sie wird leben«, antwortete El-tra. »Aber sie wird nicht mehr die gleiche sein, die sie war.«

El-tras Worte hätten Skar erschrecken müssen, aber sie taten es nicht. Noch immer erschien ihm alles unwirklich. Szenen eines Traumes. Doch er war nicht mehr der, der er gewesen war.

El-tra stand auf, verschwand lautlos in der Dunkelheit und kam nach wenigen Augenblicken zurück. In seiner Hand blitzte ein schlankes, silbernes Schwert. Er setzte sich, beugte sich vor, ohne auf die züngelnden Flammen zu achten, die an seinem Mantel leckten, und reichte Skar das *Tschekal.* Skar nahm die Waffe mit gemischten Gefühlen entgegen.

Es war *sein* Schwert, und obwohl es das zweite Mal war, daß er diesen Gedanken dachte, traf ihn die Erkenntnis mit der gleichen grausamen Wucht wie beim ersten Mal. Es war seine Waffe, nicht irgendein Schwert, sondern ein Einzelstück, zu dem es auf ganz Enwor keinen passenden Gegenpart gab, so unverwechselbar wie er selbst. Der Rat der Dreizehn hatte es für ihn gefertigt und ihm gegeben, das Zeichen seiner Würde als Satai, verliehen in einer Zeremonie, die zu lange zurücklag, als daß die Zeit, die seither vergangen war, noch mehr als ein abstrakter Begriff hätte sein können. Es war kein Stück toten, gehämmerten Metalls, wie die Waffen, die Gowenna und die Sumpfmänner an ihren Seiten trugen, sondern ein Ding mit einer Persönlichkeit und einem Charakter. Er dachte an das, was Gowenna über das Schwert gesagt hatte, daß es nichts als ein Ausdruck übersteigerter Männlichkeit, eine Art Ersatzgott sein sollte, aber das stimmte nicht. Die Waffe gehörte zu ihm, und die dünnen, silbernen Linien der Gravur auf ihrer Klinge waren ihm so vertraut wie die Linien in seinem Gesicht, der verschlungene fünfzackige Stern auf ihrem Griff war so wenig von ihm wegzudenken wie die Narbe auf seiner Wange.

»Warum wehrst du dich dagegen?« fragte El-tra plötzlich.

Skar sah auf. Der Sturm trug Schnee in dünnen, wirbelnden Schleiern über den Krater, und eine einzelne Flocke löste sich aus seinem brüllenden Griff und sank lautlos auf die Klinge des *Tschekal* herab, als hätte sie im letzten Moment ihren Kurs gewechselt, um den züngelnden Flammen, die darunter auf sie warteten, zu entgehen. Skar hob die Hand, um sie fortzuwischen, führte die Bewegung aber nicht zu Ende, sondern legte die Klinge behutsam neben sich auf den Boden, weit genug vom Feuer entfernt, daß seine Hitze die Schneeflocke nicht erreichen konnte.

»Wogegen?« fragte er nach einer Weile. Unnötig, ein dummes Spiel mit Worten, um das, was er im Grunde längst wußte, noch einmal hinauszuzögern, und sei es nur um wenige Sekunden.

El-tra lächelte. Er sah es nicht, aber er spürte es durch die wirbelnden Schleier unter seiner Kapuze hindurch.

»Gegen das, was diese Klinge bedeutet«, sagte der Sumpfmann geduldig. »Del.«

Skar zuckte beim Klang des Namens sichtlich zusammen. Für

einen winzigen Moment erschien das Bild des hünenhaften, dunkelhaarigen Satai vor seinen Augen, aber nur, um sofort von einer anderen, schrecklicheren Vision abgelöst zu werden. Del mit einem scharzen Visier, gepanzert von schwarzem Leder und an dünnen, unsichtbaren Fäden hängend, deren Bewegungen ein graues Gespenst bestimmte.

Natürlich *war* Del der schwarze Satai. Er hatte es sofort gewußt, im allerersten Moment, in dem sie sich gegenüberstanden, aber etwas in ihm hatte sich geweigert, dieses Wissen als Wahrheit anzuerkennen. Er hatte den Gedanken von sich geschoben, ihn irgendwo tief in sich vergraben, aber jetzt, als die unmittelbare Gefahr vorüber war, kam er mit Macht zurück.

»Warum wehrt ihr euch gegen das Wissen, betrogen worden zu sein?« gab er statt einer direkten Antwort zurück.

»Wir wurden nicht betrogen, Satai«, antwortete El-tra. »Wir dienen Gowenna, doch wir sind nicht mehr als Werkzeuge. Kannst du dein Schwert betrügen?«

Skar schüttelte den Kopf und griff wieder nach einem Stück Fleisch, diesmal jedoch nicht aus Hunger, sondern allein, um seine Hände zu beschäftigen. »Eine seltsame Philosophie«, murmelte er.

»Nicht seltsamer als die deine, Satai. Versuche nicht, uns zu verstehen. Wir sind hier. Das genügt.«

Skar seufzte. Vielleicht sollte er wirklich nicht versuchen, diese beiden Wesen, die nicht einmal Menschen waren, zu verstehen, aber es irritierte ihn, in Begleitung zweier Männer zu sein, deren Reaktionen er noch nicht einmal zu erraten vermochte.

»Erzähl mir von Gowenna«, bat er nach einer Weile.

El-tra sah auf und blickte an ihm vorbei dorthin, wo Gowenna in der Dunkelheit lag, als müsse er erst mit einem stummen Blick um Erlaubnis fragen. »Es gibt nichts, was du wissen müßtest und nicht bereits weißt«, sagte er schließlich. »Wir sind hier, wir dienen ihr, das ist alles.«

»Und Vela?«

»Sie ist eine Fremde für uns, wie du es warst und wie Del es noch ist.«

Skar entging die Einschränkung in El-tras Worten keineswegs, aber er fragte nicht, was sie zu bedeuten hatte. El-tra würde sowieso - wenn überhaupt - nur mit einem neuen Rätsel antworten. Das kurze Gespräch, das Skar am Vorabend des Kampfes mit ihm - oder seinem Bruder - geführt hatte, war das einzige Zeichen von Vertrauen gewesen, das ihm die Sumpfmänner entgegengebracht hatten, und er spürte, daß der nächste Schritt von ihm ausgehen mußte. Aber er wußte nicht einmal, wie er auszusehen hatte.

Schließlich stand er auf und ging - eigentlich ziellos - ein paar Schritte. Die Kälte griff mit dünnen, klammen Fingern nach ihm. Er ging zu der Stelle unter der Felswand zurück, an der er gelegen hatte, hob seinen Mantel auf und schlug ihn sich um die Schultern, aber der Stoff war feucht und atmete selbst Kälte aus. Er sah in dem Himmel, doch der brodelnde Feuerteppich Combats und die Schneewirbel, die der Sturm vor sich her peitschte, machten es ihm unmöglich, die Zeit zu schätzen, die bis zum Sonnenaufgang noch vergehen würde.

Nahe der Stelle, an der der Kampf stattgefunden hatte, gewahrte Skar eine Anzahl flacher länglicher Erhebungen. Die Gräber von Gowennas Kriegern, die hier so sinnlos gestorben waren.

Unter einem dieser flachen Hügel lag Arsan, aber Skar konnte nicht erkennen, unter welchem. Nicht, daß es eine Rolle gespielt hätte - Arsans Tod war so überflüssig und grausam gewesen wie der der neun Krieger; nur eine weitere Szene in dem brutalen Spiel, das die *Errish* mit ihnen spielte. So überflüssig wie der Kampf zwischen Del und ihm.

Skar versuchte vergeblich, sich Klarheit über seine eigenen Gefühle zu verschaffen. Es war nicht das erste Mal, daß er auf einem Schlachtfeld erwachte, aber diesmal verspürte er weder Triumph noch die Resignation, die sich nach Sieg oder Niederlage einstellten. Es war noch nicht vorbei. Sie hatten eine Schlacht verloren, aber das bedeutete nichts. Gar nichts.

»Wann brechen wir auf?« fragte er El-tra. Der Schattenmann war ihm gefolgt, ein dunkler Doppelgänger, der immer einen Schritt hinter und neben ihm blieb.

»Das liegt bei dir, Satai.«

»Bei mir?« Skar sah den Sumpfmann einen Herzschlag lang überrascht an und lachte dann. Doch es klang bitter. »Vielen

Dank, daß du mich wieder zum Anführer ernannt hast, El-tra, aber die Frage ist wohl weniger, was ich will, sondern was Gowenna zuzumuten ist.«

El-tra winkte ab. »Sie ist stärker, als du glaubst, Skar«, sagte er.

»Und ich schwächer, als ich glaube, ich weiß«, knurrte Skar übellaunig. Seine Unsicherheit machte sich schlagartig in Zorn und Mißmut Luft. »Aber ich kann auch mit Fieber reiten.«

»Es geht nicht darum, was Gowenna kann, Skar«, sagte El-tra. Er sprach leise, wohl, damit Gowenna, deren Lager kaum zehn Meter entfernt war, seine Worte nicht verstand. Skar trat deshalb einen Schritt näher. »Sie ist schwerverletzt, das stimmt. Aber wenn wir warten wollen, bis sie sich wirklich erholt hat, müssen wir eine Woche hierbleiben, wenn nicht noch länger. Und das können wir nicht.«

Skar sah nach Westen. Die schneegekrönten Gipfel der Schattenberge hoben sich wie die Zinnen einer meilenholen Festungsmauer über den Horizont: weiße Giganten mit glitzernden eisigen Diademen, deren Flanken im Widerschein der brennenden Stadt rot und orange loderten, als glühten sie unter einem unseligen inneren Feuer. Der Gedanke, daß sie selbst vor wenigen Tagen erst diese Berge überstiegen haben sollten, erschien ihm mit einem Male lächerlich.

»Vielleicht finden wir irgendwo dort oben eine Höhle oder eine Schlucht, in der wir so lange warten können«, murmelte er.

Eltra schüttelte erneut den Kopf. »Wir werden nicht durch die Berge ziehen, Skar. Gowenna ist nicht in der Lage, den Rückweg dort entlang durchzustehen. Und du auch nicht«, fügte er nach einer kaum merklichen Pause hinzu. »Ihr habt den Weg hierher kaum geschafft, und da wart ihr ausgeruht und im Vollbesitz eurer Kräfte. Außerdem ist der Winter dort oben bereits hereingebrochen. Es wird jeden Tag kälter.«

Skar schwieg. El-tra war kein Mann, mit dem man reden konnte, nur um des Redens willen, und es gab nicht viel Sachliches, was Skar gegen seine Argumentation hätte vorbringen können. Es gab nur eine einzige Alternative – aber allein der Gedanke daran ließ Skar frösteln.

»Die Ebenen«, sagte er leise.

El-tra nickte. »Wir wissen nicht, welche Gefahren auf uns warten«, sagte er. »Aber wir wissen, welche Gefahren uns in den Bergen erwarten würden. Keine, mit denen wir fertig werden könnten. Es sind zehn Tagesmärsche bis über den Paß, vielleicht fünfzehn.«

»Und« – Skar deutete mit einer Kopfbewegung nach Süden – »dort entlang?«

El-tra überlegte einen Moment. »Zwei Wochen, vielleicht drei«, antwortete er. »Vielleicht mehr, vielleicht weniger – es hat nicht viel Sinn, Vermutungen anzustellen, wenn wir nicht wissen, was hinter der nächsten Erhebung auf uns wartet.«

Skar sah den Sumpfmann scharf an. »Weißt du es wirklich nicht?« fragte er. »Oder willst du es nicht sagen? Dein Volk lebt seit Jahrtausenden am Rand der Ebenen – ihr müßt mehr darüber wissen.«

Der Sumpfmann gab ein leises, glucksendes Lachen von sich, es war ein Geräusch, das Skar an platzende Gasblasen und brodelnden Sumpf erinnerte und Bilder in ihm aufsteigen ließ, die er nie selbst gesehen hatte. Irgend etwas, dachte er bestürzt, ist im Inneren des Tempels in Combat mit mir geschehen.

Er hatte nicht nur gegeben, sondern auch empfangen. Vielleicht mehr, als er jetzt schon zu begreifen imstande war.

»Wir wissen ein wenig über die Ebenen«, gestand El-tra schließlich. Sein Umhang bewegte sich raschelnd, als er mit dem Arm eine weit ausholende und doch knappe Geste nach Süden machte, und die Schatten unter seiner Kapuze schienen für einen Atemzug zu selbständigem huschendem Leben zu erwachen. »Sicher mehr als ihr«, fuhr er fort, »doch nicht soviel, wie du glaubst.«

»Aber die Sümpfe von Cosh grenzen an die Ebenen«, widersprach Skar.

»Und? Welchen Grund sollte es für uns geben, sie zu erforschen? Es gibt nichts Lebendes auf den Ebenen, nichts, was uns gefährlich werden oder von Vorteil sein könnte. Und der südliche Rand Tuans mag anders sein als dieser Teil hier oder sein Inneres. Wir werden es herausfinden. Fühlst du dich stark genug, bei Morgengrauen loszureiten?«

Skar lauschte einen Moment in sich hinein. Sein Herz schlug

schnell und hart. Er fühlte sich schwach und müde, und in jeder einzelnen Zelle seines Körpers schien ein winziges, verzehrendes Feuer zu brennen. Aber was El-tra über Gowenna gesagt hatte, traf auch auf ihn zu, vielleicht sogar in noch stärkerem Maße. Das Gift war noch lange nicht aus seinem Körper heraus; wollte er warten, bis er die Wirkung des Rauschmittels vollends überstanden hatte, würden sie eine Woche oder länger hierbleiben müssen.

Er antwortete nicht, aber El-tra deutete sein Schweigen als Zustimmung und wies mit einer Kopfbewegung zum Kraterrand, dorthin, wo sie diesen winzigen künstlichen Talkessel vor zwei Tagen betreten hatten. »Mein Bruder und ich werden die Pferde satteln und alles zusammensuchen, was wir an Vorräten mitnehmen.« Er ging, und Skar blieb für einen Moment allein zurück und sah ihm nach, bis er mit der Nacht verschmolzen war und nur noch die leisen Geräusche seines Hantierens davon kündeten, daß es ihn überhaupt gab. Zögernd drehte er sich herum, sah – wieder – in die Richtung, in der sich der brodelnde Feuerpilz Combats über der Ebene erhob, und senkte schließlich den Blick. Alles kam ihm mit einem Male unwirklich vor: diese Stadt dort drüben, die tote, verbrannte Ebene, die ich wie ein zerschrundetes Leichentuch rings um sie ausbreitete, der Himmel, in den Flammen ein zuckendes Muster gruben, ihre Lage. Er bewegte sich unschlüssig und ging dann zögernd zu Gowenna hinüber. Einer der Schatten neben ihr bewegte sich, als er näher kam, stand auf und wandte ihm für Sekunden ein nebelverhangenes Gesicht zu, ehe er ging. Diesmal schien er nichts dagegen zu haben, daß Skar mit Gowennna sprach.

Skar blieb für die Dauer von zwei, drei Atemzügen reglos stehen und sah auf Gowenna hinunter. Sie lag – Zufall oder Absicht – so, daß ihr Gesicht im schwarzen Schlagschatten der Kraterwand verborgen war, aber er fühlte, daß sie ihn ansah, irgend etwas, eine bestimmte Reaktion, ein Wort, von ihm erwartete. Vielleicht wäre dies der Moment gewesen, ihr zu verzeihen, ihr zu sagen, wie dumm und albern sein und ihr kleines Ringen um Vorherrschaft und Anerkennung gewesen war.

Aber er tat es nicht. Statt dessen hockte er sich mit angezogenen Knien neben sie, zog den Mantel enger um die Schultern und sah dorthin, wo er ihr Gesicht vermutete. Ein verirrter Lichtstrahl schimmerte auf dem frischen Narbengewebe auf ihren Zügen, und für einen Moment glaubte er einen schwachen Geruch wie von fauligem, verbranntem Fleisch wahrzunehmen.

»El-tra hat dir gesagt, daß wir bei Tagesanbruch aufbrechen?« meinte Gowenna plötzlich.

Skar mußte sich mit aller Macht beherrschen, um seinen Schrecken nicht zu zeigen, als er ihre Stimme hörte. Sie klang kaum mehr menschlich: ein schrilles, häßliches Krächzen, aus dem er die Worte nur mit Mühe heraushören konnte.

»Ja«, sagte er hastig. »Fühlst du dich kräftig genug dazu?«

Statt einer Antwort zog Gowenna eine Hand unter den Decken, in die sie eingehüllt war, hervor und deutete zum anderen Ende des Kraters. »Bring mir ... einen Span aus dem Feuer, Skar«, bat sie. Skar zögerte einen Moment, stand aber dann auf und kam mit einem brennenden Zweig zurück. Gowenna stemmte sich mühsam hoch, nahm ihm die improvisierte Fackel aus der Hand und hielt sie dicht vor ihr Gesicht. Die winzige gelbe Flamme warf zukkende Lichtreflexe über die Felswand und ihr Haar und das geronnene Etwas, das einmal ihr Antlitz gewesen war. Skar fuhr zusammen, aber diesmal zwang er sich, sie anzusehen, wortlos und mit steinernem Gesicht, so lange, bis sie selbst den Zweig senkte und die Dunkelheit wie eine schwarze Welle wieder über ihren Oberkörper flutete.

»Soviel, um deine Frage zu beantworten«, sagte sie. »Wenn man damit reiten kann, so kann ich es.«

Er wollte etwas darauf erwidern, aber seine Kehle war wie zugeschnürt. Jetzt, zwei Tage alt, sah die Wunde auf ihrem Gesicht beinahe schlimmer aus als in dem Moment, in dem er sie das erste Mal gesehen hatte – eine schwarzbraune, pockennarbige Maske aus geronnenem Blut und verbranntem Fleisch, die sich wie ein bizarrer Aussatz auf ihr Antlitz gelegt hatte. Skar empfand es als eine grausame Ironie des Schicksals, daß sie jetzt, vielleicht zum ersten Mal in ihrem Leben, in dem sie bereit war, etwas für sich selbst zu tun und ihr wahres Gesicht zu zeigen, nicht mehr dazu fähig sein würde. Gowenna war nie wirklich sie selbst gewesen. Sie hatte immer nur Rollen gespielt, war von einer Maske in die andere geschlüpft und hatte vielleicht nicht einmal wirklich gelebt. Jetzt, wo sie es zum ersten Mal wollte, konnte sie es nicht mehr. Ihr zerstörtes Gesicht würde sie nun dazu zwingen, das zu sein, was sie bisher freiwillig gewesen war: eine Außenseiterin. Sie war – nun auch sichtbar – anders, ausgestoßen, eine Aussätzige, der man allenfalls Mitleid und versteckte, schuldbewußte Ablehnung entgegenbringen würde, nur nicht das, was sie gerade jetzt am dringendsten brauchte – Vertrauen. Vertrauen und, wenn schon nicht Liebe, so doch Freundschaft und Offenheit.

Und dennoch – in dem winzigen Moment, in dem er ihr Gesicht im Schein der Flammen gesehen hatte, hatte ihr Anblick etwas seltsam Warmes, Vertrautes gehabt. Für einen kurzen, ganz kurzen Augenblick hatte er in ihren Zügen eine Schönheit entdeckt, die vorher nicht dagewesen war, etwas Sanftes und Weiches und Mädchenhaftes, das vielleicht jahrelang tief in ihr geschlummert hatte und erst jetzt hervorbrach.

Aber dann hob sie den brennenden Zweig erneut in die Höhe, und Skar blickte wieder in die zerstörte Kraterlandschaft, die früher einmal das Gesicht einer schöner Frau gewesen war. Die Illusion zerplatzte. Er begriff, daß es nur Mitleid gewesen war.

»Du ... hast meine Frage noch nicht beantwortet«, sagte sie stockend.

»Was für eine Frage?«

»Die Frage, ob du in meine Dienste trittst, Skar. Du hattest einen Tag und zwei Nächte Zeit, darüber nachzudenken.«

Skar lächelte. »Ich dachte, du hättest es vergessen«, sagte er.

»Vergessen?« Gowenna lachte; ein Laut, der grausam und eher wie ein Schmerzensschrei klang. »Es war mein Ernst, Skar. Ich brauche dich.«

»*Du* brauchst *mich*?« wiederholte Skar ungläubig. »Wozu? Als Schwertführer? Als Werkzeug, um deine Rache an Gowenna zu vollziehen? Kaum.« Er schüttelte den Kopf, seufzte und schwieg sekundenlang. Es war zu früh, dachte er. Sie waren beide mehr tot als lebendig und hatten, was geschehen war, noch lange nicht verarbeitet.

»Vielleicht hast du recht«, sagte er plötzlich zu seiner eigenen Überraschung. »Vielleicht suche ich Vela so wie du, und vielleicht werde ich den Rest meines Lebens damit zubringen, sie zu verfolgen. Doch wenn, dann aus anderen Gründen als du.«

»Sei kein Narr, Skar. Glaubst du wirklich, du würdest sie ohne meine Hilfe auch nur finden? Und was deine Gründe angeht – sie hat dich erniedrigt, aber du bist nicht der Mann, der sein Leben aufs Spiel setzt, um eine Schmach zu rächen. Du willst Del befreien. Du weißt jetzt, daß er noch lebt.«

Wieder spürte Skar einen schmerzhaften, raschen Stich, als Gowenna Dels Namen erwähnte, aber diesmal gelang es ihm nicht, den Gedanken zu verdrängen. Es war zu lange her, daß er an den jungen Satai gedacht hatte, und das Wissen, ihm vor nicht einmal achtundvierzig Stunden im Kampf gegenübergestanden zu haben – das Wissen, daß er ihn *hatte töten wollen* – saß wie ein bohrender Parasit in seiner Seele. Gowenna hatte unrecht. Vela hatte ihn nicht erniedrigt; das konnte sie nicht. Niemand konnte einen Mann, der wußte, wie wenig Worte wie Ehre und Ansehen in einer Welt wie Enwor galten, erniedrigen. Sie hatte etwas anderes getan, etwas, das schlimmer war. Sie hatte ihn verkrüppelt, ihm den Glauben an das letzte Ideal, das ihm das Leben gelassen hatte, genommen, hatte ihn dazu gebracht, das Ungeheuer, das in ihm schlummerte, gegen den einzigen Menschen zu hetzen, der ihm jemals wirklich etwas bedeutet hatte.

»Ich glaube nicht, daß du meinen Preis bezahlen kannst«, sagte er schließlich. »Wir Satai sind teuer, weißt du?«

»Dann schließen wir einen Handel – du bringst mich zu ihr, und ich helfe dir, Del zu befreien.«

Skar schüttelte den Kopf. »Es geht nicht mehr darum, Gowenna«, sagte er sanft. »Vertrauen. Das Wort heißt Vertrauen.«

Gowenna ließ den brennenden Zweig sinken. Die Flamme erlosch mit leisem Zischen, und für einen Moment wurde es still, ganz still, als hätte selbst der unermüdlich tobende Sturm für einen Augenblick innegehalten. Die Dunkelheit schien sich um sie herum zu verdichten; ein Mantel aus Schweigen und Schwärze, der sie zu ersticken drohte. Skar spürte, daß seine Worte sie getroffen, schmerzhaft getroffen hatten, härter und vielleicht brutaler als die Schläge, die er ihr versetzt hatte. Sie hatte all das, was er mit diesen fünf Worten ausgedrückt hatte, bereits selbst begriffen.

Sie hatte zwei Tage Zeit gehabt, zu überlegen, und was immer er zu ihr sagen würde – sie war intelligent genug, es schon im voraus zu wissen. Er hatte nur das Messer in der Wunde herumgedreht.

»Gut«, murmelte sie nach einer Weile. »Was willst du wissen?«

Skar schüttelte erneut den Kopf. »Eine Menge, Gowenna, aber nicht auf diesem Weg. Ich will dir nicht weh tun, aber –«

»Du brauchst keine Rücksicht auf mich zu nehmen, Satai«, unterbrach ihn Gowenna. Ihre Stimme klang plötzlich verändert: ruhiger, noch immer schrill und mühsam, aber auch gleichzeitig von einer Entschlossenheit erfüllt, die ihn aufhorchen ließ. »Ich weiß, was du sagen willst. Ich habe dich belogen und getäuscht, so wie es Vela mit mir getan hat, und ich habe so wenig Recht, Vertrauen von dir zu verlangen, wie sie es umgekehrt von mir hätte. Ich kann dich nur bitten. Frage mich, und ich werde dir antworten.«

»Du begreifst noch immer nicht, Gowenna«, erwiderte Skar. »Was du mir anbietest, ist kein Vertrauen. Du vertraust mir, solange du es mußt, nicht? Im Moment brauchst du mich, vielleicht auch nur mein Schwert.«

Gowenna sog scharf die Luft ein und setzte dazu an, etwas zu erwidern, aber Skar sprach schnell und mit erhobener Stimme weiter: »Ich weiß nichts von dir, Gowenna, gar nichts. Ich weiß nicht, wer du bist und wo du herkommst, ich weiß nichts über deine beiden Begleiter, ich weiß nichts über Vela. Ich weiß nicht einmal, was dieser verdammte Stein in Wirklichkeit ist.«

»Aber ich bin bereit, dir diese Fragen zu beantworten!«

»Jetzt, ja. Jetzt, wo du mich brauchst. Aber das ist es nicht, was ich wollte. Du hast mich nicht verstanden, Gowenna. Der Preis eines Satai ist hoch, doch er ist nicht unbedingt in Gold zu messen. Was ich verlange, ist Ehrlichkeit.«

»Und wie hoch«, fragte Gowenna nach einer Weile, »ist der Preis einer *Errish,* Skar?«

Skar war für einen Moment verwirrt. »Wie . . . meinst du das?«

»So wie ich es sage, Satai. Wie hoch ist der Preis einer *Errish?* Du hast mich einmal als schwertschwingende Amazone bezeichnet, und ich habe dich in dem Glauben gelassen, wirklich nicht mehr zu sein, aber das stimmt nicht.«

»Du –«

»Ich habe niemals die Ehrenweihe aus der Hand der Großen Mutter empfangen, wenn es das ist, was du wissen willst«, fuhr Gowenna fort. »Aber das macht keinen Unterschied. Nicht wirklich. Ich weiß alles, was auch Vela weiß, alles, was eine *Errish* weiß, und vielleicht mehr. Wie würdest du einen Mann bezeichnen, der zehn Jahre an deiner Seite geritten ist und dem du alles beigebracht hast, was du weißt, Skar? Wie würdest du«, fügte sie hinzu, als sie Skars Zögern bemerkte, »*Del* bezeichnen, wäre er, wie er ist, ohne jemals der Kaste der Satai beigetreten zu sein? Er wäre noch immer Satai.«

»Nun«, sagte Skar unsicher, »äußerlich sicher nicht, aber –«

»Ich rede nicht von *Äußerlichkeiten,* Skar«, fiel ihm Gowenna ins Wort. »Sieh mich an. Sieh dir mein Gesicht an. Es ist zerstört, und es wird nie wieder so werden, wie es war. Bin ich deshalb weniger Frau als zuvor?«

Skar schwieg betroffen. Die Art, in der Gowenna sprach, war unfair, aber vielleicht hatte sie keine andere Wahl mehr, als mit allen Waffen zu kämpfen, die ihr geblieben waren. Er fühlte sich in immer stärkerem Maße in die Enge getrieben, verunsichert. Er begann zu begreifen, worauf Gowenna hinauswollte, aber es war so wie bei seinem ersten Gespräch mit Vela, damals in Ikne. Er wußte genau, was Gowenna sagen würde, ahnte jedes Wort im voraus, aber er war trotzdem wehrlos dagegen. Es war ein Kampf mit Waffen, die er nicht beherrschte. Ein schwaches Gefühl von Zorn glomm in ihm auf, erlosch aber sofort wieder.

»Ich verlange kein *Vertrauen* von dir, Skar«, fuhr Gowenna fort. »Ich bin nicht in der Lage, überhaupt etwas zu verlangen. Ich werde dir alles sagen, was du wissen willst, und du selbst kannst entscheiden, was du mit diesem Wissen anfängst.«

Wäre er nicht so erschöpft gewesen, hätte er gelacht. Es war ein so billiger psychologischer Trick, und doch ein wirkungsvoller. Sie bot ihm nichts anderes an, als sich völlig in seine Hand zu geben – und setzte ihn dadurch in ihre Schuld. Er hätte aufstehen und weggehen können, aber selbst dann wäre ihr Angebot bestehen geblieben, und sie hätte – auch ohne Gegenleistung – erreicht, was sie wollte.

»Dann erzähl mir von dir«, sagte er leise. »Oder von Vela.« Er rutschte in eine bequemere Stellung und sah dorthin zurück, wo die beiden El-tra verschwunden waren. Von den Sumpfleuten war keine Spur mehr zu sehen, aber er war sicher, daß zumindest einer von ihnen in seiner unmittelbaren Nähe war und über Gowenna wachte.

»Ihre und meine Geschichte sind gleich«, murmelte Gowenna. »Gleich und doch verschieden. Sie sind lang, Skar, aber das, was dich interessiert, ist rasch erzählt.« Sie bewegte sich leise, versuchte in eine halb sitzende Position zu gelangen und sank mit einem unterdrückten Schmerzenslaut wieder zurück. Skar beugte sich hastig vor und half ihr, sich so zu setzen, daß ihr Oberkörper wie auf einem steinernen Kissen gegen die Felswand gelehnt war. Seine Finger berührten dabei das verätzte Gewebe an ihrem Hals. Gowenna zuckte unter der Berührung schmerzhaft zusammen, und Skar unterdrückte im letzten Moment den Impuls, die Hand angeekelt zurückzuziehen, als er das feuchte, zu einer hornigen, harten Masse zusammengebrannte Fleisch fühlte. Wieder spürte er Mitleid, und er begriff, daß er den Kampf eigentlich jetzt schon verloren hatte.

»Danke, Satai«, murmelte Gowenna. Einen Moment lang blieb sie reglos sitzen, wohl, um sich von der Anstrengung zu erholen und neue Kräfte zu sammeln, dann begann sie mit leiser Stimme und immer wieder von großen Pausen, in denen sie neue Energie schöpfte, unterbrochen, zu erzählen.

»Vela und ich sind seit mehr als elf Jahren zusammen, so dicht, wie du und Del es gewesen sein müssen.«

»Ihr stammt aus dem gleichen Kloster?«

Gowenna verneinte. »Ich war nie in Elay, Skar«, sagte sie. »Die wenigen Male, die Vela dort war, ließ sie mich bei den Sumpfleuten in Cosh zurück. Ich habe niemals ein *Errish*-Kloster von innen gesehen. Ich lebte in einem Bergdorf im Norden, bis ich vierzehn war, ein Bauernmädchen unter vielen, ohne Zukunft und mit einer Menge Träume, von denen ich genau wußte, daß sie niemals in Erfüllung gehen würden.« Wieder schwieg sie, lange, drei, vier, vielleicht fünf Minuten, aber es war ein Schweigen ganz besonderer Art, und Skar spürte, wie ihre Gedanken, ihren Worten erst in einigem Abstand folgend, zurück in die Vergangenheit glitten, in eine Zeit, die längst vergangen war und vielleicht in der Form, in der sie in ihrer Erinnerung weiterlebte, niemals stattgefunden hatte. Und so klang ihre Stimme auch verändert, als sie nach einer Weile weitersprach, verändert auf schwer zu beschreibende Art; die Stimme klang wie die eines Menschen, der über die Jugend erzählt, die er sich im nachhinein erträumte.

»Wir waren arm, Skar. Bitter arm.« Sie wandte den Kopf und sah zu den zehn Gräbern hinüber, die nebeneinander an der Südwand des Kraters lagen. »Du hast mich gefragt, warum ich Arsan mitgenommen habe, Skar. Die Antwort ist einfach, aber du hättest sie damals nicht verstanden. Er hatte keine besonderen Talente, nichts, was wir wirklich gebraucht hätten, aber er war arm. Ich konnte ihn verstehen. Ich weiß, was es heißt, zu hungern, nicht für einen Tag oder zwei, sondern wochen-, monate-, jahrelang. Ich habe ihn mitgenommen, weil er mir leid tat. Und weil er mich an mich selbst erinnerte. An mich und die Menschen, bei denen ich aufgewachsen bin.«

»Und weil ihr ein Opfer brauchtet«, sagte Skar hart.

Gowenna nickte. »Ich glaube, ja. Sie muß gewußt haben, daß Combat seinen Preis fordern würde. Vielleicht sind er und Beral und Nol nur mitgekommen, um zu sterben. Aber das habe ich damals noch nicht gewußt. Vielleicht sind wir alle nur aus diesem Grund mitgekommen. Ich glaube fast, du hättest den Stein auch allein holen können. Aber ich wollte von Vela erzählen.« Sie beugte sich zur Seite, hantierte ungeschickt an ihrer Wasserflasche und versuchte zu trinken. Skar half ihr.

»Es war während der großen Dürre vor elf Jahren«, fuhr sie dann fort. »Der ersten großen Dürre. Erinnerst du dich?«

Skar nickte. Die Trockenheit, unter der Enwor seit Jahren litt, war nur eine unter zahllosen Hitzewellen, die in immer kürzeren Abständen über die ausgelaugte Welt herfielen. Nicht alles, was Vela ihm erzählt hatte, war gelogen gewesen.

»Die Menschen, bei denen ich lebte, waren einfache Menschen, Bauern, die noch an die Macht der Götter glaubten und daran, daß man sie mit einem Gebet wohlgesonnen stimmen könne. Und wir haben gebetet – immer und immer wieder; gebetet und geopfert, von dem wenigen, das wir hatten, noch einen Teil den Göttern gegeben. Aber es nutzte nichts – das Land verdorrte weiter, und die Ernte verbrannte vor unseren Augen auf den Feldern. Eines Tages erreichte uns die Kunde von einer *Errish,* die in den Bergen in der Nähe unseres Dorfes gesehen worden war. Mein Vater rief sie um Hilfe, und sie kam.«

»Vela.«

»Das war ihr Name, ja. Sie kam mit ihren beiden Drachen in unser Dorf, und sie erbot sich, uns zu helfen.«

Skar runzelte zweifelnd die Stirn. »Eine *Errish,* die Regen macht?« fragte er ungläubig.

Gowenna lächelte. »Heute würde ich dieselbe Frage stellen, Skar, aber ich war ein Kind, damals, vergiß das nicht. Und die Menschen, bei denen ich lebte, waren einfache Menschen. Sie fürchteten die Macht der *Errish,* aber sie hatten auch großen Respekt davor. Sie glaubten an sie. Wenn du in einer verzweifelten Lage bist, dann tust du alles. Aber der Preis, den sie verlangte, war hoch. Sie verlangte die Tochter des Stammesführers.«

Wieder schwieg sie für einen Moment, diesmal nicht, um neue Kraft zu sammeln, sondern um ihm Gelegenheit zu geben, ihre Worte richtig zu verarbeiten, und Skar spürte, wie das Schweigen für einen Moment fast greifbar wurde. Nie war ihm die Kluft, die zwischen ihnen lag, deutlicher zu Bewußtsein gekommen als jetzt. Eigentlich war es das erste Mal, daß er wirklich begriff, daß Gowenna ein lebender, fühlender Mensch war, keine gesichtslose Figur in einem Spiel.

»Dieses Kind warst du«, sagte er.

Gowenna nickte.

»Und seither wart ihr zusammen?«

»Sie brachte mich aus dem Dorf, aber wir kamen nie nach Elay«, fuhr Gowenna fort. Ihre Stimme wurde jetzt zunehmend leiser, und Skar mußte sich anstrengen, um ihre Worte überhaupt noch zu verstehen. »Schon in der ersten Nacht stießen wir auf eine Horde Quorrl-Banditen. Natürlich griffen sie uns nicht an – nicht einmal die Quorrl würden es wagen, Hand an eine *Errish* zu legen.«

Skar schwieg dazu, aber Gowanna mußte den stummen Zweifel in seinem Blick bemerkt haben.

»Vielleicht war es auch nur die Furcht vor ihren Drachen und den Waffen einer *Errish,* die sie vor einem Angriff zurückschrekken ließen«, schränkte sie ein. »Jedenfalls ließen sie uns ziehen – Vela, mich und einen Mann namens Gord, den sie als Gehilfen bei sich hatte. Aber Vela ahnte, daß die Quorrl unser Dorf entdecken und angreifen würden. Sie schickte Gord, mich und einen ihrer beiden Drachen allein auf den Weg und ritt zurück, um die Dorfbewohner zu warnen.«*

»Und was geschah dann?« fragte Skar, als Gowenna nicht weitersprach.

»Ich weiß es nicht«, murmelte sie. »Das heißt – es ist nicht schwer, sich zusammenzureimen, was passierte, aber was wirklich geschah – *warum* sie es getan hat –, weiß ich bis heute nicht. Sie hat niemals darüber gesprochen. Gord und ich ritten einen halben Tag weiter nach Norden, doch dann kehrten wir um und kamen gegen ihren Befehl zurück zum Dorf. Wir fanden es zerstört vor. Niedergebrannt und geschleift. Die meisten Bewohner waren tot, und die, die den Angriff überlebt hatten, waren geflohen.«

»Und Vela?«

»Sie lag schwer verwundet neben ihrem Drachen. Sie hat sich geopfert, Skar, sich und ihre Feuerechse. Den Spuren des Kampfes nach zu schließen, muß sie die Quorrl praktisch allein vertrieben haben. Aber sie zahlte einen hohen Preis dafür. Ihr Drache starb, und sie selbst lag wochenlang auf Leben und Tod darnieder. Es gelang Gord, sie zu retten, aber er konnte nur die Wunden in ihrem Körper heilen.« Ihre Stimme bebte. Sie sprach jetzt immer schneller, als fühle sie, daß ihre Kräfte sie in wenigen Augenblikken verlassen und sie nicht mehr die Zeit haben würde, ihre Geschichte zu Ende zu bringen, aber Skar hörte den Vorwurf, die unausgesprochene Anklage in ihren Worten, trotzdem. Die Leute, für die Vela gekämpft hatte, hatten sie zum Dank sterbend und allein zurückgelassen; sie hatten nicht einmal den Versuch unternommen, ihr zu helfen.

»Es wurde Frühjahr, ehe sie wieder so weit bei Kräften war, daß

*Eine ausführliche Fassung dieses Geschehens findet sich in der Erzählung »Vela, die Hexe« in der Anthologie »Goldmann Fantasy Foliant 2« (Goldmann Taschenbuch 23823), herausgegeben von Thomas Le Blanc.

wir den Rückweg nach Elay antreten konnten«, fuhr Gowenna fort. »Ich blieb zusammen mit Gord bei den Sumpfleuten in Cosh zurück, und es verging ein weiteres halbes Jahr, ehe Vela wiederkam. Allein. Ohne ihren Drachen. Weißt du, was mit einer *Errish* geschieht, die ihr Tier verliert?«

»Sie wird ausgestoßen«, murmelte Skar.

Gowenna lachte, aber vielleicht war es auch ein unterdrückter Aufschrei der Qual. *»Ausgestoßen!«* Sie spie das Wort regelrecht aus. »Ausgestoßen – wie leicht sich das spricht! Aber es bedeutet mehr, als aus einer Kaste verstoßen zu werden, Skar. Mehr als du oder ich oder irgendein anderer jemals verstehen kann. Es ist schlimmer als der Tod. Aber sie gab nicht auf. Sie ist stark, Skar. Sie ist es heute, und sie war es damals schon. Sie blieb ein Jahr in Cosh, lernte von den Sumpfleuten und unterrichtete mich. Dann ging sie wieder, und diesmal blieb sie ein Jahr. Als sie zurückkam, hatte sie einen Staubdrachen gezähmt – etwas, das noch keinem vor ihr gelungen war. Einen *wilden* Staubdrachen, begreifst du?«

Skar nickte, aber er begriff nicht wirklich. Er konnte es nicht, und wahrscheinlich konnte es niemand. Bis vor wenigen Tagen hatte er nicht einmal gewußt, daß es so etwas wie einen Staubdrachen wirklich gab.

»Sie brachte das Tier nach Elay«, berichtete Gowenna mit letzter Kraft. »Sie bot es der Großen Mutter als Geschenk an. Nicht als Preis, um wieder in den Orden aufgenommen zu werden, sondern lediglich als Geschenk, ohne auch nur im geheimen auf eine Gegenleistung zu hoffen. Alles, was sie wollte, war Anerkennung und vielleicht Vergebung. Weißt du, was sie getan haben, diese ach so *ehrwürdigen* Frauen? Sie haben sie verjagt, zum zweiten Mal. Sie hatte eine Bestie gezähmt, vor der sich selbst die Zuchtmeister der *Errish* fürchten, und sie bot dieses Tier und das Wissen, wie man es beherrscht, den *Errish* als Geschenk an, und sie verjagten sie. So kehrte sie zum zweiten Mal als Ausgestoßene nach Cosh zurück. Diesmal ging ich mit ihr. Ich und die drei Geistbrüder.«

Erneut brach sie ab, und jetzt spürte Skar, daß sie nicht weiterreden würde, daß sie zu erschöpft dazu war, aber auch alles gesagt hatte, was es im Moment zu sagen gab. Ihre Geschichte war noch nicht zu Ende, noch lange nicht, und er hatte längst nicht alles erfahren. Und doch hatte sie ihm mehr, viel mehr erzählt, als er hatte wissen wollen. Einiges, was er geahnt, und vieles, was ihn überrascht hatte. Nichts davon war wirklich wichtig gewesen. Wichtig war das, was sie *nicht* ausgesprochen, dafür aber um so deutlicher gesagt hatte.

Sie glaubte, Vela zu hassen, aber das stimmte nicht. Im Gegenteil, sie liebte sie noch immer, vielleicht jetzt mehr als zuvor.

Nach einer Weile stand er auf und ging, ziellos und nur von dem Wunsch erfüllt, allein zu sein, zu der niedergebrannten Feuerstelle am anderen Ende des Kraters hinüber. Die Flammen waren zu einem Häufchen schwach glimmender Glut geworden und wärmten nicht mehr, und die beiden Bratenscheiben, die noch immer an einem Stock über der Feuerstelle hingen, waren schwarz und verkohlt. Erst jetzt kam ihm richtig zu Bewußtsein, wie lange er neben Gowennas Lager gesessen und ihr zugehört hatte; eine Stunde, vielleicht mehr. Sie hatte sehr langsam gesprochen, aber ihr Bericht hatte ihn so in seinen Bann geschlagen, daß er das Verstreichen der Zeit kaum mehr bemerkt hatte.

Skar kauerte sich im Schutz der Felswand zusammen, zog den Mantel enger um die Schultern und sah nach Osten. Es dämmerte, und am Horizont, weit hinter dem wabernden Feuerpilz Combats, begann sich das erste zaghafte Grau zu zeigen: ein dünner, verlorener Streifen, der von dem brüllenden Feuergiganten davor zur Lächerlichkeit degradiert wurde. Der Wind wurde kälter und verspottete die lodernde Glut, und der Schnee fiel jetzt dichter, selbst hier unten, im Schutz der Felswände. Sicher wäre es vernünftiger gewesen, die wenigen kostbaren Minuten, die ihm noch blieben, zu nutzen, um zu schlafen oder wenigstens auszuruhen, aber Skar wußte, daß dann die Alpträume wiederkommen würden, und er hatte Angst davor. So stand er nach wenigen Augenblicken wieder auf und ging zu den beiden Sumpfleuten.

Der Wind traf ihn mit voller Wucht, als er aus dem Schutz des Kraterwalles heraustrat, aber nicht nur der Wind traf ihn, sondern auch der Gluthauch Combats, der selbst über die große Entfernung hinweg noch deutlich zu spüren war. Hastig vergrub er die Hände unter seinem Mantel und ging mit schnellen Schritten auf die El-tra zu. Sie standen, zusammen mit den Pferden, im Windschutz eines zusammengefallenen Mauerrestes, aber es gab hier nur die Wahl zwischen der klirrenden Kälte des Eissturmes, der vom Gebirge herabfauchte, auf der einen und dem Glutatem der brennenden Stadt auf der anderen Seite. Es gab kein Dazwischen, keinen noch so winzigen Fleck des Ausgleichs, sondern nur Extreme, so wie alles in diesem Teil der Welt extrem zu sein schien, und die eher an Wärme als an Kälte gewöhnten Sumpfmänner hatten sich – wie nicht anders zu erwarten – auf der windabgewandten Seite des Mauerstückes postiert. Skar konnte im unsicheren Licht der heraufziehenden Dämmerung nicht erkennen, was sie taten. Ihre Bewegungen, ohnehin nur schwer zu bestimmen, wurden zu einem huschenden Hin und Her zwischen tanzenden Lichtflecken und flackernden grauen Schatten. Die Pferde waren unruhig. Die Hitze mußte ihrer empfindlichen Haut Schmerzen bereiten, und das unablässige Heulen des Sturmes, für Skar und die anderen schon so zur Gewohnheit geworden, daß sie es kaum mehr bewußt wahrnahmen, schien sie allmählich zur Raserei zu treiben. Die Schattenmänner hatten die schweren Leder- und Stahlpanzer entfernt, in die die Tiere gehüllt gewesen waren, und aus den schwarzen Ungeheuern, denen sie sich vor zwei Tagen gegenübergesehen hatten, waren wieder Pferde geworden. Aber unter den wuchtigen Rüstungen war noch mehr zum Vorschein gekommen: Skar sah mit Schrecken die unzähligen wunden Stellen, die trüb entzündeten Augen und die schnellen, mühsamen Stöße, mit denen der Atem der Tiere ging. Für einen Moment fragte er sich ernsthaft, ob diese Pferde überhaupt noch die Kraft hatten, ein Kind zu tragen, geschweige denn einen ausgewachsenen Mann. Ihre Chancen standen schlechter, als er geglaubt hatte.

Er bückte sich, hob einen der massigen schweren Brocken auf, die den Boden so weit er sehen konnte wie scharfkantiger schwarzer Schnee bedeckten, und drehte ihn unschlüssig in den Händen. Der Brocken war heiß, heiß und schwerer, als er hätte sein dürfen, und Skar erkannte, daß es sich nicht, wie er bisher angenommen hatte, um Lava handelte, sondern um geschmolzenes und zu einer krumigen schwarzen Masse zusammengefallenes Metall.

»Du solltest das nicht anfassen«, sagte eine Stimme hinter ihm.

Skar schrak so heftig zusammen, daß ihm der Brocken entglitt und auf den Boden zurückfiel. Das Heulen des Sturmes hatte die ohnehin leisen Schritte El-tras verschluckt, und Skar hatte dadurch nicht gemerkt, daß der Sumpfmann hinter ihn getreten war.

»Man sagt, dieses Land atme den Tod aus«, fuhr El-tra fort. »Berühre nicht mehr davon, als nötig ist.«

»Was meinst du damit?«

El-tra deutete ein Schulterzucken an; eine Geste, die Skar noch nie an ihm oder einem seiner Brüder beobachtet hatte und die er sich vielleicht nur zulegte, um in Skars Augen menschlicher zu erscheinen – seltsamerweise schien sie den Unterschied eher zu betonen, statt ihn zu verwischen. »Man nennt die Ebenen von Tuan auch das Tote Land«, sagte er. »Doch was tot ist, muß auch einmal gelebt haben.« Damit wandte er sich um und ging wieder zu den Pferden hinüber, ohne mehr Zeit mit weiteren Erklärungen zu verschwenden.

Skar sah ihm mit einer Mischung aus Ärger und Erheiterung hinterher. Er hatte sich daran gewöhnt, von den El-tra selten eine klare Antwort auf eine klare Frage zu bekommen. Aber er wußte auch, daß sie niemals etwas Überflüssiges oder Dummes sagen würden. Reden nur um den Redens willen schien den Sumpfmännern unbekannt zu sein.

»Was tot ist, muß auch einmal gelebt haben . . .«, wiederholte er El-tras Worte, und plötzlich, als er sie zum zweiten Mal und mit seiner eigenen Stimme gesprochen hörte, spürte er den dunklen, unheilschwangeren Unterton, der darin mitschwang.

Vielleicht, dachte er, lebte es *noch,* nur auf eine Weise, die sie niemals begreifen würden. Vielleicht waren *sie* die Toten.

Die Ebene war endlos. Sie waren kurz nach Sonnenaufgang losgeritten, aber Skar wußte längst nicht mehr, wieviel Zeit seither vergangen war. Es wurde nicht hell; nicht wirklich. Der Schneesturm hatte noch an Kraft zugenommen, und wenn er auch, durch eine gnädige Laune der Natur, erst in hundert oder mehr Manneslängen Höhe seine volle Wucht entfaltete und sie hier am Boden nichts als einen schwachen Hauch seiner wirklichen Macht spürten, so war der Himmel doch hinter einer grauweißen, wirbelnden Decke verborgen, unter der sie wie unter der Kuppel eines gewaltigen natürlichen Gewölbes nach Süden krochen, und der Tag schien nichts als eine Fortsetzung der Dämmerung zu sein, so wie die Landschaft, durch die sie ritten, eine getreuliche Wiederholung jener Gegend war, durch die sie auf dem Weg vom Gebirge nach Combat und zurück gekommen waren. Skar hatte es längst aufgegeben, nach irgendwelchen Zeichen oder besonderen Landmarken Ausschau zu halten. Sie ritten durch eine Apokalypse, eine bizarre Vision des Weltuntergangs, schlimmer, als sie sich jede Phantasie hätte ausmalen können. Der Boden bestand aus schwarzgeschmolzenem Glas, und jeder einzelne Hufschlag ihrer Pferde erzeugte einen hellen, harten Ton, als würde ein Spiegel zerschlagen. Die schwarzen Lavabrocken lagen auch hier noch in großer Zahl, wenn auch nicht mehr ganz so zahlreich wie in der unmittelbaren Nähe Combats, und sie passierten immer wieder die zerfallenen Überreste einstiger Gebäude; Opfer der Zeit und des beständig heulenden Windes, der seit Urzeiten mit ungebändigter Kraft von den Bergen herunterraste; manchmal aber auch zermalmt, zerschmolzen von den Urgewalten, die dieses Land verbrannt und verstümmelt hatten.

Skar bildete zusammen mit einem El-tra die Spitze der kleinen Kolonne. Er hockte vornrüber gebeugt im Sattel, den Blick starr nach Süden gerichtet, und es fiel ihm zunehmend schwerer, sich noch auf dem Rücken des Pferdes zu halten. Der Schmerz in seinen gebrochenen Rippen war zu einem dumpfen, qualvollen Pochen geworden, und er hatte das Gefühl, langsam von innen heraus zu verbrennen. Es war Stunden her, seit er sich das letzte Mal im Sattel umgedreht und den Weg zurückgeblickt hatte, den sie gekommen waren. Sie mußten, obwohl sie nur langsam vorankamen und immer wieder Umwege zu machen hatten, schon mehr als zwanzig Meilen zurückgelegt haben, aber das lodernde Fanal am Horizont war bisher nicht sichtbar kleiner geworden. Der Anblick des brennenden Giganten gab ihm das Gefühl, zur Größe eines Insekts zusammenzuschrumpfen, und er hatte beschlossen, nicht mehr hinzusehen. Er hatte nicht mehr die Kraft, sich irgendeinem Kampf zu stellen. Nicht einmal diesem.

Sein Pferd strauchelte, als seine Hufe auf dem glatten Boden plötzlich keinen Halt mehr fanden. Es fing sich sofort wieder, aber die abrupte Bewegung riß Skar schmerzhaft aus der Lethargie, in die er im Laufe der vergangenen Stunden versunken war. Er fuhr auf, tätschelte ihm mit einer unbewußten, zärtlichen Geste den Hals und legte die linke Hand mit sanftem Druck zwischen seine Ohren. Das Tier schnaubte, beruhigte sich aber beinahe augenblicklich wieder und fiel in normale Gangart zurück.

Skar sah besorgt nach rechts. Auch das Tier des Sumpfmannes lief lange nicht mehr so elegant und ruhig wie am Morgen. Es setzte zwar noch immer gehorsam einen Fuß vor den anderen, aber es schien vor jedem Schritt unmerklich zu zögern, und der Ausdruck in seinen dunklen Augen kündete eindeutig von Schmerz. Das Laufen auf dem Boden Tuans, der härter war als Stein, mußte den Tieren unsägliche Qualen bereiten. Ihre empfindlichen Fesseln waren für federnden Prärieboden, allenfalls für eine kurze Strecke über Felsen oder Sand, geschaffen. Die Tiere werden keine zwei Wochen durchhalten, dachte Skar. Nicht einmal zwei Tage.

El-tra sah seinen Blick, und er mußte auch spüren, was hinter seiner Stirn vorging. Aber er schüttelte nur stumm den Kopf und deutete nach Süden. Sie konnten keine Rast einlegen, weder jetzt noch in den nächsten Stunden, und Skar fügte sich stumm. Wäre es nur um ihn und die beiden Männer aus Cosh gegangen, wäre er trotz seiner Schwäche aus dem Sattel gestiegen und neben dem Pferd hergegangen. Aber es ging nicht nur um sie.

Er drehte sich halb im Sattel um, hob die Hand vor das Gesicht, als der Wind wie ein schneidendes Messer in seine Augen stach, und ließ sein Pferd ein wenig langsamer gehen, um an Gowennas Seite zu gelangen. Ihre Gestalt schien vor dem brennenden Hintergrund Combats zu flackern, und die Flammen versahen ihr Haar mit einem dünnen lodernden Kranz. Ihr linker Arm hing schlaff herunter, und als sie näher kam, drehte sie den Kopf ein wenig, um die verbrannte Hälfte ihres Gesichts abzuwenden. Ihre Miene war starr und ausdruckslos, aber es war jene Art von Ausdruckslosigkeit, hinter der sich Schmerz und ein fast übermenschliches Maß an Selbstbeherrschung verbargen. Um ihre Hüfte und ihren Oberkörper schlang sich ein Geflecht von dünnen ledernen Riemen; die Sumpfmänner hatten sie auf dem Rücken des Pferdes festgebunden, um zu verhindern, daß sie bei einem plötzlichen Schwächeanfall aus dem Sattel stürzte. Sie hatten bei den Medikamenten, die Tantor ihnen zurückgelassen hatte, auch einen Beutel mit einem schmerzstillenden Pulver gefunden, einem Mittel, das einen Menschen in die Lage versetzte, weißglühendes Eisen zu berühren und dabei zu lächeln, das aber auch die Gedanken vernebelte und die Sinne abstumpfte. Gowenna hatte sich geweigert, es zu nehmen.

»Wie fühlst du dich?« fragte er. Es war eine dumme und überflüssige Frage, doch der Anblick ihres zerstörten Gesichts lähmte ihn und ließ ihn Zuflucht zu einem Gemeinplatz suchen, um nicht nur wortlos neben ihr herzureiten und sie anzustarren.

Gowenna versuchte zu lächeln, aber ihre Lippen, zur Hälfte gelähmt und starr, ließen eine Grimasse daraus werden. Eine plötzliche Windbö griff nach ihrem Haar und warf es nach vorne, so daß es wie ein dichter schwarzer Schleier vor ihrem Gesicht wehte. Sie hob die Hand, um es zurückzustreifen, führte die Bewegung aber nicht zu Ende.

»Ich glaube, ich fühle mich ungefähr so, wie du aussiehst, Skar«, antwortete sie mit einiger Verspätung auf seine Frage. Die gezwungene Fröhlichkeit in ihrer Stimme versetzte Skar einen schmerzhaften Stich.

»Wenn du willst, rasten wir eine Weile«, erwiderte Skar. »Den Pferden würde eine Pause auch guttun.«

Gowenna schüttelte den Kopf. »Nein. Wir müssen weiter. Wenn wir überhaupt eine Chance haben, lebend hier herauszukommen, dann nur, wenn wir keine Zeit verschwenden.«

Skar wollte widersprechen, aber Gowenna hatte recht – sie hatten genug Fleisch, und er war sicher, daß sie auch Wasser finden würden; das war nicht das Problem. Aber es war – und jetzt, als ihm dieser Vergleich einfiel, wunderte er sich fast, daß er ihm nicht schon viel früher eingefallen war – wie in Combat: Auch dort hatte es Plätze gegeben, an denen sie sicher und von keiner Gefahr bedroht gewesen waren, aber es reichte, dort zu sein. Ihre bloße Anwesenheit hier war ein Frevel, der nicht ungesühnt bleiben würde. Er war nie abergläubisch gewesen, und noch vor wenigen Tagen hätte er über diesen Gedanken gelacht, aber Tuan hatte mit der Welt, die er kannte, nichts gemein. Es war mehr als ein *totes* Land – es war *fremd.* Es würde seinen Preis fordern, wie Combat ihn gefordert hatte.

Er deutete mit einer Kopfbewegung nach Süden. »Was weißt du über dieses Land?«

»Nichts. Nichts jedenfalls, was uns weiterhelfen würde. Es ... gibt eine Menge Legenden, die sich um Tuan und seine Geister ranken, aber Enwor hat mehr Legenden als Menschen, und ich weiß sowenig wie du, was uns erwartet.«

»Aber du warst schon einmal hier.«

Gowenna schüttelte den Kopf. »Nicht hier, Skar. Ich war in Combat, aber ich nahm den gleichen Weg, den wir genommen haben – über die Berge. Auch zurück. Doch ich glaube nicht, daß wir etwas anderes finden als das, was wir bereits gefunden haben.«

Skars Blick glitt eine Weile unsicher über die zerrissene, von Kratern und Ruinen und jäh aufklaffenden Spalten verstümmelte Landschaft. »Was mag hier geschehen sein?« murmelte er.

Seine Worte waren nicht als Frage gedacht gewesen, aber Gowenna antwortete trotzdem darauf. »Der Atem der Götter, Skar. Die gleiche Macht, die Combat in Brand setzte.«

»Götter ...« Skar lächelte dünn. »Ich glaube nicht an Götter, Gowenna. Ich habe Enwor von einem Ende zum anderen durchstreift, aber ich habe nirgends einen getroffen. Vielleicht«, fügte er nach kurzem Zögern hinzu, obwohl ihn der Gedanke fast selbst erschreckte, »war es eine Waffe.«

»Eine Waffe, die Stein zu Glas zerschmilzt und ein ganzes Land verbrennt?« fragte Gowenna zweifelnd.

»Was ist daran absurder als an der Vorstellung einer Stadt, die groß wie ein Land ist, absurder als an der Vorstellung einer Stadt, die brennt, ohne jemals zu verbrennen, oder eines Kristalls, der tötet, wenn man ihn berührt?« gab Skar zurück. »Diese Ruinen begleiten uns, seit wir die Berge verlassen haben, Gowenna. Diese Stadt muß mehr Einwohner gehabt haben als Besh-Ikne, Malab und Endor zusammengenommen.«

»Das hat sie sicher«, nickte Gowenna. »Combat war nur ihr Zentrum, das Herz Tuans, das Stadt und Land in einem war. Eine Festung. Weißt du, daß Combat in der Sprache der Alten nichts anderes als *Kampf* bedeutet?«

»Ich dachte, du weißt nichts über dieses Land«, erwiderte Skar überrascht.

»Ich weiß auch nichts darüber«, antwortete Gowenna ruhig. »Eine Legende, mehr nicht. Das Praktische an Legenden ist, daß man sich immer die für wahr heraussuchen kann, die einem am dienlichsten erscheint.« Sie lachte, stockte für die Dauer eines Atemzugs und begann dann plötzlich und scheinbar ohne jeden Grund zuerst zu schluchzen, dann zu weinen. Ihre Schultern bebten.

Skar lenkte sein Tier näher an das Gowennas heran, streckte die Hand aus und berührte sie flüchtig an der Schulter. Gowenna fuhr auf, schlug seinen Arm beiseite und wandte sich mit einem Ruck ab.

»Laß mich, Satai!« stieß sie hervor. »Ich brauche dein Mitleid nicht! Deines am allerwenigsten!«

Skar erstarrte. »Das glaube ich dir gerne, Gowenna«, sagte er gepreßt. »Du hast genug davon in dir. Wer so viel Selbstmitleid hat wie du, braucht das anderer nicht mehr. Er hat auch kein Anrecht mehr darauf.«

Seine Worte trafen sie wie ein Schlag ins Gesicht. Sie fuhr herum, öffnete den Mund, um etwas zu sagen, brachte aber nur ein schmerzhaftes Krächzen zustande. Ihr unverletzt gebliebenes Auge sprühte vor Zorn.

»Satai!« zischte sie, und diesmal klang es, wie es gemeint war: als Beschimpfung. »Ihr versteht nichts. *Nichts.* Ihr wißt ein Schwert zu führen, aber was wißt Ihr von einem Menschen?«

»Genug«, antwortete Skar so ruhig, wie er konnte. Die Kluft zwischen ihnen war wieder da, unüberbrückbar wie zuvor, und Skar begriff plötzlich, daß alles, was er bisher gefühlt – nicht einmal *wirklich* gefühlt, sondern nur zu fühlen geglaubt hatte – nur eine barmherzige Lüge gewesen war. Sie waren von einem Moment zum anderen von Feinden zu Verbündeten geworden, aber es war nur ein Burgfrieden, eine aus Not geschmiedete Gemeinschaft, und die alte Feindschaft war noch da und würde immer da sein, ganz egal, wie lange sie zusammen blieben. »Genug jedenfalls«, fuhr er fort, »um zu wissen, daß weder Selbstmitleid noch blinder Haß eine Lösung sind. Wenn du ein Ziel erreichen willst, dann nur durch Härte. Ich weiß, daß du stark wie ein Mann und stolz darauf bist, aber das ist es nicht, was ich meine.« Die Flamme brannte höher, griff gierig nach der Nahrung, die er ihr so lange vorenthalten hatte.

Er hatte Gowenna vom ersten Tag an zur Zielscheibe des Hasses gemacht, der Vela gebührt hätte. Ohne daß er sagen konnte warum, hatte es ihm stets ein Gefühl der Befriedigung bereitet, sie zu quälen, zu schlagen, wenn schon nicht mit Fäusten, so mit Worten, und trotz allem, was geschehen war, bereitete es ihm noch immer dasselbe boshafte Vergnügen, zu sehen, wie sie unter seinen Worten zusammenzuckte, obwohl auch jetzt in seinem Inneren eine Stimme war, die ihn anschrie, aufzuhören, sie nicht weiter zu peinigen.

»Du glaubst, Vela zu hassen«, fuhr er fort, »und nicht einmal das ist wahr. Der einzige Mensch auf der Welt, den du haßt, bist du selbst. Du haßt dich, weil du weißt, daß du nie wieder unter Menschen treten kannst, ohne daß man dir Blicke nachwirft und dir entweder Ekel oder Furcht entgegenbringen wird. Du haßt dich, weil du es nie wieder wagen wirst, in einen Spiegel zu schauen. Und du haßt dich, weil du versagt hast.«

»Ich habe –«

»Du *hast* versagt, Gowenna. Ich rede nicht von Combat. Du wußtest vorher, daß ich es sein würde, der den Stein holt. Ich rede davon, daß Vela dich betrogen hat. Dafür haßt du dich. Nicht sie. Was sie getan hat, ist ihre Sache, aber du wirst dir – dir selbst, Gowenna – niemals verzeihen, *daß* sie es tat. *Deshalb* habe ich dein Angebot abgelehnt, in deine Dienste zu treten. Du verachtest uns *Satai«* – er betonte das Wort auf die gleiche Weise wie sie zuvor, aber er sah an der Reaktion auf ihrem Gesicht, daß sie den Unterschied genau spürte – »aber du hast immer noch nicht begriffen, was wir wirklich sind. Sowenig«, fügte er, leiser und nach einer genau bemessenen Pause hinzu, »wie du jemals begreifen wirst, was eine *Errish* ist. Es gehört mehr dazu, eine Ehrwürdige Frau zu werden, als Krankheiten zu heilen und ein wenig Hokuspokus aufführen zu können, so wie mehr dazu gehört, als ein Schwert zu führen, um ein Satai zu sein. Härte, Gowenna. Vela konnte dich schlagen, weil sie *hart* ist, und ich werde sie besiegen, weil ich ebenso hart bin. Nicht Härte anderen gegenüber, sondern dir selbst gegenüber. Erst, wenn du begriffen hast, daß dein eigenes Leben nichts, absolut nichts wert ist, erst dann kannst du wirklich stark werden.«

»Und das bist du, ja?« fragte Gowenna spöttisch. Er hatte sie in die Enge getrieben, und sie flüchtete sich in Sarkasmus und Hohn. »Der große, tapfere Satai. Der Supermann. Warum hast du sie nicht getötet, Satai, wenn du so verdammt stark bist? Warum hast du sie nicht erschlagen? Du hast mehr Grund als ich, sie zu hassen, und einer dieser Gründe heißt Del. Sie hat dich dazu gebracht, einem Mann, den du als deinen Freund bezeichnest, in einem Kampf auf Leben und Tod gegenüberzutreten. Warum hast du sie nicht getötet, wenn dir dein eigenes Leben so wenig gilt? *Du kannst es nicht, Skar. Ein kleiner Liebeszauber, von dem du nichts gemerkt hast – ich hoffe, du verzeihst mir diesen kleinen Kunstgriff«,* versuchte sie Velas Worte nachzuäffen. »Aber sag mir, Satai, wie kann man einen Mann behexen, der keine Gefühle kennt? Man kann es – jedenfalls bei dir. Sie hat es bei eurem zweiten Treffen in Ikne getan, und du hast es nicht einmal gespürt. Ich hätte es auch tun können, Skar. Ich kann alles, was sie kann. Hätte ich gewollt, würdest du mich abgöttisch lieben und im Staub kriechen, wenn ich nur mit den Fingern schnippe. Aber ich wollte, daß du mir freiwillig hilfst. Ich wollte keine Marionette, sondern einen *Freund.«*

Plötzlich kam Skar ihre Unterhaltung absurd vor, absurd und lächerlich. Sie waren beide mehr tot als lebendig, Gowenna verbrannt vom Säureatem des Drachen, er noch immer verseucht von dem Gift, das in seinen Adern pulsierte, und sie hatten nichts Besseres zu tun, als sich zu streiten. Er lachte.

Gowenna preßte die Lippen zusammen. »Verzeih mir, wenn ich etwas Dummes gesagt habe, Satai«, sagte sie. »Aber ich bin nur ein naives Mädchen, vergiß das nicht.«

Skar schüttelte den Kopf. »Das war es nicht, Gowenna. Ich habe mich nur für einen Moment gefragt, warum wir nicht aus den Sätteln steigen und uns mit Sand bewerfen.«

Gowenna starrte ihn verständnislos an, und sein Lächeln erlosch schlagartig. »Verzeih«, murmelte er. »Das war unfair. Ich ... ich wollte dir nicht weh tun.«

»Doch, Skar, das wolltest du. Und du hast es erreicht. Du wolltest mich verletzen, so wie ich dich vom ersten Tage an verletzen wollte.«

»Und jetzt?« fragte Skar. »Willst du es nicht mehr?«

Gowenna schüttelte verwirrt den Kopf. »Ich ... versuche es nicht mehr zu wollen«, sagte sie stockend. »So, wie –«

»So, wie du versuchst, Vela zu hassen«, vollendete Skar den Satz. »Und du kannst beides nicht. Und das ist auch der Grund, aus dem du sie niemals besiegen wirst, Gowenna. Vielleicht wirst du deine Worte wahr machen und sie bis ans Ende der Welt jagen und töten. Aber *besiegen* wirst du sie nie.«

Er sah an ihrem Blick, daß sie etwas darauf erwidern wollte, aber bevor sie Gelegenheit dazu bekam, zwang er sein Pferd herum und ritt schnell zu El-tra an die Spitze der Kolonne vor.

Wieder träumte er, aber diesmal konnte er sich hinterher an den Traum erinnern. Er lief über eine gewaltige schwarze Ebene, die mit Trümmern und formlosen, brennenden Dingen übersät war. Tuan und nicht Tuan, oder wenn doch, dann ein Tuan, das er niemals wirklich gesehen hatte, ein Totes Land, wie es vielleicht ausgesehen hatte, als es noch nicht tot oder gerade im Sterben begriffen war. Feuer fiel vom Himmel, und im ersten Moment glaubte er, wieder in Combat zu sein, aber alles um ihn herum war schwarz und geduckt, und der

Boden zuckte und bebte unter seinen Füßen wie ein gewaltiges lebendes Wesen, das sich in Krämpfen wand. Vor ihm war etwas Schwarzes und Monströses, das sich seinen Blicken beständig entzog, aber trotzdem auch immer da war, egal, wohin er sah. Er hätte Angst davor haben müssen, aber er empfand im Grunde gar nichts. Plötzlich war er wirklich in Combat, wieder in dem kleinen Raum unter der Kuppel des Tempels, aber er wußte mit einem Mal, daß es kein Tempel war, sondern das Zentrum eines unsagbar fremden Etwas, das er niemals begreifen würde, Herz einer ... Magie (?), die vor hunderttausend Jahren untergegangen war, zusammen mit den Wesen, die sie geschaffen hatten, und vor ihm stand der weiße, aus schimmerndem Glas gewachsene Gral des Steines, bewacht von einem gewaltigen schwarzen Granitwolf. Aber als er danach greifen wollte, schmolz er zusammen und wurde zum höhnisch grinsenden Kopf des Staubdrachen, und aus dem Wolf wurde ein hühnenhafter schwarz gepanzerter Krieger. Die dunklen Augen hinter dem geschlitzten Visier erschienen ihm seltsam vertraut, aber er wußte nicht, wem er gerade gegenüberstand, Del oder seinem Dunklen Bruder, vielleicht auch beiden. Der Traum endete an dieser Stelle, aber Skar wachte nicht auf, sondern trieb noch eine Weile haltlos durch den grauen Nebel, der zwischen Schlaf und Erwachen liegt. Das Geräusch des Windes drang schwach an sein Bewußtsein, doch der Laut erschien ihm plötzlich wie ein langgezogenes, klagendes Heulen, das Heulen des steinernen Wolfes von Combat, der den Verlust seines Schatzes beklagte. Noch einmal glitt er – für Sekunden, wie es ihm schien – hinüber in den Schlaf, und als wäre sein Traum noch nicht zu Ende gewesen, setzte er sich fort. Plötzlich war er nicht mehr in Combat, sondern in Urcòun, der Stadt am Rand der Nonakesh-Würste. Wieder sah er den schwarzen Riesen, aber dann wuchsen aus seinem Kopf und seinen Schultern lange, dornige Stacheln, und als er die Hand hob und das Gesichtsvisier zur Seite schob, da war es nicht Dels Gesicht oder sein eigenes, sondern eine schwarze, brodelnde, formlose Masse.

Diesmal erwachte er endgültig.

Er fuhr so abrupt hoch, daß El-tra, der auf einem Mauerrest über dem provisorischen Lager saß und Wache hielt, erschrocken herumguckte und die Hand auf das Schwert legte. Skar schüttelte hastig den Kopf, gab dem Sumpfmann mit einer stummen Geste zu verstehen, daß alles in Ordnung sei, und setzte sich – leiser, um Gowenna und den anderen El-tra, die rechts und links von ihm lagen und schliefen, nicht zu wecken – vollends auf. Seine Stirn war heiß, und das Brennen auf seinen Handflächen und der trockene, üble Geschmack im Mund sagten ihm deutlich, daß er in den letzten Stunden erneut Fieber gehabt und sein Körper den Kampf gegen die Rauschdroge noch lange nicht gewonnen hatte.

Aber es gelang ihm nicht, den Traum als Fieberphantasie abzutun. Er war zu klar gewesen, und er verblaßte nicht in der Art normaler Alpträume bald nach dem Erwachen, sondern schien im Gegenteil erst jetzt, in Skars Erinnerung, an Klarheit zu gewinnen. Es war fast, als wäre es kein Traum, sondern eine Botschaft gewesen, etwas, das von außen an ihn herangekommen und sich in seine Träume geschlichen hatte, um sie als Vehikel zu benutzen, als wolle ihm irgend jemand oder etwas – vielleicht sein eigenes Unterbewußtsein – auf diesem Wege etwas mitteilen.

Aber wenn es eine Botschaft war, dann verstand er sie nicht.

Er blieb eine Weile reglos sitzen und wartete darauf, daß die Müdigkeit zurückkam, aber sie kam nicht. Sein Körper und vielmehr noch sein Geist befanden sich in Aufruhr; er würde in dieser Nacht keinen Schlaf mehr finden. Leise beugte er sich zu Gowenna hinüber und betrachtete sie sekundenlang. Sie lag auf dem Rücken und schlief; ihre Hand hatte die Decke, in die sie sich gewickelt hatte, bis zur Stirn hochgezogen, so daß der Stoff wie ein grober Schleier die geschändete Seite ihres Gesichtes verbarg. Ihre Hand hatte sich selbst im Schlaf noch so fest in das Gewebe gekrallt, daß ihre Knöchel weiß und deutlich hervortraten.

Plötzlich machte sich ein widersinniges Gefühl von Verlangen in Skar breit. Es war wie beim ersten Mal, als er sie schlafend gesehen hatte – jetzt, wo er nur ihren Körper sah, sah er auch nicht mehr als die Frau in ihr, die sie war. Er empfand nichts von dem Haß und dem Zorn, den er der wachen Gowenna entgegenbrachte, sondern fühlte nur noch Zärtlichkeit, ein Empfinden, das er zu lange entbehrt hatte, und – ja, und Vertrauen. Als hätten dieses schlafende Mädchen neben ihm und die Frau, zu der sie wurde, wenn er sie jetzt an der Schulter berühren und wecken sollte, nichts, aber auch gar nichts miteinander gemein.

Er merkte es nicht einmal, aber seine Hand machte sich plötzlich selbständig, glitt in einer unendlich behutsamen Bewegung über die Decke und suchte ihre Hand. Und als hätte Gowena – die *schlafende* Gowenna – nur darauf gewartet, schlossen sich ihre Finger um seine, preßte sich ihre Haut gegen die seine, die eine so heiß und trocken und rissig und vom Fieber ausgedörrt wie die andere, und für einen kurzen, ganz kurzen Moment spürte er Lust – nicht Lust auf irgendeine Frau, nicht das Verlangen nach reinem Sex, der ihm nicht mehr bedeutete als ein natürliches Bedürfnis seines Körpers und den er beherrschen und nach Belieben unterdrücken konnte wie Hunger oder Durst, sondern ein heißes, drängendes Verlangen nach ihr, eine morbide Lust, sie an sich zu reißen, sie in die Arme zu schließen und die Lippen auf ihr verbranntes Gesicht zu pressen, sie zu streicheln ...

Skar riß seine Hand so abrupt zurück, daß Gowenna beinahe erwachte und sich stöhnend herumwarf. Er schloß die Augen, ballte die Fäuste und versuchte seine Gedanken dorthin zurückzujagen, wo sie hergekommen waren.

Für einen Moment dachte er an gar nichts, schuf bewußt eine schwarze, endlose Leere in seinem Geist und öffnete nur zaghaft wieder die Augen.

Er stand auf, legte sich seinen Mantel um die Schultern und nahm nach kurzem Zögern auch die Decke auf, um sie wie einen zweiten Umhang über den ersten zu werfen. Es waren noch Stunden bis zum Sonnenaufgang, und wenn auch der Wind sie in der halboffenen Ruine, in der sie Zuflucht gesucht hatten, nicht erreichen konnte, so kroch doch die Kälte wie ein glitzerndes eisiges Tier durch die Wände und den Boden und nagte beharrlich an seinen Kräften. Er bückte sich noch einmal, hob seine Waffe auf und schob sie lautlos in den Gürtel. Das Gewicht des *Tschekal* an seiner Seite gab ihm ein Gefühl der Sicherheit, obwohl er wußte, daß die Gefahren, die hier auf sie lauern mochten, sicher nicht mit herkömmlichen Waffen zu bekämpfen waren.

SCHABERICHT '83

Das schwarze Glas Tuans knirschte unter seinen Stiefeln, als er zu El-tra hinüberging. Sie waren trotz ihrer Erschöpfung bis weit in die Nacht hinein geritten und hatten an die fünfzig Meilen zwischen sich und Combat gebracht, und die Landschaft begann sich hier langsam, aber doch spürbar zu verändern. Der Boden war nicht mehr ganz so glatt und hart, und an manchen Stellen war das Glas wie unter einer Folge ungeheurer Hammerschläge geborsten und zu einer zersplitterten, krumigen Masse zersprungen, und der Wind trug nicht nur Schnee und Kälte, sondern auch Schleier schwarzen, staubfeinen Glases mit sich. Skar senkte den Blick, drehte den Kopf, um dem Bombardement winziger schneidender Partikel zu entgehen, und arbeitete sich gebückt zu El-tra durch. Der Sumpfmann hockte reglos auf einem Mauerstück, als gäbe es weder den Wind noch die schneidende Kälte. Hätte er nicht bei Skars Näherkommen den Kopf gedreht und genickt, hätte man ihn für eine leblose Statue halten können; ein Teil dieses Landes, trotz seiner Menschenähnlichkeit so bizarr und fremdartig wie die Welt, in die sie eingedrungen waren.

Er deutete auf die Mauer neben sich und machte eine einladende Handbewegung, aber Skar blieb stehen. Er versuchte mehr von ihrer Umgebung zu erkennen. Am Abend, als sie aus den Sätteln gestiegen und hinter der zerfallenen Mauer Zuflucht gesucht hatten, war er zu müde gewesen, um mehr als Schatten wahrzunehmen, aber die wenigen Stunden Schlaf hatten ihn – trotz der Alpträume und des Fiebers – in überraschendem Maße gestärkt. Es war nicht wirklich dunkel: Combats Feuer leuchtete selbst hier noch hell genug, um die Landschaft in flackerndes rotes Dämmerlicht zu tauchen. Trotzdem schien alles, was weiter als zehn, fünfzehn Fuß entfernt war, hinter einen unsichtbaren kochenden Schleier verborgen zu sein, den sein Blick wohl durchdringen konnte, der es aber trotzdem unmöglich machte, irgendwelche Einzelheiten zu erkennen. Er sah Schatten und Konturen und seltsame, fremdartige Dinge, ohne wirklich sagen zu können, was er sah.

»Warum schläfst du nicht?« fragte El-tra nach einer Weile. »Es ist noch Zeit. Du wirst deine Kraft brauchen.«

Skar schüttelte unwillig den Kopf. »Ich kann nicht«, antwortete er. »Aber du solltest dich hinlegen. Es reicht, wenn einer von uns wacht.« Er hatte gerne hinzugefügt, daß es im Grunde nicht einmal nötig war, Wachen aufzustellen, aber er tat es nicht. Wenn El-tra es für nötig hielt zu wachen, so würde er seine Gründe haben.

»Ich bin nicht müde, Skar«, antwortete El-tra. »Mein Bruder schläft. Das reicht.«

Skar blinzelte verwirrt. »Soll das heißen, ihr ruht beide, wenn einer von euch ruht?« fragte er ungeschickt.

El-tra antwortete nicht. Er stand auf, mit einer raschen, fließenden Bewegung, wie es die Art seiner Rasse war, packte sein Schwert mit beiden Händen und deutete nach Süden. Skar sah die Waffe des Schattenmannes jetzt zum ersten Mal bewußt an – es war kein Schwert wie das, das er oder Gowenna trugen, sondern ein wuchtiges, mörderisches Ding mit zwei Schneiden und zahlreichen, reißenden Spitzen; keine Waffe für einen ehrenvollen Kampf, sondern ein brutales Mordinsturment, ein Ding zum Schlachten und Verstümmeln. Er schauderte.

»Vielleicht ist es gut, daß du kommst«, fuhr El-tra nach sekundenlangem Schweigen fort. »Ich bin mir nicht sicher, . . . aber . . .« Er sprach den Satz nicht zu Ende, doch seine Worte ließen Skar aufhorchen. Er fragte sich, wie El-tra in dem brodelnden Nichts dort vor ihnen überhaupt etwas wahrnehmen konnte.

»Komm.«

Sie gingen los, nebeneinander und mit gezogenen Waffen. Das Gebäude, in dem sie Schutz gesucht hatten, war das erste in einer vielleicht dreihundert Fuß langen, geometrisch exakten Linie abgeschmirgelter Ruinen, die sich in südlicher Richtung dahinzogen. Was dahinter lag, war nicht mehr zu erkennen. El-tra ging vielleicht zwanzig Schritte weit, blieb dann stehen und deutete wortlos nach links. Skar sah konzentriert in die angegebene Richtung. Er erkannte eine Mauer, etwas höher als die, hinter der ihr Nachtlager war, und an einer Stelle von einem breiten, halbkreisförmigen Durchgang unterbrochen, dessen oberes Drittel fehlte.

Nebeneinander traten sie hindurch und blieben abermals stehen. Es fiel Skar nicht schwer, sich vorzustellen, wie dieses Gebäude einmal ausgesehen haben mußte. Von seinem Inneren war nichts erhalten, der Boden war geschmolzen und zu Glas erstarrt wie das gesamte Antlitz Tuans – aber es mußte annähernd rechteckig gewesen sein, und dicht neben dem Eingang führte ein schwarzer, lichtloser Schacht, an dessen oberen Ende die ersten Stufen einer Treppe zu erkennen waren, in die Tiefe. Skar ließ sich daneben auf die Knie sinken, legte sein Schwert neben sich auf den Boden und beugte sich vor, so weit es ging. Aber er erkannte nichts. Die Finsternis unter ihm war total, und selbst die flackernden dunkelroten Lichtblitze Combats, die wie eine stumme Drohung über dem Land lagen und ihre Umgebung in das Szenario eines Alptraumes verwandelten, schienen eine knappe Handbreit unter dem Beginn der Treppe aufgesogen und verschluckt zu werden.

Aber dafür fühlte er um so deutlicher, was El-tra gemeint hatte. Sie waren nicht allein. Es war keine bewußte Wahrnehmung, nichts, was er normalerweise mit seinen Sinnen aufnehmen oder erklären konnte, sondern nur ein Gefühl, weniger sogar noch, etwas wie die Stimme in dem Traum, aus dem er aufgeschreckt war – leise, nicht greifbar, aber doch deutlich, ein Empfinden, als hätte er zu seinen normalen Sinnen plötzlich einen weiteren, neuen hinzubekommen. Er war irritiert.

Er sah sich einen Moment suchend um und riß, als er nichts anderes fand, einen Streifen von der Decke, die er über seinen Mantel geworfen hatte. Rasch wickelte er ihn um das obere Drittel seines Schwertes und knotete ihn fest. El-tra ließ sich neben ihn auf ein Knie sinken und griff unter seinen Umhang. Tantor hatte ihnen nicht nur Heilkräuter und Fleisch, sondern auch einen kleinen Vorrat des Brandpulvers zurückgelassen, mit dessen Hilfe er auf dem Weg durch die Berge selbst aus tropfnassem Holz Feuer entzündet hatte, und die Chemikalie wirkte auch jetzt noch – El-tra tupfte eine Fingerspitze davon auf den Stoffstreifen, und schon nach wenigen Sekunden begann sich der erste Rauchfaden emporzukräuseln.

Skar wartete nicht, bis seine improvisierte Fackel vollends Feuer gefangen hatte. Der zundertrockene Stoff würde nur wenige Augenblicke brennen, ehe er zu Asche zerfiel. Vorsichtig, beide Arme ausgestreckt, um nicht im Dunkeln gegen ein Hindernis zu stoßen, und mit den Fußspitzen über die steinernen Stufen tastend, stieg Skar in die Tiefe. Der Stoffstreifen begann zu glimmen, dann in wachsenden, rauchenden Flammen zu brennen, trotzdem wurde es nicht hell. Das Licht wurde eine knappe Armlänge unter ihm aufgesogen; er bewegte sich im Inneren einer unregelmäßigen, blakenden Kugel aus flackernder Helligkeit, an deren Rändern ein beständiger verzweifelter Kampf zwischen Licht und Finsternis zu toben schien.

Als er das Ende der Treppe erreichte, war seine provisorische Fackel zur Hälfte heruntergebrannt. Der Griff des *Tschekal* begann sich bereits spürbar zu erwärmen. In wenigen Augenblicken würde er so heiß sein, daß Skar ihn nicht mehr halten konnte. Skar zögerte einen Moment, riß einen weiteren Streifen von seiner Decke und setzte auch ihn in Brand.

Skar schloß geblendet die Augen, als der Stoff hell aufloderte, hob instinktiv die Hand vor das Gesicht und ließ den Streifen fallen, der wie ein glühender Feuerschmetterling zu Boden flatterte und dort weiterbrannte.

Im ersten Moment hatte Skar das Gefühl, sich im Inneren eines gewaltigen, in Millionen und Abermillionen verschiedenförmiger Facetten geschliffenen Kristalls zu befinden. Die Wände des Kellerraums bestanden aus Glas, wie der Boden über ihm, aber anders als er waren sie von kristallener Klarheit; blitzendes Eis und Kaskaden von sprühendem, mitten in der Bewegung erstarrtem Wasser, in denen sich das Licht der Flammen millionenfach brach und spiegelte.

Für einen Moment hatte er das Gefühl, als ob der Boden unter seinen Füßen bebte, aber dann merkte er, daß er es war, der wankte, unter dem plötzlichen Ansturm von Licht und Helligkeit zurücktaumelte wie unter einem Schlag. Er blinzelte, schloß die Augen und öffnete sie erst nach Sekunden vorsichtig wieder. Der Anblick war bizarr, erschreckend und faszinierend zugleich.

Sie standen am Eingang einer niedrigen, aber weitläufigen Kuppelhalle. Der Boden war eben, oder war einmal eben gewesen, bevor er sich wie ein gewaltiges Tier in zuckenden Krämpfen gewunden hatte und dann wieder erstarrt war. Eine der Seitenwände war geborsten, die Steine in einer gefrorenen, zeitlosen Explosion in den milchigweißen Schwaden gefangen. Gläserne Stalaktiten wuchsen von der Decke herab, und da und dort spannten sich dünne, durchbrochene Netze wie verwunschene Spinnweben durch den Raum. Skar glaubte für einen kurzen Moment im Widerschein des Feuers die ungeheure Glut zu spüren, die diesen Raum einmal erfüllt haben mußte, Hitze, die Sand zu Dampf und dann zu Glas werden ließ, ein Höllenfeuer, das auf geheimnisvolle Weise noch immer da zu sein schien, als wäre es nie erloschen, sondern gefangen in den weißen, durchsichtigen Schleiern, schlafend, aber noch da.

Skar versuchte sich vorzustellen, wie es gewesen sein mußte: Irgendwann einmal hatten hier Menschen – Menschen oder Götter, aber auf jeden Fall *lebende* Wesen – gelebt. Sie hatten Städte gebaut, Festungen, Burgen, hatten vielleicht Kriege gegeneinander geführt, waren glücklich oder unglücklich gewesen. Und dann war das Ende gekommen; schnell, wahrscheinlich zu schnell, als daß noch irgendeiner überhaupt etwas von dem Unheil spürte, das plötzlich über sie hereinbrach, war die Sonne mit einem einzigen brüllenden Schlag vom Himmel gestürzt, hatte Combat in Brand gesetzt und dieses Land getötet ...

Das Geräusch leiser Schritte riß ihn aus seinen Gedanken. Er sah auf, drehte sich um und sah El-tra nachdenklich an. Das Licht wurde schwächer. Skar streifte den verkohlten Stoff von seinem Schwert, riß wieder ein Stück von seiner Decke und entzündete es. Diesmal war er auf den Ansturm von Licht vorbereitet, aber es schien ihm auch weniger schlimm, zwar noch immer schmerzhaft intensiv, aber nicht mehr so voller Wut wie beim ersten Mal.

El-tra ging stumm an ihm vorbei. Skar konnte die Anspannung, unter der der Sumpfmann stand, spüren. Das Gefühl, beobachtet, belauert zu werden, war hier stärker. Aber er war auch plötzlich sicher, daß sie allein waren. Was sie fühlten, war nichts als ein schwacher Hauch der Vergangenheit. Die Spuren, die die Jahrtausende, ohne auch nur die mindeste Veränderung im Fluß der Zeit zu bewirken, hinterlassen hatten. Sie standen in einem Grab. Und sie fühlten es.

El-tra deutete auf den Boden neben sich und ließ sich auf die Knie nieder. Skar trat neben ihn. Er sah die obersten Stufen einer Treppe, die weiter in die Tiefe führte, hinab in einen Schacht, der von gesprungenem Glas wie von einem gewaltigen Pfropfen ausgefüllt war. Das Gebäude mußte sich auch unter diesem Keller noch fortsetzen, vielleicht Teil eines gewaltigen, Stockwerk um Stockwerk in die Tiefe reichenden Labyrinthes, das noch intakt sein mochte, unversehrt und geschützt durch den Panzer aus Glas und geschmolzenem Stein, der über ihm lag.

»Gehen wir«, murmelte er. »Hier ist nichts.« Er sprach leise, und doch erfüllten seine Worte den Raum mit bizarrem kichern-dem Leben. Dies war kein Ort, an dem Menschen sein sollten.

El-tra stand auf und drehte sich um, blieb aber noch einmal stehen und sah zu einer Stelle neben der zerborstenen Seitenwand. Etwas Dunkles, ungeheuer Massiges und Großes ragte halb aus dem erstarrten Glas.

Skar trat zögernd näher. Es war schwer zu erkennen, *was* sie eigentlich vor sich hatten; sein Blick schweifte immer wieder ab, und er mußte seine Augen bewußt zwingen, hinzusehen.

Das Ding hatte entfernte Ähnlichkeit mit einem Menschen. Es war größer, sehr viel größer, und auf schwer zu beschreibende Art massig, von der Wucht und Unaufhaltsamkeit einer Naturgewalt. Es mußte eine Statue sein, irgendein blasphemischer Gott, den die Menschen, die hier gelebt hatten, angebetet und in Stein oder Eisen geschaffen hatten. Es war schwarz, eine Farbe wie uraltes, glänzendes Horn, und obwohl es in einer halb kauernden, aufspringenden Haltung in die Wand eingebettet war, sah Skar, daß es aufgerichtet weit über drei Meter messen mußte. Sein Körper war vollkommen in eine glatte Rüstung gehüllt, aus deren Schultern, Knien und Ellbogen fingerlange, reißende Dornen wuchsen. Seine Pranken waren groß wie Skars Kopf; fürchterliche Klauen mit fünf Fingern und zwei gegeneinander gerichteten, kräftigen Daumen. Das Gesicht war abgewendet; Skar konnte es nicht erkennen.

»Was ... was ist das?« flüsterte er. Seine Stimme bebte, erschüttert von einer Furcht, gegen die er hilflos war. »Ein Lebewesen?«

El-tra schüttelte den Kopf; eine rasche, abgehackte Bewegung, die zu rasch kam, um wirklich eine Antwort auf Skars Frage sein zu können. Der Sumpfmann wußte sowenig wie er, ob dieses Ungeheuer jemals gelebt hatte oder nicht. Er wollte es nicht. Ein Ding wie dieses *durfte* niemals gelebt haben.

Skar streckte zögernd die Hand aus und berührte die vorgestreckte Klaue des Ungeheuers mit den Fingern. Die Bewegung kostete ihn unglaubliche Überwindung; in ihm blitzte plötzlich die Vision auf, daß dieses Ding im gleichen Moment, in dem er es berührte, wieder zum Leben erwachen, sich mit einem brüllenden Schrei aus seinem gläsernen Gefängnis befreien und über ihn und den Sumpfmann herfallen würde. Und doch, obwohl es seiner ganzen Kraft bedurfte, die Bewegung zu Ende zu führen, war da noch etwas anderes in ihm, etwas, das ihn zwang, die Statue anzustarren, sie zu berühren.

Sein dunkler Bruder ... Es war das erste Mal seit dem Kampf mit Del und der *Errish,* daß sich die unsichtbare Stimme in ihm wieder meldete, nicht mit Worten oder Gefühlen diesmal, sondern als sanfter, auf morbide Weise beinahe wohltuender Druck, körperlos und nur als das Wissen, da zu sein.

Skars Finger glitten über die Krallenhand der Statue, glitten an ihrem Arm hinauf und verharrten, als er gegen die wasserklare Wand aus Glas stieß, in die das Ungeheuer zum Großteil eingebettet war.

»Was ist es?« fragte El-tra. »Eisen?«

Skar schüttelte den Kopf. Er war sich nicht sicher – vielleicht lag es an den verzerrten Echos, die die glitzernden Wände zurückwarfen, vielleicht an seiner eigenen Nervosität –, aber er glaubte fast so etwas wie Furcht in der Stimme des Sumpfmannes zu verspüren; ein Gefühl, von dem er bisher nicht einmal gewußt hatte, daß die Schattenmänner es kannten.

»Nein«, antwortete er nach einer Weile. El-tra schien eine weitere Erklärung zu erwarten, aber Skar schwieg. Es war kein Eisen, weder Eisen noch Stein – das Material sah aus wie Horn, und es fühlte sich an wie Horn, Horn oder vielleicht Knochen. Nichts an der Rüstung, die der Gigant trug, schien geschmiedet oder auf andere Weise bearbeitet worden zu sein. Seine Formen wirkten, obwohl gewaltig und fremder als alles, was er jemals zu Gesicht bekommen hatte, auf schwer zu bestimmende Art natürlich. *Gewachsen.*

Skar zog die Hand so hastig zurück, als hätte er unvermittelt glühendes Eisen berührt. Mit einem schnellen Schritt trat er neben

El-tra und deutete auf die Treppe.

»Wir sollten gehen«, sagte er noch einmal.

Diesmal widersprach der Schattenmann nicht, und als Skar in das wogende Nebelgesicht unter der Kapuze blickte, erkannte er Furcht, Furcht, die ebenso tief und vielleicht tiefer als seine eigene war. Es war nicht das, was sie wirklich *gesehen* hatten – die Statue war bei aller Schrecklichkeit doch nicht mehr als eine leblose Skulptur aus Stein oder Horn oder irgendeinem anderen Material, in dem die Bewohner dieses Landes ihren Gott, vielleicht auch einen Dämon, den sie fürchteten und auf diese Weise zu bannen hofften, nachgebildet hatten. Es hätte Skar nicht einmal sehr viel mehr erschreckt, einem solchen Ungeheuer lebend und leibhaftig gegenüberzustehen. Schlimmer war das, was sie beide spürten, nicht mit ihren Sinnen, dafür aber um so deutlicher mit ihren Seelen wahrnahmen: das ungeheure Gewicht der Jahrtausende, die auf diesem halb eingestürzten Gewölbe lasteten, den fremden, eisigen Hauch, der sie wie eine Vision aus einer vollkommen anderen Welt gestreift hatte. Sie hatten einen kurzen, einen ganz kurzen Blick in das Tuan geworfen, das hier gewesen war, lange bevor der Mensch seinen Fuß auf die Oberfläche dieser Welt gesetzt hatte, und schon diese flüchtige Vision hatte genügt, etwas in ihnen erstarren zu lassen.

Der eisige Wind schlug ihnen mit Macht entgegen, als sie den Treppenschacht verließen und wieder zwischen die glasierten Mauern der Ruine traten. El-tra entfernte sich rasch ein paar Schritte vom Ende der Treppe und blieb stehen. Seine Hand spannte sich so fest um das Schwert, daß Skar das leise Knacken seiner Gelenke hören konnte; ein Laut, der das Heulen des Sturmes zu unterlaufen und ungemildert an sein Gehör zu dringen schien, so, wie alle seine Wahrnehmungen plötzlich zweigeteilt waren: Der Sturm und die jagenden grauen Schatten ließen seine Umgebung noch immer zu einer bizarren Alptraumlandschaft werden, zu einem Ort, an dem Furcht etwas ebenso Selbstverständliches war wie Licht und Dunkelheit oder Wärme und Kälte; aber gleichzeitig sah er manches mit beinahe erschreckender Klarheit.

Zögernd ging er an El-tra vorbei, trat durch den halbierten Torbogen und wollte sich nach rechts wenden, zurück in die Richtung, in der ihr Lager war. Der Sumpfmann berührte ihn an der Seite, schüttelte den Kopf und deutete in die entgegengesetzte Richtung. Und jetzt, als hätte es El-tras Hinweis bedurft, um einen weiteren, verborgenen Sinn in ihm zu aktivieren, spürte er es wieder.

Sie waren nicht allein. Vor ihnen war etwas Lebendes; und sie spürten es, spürten die reine Anwesenheit von Leben in diesem Reich des Schweigens und Toten, wie sie das Glühen einer Flamme in einem Land ewiger Finsternis gesehen hätten.

El-tra deutete stumm nach Norden und ging los; schnell, aber nicht hastig. Skar folgte ihm, Staub und feines, pulverisiertes Glas knirschte unter ihren Stiefelsohlen. Skar spürte ein leises, drängendes Pochen in sich, ein Gefühl jenseits seiner normalen Empfindungen, nicht so deutlich, wie es unten im Keller gewesen war, und lange nicht so machtvoll wie während seines Kampfes gegen die *Errish,* aber doch nicht leise genug, um überhört oder gar geleugnet werden zu können. Sein dunkler Bruder war noch immer da, schlafend, doch nicht tot; ein Gefühl, als wäre in ihm etwas dabei, sich zu verpuppen, einzuspinnen in einen Kokon aus Schweigen und lastender Dunkelheit, um irgendwann, vielleicht schon bald, neu und mit schrecklicherer Macht als zuvor herauszubrechen.

Er blieb stehen, preßte die Lippen zusammen und schloß für Sekunden die Augen. Seine Hände begannen zu zittern, und trotz der Kälte bedeckte feiner, kalter Schweiß seine Stirn.

»Was hast du?« fragte El-tra.

Skar schüttelte hastig den Kopf. »Nichts«, sagte er. »Es ist schon vorbei.« Er versuchte zu lächeln. »Eine vorübergehende Schwäche, mehr nicht.«

Er konnte El-tras Blick nicht sehen, aber er glaubte den Zweifel darin zu spüren.

»Die Droge«, fügte er schnell hinzu. »Ich spüre sie noch immer. Mehr nicht.«

El-tra schüttelte den Kopf. »Das ist es nicht, Bruder«, sagte er sanft und doch in einem Tonfall, der jeglichen Widerspruch von vornherein ausschloß. »Es ist etwas anderes. Da ist etwas in dir, das mich ängstigt.«

Skar lachte. »Vielleicht meine schwarze Seele«, sagte er leichthin. »Ich verspeise normalerweise zum Frühstück kleine Kinder, weißt du? Und abends Sumpfmänner.«

El-tra machte eine rasche, ärgerliche Handbewegung. »Du weißt, worüber ich rede«, sagte er scharf. »Und du versuchst es herunterzuspielen, weil es dich selbst ängstigt. Was ist es, das einen Mann dazu bringt, Furcht vor sich selbst zu haben?«

Skar hielt dem Blick der unsichtbaren Augen einen Herzschlag lang stand, dann drehte er sich mit einem Ruck um und wies mit der Spitze seiner Waffe nach Norden. »Wir sollten erst einmal nachsehen, was *dort* ist«, sagte er betont. »Über mich können wir später noch reden.«

Er hatte mit Widerspruch gerechnet, aber El-tra ließ das Thema ohne ein weiteres Wort fallen und ging weiter. Die Reihe zerfallener Ruinen blieb rasch hinter ihnen zurück, und nach weiteren zwanzig, dreißig Schritten standen sie auf einer vollkommen flachen, glatten Ebene, die sich unversehrt wie ein gewaltiger grüner Spiegel mehr als eine Meile vor ihnen ausbreitete. Der Sturm ließ kleine, wirbelnde Staubschleier und Wolken von Schnee vor ihnen tanzen, und am Himmel flackerten noch immer rote und orangefarbene Lichter, aber vor ihnen war nichts, nichts außer wogendem Chaos und den Schrecken, den sie selbst hineinlegten.

Zehn, vielleicht zwanzig Minuten standen sie reglos da und blickten in die Unendlichkeit hinaus, gepeitscht von Wind und beißender Kälte. Skar kam sich plötzlich unglaublich klein und einsam vor, lächerlich, eine Ameise, die sich vorgenommen hatte, einen Ozean zu überqueren. Es bedurfte gar keiner Feinde, sie zu töten. Dieses Land selbst würde sie umbringen, ehe sie es auch nur zu einem Zehntel durchquert hatten, würde sie mit seiner ungeheuren Leere erschlagen, das Leben aus ihnen heraussaugen. Vielleicht, dachte er, war es nur erschaffen worden, um leer zu sein, so wie Combat nur erschaffen worden war, um groß zu sein. Vielleicht sollten sie aufhören, einen Sinn darin zu suchen, irgendeine andere Begründung als einfach die, da zu sein. Sie waren Menschen, und es war wohl einer der Grundzüge des menschlichen Charakters, immer und überall nach dem Warum zu fragen. Aber was, dachte Skar, wenn es in diesem Land kein Warum gab? Wenn dies alles hier nicht irgendeinem Plan, einem Muster oder einem bestimmten Zweck folgte, sondern einfach *war?*

Der Gedanke entglitt ihm, zu abstrakt, um wirklich zu Ende verfolgt zu werden, aber er ließ ein seltsames Gefühl von Enttäuschung zurück, eine Leere, die irgendwie mit der sie umgebenden verwandt schien.

Der Wind wurde stärker. Eine gewaltige Bö riß die wirbelnde Decke aus Schnee und Wolken über ihren Köpfen auf, und für einen Moment loderte Combats Glut so grell, als hätte der gesamte Himmel Feuer gefangen. Ein hoher, klagender Ton mischte sich in das Winseln des Sturmes, und als Skar sich umwandte, glaubte er über der gezackten Schattenlinie des Horizonts einen mächtigen schwarzen Schatten zu erkennen, ein Ungeheuer aus Stein und lodernder Wut, brennend und verzehrt von einem Haß, der Skar wie eine eisige Hand zu berühren schien. Dann verschwand die Vision so rasch, wie sie gekommen war. Nur das helle, klagende Heulen des Sturmes blieb zurück.

Am nächsten Morgen fanden sie den Toten. Sie waren weitergeritten – nicht, wie Skar ursprünglich vorgehabt hatte, unmittelbar nach Sonnenaufgang, sondern eine gute Stunde nach Anbruch des Tages; er hatte keinen Schlaf mehr gefunden, sondern den Rest der Nacht zuerst wortlos neben El-tra, dann mit geschlossenen Augen, aber nichtsdestominder hellwach, auf seinem Lager liegend, und die Müdigkeit war erst bei Anbruch der Dämmerung mit Macht zurückgekehrt. Zudem hatte Gowenna eine sehr unruhige Nacht hinter sich, wohl die schlimmste überhaupt seit ihrem Fortgang von Combat. Sie litt, ganz wie Skar es erwartet hatte, stumm, und nur manchmal im Schlaf entrang sich ihrer Brust ein halblautes, unterdrücktes Echo der Qual, die sie ausstehen mochte. Aber als sie am Morgen die Augen aufschlug, war ihr Blick klar, und Skar erkannte, daß sie das Schlimmste überstanden hatte.

Trotzdem waren ihre Bewegungen noch fahrig und schwach. Das Fieber hatte das bißchen Kraft, das noch in ihr gewesen sein mochte, vollends aufgezehrt, und sie besaß nicht einmal mehr die Energie, aus eigener Kraft in den Sattel zu steigen. Skar und einer der Sumpfmänner mußten ihr helfen. Aber sie würde nicht sterben; jetzt nicht mehr.

Sie ritten weiter, in der gleichen Marschordnung wie am Tage zuvor: El-tra und Skar an der Spitze, hinter ihnen die Reservepferde, dann Gowenna, gefolgt von dem zweiten Sumpfmann, der sich – wie Skar erst jetzt auffiel – immer so hielt, daß er mit seinem Körper den eisigen Wind auffing und Gowenna so wenigstens einigermaßen schützte. Wie durch ein Wunder hatten sich die Pferde in der kurzen Pause sichtlich erholt und trabten mit neuer Kraft dahin; trotzdem kamen sie nicht mehr so rasch voran wie am Tag zuvor. Irgend etwas war in dem steinernen Karree, in dessen Schutz sie die Nacht verbracht hatten, zurückgeblieben. Sie waren, wie ein Stein, der einmal geworfen und in Bewegung war, aus der unmittelbaren Umgebung Combats geflohen, aber ihr Vorwärtskommen hatte seinen Schwung verloren und war nun auch äußerlich zu dem geworden, was es vom ersten Augenblick an gewesen war: ein mühsames, nur noch von Trotz und nicht mehr von wirklicher Energie aufrechterhaltenes Voranschleppen. Die Pferde würden nicht vor ihnen sterben, das begriff Skar, als sie die Ruinen hinter sich ließen und auf den gläsernen Spiegel hinausritten. Sie waren in gewissem Sinne besser dran als ihre Reiter – an ihren Kräften zehrten nur die Kälte und der Sturm, vielleicht später auch noch der Hunger. Aber sie waren mit ihren stumpfen Sinnen und ihrem Denken, das nur von Instinkten und angeborenen Reflexen bestimmt wurde, geschützt vor der wahren Gefahr, die Tuan barg. Nur die Menschen spürten den Atem des Bösen und Toten, der über diesem Land lag.

Sie waren weniger als zwei Stunden geritten – die Glasebene hatte sich nicht, wie es am Abend zuvor erschienen war, meilenweit dahinerstreckt, sondern war bereits nach wenigen hundert Schritten wieder in den zerborstenen Boden Tuans übergegangen – als El-tra plötzlich die Hand hob und sein Pferd mit einem harten Ruck zum Stehen brachten.

Skar sah diesmal gleich, was die Aufmerksamkeit des Sumpfmannes erregt hatte. Vor ihnen, in einer Entfernung, die durch die wehenden Staub- und Schneeschleier nicht zu schätzen war, bewegte sich ein verwaschener grauer Fleck über den Horizont. Manchmal brach ein verirrter Sonnenstrahl durch die wirbelnde grauweiße Decke über ihren Köpfen und spiegelte sich in Metall, und als sie weiterritten und näher kamen, erkannte Skar, daß es ein Pferd war. Nicht irgendein Pferd - was schon ungewöhnlich genug gewesen wäre -, sondern eines der gleichen schwarzen gepanzerten Tiere, auf denen sie selbst ritten.

El-tra gab ihnen zum zweiten Mal das Zeichen, zurückzubleiben, und galoppierte in scharfem Tempo los. Skar folgte ihm, während Gowenna und der Bruder des Sumpfmannes ohne ein weiteres Wort der Verständigung zurückblieben. Skar hatte sich allmählich an den Gedanken gewöhnt, daß die beiden Männer aus Cosh nicht unbedingt miteinander reden mußten, um sich zu verständigen. Trotzdem irritierte ihn diese wortlose Art der Kommunikation immer wieder, sooft er sie erlebte.

Eine Weile schien es, als würden sie sich ihrem Ziel überhaupt nicht nähern, obwohl sie schneller ritten, als bei dem erschöpften Zustand ihrer Pferde im Grunde zu verantworten war. Dann wieder kam das fremde Pferd mit einem Ruck näher oder verschwand ganz hinter wallenden Nebel- und Schneewolken. Auch Entfernung schien in diesem Land nicht unbedingt dasselbe zu sein wie dort, wo sie herkamen. Sie trennten sich, kurz bevor sie das Pferd erreichten - Skar galoppierte weiter geradeaus, wenn auch langsamer, darauf zu, während El-tra einen weit geschwungenen Bogen in westlicher Richtung schlug, um einem eventuellen Hinterhalt auszuweichen. Trotzdem kamen sie nahezu gleichzeitig bei dem Tier an.

Skar tauschte einen raschen Blick mit El-tra; der Sumpfmann schüttelte den Kopf. Er hatte niemanden gesehen, nichts, was auf eine Falle hindeutete. Mit einer raschen Bewegung beugte er sich im Sattel vor, griff nach den Zügeln des fremden Pferdes und bog seinen Kopf zu sich herum. Es stampfte einen Moment unruhig mit den Hinterläufen, beruhigte sich dann aber erstaunlich schnell und ließ es zu, daß El-tra seinen Nacken- und Kopfpanzer löste und die schweren Lederplatten abnahm.

Skar erschrak, als er das Tier sah. Es war am Ende. Die steinharten Kanten der Panzerung hatten tiefe, eiterige Linien in sein Fell gescheuert; seine Augen waren trüb und glanzlos, und vor seinem Maul stand grauweißer, flockiger Schaum. Seine Nüstern zitterten, dünne, halb eingetrocknete Blutfäden rannen aus seinen Augenwinkeln und den Ohren. Skar begriff plötzlich, warum das Tier nicht vor ihnen geflohen war – es hatte einfach nicht die Kraft dazu gehabt. Eigentlich war es ein Wunder, daß es noch lebte.

Er sah auf. El-tras Hand lag in einer beruhigenden Geste zwischen den Ohren des Tieres, aber sein Blick irrte über die Ebene im Süden. »Dieses Pferd hatte einen Reiter«, sagte er.

Skar nickte. »Sicher. Aber sieh es dir doch an – es kann seit Tagen herrenlos hier herumirren.«

El-tra schüttelte überzeugt den Kopf. »Er ist hier«, murmelte er. »Ich weiß es. Dort.« Er löste die Hand mit einer bedächtigen Bewegung vom Kopf des Tieres und deutete nach Süden, dorthin, woher die Spuren des Pferdes kamen, Spuren, die nur hier und da als einzelner Hufabdruck in einem Häufchen pulverisierten Glases oder als halbrunder Riß im porösen Grün des Grundes sichtbar waren und trotzdem in dieser Einöde auffielen, als wären sie mit Leuchtfarbe gemalt. Skar widersprach nicht – er hatte ihr gemeinsames Erlebnis vom vergangenen Abend nicht vergessen, und das Gefühl, beobachtet zu werden, war noch immer da.

Er nickte, drängte sein Tier herum und zögerte noch einmal. »Was ist mit ihm?« fragte er mit einer Kopfbewegung auf das herrenlose Pferd.

El-tra schwieg einen Moment und zog dann sein Schwert unter dem Mantel hervor. Skar wandte sich ab. Der Sumpfmann hatte natürlich recht – sie hatten weder die Zeit noch die nötigen Mittel, um sich um das Tier zu kümmern; wenn sie es versorgten, würden sie seine Qual nur verlängern. Trotzdem schien sich in ihm etwas zu verkrampfen, als er den schneidenden Laut und den dumpfen

Aufprall des schweren Körpers hörte. Er liebte Tiere, Pferde vor allem. Er war zu oft in Situationen gewesen, in denen sein Überleben einzig und allein von der Schnelligkeit und Treue seines Pferdes abgehangen hatte. Dazu kam, daß er Pferde fast mehr achtete als die meisten Menschen, die er kannte. Ein Tier – und ganz besonders ein Pferd – war ehrlich. Er hatte noch nie ein Pferd kennengelernt, das ihn betrogen hätte.

Sie galoppierten weiter, schneller als zuvor, obwohl es eigentlich keinen Grund zu solcher Eile gab. El-tra deutete auf eine Ansammlung flacher schwarzer Ruinen, ähnlich denen, in deren Schutz sie übernachtet hatten, und wich erneut in westlicher Richtung aus, um sie zu umgehen und sich ihnen von hinten zu nähern – ein im Grunde lächerliches Unterfangen, denn es gab auf der vollkommen flachen Ebene keinerlei Deckung. Aber Skar hätte auch dann nicht protestiert, wenn er noch die Energie dazu gehabt hätte.

Er ritt langsamer und ließ sein Tier die letzten hundert Fuß im Schrittempo gehen. Sein Blick tastete aufmerksam über die geschwärzten, runden Buckel, die wie steinerner Ausschlag aus dem grünlichen Glas Tuans wuchsen. Der Schneesturm hatte kleine, weiße Dreiecke in Winkeln und unter Kanten zurückgelassen und die Spuren des Pferdes – wenn es jemals hier gewesen war – längst verweht. Er stieg aus dem Sattel, schlug seinen Mantel zurück und zog das *Tschekal* aus der Scheide. Vorsichtig, immer wieder nach rechts und links sehend, stieg er über die kaum wadenhohe erste Mauer und drang tiefer in das steinerne Labyrinth ein. Das Feuer schien hier nicht mehr mit der gleichen Urgewalt zugeschlagen zu haben wie weiter im Norden – da und dort waren ganze Wände stehengeblieben oder wenigstens nur geringfügig beschädigt worden, an anderen Stellen brachen die dunklen Linien der Grundmauern plötzlich ab und verschwanden in runden, schimmernden Teichen, in denen der Sand wie Wasser gekocht haben mußte, ehe er zu Glas erstarrte.

Skar drang etwa zwanzig Schritte in das steinerne Labyrinth ein, ehe er stehenblieb und sich vorsichtig aufrichtete. Von El-tra war keine Spur mehr zu sehen; er mußte mittlerweile die Rückseite der Ruine erreicht haben und näherte sich nun von dort.

Dann hörte er das Geräusch. Es wehte mit der Stimme des Windes zu ihm herüber, leise und kaum wahrnehmbar, aber Skars angespannten Sinne nahmen es trotzdem auf: ein leises Schaben, das Geräusch von Leder und Eisen, die über glasierten Stein schrammten, dazwischen etwas wie Schritte. Skar drehte sich einmal im Kreis. Die Ruine war leer bis auf den nie endenden Tanz von Licht und Staub, und von Zeit zu Zeit schien ein lautloses Grollen durch den Boden zu laufen. Skars Hand krampfte sich fester um das Schwert, während er sich einem der weniger zerstörten Teile des Gebäudes näherte. Er hörte das Geräusch nicht noch einmal, aber er wußte auch so, daß er sich diesmal nicht getäuscht hatte.

Gebückt duckte er sich unter einem niedrigen, halb zerschmolzenen Torbogen hindurch. Ein Schatten lag auf dem glasierten Boden dahinter, der verzerrte, graue Schatten eines Menschen ...

Seine eigenen Reaktionen spielten ihm einen Streich. Er dachte nicht mehr, sondern handelte, kaum mehr Mensch, sondern ein einziger, blitzartiger Reflex. Sein Schwert zuckte hoch, beschrieb einen rasenden Halbkreis und prallte mit vernichtender Wucht gegen El-tras Klinge. Der Schlag war so gewaltig, daß der Sumpfmann drei, vier Schritte weit zurücktaumelte und mit einem unterdrückten Schmerzenslaut seine Waffe fallen ließ.

Skar blieb mitten in der Bewegung stehen, ließ das *Tschekal* sinken und starrte El-tra mit einer Mischung aus Verblüffung und Schrecken an. Der Sumpfmann hatte sich wieder gefangen und sein Schwert aufgehoben, schien aber nicht minder überrascht zu sein als Skar. Sein Schattengesicht kochte.

»Ich ...«, murmelte Skar verwirrt, »Verzeih. Ich sah nur einen Schatten und –«

Er brach ab, schob sein Schwert mit einer linkischen Bewegung in die Scheide zurück und trat unruhig von einem Fuß auf den anderen. Er hätte sich selbst ohrfeigen können – ein Fehler wie dieser war ihm noch nie unterlaufen. Hätte hinter der Mauer statt des Sumpfmannes ein normaler Mensch gestanden, wäre er jetzt tot. Nicht einmal die Reaktionen eines Satai wären schnell genug gewesen, den blitzartigen Hieb aufzufangen oder ihm auszuweichen.

»Es tut mir leid«, sagte er noch einmal.

El-tra winkte ab. »Schon gut«, murmelte er. »Aber du solltest besser auf dich selbst achtgeben.«

Skar nickte. Jeder andere hätte ihn jetzt mit Vorwürfen überhäuft, aber die ruhige, selbstverständliche Art, mit der der Sumpfmann den Zwischenfall abtat, traf ihn fast härter. Er war froh, als El-tra sich umwandte und ohne ein weiteres Wort zurück in die Richtung ging, aus der er gekommen war.

Sie überquerten einen flachen Innenhof, gingen durch eine beinahe unbeschädigt gebliebene Galerie und betraten schließlich einen trapezförmigen, an einer Seite offenen Raum, der wohl einmal Teil eines weitaus größeren Gebäudes gewesen sein mochte, jetzt jedoch als einziges Zeugnis einstiger Größe übriggeblieben war. Auch hier hatte der Sturm weiße Dünen aus Pulverschnee abgeladen und die zerborstenen Mauern mit einem schimmernden Panzer überzogen, aber im Gegensatz zu dem Teil der Ruine, den Skar bisher zu Gesicht bekommen hatte, war die Schneedecke zertrampelt und mit dunklen Flecken von Unrat und Schmutz besudelt.

In einem geschützten Winkel dicht neben dem Eingang lag ein Mann. Er war tot, das sah Skar sofort. Er lag auf dem Bauch, das Gesicht tief im weichen Schnee vergraben, die Hände blau und an den Fingerspitzen schwarz angelaufen, erfroren, zu Krallen verkrümmt, die sich tief in den Schnee gewühlt hatten, flache, blutige Krater hinterlassend. Seine Kleider waren schwarz, oder waren es einmal gewesen, bevor er sie in einem vielleicht Tage währenden Todeskampf mit Blut und seinem eigenen Schmutz besudelt hatte.

Skar tauschte einen fragenden Blick mit El-tra, aber der Sumpfmann zuckte nur die Achseln. Er mußte den Toten gefunden und sofort weitergegangen sein, um Skar zu rufen.

Skar kniete zögernd neben dem Leichnam nieder. Er mußte schon lange tot sein; Tage, wenn nicht Wochen, aber die eisige Luft und der Schnee hatten den Moment seines Todes festgehalten, und Skar glaubte in seinen gebrochenen, weit aufgerissenen Augen noch die Mischung aus Unglauben und Schrecken zu lesen, die ihn überkommen hatte, als er begriff, daß er starb. Er zögerte, beugte sich dann vor und drehte den Toten auf die Seite.

Die steifen, gleichermaßen von Totenstarre wie von Kälte gelähmten Glieder ließen den Leichnam zu einer grauenhaften Skulptur werden, und Skar lockerte unwillkürlich seinen Griff, als hätte er Angst, die steifen Glieder könnten bei einer zu heftigen Berührung wie sprödes Glas brechen.

El-tra kniete nieder und fuhr prüfend mit der Handfläche über den Brustpanzer des Toten; es knirschte; Metall auf Glas, nicht Fleisch auf Leder oder Eis.

Es war das erste Mal, daß Skar Gelegenheit hatte, sich einen der Krieger wirklich in Ruhe anzusehen. Es war einer von Velas Reitern, darin bestand kein Zweifel - der gleiche hochgewachsene, kräftige Typ, den die *Errish* für ihre Privatarmee zu bevorzugen schien, der gleiche schwarze Panzer aus Leder und hineingearbeitetem Metall, die gleiche durchbrochene Gesichtsplatte, jetzt zur Seite gerutscht und von verkrustetem Eis und Blut zu einer bizarren Larve geworden, die ihren Träger noch im Tod zu verspotten schien. Trotzdem hatte Skar das Gefühl, zum ersten Mal bewußt einen der Krieger zu sehen; während des Kampfes hatte er keine Gelegenheit gehabt, sie genau zu studieren, und als er am nächsten Morgen erwacht war, hatten die beiden Sumpfmänner die Toten längst begraben. So fiel ihm auch der bizarre Schnitt ihrer Kleidung und die außergewöhnliche Form der Waffen erst jetzt wirklich auf. Der Mann trug einen Panzer, einen Lederharnisch ähnlich dem, den auch die Satai trugen, wenn sie in den Kampf zogen, nur daß er seinen ganzen Körper einhüllte und sich die einzelnen Platten an den Kanten überlappten, so daß kaum ein Quadratzentimeter seiner Haut - einschließlich des Gesichts - ungeschützt blieb.

Aber der Panzer hatte ihm nichts genutzt, dachte Skar mit einem seltsamen Gefühl der Trauer. Er war auf einen Feind gestoßen, dem Rüstungen und Waffen keinen Widerstand entgegenbrachten. Im Gegenteil - der zentnerschwere Lederharnisch hatte seine Kräfte noch schneller versiegen und ihn eher sterben lassen.

El-tra zog seine Hand zurück und betrachtete erst die Knöchel, dann das Gesicht des Toten. »Zehn Stunden«, sagte er ruhig. »Eher weniger.«

Skar begriff nicht gleich. »Was meinst du?«

»Er ist seit zehn Stunden tot«, wiederholte El-tra. »Allerhöchstens. Aber es hat lange gedauert, bis er starb.«

Skar sah verirrt auf das eisverkrustete Gesicht des Soldaten hinab. Die Augen waren weit geöffnet und schienen ihn klagend anzusehen; dünne, glitzernde Eiskappen hatten sich wie Nickhäute über seine Augäpfel gelegt. Das Feuer Combats spiegelte sich darin.

»Aber das ist unmöglich«, widersprach er. »Wir sind mehr als zwei Tage unterwegs, und ...« Er brach ab, als ihm klar wurde, was El-tras Worte bedeuteten. Noch einmal sah er zu dem toten Krieger hinab, und diesmal schien die Gestalt nicht mehr Schmerz und Leid, sondern eine stumme Drohung auszustrahlen.

»Du meinst ...«

»Ich meine nichts«, unterbrach ihn El-tra. »Ich sage nur, daß dieser Mann seit längstens zehn Stunden tot ist. Aber sein Tod kann Tage gedauert haben.«

»Zehn Stunden«, murmelte Skar. »Das würde bedeuten, daß sie den gleichen Weg genommen haben wie wir. Direkt über die Ebenen. Und damit ...«

»Wissen wir, wo ihr Versteck ist«, beendete El-tra den Satz, als Skar nicht weitersprach. »Irgendwo hier.«

»Irgendwo ...« Skar hatte Mühe, ein Lachen zu unterdrücken. Das Irgendwo, von dem El-tra so selbstverständlich sprach, bedeutete ein Gebiet von dreihundert Meilen Länge und gut zweihundert Meilen Breite. Selbst wenn sie davon ausgingen, daß Vela und ihre Reiter den gleichen Weg wie sie genommen hatten, nämlich direkt nach Süden, lag vor ihnen noch immer ein Areal, das groß genug war, daß man jahrzehntelang hindurchstreifen konnte, ohne auch nur die geringste Spur der *Errish* zu finden. »Wir hätten gleich darauf kommen können«, murmelte er, eher wütend als überrascht. »Sie kann mit ihrem Drachen kaum über die Berge gekommen sein.«

»Sieh dir die Rüstung an«, sagte El-tra. Er wies mit einer knappen Geste auf den Brustschild des Toten, und Skar erkannte, was er meinte. Der Krieger war ein Mensch, irgendein armer Teufel vermutlich, der gleich Skar und Del in das Netz der *Errish* gegangen war und noch viel weniger wie sie eine Chance gehabt hatte, sich ihrem Einfluß zu entziehen. Aber seine Rüstung war nicht für einen Menschen gedacht. Sie war zu groß, zu schwer und in Form und Funktion einem Körper angepaßt, der nur ungefähr menschliche Proportionen haben konnte. Seine Kanten waren nachträglich beschnitten und mit dünnen Metalleisten begrenzt worden, und die metallenen Ösen, an denen die Halteriemen befestigt waren, hatte man mehr mit grober Gewalt als mit Geschick eingefügt. Und was für den Brustschild galt, traf auch auf die übrigen Teile der Rüstung zu: Rücken- und Beinkleider, selbst die Armschienen und Gelenkschützer waren mit großer Mühe bearbeitet und geschliffen worden, aber das Ergebnis sah ganz so aus, als hätte ein Kind versucht, die Rüstung eines Riesen auf seine Körpermaße zu stutzen. Und Skar erkannte auch, *was* der Sumpfmann ihm wirklich hatte zeigen wollen: Der Schnitt der Rüstung war der gleiche, den sie in dem verschütteten Kellerraum im Norden gesehen hatten. Der Mann trug eine verkleinerte Ausgabe des Panzers, den der schwarze Gigant getragen hatte.

Und jetzt, endlich, begriff er.

Gowenna und der zweite Sumpfmann erreichten die Ruine, als Skar zu seinem Pferd zurückkam. El-tra starrte ihn unverwandt an; ein Blick, der obwohl Skar seine Augen nicht sehen konnte, durchbohrend und beinahe schmerzhaft war; Warnung, Herausforderung, aber auch Ausdruck von Verständnis und beinahe Mitleid zugleich. Skar hatte kein Wort mehr gesprochen, sondern war nur stumm neben dem toten Krieger sitzen geblieben, bis El-tra sich erhoben und ihm das Zeichen gegeben hatte, mitzukommen. Aber er war sicher, daß der Mann aus Cosh genau wußte, was in ihm vorging. Auch ohne die kaum zu verstehende Seelenverwandschaft zwischen ihnen wäre es im Moment wohl nicht schwer gewesen, seine Gedanken zu erraten. Vielleicht, dachte er grimmig, hatten sie sich schon seit Tagen gefragt, wie lange es noch dauern würde, bis dieser arme kleine Narr endlich begriff, was hier vorging.

Er wartete, bis Gowenna ihr Pferd neben dem seinen zügelte, trat mit einem raschen Schritt neben sie und streckte die Hand aus, um ihr beim Absteigen zu helfen.

»Ich habe mit dir zu reden«, sagte er hart.

Gowenna hob müde den Kopf. Skar erschrank, als er ihr Gesicht sah. Es war nicht so sehr die Narbe; daran hatte er sich schon beinahe gewöhnt, so schrecklich der Anblick auch war. Aber auf dem unversehrten Teil ihres Gesichts lag ein Ausdruck so tiefer Müdigkeit, wie ihn Skar noch nie zuvor an einem lebenden Menschen gesehen hatte. Für einen Moment zweifelte er ernsthaft daran, daß in diesem ausgebrannten Körper überhaupt noch Leben war. Sie erschien ihm mehr denn je wie eine verzehrte Hülle, Fleisch, in dem keine Seele, sondern nur noch Haß war.

»Jetzt?« fragte sie. Ihre Stimme klang nicht mehr ganz so schrill und unmenschlich wie am Abend zuvor, aber noch immer schlimm genug, um seinen Zorn für einen winzigen Moment in Mitleid umschlagen zu lassen.

»Jetzt.« Irgend etwas in seiner Stimme oder seinem Gesicht schien anders zu sein als sonst, obwohl er sich Mühe gab, ruhig zu erscheinen. Gowenna hielt seinem Blick eine halbe Sekunde lang stand, nickte dann und stieg, seine Hand als Stütze gebrauchend, aus dem Sattel.

»Bitte.«

»Nicht hier«, sagte Skar. »Gehen wir irgendwo hin, wo wir ungestört sind.« Er deutete mit einer Kopfbewegung auf die zerborstene Ruine hinter sich und machte mit der Linken eine auffordernde Geste. Ein grauer, gebückter Schatten erschien neben Gowenna, die Hand in einer vielleicht zufälligen, wahrscheinlich aber beabsichtigten Geste unter dem Umhang verborgen.

»Nur wir beide«, sagte Skar.

El-tra zeigte keine sichtbare Reaktion auf seine Worte, aber auf Gowennas Zügen erschien beinahe ein Ausdruck von Erheiterung. »Du entwickelst in letzter Zeit ein beachtliches Talent für dramatische Auftritte«, seufzte sie. »Aber wenn du darauf bestehst ...« Sie seufzte, lächelte ein etwas verunglücktes Lächeln und wandte sich an ihren Wächter. *»Kehlem getrama«,* sagte sie. *»Toman.«* Dann drehte sie sich wieder zu Skar um. »Gehen wir.«

»Was hast du ihm gesagt?«

»Daß er dir die Kehle durchschneiden soll, wenn du allein zurückkommst«, sagte Gowenna. »Was sonst?«

Skars Mißtrauen wuchs. Gowennas Worte paßten nicht zu dem Eindruck, den sie zu erwecken versuchte. Er sah einen Menschen vor sich, der am Rande des körperlichen und geistigen Zusammenbruchs stand – sie sprach schleppend, mit großen, erschöpften Pausen zwischen den einzelnen Worten, aber die *Wahl* ihrer Worte war nicht so, wie er es erwartet hatte. Trotzdem verzichtete er auf eine Antwort. Er fuhr herum, eilte ein paar Schritte in das steinerne Labyrinth hinein und blieb im Windschutz einer zerborstenen Wand stehen. Gowenna folgte ihm, langsamer und mit unsicheren, schleppenden Schritten. Und trotzdem spürte er in ihren Bewegungen eine Kraft, die über das hinausging, was sie ihm vorzuspielen versuchte.

Gowenna blieb einen halben Schritt neben ihm stehen, schlang die Arme um den Oberkörper und klapperte demonstrativ mit den Zähnen.

»Ich hoffe, du hast einen guten Grund dafür, mich hierherzuschleifen«, sagte sie. »Ich friere nicht gerne, weißt du?«

Skar ignorierte ihre Worte. »Du kannst mit dem Theater aufhören«, sagte er. Seine Stimme bebte, und seine Hände zuckten, als müsse er mit aller Macht gegen den Wunsch ankämpfen, sie um ihren Hals zu legen und zuzudrücken.

Auf Gowennas Gesicht erschien ein wachsamer, lauernder Ausdruck. Der Wind schien plötzlich ein ganz kleines bißchen kälter zu werden. »Was – meinst du?«

Skar atmete hörbar ein. »Gut«, sagte er, mühsam beherrscht. »Wenn du Wert darauf legst, daß ich dich wie eine Närrin behandele, dann tue ich es. Du bist nicht so krank, wie du mich glauben machen wolltest. Die Verbrennungen sind nur oberflächlich, und Tantors Medizin hat das Fieber wahrscheinlich schon in der ersten Nacht besiegt. Ich war ein Narr, Gowenna, daß ich es nicht gleich gemerkt habe. Du bist stark wie ein Mann, und du wärst wahrscheinlich eher in der Lage gewesen, den Rückweg über die Berge zu bewältigen, als ich.«

Gowenna schwieg eine Weile, aber es war ein Schweigen ganz besonderer Art, etwas, das mehr ausdrückte, als Worte es gekonnt hätten. »Und warum sollte ich das tun?« fragte sie. Plötzlich schwankte ihre Stimme nicht mehr, sondern war fest, von einer fast gelassenen Ruhe. Sie hatte erkannt, daß Skar ihr Spiel durchschaut hatte.

»Um mich zu bewegen, genau hier entlangzuziehen«, grollte er. »Ich habe dich unterschätzt, Gowenna - meine Gratulation! Es gelingt nicht vielen Menschen, mich so gründlich hinters Licht zu führen. Bisher dachte ich, Vela wäre die einzige. Aber du bist ihr ebenbürtig. Du sagst, du willst kein Mitleid, wie? Dabei ist es genau das, worauf du spekuliert hast. Ich hätte dich vor Combat zurücklassen und allein durch die Berge reiten können, aber du wußtest, daß ich es nicht tun würde.«

»Worauf willst du hinaus?«

»Darauf, daß du die ganze Zeit gewußt hast, wo sich Vela verbirgt!!« brüllte Skar. »Sie ist hier, irgendwo hier, und du hast es gewußt!«

Gowenna wirkte nicht im mindesten überrascht. Auf der unversehrten Hälfte ihres Gesichts erschien ein leicht erstaunter Ausdruck, aber es schien Skar eher ein Erstaunen über die Tatsache zu sein, daß er es erst jetzt entdeckt hatte.

»Wir haben einen ihrer Krieger gefunden«, fuhr er, etwas leiser, aber noch immer erregt, fort. »Er ist tot. Wahrscheinlich an Entkräftung gestorben. Sie ist *hier* entlanggezogen, Gowenna, und die Ausrüstung des Mannes stammt aus *diesem* Land. Wahrscheinlich ist Tuan der einzige Ort auf der Welt, an dem man einen Staubdrachen verbergen und sich eine Privatarmee aufbauen kann, ohne daß es jemand merkt.«

»Das stimmt«, antwortete Gowenna ruhig. »Aber es ist nur die halbe Geschichte. Sie wäre zu lang, um sie jetzt zu erzählen.«

»Ich möchte sie trotzdem hören.«

»Nicht jetzt.« Gowenna schüttelte den Kopf. »Ich weiß, ich hätte es dir längst sagen sollen, aber es ändert ohnehin nichts.

Nicht für dich.«

»Es ändert vieles«, antwortete Skar. »Wenn nicht alles.«

Gowenna gab ein abfälliges Geräusch von sich. »Und was?«

»Ich will ... endlich wissen, was hier gespielt wird«, sagte Skar stockend. Er wunderte sich beinahe selbst, woher er die Beherrschung nahm, noch so ruhig zu sprechen. »Ich will wissen, worum es wirklich geht, Gowenna. Ihr habt mich vom ersten Augenblick an belogen und getäuscht, sowohl du als auch Vela. Ihr –«

»Du bist nicht der einzige, der getäuscht wurde, Skar«, fiel ihm Gowenna ins Wort. »Ich werde dir alles erklären, aber nicht jetzt. Der tote Krieger sollte dir eine Warnung sein. Es ist nicht gut, zu lange in diesem Land zu bleiben.«

»Jetzt!« beharrte Skar. »Ich will es wissen, Gowenna, jetzt, nicht später, nicht irgendwann einmal, sondern jetzt! Ich bin es einfach leid, als einziger nicht zu wissen, was wir hier überhaupt tun!«

»Wir versuchen zu überleben«, konterte Gowenna gelassen. »Falls dir das entgangen sein sollte, Satai. Und wir versuchen deinen Freund zu befreien.«

»Lenk nicht ab«, knurrte Skar. »Ich will jetzt endlich Antworten, keine Ausflüchte, kein Später, und keine weiteren Rätsel mehr. Ich komme mir allmählich vor wie eine Figur auf einem Spielbrett, aber ich möchte wenigstens die Regeln kennen, wenn ich schon die Züge nicht bestimmen darf.«

»Du weißt so gut wie ich, worum es geht«, antwortete Gowenna aufgebracht. »Erinnere dich, was du selbst zu mir gesagt hast. Warst du nicht der Meinung, daß ...«

Skar griff blitzschnell nach Gowennas Hand, verdrehte sie und drückte mit der Linken kräftig auf ihren Ellbogen. Sie schrie auf, mehr überrascht als vor Schmerz, brach in die Knie und versuchte sich seinem Griff zu entziehen. Aber er hielt sie erbarmungslos fest und verstärkte seinen Druck noch. »Ich habe dich gewarnt, Gowenna«, sagte er leise. »Spiel nicht mit mir. Sag mir jetzt endlich die Wahrheit.«

Gowenna keuchte. »Laß ... los ... du ... tust ... mir ... weh ...!«

Skar lockerte seinen Griff für einen Moment, aber nur, um sofort erneut und noch stärker zuzudrücken. »Ich weiß«, sagte er gelassen. »Aber warst du es nicht, die immer wie ein Mann behandelt sein wollte? Ich verspreche dir, es zu tun. Gowenna. Rede, oder ich breche dir den Arm.«

»Du weißt nicht, was du tust«, wimmerte Gowenna. »El-tra –« Sie brach mit einem neuerlichen Keuchen ab, als Skar den Druck auf ihr Ellbogengelenk noch weiter verstärkte.

»Es ist mir vollkommen egal, was deine beiden Halbaffen mit mir anstellen, Gowenna«, sagte er. »Du kannst sie mir gerne auf den Hals hetzen, wenn es dir Spaß macht, aber jetzt wirst du mir antworten!« Er drückte noch einmal, noch fester zu, riß Gowenna plötzlich in die Höhe und schmetterte sie so wuchtig gegen die Wand, daß ihr Kopf zurückflog und mit dumpfem Geräusch gegen den Stein stieß.

»Rede!«

»Sie ist ... hier«, keuchte Gowenna. Ihr Gesicht glänzte vor Schweiß. Ein dünner Blutfaden sickerte aus ihrem Haar, lief über das blinde Auge und hinterließ eine glitzernde Spur auf dem Narbengewebe darunter. »Auf den Ebenen. Sie ... lebt in einer der toten Städte, zusammen mit ihrem Drachen und den Männern, die ihr dienen.«

»Und Del?«

»Ich weiß es nicht. Ich ...« Sie zuckte zusammen, als Skar drohend die Faust ballte, hob schützend die Hände vors Gesicht und duckte sich ein wenig. Ihr Blick irrte hilfesuchend über die Ruinenlandschaft, aber von den beiden Sumpfmännern war keine Spur zu sehen. »Er wird bei ihr sein«, sagte sie hastig. »Ich bin mir nicht sicher, aber er ist noch immer Satai. Sie wird nicht auf einen Mann wie ihn verzichten, nur weil du ihn besiegt hast.«

»Und wo ist diese tote Stadt?«

»Ich weiß es nicht, Skar. Irgendwo vor uns. Ich war niemals dort, und sie hat niemals darüber gesprochen. Doch das wenige, das ich aufschnappen konnte, wird reichen, sie zu finden. Die beiden El-tra sind die besten Fährtensucher, die du auftreiben kannst. Wir folgen ihrer Spur schon von der ersten Minute an, ohne daß du es gemerkt hättest.«

Skar spannte sich, aber diesmal blieb Gowenna unbeeindruckt.

»Du kannst mich totschlagen, wenn du willst«, sagte sie. »Aber das ist alles, was ich weiß. Weiter im Süden gibt es Städte, die nicht so zerstört sind wie diese. Sie ist dort, in einem Ort jenseits der Hellgor.«

»Hellgor?« fragte Skar.

»Eine Schlucht«, erklärte Gowenna. »Ein Riß, der quer durch Tuan geht, so tief wie ein Abgrund und eine Meile breit, wenn die Legenden nicht lügen. Aber es gibt einen Weg hinüber. Sie wird dort auf uns warten, Skar. Sie oder ihre Männer. Das ist alles, was ich weiß.«

»Alles!« schnaubte Skar. »Du verlangst nicht wirklich, daß ich dir glaube?«

»Natürlich nicht«, antwortete Gowenna. »Aber ich habe dir erzählt, was ich weiß.«

»Nicht ganz. Bisher kenne ich nur die halbe Geschichte.«

»Kannst du dir den Rest nicht selbst zusammenreimen?« fragte Gowenna. »Sie braucht den Stein, um wieder in den Orden aufgenommen zu werden. Nicht aus Machtgier oder Haß, wie du glaubst.«

Skar schnaubte wütend. »Du sprichst sehr ehrfürchtig von einem Menschen, dem du den Tod geschworen hast.«

Gowenna schwieg eine Weile. In ihrem Gesicht zuckte es, aber es war nicht allein die Reaktion auf den Schmerz, den er ihr zugefügt hatte. »Ich habe geschworen, sie zu töten«, sagte sie. »Das stimmt. Und ich werde es tun. Aber aus Gründen, die du nie begreifen würdest.«

»Versuche sie mir zu erklären.«

»Nein. Was du miterlebt hast, war nicht alles, Satai. Aber meine Gründe gehen dich nichts an. Rache! Ausgerechnet du, ein Satai, sprichst von Rache! Bei allen Göttern, Skar, hat dir das, was du selbst erlebt hast, nicht die Augen geöffnet? Wäre es ihr um Rache gegangen, wäre all dies nicht nötig gewesen. Sie hat einen Staubdrachen gezähmt, Skar. Dieses Tier allein hätte gereicht, Elay zu schleifen. Sie braucht den Stein der Macht nicht, um sich zu rächen.«

»Und wozu sonst?«

Gowenna machte eine wütende Bewegung. »Aus dem Grund,

den sie dir nannte, Skar. Um aus dieser Welt wieder eine Welt zu machen, in der es sich lohnt zu leben. Sie wollte den Stein einzig, um ihn der Ehrwürdigen Mutter als Geschenk zu Füßen zu legen. Um den *Errish* die Macht zu geben, die sie brauchen, um ihr Werk zu vollenden.«

»Geschwafel!« grollte Skar. »Nichts als leeres Gerede! Von welcher Macht sprichst du? Von der Macht, die Welt in Flammen zu setzen, so wie es die Herren Combats taten?«

»Enwor stirbt«, sagte Gowenna, als hätte sie seine Worte gar nicht gehört. »Diese Welt stirbt einen langsamen, qualvollen Tod, und die *Errish* sind die einzigen, die versuchen, sie zu retten. Aber sie können es nicht. Sie sind zu wenige, und ihr Wissen reicht nicht aus. Sie kämpfen seit Jahrtausenden gegen eine Welt voller Barbarei und Ungeheuer, aber es ist ein Kampf, den sie nicht gewinnen können.«

»Und mit dem Stein der Macht können sie es?« fragte Skar höhnisch.

»Vielleicht«, antwortete Gowenna. »Niemand weiß, was dieser Stein wirklich ist, Skar. Vielleicht ist er nicht mehr als ein Stück buntes Glas, vielleicht der Schlüssel zum Paradies.«

Skar starrte Gowenna durchdringend an. In seinem Gesicht arbeitete es. Aber seine Stimme klang ruhig, als er antwortete: »Und um dieses *Vielleicht* willen mußten Gerrion und Nol und Beral und El-tra sterben«, sagte er. »Und *vielleicht* auch Del und ich und du, alle, die hier sind.«

»Vielleicht noch mehr«, nickte Gowenna. »Welche Rolle spielen ein oder auch hundert Menschenleben, wenn es um die Zukunft einer Welt geht, Skar?«

Skar fühlte, wie seine Wut von einem Gefühl der Hilflosigkeit abgelöst wurde. Es war nicht das erste Mal, daß er Worte wie diese hörte, und es war nicht das erste Mal, daß er keine Antwort darauf fand.

»Ich werde nicht schlau aus dir, Gowenna«, murmelte er. »Du bist besessen von dem Gedanken, Vela zu töten, aber wenn man dich reden hört, könnte man glauben, ihr gegenüberzustehen.« Er brach ab, senkte den Blick und starrte sekundenlang wortlos auf das schimmernde Glas zu seinen Füßen. »Gibt es noch etwas, das du mir verschwiegen hast?« fragte er.

»Nein. Nur etwas, das du schon lange weißt, aber vielleicht erst jetzt begriffen hast.«

Skar sah auf. Die Unsicherheit war aus Gowennas Stimme gewichen und hatte wieder der alten Überheblichkeit Platz gemacht. Er hatte sie mit seinem Angriff überrascht, aber dieser Zustand hätte nicht lange angehalten. Für einen Moment hatte er sie in eine Ecke gedrängt, aber eine zweite Chance würde sie ihm nicht geben.

»Was wäre das?«

»Daß du mich begleiten wirst«, sagte Gowenna kühl. »Daß du bei mir bleiben wirst, bis wir sie gefunden haben. Du hast recht – ich hätte dir sagen können, wo wir Vela finden, und es hätte nichts geändert. Du suchst Del, und wo Del ist, ist auch Vela. Wir kommen entweder gemeinsam zum Ziel oder gar nicht.«

»Vielleicht«, gestand Skar. »Aber das bedeutet nicht, daß ich dir helfen werde. Ein Begleiter muß nicht unbedingt ein Verbündeter sein.«

Gowenna machte eine wegwerfende Handbewegung. »Es reicht, wenn du da bist, Skar.«

Skar setzte zu einer wütenden Entgegnung an, beließ es aber dann bei einem ärgerlichen Achselzucken. Er hätte es besser wissen müssen. Er kannte Gowenna lange genug, um erkennen zu können, daß er nicht der Mann war, es mit ihr aufzunehmen. Sie hatte zu viel von Vela gelernt. Für einen kurzen Moment hatte er ihre Deckung durchbrochen, aber die Mauer war wieder da, und sie erschien ihm rätselhafter als zuvor.

»Warum?« fragte er, aber diesmal tat er es in verändertem, fast resignierendem Tonfall. »Warum das alles? Seit wir zusammen sind, hast du mich belogen, und dort, wo du nicht gelogen hast, hast du mir Dinge verschwiegen und mich mit Halbwahrheiten abgespeist. Es ist nicht das erste Mal, daß wir dieses Gespräch führen, und –«

»Und es wird nicht das letzte Mal sein«, unterbrach ihn Gowenna, »wenn du weiter versuchst, mit dem Kopf durch die Wand zu brechen, statt mir zu vertrauen. Ich bin nicht dein Feind, Skar. Ich bin es nie gewesen und bin es auch jetzt nicht.«

Skar schürzte wütend die Lippen. »Was bist du dann?« fragte er. Aber der beißende Spott, den er in seine Stimme legte, verfehlte seine Wirkung.

»Muß ich dich wirklich daran erinnern, daß du mir dein Leben verdankst, Skar?« fragte Gowenna ruhig. »Und nicht nur einmal. Vela gab mir den Auftrag, dich zu töten, vergiß das nicht.«

»Ich weiß«, knurrte Skar übellaunig. Er *war* in Gowennas Schuld, und es wäre nicht nötig gewesen, daß sie ihn daran erinnerte. Trotz allem war er noch immer ein Mann, ein Mann in einer Welt dazu, in der *ihm* die Beschützerrolle zugeschrieben war. Ihre Worte weckten Schuldgefühle in ihm, und in der Folge Zorn. »Aber wenn du daraus irgendwelche Ansprüche ableitest«, fuhr er gereizt fort, »wenn du glaubst, das Recht auf irgendwelche Forderungen zu haben, dann stell sie endlich. Aber hör auf, mich wie einen dummen Jungen zu behandeln. Keiner von uns weiß, ob er den morgigen Tag erlebt. Ich will aber wenigstens wissen, warum ich sterbe.«

Seine Worte erzeugten eine andere Wirkung, als er erwartet hatte. Ein rascher Schatten von Schmerz, aber auch von etwas anderem, von etwas, das er nicht beschreiben, nicht greifen konnte, huschte über Gowennas Züge. Es dauerte einen Moment, bis Skar begriff, daß es keine Reaktion auf seine Worte war, zumindest keine direkte, auf ihn bezogene Reaktion, sondern daß er irgend etwas in ihr berührt hatte, etwas, das er niemals begreifen würde. Gowenna war noch immer eine Fremde für ihn, und sie würde es auch immer bleiben.

»Wie weit ist es bis zu dieser Schlucht?« fragte er, nicht aus wirklichem Interesse, sondern nur, um das quälend werdende Schweigen zu durchbrechen.

Gowenna atmete hörbar ein; ein irgendwie endgültiger, abschließender Laut, mit dem sie einen unsichtbaren Schlußstrich unter den bisherigen Teil ihres Gespräches zog, eine Grenze, die sie beide beachten würden.

»Nicht weit«, sagte sie nach kurzem Überlegen. »Ich glaube es jedenfalls nicht. Die Reiter hatten nur wenig Wasser und kaum Nahrungsmittel mit. Ich denke, wir werden sie morgen erreichen. Spätestens übermorgen. Wenn sie überhaupt existiert. Es ist nur eine Legende, vergiß das nicht.«

»Auch Combat war nur eine Legende«, murmelte Skar unsicher. »Ich –« Er brach ab, sah Gowenna verwirrt an und schlug hilflos die Hände ineinander. So, wie seine Gedanken in Aufruhr waren, waren es auch seine Gefühle. Verzweiflung, Schrecken und Furcht mischten sich mit Wut, Wut und einem Gefühl der Hilflosigkeit, wie er es nie zuvor erlebt hatte. Er wußte, daß Gowenna ihm diesmal die Wahrheit gesagt hatte, und er glaubte auch zu wissen, warum sie ihn die ganze Zeit hingehalten und belogen hatte. Sie hatte ihn falsch eingeschätzt, versucht, seine Reaktionen im voraus zu berechnen, und die falschen Schlüsse daraus gezogen, aber das war im Grunde nichts anderes, als wie er umgekehrt bei ihr verfahren war.

Gowenna lächelte, doch es war wieder dieses seltsame, so vollends humorlose Lächeln, das er schon ein paarmal an ihr beobachtet hatte und das ihn beinahe ängstigte. »Sie hat einen Fehler gemacht, Skar«, sagte sie. »Nur einen. Einen einzigen Fehler, aber er wird tödlich sein. Sie hat geglaubt, wir würden in diesem Krater sterben oder, wenn nicht, auf dem Rückweg durch die Berge umkommen. Sie wird versuchen, diesen Fehler wieder gutzumachen, sobald sie es merkt. In gewissem Sinne hast du recht, es ist ein Spiel. Wir jagen sie, sie jagt uns.«

Skar knurrte wütend. Er fand den Gedanken ganz und gar nicht belustigend. »Und warum?« fragte er. »Sie hat, was sie wollte. Wenn es ihr wirklich nur darum geht, den Stein der Macht zu bekommen, warum läßt sie Del und die anderen dann nicht frei? Ich bin keine Gefahr für sie. Von mir aus kann sie halb Enwor erobern. Ich will Del, mehr nicht.«

Wieder zögerte Gowenna mit der Antwort, doch diesmal war es nicht Unsicherheit oder Furcht. Etwas in seiner Stimme, in der lockeren und doch angespannten Art, in der er ihr gegenüberstand, schien ihr zu sagen, daß er sie nicht mehr schlagen würde. Er hatte es getan, zweimal, und es hatte nichts genutzt. Sie wußten beide, daß er es kein drittes Mal tun würde. Mit den wenigen Worten, die sie zu ihm gesagt hatte, hatte sie ihm die Berechtigung dazu ein für allemal genommen. Er hatte die Hand gegen sie erhoben, ohne (zumindest beim ersten Mal) zu wissen, daß er die ganze Zeit unter ihrem Schutz gestanden hatte, daß ihre Lügen und Täuschungen auch dazu dienten, *ihn* zu schützen. Er konnte es wieder tun, aber es hätte keinen Sinn mehr. Er hätte versuchen können, die Wahrheit - die ganze Wahrheit - aus ihr herauszuprügeln, hier und jetzt, ohne Furcht vor den Sumpfleuten haben zu müssen. Aus irgendeinem Grund war er sicher, daß die El-tra ihm nichts tun würden. Seit dem Geschehen im Tempelraum von Combat waren sie mindestens ebenso seine wie ihre Beschützer. Aber er war genauso sicher, daß ihn Gewalt in diesem Fall nicht weiterbrachte. In einem Punkt waren Gowenna und er gleich wie Zwillinge: Sie fürchtete ihn, weil sie wußte, *wie* überlegen er ihr war, aber ihre Furcht reichte nicht so weit, sich deswegen selbst aufzugeben.

»Vielleicht hat sie einfach Angst«, sagte Gowenna nach einer kleinen Ewigkeit.

»Unsinn«, murrte Skar. Er starrte Gowennas verbrannte Gesichtshälfte an, so offen, daß sie spüren mußte, wohin er sah. »Jemand, der so etwas zu tun vermag, soll Angst vor mir haben? Das ist nicht dein Ernst.«

Gowenna hielt seinem Blick einen Herzschlag lang stand, senkte dann den Kopf und drehte das Gesicht aus dem Wind. Der Sturm trug einen Hagel winziger Eiskristalle mit sich, die sich in ihren Haaren und Brauen festsetzen und ihren Zügen einen seltsam weichen Anstrich gaben, und erneut mußte Skar an einen gefallenen Engel denken: Schönheit und Zerfall und Leben und Tod und Liebe und Haß in einem. Aber der Haß überwog. Und hieß es nicht, nichts sei grausamer und härter als ein Engel, der gestürzt ist?

»Doch, Skar. Sie hat dich nach Combat geschickt, weil du der einzige warst, der die Aufgabe überhaupt bewältigen konnte.«

»Quatsch«, widersprach Skar. »Ich habe so gut wie nichts getan. Ihr hättet diesen verdammten Kiesel auch ohne mich gefunden.«

»Das stimmt nicht. Es . . .« Sie stockte, lehnte sich gegen die eisverkrustete Wand und strich mit der Hand darüber, unbewußt mit den Fingerspitzen die Linien verfolgend, die die Flammen in den schwarzen Stein geätzt hatten. »Es ist das gleiche wie jetzt«, setzte

sie nach einer Weile erneut an. »Sie hat dich nicht gebraucht, weil du ein Satai bist und besonders gut kämpfen kannst. Du hast die Wächter Combats erlebt – es sind keine Wesen, die man mit Schwert oder Muskelkraft besiegen könnte. Und selbst wenn – Männer, die ein Schwert zu führen vermögen, gibt es zuhauf. Sie brauchte *dich,* Skar.«

Mich? dachte Skar. *Mich oder das Ding in meiner Seele?* Sie mußte es gewußt haben. Mein dunkler Bruder war ihr nicht verborgen geblieben.

Laut sagte er: »Was soll besonderes an mir sein?«

Gowenna hob beinahe unmerklich die Schultern. »Das weiß ich nicht. Sie hat es mir nie gesagt, so, wie sie mir vieles nie gesagt hat. Aber sie hat lange nach dir gesucht. Mehr als ein Jahr. Ich war vor dir in Combat, Skar, und vor mir waren andere da. Alle sind gescheitert. Nicht einer ist auch nur in die Nähe des Steines gekommen. Erinnerst du dich, wie ich dir sagte, ich wüßte nicht, wo er ist? Das war die Wahrheit. Ich wußte es nicht, und ich hatte auch keine Chance, ihn zu finden. *Du* hast ihn gefunden, du allein, auch wenn du es vielleicht nicht einmal gemerkt hast. Ich bin sicher, der Stein wäre nicht einmal da gewesen, wo wir ihn fanden, wärest du nicht bei uns gewesen. Nur du konntest ihn finden, nur du konntest die Wächter Combats besiegen und ihn aus der Stadt herausbringen. Ich weiß nicht, warum, aber ich weiß, daß es so war. Und sie wußte es ebenfalls. Sie brauchte dich, aber sie fürchtet dich auch.«

»So sehr, daß sie Befehl gab, mich zu töten?« fragte Skar.

»Vielleicht«, murmelte Gowenna. »Vielleicht war es auch etwas anderes. Sie . . .« Sie schluckte, und plötzlich war sie es, die hilflos wirkte. »Die Frau, die du vor Combat erlebt hast, war nicht Vela«, sagte sie. »Nicht die Vela, die ich gekannt und geliebt habe. Etwas ist mir ihr geschehen. Eine . . eine Veränderung, die ich mir nicht erklären kann.«

»Und wenn du es könntest, würdest du es zumindest mir nicht erklären, nicht?« grollte Skar. Die Worte taten ihm fast im gleichen Augenblick schon wieder leid. Es war eine unnötige Spitze gewesen, unnötig und grausam, und doch war da etwas in ihm, das sich über den Schmerz in ihrem Blick freute.

»Ich bin nicht dein Feind, Skar«, sagte Gowenna noch einmal. »Bitte glaub mir das. Ich weiß, ich hätte dir vieles schon eher sagen müssen, aber ... da war so vieles, das ich selbst nicht begriff, und so vieles, das mir auch jetzt noch ein Rätsel geblieben ist, und ...« Ihre Stimme schwankte. Sie stockte, setzte nach Sekunden dazu an, weiter zu sprechen und brach dann endgültig ab. Aber Skar wußte auch so, was sie hatte sagen wollen. Er wäre selbst nicht in der Lage gewesen, es mit Worten auszudrücken, aber er verstand sie.

Lange Zeit schwiegen sie beide. Skar suchte vergeblich nach irgend etwas, das er hätte sagen können. Es gab nichts. Diese Auseinandersetzung war die letzte gewesen. Er hatte verloren, endgültig, und sie wußten es beide. Gowenna hatte seine Niederlage nur vergrößert, in dem sie ihm das gesagt hatte, wonach er so lange gefragt hatte. Aber er spürte auch, daß es nicht in ihrer Absicht gelegen hatte, ihm weh zu tun. Im Gegenteil.

»Und wie geht es weiter?« flüsterte er. Die Worte waren bedeutungslos, einzig dazu gedacht, die Stille zu durchbrechen und das Schweigen nicht noch drückender werden zu lassen, als es ohnehin schon war. Der Wind riß die Silben von seinen Lippen und trug sie davon, aber Gowenna verstand ihn trotzdem.

»Auf dem einzig möglichen Weg«, antwortete sie. Sie löste sich von der Wand, trat neben ihn und deutete nach Süden. Die Ebene war noch immer unter wirbelnden Schneewolken verborgen. »Dort entlang. Wir sind im Vorteil, Skar. Sie weiß nicht, daß wir noch leben, und sie weiß nicht, daß wir auf dem Weg zu ihr sind. Wenn wir sie überraschen können, haben wir eine Chance.«

»Das habe ich nicht gemeint«, sagte Skar.

»Ich weiß. Aber die Frage, die du wirklich gemeint hast, kann ich dir nicht beantworten. Ich weiß nicht, was sie mit deinem Freund gemacht hat, und ich weiß nicht, wie oder ob man es überhaupt wird rückgängig machen können.«

»Du hast das Wissen einer *Errish.*«

Gowenna lächelte. »Sicher«, murmelte sie. »Wenn ich es überlebe, und wenn du es dann noch willst, werde ich ihm helfen, irgendwie.«

»Irgendwie ...« Skar ließ das Wort langsam auf der Zunge zergehen. Es hatte einen bitteren Beigeschmack, einen von Niederlage und Tod. *Irgendwie* würde es weitergehen. Er hatte sich schon einmal auf dieses Wort eingelassen, hatte geglaubt, Velas Pläne *irgendwie* durchkreuzen zu können, vor einer Ewigkeit in Ikne. Das einzige, was er bisher geschafft hatte, war *irgendwie* zu überleben. Und auch das war nicht endgültig.

Er atmete hörbar ein. »Eine Frage noch, Gowenna«, sagte er, ohne den Blick von der Ebene zu wenden.

»Ja?«

»Del«, sagte er. »Welche Rolle spielt er? Nur die eines Kriegers? Oder braucht sie ihn so wie mich oder dich?«

»Er spielt keine Rolle«, antwortete Gowenna. »Er war zufällig bei dir, das ist alles. Sie benutzte ihn als Druckmittel, aber hätte es ihn nicht gegeben, hätte sie etwas anderes gefunden. Er lebt wohl nur noch, weil er ein Satai ist und zwanzig ihrer Krieger ersetzt. Er spielt keine Rolle. Sie hätte etwas anderes gefunden, um dich zu erpressen – eine Frau, ein Mädchen ... Hast du ein Mädchen, irgendwo?«

Skar antwortete nicht. Er hatte Frauen gehabt, zu Dutzenden. Einem Satai fiel es nicht schwer, für ein paar Stunden Gunst zu erkaufen, mit Gold oder seinem Ruf. Aber in dem Sinn, in dem Gowenna die Frage gestellt hatte?

»Ja«, sagte er nach einer Weile. »Aber es ist lange her. Und ... ich habe eigentlich erst hinterher begriffen, daß ich sie geliebt habe. Es ist vorbei.«

»Sie hätte etwas gefunden, sei sicher«, sagte Gowenna. »Aber Del – Del als Person – spielt keine Rolle. Er ist dein Freund, mehr nicht.«

Mehr nicht ... Skar ballte in hilflosem Zorn die Fäuste. »Du wirst es nie begreifen, Gowenna«, sagte er. »Du wirst nie begreifen, daß man Menschenleben und Schicksale nicht in Zahlen und Ziffern ausdrücken kann. Del ist mehr als ein Freund für mich. Aber das wirst du nicht verstehen.«

»Doch, Skar«, flüsterte Gowenna. »Ich weiß, was er dir bedeutet. Du sprichst fast nie über ihn, und ich glaube beinahe, daß du es versucht hast, ihn aus deinen Gedanken zu verbannen. Aber ich weiß genau, wie du fühlst. Er ist ein Teil von dir, nicht nur dein

Freund.« Sie zögerte, senkte für einen Moment den Blick und sah ihn dann offen an. »Du bist nicht der einzige, der etwas verloren hat, Skar«, fuhr sie fort. »Sieh mich an. Sieh dir genau an, was sie mir angetan hat, und dann sag mir noch einmal, daß ich sie nicht hassen darf.« Sie streifte mit einer raschen Bewegung ihre Kapuze zurück, nahm seine Hand und drückte sie auf das verbrannte Gewebe ihres Gesichts.

Skar unterdrückte mit Mühe ein Schaudern. Das verschmorte Fleisch sah hart und trocken aus, aber es fühlte sich warm und feucht an, voller pulsierendem Leben, als hätte der ätzende Staub, der es gestreift hatte, seine Schönheit nicht zerstört, sondern nur eingesperrt, gefangen in einem Mantel aus eiteriger Häßlichkeit, unter der sie weiterlebte, angekettet wie ein gefangenes Tier, schrie, schrie, schrie ... Er widerstand der Versuchung, seine Finger zurückzuziehen, sondern hob statt dessen auch noch die andere Hand und berührte sanft ihre Lippen, fuhr mit den Fingerspitzen über das verbrannte bräunliche Narbengewebe, weiter über die unsichtbare Grenze, die die Lähmung durch ihr Gesicht gezogen hatte, über gesundes, weiches, bebendes, verlockendes Fleisch, berührte ihren Mundwinkel und fuhr den Weg zurück, der Krümmung der Unterlippe folgend, hinein in den Bereich, wo ihr Gesicht taub und entstellt war. Gowenna erbebte unter seiner Berührung. Der Blick ihres gesunden Auges bohrte sich in den seinen, und Skar erkannte einen wahren Sturm von Gefühlen: Furcht, Verzweiflung, Haß, aber auch stumme, unendlich flehende Hilferufe. Und er spürte etwas - zum zweiten Mal -, das ihn selbst in maßlose Verwirrung stürzte. Er spürte, daß etwas in ihm - ein Skar, der ihm bis zu diesem Augenblick fremd und verborgen gewesen war und es auch vielleicht immer bleiben würde - ihre Gefühle erwiderte.

Langsam löste er die Hände von ihrem Gesicht, legte sie sanft um ihre Schultern und zog sie zu sich heran. Sie wehrte sich und versuchte ihn wegzuschieben, aber er spürte, daß es ihr - trotz aller Kraft, die sie aufwandte - nicht ernst damit war, daß etwas in ihr nach dieser Berührung schrie.

»Bitte, Skar«, flehte sie. »Kein Mitleid. Jetzt nicht mehr.«

Er schüttelte sanft den Kopf. »Kein Mitleid«, flüsterte er.

Ihre Blicke trafen sich erneut. Zum ersten Mal – wirklich zum ersten Mal, wie er plötzlich begriff – sah er Gowenna so, wie sie war: eine Frau. Eine Frau, die trotz allem noch stolz auf ihren Körper und seine Schönheit war, aber die diese Tatsache vielleicht erst jetzt, jetzt, als es zu spät war, begriff. Sie hatte sich selbst ihr Leben lang verleugnet, und das, worauf es ihr ankam, das, was sie in Wirklichkeit sein wollte, nämlich nicht mehr als eine Frau, die lieben und geliebt werden konnte, die wie jeder Mensch ein Bedürfnis nach Zärtlichkeit und Geborgenheit hatte, war ihr im gleichen Augenblick genommen worden, in dem sie es gefunden hatte. Skar verstand sie, verstand nur zu gut, wie sie die Frau, die ihr das alles angetan hatte, hassen mußte. Und er verstand auch den Ausdruck in ihrem Blick, diesen stummen Schrei nach Liebe und Zärtlichkeit. Und etwas in ihm antwortete darauf, etwas, das nicht neu, sondern die ganze Zeit über dagewesen war, vom ersten flüchtigen Blick an, den sie in RACHES WACHT in Ikne getauscht hatten.

Nein – es war kein Mitleid, und es war auch keine barmherzige Lüge, als er ihr Gesicht zwischen die Hände nahm und sie, zuerst behutsam, dann wild und so heftig, daß es sie schmerzen mußte, küßte.

Während der nächsten vier Tage ritten sie weiter nach Süden, in einem flachen, sanft geschwungenen Bogen der Krümmung des Gebirges folgend, das von Zeit zu Zeit noch immer als mächtiger grauer Schatten im Westen sichtbar war. Skar schätzte die Strecke, die sie zurücklegten, auf etwas mehr als hundert Meilen – wenig, bedachte man die Zeit, die sie unterwegs waren, aber viel, setzte man ihren eigenen und den erschöpften Zustand der Pferde in Rechnung. Drei der Tiere starben; eines mußte getötet werden, als der trügerische Glasboden unter seinem Gewicht einbrach und es sich an den messerscharfen Kanten die Fesseln aufriß, die beiden anderen brachen einfach vor Entkräftung unter ihren Reitern zusammen, so daß ihnen nur noch ein Ersatzpferd blieb. Die beiden Sumpfmänner stiegen jetzt von Zeit zu Zeit ab und liefen neben den Tieren her, aber selbst ihre Kräfte ließen nun auch sichtlich nach.

Skar sprach kaum noch mit den anderen, weder mit Gowenna noch mit einem der Sumpfmänner. Irgendwann während des zweiten Tages verfiel er in einen Dämmerzustand zwischen Wachsein und Trance, in dem das Verstreichen der Zeit bedeutungslos wurde und selbst seine Gedanken nach und nach zu erlöschen schienen. Seine gebrochenen Rippen schmerzten kaum noch, und schon am zweiten Abend konnte er den Verband abnehmen und das erste Mal seit Tagen wieder frei durchatmen, ohne das Gefühl zu haben, einen Dolch in die Seite gerammt zu bekommen, und auch das Fieber ging von Nacht zu Nacht zurück. Als verlange das Schicksal einen Preis für das allmähliche Zurückkehren seiner körperlichen Kraft, verwirrten sich aber seine Gedanken mehr und mehr. Es fiel ihm schwer, an irgend etwas anderes als den Augenblick zu denken, und als er am fünften Abend, seit sie von Combat fortgeritten waren, aus dem Sattel stieg, waren seine Bewegungen so fahrig und unkoordiniert, daß er das Gleichgewicht verlor und stürzte, wobei er sich auf dem stahlharten Boden Tuans um ein Haar das Handgelenk gebrochen hätte.

El-tra kommentierte sein Mißgeschick mit einem stummen Kopfschütteln, aber danach blieb einer der Sumpfmänner stets in seiner unmittelbaren Nähe, so, wie der zweite nicht von Gowennas Seite wich.

Die Landschaft, durch die sie ritten, veränderte sich langsam, aber stetig. Als bewegten sie sich nicht nur räumlich, sondern auch in der Zeit zurück, war die Zerstörung, die sich ihren Blicken bot, weiter im Süden nicht mehr ganz so total. Sie ritten noch immer über Glas, das bei jedem Schritt die empfindlichen Fesseln der Pferde wie ein Hammerschlag treffen mußte, aber die Ruinen, zuerst nur einzeln und weit verstreut, nahmen nach und nach an Zahl und Größe zu, und hier und da gewahrten sie flache, geborstene Krater, auf deren Grund Sand und zusammengebackenes Erdreich, manchmal auch geschwärzte, verbogene Trümmer aus

Stahl oder Bronze, lagen. Die Gewalt des Höllenfeuers, mit dem die Götter Combat geschlagen hatten, war hier nicht ganz so groß gewesen; der Ring der Vernichtung wurde dünner, je weiter sie nach Süden kamen.

Aber Skar war sich nicht sicher, ob er sich darüber freuen sollte. Sie lagerten weiter im Schutz der Ruinen, aber die niedergebrannten, geschmolzenen Räume waren jetzt nicht mehr leer - nicht immer zumindest -, sondern manchmal voll von schwarzen, geschmolzenen Dingen, deren ursprüngliche Form und Funktion sie nicht erraten konnten.

Combats Feuer schrumpfte jetzt mehr und mehr hinter ihnen zusammen, und manchmal, wenn der Schneesturm besonders heftig tobte, erlosch es ganz. Oder jedenfalls fast ganz.

Da war dieser Lichtpunkt. Ein winziger, flackernder Funke, wie ein Stern, der vom Himmel heruntergekommen war und sich auf ihre Spur gesetzt hatte. Weder El-tra noch sein Bruder oder Gowenna schienen ihn zu bemerken, und Skar erwähnte seine Beobachtung auch kaum. Aber er war trotzdem sicher, sich nicht zu täuschen. Er hatte es am ersten Tag, seit sie aus der brennenden Stadt geflohen waren, bemerkt, und er sah - *spürte* - es jetzt wieder. Irgend etwas folgte ihnen. Combat würde den Diebstahl seines Schatzes nicht ungesühnt lassen. Der Wächter hatte sich auf ihre Fährte gesetzt, und so wie Velas Staubdrachen eine Spur nie wieder losließ, bis er sein Opfer geschlagen hatte, würde auch er nicht von ihrer Fährte weichen, bis der Stein entweder wieder dort war, wo er seit Äonen geruht hatte oder die Diebe ihre Strafe erfahren hatten.

Gegen Abend des sechsten Tages tauchte ein Schatten vor ihnen am Horizont auf, ein dünner, flackernder grauer Strich, gezogen mit mathematischer Präzision und, obwohl noch unendlich weit entfernt und nicht deutlicher als ein Haar, das von Zeit zu Zeit hinter den wogenden Schneewirbeln auftauchte, gewaltig, *groß*. Sie wußten alle, was sie vor sich hatten, aber niemand sprach das Wort laut aus; es war die zweite Legende, auf die sie stießen und die sich als wahr herausstellte, und in jedem - auch in den Sumpfmänner - mochte die Angst sitzen, daß sich auch diesmal die Wirklichkeit als schlimmer und bedrohlicher als der Mythos herausstellte. Die Legende hatte gesagt, daß Combat existierte und von den Göttern verdammt worden war – und Combat hatte existiert und war überdies voller tödlicher Gefahren gewesen, beladen mit einem Fluch, der vier Männern das Leben gekostet hatte und auch noch auf ihnen lastete, sie vielleicht noch treffen würde. Die Legende sagte, daß es die Hellgor gab, eine Schlucht, die bis ins Herz der Erde hinabführte, einen Schacht zur Hölle, unüberwindlich und böse. Was, dachte Skar, wenn auch hier die Realität die Legende übertraf, wenn die Hellgor nicht einfach ein Riß in der Erde, sondern ein Hort der Dämonen, vielleicht der Kräfte, die Tuan dies alles angetan hatten, war?

Er versuchte den Gedanken zu verscheuchen, aber es ging nicht. Der Gedanke war einmal erwacht und hatte sich wie eine schleichende Krankheit in seinem Inneren eingenistet, und selbst wenn es ihm gelang, ihn irgendwo tief in sich zu vergraben, so würde er doch bei der ersten sich bietenden Gelegenheit wieder hervorbrechen. Die Seele Tuans war Angst. Und sie hatten gerade erst einen sanften Hauch davon verspürt. Den ganzen Abend und noch bis weit nach Sonnenuntergang ritten sie weiter nach Süden, plötzlich erfüllt von Furcht, aber auch von einem Fieber, das sie weitertrieb, selbst als der schwache Schimmer von Tageslicht, der durch die Sturmwolken Tuans brach, längst erloschen war und ihnen nur noch das schwache Glimmen Combats den Weg erhellte. So trotzten sie dem Tag noch ein paar Stunden ab, um so rasch wie möglich an jener Kluft zu sein, an der sich ihr Schicksal entscheiden würde.

Erst kurz vor Mitternacht hielten sie an, um – vielleicht zum letzten Mal – im Schutz einer hufeisenförmigen, nach Osten offenen Mauer zu rasten und bis Sonnenaufgang zu schlafen. Aber Skar fand keine Ruhe, trotz der bleiernen Müdigkeit, die von ihm Besitz ergriffen hatte. Er schlief ein, wachte jedoch schon nach kurzem wieder auf und warf sich fast eine Stunde unruhig hin und her, ehe er resignierend aufstand, um El-tra bei seiner Nachtwache Gesellschaft zu leisten.

Er war nicht einmal sonderlich überrascht, als er nicht nur beide Sumpfmänner, sondern auch Gowenna vorfand. Auch die anderen mußten es spüren: diese seltsame, knisternde Unruhe, die nicht nur in ihnen, sondern wie ein übler Hauch über dem gesamten Land zu liegen schien; ein schwer zu definierendes Gefühl der Erwartung, als hielte die Schöpfung selbst den Atem an und ducke sich unter der Vorahnung kommenden Unheils.

Unsinn, dachte er wütend. *Hier ist nichts. Nur wir.*

»Bist du sicher?« fragte Gowenna.

Skar schrank zusammen. Er hatte den letzten Gedanken laut ausgesprochen, ohne es selbst zu merken – ein deutliches Anzeichen dafür, *wie* erschöpft er war.

»Natürlich«, antwortete er verlegen. »Warum?«

Gowenna hob kaum merklich die Schultern, drehte sich weg und sah lange nach Süden. Der Schatten der Hellgor war mit der Nacht verschmolzen, aber sie mußten sie nicht sehen, um zu wissen, daß sie da war.

»Spürst du es nicht?« flüsterte sie nach einer Weile.

»Was?«

Sie sah ihn an; lächelte. Die Nacht breitete einen Schleier aus barmherzigen Schatten über ihr zerfressenes Gesicht.

»Nichts«, murmelte sie nach einer Weile. »Es ist . . . nichts. Ich frage mich nur«, fuhr sie nach einer spürbaren Pause mit veränderter Stimme fort, »warum wir nicht weiter reiten. So wie es aussieht, können wir sowieso nicht schlafen.«

»Die Pferde brauchen Ruhe«, wandte El-tra ein. »Wir sollten uns überlegen, ob wir nicht einen oder zwei Tage hierbleiben. Wir werden nicht mehr viel Zeit zum Schlafen und Ruhen haben, wenn wir erst einmal auf der anderen Seite sind.«

Gowenna machte eine wegwerfende Handbewegung. »Wenn wir auf der anderen Seite das finden, was ich vermute«, sagte sie, »können wir frische Pferde stehlen. Wenn nicht, spielt es keine Rolle mehr, ob wir einen Tag früher oder später zu Fuß gehen müssen. Außerdem haben wir kein Wasser mehr.«

Skar sah instinktiv zu den Packpferden hinüber. Gowenna hatte natürlich recht – sie hatten noch immer genug Fleisch, um eine weitere Woche durchhalten zu können, ohne hungern zu müssen, aber das Wasser würde zu einem Problem werden. Sie hatten keine Quellen gefunden, nur ein paar Brunnen, die aber nichts als gläserne, vielleicht schon vor Jahrtausenden ausgetrocknete Schächte darstellten, auf deren Grund nur Staub und zermahlener Stein lag. El tra hatte versucht, Schnee zu sammeln und zu schmelzen. Es war nicht gegangen. Sie hatten es vorher nicht gemerkt, durchgefroren und gebeutelt vom Wind, wie sie waren, aber der Boden Tuans war *warm*. Nicht so warm, daß sie es durch ihre Stiefelsohlen oder die Decken, auf denen sie schliefen, gemerkt hätten, aber warm genug, um den pulverfeinen Schnee zu schmelzen, ehe er eine Decke bilden konnte. Nur hier und da hatten sich in Winkeln kleine Schneeverwehungen gebildet, wo der Sturm die weißen Kristalle rascher herantrug, als sie zu Wasser zerfallen konnten, aber das daraus gewonnene Schmelzwasser hatte sich als ungenießbar erwiesen. Es schmeckte bitter und hinterließ ein pelziges Gefühl auf der Zunge. Nicht einmal die Pferde hatten es getrunken.

»Wir können laufen und die Pferde neben uns hergehen lassen«, schlug Skar vor. »Gowenna hat recht – wir können sowieso nicht schlafen. Und wenn die Müdigkeit zu groß wird, suchen wir uns einen anderen Platz.«

Sein Vorschlag schien El-tra nicht zu begeistern, aber der Sumpfmann wandte sich trotzdem gehorsam um, um ihre Decken und Sättel zu holen, während sein Bruder wortlos zu den Pferden hinüberging.

Gowenna wartete, bis die beiden Schattenmänner außer Hörweite waren.

»Danke«, sagte sie.

Skar sah verwundert auf. »Wofür?«

»Daß du mir zugestimmt hast«, sagte Gowenna mit einem leisen, verzeihenden Lächeln.

»Ich verstehe nicht –«

»Es ist nicht so ganz einfach, auch noch das letzte zu verlieren, dessen man sich sicher glaubte«, fuhr Gowenna fort, ohne auf seinen Einwurf einzugehen. »El-tra und seine Brüder gehören mir seit zehn Jahren. Aber ich sollte vielleicht besser sagen, sie *gehörten* mir.«

»Gehörten?« wiederholte Skar ungläubig. »Wie meinst du das?«

»So, wie ich es gesagt habe, Skar. Du hast sie für meine Wächter oder Freunde oder sonst etwas gehalten, aber das ist nicht die Wahrheit, obwohl ich dich in dem Glauben ließ. Sie sind mein Eigentum. Das Volk von Cosh hat sie mir geschenkt.« Sie stockte, lächelte und gab ein kleines, schwer zu deutendes Geräusch von sich. »Aber so, wie es aussieht, bist du jetzt ihr Herr.«

»Unsinn«, widersprach Skar. »Ich habe niemals –«

»Du bist ein Teil von ihnen, ob es dir gefällt oder nicht«, fiel ihm Gowenna ins Wort. »Natürlich würden sie dich immer noch in Stücke reißen, wenn ich es ihnen befehlen würde, aber das besagt nichts. Sie gehören dir. Und du hast damit auch die Verantwortung über ihr Leben. Wenn ich ... diesen Ritt nicht überleben sollte, dann gib auf sie acht, ja?« Damit wandte sie sich um und ging zu den Pferden hinüber, ohne ihm Gelegenheit zu weiteren Fragen zu geben.

Zehn Minuten später brachen sie auf. Die Sumpfleute hatten ihr Gepäck – das im Laufe der letzten Tage ohnehin auf das Allernotwendigste zusammengeschrumpft war – gleichmäßig auf die fünf verbleibenden Pferde verteilt, so daß die einzelnen Tiere kaum etwas von dem zusätzlichen Gewicht spürten. Trotzdem waren ihre Schritte schleppend und mühsam, und ihr Atem ging so laut, daß Skar sich einbildete, das Geräusch müsse meilenweit zu hören sein, obwohl der Sturm noch immer mit unverminderter Wucht tobte.

Erneut verlor er das Gefühl für Raum und Zeit. Der Sturm wob sie in einen Mantel von Lärm und Kälte ein, und irgendwo über ihnen, jenseits der kochenden Decke aus grauweißem Chaos, zogen die Sterne unbeeindruckt ihre Bahn, aber Skar selbst schien auf magische Weise aus diesem Verstreichen der Zeit ausgeklammert zu sein, ein Automat, der nicht mehr dachte, nicht mehr fühlte, sondern nur stur und unfähig, von der einzigen Aufgabe, für die er geschaffen war, abzuweichen, einen Fuß vor den anderen setzte. Nach einiger Zeit begann er selbst die Kälte nicht mehr so deutlich zu fühlen; die Schmerzen in seinen Fingern und Zehen sanken zu einem dumpfen, auf ihre Weise beinahe wohltuenden Druck herab, und die Atemzüge waren nicht mehr wie Glas, das seine Kehle zerschnitt. Die Nacht war voller Geräusche, und nicht alle hatten ihre Ursache im Sturm. Er glaubte ein Lachen zu hören, oder wenigstens etwas wie ein Lachen, ein hohes, spöttisches Keckern wie die Laute der Feuerkinder Combats, dann wieder ein dumpfes Poltern, das den Boden unter seinen Füßen unmerklich vibrieren ließ, und von Zeit zu Zeit huschten winzige blaue Elmsfeuer über den Horizont im Süden, blaustrahlende Brüder der Wächter Combats. Vielleicht war es aber auch nur Illusion, die Rache seiner überanstrengten Nerven. Aber er wehrte sich nicht dagegen, gab sich einfach der Müdigkeit und Trance hin und gönnte seinem Geist die Ruhe, die sein Körper nicht annehmen wollte.

Nach einer Ewigkeit, vielleicht aber auch nur nach Augenblikken, riß die Wolkendecke über ihren Köpfen auf, und das erste Grau der Dämmerung schickte schattige Finger über die Ebene. El-tra blieb stehen, hob in einer Bewegung, die nun nicht nur müde wirkte, sondern es auch war, die Hand und deutete nach vorn. Skar trat neben ihn, löste die verkrampften Finger vom Zügel seines Pferdes und blickte in die Richtung, in die der Sumpfmann deutete.

Vor ihnen lag die Hellgor. Und es war keine Schlucht, es war eine Klippe.

Die Lücke in der Wolkendecke schloß sich wieder, aber die Sonne war aufgegangen, und das Licht reichte auch so dazu aus, daß man die gewaltige Kluft vor ihnen erkennen konnte. Sie waren näher, als Skar vermutet hatte; der dünne, graue Strich, den sie am Abend zuvor erblickt hatten, war nicht die Schlucht selber gewesen, sondern ihr gegenüberliegender Rand – er und ein Teil des Felsens, der senkrecht und so glatt, als wäre er mit einem gewaltigen Messer geschnitten und hinterher sorgsam poliert worden, in die Tiefe stürzte. Der jenseitige Rand der Kluft lag allerhöchstens noch anderthalb Meilen entfernt.

»Bei allen Göttern!« keuchte Gowenna. Ihre Stimme bebte. Skar konnte sehen, daß sie vergeblich versuchte, den Anblick zu verarbeiten und sich gegen die Gewaltigkeit der Erscheinung zu wappnen. Ein grauer, halb durchsichtiger Nebel hing wie eine Decke über der Schlucht, seltsamerweise war es unberührt vom Toben des Sturmes, und die Luft auf der anderen Seite schien zu flimmern, als koche sie vor Hitze. Was dahinter lag, war nicht zu erkennen.

»Das ist . . . gewaltig«, sagte Gowenna stockend. Sie hatte ihre Fassung wiedergefunden, aber der Ausdruck in ihrer Stimme sagte Skar, daß es in ihrem Inneren immer noch kochte.

Müde schüttelte er den Kopf. »Ich kann das Wort *gewaltig* bald nicht mehr hören«, murrte er. »Seit wir dieses Land betreten haben, beginne ich mir allmählich wie ein Zwerg vorzukommen. Hast du eine Idee, wie wir dort hinüberkommen sollen?«

»Es muß einen Weg geben«, sagte Gowenna schnell. Zu schnell, fand Skar. »Vela und ihre Männer sind hier entlanggeritten. Es muß eine Brücke geben, einen Steg, oder . . .« Sie verstummte, als sie Skars Blick begegnete. Der Anblick der Schlucht ließ jeden Gedanken an eine Brücke schlichtweg lächerlich klingen.

»Vielleicht sind sie auch geflogen«, knurrte Skar. »Wenn sie überhaupt jemals hier waren.«

»Sie waren hier«, mischte sich El-tra ein.

Skar fuhr mit einem Ruck herum. »So?« sagte er aufgebracht. »Und woher willst du das wissen?« Er deutete mit einem abfälligen Grinsen auf den Boden und stampfte zur Demonstration mit dem Fuß auf. »Erzähl mir nicht, daß du auf diesem Grund Spuren erkennen kannst. Hier kann eine Armee vorbeiziehen, ohne auch nur einen Kratzer zu hinterlassen.«

»Das stimmt«, sagte El-tra ungerührt. »Aber es gibt andere Spuren als die, die du mit dem Auge siehst, Bruder. Sie waren hier – der Drache und acht Reiter, vielleicht auch zehn. Und es ist noch nicht sehr lange her. Nicht länger als drei Tage.«

»So!« sagte Skar noch einmal. »Und wohin sind sie?«

El-tra deutete auf die Schlucht und folgte der Linie des Felsabbruches mit der Hand. »Dorthin. Sie sind geritten, sehr schnell. Schneller als jemand, der noch eine weite Strecke vor sich hat und sein Pferd schonen muß. Es kann nicht mehr weit sein.«

»Nicht mehr weit . . .« Skars Blick folgte dem Monstrum von Canyon, bis er sich irgendwo im Südosten im Grau der Dämmerung verlor. Selbst auf diese große Entfernung glaubte er den Sog der Tiefe zu spüren, den dumpfen, verlockenden Ruf, der aus der Höllenkluft emporwehte. Vielleicht, dachte er, wäre es das Beste:

einen Schritt zu machen, sich fallen zu lassen und auf den Aufprall zu warten.

Er verscheuchte den Gedanken mit einem wütenden Knurren, ging zu seinem Pferd zurück und schwang sich in den Sattel. Das Tier scheute, und einen Moment lang mußte er all seine Kraft und Geschicklichkeit aufwenden, um nicht wieder zu Boden zu stürzen.

»Wenn es nicht mehr weit ist, dann laßt uns reiten.«

El-tra zögerte sichtlich. »Wir sollten bis zum Abend ausruhen«, sagte er. »Wenn es eine Brücke gibt, wird sie bewacht sein. Wir werden kämpfen müssen.«

Skar starrte ihn finster an. »Und?« fragte er. »Dazu habt ihr mich doch mitgenommen, oder?«

Die Brücke war unmöglich, aber sie existierte. Sie tauchte irgendwann um die Mittagszeit aus dem Dunst der Ebene auf, ein dünnes, mit Schatten gemaltes Filigran, das mit jedem Hufschlag der Pferde an Substanz – aber nicht an Glaubwürdigkeit – gewann. Ihre Stützen zogen sich in einem kühnen, weit geschwungenen Bogen über die Schlucht; ein doppeltes, sichelförmiges Geländer, das sich irgendwo auf der anderen Seite in wehenden Nebel aufzulösen schien, kurz bevor es den Boden berührte. Die ganze Konstruktion schien zu beben und im Rhythmus des Windes über dem Nichts zu tanzen; eine optische Täuschung, bedingt durch die Entfernung und die schlechten Sichtverhältnisse, aber trotzdem eindrucksvoll.

Sie hielten, noch immer in respektvollem Abstand von der Felskante, nebeneinander an und starrten das bizarre Bauwerk stumm und lange an, und selbst Skar, der geglaubt hatte, gegen alles gewappnet zu sein und sich von keinem auch noch so gewaltigen Anblick mehr beeindrucken zu lassen, rang lange und vergeblich nach Worten. Es war nicht die Größe der Brücke allein – das Goldene Tor von Kohon, das die Zufahrt des Kriegshafens überspannte, war nahezu ebenso lang wie diese Brücke, und seine steinernen Stützpfeiler mußten ebenso hoch, wenn nicht höher in die Luft ragen, aber dem Goldenen Tor fehlte – wie eigentlich jedem Bauwerk, an das er sich erinnern konnte – die graziöse Leichtigkeit, die dieser Steg trotz seiner ungeheuren Abmessungen ausstrahlte. Der Bogen, in dem er sich über das Nichts spannte, spottete der Schwerkraft und den Naturgesetzen, jeder einzelne Pfeiler, jede Stütze, war ein Triumph über die Natur, eine Absage an alles, was er jemals über Anziehungskraft und Statik gehört hatte.

Schließlich war es El-tra, der das Schweigen brach. »Wir sollten uns weiter von der Schlucht zurückziehen«, sagte er mit dem ihm eigenen Pragmatismus. »Wenn es Wachen gibt, so sehen sie uns zu früh.«

Skar löste widerwillig den Blick von der Brücke und sah nach Westen. Sie waren, ohne daß er es bisher bewußt wahrgenommen hätte, seit Stunden über vollkommen flaches, deckungsloses Gelände geritten, aber es war nur ein Streifen, der – wenn auch Meilen breit – sich doch eng an die Konturen der Hellgor anschmiegte und ihr folgte wie grüner Uferbewuchs dem Lauf eines Flusses. Zur Rechten, jenseits der polierten dunkelgrünen Glasebene, zogen sich die zerborstenen Ruinen Tuans in gleichbleibender Monotonie dahin. Dort würden sie sich der Brücke nähern können, ohne zu früh gesehen zu werden.

»Könnt ihr ... feststellen, ob sie bewacht ist?« fragte er unsicher.

El-tra wandte den Blick, sah ihn an und schüttelte nach einer merklichen Pause den Kopf. »Wir können sehen, was war und was ist«, erklärte er geheimnisvoll. »Nicht was sein wird.«

Skar grinste säuerlich. »Wenn das, was du jetzt so umständlich erklärt hast, *nein* heißen soll, dann stimme ich dir zu«, sagte er. »Reiten wir ein Stück nach Westen.«

El-tra gab einen Laut von sich, der Ähnlichkeit mit einem Lachen hatte. »Das soll es heißen«, bestätigte er.

Sie wichen im rechten Winkel von ihrem bisherigen Weg ab und ritten zurück in die Alptraumlandschaft, der sie vor wenigen Stunden erst entronnen waren. Der Wind blies ihnen jetzt in die Gesichter, und schon aus diesem Grunde war eine Unterhaltung unmöglich. Sie legten den Weg schweigend zurück, langsam, aber mit verbissener Stetigkeit, und bewegten sich auch dann noch weiter von der Hellgor fort, als sich die Reihe der geschwärzten Ruinen wie eine dunkle Festungsmauer hinter ihnen geschlossen hatte; ein Wall, der nicht dem Ansturm des Feuers, wohl aber dem der Zeit standgehalten hatte. Erst, als El-tra sicher war, daß ihre Bewegungen in dem schwarzgrünen Labyrinth der toten Stadt nicht mehr auszumachen sein würden, schwenkten sie abermals herum und ritten wieder parallel zur Hellgor. Das gewaltige schwarze Gespinst der Brücke wanderte langsam auf sie zu, schwang schließlich, der Krümmung des Weges, den sie nahmen folgend, ein Stück zurück und lag dann neben ihnen.

El-tra zügelte sein Pferd, deutete wahllos auf eine niedrige, halbrunde Mauer und winkte mit der anderen Hand seinen Bruder zu sich heran.

»Wir reiten voraus, um den Weg zu erkunden«, sagte er. »Skar und Gowenna bleiben zurück. Ruht euch aus. Vor Dunkelwerden können wir nicht weiter.«

Diesmal war es kein Vorschlag, begriff Skar, sondern ein Befehl, nicht aus einem Führungsanspruch geboren, sondern aus dem Wissen, daß dieser Weg der einzig mögliche war. Zwischen ihnen und der Schlucht lag noch immer ein zwei Meilen breiter, deckungsloser Streifen; selbst wenn sie das Letzte von ihren Pferden verlangten, war er zu breit, um die Wächter der Brücke – wenn es sie gab – noch überraschen zu können. Skar stieg kommentarlos aus dem Sattel, führte das Pferd in einen windgeschützten Winkel und hockte sich erschöpft auf den Boden. Gowenna unterhielt sich leise mit einem der Sumpfmänner, aber Skar hätte auch nicht hingehört, wenn er ihre Sprache verstanden hätte. Mit einem Mal schlug die Müdigkeit mit aller Kraft zu; eine bleierne, eisige Decke, die sich auf ihn herabsenkte und seine Glieder lähmte. Sie waren einen Tag, eine Nacht und einen weiteren halben Tag unterwegs gewesen, und er spürte plötzlich jede Meile, die sie zurückgelegt hatten.

Die beiden Sumpfmänner verschwanden, und er blieb allein mit Gowenna zurück. Sie sprachen nicht miteinander; nicht aus

Feindschaft oder Furcht, sondern einfach, weil es nichts zu bereden gab. Die unzähligen Stunden angespannten, lauernden Schweigens, die zwischen ihnen und dem Felstrichter, in dem ihre Odyssee begonnen hatte, lagen, hatten alles ausgedrückt, was sie hätten sagen können.

Er schloß die Augen, lehnte sich müde mit dem Rücken gegen den glasierten Fels und lauschte in sich hinein. Aber auch in ihm war nur Schweigen. Sein Dunkler Bruder schien fort zu sein. Er hatte ihn gespürt, einmal, aber auch da war es anders gewesen als die Male zuvor, leiser, müder - erschöpft, als hätte die dunkle Kraft, die irgendwo in ihm schlummerte, ihre gesamte Energie beim Kampf mit Del und den Söldnern verbraucht.

Irgendwann schlief er ein, trotz der unbequemen Stellung, in der er dahockte, und der Kälte, die ihn auch hier noch mit den Zähnen klappern ließ. Er war so erschöpft, daß er nicht einmal träumte, und als er später, geweckt durch Hufschlag und hektische Bewegung neben sich, die Augen aufschlug, fühlte er sich ausgeruht und frisch, als hätte er tagelang geschlafen. Trotzdem war es nur Illusion - er mochte sich im Moment stark fühlen, aber das würde nicht lange anhalten.

Skar stand auf, fuhr sich mit dem Handrücken über die Augen, um den letzten Rest von Schlaf daraus zu vertreiben, und sah flüchtig in den Himmel. Die Sonne war ein gutes Stück weitergewandert und schimmerte als verzerrter, rötlicher Kreis mit zerfaserten Rändern durch die Wolken. Später Nachmittag. Er mußte sechs, sieben Stunden geschlafen haben.

»El-tra kommt zurück«, sagte Gowenna mit einer Kopfbewegung nach Osten. Sie ging mit keinem Wort darauf ein, daß er geschlafen und ihr die Last der Wache aufgebürdet hatte. Aber ihre Stimme klang müde.

Skar schlug seinen Umhang zurück, trat neben Gowenna und lauschte. Der Hufschlag kam rasch näher, und schon nach wenigen Augenblicken erschien einer der Sumpfmänner, tief über den Hals seines Pferdes gebeugt, zwischen den gezackten Felsklauen der Ruinenlandschaft. »Versteckt euch!« rief er. »Die Pferde weg und dann in Deckung! Wir werden verfolgt!«

Zum ersten Mal, seit Skar mit den beiden Brüdern aus Cosh zusammen war, hörte er echte Erregung in der Stimme El-tras. Er fuhr herum, hastete zu den Pferden hinüber und führte zwei der Tiere tiefer in der Schutz der zerborstenen Mauern hinein. Gowenna ergriff den Zügel des dritten Pferdes, aber das Tier scheute, aufgeschreckt durch die plötzliche Bewegung und die Aufregung, die es mit seinen feinen Instinkten deutlicher spürte als die Menschen, stieg auf die Hinterläufe und schlug mit den Hufen aus. Gowenna brachte sich mit einem hastigen Sprung in Sicherheit, fluchte lauthals und versuchte erneut, sich dem Tier zu nähern. El-tra sprengte wortlos an ihr vorüber, bückte sich im Sattel nach dem Zügel und riß den Kopf des Pferdes mit einem brutalen Ruck herum.

»Schnell!« befahl er. »Geht in Deckung! Sie müssen in wenigen Augenblicken hier sein!«

»*Wer* muß hier sein?« fragte Skar, ohne sich von der Stelle zu rühren.

El-tra fuhr ungeduldig herum. »Krieger«, keuchte er. »Eure Befürchtung war berechtigt - die Brücke wird bewacht. Und sie reiten Patrouille. Zwei von ihnen verfolgen meinen Bruder. Er wird versuchen, sie hierherzulocken. Rasch jetzt!«

»Nur zwei?« wunderte sich Gowenna. »Und darum -«

»Bitte!« unterbrach El-tra sie. »Es ist keine Zeit zu reden. Sie müssen jeden Augenblick hier sein! Verbergt euch! Wenn sie die Falle erkennen und fliehen, war alles umsonst. Wir kommen niemals über die Schlucht, wenn die Wächter gewarnt sind.«

Gowenna wollte noch mehr sagen, aber Skar ergriff sie einfach am Arm und zog sie hinter sich her in Deckung. El-tra schlug seinem Pferd die Absätze in die Flanken und verschwand hinter einem Mauerrest.

Gowennas Hand glitt zum Schwert. Skar legte ihr rasch die Rechte auf den Unterarm, schüttelte den Kopf und gab ihr mit Gesten zu verstehen, in Deckung zu bleiben. Dann richtete er sich vorsichtig wieder auf, schob sich, den Rücken eng an die Wand geschmiegt, bis zum Ende ihrer Deckung und spähte nach Osten. Wieder war Hufschlag zu hören, das hektische, arhythmische Stampfen mehrerer Pferde diesmal, dazwischen ein helles Sirren, der Klang einer Bogen- oder Armbrustsehne. Ein Schatten erschien zwischen den Mauerresten, verschwand und tauchte wieder auf, verdreifacht diesmal. El-tra sprengte heran, setzte, seinem Pferd gnadenlos die Sporen gebend, über eine brusthohe Wand hinweg und wurde durch den Aufprall beinahe aus dem Sattel geschleudert. Sein Pferd scheute, stieg auf die Hinterläufe und schrie vor Schmerz und Angst.

Skars Herz schien einen erschrockenen Sprung zu machen, als er sah, wie einer der Verfolger seine Armbrust hob und auf den Sumpfmann zielte. El-tra registrierte die Gefahr im letzten Moment, warf sich zur Seite und versuchte sein Pferd herumzuzwingen. Aber so gewaltig seine Kraft auch war, das Tier war halb wahnsinnig vor Furcht und widersetzte sich ihm. Die Armbrust des Söldners entspannte sich mit einem peitschenden Knall, der Bolzen verwandelte sich in einen flirrenden Schatten, riß eine blutige Spur in den Hals des Pferdes und bohrte sich tief in El-tras Schulter. Das Tier bäumte sich auf, verlor auf dem spiegelglatten Boden die Balance und fiel mit einem schmerzerfüllten Klageruf auf die Seite. El-tra wurde in hohem Bogen aus dem Sattel geschleudert, prallte mit furchtbarer Wucht auf dem Boden auf und blieb, nachdem er sich sieben-, acht-, neunmal überschlagen hatte, reglos liegen.

Gowenna stieß einen halblauten Schreckensschrei aus. Skar machte eine hastige Geste, warf ihr einen warnenden Blick zu und lief, im Zickzack von einer Deckung zur anderen hastend, los.

Er erreichte den Kampfplatz im gleichen Moment, in dem die beiden Krieger aus den Sätteln stiegen, um nach ihrem Opfer zu sehen. Seine Schritte waren zu laut, und das Gelände bot, so unübersichtlich es schien, nicht genug Deckung; die Männer waren gewarnt, lange bevor er nahe genug heran war. Einer von ihnen wirbelte herum und riß sein Schwert aus dem Gürtel, in einer Bewegung, die schnell genug war, einem Satai Ehre zu machen. Der andere griff hastig an seine Seite, nahm einen neuen Bolzen aus dem ledernen Köcher und legte ihn mit raschen, sicheren Bewegungen auf die Sehne.

Skar erstarrte. Zwischen ihm und den beiden Kriegern lagen noch fünf, vielleicht sechs Schritte. Unter normalen Umständen hätte er nicht gezögert, einen Angriff zu riskieren. Aber er war erschopft und am Ende seiner Kräfte. Seine Reaktionen waren die eines Greises, und das Stärkegefühl in ihm täuschte. Jeder weitere Schritt wäre Selbstmord gewesen.

Die beiden Krieger schienen zu erraten, was hinter seiner Stirn vorging. Der Armbrustbolzen deutete drohend auf seine Brust; der Finger des Mannes krümmte sich um den Abzug. Es war eine schwere Waffe, die fingerlange, nadelspitz geschliffene Eisenbolzen verschoß. Selbst ein Harnisch würde Skar keinen ausreichenden Schutz bieten.

»Laß die Waffe fallen, Satai«, sagte einer der Krieger. Seine Stimme klang schrill, mühsam beherrscht, aber voller Furcht. »Leg dein Schwert auf den Boden! Schnell!«

Skar gehorchte. Langsam, um die Krieger nicht durch eine zu hastige Bewegung zum Angriff zu reizen, legte er sein Schwert vor sich ab, löste die Haltespange seines Umhanges und ließ ihn von den Schultern gleiten.

»Jetzt komm her!« befahl der Mann mit der Armbrust. »Aber langsam! Und mit ausgestreckten Armen!« Sein Kamerad schob das Schwert zurück in die Scheide, nahm seine Armbrust vom Rücken und spannte sie ebenfalls.

»Die Falle war nicht schlecht«, sagte er anerkennend. »Diese Sumpfkreatur sollte uns hierherlocken, wie?« Er lächelte, aber es war nur ein Ausdruck seiner Nervosität. »Wo ist der andere?«

»Welcher andere?« fragte Skar ruhig. »Wir waren allein.«

Der Finger spannte sich ein wenig mehr um den Abzug. Der Druckpunkt war erreicht. Ein winziges, nervöses Zucken noch, und die Waffe würde ihr tödliches Geschoß abfeuern. Skar spannte sich.

»Ihr seid zu dritt«, behauptete der Krieger. In seinem Gesicht arbeitete es. Die Waffe blieb starr auf Skars Brust gerichtet, aber der Blick seiner dunklen Augen irrte unstet über die Felsen hinter Skar.

»Sumpfmann!« rief er mit erhobener Stimme. »Ich weiß, daß du da bist! Hör mir zu!«

»Du solltest deine Stimme schonen«, sagte Skar gelassen. »Hier ist niemand. Nur El-tra und ich.«

»Hör zu!« fuhr der Krieger unbeeindruckt fort. »Wir haben einen von euch erledigt. Und der Satai stirbt, wenn du nicht ohne Waffen und mit erhobenen Händen herkommst. Ich spaße nicht.«

Skar machte einen halben Schritt auf die beiden Krieger zu und blieb abrupt stehen, als sich nun auch die zweite Armbrust auf ihn richtete.

»Ich meine es ernst!« schrie der Mann. Unter dem Stirnschutz seines bizarr geformten Helmes perlte feiner, glitzernder Schweiß hervor. »Ich zähle jetzt bis fünf! Wenn du danach nicht hier bist, erschieße ich den Satai. Eins!«

»Hört auf! Ich komme!« El-tras Stimme kam von irgendwo hinter und neben Skar. Ein Pferd schnaubte, dann hörte Skar rasche, klirrende Schritte.

Der Ausdruck von Furcht auf den Gesichtern der beiden Männer vertiefte sich. Skar sah, wie ihre Hände zu zittern begannen, unmerklich, aber doch zu stark, als daß sie es ganz unterdrücken konnten.

»Ich gebe auf!« rief El-tra noch einmal. »Tut ihm nichts!«

Die Schritte wurden lauter. Eine der beiden Armbrüste schwenkte herum und deutete jetzt auf eine Stelle hinter Skar.

Ein grauer Schatten zuckte hinter den beiden Kriegern vom Boden hoch und warf sich auf sie. Skar ließ sich zur Seite fallen, rollte über die Schulter ab und war, das Schwert in den Händen, wieder auf den Beinen, noch bevor der Armbrustbolzen dort durch die Luft schnitt, wo er gestanden hatte.

Der Kampf war vorbei, bevor er bei den beiden Kriegern ankam. El-tras Fäuste hatten mit gnadenloser Kraft unter ihnen gewütet; einer der Männer lag reglos auf dem Gesicht, der andere krümmte sich stöhnend zusammen und preßte die Hände gegen den Leib. Aus seinem Mund lief Blut. Skar kniete neben ihm nieder, legte das Schwert griffbereit neben sich und drehte ihn auf die Seite. Der Mann war schwer. Skar konnte selbst durch den eisenharten Panzer hindurch fühlen, wie er zitterte. Behutsam löste er den Kinnriemen seines Helmes, zog ihn ab und berührte den Mann im Gesicht.

»Kannst du mich verstehen?« fragte er.

Die Augen hinter den geschlossenen Lidern bewegten sich hektisch hin und her. Das Blut, das aus dem Mundwinkel des Mannes lief, wurde heller; schaumig.

»Er stirbt«, sagte Skar vorwurfsvoll. Er hob den Kopf, sah El-tra einen halben Herzschlag lang ausdruckslos an und beugte sich dann wieder über den Krieger. »Du hättest ihn nicht gleich töten müssen«, sagte er ruhig.

El-tra schwieg einen Moment. Seine Hand kam unter dem Umhang hervor, tastete nach seiner Schulter und spannte sich um den federbewehrten Schaft des Bolzens. Als Skar den Laut hörte, mit dem das Geschoß aus der Schulter des Sumpfmannes glitt, wurde ihm übel. An der Spitze klebte kein Blut.

Hinter ihm wurden Schritte laut, als der andere El-tra herankam. Eine Hand legte sich auf seine Schulter, leicht und doch von unendlicher Stärke erfüllt, drückte in einer kurzen, beinahe tröstenden Geste zu und schob ihn dann mit sanfter Gewalt zur Seite. Skar nahm sein Schwert, stand gehorsam auf und entfernte sich drei, vier Schritte. Die beiden Sumpfmänner knieten wortlos neben den beiden Soldaten nieder; ihre Hände legten sich auf Gesicht und Stirn der Männer.

Augenblicke lang geschah nichts. Das Stöhnen des Sterbenden wurde leise, verklang. Seine Glieder zuckten noch einmal wie unter einem letzten, knochenbrechenden Krampf, dann erschlaffte er, mit einem schnellen, endgültigen Rucken, das Skar sagte, daß er tot war.

Skar wandte sich ab. Er wußte nicht, *was* die beiden Männer aus Cosh da taten, und er wollte es auch nicht wissen. Es war irgend eine barbarische Zeremonie, vielleicht die Art, in der sie ihre Opfer töteten. *Schlugen,* dachte Skar. Plötzlich, zum ersten Mal seit Tagen wieder, wurde ihm bewußt, daß El-tra keine Menschen waren. Sie handelten anders, dachten – *lebten* – nach eigenen, für ihn unverständlichen Gesetzen und Regeln.

Er rammte sein Schwert in die Scheide zurück, drehte sich vollends um und ging in die Richtung, aus der er gekommen war. Hinter ihm erscholl ein spitzer, unmenschlicher Schrei.

Gowenna kam ihm entgegen, als er die halbe Strecke zurückgelegt hatte.

»Ich habe alles gesehen«, sagte sie.

Skar blieb stehen. Sein Blick mußte Zorn ausdrücken, denn sie wich unwillkürlich einen halben Schritt zurück und hob in einer unbewußten, instinktiven Abwehrbewegung die Hände. »Urteile nicht, bevor du nicht alles weißt«, sagte sie hastig. »Sie hatten keine andere Wahl. Sie hätten dich erschossen, wenn El-tra sie nicht niedergeschlagen hätte.«

»O ja, und das durftest du nicht zulassen, wie?« fragte er gepreßt. »Mein Leben wiegt mehr als das zweier Unschuldiger. Verzeih, daß ich das vergaß.« Seine Stimme bebte vor Zorn. »Es war nicht nötig, sie umzubringen«, zischte er. »Wenn sie dir *gehören*, wie du sagst, dann hättest du sie zurückhalten können.«

»Wir mußten sie töten, Skar«, sagte Gowenna.

»Wir?« Skar hob die Hände und betrachtete demonstrativ seine Finger. *»Ich* habe sie nicht getötet, Gowenna. Und es war nicht notwendig. Sowenig wie das, was sie jetzt mit ihnen tun. Auch wenn ich nicht weiß, was es ist.«

»Sie sind unsere Feinde, Skar«, fuhr Gowenna eindringlich fort. »Wir konnten sie nicht am Leben lassen. Du bist ein Krieger und solltest wissen, daß man einen Feind im Rücken nicht dulden kann.«

Skar starrte an ihr vorbei zum Horizont. Die schwarzen Pfeiler der Brücke streckten sich in kühnem Bogen zur Sonne empor, aber mit einem Mal erschienen sie ihm nicht mehr graziös und elegant, sondern irgendwie feindselig. Ein klebriges Spinnennetz, in dem sie sich verfangen und elend zugrunde gehen würden. »In diesem Land ist ein Mann ohne Pferd und Waffen kein Feind«, sagte er halblaut.

Er redete Unsinn, und er wußte es. Aber in ihm war Zorn, nicht einmal Zorn über die Tatsache, daß die Sumpfmänner die beiden Krieger so gnadenlos abgeschlachtet hatten, sondern Zorn – eigentlich mehr Schmerz – darüber, daß ihre erste Begegnung mit Menschen (das erste Mal, daß sie nach dieser bizarren Reise durch ein Land des Schweigens und des Todes auf Leben stießen) wieder mit dem Tod geendet hatte.

»Es ist der Fluch Tuans«, sagte Gowenna plötzlich. Skar drehte überrascht den Kopf. Gowenna sah an ihm vorbei, aber ihr Blick schien ins Leere zu gehen. Wie leicht es in diesem Land ist, dachte er, die Gedanken eines Menschen zu erraten. »Man nennt es wohl nicht umsonst das Tote Land. Vielleicht hat der Tod hier Leben gewonnen und läßt nichts Lebendes neben sich zu.«

»Unsinn«, murmelte Skar. Aber er spürte auch, daß Gowenna – wenn auch vielleicht in einer ganz anderen Art, als ihr selbst bewußt war – recht hatte. Trotzdem fuhr er aufgebracht fort: »Vielleicht machst du es dir auch einfach nur zu leicht, Gowenna.« Er wollte sich abwenden und wieder zu den beiden Sumpfmännern zurückgehen, aber Gowenna hielt ihn rasch am Arm zurück und schüttelte den Kopf.

»Jetzt nicht, Skar«, sagte sie. »Sie brauchen Zeit.«

»Wozu?« fragte er in absichtlich verletzendem Tonfall. »Werden sie sie auffressen, oder begnügen sie sich damit, sie –«

»Bitte, Skar!« Ihr Griff verstärkte sich, so heftig, daß es schmerzte und Skar seinen Arm mit einem Ruck befreite. »Sie brauchen eine Stunde. Gib sie ihnen, und du wirst alles verstehen.«

»Ich glaube, ich verstehe jetzt schon zuviel«, antwortete er. »Ich beginne jedenfalls zu verstehen, warum du Vela nicht wirklich hassen kannst, Gowenna. Ihr seid euch zu ähnlich. Du wirfst ihr vor, unmenschlich zu sein, aber bisher bist du es, die über Menschenleben spricht, als wären sie nichts.«

Gowenna schwieg eine Weile. Als sie weitersprach, klang ihre Stimme nicht mehr bittend oder traurig, sondern nur noch verwundert. »Ich begreife deinen Zorn nicht, Skar. Du hast mehr Menschen getötet als sie. *Du* bist der Krieger, nicht sie oder ich.«

Skar lachte bitter. »Das Stirnband eines Satai ist kein Freibrief für Mord, Gowenna«, sagte er.

Sie setzte dazu an, etwas zu sagen, schüttelte aber statt dessen bloß stumm den Kopf und senkte den Blick.

»Wie du meinst. Ich werde mich nicht mit dir streiten, nicht jetzt.« Sie drehte sich um, machte einen Schritt und blieb noch einmal stehen. »Ich hole ihre Pferde«, sagte sie. »Vielleicht haben sie Wasser bei sich. Das heißt«, fügte sie hinzu, »wenn du ein solches Vorgehen gestattest. Vielleicht legst du es ja als Leichenfledderei aus.«

Skar zog es vor, darauf nicht zu antworten. Er ließ sie stehen, ging ziellos ein paar Schritte und stützte sich schwer mit den Händen auf einen brusthohen Mauerrest. Der Stein war kalt, von einem eisigen Hauch erfüllt, der nicht allein aus den niedrigen Temperaturen und dem Wind resultierte. Skar wußte nicht, ob die glitzernde Schicht unter seinen Fingern Glas oder Eis war; beides versinnbildlichte in seiner schimmernden Starre mehr als alle Worte den Geist Tuans.

Er schloß die Augen, atmete ein paarmal tief durch und genoß das Gefühl von Leere, das die eisige Luft in seinem Schädel schuf.

Ich benehme mich wie ein Narr, dachte er. Gowenna mußte ihn für einen kompletten Idioten halten, nach dem, was er geredet hatte. Aber seine Worte waren nur Ausdruck seiner Hilflosigkeit gewesen, des ohnmächtigen Zornes, der in ihm war. Er hatte es vielleicht bis jetzt nicht begriffen, aber der Kampf, für den Gowenna ihn hatte kaufen wollen, hatte längst begonnen, im gleichen Moment, in dem sie nicht in Richtung des Gebirges, sondern hierher, hinein ins Herz Tuans, losgeritten waren. Und es war ein Kampf gegen einen Gegner, den er nicht besiegen konnte, ein Kampf gegen dieses Land, gegen den Geist Tuans, wie Gowenna es ausgedrückt hatte. Nicht der Kampf gegen Vela oder ihren Drachen – das war nur die Spitze des Eisberges, vielleicht die letzte Runde –, sondern eine fundamentale Auseinandersetzung zwischen Leben und Tod. Und sie hatten schon verloren, ehe sie ihren Gegner überhaupt erkannt hatten.

Gowenna kam zurück, zwei prall gefüllte Wasserschläuche in den Händen. Sie legte einen davon vorsichtig auf den Boden, löste den Verschluß des anderen und reichte ihn Skar, nachdem sie selbst einen tiefen Zug genommen hatte.

Skar trank, goß wenige Tropfen der kostbaren Flüssigkeit in seine Handfläche und fuhr sich damit über das Gesicht. Das Wasser war eisig und prickelte auf der Haut, aber es tat gut. Er gab Gowenna den Schlauch zurück und sah zu, wie sie noch einmal trank und sich anschließend, seinem Beispiel folgend, ebenfalls das Gesicht benetzte. Ihre Bewegungen hatten, trotz der Eckigkeit, die die Kälte ihren Gliedern aufzwang, etwas seltsam Graziöses an sich. Sie stand so, daß er nur den unversehrten Teil ihres Gesichts sehen konnte, so wie sie sich seit Tagen zunehmend so bewegte, daß ihre Narben unsichtbar blieben, und wieder – wieder nach einem Streit, dachte Skar mit einer Mischung aus Staunen und Erheiterung – spürte er Erregung. Plötzlich und ehe er sich selbst wirklich über die Bedeutung seines Handels im klaren war, ergriff er sie bei den Schultern, zog sie zu sich heran und küßte sie. Sie wehrte sich, aber nur einen Moment lang. Dann wurden ihre Lippen weich, und ihre Arme schlangen sich so heftig um seine Schultern, daß sie ihm fast den Atem abschnürten. Er spürte die Wärme ihres Körpers durch den dicken Stoff ihrer und seiner Kleidung hindurch, und ein aberwitziges, bohrendes Gefühl der Lust stieg in ihm auf. Er wollte sie schlagen, küssen, quälen und streicheln zugleich, sich an sie klammern wie ein Ertrinkender an einen Ast, die Nähe des einzigen lebenden Wesens, das es vielleicht in diesem Teil der Welt gab, spüren.

Und als er ihrem Blick begegnete, spürte er, daß sie es *wußte.*

Für die Dauer von drei, vier bangen Herzschlägen sah er sie an, und wie schon einmal sah er plötzlich alles mit phantastischer Klarheit – jedes winzige Detail ihres Gesichts, jede Falte, jede Linie, die die Jahre oder irgendein längst vergessener Schmerz hineingegraben hatten, und er sah auch das Gesicht unter dieser Maske, die *wirkliche* Gowenna, die sich unter stolzer Unantastbarkeit auf der einen und fleischgewordenen Flammen auf der anderen Seite ihres Antlitzes verbarg, das lebende, atmende, *fühlende* Wesen, und mit fast schmerzhafter Wucht wurde ihm klar, daß sie das, was er in diesem Moment fühlte, die ganze Zeit über gefühlt haben mußte, daß sie ihn hatte haben wollen, vielleicht schon vom ersten Augenblick an. Und er sah noch mehr. Als wäre plötzlich ein unsichtbarer Schleier, den sie die ganze Zeit über getragen hatte, beiseitegezogen worden, sprang ihn die Erkenntnis an, daß sie in Wirklichkeit viel mehr Frau war, als er jemals begriffen hatte. Eine sehr schöne Frau, eine Frau, die stolz auf ihren Körper und seine Vollendung gewesen war. Aber dieser Körper hatte erst zerstört werden müssen, ehe sie selbst soweit war, es zuzugehen.

Warum jetzt? dachte er müde. Warum hatten sie sich erst bis ans Ende der Welt jagen lassen müssen, ehe sie – beide – erkannt hatten, was sie wirklich füreinander empfanden?

Gowenna drehte mit einer kraftlosen Bewegung den Kopf zur Seite, damit sein Mund nur den lebenden, unversehrten Teil ihrer Lippen berührte, aber er hielt sie mit sanfter Gewalt fest.

»Eigentlich müßtest du mich hassen«, sagte sie.

»Ich habe es versucht«, antwortete Skar.

»Und?« Sie lächelte, müde, traurig, aber auch resignierend. »Ist es dir gelungen?«

Skar hob die Schultern. »Ich weiß es nicht«, antwortete er offen. »Ich weiß, daß ich irgend etwas für dich empfinde, Gowenna. Aber ich weiß nicht, ob es Haß oder Liebe ist. Vielleicht beides. Vielleicht . . . Nein, ich glaube nicht, daß ich dich wirklich hassen kann.«

»Und warum nicht? Weil ich eine Frau bin und es vielleicht das letzte Mal ist?« Plötzlich, von einer Sekunde zur anderen, versteifte sie sich in seinen Armen, und ihre Stimme, die zuvor weich und voller zitternder Begierde geklungen hatte, wurde plötzlich so spröde wie das Glas, das sie umgab. Ihre rechte Hand löste sich mit einem Ruck aus seiner Umklammerung und fuhr zu ihrem verätzten Gesicht, krallte sich in die kaum verheilten Narben, die der Atem des Drachen in ihr Fleisch gegraben hatte. »Nimmst du deshalb sogar *das* in Kauf? Lieber eine verstümmelte Frau als gar keine?«

Ihre Worte hatten bewußt verletzend klingen sollen, aber der einzige Schmerz, den Skar spürte, war ihr eigener. Die Waffe war stumpf geworden, und ihr Angriff auf ihn nichts als ein letzter verzweifelter Versuch, sich selbst zu belügen. Mit einer plötzlichen wütenden Bewegung machte sie sich ganz los, riß Umhang und Kettenhemd herunter und streifte die Bluse ab. Nicht nur ihr Gesicht war verunstaltet. Ein breiter, wie blasig erstarrter roter Schaum aussehender Streifen verätzter Haut zog sich über ihren Hals bis weit hinab zur Schulter, dünne, rote Finger bis zu ihrem Ellbogengelenk und ihrer linken Brust herabschickend. Darüber lag ein Netz grauer Fäden, der Baumwollstoff ihrer Bluse, vom Höllenatem der Bestie für alle Zeit in ihre Haut gebrannt.

»Gefällt dir, was du siehst?« keuchte sie. »Du kannst es haben, Satai! Sei stolz darauf – du bist der erste Mann, dem ich mich freiwillig hingebe. Und wenn dich der Anblick zu sehr stört, dann

SCHABERICH 7/83

wirf einfach ein Tuch über mein Gesicht, damit du es nicht zu sehen brauchst ...« Ihre Stimme zitterte, verlor den Halt und ging plötzlich in ein würgendes Schluchzen über. Sie krümmte sich wie unter Schmerzen, schlug die Hände vor das Gesicht und begann haltlos zu weinen.

»Warum quälst du dich?« fragte Skar.

Ihr Kopf flog mit einem Ruck in den Nacken. Ihre Lippen zitterten, aber sie brachte keinen Laut hervor. Skar trat auf sie zu, nahm sie in die Arme und hielt sie, wortlos und fest, bis ihre Schultern aufhörten zu zucken und die Tränen an seiner Brust versiegten. Dann nahm er sie auf – sie war seltsam leicht, als wäre ihr Körper nicht mehr als eine leere Hülle – trug sie wie ein Kind in den Schutz der Ruine zurück und legte sie behutsam hin. Sie liebten sich auf einem Bett aus Glas und unter einem Himmel aus wirbelndem Weiß, und die ganze Zeit über spürte Skar, daß es nichts Echtes war, daß seine und ihre Gefühle noch immer so starr und kalt waren wie die schimmernden Wände, die sie umgaben, daß das, was sie taten, im Grunde nichts als Trotz und Verzweiflung ausdrückte; die vielleicht letzte Möglichkeit, sich gegen die Kälte und den Tod, die dieses Land beherrschten, zur Wehr zu setzen. Die Gefühle, die er noch vorhin zu spüren geglaubt hatte, waren da, aber sie waren eingesperrt, für ewig gefangen hinter der Kluft, die sie voneinander trennte.

Gowenna schlief hinterher ein, eingehüllt in ihren Mantel und an seine Seite gepreßt, aber Skar lag weiter wach auf dem harten Glas. Er war müde, doch je tiefer seine körperliche Müdigkeit wurde, desto unruhiger und wacher wurde sein Geist. Es war seltsam still in dem nach oben offenen Raum, und selbst das Atemholen des Windes schien gedämpft. Vorsichtig drehte er den Kopf und sah auf die schlafende Frau neben sich herab. Ihr Gesicht war bleich, und wäre das regelmäßige Heben und Senken ihrer Brust nicht gewesen, so hätte er sie für tot gehalten. Aber vielleicht waren sie es ja auch bereits, so wie diese beiden Krieger dort drüben und all die anderen, die auf dem Weg hierher gestorben waren.

Vielleicht.

Aber vielleicht, dachte er, kann man ein Totes Land auch nur mit einer Armee von Toten erobern.

Er stand auf, so behutsam, wie er konnte, um Gowenna nicht zu wecken, zog sich rasch an und breitete eine zweite Decke über sie, ehe er sie verließ. Die Sonne senkte sich dem Horizont entgegen, und die Schatten wurden länger. Er blieb einen Moment stehen, sah sich unschlüssig um und ging schließlich wieder zu den beiden Sumpfmännern zurück.

Die Stunde, von der Gowenna gesprochen hatte, war vorüber, zweimal, aber sie hockten noch immer in der gleichen Stellung, in der er sie verlassen hatte, neben den beiden gefallenen Kriegern, die Hände flach auf Gesichtern und Stirnen der Männer.

Er blieb stehen, räusperte sich - mehrmals und so laut, daß sie es hören mußten - und ging erst weiter, als die beiden Schattenmänner aus ihrer Starre erwachten und ihm die Gesichter zuwandten.

Der Anblick traf ihn wie ein Fausthieb.

Unter den tief in die Stirn gezogenen Kapuzen waren keine Schatten mehr, keine Nebelgesichter, in denen nur wogendes Grau und Geheimnisse waren.

Die Gesichter der beiden El-tra waren menschlich; das des einen schmal und mit dünnen, wie mit einem Griffel gezogenen Linien, dunkeläugig - das des anderen breitflächiger, gerötet und jünger, versehen mit einem dünnen Oberlippenbart, der vergeblich versuchte, ihm einen etwas markanteren Anstrich zu geben.

Die Gesichter der beiden Krieger, die sie getötet haben!!! durchzuckte es Skar. Ein eisiges Gefühl der Lähmung machte sich in ihm breit, eine Furcht, die ihn warnungslos ansprang und sein Denken übermannte.

Auch ihre Gestalten waren verändert. Bisher waren sie identisch gewesen, kleine, graue gefährliche Zwillinge, einer der Schatten des anderen. Jetzt war einer von ihnen, der Jüngere, deutlich größer und breitschultriger, und seine Bewegungen waren eckig und starr, nicht mehr die eines Sumpfgeistes, sondern eines Menschen.

Für einen winzigen Moment dachte Skar an den Tag zurück, an dem er die Sumpfmänner zum ersten Mal gesehen hatte. Sie waren, damals noch zu dritt, in der Maske von Menschen aufgetreten. Es war keine Maske gewesen.

»Bist du bereit?« Es war nicht mehr El-tras Stimme, die zu ihm sprach.

»Ich ...« Skar stockte verwirrt, sah hilflos von einem der Sumpfmänner zum anderen und schüttelte den Kopf. »Was ist geschehen?« fragte er. »Wie ...«

»Die Zeit drängt«, fiel ihm El-tra ins Wort. »Verion und Bend sind bereits überfällig. Die Wachen an der Kluft werden mißtrauisch werden, wenn sie nicht zurückkehren. Wir haben nur diese eine Chance. Geh und wecke Gowenna.«

Noch während Skar, noch immer starr vor Überraschung und ungläubigem, nur allmählichem Begreifen, dastand und die beiden auf so unglaubliche Weise verwandelten Brüder anstarrte, begannen diese sich ihrer Umhänge zu entledigen. Darunter waren sie nackt; wie ihre Gesichter waren auch die Körper der beiden Krieger perfekt nachgeahmt bis ins letzte Detail. Skar sah, daß die Männer krank sein mußten – ihre Haut wies große, haarlose Flekken auf, in deren Zentren kleine entzündete Eiterpusteln saßen. Sie bückten sich, zogen die Toten aus und schlüpften hastig in deren Kleider; die Helme hoben sie zwar auf, streiften sie jedoch nicht über. Skar löste sich mühsam von dem bizarren Anblick und ging mit eiligen Schritten zu Gowenna zurück. Sie schlief noch immer, öffnete jedoch sofort die Augen, als er sie an der Schulter berührte. Ihr Blick war klar.

»Sind sie bereit?« fragte sie.

Skar nickte wortlos. Gowenna würde über die Verwandlung der El-tra nicht erstaunt sein. Sie mußte gewußt haben, was geschehen würde.

Sie stand auf, zog sich eilig an und begab sich dann an seiner Seite zu den El-tra. Die Sumpfmänner waren mittlerweile damit fertig, sich umzuziehen. Es gab jetzt nichts mehr, was sie noch von den beiden echten Kriegern unterschieden hätte. Sie waren perfekte Kopien; mehr noch, sie ahmten die beiden Soldaten nicht nach – sie *waren* es.

»Wir nehmen die Tiere von Verion und Bend«, sagte der Jüngere. »Ihr sucht euch unter den anderen die ausgeruhtesten Pferde aus.«

Skar setzte sich gehorsam in Bewegung, blieb aber nach zwei

Schritten wieder stehen und sah den Sumpfmann verwirrt an. »Du meinst, wir – sollen euch begleiten?« fragte er stockend.

»Natürlich. Ihr seid unsere Gefangenen. Die Männer an der Schlucht haben gesehen, wie die Patrouille hinter uns hergejagt ist. Wenn wir euch als Gefangene mitbringen, haben wir noch am ehesten eine Chance, sie zu überraschen. Aber wir müssen uns beeilen. Wir sind schon zu lange fort, und sie werden mißtrauisch werden.«

Wir, dachte Skar. El-tra sprach, als wäre er einer der Krieger.

»Wie viele sind es?« fragte Gowenna, während sie zu den Pferden hinübergingen.

»Sechs«, antwortete El-tra. »Mit uns. Also noch vier. Aber sie sind gut ausgebildet und haben Befehl, beim geringsten Verdacht zu schießen. Auch auf ihre Kameraden.«

Gowenna nickte, als hätte sie nichts anderes erwartet. »Sie ist mißtrauisch«, sagte sie halblaut. »Sie ahnt, daß wir noch leben. Werden die Männer den Befehl ausführen?«

El-tra nickte. »Ja.«

Skars Verwirrung wuchs mit jedem Wort, das er hörte. »Ich verstehe nichts mehr«, murmelte er. »Soll das heißen, ihr habt ihre Gedanken gelesen?«

»Nicht ihre Gedanken«, antwortete Gowenna an El-tras Stelle. »Ihre Erinnerungen. Sie *sind* sie. Was diese Männer wußten, wissen auch sie.«

»Nicht ganz«, sagte El-tra. »Etwas ist anders.«

Gowenna blickte zuerst den Sumpfmann, dann Skar, dann wieder El-tra verwundert an. »Wie meinst du das?«

»Die Matrix war vorhanden«, antwortete El-tra. Skar spürte, wie schwer es ihm fiel, auf die Frage zu antworten. Seine Worte kamen schleppend, als müsse er sich jede Silbe genau überlegen. »Aber da war noch etwas anderes. Etwas, das ich nicht beschreiben kann. Es . . .« Er stockte, sah Skar in die Augen und lächelte flüchtig. »Die Matrix war überlagert. Ein fremder Einfluß hat diese Männer ergriffen.«

»Matrix?« wiederholte Skar verständnislos.

Gowenna machte eine ungeduldige Handbewegung. »Nenn es von mir aus Seele«, sagte sie rasch. »Das eine Wort ist so falsch wie das andere.« Sie wandte sich wieder an El-tra. »Was soll das heißen – ein fremder Einfluß?«

El-tra schwieg einen Moment. »Ihre Seelen sterben«, sagte er schließlich. »Diese Männer waren nicht mehr als leere Hüllen. Ihre Matrix war schwach, aber da war etwas anderes an ihrer Stelle. Etwas wie Tuan.« Damit wandte er sich um und ging ohne ein weiteres Wort der Erklärung zu seinem Kameraden hinüber.

Skar schwang sich mit einem Kopfschütteln in den Sattel. »Irgendwann«, knurrte er übellaunig, »wirst du mir vielleicht einmal erklären, wer diese beiden Brüder wirklich sind.«

Gowenna blieb ernst. »Bist du sicher«, fragte sie, »daß du es überhaupt wissen willst?«

Die zwei Meilen bis zur Schlucht nahmen kein Ende. Der Himmel war, wie ein blutiges Symbol, in flammendes Rot getaucht, und obwohl die Sonne bereits unterging und mit lodernden Flammenfingern den Horizont berührte, wurde es heller; die Wolkendecke riß auf, und gleichzeitig flaute der Sturm ab. Zum ersten Mal seit Tagen sank das Brüllen des Windes so weit ab, daß sie sich auch über eine Entfernung von mehr als zwei, drei Metern unterhalten konnten, ohne zu schreien.

Sie bewegten sich in der gleichen Marschordnung wie seit Tagen – El-tra, der das Aussehen Verions angenommen, seine Rüstung übergestreift und sein Pferd bestiegen hatte, voraus, dahinter Skar und Gowenna. Bend, der zweite Sumpfmann, bildete den Abschluß. Skars Hände waren gebunden, und zwar so, daß man den Strick, der seine Handgelenke fesselte und in einem lockeren Bogen unter dem Leib des Pferdes hindurch auf der anderen Seite eine Schlinge um seinen Hals bildete, schon von weitem deutlich sehen konnte, während Gowenna, schlaff und mit lose pendelnden Armen, um für tot oder bewußtlos gehalten zu werden, über dem Hals ihres Reittieres lag.

Skar fühlte sich mit jedem Schritt, den sie sich der Kluft näherten, unbehaglicher. Ihr Vorgehen erschien ihm nach allem, was hinter ihnen lag, beinahe zu einfach. Sich in der Verkleidung des Gegners dessen Lager zu nähern, war wahrlich kein neuer Einfall. Aber andererseits war es auch nicht gerade normal, nicht nur die Kleider eines gefangenen Gegners, sondern auch sein Gesicht und seinen Körper überzustreifen.

Die Brücke kam nur langsam näher. Sie war größer, als es von weitem den Anschein gehabt hatte, und entsprechend war auch die Strecke, die zwischen ihr und dem Rand des Ruinenfeldes lag, weiter, als Skar angenommen hatte. Die dunkelfarbigen Metallträger, zwischen denen sich die verzweigten Streben des halbmondförmigen Geländers spannten, waren so stark wie ein Pferdeleib, aber auch an ihnen war das Chaos nicht spurlos vorübergegangen. Weiter zur anderen Seite hin war das Eisen zerborsten, da und dort geschmolzen und zu bizarren mannsgroßen Tropfen erstarrt; die vierzig Manneslängen breite Brücke selbst war von zahllosen Löchern und Rissen übersät und auf halber Strecke bis auf einen dünnen, über die große Entfernung nur wie ein Faden erscheinenden Steg zerbrochen.

So grandios der Anblick von weitem gewirkt hatte, so ernüchternd war die Realität. Die Brücke über die Hellgor war, wie alles hier, nur ein weiteres Symbol der Zerstörung. Ihr Metall war unter der Hitze des Götteratems spröde und brüchig geworden. Es erschien Skar fast wie ein Wunder, daß sie die Jahrtausende des Sturmes, der an ihr gezerrt und gerüttelt hatte, überhaupt überstanden hatte.

»Wo sind die Wachen?« fragte er.

»In dem Turm links neben dem Aufstieg«, antwortete Verion El-tra, ohne sich umzudrehen. »Keinen Laut mehr jetzt. Die Luft trägt weit. Und sie dürfen nicht sehen, daß wir reden.«

Skar unterdrückte ein Nicken. Sein Rücken begann, von der unnatürlich-aufrechten Haltung, die er einnehmen mußte, um die Schlinge um seinen Hals nicht zu sehr zu spannen, zu schmerzen, aber er widerstand der Versuchung, das Seil ein wenig zu lockern. Die Stricke lagen nur lose um seine Hände; ein kräftiger Ruck würde reichen, sie abzustreifen.

Aufmerksam sah er zu dem Turm hinüber, den El-tra bezeichnet hatte. Verglichen mit der Gigantomanie der Brücke, die er bewachte, wirkte er winzig: ein vielleicht zwanzig Fuß hoher und halb so breiter Zylinder, dessen flaches Dach von dreieckigen Zinnen gesäumt wurde. Trotzdem eine Festung – der Eingang lag auf der anderen, der Schlucht zugewandten Seite, und die wenigen Fenster waren nur als dünne Linien zwischen den Fugen des Mauerwerks zu erkennen; Schießscharten, mehr nicht. Eine Handvoll Männer würde diesen Turm gegen eine Armee halten können.

Ein zweiter, gleichartiger Turm erhob sich auf der anderen Seite der Brücke; in ihrer Einfachheit eine nahezu unüberwindliche Verteidigungsanlage.

Verteidigung? dachte er. *Gegen wen?*

El-tra zügelte sein Pferd, als sie sich dem Turm bis auf dreißig Schritte genähert hatten. Skar glaubte eine Bewegung hinter einem der schmalen Fenster wahrzunehmen. Ein Schatten erschien auf dem Dach des Turmes und huschte geduckt hinter die Dekkung der Zinnen.

»Die Losung!« forderte eine Stimme.

El-tra richtete sich ein wenig im Sattel auf und formte mit den Händen einen Trichter. »Tuan lebt!« antwortete er laut. Skar fuhr beim Klang der beiden Worte unmerklich zusammen, beherrschte sich aber.

Der Mann hinter den Zinnen zögerte. Für einen quälend langen Augenblick herrschte Schweigen, ehe er sich – noch immer langsam und zögernd – aufrichtete und aus seiner Deckung hervortrat. In seinen Händen lag eine gespannte Armbrust.

»Wen bringt ihr da?« fragte er mißtrauisch.

El-tra deutete erst auf Skar, dann auf Gowenna, deren schulterlanges Haar unter der hochgeschlagenen Kapuze verborgen war. »Den Satai und eine dieser Sumpfkreaturen«, antwortete er. »Der andere ist tot.«

Wieder schwieg der Wächter eine Weile. Die Sonne sank tiefer und verwandelte seinen Körper in einen flachen schwarzen Schattenriß, aber Skar glaubte den stechenden Blick seiner Augen selbst durch das heruntergelassene Visier seines Helmes zu fühlen.

»Gut«, sagte er schließlich. »Kommt näher.«

El-tra machte eine befehlende Geste, und Skar und die anderen setzten sich in Bewegung. Ein eisiger Hauch stieg aus den Tiefen der Hellgor empor und hüllte sie ein. Skar fröstelte. Irgendwo in ihm schien sich etwas zu regen. Das Puppenstadium war fast beendet. Irgendwann, bald, vielleicht schon sehr bald, würde der Kokon aufbrechen.

Sie umrundeten den Turm, näherten sich der zerborstenen eisernen Rampe, die hinauf auf die Brücke führte, bis auf wenige Schritte und ritten dann zur Rückseite des Gebäudes. Ihre Pferde scheuten, als sie sie bis auf wenige Schritte an den jäh aufklaffenden Abgrund heranlenkten. Skar warf einen flüchtigen Blick in die Tiefe und sah dann hastig weg. Unter ihm war nichts als brodelnde Finsternis.

Auf der Rückseite des Turmes war eine schmale, mit einem zusätzlichen Eisengitter gesicherte Tür. Als sie näher kamen, wurde sie geöffnet, und der flackernde rote Lichtschein einer Fackel fiel aus dem Gebäude. Das Gitter schwang quietschend nach außen, und zwei untersetzte, in schwarzes Leder gehüllte Gestalten traten aus dem Turm.

Skar sah unauffällig nach oben. Der dritte Mann stand noch immer hinter den Zinnen und blickte zu ihnen herab. Seine Haltung verriet Anspannung. Von dem vierten Wächter war keine Spur zu sehen.

El-tra stieg aus dem Sattel, nahm mit einer raschen Bewegung seine Armbrust vom Rücken und legte sie auf Skar an, während der andere Sumpfmann sein Pferd neben ihn dirigierte und mit einem raschen Schnitt das Seil durchtrennte, das ihn am Sattel festhielt.

»Steig ab, Satai«, sagte Verion-El-tra. Seine Stimme bebte: die Stimme eines Mannes, der sich darüber im klaren ist, daß er einen gefährlichen Gegner vor sich hat.

Skar nickte, stieg umständlich aus dem Sattel und trat mit hängenden Schultern auf die beiden Turmwächter zu.

»Seid vorsichtig«, mahnte El-tra. »Er ist gefährlich. Immer noch.«

Skar warf dem Sumpfmann einen wütenden Blick zu. Für seinen Geschmack spielte er seine Rolle fast zu gut. Aber vielleicht *spielte* er sie ja auch gar nicht.

Die beiden Männer zogen ihre Schwerter aus den Gürteln und glitten hastig ein paar Schritte auseinander, so daß er, sogar wenn er selbstmöderisch genug gewesen wäre, einen Angriff zu versuchen, nur einen von ihnen hätte überraschen können, ehe ihm der andere sein Schwert in den Leib gerannt hätte.

»Was ist mit dieser Sumpfbestie?« fragte einer der Wächter.

El-tra zuckte betont gelassen die Achseln. »Er stirbt«, sagte er.

»Du hättest ihn töten sollen.«

»Mag sein. Aber vielleicht lebt er lange genug, daß wir ihn zu Tantor bringen können. Er wollte die Gefangenen lebend haben.«

»Nicht *die* Gefangenen«, verbesserte ihn der Wächter. »Nur *ihn.*« Er deutete mit der freien Hand auf Skar, überlegte einen Moment und wies dann mit einer Kopfbewegung auf den Turm. »Nun gut. Vielleicht war es richtig, so zu handeln. Das sollen andere entscheiden. Bringt sie erst einmal herein. Larn wird sich um euere Pferde kümmern. Kommt.«

Er wandte sich mit einer abgehackten Bewegung um und verschwand im Inneren des Gebäudes. Skar stolperte – ermuntert durch einen rüden Stoß El-tras – hinterher, während der zweite Sumpfmann Gowenna wie eine gewichtslose Stoffpuppe aus dem Sattel hob und sich über die Schulter legte. Der zweite Wächter steckte seine Waffe zurück und nahm El-tras Pferd beim Zügel. Skar spannte sich. Seine Rechte schloß sich fester um den fünfzakkigen Metallstern, der darin verborgen war.

»Noch nicht«, raunte Eltras Stimme an seinem Ohr. Skar nickte unmerklich.

Hintereinander betraten sie den Turm. Sein Inneres war größer, als es von außen den Anschein gehabt hatte; der schwarze Stein, aus dem er erbaut worden war, und die gedrungene, wehrhafte Form suggerierten eine Beengtheit, von der hier drinnen nichts mehr zu spüren war. Ein halbes Dutzend blakender Fakkeln erfüllten die Luft mit beißendem Rauch, der nur träge abzog. Vor der gegenüberliegenden Wand gab es vier schmale, strohgedeckte Pritschen, davor einen niedrigen Tisch mit vier Schemeln, außerdem einen offenen Schrank, in dem sich Geschirr und Vorräte stapelten. Über das Glas des Bodens war Erdreich gestreut und festgestampft worden, nur hier und da lugte ein winziger Splitter der brüchigen grünen Leichendecke Tuans hervor.

El-tra versetzte Skar einen Stoß, der ihn durch den Raum und vor den Tisch taumeln ließ, trat vom Eingang zurück und gab seinem Bruder ein Zeichen, nachzukommen. Wie durch Zufall stand er dadurch so, daß er den beiden Soldaten den Blick auf die reglose Gestalt über El-tras Schulter verwehrte.

»Leg den Schlammfresser auf eines der Betten«, befahl der Krieger, der schon draußen das Wort geführt hatte; offenbar der Kommandant der Wachgruppe.

Bren El-tra nickte stumm, schob sich rasch an ihm vorüber und lud Gowenna unfanft auf einer Liege ab. Ihr Gesicht war zur Wand gedreht.

»Ich helfe Larn bei den Pferden«, sagte er. Ohne eine Antwort des Offiziers abzuwarten, wandte er sich um, verließ den Turm und warf die Tür hinter sich zu.

Skar tauschte einen fragenden Blick mit Verion-Eltra. Der Sumpfmann deutete ein Kopfschütteln an. Skar begriff. Sie hatten zwei der Wächter vor sich. El-tra würde sich um den dritten kümmern. Aber einer von Velas Soldaten war noch immer oben auf dem Dach des Turmes - und der einzige Weg dort hinauf führte über eine schmale, nahezu senkrechte Treppe, die unter einer massiven Eisenklappe endete. Sie mußten warten, bis er herunterkam.

Der Offizier sah ihn aus mißtrauisch zusammengekniffenen Augen an. Er hatte ein schmales, pockennarbiges Gesicht, das von grauen Strähnen ungepflegten Haares eingerahmt war. Um seinen Mund lag ein grausamer Zug. Als er näherkam und Skar im Licht der Fackeln betrachtete, sah Skar eine glänzende, münzgroße Stelle über seinem linken Auge. In ihrem Zentrum saß ein winziger roter Punkt.

»Du bist also dieser Satai«, sagte er abfällig. »Skar. Das war doch dein Name, oder?«

»Warum fragst du, wenn du es weißt?« gab Skar patzig zurück.

Der Offizier stieß ein wütendes Zischen aus, hob die Hand und trat einen Schritt auf ihn zu, aber Verion hielt ihn mit einer raschen Bewegung zurück. »Nicht, Crom«, sagte er eilig. »Er ist gefährlich. Wenn du ihm eine Chance gibst, tötet er dich.«

»Unsinn.« Crom riß seine Hand mit einem Ruck los, bedachte El-tra mit einem ärgerlichen Blick und baute sich breitbeinig vor Skar aus. Aber ein Teil seiner Überheblichkeit war aus seiner Stimme gewichen.

»Wo ist dieses Weib?« fragte er.

Skar verzog geringschätzig die Lippen und sah demonstrativ weg.

»Sie muß tot sein«, sagte El-tra.

»Tot?« Crom legte den Kopf auf die Stelle und musterte Skar aus kleinen, tückischen Augen. »Stimmt das?«

»Von ihm erfährst du kein Wort«, sagte El-tra.

»Und woher weißt du es dann?«

»Wir haben sie überrascht, Crom. Er und der Sumpfmann« – damit deutete er auf Gowenna, die noch immer reglos und wie tot auf der Pritsche lag – »schliefen. Sie hatten drei Pferde und drei Lagerstellen.«

»Geschlafen habt ihr, so?« Crom lachte. Ein leiser, unangenehmer Laut. »Ein Satai, der sich im Schlaf überraschen läßt«, fuhr er kopfschüttelnd fort. »Eigentlich sollte ich enttäuscht sein. Man hört Wunderdinge von euch, und dann laßt ihr euch im Schlaf gefangennehmen.« Er schüttelte noch einmal den Kopf, drehte sich um und schlenderte auf Gowenna zu. Skar hielt instinktiv den Atem an.

»Sei lieber froh, *daß* er geschlafen hat«, sagte Verion-El-tra hastig. »Sonst wären wir nämlich jetzt tot. Wir hatten Mühe, mit den Sumpfleuten fertig zu werden.«

Crom sah einen Moment nachdenklich auf die zusammengekrümmte graue Gestalt auf der Liege hinunter, streckte die Hand aus, als wolle er sie berühren, und drehte sich dann um, ohne die Bewegung zu Ende zu führen.

»Ich hätte nicht gedacht, daß ihr so weit kommt«, fuhr er, nun wieder an Skar gewandt, fort. »Es scheint, als wären wir gut beraten gewesen, hier auf euch zu warten.«

Skars Blick irrte verzweifelt an ihm vorbei die Leiter empor. Er konnte die gedämpften, regelmäßigen Schritte des Mannes oben auf der Plattform hören. Wenn es ihnen nicht gelang, ihn zu überwältigen, dann war alles umsonst gewesen.

»Ist Tibor noch oben?« fragte El-tra.

Crom sah ihn verwundert an. »Sicher«, antwortete er. »Wo soll er sonst sein? Und warum fragst du?«

»Es ist Zeit für die nächste Patrouille«, erwiderte El-tra ruhig. »Und er ist an der Reihe.«

Crom machte eine wegwerfende Handbewegung. »Die Patrouillen werden nicht mehr nötig sein«, sagte er. »Unsere Gäste sind bereits angekommen. Wir brauchen nicht länger zu warten. Aber du hast recht – es ist kalt dort oben, und ein Becher heißen Weines wird ihm guttun. Außerdem ist es vielleicht besser, wenn wir diesen Satai zu viert bewachen, nachdem du doch so großen Respekt vor ihm hast.« Der spöttische Unterton in seiner Stimme klang nicht ganz überzeugend.

Er trat an die Leiter, nahm eine lange Holzstange, die griffbereit daneben an der Wand lehnte, und stieß mehrmals hintereinander wuchtig gegen die eiserne Klappe. »Du kannst herunterkommen!« rief er mit erhobener Stimme. »Deine Wache ist vorbei!«

Die Schritte stockten für einen Moment, kamen dann eilig auf die Klappe zu und brachen erneut ab. Ein schmaler Streifen blutroten Lichts wurde sichtbar, als die Luke geöffnet wurde.

Crom wandte sich von der Leiter ab und blieb neben Gowennas Lager stehen. »Und nun zu dir«, sagte er, während er sich herabbeugte und sie auf den Rücken drehte. »Du –«

Seine Stimme versagte, als er in das Gesicht unter der grauen Kapuze blickte. Für den Bruchteil einer Sekunde schien er starr vor Überraschung, aber diese winzige Zeitspanne genügte, ihn das Leben zu kosten. Gowenna schlug seine Hand mit dem Unterarm beiseite, fuhr hoch und stieß mit der anderen Hand zu. Der winzige, nadelspitze Dolch, den sie die ganze Zeit unbemerkt darin verborgen gehalten hatte, fuhr zielsicher durch den schmalen Spalt zwischen Harnisch und Helm Croms, bohrte sich in seinen Hals und tötete ihn auf der Stelle.

Sein Kamerad überlebte ihn nicht einmal eine Sekunde. Skar riß mit einer blitzschnellen Drehung die Handfesseln herunter, holte aus und schleuderte seinen *Shuriken.* Die Waffe verwandelte sich in ein flirrendes silbernes Rad, traf den Mann auf der Leiter im Nacken und ließ ihn mit einem krächzenden Schrei nach hinten kippen. Er war tot, noch bevor sein Körper auf dem Boden aufschlug.

Skar fuhr blitzartig herum, aber auch der dritte Wächter schien nicht einmal Zeit gefunden zu haben, wirklichen Schrecken zu empfinden. Er lag, in seltsam verkrümmter Haltung und mit weit geöffneten, starren Augen, zu El-tras Füßen, die Hände in einer erloschenen Bewegung, die er nicht mehr hatte zu Ende führen können, zu seinem gebrochenen Genick erhoben.

Skar atmete hörbar aus. Die Anspannung fiel plötzlich von ihm ab, seine Hände und Knie begannen zu zittern. Haltsuchend griff er hinter sich, bekam die Tischkante zu fassen und klammerte sich daran fest.

Die Tür ging auf, und der zweite Sumpfmann betrat den Turm.

»Was ist mit dem Wächter?« fragte Gowenna. Skar fand die Frage überflüssig, aber El-tra antwortete trotzdem darauf, ganz gegen seine sonstige Gewohnheit.

»Er ist tot«, sagte er. »Oder jedenfalls bald.«

Skar runzelte die Stirn. »Was heißt das?«

El-tra-Ben grinste, deutete mit dem Zeigefinger auf den Boden zu seinen Füßen und wippte auf den Absätzen, als hole er Schwung für einen Sprung. »Er ist auf dem Weg nach *unten«,* sagte er.

Der Krug war leer, aber Skar winkte ab, als Gowenna aufstehen und einen neuen Schlauch mit Wein aus dem Regal nehmen wollte. Er hatte zwei Becher des süßen, schweren Rotweines getrunken, und hinter seiner Stirn begann es bereits jetzt zu summen; der Wein war nicht gut, und das, was Skar im Moment am wenigsten gebrauchen konnte, war ein schwerer Kopf.

Sie waren nun eine Stunde in dem steinernen Turm, hatten die

Toten weggeschafft, gegessen, getrunken und sich an dem flakkernden Feuer im Kamin aufgewärmt. Das Mahl war einfach gewesen: trockenes, hartes Brot, ein Rest Schmalz, den sie in einer Holzschale auf dem Regal gefunden hatten, und für jeden eine Handvoll trockener Datteln. Trotzdem war es Skar - nach einer Woche, in der er von abgestandenem Wasser und scharfem Pferdefleisch gelebt hatte - wie ein Festmahl vorgekommen. Er war noch immer müde, und die Wärme im Inneren des Turmes tat ein übriges, seine Lider schwer werden zu lassen.

Gowenna stand nun doch auf, ging zum Regal und schenkte sich einen weiteren Becher Wein ein. Die Schwäche ließ ihre Hände zittern.

»Du solltest nicht so viel trinken«, sagte Skar halblaut. »Wir brauchen morgen einen klaren Kopf. Auch du.«

Gowenna lächelte, leerte den Becher mit einem Zug und schenkte ihn erneut voll. »Morgen ist morgen«, sagte sie leichthin. Sie kam zurück zum Tisch, setzte sich und sah mit einem sehnsüchtigen Blick zu den Betten hinüber. »Wer übernimmt die erste Wache?« sagte sie, ohne auf seine Worte einzugehen.

Skar wollte antworten, aber einer der El-tra - Verion - mischte sich ein. »Es wird nicht notwendig sein, Wachen aufzustellen«, sagte er, während er zu ihnen an den Tisch trat. »Die Männer bleiben jeweils eine Woche hier. Die Ablösung ist erst in drei Tagen fällig. Aber ihr werdet nicht schlafen können.«

Gowenna sah überrascht auf. »Wie meinst du das?«

»Wir können nicht hierbleiben«, fuhr El-tra fort. »Nicht für die nächsten Tage und nicht für diese Nacht.«

Skar schob sich eine weitere Dattel in den Mund. Er war längst satt, aber nach einer Woche voller Entbehrungen schrie sein Körper noch nach Nahrung. »Warum nicht?« fragte er kauend.

»Dieser Ort ist nicht gut«, antwortete El-tra ernsthaft.

»Ihr wollt über die Brücke?« fragte Gowenna. »Jetzt?«

Eltra nickte.

»Aber ich sehe keinen vernünftigen Grund dazu«, sagte Skar. »Uns allen würde eine Nacht Schlaf und ein wenig Wärme guttun - euch auch.« Und der Gedanke, bei Dunkelheit über die halbzerfallene Brücke zu reiten, bereitete ihm Unbehagen. Selbst bei Tageslicht wäre es ein Wagnis gewesen, über die Schlucht zu reiten. Aber das sprach er nicht laut aus.

»Es gibt Gründe genug«, fuhr El-tra nach einer Weile fort. »Dieses Land ist nicht gut für uns. Wir sollten nicht länger hierbleiben als nötig. Und wir können nicht lange in diesen Körpern bleiben. Sie sind krank.«

Skar schwieg. Er wußte, wie wenig Sinn es hatte, mit den Sumpfmännern zu diskutieren, wenn sie einmal einen Entschluß gefaßt hatten. Er nickte resigniert, goß sich nun doch einen weiteren Becher Wein ein und trank einen Schluck, ehe er aufstand und zum Feuer hinüberging. Zum ersten Mal seit Wochen fror er nicht.

»Wie weit ist es bis zu Velas Lager?« fragte er.

»Dreißig Meilen. Weniger als einen Tagesritt.«

»Weniger als einen Tagesritt, so.« Er schüttelte den Kopf, seufzte und rieb die Hände über den Flammen aneinander. »Und wie kommen wir hinein? Ich kann mir nicht vorstellen, daß sie uns mit offenen Armen empfängt.«

»Sicher nicht. Aber solange wir diese Körper tragen, wird es kein Problem werden. Zumindest nicht für uns.«

»Und wir?«

El-tra machte eine wegwerfende Handbewegung. Er hatte nicht nur den Körper Verions übernommen, sondern auch seine Gestik und sein Art zu reden. »Sie lebt in einer der alten Städte Tuans«, sagte er. »Ein Labyrinth, in dem selbst ihre hundert Krieger verschwinden können. Wir werden einen Weg finden, euch hineinzubringen. Aber wir können nicht warten, bis diese Körper zu schwach sind. Sie sterben.«

Skar maß den Sumpfmann mit einem langen Blick. »So schwach siehst du gar nicht aus.«

»Der Wechsel hat viel Energie gebraucht. Wir zerfallen. Und auch ihr werdet sterben, wenn ihr zu lange hier verweilt. Der Atems Tuans ist tödlich.«

Skar seufzte. »Ich warte auf den Tag, an dem ich einmal eine ganz einfache klare Antwort von dir bekomme, El-tra«, sagte er grinsend. »Ist es bei euch üblich, in Rätseln zu sprechen?«

»So, wie es bei euch üblich ist, die Unwahrheit zu sagen«, nickte

El-tra. »Doch nun kommt. Mein Bruder hat die Pferde gesattelt und Fackeln zusammengesucht. Je schneller wir aufbrechen, desto rascher sind wir auf der anderen Seite.«

Skar grinste. »Eine fundamentale Weisheit.« Er ging zum Tisch zurück, leerte seinen Becher und stopfte den Rest an Datteln, der noch in der Schale lag, in seinen Beutel. Gowenna hatte die Zeit genutzt, ihre Rüstung wieder anzulegen und den Umhang überzustreifen, so daß sie bereits nach wenigen Augenblicken den Turm verlassen und zu den wartenden Pferden hinübergehen konnten.

Die Sonne war vollends untergegangen, und über der schimmernden grünen See Tuans lag die Schwärze der Nacht. Der Wind kam Skar jetzt, nachdem er zum ersten Mal seit Tagen wieder wirklich aufgewärmt war, doppelt eisig vor, und sein Gesicht begann augenblicklich zu prickeln, als er in die heulenden Böen hinaustrat. Pedantisch zog er die Tür hinter sich zu, blieb einen Moment stehen und sah nach Norden. Combat war nicht mehr als ein düsteres, blasses Flackern am Horizont, aber es erschien ihm jetzt fast drohender als zuvor.

Skar verscheuchte den Gedanken mit einem ärgerlichen Achselzucken, ging zu den Pferden hinüber und schwang sich in den Sattel. Das Leder war so kalt, daß es an seiner Haut zu kleben schien, und selbst die Fackeln, die die beiden El-tra trugen, schienen Kälte statt Wärme zu verstrahlen. Ihr Licht flackerte und bog sich unter den Hieben des Windes; dünne, durchbrochene Feuerstrahlen, die nach Süden fingerten, als wollten sie ihnen den Weg weisen.

Gowenna drängte ihr Tier dicht neben das seine, schlug demonstrativ die Kapuze ihres Umhangs hoch und beugte sich nach vorne. Sie ritten los.

Skars Unbehagen wuchs, während sie sich der Schlucht näherten. Die Nacht war so dunkel, daß der Abgrund unsichtbar blieb und selbst die Brücke nicht mehr als ein gewaltiger schwarzer Schatten war, aber was Skar nicht sah, spürte er dafür um so deutlicher: den eisigen, kalten Hauch, der aus den Tiefen der Erde emporstieg und sie streifte, ohne sich um das Heulen des Sturmes zu scheren; den Sog der Tiefe, als würden unsichtbare Geisterhände zu ihnen emporgreifen, um sie herabzuziehen.

Der Klang der Pferdehufe änderte sich, als sie auf die Brücke hinaufritten. Es war nicht mehr das helle Schlagen von Metall auf Glas, das sie während der letzten Woche begleitet hatte, sondern ein dumpfes, hallendes Dröhnen, das meilenweit zu hören sein mußte, das Schmiedeeisen der Hufe auf dem gehämmerten Stahl der Brücke. Skar beugte sich neugierig im Sattel herab, konnte aber nicht mehr als eine dunkle, geriffelte Fläche erkennen. Die Brücke bebte unter ihrem Gewicht, während sie die sanft ansteigende Rampe hinaufritten und sich den gewaltigen gebogenen Stützpfeilern näherten. Die Pferde wurden unruhig, und Skar mußte die Zügel fester ergreifen, um sein Tier zum Weitergehen zu bewegen. Ihr Instinkt verbot ihnen, auf unsicheren Grund zu treten, und wenn die Brücke auch massiv aussah - und es sein mußte, um dem beharrlichen Zerren und Rütteln des Windes zu widerstehen -, so schwang sie doch wie ein gewaltiges lebendes Wesen unter ihnen; eine Bewegung, die zu langsam und majestätisch war, um sie sehen, aber auch zu deutlich, um sie nicht spüren zu können.

Sie konnten mehr Einzelheiten erkennen, als sie sich den Pfeilern näherten. Der Lichtschein der Fackeln eilte ihnen voraus und riß rote, verschwommene Details aus der Dunkelheit, flackernde Schemen, die wie huschende Schattentiere über den Pfeiler und den schwarzen Boden eilten und ein stummes Spalier bildeten.

Vor dem Brückenpfeiler stand eine Skulptur. Skar schätzte ihre Größe auf mehr als zehn Fuß - ein gewaltiges, grob menschenähnliches Ding in einer braunschwarzen Rüstung, ähnlich der Statue, die El-tra und er vor Tagen gefunden hatten, nur größer, massiger, *wilder.* Sie ritten langsamer, während sie den stummen Wächter passierten, und Skar spürte, wie Gowenna ihr Pferd unwillkürlich enger an seines heranlenkte, als suche sie in seiner Nähe Schutz. Auch sie schien die stumme Drohung zu spüren, die der steinerne Koloß ausstrahlte. Er war wohl aufgestellt worden, um den Weg gegen Dämonen und böse Geister zu schützen, aber er verfehlte seine Wirkung auch auf die Lebenden nicht. Aus seinen Knie- und Ellbogengelenken, aus Schultern und Unterarmen, selbst aus der Stirn- und Hinterkopfpartie des gewaltigen geschlossenen Helmes wuchsen fingerlange, messerscharf gekrümmte Stacheln wie natürliche Äxte und Messer, und selbst die sechsfingrigen Hände endeten in tödlichen stählernen Dolchen. Hinter dem fingerbreiten, bis weit in die Schläfen reichenden Sehschlitz des Visiers schien ein dunkelrotes Feuer zu glimmen; Widerschein ihrer eigenen Fackeln, aber trotzdem bedrohlich.

Gowenna stieß plötzlich einen halblauten Schrei aus und fuhr im Sattel zusammen.

»Was ist los?« fragte Skar erschrocken.

Sie schwieg einen Moment, deutete nach rechts, dorthin, wo verborgen in der Nacht der jenseitige Stützpfeiler und wahrscheinlich ein zweiter, gleichartiger Wächter stehen mußten, und fuhr sich mit einer kleinen nervösen Geste über die Stirn. »Nichts«, sagte sie hastig. »Es ist . . .« Sie bracht ab, sah verwirrt zu Boden und fuhr dann in betont heiterem Tonfall fort: »Für einen Moment dachte ich, die Statue hätte sich bewegt. Es muß das Licht gewesen sein.«

»Sicher«, murmelte Skar. »Es war das Licht. Es sind Statuen, mehr nicht.«

El-tra warf ihm einen seltsamen Blick zu. »Dieses Land ist auch so schon voller dunkler Geheimnisse«, sagte er. »Findet ihr es richtig, euch jetzt noch gegenseitig zu beunruhigen?«

Skar setzte zu einer scharfen Antwort an, beließ es aber dann bei einem stummen Achselzucken und ritt schneller weiter. Der Stützpfeiler glitt über ihnen in die Höhe und verschwand im Dunkel der Nacht.

Skars Fackel erlosch, getroffen von einer besonders heftigen Windbö. Er fluchte, beugte sich zu Gowenna hinüber und entzündete seine Fackel an der ihren. Die Flammen streiften für einen Moment sein Gesicht, aber die Kälte hatte sich wie ein unsichtbarer schützender Panzer über seine Haut gelegt, so daß er ihre Hitze kaum fühlte.

»Weiter«, sagte El-tra ungeduldig. »Wir müssen hinüber Sturm kommt auf.«

Skar sah erschrocken zurück. Der Himmel war schwarz und voller brodelnder dunkler Wolken, aber weit im Norden erkannte er drohende dunkle Massen, gepeitscht von unsichtbaren Fäusten. Combat schickte ihnen seinen Fluch hinterher; brüllender Sturm, wo sie der Reichweite seines flammenden Atems entronnen waren. Trotz seiner Geschwindigkeit würde es noch lange dauern, bis der Orkan hier war. Aber ihre Lage würde mehr als nur unangenehm werden, wenn der Sturm sie hier auf der Brücke überraschte.

Wortlos ritt er weiter. Sie bewegten sich hintereinander, dicht neben dem brusthohen, massigen Geländer, hinter dem die Schlucht lauerte. Skar sah immer wieder nervös nach links. Seine Augen gewöhnten sich allmählich an die Dunkelheit, und er konnte mehr Einzelheiten erkennen - soweit es Einzelheiten gab. Die Wände der Hellgor stürzten senkrecht in die Tiefe; eine meilenhohe Klippe, deren Fuß in einem Meer aus Schwärze verschwand. Der Nebel, den sie bei ihrer Annäherung gesehen hatten, war auch jetzt noch da, ungeachtet des Sturmes - ein schwarzes Weben auf noch schwärzerem Untergrund, das, wenn man nur lange genug hinsah, bizarre Formen und Gestalten bildete, Gesichter und Fratzen.

Sie hatten etwa die Hälfte des Weges zurückgelegt und wurden langsamer. Der Boden war nicht mehr eben, sondern buckelig und aufgeworfen, und da und dort durchzogen Risse wie gezackte schwarze Blitze das Eisen. Der Wind fing sich heulend in dem unsichtbaren Pfeilern über ihren Köpfen. Rechts von ihnen gähnte ein Loch im Boden, ein runder, zehn Manneslängen durchmessender Krater, unter dem das Nichts lauerte, und die Zeichen der Zerstörung wurden deutlicher, je mehr sie sich dem gegenüberliegenden Rand der Schlucht näherten.

Schließlich hielt El-tra an und deutete wortlos nach vorn. Die Brücke war hier eingestürzt, zerschmolzen wie Wachs und bis auf einen schmalen Sims vernichtet. Skar hatte plötzlich das Gefühl, als ob eine eisige, unsichtbare Hand über seinen Rücken strich - es war Angst. Der schmale, an den Rändern zerbissene Steg führte auf eine Länge von neunzig, hundert Fuß über das Nichts, ehe er sich drüben mit dem stehengebliebenen Rest der Brücke vereinigte, nicht viel mehr als fünf, allerhöchstens sechs Fuß breit. Nebel kroch aus der Tiefe empor, quoll zähflüssig wie sumpfiges Wasser über den Steg und bildete eine brodelnde Decke. Skar zwang sein Pferd mit sanftem Druck hinter El-tra auf den Steg hinaus und schloß die Augen. Die Zügel lagen lose in seinen Händen; er verließ sich ganz auf den Instinkt des Tieres, das – unruhig schnaubend und vorsichtig einen Fuß vor den anderen setzend – seinen Weg besser finden würde als er. Es kam ihm vor, als bliebe die Zeit stehen. Sein Herz hämmerte, und als er nach einer Weile, die ihm wie Stunden vorkam, die andere Seite erreichte, war er in Schweiß gebadet. Es war nicht der erste Abgrund, den er überschritt, und manche Wege, die er schon geritten war, waren schmaler und gefährlicher gewesen. Und ein Weg von fünf Fuß Breite war normalerweise mehr, als ein Pferd brauchte, um sicher gehen zu können. Aber dies hier war nicht irgendein Abgrund, sondern die Hellgor, und dieses Land war nicht irgendein Land, sondern Tuan. Nichts war hier normal. Nicht einmal die Furcht.

Gowenna war die letzte, die wieder festen Boden erreichte. Sie zitterte, und von den Flanken ihres Pferdes troff flockiger Schweiß. Ihr Gesicht war so bleich, daß Skar es trotz der schlechten Beleuchtung erkennen konnte.

»Weiter«, sagte El-tra ungeduldig. »Wir haben das Schlimmste hinter uns.«

Skar sah nach Norden. Der schwarze Wolkenkeil war näher gekommen, und in das Kreischen des Windes hatte sich ein neuer, drohender Ton gemischt.

Sie ritten – jetzt nebeneinander – weiter und näherten sich rasch dem gegenüberliegenden Rand der Schlucht und der Brücke. Blaue Flammen krochen über den Horizont, und dazwischen glaubte Skar Bewegung und wirbelnde Schatten wahrzunehmen. Dann glomm ein winziger rötlicher Funke am Fuße der Brücke auf, verwandelte sich in einen funkensprühenden Strich und zischte zu ihnen herüber.

Skar duckte sich instinktiv, als der Brandpfeil heranjagte. Das Geschoß flog weit über ihre Köpfe hinweg und verschwand in der Schlucht, aber noch in der gleichen Sekunde glommen ein zweiter, dritter und vierter Pfeil auf. Auch sie gingen weit fehl, aber sie waren wahrscheinlich auch gar nicht dazu gedacht, zu treffen.

»Verdammt!« schrie Gowenna. »Was ist das?!«

Sie brachte ihr Pferd mit einem so harten Ruck zum Stehen, daß das Tier gequält aufschrie und sie beinahe abwarf. Wieder jagte ein Pfeil heran, fiel klappernd vor ihnen auf das Eisen der Brücke und erlosch.

»Eine Falle«, sagte El-tra ruhig. »Sie haben uns erwartet.«

Ohne Grund brachte die Gelassenheit, mit der der Sumpfmann die Worte aussprach, Skar in Wut. »Was heißt hier Falle?« brüllte er. »Ich denke, die Wachablösung ist erst in Tagen fällig?«

»Das ist sie auch«, gab El-tra gelassen zurück. »Das dort vorn ist keine Patrouille.« Er wies mit einer Kopfbewegung auf die Schatten, die näher gekommen waren und allmählich menschliche Umrisse anzunehmen begannen. Zwanzig Krieger, schätzte Skar. Vielleicht mehr.

»Aber wie –«

»Ich weiß nicht, wieso sie es gewußt haben«, fiel ihm El-tra ins Wort. »Verion und Bren wußten nichts davon. Und auch die anderen nicht.«

»Aber das ist unmöglich«, sagte Gowenna verzweifelt. »Wie hätten wir die Männer so leicht überwältigen können, wenn ...« Sie schwieg plötzlich, als ihr klar wurde, was El-tras Worte bedeuteten.

»Sie haben sie geopfert«, sprach Skar den Gedanken laut aus. »Wie so viele zuvor. Glaubst du wirklich, Vela würde Rücksicht auf vier Menschenleben nehmen?« Seine Worte klangen holprig, und er redete eigentlich nur, um seine Unsicherheit zu überspielen. Es war viel zu schnell gegangen, als daß er die Situation wirklich schon hätte verarbeiten können.

»Sie kommen«, sagte El-tra.

Skar sah wieder nach Süden. Aus den Schatten waren mittlerweile Männer geworden – zwei Dutzend Krieger in den schwarzen Panzern, die sie schon kannten, angeführt von einer winzigen, gnomenhaften Gestalt in einem rote Cape. Sie kamen näher, blieben aber in respektvollem Abstand stehen, als die beiden Sumpfmänner ihre Armbrüste von den Rücken nahmen.

»Skar!« dröhnte Tantors Stimme durch den Sturm zu ihnen herüber. »Gowenna! El-tra – seid vernünftig! Widerstand ist sinnlos!«

Skar lachte rauh. »Vielleicht hat es Sinn, wenn wir dich noch mitnehmen können, Tantor!« rief er zurück. »Komm her und hol uns!«

Gowenna berührte ihn am Arm. »Das ist sinnlos, Skar«, sagte sie. »Wir müssen zurück.«

Skar sah nach oben. Der Sturm war näher gekommen, und er glaubte bereits, ein Auffrischen des Windes zu spüren.

»Wir können es schaffen«, sagte Gowenna, die seinen Blick richtig deutete. »Wenn wir schnell reiten, sind wir auf der anderen Seite, ehe der Sturm hier ist.«

Skar war nicht davon überzeugt. Aber er wußte auch, daß sie gar keine andere Wahl hatten. Die Übermacht war zu groß. Selbst wenn sie gegen die zwei Dutzend Krieger eine Chance gehabt hätten - was sie nicht hatten -, würden sie Tantor nicht überwinden. Skar hatte schon mehr als eine Kostprobe von der Magie des Zwerges bekommen.

»Jetzt fehlt nur noch Vela mit ihrem Drachen, und wir sind wieder komplett«, knurrte er. »Zurück! Aber langsam!«

»Nun?« schrie Tantor. »Habt ihr euch entschieden? Was wollt ihr? Kämpfen und sterben, oder aufgeben und weiterleben?«

Skar preßte seinem Pferd die Schenkel in die Flanken und zog behutsam am Zügel. Das Tier setzte sich gehorsam in Bewegung und begann mit kleinen, trippelnden Schritten rückwärts zu gehen. Gowenna und die beiden Sumpfleute verfuhren ebenso. Skar hoffte, daß Tantor das Manöver nicht bemerkte. Die Entfernung zwischen ihnen war noch immer groß, und Dunkelheit und Nebel ließen die Sicht schlecht werden.

Die Phalanx der Krieger rückte näher, blieb aber sofort wieder stehen, als El-tra seine Armbrust hob und einen Bolzen abfeuerte. Das Geschoß fiel irgendwo auf halber Strecke zu Boden, aber die Männer verstanden die Warnung.

»Sei vernünftig, Skar!« brüllte Tantor. »In wenigen Augenblikken bricht ein Unwetter los. Ihr werdet von der Brücke gefegt! Schau um!« Skar wollte antworten, besann sich dann aber anders und drehte sein Pferd herum, als hielte er wirklich nach dem Sturm Ausschau.

Dann, ohne ein weiteres Wort, preschte er los. Gowenna und die beiden Sumpfbrüder rissen ihre Pferde im gleichen Moment herum und sprengten hinter ihm her.

Aus den Reihen der Krieger erhob sich ein halb wütender, halb überraschter Aufschrei. Bogensehnen sirrten. Ein Schatten jagte an Skar vorbei und prallte mit hellem Splittern weit vor ihm gegen das Geländer.

»Hört auf zu schießen!« dröhnte Tantor. »Wir brauchen sie lebend!« Ein zweiter Pfeil, abgeschossen, bevor der Befehl zu Ende gesprochen worden war, zischte an Skar vorüber und verschwand in der Nacht, dann zerriß das dumpfe Hämmern von hundert Pferdehufen das Heulen des Sturmes. Skar beugte sich tief über den Hals seines Tieres, preschte an Gowenna vorbei und jagte, ohne zu zögern, auf den schmalen Steg über das Nichts hinaus. Vor ihnen wirbelte der Sturm, eine kochende schwarze Wand, hinter der die Welt zu Lärm und reiner Bewegung reduziert wurde. Der Wind schlug mit eisigen Krallen nach seinem Gesicht. Skar duckte sich noch tiefer, verbarg das Gesicht in der fliegenden Mähne des Pferdes und hielt instinktiv den Atem an, bis sie auf der anderen Seite des Abgrunds angelangt waren. Die Brücke schien zu vibrieren, als Gowenna und die beiden El-tra hinter ihm über den Steg galoppierten.

»Schneller!« schrie El-tra. Seine Worte klangen hoch und schrill, der Sturm verlieh ihnen einen zusätzlichen, unheilschwangeren Klang. Skar warf einen Blick über die Schulter zurück. Die Verfolger hatten am jenseitigen Rand der zerborstenen Stelle haltgemacht. Ihre Gestalten schienen hinter den wogenden Nebelschleiern zu tanzen, nur Tantors leuchtendroter Umhang schimmerte wie ein blutiges Juwel zu ihnen herüber. Keiner von ihnen machte Anstalten, sie zu verfolgen.

»Skar!« Tantors Stimme war kaum noch zu hören, obwohl er mit aller Kraft schrie. »Komm zurück! Ihr habt keine Chance!«

Skar verzichtete auf eine Antwort. Er ritt für einen Moment langsamer und gab seinem Tier erneut die Sporen, als Gowenna und El-tra aufgeholt hatten. Sie hatten eine halbe Stunde gebraucht, um die Kluft das erste Mal zu überqueren; jetzt, auf dem Weg in die entgegengesetzte Richtung und in einem verzweifelten Wettlauf mit dem herantobenden Sturm, brauchten sie nicht einmal fünf Minuten.

Die Brücke bebte. Ein erster, machtvoller Hieb des Orkans ließ die gewaltige Eisenkonstruktion wie ein geschlagenes Tier vor Schmerz aufstöhnen, rüttelte mit Urgewalt an Pfeilern und Streben und schlug mit unsichtbaren Fäusten auf Skar und die anderen ein. Skar schrie erschrocken auf, aber der Sturm riß den Laut von seinen Lippen, so daß nicht einmal er selbst das Geräusch hörte.

Gowenna schrie etwas, das er nicht verstand, und deutete mit hektischen Bewegungen nach vorn. Skar hob den Kopf, blinzelte in die wirbelnden Schwaden aus Schnee und Eiskristallen und versuchte etwas zu erkennen. Seine Augen tränten, und die plötzliche Anstrengung ließ ihn seine gebrochenen Rippen wieder schmerzhaft spüren. Aber er sah, worauf ihn Gowenna aufmerksam machen wollte:

Vor der dunklen Mauer des Sturmes erhoben sich zwei mächtige gedrungene schwarze Schatten. Das Wetterleuchten der Blitze spiegelte sich auf glänzendem Horn und reißenden Stacheln, die sechsfingrigen Hände, vorhin noch zu Fäusten geballt, waren jetzt ausgestreckt und zu tödlichen Klauen verkrümmt.

Die schwarzen Giganten waren zum Leben erwacht!

Alles schien gleichzeitig zu geschehen – ein hoher, knisternder Laut, ein Geräusch, als zerbreche irgendwo eine gewaltige Eisscholle unter dem Griff einer Titanenhand, ließ das Heulen des Orkans für eine Sekunde verstummen. Skars Pferd bäumte sich auf, stieg, mitten im Galopp, auf die Hinterläufe und schleuderte ihn aus dem Sattel, gleichzeitig kreischten Gowennas und Eltras Tiere wie unter unerträglichem Schmerz, brachen nach rechts und links aus und warfen auch ihre Reiter ab. Die schwarzen Giganten kamen näher, mit einer Leichtfüßigkeit, die ihrem plumpen Äußeren Hohn sprach, drangen mit weit ausgebreiteten, tödlichen Krallenhänden auf Skar und die anderen ein, in ihrem Gefolge Sturm und Chaos bringend. Skar prallte schmerzhaft auf dem eisernen Boden auf, rollte sich instinktiv zu einem Ball zusammen und kam, den Schwung seines Sturzes ausnutzend, wieder auf die Füße. Vor seinen Augen wirbelten Schnee und Schwärze, durchzogen von blitzenden roten Fäden aus Schmerz; er ahnte den schwarzen Giganten mehr, als er ihn sah. Und in ihm erwachte etwas. Die Entwicklung war abgeschlossen. Die Puppe brach auf und gebar etwas Dunkles, Grauenhaftes.

Er wich zurück, prallte gegen das brusthohe Geländer der Brücke und sah sich verzweifelt nach Gowenna und den anderen um. Einer der Sumpfmänner kam dicht neben ihm auf die Füße; nicht mehr länger Verion oder Bren, sondern wieder ein Mann aus Cosh mit flinken Bewegungen und einem Schattengesicht; Gowenna und der zweite Sumpfmann waren irgendwo im Sturm verschwunden. Skar konnte nur hoffen, daß sie den Sturz unverletzt überstanden hatten.

»Skar! Vorsicht!«

El-tras Schrei ließ ihn herumfahren. Etwas Schwarzes, Gigantisches wuchs vor ihm empor, griff mit schrecklichen Händen nach ihm und verfehlte ihn, als er sich blitzschnell zur Seite kippen ließ. El-tra stieß einen gellenden Kampfschrei aus, setzte über ihn hinweg und warf sich dem Panzerriesen entgegen. Sein Schwert blitzte auf, zerschnitt den wirbelnden Schnee und prallte mit ungeheurer Wucht gegen den Helm des Giganten.

Skar wartete den Erfolg von El-tras Angriff nicht ab. Noch während er fiel, riß er sein *Tschekal* aus dem Gürtel, packte die Klinge mit beiden Händen und hieb nach den Füßen des Riesen.

Es gab einen Laut, als hätte er gegen Stahl geschlagen. Das *Tschekal* sprang zurück, wurde ihm aus der Hand geprellt und verschwand klappernd in der Dunkelheit. Ein lähmender Schmerz schoß durch seine Hände. Er stemmte sich hoch, fiel mit einem Schmerzenslaut erneut auf die Knie und stürzte vollends, als seine Handgelenke unter dem Gewicht seines Körpers nachgaben. Einen Moment war er gelähmt vor Schmerzen und Überraschung, aber die Schwäche verging so schnell, wie sie gekommen war. Er sprang auf, brachte sich mit einem verzweifelten Satz vor den zuschnappenden Klauen des Riesen in Sicherheit und suchte nach seinem Schwert. Aber als ob sich nun auch noch die Elemente gegen sie verschworen hätten, brüllte der Sturm plötzlich mit doppelter Macht los, riß ihn erneut von den Beinen und trieb ihn von dem Panzerriesen, aber auch von der Stelle, an der seine Waffe liegen mußte, fort. Wieder stürzte er, und diesmal war der Aufprall so hart, daß er sekundenlang benommen liegenblieb. In seinem Inneren war ein Schrei, ein stummes, wortloses Lachen, die Stimme seines Dunklen Bruders, der endlich wieder aus seinem Schlaf erwacht war.

Aber es war nur dieser Schrei, mehr nicht. Der Strom von Kraft, von Wildheit und Energie, auf den er jetzt zum ersten Mal, seit er Bekanntschaft mit der furchtbaren Macht, die in ihm schlummerte, gewartet hatte, blieb aus. Er spürte ihn, fühlte die Anwesenheit seines Dunklen Bruders wie einen lautlosen Zwilling, der in ihm, hinter und neben seinen Gedanken war, lauerte, aber es war keine Verbindung zwischen ihnen, sie schienen nichts als zwei verschiedene, grundverschiedene Wesen zu sein, die sich nur durch Zufall den gleichen Körper teilten. Er fühlte sich im Gegenteil mit einem Mal kraftlos – nein, nicht kraft*los* – *gebunden,* als lägen plötzlich zentnerschwere unsichtbare Ketten auf seinen Gliedern. Das Monstrum in ihm war wieder da, aber diesmal lähmte es ihn. Trotzdem stand er auf, warf sich noch einmal in den kreischenden Wind und eilte auf den Alptraumkrieger zu.

Er kam gerade noch zurecht, um zu sehen, wie El-tra unter einem fast spielerischen Hieb des Titanen zusammenbrach.

»Skar! Gib auf! Gib auf, oder der Sumpfmann stirbt.«

Wieder verstummte der Sturm für Sekunden. Die wirbelnden weißen Schwaden rissen auf, und hinter dem schwarzen Panzerriesen, hinter und neben ihm, wie ein Kind, das ängstlich die Nähe eines Erwachsenen sucht, dies aber nicht zugeben will, erschien eine kaum metergroße rotgekleidete Gestalt.

Skar erstarrte mitten in der Bewegung. El-tra lag reglos vor den Füßen des schwarzen Titanen, und etwas sagte Skar, daß Tantor diesmal keine leere Drohung ausstieß, daß seine Worte bitter ernst gemeint waren und er nicht zögern würde, die Bestie auf El-tra loszulassen. Seine Hände sanken kraftlos herab.

»Du hast gewonnen«, sagte er. »Ich gebe auf.«

Tantor nickte. »Das ist vernünftig von dir. Ich will deinen Tod nicht, Skar, das solltest du wissen. Aber ich werde nicht zögern –«

»Red dir keine Blasen an die Zunge«, unterbrach ihn Skar grob. »Was willst du?«

In Tantors Augen erschien ein amüsiertes Glitzern. »Noch immer der alte Satai, wie? Gleich zur Sache, ohne Umschweife.« Er schüttelte den Kopf, trat – noch immer zögernd – hinter der fast dreimal so großen schwarzen Höllenkreatur hervor und deutete über die Schlucht.

»Ihr wolltet zur toten Stadt, nicht?« fragte er. »Ich denke, es liegt in meiner Macht, euch diesen Wunsch zu erfüllen. Ihr werdet sogar schneller da sein, als ihr geglaubt habt. Geh.«

Skar sah zurück. Die Brücke war in kochenden weißen Schwaden verschwunden. Der Blick reichte nicht weiter als zwei, drei Schritte. »Und der Sturm?«

Tantor grinste. »Mach dir darum keine Sorgen. Du wirst sicher hinüberkommen.«

Skar sah auf. Der Himmel war noch immer von schwarzen Wolken bedeckt, aber noch während Skar hinsah, drehte sich der Wind und blies nun – zum ersten Mal seit mehr als einer Woche – nach Norden. Die Wolken begannen zu brodeln, liefen einen Moment wie ein Schiff, das von seinem eigenen Schwung vorwärts getrieben wird, gegen den Wind und setzten sich dann widerwillig in entgegengesetzte Richtung in Bewegung.

»Wie du siehst«, lächelte Tantor, »ist für eure Sicherheit gesorgt.«

»So wie du für unseren Empfang gesorgt hast, wie?« grollte Skar, ohne sich von der Stelle zu rühren. »Wie lange wußtest du es schon?«

»Was?« fragte Tantor. »Daß ihr auf dem Weg hierher seid? Vom ersten Moment an, Skar. Ihr habt nicht einen Schritt getan, über den ich nicht informiert gewesen wäre. Tuan mag tot sein, aber es hat trotzdem Augen. Du hättest auf meinen Rat hören und zurück nach Ikne reiten sollen.«

»Die Wächter«, sagte Skar müde. »Die sechs Männer im Turm – warum das?«

»Warum *was?«* machte Tantor mit gespielter Überraschung. *»Ihr* habt sie getötet, Skar, nicht *ich.«*

Skar machte eine unwillige Kopfbewegung. »Red keinen Unsinn, Tantor. Es wäre nicht nötig gewesen.«

»Vielleicht«, gestand Tantor. »Aber es ist nun einmal geschehen. Und wenn es dich beruhigt – sie wären so oder so gestorben. Was machen da ein paar Monate Unterschied? Und nun geh. Wir haben schon viel zuviel Zeit verloren. Vela erwartet euch.«

Skar starrte den Zwerg noch einen Moment finster an, drehte sich dann mit einem Ruck um und trat – zum dritten Mal – auf die Brücke über das Nichts hinaus. Der Wind trug ein triumphierendes Wolfsgeheul mit sich.

Den Rest der Nacht ritten sie nach Süden. Der Sturm blieb hinter ihnen zurück, und auch der Wind drehte sich, kaum daß sie die Brücke überquert hatten, wieder in die gewohnte Richtung. Sie wurden getrennt – je vier der schweigenden Krieger umringten Gowenna und die beiden Sumpfbrüder, ihm selbst teilte Tantor eine Eskorte von sechs Männern zu. Skar hätte darüber gelacht, wenn ihre Siutation nicht so ernst gewesen wäre. Er hätte nicht einmal mehr die Kraft gehabt, es mit *einem* der Soldaten aufzunehmen und – was das Schlimmste war und ihn trotz der Lethargie, in die er verfallen war, noch immer erschreckte – er wollte auch nicht mehr. Er hatte dort auf der Brücke mehr verloren als einen Kampf. Er war müde – eine Müdigkeit, die sich nicht allein auf seinen Körper beschränkte.

Als der Morgen dämmerte, rasteten sie im Schutz einer Ruine, in der sich ein Lager mit Lebensmitteln, Feuerholz und Wasser befand. Skar wurde von seinen sechs Wächtern sorgfältig abgeschirmt und bekam nicht einmal Gelegenheit, auch nur einen Blick mit Gowenna oder einem der Sumpfleute zu wechseln. Wasser und Schalen mit kaltem Fleisch wurden herumgereicht, aber Skar lehnte beides ab, obwohl ihn der Ritt erneut hatte hungrig werden lassen. Er hockte sich in eine Ecke, schloß die Augen und versuchte die Anwesenheit seiner Bewacher so gut es ging zu vergessen. Trotz allem forderten die zwei Tage und Nächte, die er jetzt fast pausenlos auf den Beinen war, nun ihren Preis – er schlief ein, schrak aber fast sofort wieder hoch, als das Geräusch von Schritten in seinen Schlummer drang. Im ersten Moment sah er nichts als graue Schemen. Er blinzelte, fuhr sich mit dem Handrücken über die Augen und erkannte einen verschwommenen roten Fleck.

»Ich höre, daß du nicht ißt und trinkst«, sagte Tantor.

Skar fuhr sich noch einmal mit den Knöcheln über die Augen, gähnte ungeniert und setzte sich auf. Sein Gesicht befand sich jetzt mit dem des Zwerges auf gleicher Höhe.

»Offenbar redest du auch nicht mehr«, fuhr Tantor fort, als Skar nach einer Weile noch nicht geantwortet hatte.

Skar lächelte, setzte sich noch weiter auf und bettete den Kopf gegen den kühlen Stein. Die Soldaten hatten ein Feuer entzündet, aber seine Wärme reichte nicht, um das klamme Gefühl aus Skars Gliedern zu verjagen.

Tantor maß ihn mit einen undefinierbaren Blick, wandte sich dann in einer abrupten Bewegung an die sitzenden Krieger und stieß einen scharfen Befehl aus. Die Männer erhoben sich stumm und gingen.

Skar runzelte die Stirn. »Du schickst deine Wachhunde weg?« fragte er mit gespielter Überraschung. »Hast du keine Angst, daß ich endlich das tue, was ich in Ikne versäumt habe, und dir den Hals umdrehe?«

Tantor grinste. »Es ist nicht notwendig, daß du den starken Mann spielst, Skar«, antwortete er. »Du bist es nicht. Außerdem sind wir allein, und du hast kein Publikum.«

Skar starrte den Zwerg finster an. »Was willst du?« fragte er grob.

»Mit dir reden, was sonst?« Tantor zuckte mit den Achseln, ließ sich dicht neben dem Feuer nieder und kreuzte die Beine. Sein Umhang klaffte ein wenig auseinander, und Skar sah, daß er trotz der Kälte darunter nur ein dünnes, ärmelloses Hemd trug. Er hatte nie zuvor bemerkt, *wie* dürr der Zwerg wirklich war. Tantor schien nicht mehr als ein mit Haut überzogenes Skelett zu sein; selbst sein Kopf, nur so groß wie der eines Kindes, wirkte auf diesem Körper wie der Schädel eines Riesen. Für einen Moment überkam Skar fast so etwas wie Mitleid. Jemand, den das Schicksal mit einem so mißgestalteten Körper geschlagen hatte, konnte vielleicht gar nicht anders sein, als böse und verschlagen.

Tantor beugte sich ächzend zur Seite, nahm eine Bratenscheibe aus der Schale, die die Krieger stehengelassen hatten, und begann lustlos daran herumzuknabbern.

»Willst du nicht doch?« fragte er mit einer einladenden Geste. »Es nutzt dir nicht viel, wenn du in einen Hungerstreik trittst, weißt du?«

Skar schüttelte ärgerlich den Kopf. »Du wolltest mit mir reden«, sagte er grob. »Also rede, oder laß mich in Ruhe!«

Tantor starrte ihn einen Herzschlag lang verblüfft an und begann plötzlich aus vollem Hals zu lachen. »Ich glaube, du änderst dich nie, Skar. Wüßte ich es nicht besser, dann kämen mir ernsthafte Zweifel, wer von uns beiden der Besiegte ist.«

»Besiegt hast *du* mich nicht, Tantor«, sagte Skar mit Nachdruck.

Tantor machte eine wegwerfende Handbewegung. »Das spielt wohl im Moment keine Rolle«, sagte er. »Außerdem – du bist in meiner Gewalt, und das allein zählt.«

»Wenn du gekommen bist, um mir nur das zu sagen, dann verschwendest du deine Zeit«, knurrte Skar. »Ich habe es bemerkt.«

»Leider zu spät«, erwiderte Tantor gelassen. »Du hättest wirklich auf meinen Rat hören und nach Hause gehen sollen, Satai. *Damals* meinte ich es ehrlich.«

»Und jetzt nicht mehr?«

Tantor setzte sich auf, warf den Rest seines Fleisches ins Feuer und wischte sich die Hände an einem Zipfel seines Umhangs ab. »Meine Absichten spielen jetzt keine Rolle mehr«, sagte er ernsthaft. »Ich habe einmal gegen Velas Willen gehandelt, und du kannst gewiß sein, daß ich es kein zweites Mal mehr tun werde. Mach mich nicht für das verantwortlich, was jetzt geschehen ist. Ich bin nur Velas Arm, mehr nicht. Täte ich nicht, was sie befiehlt, so täte es ein anderer.«

»Wie bequem«, sagte Skar. »Irgendwie kommen mir diese Worte bekannt vor. Aber verrate mir eines, Tantor – damals vor Combat wollte sie uns töten.«

»Das stimmt nicht, Skar. Wenn es in –«

»Jedenfalls hat sie es in Kauf genommen, daß wir sterben«, fuhr Skar ungerührt fort. »Ich gebe zu, daß wir in deiner Schuld stehen. Ohne deine Heilkräuter und das Wasser wären wir umgekommen. Gowenna zumindest. Und jetzt seid ihr plötzlich daran interessiert, uns lebend in die Hände zu bekommen? Woher kommt dieser plötzliche Sinneswandel?«

Tantor zuckte die Schultern. »Wer sagt dir, daß es so ist?« fragte er lauernd.

»Die Anwesenheit von zwei Dutzend Kriegern und einem häßlichen Gnom«, gab Skar ruhig zurück. »Um uns zu töten, hätten ein paar Bogenschützen gereicht. Oder diese Kreaturen. Was waren das für Bestien?«

Tantor überging den letzten Teil der Frage. »Nimm an, uns ist wirklich daran gelegen, euch lebend in die Hände zu bekommen«, sagte er. »Und nimm weiter an, daß ich noch immer dein Freund bin.«

»Wenn du mein Freund bist«, sagte Skar ernsthaft, »dann danke ich den Göttern, daß ich meine Feinde noch nicht kennengelernt habe.«

Tantor schnitt eine Grimasse, beugte sich vor und deutete mit einem seiner spitzen Spinnenfinger auf Skars Brust, als wolle er ihn aufspießen. »Du bist entschieden nicht in der Lage, Scherze zu treiben, Satai«, sagte er ruhig. »Und mir kommen allmählich Zweifel, ob es Sinn hat, meine Zeit mit dir zu verschwenden.«

»Verzeiht, großer Meister«, sagte Skar mit übertrieben gespielter Zerknirschung. »Ich gelobe, es nie wieder zu tun.«

Tantor maß ihn mit einem wütenden Blick, ging aber nicht weiter auf seine Worte ein. »Hör mir zu, Satai«, sagte er. »Hör mir einfach nur zu und entscheide dich später. Auch, wenn du es anscheinend nicht begreifen willst, aber ich bin dein Freund. Oder – wenn dir das Wort lieber ist – dein Verbündeter. Wir beide stehen nämlich auf der gleichen Seite.«

»O ja«, sagte Skar spöttisch. »Auf der richtigen, nicht?«

Zwischen Tantors Brauen entstand eine steile Falte. »Ich habe einmal versucht, euch zu helfen, Skar«, fuhr er unbeeindruckt fort, »und das, was geschehen ist, sollte mich lehren, es nicht wieder zu tun. Aber ich werde es trotzdem versuchen.« Er brach ab, sah sich mit einem raschen Blick nach beiden Seiten um, als hätte er plötzlich Angst, belauscht zu werden, und fuhr, rascher und mit

7/83

gesenkter Stimme, fort: »Ich will dir sagen, *warum* wir strengen Befehl hatten, dich lebend zu fangen, Skar. Weil wir dich brauchen. Weil *Vela* dich braucht.«

Skars Blick verdüsterte sich. »Wozu?« erwiderte er. »Sie hat doch schon einen Satai. Oder ist ihr Del nicht mehr gut genug?«

Tantor machte ein ungeduldige Handbewegung. »Hör endlich auf, Skar. Die Zeit wird knapp, und vielleicht ist dies das letzte Mal, daß ich allein mit dir reden kann. Sie hat einen Fehler begangen.«

»Ja«, stimmte Skar zu. »Sie hätte mich *wirklich* vergiften sollen.«

»Der Stein der Macht«, fuhr Tantor, der nun offenbar beschlossen hatte, Skars verletzenden Spott zu ignorieren, fort, »ist wertlos für sie.«

Skar war für einen Moment starr vor Überraschung.

»Jedenfalls so, wie es im Moment aussieht«, fügte Tantor nach einer angemessenen Pause hinzu.

»Wertlos?« fragte Skar verwirrt. »Was soll das heißen? Und warum erzählst du mir das?«

»Weil es offenbar die einzige Möglichkeit ist, dich zum Zuhören zu bewegen«, knurrte Tantor ungeduldig. »Ich weiß nicht warum, und ich glaube, nicht einmal Vela selbst weiß es genau, aber es sieht so aus, als wäre der Stein ohne dich nur ein wertloses Juwel. Wir brauchen dich, Skar.«

»Mich?«

»Dich oder einen Mann wie dich«, sagte Tantor ungeduldig. »Das bleibt sich gleich. Du bist sicher nicht der einzige Mensch auf Enwor, der die Macht hätte, den Stein zum Leben zu erwekken, aber wir haben nicht die Zeit, nach einem anderen zu suchen.«

»Ich weiß nicht, von welcher Macht du sprichst«, sagte Skar hilflos.

Tantor sah ihn sekundenlang durchdringend an. »Seltsam«, murmelte er. »aber ich glaube dir sogar. Trotzdem ist es so, wie ich sagte. Hat dir Gowenna nie erzählt, wie lange wir nach dir gesucht haben?«

Skar war versucht, nein zu sagen, nickte aber dann doch. »Das hat sie. Doch ich habe nicht begriffen, warum.«

»Wenn man dich reden hört, dann begreift man es wirklich nicht«, seufzte Tantor. »Und doch ist es so. Gowenna war vor dir in Combat, und vor und nach ihr waren andere da. Keiner ist dem Stein auch nur nahe gekommen. Keiner außer dir. Frag mich jetzt nicht, warum das so ist – ich weiß es nicht. Vela hat selbst vor mir Geheimnisse, wenn auch lange nicht so viele, wie sie selbst annimmt.«

»Aber ich habe diesen verdammten Kiesel geholt!« begehrte Skar auf. »Sie hat, was sie will! Warum läßt sie Del und mich nicht ziehen?«

»Sie hat es eben nicht«, sagte Tantor niedergeschlagen. »Du hast diesen Stein geholt, Skar. Combat hat dir seinen Schatz anvertraut, und so, wie die Dinge liegen, bist du der einzige, der seine Macht wecken kann. Sie braucht dich. Dich oder die Kraft, die in dir schlummert.«

Die Kraft, die in dir schlummert . . . Skar lauschte in sich hinein, aber da war nichts. Sein Dunkler Bruder war noch da, ständig wach jetzt, aber nicht aktiv. Konnte es das sein, wovon Tantor sprach – dieses unselige, böse Ding in ihm, das ganz nach Belieben Gewalt über seine Seele erlangte und ihn zum Killer werden ließ, zu einem Ding, vor dem er sich selbst fürchtete? Unsinn.

»Und du glaubst, ich wäre in der Lage, all das zu tun, was ihr von mir verlangt?« fragte er schwerfällig.

»Es ist unsere letzte Hoffnung«, sagte Tantor ernsthaft. »Wenn nicht alles umsonst gewesen sein soll.«

»Selbst wenn es so wäre, was glaubst du, was ich täte, wenn ich den Stein der Macht in Händen hielte, Tantor? Hältst du Vela für so dumm, mir zu vertrauen, nach allem, was sie mir angetan hat?«

»Mit Sicherheit nicht«, antwortete Tantor. Er schien den Einwand erwartet zu haben. »Aber sie hat Mittel, dich gefügig zu machen. Del ist noch immer in ihrer Gewalt.«

Skar schwieg einen Moment. »Du kennst uns Satai nicht, wenn du dir einbildest, wir würden Rücksicht aufeinander nehmen«, sagte er dann. »Nicht, wenn so viel auf dem Spiel steht.«

Tantor seufzte erneut und rang in einer fast komisch anmutenden Geste die Hände. »Vielleicht kenne ich euch Satai wirklich nicht, aber ich kenne dich, Skar. Du bist kein Satai. Nicht wirklich.«

Skar wollte widersprechen, aber Tantor fuhr mit erhobener Stimme fort: »Sicher – du beherrscht die Kampfkünste eines Satai, du lebst wie ein Satai und denkst wie ein Satai. Aber das macht dich noch lange nicht zu einem Satai, ebensowenig, wie es Gowenna zu einer *Errish* macht, die Künste der Ehrwürdigen Frauen zu beherrschen. Wäre es, wie du sagst, so wärest du nicht hier. Ich weiß – du wirst jetzt sagen, du hättest dich nur zum Schein gefügt, um Velas Vorhaben zu durchkreuzen, nicht, weil du glaubtest, vergiftet zu sein oder Del in ihrer Gewalt zu wissen. Und du wirst sagen, daß du Gowenna nur begleitet hast, um zu verhindern, daß Vela mit dem Stein der Macht Unheil anrichtet. Humbug! Die hunderte Tage Frist, die du hattest, hätten mehr als nur ausgereicht, zum Berg der Götter zu reiten und den Rat der Satai zu alarmieren. Der Bund der Dreizehn hätte Mittel und Wege gefunden, Velas Pläne zu durchkreuzen. Du bist mitgekommen, weil Del dein Freund ist, weil du um sein Leben fürchtetest, und aus dem gleichen Grund hast du Gowenna in den Bergen nicht verlassen, sondern sie begleitet, hierher, obwohl du wußtest, was dich erwartet.« Er schwieg einen Moment, um seine Worte gebührend wirken zu lassen, lehnte sich dann zurück und redete leiser und in ruhigem Tonfall weiter: »Sie wird dich gefügig machen, auf die eine oder andere Weise, Skar, verlaß dich darauf. Sie braucht dich – mehr noch, sie *will* dich, und wenn ich jemals einen Menschen kennengelernt habe, der alles bekommt, was er will, so ist es Vela.«

»Und warum erzählst du mir das alles?«

Tantor lächelte; es war ein seltsames, unsicheres Lächeln, das zum ersten Mal, seit Skar den Zwerg kannte, echt wirkte. »Vielleicht, weil ich selbst Angst vor ihr habe«, murmelte er. »Vielleicht, weil ich einen Verbündeten brauche.«

»Einen Verbündeten?« echote Skar. »Mich?«

»Glaubst du, es bereitet mir Freude, für sie zu arbeiten?« gab Tantor scharf zurück. »Sie zwingt mich dazu, so, wie sie dich zwingt oder Del oder jeden einzelnen dieser Krieger. Sie ist kein Mensch, Skar. Diese Frau ist eine Bestie. Sie ist zerfressen von

Haß und dem Gedanken an Rache.«

Skar starrte lange und wortlos zu Boden. Es war nicht das erste Mal, daß er über Vela sprach, und irgendwie kam ihm die Situation mit jedem Augenblick absurder vor. Er hatte mit Gowenna, einem Menschen, der an nichts anderes dachte als daran, Vela zu töten, geredet, und sie hatte sie verteidigt, und jetzt sprach er mit Tantor, ihrem rechten Arm, und er bezeichnete sie als Bestie. Und irgendwie hatte er das Gefühl, daß keiner von ihnen recht hatte.

»Du glaubst mir nicht, nicht wahr?« krächzte Tantor. »Du hast mit Gowenna gesprochen, und sie hat dir erzählt, wie gut und edel Vela ist, wie sanft und voller Liebe. So voller Liebe, daß sie ihr Ungeheuer auf den einzigen Menschen gehetzt hat, der ihr grenzenlos vertraute.« Er machte ein halb wütendes, halb abfälliges Geräusch, schlug die Faust in die geöffnete Linke und stieß mit dem Fuß in die Flammen. Brennende Äste und Funken stoben auseinander.

»Vielleicht hat sie recht«, murmelte er. »Vielleicht *war* Vela so, damals, als sie sie kennenlernte. Aber wenn, dann ist sie heute nicht mehr der Mensch, den Gowenna kannte. Sie war zu lange hier, Skar, in Tuan, und dieses Land ist böse. Spürst du deinen Atem nicht. Fühlst du nicht, wie es sich in deine Seele schleicht und sie tötet, langsam, aber unbarmherzig?« Er sah auf und machte eine weit ausholende Handbewegung, die von einem Horizont zum anderen reichte. »Die Götter haben dieses Land verbrannt, Skar, mit dem Feuer der Hölle, und sie wußten, warum sie es taten. Du hast gesehen, wozu seine Bewohner fähig waren. Du warst in Combat, und du hast die Toten Ebenen durchstreift. Sie waren Menschen mit der Macht von Göttern, aber sie zahlten dafür mit dem Verlust ihrer Seele. Und der Atem Tuans weht noch immer. Sieh dir die Krieger an. Sieh sie dir an, jeden einzelnen. Sie sind krank. Ihre Köprer sind vergiftet. Sie verfaulen bei lebendigem Leib, und sie merken es nicht einmal. Und die, die fähig sind, sich davor zu schützen, verbrennen auf andere Weise. Vela hat länger hier gelebt als irgendein anderer Mensch vorher. Die Jahre, die Gowenna bei den Sumpfleuten verbrachte, verbrachte sie hier. Sie hat den Preis dafür gezahlt.«

»Hier?« sagte Skar zweifelnd.

»In der Stadt, zu der wir reiten«, knurrte Tantor. »Was glaubst du, woher sie ihr Wissen über die Alten Götter und Combat hat? Woher sie weiß, daß der Stein der Macht mehr als eine Legende ist? Vielleicht war es wirklich so, wie Gowenna dir erzählt hat, und sie kam hierher, um zu sterben, an den einzigen Ort auf der Welt, der einer Ausgestoßenen würdig ist. Aber sie fand nicht den Tod, sondern das Geheimnis der Götter.«

Tantor brach ab, erschöpft von seiner Rede und der Eindringlichkeit, die er in seine Worte gelegt hatte, und auch Skar schwieg für endlose, quälende Minuten.

»Selbst wenn du die Wahrheit sprichst«, sagte er dann, »selbst wenn alles so ist, wie du sagtest – was erwartest du von mir? Du hast selbst gesagt, sie wird Mittel finden, mich gefügig zu machen.«

»Du sollst mir vertrauen, Skar, mehr nicht«, antwortete Tantor. »Ich weiß, es ist viel verlangt, nach allem. Aber wenn du mir nicht vertrauen kannst, so vergiß wenigstens nie, welche Macht du in Händen hältst. Auch wenn es eine Macht ist, die du nicht anwenden kannst.«

»Was meinst du?«

Tantor starrte einen Moment in die Flammen, fuhr sich mit der Zungenspitze über die Lippen und nahm einen Glassplitter auf, um nervös damit zu spielen.

»Du erinnerst dich an die beiden Panzerriesen?« fragte er. »Die Wesen, die El-tra und dich besiegten?«

Skar nickte. Die Giganten waren ihnen nicht weiter gefolgt, aber er würde den Anblick nie wieder vergessen können.

»Was du gesehen hast, war nur ein winziger Teil der Macht, die noch immer unter dem verbrannten Gesicht dieses Landes schlummert«, sagte Tantor. »Was glaubst du, was eine Armee dieser Ungeheuer anrichten kann. Einer von ihnen, Skar, ein einziger nur, reichte, um einen Satai und einen Sumpfmann zu besiegen, die beiden gefürchtetsten Krieger, die Enwor in hunderttausend Jahren hervorgebracht hat. Nur einer!«

Skar begriff nur allmählich, worauf Tantor hinauswollte. »Du meinst, sie ... Vela könnte mehr von diesen Bestien wecken?«

»Vela?« Tantor lachte meckernd. *»Du,* Skar! Du hast sie geweckt, nicht Vela, nicht ich oder irgendein anderer. Du allein! Tuan ist nicht tot! Er schläft, aber der Stein der Macht ermöglicht es seinem Besitzer, seine Kräfte zu beherrschen. Und du, Skar, du hast die Macht, es zu wecken.«

Skar schloß mit einem nur halbwegs unterdrückten Stöhnen die Augen. Er begriff plötzlich - endlich -, was Tantor ihm die ganze Zeit hatte sagen wollen, und die Erkenntnis traf ihn mit der Gewalt eines Keulenhiebes. In einer blitzartigen, bizarren Vision sah er sich selbst weiter durch Tuan ziehen, in seinem Kielwasser eine Armee von Monstern und Schrecken auferstehend, die durch seine bloße Anwesenheit aus ihrem äonenlangen Schlaf geweckt worden waren. Er hatte mehr getan, als einen Schatz aus einem Tempel zu stehlen. Er hatte eine Entwicklung in Gang gesetzt, deren Ende er nicht einmal erraten konnte. Plötzlich wußte er, was Gowenna gemeint hatte, als sie sagte, es reiche vollkommen aus, wenn er bei ihr war. Er mußte nichts *tun.* Er mußte nur da sein, mehr nicht. Er - etwas in ihm - war der Schrei, der Tuan wachrief. Und der Stein der Macht war der Schlüssel, es zu beherrschen.

»Ich habe nicht gewußt, was das Wort *Macht* wirklich bedeutet, bevor ich dieses Land sah«, fuhr Tantor fort. Er starrte an Skar vorbei ins Leere, und es schien ihm auch vollkommen egal zu sein, ob Skar ihm überhaupt noch zuhörte. Er sprach nicht *mit* ihm, sondern eher in der Art eines Menschen, der sich etwas lange, zu lange Angestautes von der Seele redete. »Weißt du, was ein Mensch anrichten kann, der die Macht hat, einem Land *so etwas* anzutun?!« Die letzten drei Worte schrie er. Er fuhr plötzlich herum, hieb mit der Faust auf den zu Glas geschmolzenen Boden und starrte Skar aus weit aufgerissenen Augen an. »Du willst wissen, warum ich dir das alles erzähle«, keuchte er. »Ich habe Angst, Skar. Angst vor Vela, aber noch mehr Angst vor dir.«

»Dann töte mich«, murmelte Skar. Er erschrak selbst über seine Worte, aber sie sprudelten einfach aus ihm heraus, ohne daß er etwas dagegen tun konnte, einfach deshalb, weil sie die einzig logische Konsequenz aus Tantors Worten waren.

»Töten!« Tantor lachte bitter. »Ich habe daran gedacht«, gestand er. »Lange, Skar. Es hätte auch mich das Leben gekostet, aber das spielt keine Rolle.«

»Und warum hast du es dann nicht getan?«

Wieder lachte Tantor, und diesmal klang es eher wie ein Schmerzenslaut. »Weil es nichts ändern würde, Skar«, murmelte er. Er stand auf, zog - plötzlich wieder fröstelnd - seinen Umhang enger um die Schultern und wandte sich zum Gehen. »Weil es nichts ändern würde«, sagte er noch einmal. »Gar nichts.«

Kurz darauf zogen sie weiter. Skar wurde, wie zuvor, sorgfältig von den anderen abgeschirmt, und auch Tantor zeigte sich nicht mehr in seiner Nähe. Doch auch das Verhalten der Krieger, die Skar bewachten, schien sich zu ändern - vielleicht fiel ihm aber auch jetzt, nachdem Tantor mit ihm geredet hatte, das sonderbare Benehmen der Männer erst auf. Sie bewachten ihn sorgfältig, und zumindest einer, meistens jedoch mehrere, hielten immer eine gespannte und schußbereite Armbrust in Händen. Trotzdem fühlte er, daß er mehr war als ein x-beliebiger Gefangener. Keiner der Männer sprach mit ihm - so wie sie auch nicht miteinander sprachen -, aber er fühlte, obwohl er die Gesichter hinter den schwarzen Masken nicht sehen konnte, ihre halb ängstlichen, halb respektvollen Blicke, mit denen sie ihn maßen, wenn sie glaubten, er merke es nicht.

Als es heller wurde, konnte Skar mehr von ihrer Umgebung erkennen. Die Hellgor schien mehr zu sein als ein willkürlich entstandener Riß - hier, auf dieser Seite der Höllenschlucht, bot sich Tuan dem Betrachter anders dar als hinter ihrer nördlichen Begrenzung. Der Boden war noch immer mit grünweißem, geschmolzenem Sand bedeckt, und die Ruinen zogen weiter wie stumme schwarze Wächter an ihnen vorüber, aber der glitzernde Panzer aus Glas war hier nicht annähernd so massiv wie weiter im Norden. Immer wieder passierten sie weite, flache Krater, an denen der gläserne Mantel Tuans durchbrochen war und auf deren Grund Erde und Sand - verbrannt und zu schwarzer Asche verkohlt, aber nicht mehr geschmolzen - sichtbar wurden, und manche der Ruinen schienen kaum beschädigt. Und es gab Pflanzen; jedenfalls glaubte Skar anfangs, daß es sich um solche handelte: dünne, glitzernde Büschel, die wie erstarrte Spinnweben aus dem aufgebrochenen Boden wuchsen. Erst nach einer Weile sah er, daß die Gewächse - *wenn* es sich um Pflanzen handelte - eine ebenso bizarre Verwandlung durchgemacht hatten wie Tuan selbst. Sie schimmerten, je nachdem, wie sich das Licht der Sonne auf ihren Oberflächen brach, grün, manchmal auch weiß oder silbern, aber sie schienen aus Glas oder einer unbekannten wasserklaren Art von Kristall zu bestehen, und als Skars Pferd einmal versehentlich auf einen der kniehohen Büsche trat, zersprangen die Blätter wie poröses Glas und zerfielen zu pulverigem, glitzerndem Staub. Skar wandte sich an einen seiner Bewacher und erkundigte sich nach den Kristallgewächsen, bekam jedoch nur ein Kopfschütteln zur Antwort. Aber die Zahl und Größe der Kristallgewächse nahm zu, je weiter sie nach Süden kamen, und schließlich waren es keine kleinen vereinzelten Büsche mehr, sondern gewaltige, baumgroße Ansammlungen schimmernder Glasdolche und -speere.

Ist es Zufall, dachte Skar, daß hier alles zu Glas und glitzernder Starre gefroren ist? Oder haben die Götter diesen Effekt beabsichtigt, um ihnen irgend etwas, irgend etwas, das sie vielleicht niemals begreifen würden, zu sagen?

Er fand keine Antwort auf diese Frage, wie auf so viele andere nicht, und nach einer Weile vergaß er sie wieder. Sie ritten nicht sehr schnell, aber stetig, nach Süden und wichen nur einmal kurz von ihrem eingeschlagenen Kurs ab, um einem mächtigen, undurchdringlich erscheinenden Wald der blitzenden Kristallbäume auszuweichen. Erst lange, nachdem die Sonne den Zenit überschritten hatte, tauchte ein Schatten vor ihnen am Horizont auf, wuchs langsam zu einem dunklen See aus Grau und Schwarz und gelegentlich aufblitzenden Lichtreflexen heran.

Skar fuhr aus dem erschöpften, schon halb schlafenden Dämmerzustand hoch, in den er im Lauf des Nachmittages verfallen war, als Tantor neben ihm auftauchte. Der Zwerg hatte sein rotes Cape gegen eine entsprechend kleinere Ausgabe der schwarzen Lederharnische ausgetauscht und unterschied sich nun nur noch in Größe und Statur von seinen Kriegern. »Wir sind da«, sagte er. »Denke daran, was ich dir gesagt habe.«

Skar sah neugierig nach vorn. Er hatte mit einer Festung gerechnet, einer zerfallenen Stadt oder einer Ansammlung gewaltiger, geborstener Türme, aber vor ihm lag ein gähnender Krater, ein rundes, wie ausgestanzt wirkendes Loch in der glitzernden Panzerhaut Tuans, wo der Boden über einen Hohlraum zusammengebrochen und so einen fast hundert Manneslängen messenden Schacht gebildet hatte. Seine Ränder waren scharf, wie abgeschnitten, und eine schräge, gut zehn Fuß messende Rampe führte in einer weit gezogenen Spirale bis zu seinem Grund hinab. Skar sah weder Wächter noch irgendein anderes Anzeichen von Leben, aber die Wände des Kraters, der sich nach unten verjüngte und in einem gewaltigen Schuttberg endete, waren mit zahllosen Öffnungen und Eingängen übersät; ein unterirdisches Labyrinth, ein gewaltiger Ameisenbau, in dem sich eine ganze Armee verbergen konnte, ohne daß man eine Spur von ihr entdeckt hätte.

»Irgendwie paßt das zu dem Bild, das ich von euch habe«, murmelte er, während er neben Tantor in die Tiefe ritt. Der Wind blieb über ihnen zurück, und es wurde merklich wärmer. Ein schwacher Geruch von Alter und Verfall wehte zu ihnen empor. »Ein Rattenloch.«

Tantor lachte leise. »Hüte deine Zunge, Satai«, sagte er amüsiert. »Sonst könnte es sein, daß dich die Ratten auffressen.«

Skar schnitt eine Grimasse, schwieg aber. Er wußte nicht, ob er Tantor vertrauen konnte. All das, was der Zwerg ihm erzählt hatte, konnte wahr sein – es konnte aber auch ein weiterer Trick sein, um sein Vertrauen zu erschleichen.

»Was machst du eigentlich, wenn ich Vela von unserem kleinen Gespräch erzähle?« fragte er so leise, daß nur Tantor und nicht die vor und hinter ihnen reitenden Krieger die Worte verstehen konnten.

Tantor schwieg einen Moment. »Ich werde es leugnen, denke ich«, sagte er dann. »Obwohl es mir wohl nicht viel nutzen würde. Aber dir auch nicht. Und nun schweig. Auch diese Wände haben Ohren.«

»Wo?« fragte Skar mit einem demonstrativen Rundblick.

Tantor warf ihm einen wütenden Blick zu. »Dein Sinn für Humor ist manchmal recht eigentartig, Satai«, murmelte er. »Sieh hinunter auf den Grund des Kraters. Vielleicht dämpft das deinen Übermut ein wenig.«

Skar gehorchte. Im ersten Moment erkannte er nichts außer Bergen von Schutt und zerborstenem Fels, durchsetzt mit einem Diadem glitzernder Glasnester. Dann erkannte er, was Tantor ihm hatte zeigen wollen: Am Fuße der Rampe, flankiert von vier von Velas Kriegern, stand eine Gestalt, ein sieben Fuß großer, breitschultriger Hüne, gekleidet in einen bodenlangen schwarzen Umhang, knielange Hosen und einen knapp sitzenden Lederharnisch. Das *Tschekal* an seiner Seite blitzte unter den schräg einfallenden Strahlen der Sonne wie ein gefangener Lichtstrahl. Auf dem Haupt des Riesen saß ein wulstiger, stachelbewehrter Helm, aber das Gesichtsvisier war hochgeschoben, und Skar bildete sich trotz der Entfernung ein, seine Züge zu erkennen. Sein rechter Arm war bandagiert und hing in einer Schlinge.

»Nun?« fragte Tantor, nachdem Skar eine Zeitlang stumm zu der Gestalt hinabgestarrt hatte. »Du lachst ja gar nicht mehr? Wo bleibt dein Humor, Satai?«

Skars Bewegung war zu schnell, als daß selbst Tantor noch hätte reagieren können. Er fuhr im Sattel herum, riß den Zwerg mit einer spielerischen Geste hoch und hielt ihn mit ausgestreckten Armen in der Luft. »Ich habe noch mehr davon, als du glaubst«, knurrte er. »Zum Beispiel fände ich es ungeheuer komisch, dich jetzt einfach loszulassen.«

Tantor begann zu kreischen. Unter seinen strampelnden Beinen lag ein fast hundert Fuß tiefer Abgrund. Wenn Skar ihn losließ, würde er mit Sicherheit von der Rampe fallen und in die Tiefe stürzen.

»Hör auf!« keuchte er. »Du bist irre!«

Skar lachte, setzte den Zwerg mit einem schmerzhaften Ruck in den Sattel zurück und gab ihm einen freundschaftlichen Klaps auf die Schulter, der ihn um ein Haar wieder vom Rücken seines Tieres geschleudert hätte. Mit einem neuerlichen, verzweifelten Kreischen krallte sich der Zwerg in der Mähne des Pferdes fest, angelte mit den Füßen nach den Steigbügeln und richtete sich mühsam auf.

»Dir werden die Scherze schon noch vergehen, Skar«, giftete er. »Rascher, als du glaubst. Warte, bis du dem Drachen gegenüberstehst.«

Skar ignorierte ihn und sah weiter zu Del hinab. Der junge Satai stand reglos wie eine Statue am Fuß der Rampe und erwartete ihr Näherkommen. In Skar krampfte sich irgend etwas zusammen, ein Gefühl, als würde eine Stahlfeder gespannt, mit jedem Schritt, den sie näher kamen, mehr. Er hatte gewußt, was ihn erwartete, und er hatte geglaubt, darauf vorbereitet zu sein. Aber wie so oft war es eine Sache, über einen Schrecken nachzudenken, und eine andere, eine ganz andere, mit ihm konfrontiert zu werden.

Seine Attacke auf Tantor war nichts als eine Reaktion darauf gewesen, ein stummer optischer Schrei der Hilflosigkeit und Wut.

Es kostete ihn unendliche Mühe, seinen Blick von der Gestalt am Fuß der Rampe zu lösen und sich im Sattel herumzudrehen. Er hatte während des gesamten Rittes wenig mehr als einen flüchtigen Blick auf Gowenna oder die beiden Sumpfleute erhaschen können, und selbst jetzt noch ritt zwischen ihm und Gowenna fast ein Dutzend Krieger. Er konnte Gowennas Gesicht nicht erkennen, aber er sah, daß sie müde und weit nach vorn gebeugt im Sattel hockte und offenbar alle Mühe hatte, sich überhaupt noch aufrechtzuhalten.

»Mach dir keine Sorgen«, sagte Tantor, als er seinen Blick bemerkte. »Ihr geschieht nichts. Und auch diesen beiden Schlammfressern nichts – solange du vernünftig bist und tust, was man von dir verlangt, versteht sich.«

Skar drehte sich wieder herum, sah zuerst Tantor, dann Del, und dann wieder den Zwerg an. Er sprach kein Wort, aber etwas in seinem Blick brachte Tantor dazu, sein Pferd ein wenig weiter zur Seite zu lenken, obgleich er dadurch dem Abgrund bedrohlich nahe kam.

Sie erreichten den Fuß der Rampe, und die Krieger, die bisher vor und hinter Skar geritten waren, bildeten einen weit auseinandergezogenen Kreis um ihn herum. Gowenna und El-tra blieben weiter im Hintergrund.

In Skars Mund machte sich ein übler Geschmack breit. Er war plötzlich ruhig, ganz ruhig, aber es war keine entspannende Ruhe, sondern jene angespannte Gelassenheit, die ihn normalerweise vor einem Kampf überkam - seine Nerven schienen wie Stahlsaiten zum Zerreißen angespannt, und er sah plötzlich jedes noch so winzige Detail seiner Umgebung mit übernatürlicher Klarheit. Die Reihe der Reiter vor ihm teilte sich, und Del trat, flankiert von seinen vier Begleitern, in den Kreis.

Mit raschen Schritten näherte er sich Skar, blieb dicht vor ihm stehen und machte eine Bewegung mit der Linken. »Steig ab.«

Skar fuhr beim Klang seiner Stimme zusammen, als hätte er einen Schlag erhalten. Sein Blick saugte sich an Dels Gesicht fest, und was er sah, war schlimmer als alles, was er erwartet hatte.

»Del«, keuchte er stockend, »du -«

»Steig ab, Skar«, unterbrach ihn Del hart. »Reden können wir später. Vela erwartet dich.«

Skar blieb noch sekundenlang reglos sitzen, ehe er - langsam und umständlich wie ein alter Mann - aus dem Sattel stieg und neben dem Pferd stehenblieb. Für lange Sekunden kreuzten sich ihre Blicke, und was Skar in den dunklen Augen des anderen sah, war *Leben.* Er hätte es ertragen - hatte es sogar erwartet -, Del als seelenlose Puppe vorzufinden, als eine Marionette gleich den Kriegern, die sie getötet hatten oder ihren Wächtern. Aber es war nicht so. Was immer mit Del geschehen war - es war kein Bann, kein Zauber oder wie immer man es nennen wollte. Plötzlich, ohne daß es einer Erklärung oder eines sichtlichen Grundes bedurft hätte, wußte Skar, daß Del alles, was er tat, *freiwillig* tat. Er stand unter Velas Bann, sicher, aber es war ein Bann anderer Art, als Skar erwartet hatte. Sie hatte ihn nicht *gezwungen,* mit ihm zu kämpfen, begriff er plötzlich. Er hatte es aus freien Stücken getan, allein der Gedanke erschien Skar so wahnwitzig, daß er am liebsten laut aufgelacht hätte.

»Hallo Del«, murmelte er. »Es ist lange her, daß wir uns gesehen haben.« Seine Stimme klang belegt, fremd in seinen eigenen Ohren.

In Dels Gesicht zuckte ein Muskel. Seine unverletzte Linke glitt mit einer kleinen nervösen Bewegung an seinem Umhang herab und umklammerte den Griff des Schwertes durch den Stoff hindurch. Sein Blick flackerte. Er drehte mit einem Ruck den Kopf, sah für die Dauer von drei, vier Atemzügen weg und wandte sich dann übertrieben hastig um. »Komm mit«, sagte er. »Du wirst alles erfahren.«

Skar rührte sich nicht. »Ich glaube, ich weiß schon zuviel, Del«, sagte er leise.

Del blieb stehen, sah ihn unsicher, aber auch trotzig und mit einem Ausdruck, der Skar fast wie Mitleid vorkam, an und schüttelte den Kopf. »Du weißt nichts, Skar«, sagte er rauh. »Es ist zuviel geschehen, seit wir uns getrennt haben. Du bist nicht mehr der Mann, den ich kannte.«

Skar lachte leise. »Du auch nicht, Del.«

»Nun, dann haben wir wenigstens noch eines gemeinsam. Komm jetzt.« Diesmal klang Dels Stimme hörbar ungeduldig, aber Skar rührte sich noch immer nicht.

»Was geschieht mit Gowenna und den beiden Sumpfmännern?« fragte er.

Del machte eine wegwerfende Handbewegung. »Mach dir keine Sorgen. Sie werden Nahrung und einen Platz zum Ausruhen bekommen. Was weiter geschieht, hängt von dir ab.«

»Du machst noch immer keine Umwege, wie?« fragte Skar. »Wenn ich nicht so handele, wie ihr wollt, dann tötet ihr sie.«

»Vielleicht«, sagte Del kalt. »Aber wenn es dir lieber ist, daß ich dich belüge, dann sag es. Und nun komm – *bitte.*«

Skar nickte, warf Tantor einen letzten, bitteren Blick zu und ging hinter Del her. Die Reihe der Krieger teilte sich vor ihnen. Ihre Eskorte blieb – einschließlich des Zwerges – zurück, und nur die vier Krieger, die zusammen mit Del hier unten auf sie gewartet hatten, begleiteten sie. Sie überquerten den Kratergrund und stiegen über eine schräge, aus Schutt aufgeschüttete und sorgfältig mit Sand geglättete Rampe zu einem der Eingänge hinauf.

Der Gang war von unzähligen Fackeln taghell erleuchtet. Ein frischer, kühler Luftzug schlug Skar entgegen, als er hinter Del gebückt durch den niedrigen Eingang trat. Der Weg führte in sanfter Neigung in die Tiefe, und ein paarmal durchquerten sie hohe, verschieden geformte Hallen und Räume, winzige

Ausschnitte des unendlichen Labyrinths, das hier unten liegen mußte.

Skars Verwirrung wuchs, während er Del tiefer in den Irrgarten aus steinernen Gängen und Arkaden folgte. Die Architektur der Räume war nicht menschlich, sie glich nichts, was er je gesehen hatte. Die Gänge waren verschieden hoch und breit, jeder anders geformt, und an den Wänden prangten Bilder oder jedenfalls etwas, das er für Bilder hielt. Es gab bizarre Dinge, deren Bestimmung er nicht einmal erraten konnte, dann wieder Treppen, die scheinbar vollkommen sinnlos nach oben oder unten führten, manchmal gar vor massiven Wänden oder nach wenigen Stufen einfach in der Luft endeten. Und doch kam ihm all dies bekannt vor. Er hatte das Gefühl, schon einmal hier gewesen zu sein, Dinge, die er nie zuvor gesehen hatte, genau zu kennen; das Gefühl von etwas Vertrautem, ja, beinahe Heimeligem.

Nach einer Weile blieb Del stehen. Sie waren vor einer hohen, aus zwei ungleichmäßigen Flügeln zusammengesetzten Tür angekommen, zu der eine Anzahl schräger Stufen hinaufführte. Auf dem kleineren der Türflügel prangte ein Symbol, das Skar vage an eine geballte Faust erinnerte, die einen Blitz umklammerte. Aber es konnte auch etwas vollkommen anderes sein.

»Ihr könnt gehen«, sagte Del, zu den Kriegern gewandt, die sie bis hierher begleitet hatten. Die Männer drehten sich gehorsam um und gingen, aber Del wartete auch als sie den Raum verlassen hatten noch, bis ihre Schritte nicht mehr zu hören waren.

Skar lächelte dünn. »Ich nehme an, deine Herrin erwartet uns hinter dieser Tür«, sagte er.

Dels Gesicht blieb ausdruckslos, wie aus Stein gemeißelt. Er trat an die Tür, öffnete sie mit einem Mechanismus, den Skar nicht erkannte, und machte eine einladende Handbewegung.

Skar trat zögernd an ihm vorbei.

Der Anblick traf ihn wie eine Ohrfeige.

Der Raum hinter der Tür war kein Raum, sondern streng genommen nur ein vergleichsweise schmaler, sichelförmiger Sims, hinter dem sich eine gewaltige, bodenlose Höhle erstreckte. Ihre gegenüberliegende Wand verlor sich in wogender Weite; Nebel stieg in dünnen, geisterfingrigen Schwaden aus ihrer Tiefe empor und kroch über den Rand des Simses. Aber davon sah Skar kaum etwas. Auch nicht von der schlanken, weißgekleideten Frauengestalt, die am Rand des Abgrundes stand und ihm und Del, der die Tür hinter ihm schloß und sich neben ihm aufbaute, entgegensah. Sein Blick saugte sich an dem schwarzen Gewebe fest, das die Höhle wie klebrige Spinnfäden durchzog; ein Netz aus straff gespannten, miteinander verwobenen Fäden, stark wie ein Männerarm und schwarz, ein Schwarz, das Skar in dieser Tiefe erst einmal gesehen hatte, langgestreckt, organische, verquollene Formen, die sich wie Teer, der zu Fäden gezogen und dann erstarrt war, durch die Weite der Höhle zogen, hier und da zu Knoten und mächtigen pulsierenden Klumpen zusammengewachsen, lebend, lebend, *lebend* . . .

Daher dieses Gefühl, dachte er. Selbst das Denken schien ihm Mühe zu bereiten. Es war zu viel. Der Schock war zu groß, und der Hieb kam aus einer Richtung, aus der er ihn nicht erwartet hatte. Daher dieses aberwitzige Gefühl, schon einmal hiergewesen zu sein. Es war keine Einbildung gewesen. Er *war* schon einmal hiergewesen, oder zumindest an einem Ort wie diesem, irgendwo, am anderen Ende der Welt. *Urcóun.*

Irgendwann, nach Stunden, wie es ihm vorkam, nach Stunden, die er gelähmt und betäubt am Rand des Abgrundes gestanden und hinabgestarrt hatte, hinab in eine Tiefe, die tiefer als die Hellgor war, bodenloser als die Hölle, brach Del das Schweigen.

»Das war es, was wir dir zeigen wollten«, sagte er. »Vielleicht begreifst du jetzt.«

Skar drehte sich um, sah zuerst Del, dann Vela an und schüttelte stumm den Kopf. Nein. Er begriff nicht. Aber er begann damit. Er begann Dinge zu ahnen, ein Wissen zu spüren, das er nicht haben wollte und gegen das er sich wehrte.

Es war nutzlos. Er hatte es die ganze Zeit über geahnt, aber irgend etwas in ihm hatte sich gegen die Erkenntnis gewehrt, hatte sie unterdrückt und verzweifelt vergraben.

Er sah auf, als er Schritte neben sich hörte. Vela war schön, wie er sie in Erinnerung hatte, vielleicht noch schöner, jetzt, wo sich ihr Antlitz nicht hinter einem unansehnlichen grauen Schleier verbarg, sondern nur von lose fallendem Haar und einem dünnen, silbernen Diadem eingerahmt wurde. *Es wäre so einfach,* dachte er. Sie standen kaum einen Fußbreit vom Abgrund entfernt, und auch Del, so nahe er war, würde nicht rasch genug reagieren können. Eine kurze Bewegung, ein Stoß . . .

»Aber du bist kein Mörder, Skar«, sagte sie. Ihre Stimme klang sanft, gar nicht so, wie er sie erwartet hatte, und die Leere unter ihm sang eine unhörbare Begleitmelodie zu ihren Worten. »Und du bist nicht sicher, ob es überhaupt etwas ändern würde.«

»Liest du meine Gedanken?« fragte er, nicht einmal sonderlich überrascht.

Vela schüttelte den Kopf. »Es ist das zweite Mal, daß du mir diese Frage stellst«, sagte sie mit einem flüchtigen, entschuldigenden Lächeln. »Und ich sage zum zweiten Mal nein. Aber es ist leicht zu erraten, was du denkst.«

Skar wandte sich ab, starrte wieder in die Tiefe. Nichts bewegte sich unter ihm, nur die Schatten wogten hierhin und dorthin, und trotzdem spürte er, daß unter ihm etwas war, *lebte,* ein pulsierendes, großes, unendlich großes und altes Etwas, kein Wesen, Körper oder Geist, vielleicht Leben in seiner reinsten Form. Bisher hatte er Leben mit Bewußtsein gleichgesetzt, aber vielleicht war das falsch. Vielleicht mußte, was lebte, nicht denken, und vielleicht lebte nicht alles, was dachte.

»Del hat mir alles erzählt«, sagte Vela nach einer Weile.

Skar sah Del an, lächelte und starrte weiter wortlos in die Tiefe. Er spürte den unsichtbaren Hauch, der ihn – nein, eigentlich nicht ihn, sondern vielmehr seine Seele, oder etwas *in* seiner Seele – streifte, und er wußte plötzlich, daß die anderen es nicht spürten. Daß es trotz allem noch ein Geheimnis gab, das er nicht mit ihnen teilte.

»Hätte ich es vorher gewußt –«

»Dann hättest du nicht Befehl gegeben, mich zu töten?« unterbrach Skar sie kalt.

Vela schwieg einen Moment. Irgend etwas ging in ihrem Gesicht vor, aber Skar konnte nicht erkennen, was. »Wie du willst«, sagte sie plötzlich verändert, kalt und so hart wie das Glas, über das sie geritten waren. »Ich wollte fair zu dir sein, dir eine Chance geben –«

»Danke«, unterbrach Skar sie erneut. »Ich habe genügend Kostproben deiner *Fairness* bekommen. Ich brauche keine weiteren.« Er dachte an das, was ihm Tantor gesagt hatte, und jetzt wußte er, daß der Zwerg die Wahrheit gesprochen hatte. Sie war kein Mensch mehr, nicht mehr wirklich. Er hatte den Atem des Bösen gespürt, als er zum ersten Mal in eine Höhle wie diese gekommen war, jenseits der Grenzen Tuans, tief unter den Sandmeeren der Nonokesh, und er spürte ihn jetzt wieder. Vielleicht war es nicht einmal böse, sondern nur fremd. Doch wenn, dann war es so fremd, war diese Form von Leben so anders, daß sich das Ergebnis gleichblieb.

»Was du hier siehst«, sagte Vela, wieder in anderem Tonfall, dozierend, ruhig, als erkläre sie einem Kind das kleine Einmaleins, während sie an den Abgrund trat und mir einer weit ausholenden Geste in die Tiefe deutete, »ist nur ein kleiner Teil eines gewaltigen Systems von Höhlen und Katakomben, die sich unter den Ebenen von Tuan erstrecken. Del erzählte mir, ihr wäret auf eine ähnliche Höhle gestoßen, tief im Herzen der Nonakesh.«

Skar nickte.

»Vielleicht ist es die gleiche«, sagte Vela versonnen. »Die Grenzen Tuans stoßen an die der großen Wüste - es wäre möglich.«

»Und wenn?« fragte Skar achselzuckend. »Ich weiß nicht, worauf du hinauswillst, Vela - aber ich werde dir nie dienen.«

»Wie kommst du darauf, daß ich das im Sinn habe?« fragte Vela lauernd.

Skar deutete auf das Geflecht aus schwarzen Strängen. In einer der mächtigen Verdickungen, nicht weit vom Rand des Simses entfernt, pulsierte etwas. »Es ist wohl kein Zufall, oder? Und es ist kein Zufall, daß die Festung am Rand der Nonakesh von den gleichen Wesen errichtet wurde, die Tuan erbauten. Nur die Rolle, die ich darin spiele, ist mir noch nicht ganz klar.«

Vela schürzte abfällig die Lippen. »Du solltest deine Wichtigkeit nicht überschätzen, Satai«, sagte sie, so betont gleichmütig, daß dadurch schon fast wieder das Gegenteil zum Ausdruck kam. »Del erzählte mir von Urcóun und diesen närrischen Wilden, die eine verrottete Ruine als Sitz der Götter anbeten. Setz mich nicht mit dieser Närrin Coar gleich, Skar. Die Herren Urcóuns waren auch die Erbauer Tuans, das stimmt, aber sie waren keine Götter. Sie waren Wesen wie wir.«

»Wesen wie wir?« Skar dachte an die Hoger und ihre tödliche Brut, an den eisigen Hauch, der wie ein giftiger Nebel über den Ruinen Urcóuns gelegen hatte, und an seinen Dunklen Bruder, dieses Etwas, das er aus der Höhle unter der Tuan mitgebracht hatte.

»Wesen wie wir«, bestätigte Vela, »doch auf einer ungleich höheren Stufe der Entwicklung.«

»Ja«, nickte Skar mit einem bitteren, humorlosen Lachen, »das habe ich gesehen. In Combat und auf dem Weg hierher.«

Vela machte eine ärgerliche Geste. »Urteile nicht vorschnell, Skar. Was du gesehen hast, ist nichts als ein kümmerlicher Rest ihrer einstigen Größe. Doch selbst dieses wenige, das übriggeblieben ist, würde ausreichen, diese Welt zu retten.«

Skar seufzte. »Schon wieder die alte Leier, Vela?« fragte er. »Ich bin in deiner Hand. Du hast den Stein, du hast Del und mich und Gowenna, und du hast die Macht, dir alles zu nehmen, was du willst. Es ist nicht mehr notwendig, die Heilige zu spielen.«

Vela schwieg einen Moment. »Ich mache dir nichts vor, Skar«, sagte sie dann. »Was ich dir damals, in Ikne, gesagt habe, war die Wahrheit. Ich habe all dies getan, um diese Welt zu retten. Mit der Macht der Alten kann Enwor wieder werden, was es war – eine blühende Welt.«

»Unter deiner Herrschaft?«

»Und wenn? Was ist dir lieber – ein Enwor, wie es jetzt ist, eine sterbende Welt, die in unzählige kleine Reiche zerfallen ist, Länder, in denen die Menschen entweder verhungern oder sich gegenseitig umbringen, oder ein Enwor, in dem Frieden herrscht. Ich will Macht, ja. Aber was ist dagegen zu sagen? Ich würde dieser Welt den Frieden bringen. Frieden und Wohlstand. Glaubst du nicht, daß der Preis, den ich dafür verlange, angemessen erscheint?«

Ihr Götter, dachte Skar entsetzt, *sie glaubt, was sie sagt!*

»Und selbst«, fuhr Vela fort, »wenn es so wäre, wie du glaubst, selbst wenn ich die machthungrige Bestie wäre, die du in mir siehst – Enwor ist groß. Zu groß, als daß die Spanne, die ich noch zu leben habe, ausreichen würde, diese ganze Welt zu erobern und zu unterdrücken. Du kannst es drehen wie du willst: Ich werde mehr Nutzen als Schaden bringen. Denke daran, was du auf dem Weg hierher gesehen hast. Mit der Macht, die ich – die wir beide haben, Skar! –, können wir Enwor den Frieden bringen. Wir können die Quorrl in ihre Berge zurückjagen und all die kleinlichen Kriege und Grenzstreitigkeiten beenden.«

»Wie?« unterbrach Skar sie hart. »Indem wir die Welt verbrennen, so wie es die Herren Tuans taten?«

Vela schüttelte ungeduldig den Kopf. »Was geschah, wird sich nie mehr wiederholen können«, sagte sie überzeugt. »Du kennst die Geschichte der Alten nicht, Skar, nicht so gut wie ich. Tuan und Combat verbrannten nicht unter dem Zorn der Götter. Die Alten selbst waren es, die die Gewalten der Schöpfung heraufbeschworen, aber sie wurden ihrer nicht mehr Herr. Es war ein Krieg, geführt mit unvorstellbaren Waffen, aber er wird sich nie wiederholen können.«

»Natürlich nicht«, sagte Skar. »Wie auch, wenn es außer dir niemanden gäbe, der die Macht der Alten hätte. Und sollte es irgend jemand doch versuchen, dann verbrennen wir sein Land und seine Städte, bevor er zur Gefahr werden kann, nicht? So einfach ist das. Und warum auch nicht?« fuhr er mit beißendem Spott fort. »Immerhin schneidet man einen Krankheitsherd auch heraus, bevor er den ganzen Körper vergiften kann. Was macht es da für einen Unterschied, daß der Krankheitsherd eine Stadt ist und die Keime Menschen sind?«

»Es macht keinen Unterschied«, sagte Vela kalt. »Ich rede hier über den Fortbestand der menschlichen Rasse, Skar. Nicht über eine Stadt oder ein Volk.«

»Und nur das zählt.« Skars Stimme vibrierte vor ohnmächtigem Zorn. »Du bist im falschen Körper zur Welt gekommen, Vela. Du hättest eine Ameise werden sollen.«

»Beleidige mich ruhig, wenn es dich erleichtert«, sagte Vela. »Du weißt sehr gut, worüber ich spreche.«

O ja, dachte Skar. *Und gerade das erschreckt mich.*

»Und was willst du nun wirklich von mir?« fragte er. »Meine Hilfe?«

Vela strich sich mit einer unbewußten Geste eine Haarsträhne aus der Stirn. Im düsteren Licht der Höhle sah sie plötzlich um Jahre jünger aus. »Ja«, sagte sie. »Es würde schon reichen, wenn ich dich in meiner Nähe hielte, und ich könnte es, glaube mir. Ich könnte dich zu einer Puppe machen, wenn ich das wollte. Du hast die Männer gesehen, die mir dienen? Was mit ihnen geschah, kann auch dir geschehen, Satai. Aber ich werde es nur tun, wenn du mich dazu zwingst. Überlege dir deine Entscheidung gut. Tantor hat die Wahrheit gesprochen, als er sagte, daß ich deine Hilfe nicht brauche.«

Skar fuhr unmerklich zusammen. Ein dünnes, grausames Lächeln erschien auf Velas Lippen. »Ich weiß, was du jetzt denkst«, sagte sie. »Aber urteile nicht vorschnell über Tantor. Er hat nicht in meinem Auftrag gehandelt. Er war nur dumm. So dumm, zu glauben, daß ich seine lächerliche Verschwörung nicht durchschauen würde. Er hat mir sogar einen Gefallen getan. Überlege dir, ob du an meiner Seite die Welt regieren oder lieber zu einer hirnlosen Marionette werden willst.«

»Die Welt regieren . . .« Sakr lachte, aber es klang nicht halb so überheblich, wie er beabsichtigt hatte. »Du bist nicht der erste Mensch, der davon träumt, Vela. Aber ich habe noch von keinem gehört, dem es gelungen ist.«

»Ich werde jetzt nicht mit dir streiten, Skar«, antwortet Vela kühl. »Ich gebe dir drei Tage Zeit, deine Entscheidung zu bedenken. Vorher werde ich ein Nein nicht akzeptieren.«

»Was geschieht mit Gowenna?« fragte Skar.

Vela hob die Schultern. »Sei unbesorgt. Meine Leute geben ihr alles, was sie braucht. Wenn du die richtige Wahl triffst, Skar, wird sie weiterleben. Und wer weiß – wenn ich mit dir zufrieden bin, dann gebe ich ihr vielleicht sogar eines Tages ihr hübsches Puppengesicht wieder.«

Skars Hände zuckten. *Hilf mir!* dachte er. *Gib mir Kraft, diese Bestie in Menschengestalt zu vernichten!*

Aber die Stimme seines Dunklen Bruder schwieg.

Die nächsten zwei Tage verbrachte er in einem winzigen, fensterlosen Raum, in den ihn Del nach dem Gespräch mit Vela brachte. Jedenfalls glaubte er, daß es zwei Tage waren; er bekam viermal Essen und schlief, zuerst lange und tief, dann noch mehrmals, aber jeweils nur für kurze Zeit. Die Alpträume kamen nicht wieder, und der Heiltrank, den Tantor ihm am ersten Abend brachte, vertrieb auch das Fieber vollkommen. Weder Del noch Vela ließen sich während der Zeit seiner Gefangenschaft blicken, und die Männer, die ihm Essen und Trinken brachten, waren wie die Wächter, die sie hierhergeleitet hatten – respektvoll, freundlich, aber stumm; nicht mehr als Maschinen, die ihre Aufgaben erfüllten und kaum in der Lage waren, einen eigenen Gedanken zu denken. Der Anblick der stummen Krieger erfüllte ihn jedesmal aufs neue mit Unbehagen, schließlich mit Furcht. Er hatte Velas Worte nicht vergessen, und auch, wenn er sich im ersten Augenblick eingeredet hatte, daß ihre Drohungen ihn nicht schrecken konnten, so tat der Anblick der stummen Puppen-Menschen doch seine Wirkung. Er zweifelte keinen Moment daran, daß sie auch ihn in eine leere Hülle verwandeln würde, wenn er sie dazu zwang. Und er wußte auch, daß er sie nicht würde hintergehen können. Er hatte es versucht, Gowenna hatte es versucht, Tantor glaubte vielleicht jetzt noch, daß es ihm gelang ... Nein – wenn er sich ihr hingab, dann würde er es wirklich tun müssen. Vela gehörte zu jenen Menschen, die – ganz egal, was man tat – alles zu ihrem Vorteil ummünzen würden. Und sie wußte, daß er es wußte. Er würde ihr entweder freiwillig folgen, wie Del es tat, oder gar nicht. Die Alternative war ein Weiterleben als Zombie – oder der Tod.

Aber vielleicht war nicht einmal das ein Ausweg. Tantor hatte gesagt, daß es nichts ändern würde, wenn er tot wäre, und je länger er in seiner Zelle saß und grübelte, desto mehr erschienen ihm die Worte des Zwerges wie eine düstere Prophezeiung. Er brauchte nicht einmal mehr einen Beweis dafür – Velas Verhalten, die trotz allem sorglose Art, in der er behandelt wurde, die Tatsache, daß sie ihm bewußt die Möglichkeit gelassen hatte, diesen letzten Ausweg zu wählen, zeigte es ihm deutlich genug. Er hatte Angst vor dem Sterben, so wie jeder andere Mensch auch, aber er war auch ein Mann, zu dessen Leben der Tod viel intensiver und direkter gehörte, als dies im allgemeinen der Fall war, und der es gewohnt war, den Tod – als letzte Konsequenz – einzuplanen und auch hinzunehmen. Nein – auch dieser Ausweg war ihm verwehrt.

Skar schrak aus seinen Überlegungen hoch, als er das Geräusch des Riegels hörte. Ein schmaler, flackernder Lichtstreifen fiel in seine Zelle, dann trat Del gebückt, eine brennende Fackel in der Rechten, durch den niedrigen Eingang. Er blieb stehen, sah sich demonstrativ in dem winzigen, kaum fünf mal fünf Schritte messenden Gelaß um und deutete mit einer Kopfbewegung auf die Tür hinter seinem Rücken. »Komm mit.«

Skar stemmte sich langsam hoch. Seine Glieder waren steif vom langen reglosen Sitzen, und die Stunden der Ruhe schienen ihn eher geschwächt als gestärkt zu haben.

»Ist das nicht seltsam?« sagte er. »In einem Verließ wie diesem haben wir uns kennengelernt – erinnerst du dich? Und auch damals warst du es, der mich herausgeholt hat.«

Dels Lippen zuckten. Er versuchte vergeblich, Skars Blick standzuhalten, trat schließlich mit einer übertrieben hastigen Bewegung zur Seite und deutete erneut auf die Tür. Draußen war das Geräusch anderer Krieger zu hören. Del war nicht allein gekommen.

»Damals war es anders«, murmelte er. »Damals war ich dir etwas schuldig.«

»Und heute nicht?«

»Niemand hat dich gebeten, hierherzukommen«, gab Del heftig zurück. Skar hatte lange überlegt, was er zu ihm sagen sollte, und es schien, als hätte er die richtigen Worte gewählt. »Du bist gewarnt worden. Mehr als nur einmal.«

»Ich habe es nicht gewußt«, sagte Skar. »Und ich hätte es nicht geglaubt, wenn ich es gewußt hätte. Ich hätte nicht geglaubt, daß ein Mann von einem Augenblick zum anderen zehn Jahre seines Lebens so einfach streichen kann.«

Del fuhr sichtlich zusammen. Seine Hand, die die Fackel hielt, zitterte. Erneut – und wieder vergeblich – versuchte er, Skars Blick standzuhalten, sah schließlich zu Boden und sog hörbar die Luft zwischen den Zähnen ein.

»So ist es nicht, Skar«, sagte er halblaut.

»Nein? Dann sag mir, wie es ist? Hat sie dich verhext? Erzähl mit nicht, daß du den Verlockungen einer schönen Frau erlegen bist.« Del wollte antworten, aber Skar trat mit einem raschen Schritt an ihm vorbei, zog die Zellentür ins Schloß und baute sich mit verschränkten Armen davor auf.

»Was soll das?« fragte Del.

»Ich will mit dir reden«, antwortete Skar ruhig. »Allein.«

»Gib die Tür frei!« Del versuchte an ihm vorbeizukommen, aber Skar versetzte ihm einen so heftigen Stoß vor die Schulter, daß er durch den winzigen Raum taumelte und gegen die Wand stieß.

»Ich will dir nur ein paar Fragen stellen, mehr nicht«, fuhr er ruhig fort. »Und ich schwöre dir, daß ich dich windelweich dresche, wenn du versuchst, durch diese Tür zu gehen.«

Del wollte auffahren, beließ es aber bei einem finsteren Blick. Er schien zu spüren, daß Skar seine Worte ernst meinte. Und er wußte, daß er keine Chance haben würde; nicht in diesem engen Raum und mit einer gebrochenen Hand.

»Dann sprich«, knurrte er. »Aber mach es kurz. Vela erwartet uns.«

»Vela erwartet uns«, äffte Skar seine Worte nach. »Vela will dies, Vela will das – ich glaube, sie braucht nur mit den Fingern zu schnippen, und du kommst angekrochen wie ein Hund.«

»Was geht dich das an?« gab Del patzig zurück. Aber er brachte es immer noch nicht über sich, Skars Blick standzuhalten.

»Vielleicht nichts«, murmelte Skar. »Du bist alt genug, um zu wissen, was du tust. Ich möchte nur wissen, warum – das ist alles. Was hat sie dir versprochen, daß du von einem Tag auf den anderen alles vergißt, was du jemals gesagt und gedacht hast.«

Del schwieg einen Moment. »Vergessen«, murmelte er. »Was weißt du denn! Was weißt du, was ich denke oder gedacht habe! Was weißt du überhaupt von mir!«

»Genug, Junge«, sagte Skar sanft. »Genug, um –«

»Nenn mich nicht Junge!« brüllte Del in plötzlichem, jähem Zorn. »Ich bin verdammt alt genug, um zu wissen, was ich zu tun und zu lassen habe. Und hör auf«, fuhr er ruhiger, aber noch immer deutlich erregt fort, »an unserer *Freundschaft* zu appellieren!« Er spie das Wort aus, als wäre es etwas Obszönes. »Wir sind seit zehn Jahren zusammen, Skar, und in diesen zehn Jahren ist kein Tag vergangen, an dem du mir nicht ununterbrochen gesagt hast, was ich zu tun und zu lassen habe. Ich habe genug davon!«

Skar lächelte. »Ist es das?« fragte er spöttisch. »Hat sie dir erzählt, daß du endlich erwachsen geworden bist?«

»Unsinn«, widersprach Del. »Es ist nicht *das.* Aber es ist *auch das.* Du hast mich niemals verstanden, Skar. Du wolltest es nicht. Für dich . . .« Er stockte, suchte sichtlich nach Worten. »Für dich war ich nur ein . . . nur Material. Ein Rohling, aus dem du einen Satai formen konntest, ein . . . ein Ding, das du bearbeitet, geknetet und geschnitzt hast, so lange, bis es deinen Vorstellungen entsprach.«

»Ich habe dich niemals zu etwas gezwungen.«

Del lachte bitter. »O ja, Skar, das stimmt. Das hast du nicht nötig gehabt. Du hast auch so erreicht, was du erreichen wolltest.«

»Aber du hast es freiwillig getan«, sagte Skar erschrocken. »Du hättest jederzeit aufhören können. Ein Wort hätte ge–«

»Das ist nicht wahr, und du weißt es«, unterbrach ihn Del. »Du hast niemals wirklich einen Menschen in mir gesehen, Skar. Für dich war ich immer nur ein Satai, und ich glaube fast, du siehst die ganze Welt so – zwei Gruppen, von denen die eine Satai und die andere keine Satai sind, nicht? Du hast es mir eingeredet, immer und immer wieder, so lange, bis ich selbst es geglaubt habe, bis ich selbst nicht mehr wußte, daß es da noch etwas anderes gibt. Du hast mir alles beigebracht, was du wußtest, Skar – hundert Möglichkeiten, einen Menschen zu töten, mit hundert verschiedenen Waffen, mit tausend Tricks, einen Gegner zu überlisten, ein Heer in die Irre zu führen oder ein Schiff zu versenken. Aber es gibt Dinge, die hast du mit keinem Wort erwähnt. Weil du sie selbst nicht kennst. Du bist seit vierzig Jahren Satai, aber hast du in all der Zeit auch nur einen Tag *gelebt?*«

Skar antwortete nicht. Langsam, ganz langsam nur, begann er zu ahnen, was mit Del geschehen war.

»Du –«

»Ich bin dir dankbar, Skar«, fuhr Del fort. »Für alles, was du für mich getan hast. Und ich bin nicht dein Feind, das mußt du mir glauben. Ich . . . du darfst nicht denken, daß ich gerne gegen dich gekämpft habe.«

»Und doch würdest du es wieder tun«, murmelte Skar, »wenn sie es von dir verlangte.«

Del nickte.

»Nun gut«, fuhr Skar nach einer Ewigkeit bedrückenden Schweigens, das sich wie ein erstickender Hauch in der winzigen Kammer ausbreitete, fort, »ich glaube, ich habe begriffen. Aber wenn dir unsere Freundschaft und die zehn Jahre, die wir Seite an Seite geritten sind, nichts mehr bedeuten, dann beantworte wenigstens deinem Lehrmeister eine Frage. Das bist du ihm schuldig.«

»Ich schulde dir mehr als das, Skar«, murmelte Del. Seine Stimme zitterte. »Aber ich werde meine Schuld nicht zurückzahlen können.«

»Ist eine Antwort zuviel verlangt für zehn Jahre meiner Zeit?« fragte Skar hart.

»Welche Antwort? Die Antwort auf die Frage, für welche Seite ich mich entscheiden würde, wenn ich wählen muß?«

Skar schüttelte den Kopf. »Nein, Del. Diese Antwort kenne ich schon, und ich nehme sie hin, auch wenn es schmerzt. Aber bist du dir darüber im klaren, daß Vela dich benutzt, so wie sie mich und Gowenna und all die anderen benutzt hat? Daß du für sie nur ein Werkzeug bist.«

Del starrte ihn sekundenlang ausdruckslos an, senkte dann den Blick und schluckte schwer. »Ja«, sagte er. »Ich weiß es. Und ich weiß auch, daß sie mich nur so lange an ihrer Seite dulden wird, wie ich ihr nützlich oder zumindest nicht hinderlich bin. Ich weiß, daß sie mich benutzen und dann wegwerfen wird, vielleicht in zehn Jahren, vielleicht schon morgen. Das war es doch, was du sagen wolltest, oder?«

Diesmal war es Skar, der vergeblich nach Worten suchte.

»Ich weiß das alles«, sagte Del noch einmal. »Ich weiß es, und es ist mir gleich, Skar. Ich kenne sie, vielleicht besser als dich, und ich weiß, daß das einzige wirkliche Gefühl, zu dem sie fähig ist, der Durst nach Macht ist. Ich weiß, daß es nicht ewig dauern wird,

und daß sie mich verjagen oder töten wird, wenn die Zeit um ist. Aber es ist mir gleich. Selbst wenn ich wüßte, daß es nur noch bis zum nächsten Sonnenaufgang dauert, wäre es mir gleich. Zwischen uns ist etwas, das du niemals begreifen kannst, Skar. Ich kenne den Preis, und ich weiß, wie hoch er ist, aber es macht mir trotzdem nichts aus, ihn zu zahlen.

Ich liebe sie, Skar.«

Vela erwartete ihn im Innenhof der unterirdischen Festung; dem Boden des Kraters, durch den sie das Labyrinth betreten hatten. Skar blinzelte ein paarmal, als er nach zwei Tagen wieder ins Freie trat und zum ersten Mal wieder das Licht der Sonne sah. Er hörte Geräusche und spürte, daß er von zahlreichen Menschen umgeben sein mußte, sah aber im ersten Moment nichts außer verschwommenen Schleiern und Schatten. Es dauerte Minuten, bis sich seine Augen wieder an das grellrote, gnadenlose Licht der Sonne gewöhnt hatten und er wieder klar sehen konnte.

Der Krater war nicht mehr leer wie beim ersten Mal, als er ihn betreten hatte. Sie waren auf einem Segment der Rampe herausgekommen, das vielleicht zwanzig Fuß über dem eigentlichen Kraterboden lag, und neben, über und unter ihm befand sich eine große Anzahl von Kriegern; an die hundert, schätze er nach einem kurzen Rundblick. Wenig, wenn man die Zahl hört und in Dimensionen von Heeren und Armeen zu denken gewohnt ist; und doch beeindruckend viel, wenn man sie vor sich sieht; einhundert stumme, schwarz gekleidete Krieger, keiner weniger als sechs Fuß groß und jeder eine zum Töten abgerichtete Kampfmaschine. Genug, ein Königreich zu erobern, dachte Skar. Oder die Welt.

Del berührte ihn am Arm und wies in den Krater hinab. Vela war am Fuß des Schuttberges, der einen wesentlichen Teil des Innenraumes ausfüllte, erschienen. Sie trug das gleiche weiße Kleid, in dem er sie zum ersten Mal gesehen hatte, und in ihrem Haar schimmerten Juwelen. An ihrer Seite hing etwas Kleines, Blitzendes.

Und hinter ihr hockte der Drache.

Im ersten Moment hatte Skar das Tier vor dem zerklüfteten Gebirge aus Stein- und Glastrümmern nicht gesehen. Der Körper der Bestie war grau, ein Alptraum aus Panzerplatten und gestaltgewordenem Schrecken, aber seine Konturen schienen beständig zu zerfließen, hierhin und dorthin zu wogen und wie Nebel zu wallen, so daß es Skar schwerfiel, seine genauen Umrisse auszumachen. Mimikri, dachte er, die perfekteste Tarnung, die er jemals – vielleicht mit Ausnahme der Sumpfleute – erlebt hatte. Die Haut des Ungeheuers schien zu leben, und wenn es auch in Wirklichkeit nur die Schattierungen und Grautöne seines Panzers waren, die sich beständig veränderten, auf jeden Schatten, jeden einfallenden Lichtstrahl reagierten, so täuschten sie Skars Auge selbst jetzt noch nachhaltig. Das Tier war gewaltig. Sein Gewicht mußte das eines Walfisches übersteigen, und sein häßlicher, dreieckiger Schädel pendelte zwanzig, fünfundzwanzig Fuß über seiner Herrin. Im ersten Moment dachte Skar, das Tier schliefe, aber als er näher kam, fing er einen Blick der lächerlich kleinen, tückischen roten Augen der Bestie auf.

Das Monstrum ruhte, aber es schlief nicht. Wie das Land, das es geboren hatte, lag es beständig auf der Lauer, bereit, unvermittelt loszubrechen und den Tod oder Schlimmeres zu bringen. Ein scharfer Geruch nach Säure und Tod wehte zu Skar herüber, und für einen winzigen Moment sah er Gowennas verätztes Gesicht vor sich.

Vela beendete ihre Unterhaltung mit Tantor, als Del und er näher kamen. Sie wandte sich ihm zu, scheuchte die Krieger, die in ihrer unmittelbaren Nähe standen, beiseite und trat dann mit einer genau überlegten Bewegung neben Del.

»Ich sehe, du hast dich erholt«, begann sie. »Verzeih, wenn deine Unterbringung nicht allzu bequem war. Aber wir sind hier nicht auf Besuch eingerichtet.«

»Die drei Tage sind noch nicht um«, sagte Skar. Plötzlich wollte er nichts als weg hier. Selbst der Gedanke an das finstere, feuchte Verließ und die Angst, die in ihm lauerte, erschien ihm nicht so schrecklich wie die Gegenwart Velas und ihrer Bestie.

»Selbstverständlich nicht«, sagte Vela. »Aber es ist ... etwas geschehen, das mich bewogen hat, meine Pläne zu ändern. Wir werden diesen Ort verlassen, noch heute. Ich würde es begrüßen, deine Entscheidung vorher zu wissen.«

»Du kennst sie«, antwortete Skar. »Ich bin nicht Del. Du kannst mich in Stücke schneiden, wenn du willst, aber ich werde nie vor dir kriechen.«

Vela lächelte, aber es war ein Lächeln, das Skar einen eisigen Schauer über den Rücken laufen ließ. »Da wäre ich an deiner Stelle nicht so sicher«, sagte sie freundlich. »Aber bitte – ich habe dir drei Tage Bedenkzeit versprochen, und ich halte mein Wort. Der Weg nach Elay ist weit. Du hast noch Zeit genug, dir deine Entscheidung zu überlegen. Du –«

»Was ist mit Gowenna?« unterbrach Skar sie.

»Was soll mit ihr sein? Sie lebt. Noch.«

»Ich will sie sehen«, verlangte Skar. »Sie und die beiden Sumpfmänner.«

»Jetzt?«

»Jetzt«, bestätigte Skar. »Vorher sage ich kein Wort.«

Vela seufzte. »Wie edel! Der große Satai besinnt sich auf seine Rolle als Rächer der Hilflosen und Schwachen, wie? Aber wie du willst.« Sie gab Tantor einen Wink und fuhr, ohne sich zu dem Zwerg umzuwenden, fort: »Wir werden dicht an der Grenze zu Cosh vorüberkommen, wenn wir Tuan verlassen. Wenn du willst, lasse ich die beiden Sumpfmänner frei. Ich habe keine Verwendung mehr für sie.«

»Warum bringst du sie dann nicht um?« fragte Skar böse.

Vela überging die Beleidigung, ohne mit der Wimper zu zukken. »Es scheint dir Freude zu bereiten, mich für eine Mörderin zu halten«, sagte sie ruhig. »Aber ich bin keine. Ich töte nicht ohne Notwendigkeit.«

Skar starrte sie finster an. »O verzeih, ich vergaß. Du tötest nicht, du *läßt* töten. Aber der Unterschied ist nicht so groß, wie du denkst. Vielleicht klebt an meinen Händen mehr Blut als an deinen, aber ich habe niemals Männer um eines grausamen Effektes willen in den sicheren Tod geschickt.«

»Du meinst die Wächter der Brücke?« Vela machte eine wegwerfende Handbewegung. »Ja, ich erinnere mich – Tantor erzählte mir, daß du es für Mord hieltest.«

»Und wofür hältst du es?«

Der Drache knurrte; ein tiefer, grollender Laut, der den Boden unter seinen Füßen vibrieren ließ. Der gewaltige Schlangenhals senkte sich mit einer fließenden, raschelnden Bewegung, und der Blick seiner tückischen Augen richtete sich auf Skar, der unwillkürlich einen halben Schritt zurückwich.

»Du kennst diese Männer nicht«, antwortete Vela. »Ich habe jeden einzelnen meiner Krieger sorgsam ausgesucht. Es ist nicht einer unter ihnen, der nicht mindestens einen Mord begangen hätte. Sie sehen vielleicht aus wie Menschen, Skar, aber sie sind keine. Sie sind Dreck, Abschaum, für den der Tod noch zu schade ist. Ich habe die meisten aus Gefängnissen oder vom Strick freigekauft. Was spielt es für eine Rolle, wenn sie sterben?«

Skar resignierte. Es hatte keinen Sinn, mit Vela zu reden, nicht über dieses Thema und nicht jetzt. Sie sprachen zwei verschiedene Sprachen, und dort, wo sie sich vielleicht verstehen konnten, wollten sie es nicht. Er senkte müde den Kopf, drehte sich halb um und sah an Vela vorbei an der Kraterwand hinauf. Vela hatte so laut gesprochen, daß zumindest ein großer Teil der Krieger ihre Worte verstanden haben mußte. Aber keiner von ihnen zeigte auch nur die mindeste Reaktion.

»Wohin«, fragte er nach einer Weile, »gehen wir von hier aus?«

»Nach Elay«, antwortete Vela. »Auf dem direkten Weg – an Cosh vorbei, um das Gebirge herum und dann nach Norden.«

»Ein weiter Weg.«

»Wir haben Zeit. Ich habe ein Jahrzehnt gewartet – was machen da ein paar Monate für einen Unterschied?« Sie lachte, trat zu ihrem Drachen und schlug ihm wuchtig mehrmals hintereinander mit der flachen Hand an die Seite. Es klang, als hätte sie gegen Stahl geschlagen. Das Tier knurrte zufrieden, obwohl es die Berührung kaum gespürt haben konnte. Der Schädel auf dem unmöglich langen Schlangenhals beugte sich zu der Errish herab; das Maul klaffte auf. Ein scharfer, beißender Gestank wehte hinter seinen Sichelzähnen hervor. Seine Zunge, gespalten wie die einer Schlange und lang wie ein Männerarm, tastete nach Velas Gesicht, berührte es aber nicht.

»Siehst du, Skar«, sagte Vela im Plauderton. »Das ist Macht.« Sie schlug noch einmal mit der Faust gegen die grauen Schuppen des Ungeheuers, drehte sich um und lehnte sich lässig gegen die Flanke des Drachen. »Wie würde es dir gefallen, ein solches Ungeheuer zu beherrschen?«

Skar antwortete nicht, aber Vela schien auch gar nicht damit gerechnet zu haben. »Und das ist nur der Anfang«, fuhr sie fort. »Es wird nicht mehr lange dauern, dann liegt uns die Welt zu Füßen. *Uns,* Skar. *Dir und mir.* Ein Wort von dir genügt, und du herrschst an meiner Seite.«

Skar sah in Dels Gesicht. Die Züge des jungen Satai waren starr, von jener Ausdruckslosigkeit, hinter der sich mühsam aufrechterhaltene Beherrschung verbarg. Aber tief unter ihnen, unter der Oberfläche des Sichtbaren, schien ein großer, qualvoller Schmerz zu lodern. Und für einen Moment teilte Skar diesen Schmerz mit ihm, empfand er nichts mehr von dem Zorn und der Enttäuschung, die noch vor Augenblicken in ihm gewesen waren, sondern nur noch Mitleid.

Und trotzdem – oder vielleicht gerade deshalb, das blieb sich gleich – stieß er das Messer noch tiefer in die Wunde und drehte es herum. »Du hast es gehört, ja?« fragte er bewußt spöttisch und verletzend. »Sie bietet mir an, was *du* haben willst, Del.«

Del schwieg. Seine unverletzte Hand zuckte.

»Vielleicht hast du dich getäuscht, vorhin«, fuhr er fort. »Vielleicht dauert es nicht einmal mehr bis zum nächsten Sonnenaufgang, Junge. Ein Wort von mir genügt –«

»Ich unterbreche eure kleine Unterhaltung nur ungern«, fiel ihm Vela ins Wort, »aber du verschwendest deine Zeit, Satai. Del dient mir freiwillig, und er weiß, daß er den Platz an meiner Seite zwar einnehmen, aber niemals beanspruchen kann. Du siehst, ich bin ehrlich. So ehrlich, wie ich auch zu dir bin.«

Skar fuhr mit einer wütenden Bewegung herum. Aber er sagte nichts von alldem, was ihm auf der Zunge lag. Velas Worte waren nicht nur einfach hingeworfen – sie hatte sich jeden Satz, jede Betonung, ja, selbst jede kleine Geste überlegt. Alles was sie tat, war Berechnung, ein weiterer Zug in dem Spiel, das sie spielte. Sie *wollte* ihn verletzen, *wollte,* daß er sie haßte, mit aller Inbrunst, die er aufbringen konnte.

Das Geräusch schwerer, klirrender Schritte durchbrach das Schweigen. Eine Abteilung Soldaten trat in den Krater, in ihrer Mitte Gowenna und die beiden Sumpfmänner führend. Die beiden El-tra waren in Ketten; zusätzliche, aus Leder geflochtene Stricke fesselten ihre Füße, so daß sie sich nur mit winzigen trippelnden Schritten vorwärts bewegen konnten. Ihre Umhänge waren zerschlissen und verschmutzt. Gowenna selbst war nicht gebunden, aber von einem dichten Kordon von Kriegern umgeben. Die Abteilung blieb stehen, und der Anführer wandte sich mit einem fragenden Blick an Vela. »Bringt sie her!«

Die Reihe der Krieger teilte sich, und Gowenna stolperte, durch einen rüden Stoß in den Rücken vorwärts getrieben, auf Skar zu. Sie taumelte. Skar trat rasch einen Schritt vor, fing sie auf und hielt sie fest. Er spürte, wie ihre Glieder zitterten. Sie roch schlecht, nach Krankheit und Blut und ihrem eigenen Schmutz, und als sie den Kopf hob, sah Skar frische blutige Striemen auf der unverletzten Seite ihres Gesichtes.

Ein wütender Schmerz erwachte in seinem Inneren. »Ungeheuer«, flüsterte er. »Du verdammtes, seelenloses Ungeheuer. Du . . . du hast sie foltern lassen.«

Vela lächelte kalt. Sie kam näher, maß Gowenna mit einem mitleidlosen Blick und gab ein kleines spöttisches Geräusch von sich. »Rührend«, sagte sie. »Ein wirklich herzergreifendes Bild.«

Skar fuhr mit einer so abrupten Bewegung herum, daß Gowenna vor Schmerz aufstöhnte. »Warum hast du das getan?« brüllte er.

»Wir hatten eine kleine . . . Meinungsverschiedenheit«, sagte Vela achselzuckend. »Aber ich hoffe, unsere Diskrepanzen sind jetzt beigelegt. Nicht wahr, mein Liebes?« Sie lächelte zuckersüß, legte die Hand unter Gowennas Kinn und bog ihren Kopf in den Nacken, so daß sie sie ansehen mußte. »Wir sind wieder versöhnt, nicht?« Gowennas Lippen zuckten. »Ja . . . Herrin«, flüsterte sie.

Skar hatte das Bedürfnis zu schreien, als er ihre Stimme hörte.

Sie hatte nichts mehr mit der Gowenna gemein, die er kannte. Das zitternde Bündel, das er in den Armen hielt, war nicht mehr die stolze Kriegerin, sondern ein gebrochener, verängstigter Mensch, der außer zu Furcht zu keiner anderen Regung mehr fähig schien. Er wußte nicht, was Vela ihr angetan hatte, aber nicht einmal zwei Tage hatten gereicht, sie zu zerbrechen.

»Genug«, sagte Vela in verändertem Tonfall. »Du wolltest sie sehen, und dein Wunsch wurde erfüllt. Aber ich werde großzügig sein – wir brechen in zwei Stunden auf. So lange könnt ihr euch von mir aus gegenseitig bemitleiden.« Sie trat zurück und klatschte in die Hände. »Bringt sie fort!«

Die Zelle war klein und fensterlos wie die, in der er die letzten beiden Tage gewesen war, aber sie hatten ihm wenigstens eine Fackel gegeben und Wasser und sauberes Tuch, um Gowennas Wunden zu versorgen. Es war nicht viel, was er tun konnte – die Striemen auf ihrem Gesicht und die Wunden auf ihrem Rücken waren oberflächlich, nicht mehr als Kratzer. Die wirkliche Wunde blieb unsichtbar, tief in ihr vergraben, eine Verletzung, die – wenn sie überhaupt wieder heilen würde – eine tiefe, schwärende Narbe auf ihrer Seele hinterlassen würde. Skar zog ihr Umhang und Unterzeug aus, versorgte die Striemen, die die Peitsche gerissen hatte, und wusch sie mit dem kleinen Rest schmutzigen Wassers, das ihm verblieben war. Ihre Kleider stanken unerträglich, und es kostete Skar ein großes Maß an Überwindung, wenigstens den gröbsten Schmutz zu entfernen und sie zu waschen. Er fragte Gowenna nicht, aber ihr Zustand zeigte ihm deutlich, daß sie während der letzten beiden Tage wie ein Tier gehalten worden war: gefesselt, geschlagen, unfähig, selbst die dringendsten körperlichen Bedürfnisse zu verrichten. Es war nicht so sehr geschehen, um ihr Schmerzen zuzufügen – wie er war Gowenna ein Mensch, dem Schmerz etwas Vertrautes war und der ihn ertragen konnte. Was sie nicht hatte ertragen können, war die Erniedrigung. Sie sagte es nicht, aber er las es in ihrem

Blick, in der reglosen, starren Art, in der sie dalag und teilnahmslos alles mit sich geschehen ließ.

Es dauerte fast eine Stunde, bis er fertig war und sie ihren Mantel wieder überstreifte. Danach saßen sie lange, wortlos und aneinandergeklammert in einer Ecke der Zelle. Gowenna weinte leise, aber auch ihre Tränen versiegten schon bald wieder.

Nach einer Weile hörten sie Schritte. Die Zelle wurde geöffnet, und ein Krieger brachte eine Schale mit frischem Wasser und trug das verschmutzte fort. Skar wartete reglos, bis sie wieder allein waren, dann lehnte er Gowenna behutsam gegen die Wand, nahm die Schale auf und setzte sie ihr an die Lippen.

»Trink«, sagte er. »Du mußt durstig sein.«

Gowenna versuchte es, aber ihre Lippen weigerten sich, ihrem Willen zu gehorchen, so daß sie das meiste verschüttete. Skar nahm ihr Gesicht in die Hand, öffnete ihren Mund mit sanfter Gewalt und zwang sie zu trinken. Erst als die Schale vollends geleert war, setzte er sie ab und nahm Gowenna erneut in die Arme. Sie zitterte, aber nicht vor Kälte, obwohl die Luft auch hier, tief unter der Erde, noch eisig war und ihr Atem in blassen Dampfschwaden kondensierte. Nicht einmal die Fackel spendete spürbare Wärme.

»Warum hat sie das getan?« fragte er leise. »Was . . . was wollte sie von dir?«

Gowenna sah auf. Ihr Blick flackerte, und das Narbengewebe auf ihrem Gesicht schien für Augenblick von pulsierendem, abstoßendem Leben erfüllt zu sein.

»Sie hat . . .« Ihre Stimme versagte, ging in ein würgendes Keuchen über. Sekundenlang rang sie qualvoll nach Atem, setzte sich dann mit einem Ruck auf und fing noch einmal an. »Es gab keinen Grund, Skar«, sagte sie. »Sie hat mir nicht eine einzige Frage gestellt. Keine Forderung. Nichts. Sie hat mich nur schlagen lassen. Schlagen, und . . .« Wieder schwieg sie, und wieder dauerte es endlose Sekunden, bis sie die Kraft gefunden hatte, weiterzureden.

»Aber warum?« murmelte Skar. »Weil du dich ihr widersetzt hast? Aus Grausamkeit?«

Gowenna schüttelte den Kopf. »Nein. Ich glaube, sie ... sie hat es nur getan, um ... um dich zu treffen, Skar. Die Schläge galten dir, nicht mir.«

Skar senkte betroffen den Blick. Gowenna hatte nur ausgesprochen, was er schon lange gewußt hatte. Alles, was Vela inszenierte, diente nur einem einzigen Zweck: ihn zu quälen, seinen Haß zu wecken. Und er verstand auch, warum. Es war nicht er, dessen Hilfe sie brauchte. Er, Skar, war nur eine leere Hülle, der sie nicht mehr als Gleichgültigkeit entgegenbrachte. Sie wollte das Ding in seinem Inneren. Sein Dunkler Bruder war es, dessen Hilfe, dessen Macht sie brauchte, dieses Ungeheuer in ihm, das aus Haß geschaffen und nur durch Haß geweckt werden konnte. Sie hatte es einmal geweckt – versehentlich – und jetzt versuchte sie es wieder, aber diesmal, um es zu benutzen, sich seiner Macht zu bedienen. Und sie würde es schaffen. Irgendwann. Noch war er stark genug zu widerstehen, aber sie würde ihn weiter quälen, ihn erniedrigen und foltern, ihm seine eigene Hilflosigkeit so lange vor Augen führen, bis er aufgab, bis dieses Monstrum in ihm erneut und diesmal vielleicht endgültig erwachte. In einer blitzartigen Vision sah er sich selbst, hoch aufgerichtet und mit weit ausgebreiteten Armen, das Gesicht vor Qual verzerrt, hörte seinen eigenen, unmenschlichen Todesschrei, das ekelhafte Geräusch, mit dem seine Haut riß, sein Körper auseinanderklaffte wie ein trockener Kokon und ein neues, aus schwarzem Horn und Wildheit geborenes Wesen hervorbrach, den alten Skar vernichtend, zermalmend wie der Sturm ein trockenes Blatt ...

»Was will sie von dir, Skar?« fragte Gowenna leise.

Skar schüttelte den Kopf. »Nichts. Zumindest nichts, woran ich sie hindern könnte.« Er lachte; es war ein bitteres, metallisches Geräusch, das an den feuchten Wänden spöttische kleine Echos hervorrief.

Du hast verloren, Skar, wisperte eine Stimme in ihm, aber er wußte, daß es nicht wirklich sein Dunkler Bruder, sondern nur die Stimme seiner Einbildung war, etwas, das er hörte, weil er es hören wollte. *Der Kreis schließt sich. Du bist mit dem Gift in Berührung gekommen, als du die Höhlen unter der Nonakesh betreten hast, aber es wirkt langsam.*

»Wer bist du, Skar?« fragte Gowenna.

»Wer ich bin?« Skar schwieg einen Moment. »Ich wollte, ich wüßte es. Ich weiß nur, daß ich nicht tun werde, was sie von mir verlangt.«

»Doch, Skar«, widersprach Gowenna. »Das wirst du. Du willst es nicht, aber du wirst es tun. Man kann dieser Frau nicht widerstehen. Niemand kann es.«

Diesmal antwortete Skar nicht.

Erneut senkte sich Schweigen über sie, eine Stille ganz besonderer Art, jene Stille, in der man schreien, toben, irgend etwas *tun* will, es aber nicht kann. Wie in einem Alptraum, in dem man dazu verdammt ist, zuzusehen, alles mit sich geschehen zu lassen, hockte Skar da und war sich seiner Hilflosigkeit bewußt. Und er spürte, wie das dünne Gefühl von Haß in seinem Inneren wuchs, wie der Panzer aus Willenskraft und Selbstbeherrschung, den er über die Abgründe seiner Seele gestülpt hatte, brüchig wurde. Noch hielt er, aber Skar spürte bereits, wie das furchtbare Ding in ihm kräftiger wurde.

An der Tür entstand ein Geräusch. Der Riegel wurde zurückgeschoben. Ein schmaler Lichtstreifen fiel in die Zelle, dann huschte eine gebückte, zwergenhafte Gestalt zu ihnen herein.

Skar musterte den Zwerg kalt. »Was willst du?« fragte er. »Schickt dich Vela?«

Tantor zog hastig die Tür hinter sich zu, eilte zu ihnen herüber und ließ sich vor Skar auf die Knie sinken. »Hör jetzt auf«, zischte er leise, als hätte er selbst hier drinnen Angst, belauscht zu werden. »Wir haben nicht viel Zeit. Hört mir zu.«

Skar verzog spöttisch die Lippen. »Du kannst ruhig laut reden«, sagte er abfällig. »Vela weiß alles. Sie weiß, daß du mich« – er betonte die Worte auf ganz eigene Art – *»ins Vertrauen gezogen* hast.«

Tantor schüttelte ungeduldig den Kopf. »Ich weiß«, sagte er gehetzt. »Und deshalb bin ich hier. Ihr müßt fort!«

»Sicher«, sagte Skar. »In einer Stunde, oder –«

»Unsinn«, unterbrach ihn Tantor. »Ihr müßt fliehen, Skar. Aus dieser Festung gibt es kein Entrinnen, aber auf dem Weg nach Cosh wird sich eine Gelegenheit bieten.«

Skar schwieg, doch Tantor schien seinen Blick richtig zu deuten. »Ich weiß, was du jetzt denkst«, sagte er. »Aber so, wie die Dinge liegen, hast du gar keine andere Wahl, als mir zu vertrauen. Ich helfe euch.«

»Du?« fragte Skar überrascht. »Du willst uns helfen? Warum denn?«

»Du kennst die Gründe.« Tantor sprach schnell, gehetzt. Sein Blick irrte immer wieder zur Tür, und seine Hände vollführten kleine nervöse Bewegungen unter seinem Cape. »Sie ist wahnsinnig. Und sie wird erreichen, was sie will, wenn du länger in ihrer Nähe bist, Skar. Ich weiß nicht, wie du es hältst, aber ich will nicht sterben, und ich will auch nicht zu einem lebenden Toten werden wie ihre Krieger. Sie ... sie weiß, daß ich sie hintergangen habe, und sie wird mich dafür bestrafen. Wenn du länger in ihrer Nähe bist, wird ihre Macht ins Unermeßliche steigen.«

»Und wie soll das vonstatten gehen?«

»Laßt das meine Sorge sein«, antwortete Tantor. »Ich war bereits bei den Sumpfleuten und habe sie über meinen Plan informiert. Er ist riskant, aber wir haben nichts zu verlieren.«

Gowenna setzte sich mühsam auf. »Und welche Bedingung knüpfst du daran?« fragte sie. Ihre Stimme klang plötzlich ganz ruhig, aber Skar entging der angespannte Unterton in ihren Worten nicht.

»Nur eine«, sagte Tantor. »Ihr nehmt mich mit. Allein wird es keinem von uns gelingen, zu entkommen. Zusammen haben wir eine Chance.«

Skar nickte. »Dein Vorschlag hört sich gut an. Aber er hat einen Fehler - ich traue dir nicht.«

Tantor lachte. »Das ist dein Problem, Skar. Aber ich wüßte nicht, was du verlieren könntest - außer deinem Leben. Und glaube mir - wenn du bei Vela bleibst, wirst du bald nach dem Tod schreien.« Er zögerte, griff unter sein Cape und drückte Skar einen flachen Lederbeutel in die Hand. »Nimm das«, sagte er, »und versteck es gut. Sie wird dich in Ketten legen lassen. Wenn ich dir das Zeichen gebe, streust du den Inhalt auf das Metall und zählst bis hundert. Danach wird das Eisen für kurze Zeit brüchig werden, so daß du die Ketten sprengen kannst.«

Skar drehte den Beutel mißtrauisch in den Händen. »Was ist das?« fragte er. »Wieder eines von deinen Zaubermitteln?«

»Ich bin sowenig Zauberer wie du«, knurrte Tantor. »Ich verstehe nur ein wenig mehr vom Aufbau der Dinge. Und jetzt frag nicht weiter. Ich muß weg.«

Er wollte aufstehen und gehen, aber Skar hielt ihn mit einem raschen Griff am Umhang zurück.

»Auf ein Wort noch, Tantor«, sagte er.

Der Gnom knurrte ungeduldig und versuchte sein Cape loszureißen, aber Skar hielt weiter fest. Der Stoff ächzte hörbar. »Was?«

»Was geschieht, wenn unsere Flucht fehlschlägt – *falls* wir uns entschließen, zu flüchten?«

»Was soll geschehen? Sie wird uns alle töten. Mit Ausnahme von dir, vielleicht.«

»Und trotzdem hilfst du uns?«

»Quatsch«, sagte Tantor. »Ich helfe *mir,* Satai. Ich will weg von ihr, aber allein habe ich keine Chance. Der einzige Grund, aus dem ich euch helfe, ist, weil ihr mir helfen müßt. Ihre Krieger würden mich fassen, lange bevor ich irgendeine Stadt oder einen anderen sicheren Ort erreichen könnte. Die einzige Sicherheit im Umkreis von hundert Tagesritten bilden die Sümpfe von Cosh. Und ohne die beiden Sumpfbrüder hätte ich wohl keine große Aussicht, sie lebend zu durchqueren. Und die gehen nun einmal nicht ohne euch. Und jetzt laß los!«

Skar schüttelte abermals den Kopf. »Noch eine Frage, Tantor«, sagte er. »Warum dieser plötzliche Aufbruch?«

»Es ist kein Aufbruch«, murmelte Tantor. »Sie flieht.«

»Flieht?« wiederholte Skar verblüfft. »*Vela flieht?* Vor wem?«

»Das weiß ich sowenig wie du, Skar«, antwortete Tantor. »Doch bei Sonnenaufgang kam eine unserer Patrouillen zurück. Sie waren zu sechst, als sie aufbrachen, und nur zwei kehrten zurück. Ich weiß nicht, welche Kunde sie brachten – Vela ließ sie sofort zu sich bringen, und seither sind sie verschwunden. Aber kurz darauf begann sie mit den Vorbereitungen für den Abmarsch.«

»Vela flieht ...«, wiederholte Skar nachdenklich. »Aber vor wem?«

»Vielleicht vor diesen Kreaturen, auf die wir unterwegs gestoßen sind«, vermutete Gowenna.

Tantor riß sein Cape nun endgültig los und wich mit zwei schnellen Schritten zur Tür zurück. »Wohl kaum«, sagte er. »Ich weiß sowenig wie ihr, welcher Gegner fähig sein sollte, Vela und ihrem Drachen Angst einzujagen. Und ich hoffe bei allen Göttern, die die Menschen Enwors jemals angebetet haben, daß ich es niemals herausfinde.« Damit wandte er sich endgültig um und verließ die Zelle. Der Riegel rastete ein, und die Schritte des Zwerges verklangen draußen auf dem Gang.

Skar drehte den Lederbeutel, den ihm Tantor gegeben hatte, unentschlossen in der Hand. Nach einer Weile kroch er – ohne sich die Mühe zu machen, für die drei Schritte aufzustehen – auf Händen und Knien zu Gowenna zurück.

»Was hältst du davon?« fragte er.

»Wovon? Von Velas Flucht oder von Tantors Angebot?«

»Von beidem«, murmelte Skar. »Mir erscheint das eine so unglaubhaft wie das andere.«

»Ich glaube nicht, daß es eine Rolle spielt, was ich oder du davon halten«, antwortete sie. »In einem hat Tantor recht – wir haben nichts zu verlieren. Vielleicht ist es ein neuer Trick von ihr, vielleicht nicht.«

»Ein neuer Trick? Du meinst – uns entkommen zu lassen, nur um uns später wieder einzufangen?«

»Warum nicht? Sie liebt grausame Spiele.« Gowenna stockte, sah an Skar vorbei in das blakende Feuer der Fackeln und tastete mit einer unbewußten Bewegung nach Skars Hand. Ihre Haut war kalt und trocken, und obwohl ihre Stimme in den letzten Minuten zunehmend kräftiger geworden war, spürte er, daß sie noch immer vor Schwäche zitterte.

Zu seiner Überraschung fuhr sie fort: »Wir sollten es tun.«

»Fliehen?«

Gowenna nickte. »Mehr als den Tod können wir nicht finden, Skar. Und ich sterbe lieber, statt weiter in ihrer Gewalt zu sein.«

Mehr als den Tod können wir nicht finden ... Skar wiederholte den Satz ein paarmal in Gedanken, und mit jedem Mal, da er es tat, schienen die Worte spöttischer und unglaubhafter zu klingen. Mehr als den Tod ... Nein, *mehr* sicher nicht.

Aber war es nicht Gowenna selbst gewesen, die ihm gesagt hatte, daß es *Schlimmeres* als den Tod gab?

Wenig später wurden sie abgeholt von zwei Abteilungen der schwarzen Krieger, die Gowenna und ihn in verschiedene Richtungen davontrieben. Zu Skars Erstaunen führte ihn seine Eskorte nicht – wie er erwartet hatte – wieder zum Krater, in dem sich Velas Truppe auf den Aufbruch vorbereitete, sondern in die entgegengesetzte Richtung, tiefer ins Herz der unterirdischen Festung hinein. Wie schon beim ersten Mal verlor er nach wenigen Augenblicken die Orientierung; keiner der Gänge und Treppen, über die sie kamen, ähnelte dem anderen, und doch schienen sie auf schwer zu bestimmende Art alle gleich zu sein, so daß Skar nicht zu sagen wußte, ob er schon einmal in diesem Teil der Festung gewesen war oder nicht.

Sie hielten vor einer hohen, aus schwarzem Eisen geschmiedeten Tür. Einer seiner Begleiter deutete mit einer stummen Geste darauf und nickte aufmunternd, als Skar zögernd die Hand nach dem Riegel ausstreckte. Dahinter lag ein langgestreckter, niedriger Raum mit schwarzen Wänden und einer schweren, in der Mitte ein wenig nach unten gewölbten Decke, die fast den Eindruck erweckte, daß sie sich im Inneren eines gewaltigen steinernen Schiffes befanden. Hunderte von unterschiedlich großen und verschieden geformten Lampen und Leuchtern verbreiteten taghelles und doch mildes Licht, und ein schwerer, süßlicher Duft hing wie der Geruch eines exotischen Parfums in der Luft. Skar trat zögernd durch die Tür und sah sich mit einer Mischung aus Neugierde und Überraschung um. Ein Teil der Wand zur Linken war mit Vorhängen bedeckt; schwerer, wie Blei hängender Stoff, der mit kostbaren Stickereien und goldenen Borten verziert war; dahinter konnte man durch einen schmalen Spalt ein überbreites geschnitztes Bett mit weißem Laken und einer Unzahl bunter Kissen erkennen. Davor gruppierten sich Sessel und Sitzkissen und mehrere kleine, verspielte Tische in perfekt arrangierter Unordnung. Auf einem der Tische war ein Mahl vorbereitet. Es war eine winzige Insel der Behaglichkeit inmitten der bizarren Fremde der Festung, ein winziger Bereich menschlicher Zivilisation, der – trotz allem Prunk – die liebevolle Hand einer Frau erahnen ließ.

»Komm näher, Skar. Aber schließ die Tür hinter dir.«

Velas Stimme klang nur gedämpft hinter dem schweren Vorhang hervor. Trotzdem fuhr er erschrocken zusammen, drehte sich mit übertriebener Hast um und zog die schwere Tür ins Schloß.

Als er sich wieder umwandte, teilte sich der Vorhang, und Vela trat hervor. Sie trug noch immer das weiße Kleid wie am Morgen, hatte aber darüber einen ebenfalls weißen, knöchellangen Mantel aus Wolfsfellen geworfen, um sich vor der Kälte, die auch hier unten noch schmerzhaft zu spüren war, zu schützen. Ihr Haar fiel lose bis weit über die Schultern herab und war jetzt bar jeden Schmuckes.

»Tritt näher«, sagte sie freundlich.

Skar zögerte. Sein Blick tastete über den Vorhang. Vela lächelte. »Wir sind allein, wenn es das ist, was du fürchtest«, sagte sie mit einer einladenden Geste. »Überzeuge dich.«

Skar löste sich von seinem Platz, ging wortlos an ihr vorbei und schlug den Vorhang beiseite. Dahinter lag eine gut zehn Fuß tiefe und dreimal so breite Nische, in der sich außer dem Bett nur ein winziges, mit Flaschen und Schälchen übersätes Tischchen und ein hölzerner Schrank befanden.

»Unter dem Bett ist auch niemand«, sagte Vela spöttisch. »Und es gibt auch keine geheimen Türen in den Wänden. Wir sind wirklich allein.«

Skar ließ den Vorhang los und wandte sich wieder zu Vela um. »Allein«, sagte er. »So viel Mut hätte ich dir gar nicht zugetraut.« Er stand auf Armlänge vor ihr. Ein rascher Schritt würde genügen, sie zu packen.

Aber Vela schien nicht einmal eine leise Spur von Furcht zu empfinden.

»Vielleicht ist es auch Dummheit«, sagte sie spöttisch. »Oder aber ein Beweis meines Vertrauens. Nimm Platz.« Sie deutete auf den Tisch, setzte sich selbst auf einen der niedrigen, bequemen Stühle und deutete auf einen anderen.

»Du mußt hungrig sein. Und ein Schluck heißer Brühe wird dich aufwärmen.« Sie mimte ein Frösteln. »Es wird Zeit, daß wir hier wegkommen«, sagte sie. »Ich weiß schon kaum mehr, wie es ist, *nicht* zu frieren.«

Skar trat langsam, noch immer mißtrauisch, an den Tisch, setzte sich und griff auf eine weitere auffordernde Geste Velas hin nach der Tonschale mit dampfender Suppe. Vielleicht wäre es in seiner Situation angebrachter gewesen, nicht zu trinken, aber er war nicht in der Position – und schon gar nicht in der Stimmung – sich melodramatische Gesten leisten zu können, und der Geruch der Suppe erinnerte ihn daran, daß er seit Tagen nichts Anständiges mehr gegessen hatte. Er leerte die Schale zur Hälfte, setzte sie ab und griff nach dem Brot, das daneben lag.

»Es freut mich, daß es dir mundet«, sagte Vela, nachdem sie ihm eine Zeitlang schweigend beim Essen zugesehen hatte. Sie selbst rührte nichts an, sondern trank nur von Zeit zu Zeit aus einem winzigen, kristallgesäumten Zinnbecher.

»Was willst du?« fragte Skar. »Ist das jetzt die sanfte Tour?«

Vela lachte. »Wenn du es so nennen willst ... Aber ich müßte mich sehr in dir täuschen, wenn ich damit wirklich etwas erreichen würde. Nein.« Sie beugte sich vor, stützte den Ellbogen auf die Tischplatte und nahm eine Frucht auf, aß jedoch noch immer nicht. Skar roch den leisen Duft ihres Parfums, als sie sich vorbeugte. »Ich wollte nur mit dir reden, Skar. Vielleicht werden wir für lange Zeit keine Gelegenheit mehr haben, in Ruhe miteinander zu sprechen.«

»Ich wüßte nicht, was es zwischen uns zu besprechen gäbe«, sagte Skar. »Du hast gesagt, was du von mir willst. Und du kennst meine Antwort.«

Vela seufzte und biß nun doch in die Frucht. Ein winziger Tropfen rötlich schimmernden Saftes glitzerte auf ihren Lippen. Er sah aus wie Blut.

»Du bist ein seltsamer Mann, Skar«, sagte sie. »Ein Mann mit erstaunlichen Fähigkeiten, aber auch einer jener selten anzutreffenden Menschen, die ihre Grenzen kennen. Du weißt, wann du verloren hast. Warum gibst du nicht auf?«

Skar nahm sich eine weitere Scheibe Brot. Sein Hunger schien durch die wenigen Bissen, die er zu sich genommen hatte, erst richtig geweckt worden zu sein. Er sah starr an Vela vorbei zur gegenüberliegenden Seite des Raumes.

Trotz der schon fast zu hellen Beleuchtung fiel es ihm schwer, Einzelheiten zu erkennen. Ein unsichtbarer, wogender Schleier aus Nebel schien zwischen ihm und der Wand zu liegen. Es war, als wehre sich die fremdartige Architektur dieses Raumes dagegen, von Augen betrachtet zu werden, für die sie nicht geschaffen worden war.

»Es täte mir wirklich leid, wenn ich dich zerbrechen müßte, Skar«, fuhr Vela im Plauderton fort. »Aber ich muß es tun, wenn du mich dazu zwingst.«

»So wie du Gowenna zerbrochen hast?«

Velas Lächeln blieb unverändert, aber für einen kurzen Moment versteifte sich ihre Haltung. Dann hatte sie sich wieder in der Gewalt.

»Liebst du sie?« fragte sie.

Skar antwortete nicht.

»Oder glaubst du nur, sie zu lieben?« fuhr Vela fort. »Ich weiß – es geht mich nichts an, und ich werde mich auch nicht einmischen. Ich stehe zu meinem Wort – du kannst sie haben, wenn du willst. Ich schenke sie dir.«

»Hast du mich deshalb kommenlassen, um mich zu fragen, was ich haben will?« erwiderte Skar. »Ich bin nicht zu kaufen. Zumindest nicht für dich. Der Preis wäre zu hoch.«

»Das glaube ich sogar. Aber natürlich habe ich dich nicht deshalb gerufen.« Sie beugte sich noch weiter vor, schenkte Skars Becher, der halb geleert war, wieder voll und stellte den Krug mit einem Ruck auf den Tisch zurück.

»Ich habe dir ein Angebot gemacht, Skar«, begann sie, »öfter als einmal, und du hast es abgelehnt. Ich habe dich rufen lassen, um es zu wiederholen. Doch vorher möchte ich dir ein paar Dinge erzählen, die du nicht wissen kannst und die deine Entscheidung vielleicht noch beeinflussen.«

»Was?« fragte Skar. »Neue Lügen?«

»Lügen? Warum sollte ich lügen, Skar? Ich habe alles erreicht, was ich wollte. Ich habe dich, Del, den Stein - ich könnte dich zwingen, mir dienstbar zu sein, und du wärest sogar glücklich darüber. Warum also sollte ich lügen? Außerdem - ich kenne dich vielleicht besser als du dich selbst. Du bist kein Mann, den man belügen kann. Nicht auf Dauer.«

»Und warum tust du es dann nicht?« fragte Skar. »Warum zwingst du mich nicht, wenn du es angeblich kannst?«

»Hör mir zu, und du kommst vielleicht selbst auf die Antwort. Und denk auch einmal darüber nach, daß der Platz auf einem Thron sehr einsam sein kann.«

»Du hast Del.«

»Del!« Sie lachte wieder, aber diesmal klang es abfällig. »Er ist ein netter Junge, Skar, mehr aber nicht. Ich brauche einen Mann an meiner Seite.«

Skar sah an ihr vorbei auf den Vorhang, hinter der sich ihr Schlafgemach verbarg. Vela bemerkte seinen Blick. »Ja, Skar, auch dafür. Aber nicht nur.«

Es war absurd. Sie saßen hier in den Ruinen eines Volkes, das untergegangen war, bevor es Menschen gab, waren Feinde, die sich gegenseitig mit Freuden umbringen würden, wenn sie die Gelegenheit dazu hätten, und trieben Konversation. »Komm zur Sache«, sagte er. »Was genau willst du?«

Vela wirkte für die Dauer eines Lidzuckens enttäuscht, und sie gab sich nicht einmal Mühe, dieses Gefühl zu verbergen. »Ich will dir die Geschichte des Volkes von Tuan erzählen«, sagte sie nach einer Weile. »Des Volkes, das Urcóun erbaute, Combat und Tuan und viele andere Orte, die heute nur noch in Legenden leben. Manche nicht einmal mehr dort.«

»Und du glaubst, das würde mich interessieren?«

Vela überging seine Frage. »Del erzählte mir von Urcóun«, fuhr sie fort. »Wie lange wart ihr dort?«

Skar sah sie irritiert an. »Nicht . . . lange«, antwortete er stokkend. »Eine Nacht und einen halben Tag.«

»Aber lange genug, um zu begreifen, daß es keine Menschen waren, die diese Stadt erbauten, nicht? Sowenig, wie die Erbauer

Tuans Menschen waren. Jedenfalls glaubt ihr das. Alle glauben es. Aber es stimmt nur zum Teil.«

»Legenden«, sagte Skar abfällig.

Vela lächelte. »So wie Combat und Tuan, ja. Was muß noch geschehen, bis du bereit bist, zuzugeben, daß die alten Lieder die Wahrheit sagen?«

Skar schwieg, und Vela fuhr, nach einer weiteren, lang anhaltenden Pause, fort: »Du weißt, daß wir lange nach dir gesucht haben, Skar. Nach einem Mann wie dir, um genauer zu sein. Einem Mann oder einer Frau. Zuerst war es Gowenna, die ich fand. Ich dachte, sie wäre die Richtige, aber ich habe mich geirrt. Trotzdem war sie von allen, die ich nach Combat sandte, die, die am weitesten kam. Du wirst mich verstehen, wenn ich dir die Geschichte der Alten erzähle - soweit ich sie kenne.« Sie lehnte sich, den Trinkbecher mit einer graziösen Geste haltend, zurück und machte mit der freien Hand eine weit ausholende Geste, perfekt wie die lange geübte Bewegung einer Tänzerin und doch leicht und natürlich. *Wie schön sie ist,* dachte Skar. »Diese Welt, Skar, war nicht immer so, wie wir sie kennen. Vor uns lebten andere Völker hier, und vor diesen wieder andere. Das Leben kommt und geht, aber ich glaube, es ist ein Naturgesetz, daß niemals Leere zurückbleibt, sondern das Alte immer wieder von neuem ersetzt wird. Unsere Geschichte reicht lange zurück, aber es gab bereits Menschen hier, lange bevor die Berge entstanden sind und die Meere sich mit Wasser gefüllt haben. Und eines dieser Völker, vielleicht das erste, vielleicht auch nur eines in einer unendlichen Kette, waren die Alten, die, die wir heute Götter nennen. Niemand weiß mehr, wie sie ausgesehen haben, wie und was sie gedacht haben. Ich habe mich lange mit ihnen beschäftigt, doch nicht einmal ich weiß wirklich, wer sie waren. Aber ich glaube, sie waren uns ähnlich. Vielleicht nicht im Aussehen, aber in ihrer Art zu leben. Sie waren ein altes Volk, Skar, alt, weise und mächtig. Ihre Macht war so groß, daß sie nach den Sternen griffen und in gewaltigen stählernen Schiffen zu ihnen hinauffuhren. Und so, wie sie dorthin gingen, kamen andere Wesen von anderen Welten hierher. Viele kamen, die meisten gingen wieder, aber einige blieben auch und bauten Städte wie Urcóun oder Tuan. Sie . . . brachten ihre Welt auf die unsere, ein winziges Stückchen nur, aber genug, um hier zu leben und wenigstens die Illusion zu haben, zu Hause zu sein. Ich weiß nicht, wie lange es gedauert hat – vielleicht nur wenige Jahrzehnte, vielleicht Äonen. Doch irgendwann, eines Tages, geschah etwas; vielleicht war es Machtgier und Haß wie bei uns, vielleicht waren es auch Gründe, die mit ihren Städten versunken sind und uns immer verborgen bleiben werden. Es kam zum Krieg. Zum Krieg zwischen den Alten und den Wesen von jenseits der Sterne.«

Skar runzelte die Stirn. Velas Worte erschienen ihm im ersten Augenblick lachhaft, und doch ... waren nicht die Feuerkinder Combats Wesen aus Licht und Hitze, winzige Söhne und Töchter der Sonne, und war ihm nicht selbst schon der Gedanke gekommen, daß all das – Tuan, Combat, all die Dinge, die er gesehen und gespürt hatte – nichts mit dieser Welt gemein hatten? Aber er schwieg und hörte weiter zu.

»Es war ein Krieg, der mit Waffen geführt wurde, die wir uns heute nicht mehr vorzustellen vermögen. Sie setzten den Himmel in Brand und schmolzen die Sterne, und ganze Länder versanken in den Meeren. Die Alten waren stark, Skar, aber die Fremden von den Sternen waren ebenso stark, und während sie sich beide in ihren uneinnehmbaren Festungen verkrochen, verbrannte dieser Planet zu Asche. Schließlich gab es nur noch Combat, die letzte Bastion der Alten, eingekesselt von einem Belagerungsring der anderen: Tuan. Als die Alten begriffen, daß sie diesen Krieg nicht mehr gewinnen konnten, schufen sie eine letzte, finale Waffe. Sie versuchten sich an der Schöpfung selbst, und vielleicht war es das, was ihnen den Untergang brachte.«

Sie schwieg, und Skar spürte, daß sie jetzt irgendeine Frage von ihm zu erwarten schien, aber er blieb weiter stumm. Ein seltsames Gefühl des Unbehagens hatte ihn ergriffen, während er Velas Erzählung lauschte.

»Sie veränderten einige der Ihren«, berichtete Vela weiter. »Sie versuchten, Frauen ihres Volkes mit Gefangenen der Fremden zu kreuzen, um ein Wesen zu erschaffen, das gleichermaßen zu beiden Völkern gehörte – vielleicht die einzige Möglichkeit, Frieden zwischen zwei Völkern zu finden, die einander einfach zu fremd waren, um nebeneinander existieren zu können. Aber die endgültige Auseinandersetzung kam, bevor ihr Vorhaben Erfolg hatte, und beide Völker gingen unter. Du hast es gesehen. Tuan zerschmolz zu Glas, und Combat begann zu brennen.«

»Und was hat das alles mit mir zu tun?« fragte Skar. Seine Stimme klang belegt.

»Nicht alle starben«, sagte Vela. »Ein paar von ihnen überlebten. Nur wenige – vielleicht fünfzig, verteilt über den ganzen Planeten. Sie vergaßen ihr Erbe und ihre Herkunft, aber sie lebten weiter.«

Skar saß starr da, unfähig zu denken, sich zu rühren. Er wußte, was Vela sagen würde. Und er wußte, daß es die Wahrheit war.

»Ihre Nachkommen lebten weiter unter den Menschen«, fuhr sie fort. »Unerkannt, ohne selbst zu wissen, welches Erbe sie in sich trugen. Aber die Alten hatten vorgesorgt – ich sagte dir, daß sie ein weises Volk waren, trotz allem. Sie sorgten dafür, daß Combats Wächter ihre Kinder erkannten. Nur einem von ihnen sollte es möglich sein, das Herz der Stadt zu stehlen. Deshalb habe ich dich gesucht, Skar, dich und andere, von denen ich glaubte, sie trügen das Erbe der Alten in sich.«

»Das ist . . .«

»Sag jetzt nichts«, unterbrach ihn Vela hastig. »Überlege – Del hat mir alles erzählt, alles, was euch widerfahren ist, als ihr in Ur-cóun und Went wart. Glaubst du wirklich, es war alles Zufall? Warum, glaubst du, warst du der erste, dem es gelang, in die Hogerhöhlen einzudringen? Der erste, der den Biß eines *Khtaám* überlebte? Zufall?« Sie schüttelte den Kopf. »Ich habe viel erlebt, Skar, und ich bin zu dem Schluß gekommen, daß es so etwas wie Zufall nicht gibt. Wir mögen vieles nicht verstehen, aber es folgt alles einem Plan.«

»Unsinn«, murmelte Skar. »Das sind doch alles nur Geschichten. Ammenmärchen.« Aber seine Worte waren nur Ausdruck der Furcht, die Vela in ihm geweckt hatte. »An mir ist nichts Besonderes, Vela. Ich bin ein Mensch, mehr nicht.«

Vela trank einen Schluck und setzte den Becher ab. Ihr Wolfsfellmantel raschelte leise, und wieder spürte er den betörenden Duft ihres Parfums.

»Ich verstehe, daß du mir nicht glaubst«, sagte sie nachsichtig. »Aber ich wollte dir all dies sagen, bevor wir aufbrechen. Ich glaube, ich war es dir schuldig.« Sie stand auf, blieb fünf, sechs Sekunden reglos neben dem Tisch stehen und ging dann, sehr langsam, auf ihr Schlafgemach zu.

»Komm«, sagte sie.

Skar erhob sich. Die Bewegung kam nicht aus ihm heraus; seine Glieder gehorchten ohne, vielleicht sogar gegen seinen Willen, und er fühlte sogar einen schwachen Anflug von Entsetzen, während er hinter Vela auf das breite Bett zuging. Trotzdem war er unfähig, sich zu wehren. Und schon nach wenigen Augenblicken wollte er es auch gar nicht mehr. Sein Widerstand schmolz dahin, mit jedem Schritt, den er ihr näher kam, und als er vor ihr stand, schien sein Denken ausgelöscht.

Sie drehte sich um, warf den Fellmantel mit einer graziösen Bewegung von den Schultern und streifte ihr Kleid ab. Darunter war sie nackt. Und sie war schön. Schöner als jede Frau, die Skar jemals zuvor erblickt hatte. Er trat auf sie zu, streckte die Hände aus und blieb in einer letzten verzweifelten Anstrengung stehen. Aber es war sinnlos.

»Wehr dich nicht, Skar«, sagte Vela leise. »In dem Wein war ein Aphrodisiakum. Nimm es als Geschenk.«

Skar schloß die Augen. Seine Hände begannen zu zittern. Er machte einen Schritt, blieb noch einmal stehen und berührte sie. Ihre Haut war kühl, glatt und so angenehm wie polierter Marmor, und ein unsichtbarer elektrischer Funke schien auf ihn überzuspringen, als er sie berührte. Sie preßte sich an ihn, löste die Spange, die seinen Umhang zusammenhielt, und tastete mit geschickten Fingern nach den Schnallen seines Harnisches. Er zitterte, gleichermaßen vor Begierde wie in dem verzweifelten und vergeblichen Versuch, sich noch zur Wehr zu setzen.

»Hexe«, murmelte er. »Du –«

Vela legte ihm den Finger auf die Lippen, stellte sich auf die Zehenspitzen und küßte ihn. Ihre Arme schlossen sich um seinen Hals, zogen ihn, sanft und doch kraftvoll, zu ihr herab auf das kühle Leinen des Bettes.

Und irgendwann hörte er auf, sich zu wehren.

Bei den letzten Strahlen der untergehenden Sonne brachen sie auf. Skar war nach Stunden, wie es ihm vorkam, eingeschlafen, erschöpft, ausgelaugt und von jener wohligen Mattigkeit erfüllt, die er zu lange vermißt hatte, neben sich den schlanken, alabasterweißen Körper Velas. Erwacht war er allein. Der zerschlissene Fetzen, den er während der letzten Wochen als Umhang getragen hatte, war verschwunden. Statt dessen hatte er ein neues, dunkelrotes Cape vorgefunden. Es war bestickt mit einem komplizierten Muster, das ihn an manche der Reliefs erinnerte, die er auf den Wänden der Festung gesehen hatte und, je nachdem, wie er den Stoff bewegte, von geheimnisvollem eigenem Leben erfüllt zu sein schienen. Außerdem entdeckte er frische Wäsche und neue, aus einem ihm unbekannten Material gefertigte Stiefel, die so genau paßten, als wären sie eigens für ihn gemacht worden. Von seinen eigenen Kleidern war nur der zerschrammte Lederharnisch und der Waffengurt geblieben.

Aber der war nicht mehr leer. Aus der schmalen, lederbezogenen Metallscheide ragte der Griff seines *Tschekal,* und in den Seitentaschen blitzten die rasiermesserscharfen Zähne seiner *Shuriken.* Skar überlegte lange, was diese Geste zu bedeuten hatte – ein Versehen? Wohl kaum. Und auch kaum ein Zeichen dafür, daß Vela das, was geschehen war, als eine Art Versöhnung betrachtete, denn das war es nicht. Aber er kam zu keiner befriedigenden Lösung. Wie fast alles, was die *Errish* tat, blieben ihm ihre Gründe verborgen; vielleicht gab es auch keine. Vielleicht tat sie vieles nur, um ihn zu verwirren. Daß er seine Waffen hatte, bedeutete nichts, allenfalls eine Geste. Er war allein mit ihr gewesen, so allein, wie zwei Menschen nur sein konnten, und so dicht bei ihr, wie er nur sein konnte, und sie hatte vom ersten Moment an gewußt, daß er die Situation nicht ausnutzen würde. Nicht konnte, verbesserte er sich in Gedanken. So wie die Male zuvor war es ihm unmöglich gewesen, auch nur ernsthaft an einen Angriff auf sie zu denken. Sie war unantastbar, vielleicht sogar unverwundbar; der König in einem Schachspiel, der bedroht, nicht jedoch geschlagen werden konnte.

Er schnallte den Gurt um, legte den Umhang um die Schultern

– trotz seiner barbarischen Pracht und der Dicke des Stoffes war er überraschend leicht und angenehm auf der Haut zu tragen und nahm noch eine Handvoll Früchte aus der Schale, die noch immer auf dem Tisch stand, ehe er den Raum verließ. Die Soldaten, die ihn hierhergeleitet hatten, warteten noch immer reglos auf dem Gang. Stumm gaben sie ihm mit Gesten zu verstehen, daß er ihnen zu folgen hatte, und führten ihn nach draußen.

Ein seltsames Hochgefühl überkam ihn, als er in den Krater hinaustrat und Velas Armee, gesattelt und bereit zum Aufbruch, vor sich sah. Für einen Moment, einen winzigen Moment nur, spürte er einen schwachen Hauch dessen, was ihm Vela hatte begreiflich machen wollen: Macht. Er fühlte, daß jeder, jeder einzelne dieser schwarzen, von Stahl und Leder gepanzerten Krieger *ihm* gehörte, spürte die Macht, die er mit einem einzigen Wort haben konnte. Aber dann sah er eine gebückte, in ein zerfetztes graues Gewand gekleidete Gestalt, und das Gefühl der Euphorie zerplatzte wie eine Seifenblase. Zurück blieb nur Leere. Leere und ein bitterer Geschmack auf der Zunge.

Für die Dauer eines Herzschlages kreuzten sich ihre Blicke, und als er in Gowennas Gesicht sah, spürte er, daß sie genau wußte, was geschehen war. Es war kein Vorwurf in ihrem Blick, nicht einmal Bedauern. Aber vielleicht war es gerade das, was ihn so schmerzte.

Mit einem Mal kam ihm das prächtige Gewand, das er trug, schäbig vor, und die Waffe an seiner Seite erschien ihm nur noch wie höhnischer Spott.

Er wandte sich mit einem Ruck um und ging zu dem Pferd, das zwei der Krieger für ihn bereithielten. Wie auf dem Weg hierher war er von Gowenna und den Sumpfmännern getrennt, obgleich er kaum mehr das Gefühl hatte, ein Gefangener zu sein. Er stieg in den Sattel, setzte die Füße in die wuchtigen Steigbügel und sah sich neugierig um. Weder von Vela und ihrem Drachen, noch von Del oder dem Zwerg war irgendwo eine Spur zu entdecken, und bis auf ein gelegentliches nervöses Schnauben oder Hufscharren war es beinahe geisterhaft still in dem tiefen, vom Licht der sinkenden Sonne in Blut getauchten Krater. Er versuchte einen weiteren Blick von Gowenna zu erhaschen, aber sie befand sich nahezu am entgegengesetzten Ende der abmarschbereiten Kolonne und war nicht mehr als eine winzige Gestalt zwischen den anderen.

Schließlich, ohne daß er ein Zeichen oder einen Ruf bemerkt hätte, brachen sie auf. Die Kolonne setzte sich träge wie ein gewaltiges, vielgliedriges Tier in Bewegung und kroch, nunmehr in umgekehrter Richtung, die Rampe empor.

Die Sonne berührte den Horizont, als sie den oberen Rand der Kraterstadt erreichten, aber vor der blutroten Scheibe erhob sich ein gewaltiger grauer Schatten, und der Wind brachte den Geruch von Säure und Tod mit sich.

Tantors Worte fielen ihm wieder ein: ›Es ist kein Aufbruch, sondern eine Flucht . . .‹ Er drehte sich im Sattel herum und sah zurück nach Norden, dorthin, wo sie hergekommen waren und wo Combats Feuer – nun unsichtbar – noch immer hinter dem Horizont loderte, und für einen ganz kurzen Augenblick glaubte er, einen winzigen hellodernden Punkt irgendwo zwischen sich und der dunstigen Linie der Berge zu erkennen. Aber als er genauer hinsah, war der Punkt verschwunden. Und Skar war sich nicht einmal sicher, ob er ihn wirklich gesehen hatte.

Es *war* eine Flucht.

Während der nächsten vier Tage ritten sie stur weiter nach Westen, zwölf, manchmal vierzehn, fünfzehn Stunden am Tag, so lange, bis die Pferde einfach vor Erschöpfung stehenblieben und auch mit Gewalt nicht mehr dazu zu bringen waren, noch einen Schritt zu tun. Ihr Tempo wurde von dem des Staubdrachens bestimmt, und sie ritten schnell, sehr schnell. Die Bewegungen des grauen Giganten wirkten auf den ersten Blick schwerfällig, aber ein einziger Schritt seiner gewaltigen schuppigen Beine trug ihn zehn, fünfzehn Fuß weiter, und trotz seiner ungeheuren Masse schien er weder Müdigkeit noch Erschöpfung zu kennen. Dafür forderte der erbarmungslose Marsch einen um so höheren

Tribut von Velas Männern; zuerst nur einer, dann mehr - fünf, zehn, vielleicht ein Dutzend - sanken entweder erschöpft aus den Sätteln oder blieben, wenn sie morgens nach einer viel zu kurzen Rast weiterzogen, einfach liegen, um zu sterben, und auch Skar spürte, wie ihn seine gerade neu gewonnene Kraft wieder verließ. Er sprach während der ganzen Zeit kein Wort mit Gowenna, Eltra, Del oder Vela - sowohl während des Rittes als auch nachts wurde er höflich und respektvoll, aber unnachgiebig, von den anderen abgeschirmt; lediglich Tantor tauchte ein paarmal in seiner Nähe auf, wechselte jedoch nur einige belanglose Worte mit ihm und beschränkte sich im übrigen auf gelegentliche verschwörerische Blicke, ein Verhalten, das Skar mehr und mehr lächerlich vorkam.

Ihre Umgebung veränderte sich zusehends. Die Ruinen wurden weniger, und oft ritten sie über weite, öde Flächen, die nur hier und da von Büschen der sonderbaren Kristallgewächse bewachsen waren. Erst am Mittag des vierten Tages - sie mußten mittlerweile an die zweihundert Meilen zwischen sich und die Hellgor gebracht haben - sah Skar einen Schatten am Horizont, der im Lauf des Tages zu einer gewellten, blitzenden Linie heranwuchs; ein ungeheurer kristallener Wald der gläsernen Büsche, ineinander verfilzt und so unübersteigbar wie eine Mauer scharfgeschliffener Säbel.

Seine Grenzen reichten weiter, als Skar sehen konnte, und die Kolonne schwenkte kurz vor ihm von ihrem Kurs ab und bewegte sich in westlicher Richtung weiter. Nicht einmal Vela mit ihrem Staubdrachen schien es sich zuzutrauen, dieses Labyrinth aus tödlichen Glasdolchen und Speeren zu durchbrechen.

Es waren vielleicht noch drei Stunden bis Sonnenuntergang, als Tantor sein Pferd neben das Skars lenkte.

»Wir nähern uns den Grenzen Tuans«, sagte er. »Bist du bereit?«

»Bereit? Wozu?«

Tantor knurrte ärgerlich. »Hör auf, den Dummen zu mimen, Skar. Wenn wir jetzt nicht fliehen, dann nie.« Er deutete mit einer Kopfbewegung auf die schimmernde Kristallwand, an der sie in einem Abstand von weniger als einer halben Meile entlangritten.

»Hinter jenem Wald liegt die Grenze zu Cosh«, sagte er. »Wenn wir es schaffen, ihn zu durchqueren, sind wir in Sicherheit.«

Skar sah sich mit einem demonstrativen Blick um. Die Truppe war zusammengeschmolzen, aber sie waren noch immer eingekreist von mehr als siebzig Kriegern, Vela und ihren Drachen nicht mitgerechnet. Und sein Pferd hatte, ebenso wie die der anderen, mit Sicherheit nicht mehr die Kraft, eine vielleicht Stunden währende Verfolgungsjagd durchzuhalten.

»Dort hindurch?« fragte er zweifelnd. »Weißt du vielleicht auch einen Zauber, der uns einen Weg durch dieses Labyrinth bahnt, ohne daß wir aufgespießt und zerschnitten werden?« Er war ganz ruhig. Tantors Worte schienen ihm seltsam irreal, und obwohl er während der letzten vier Tage an fast nichts anderes gedacht hatte als daran, wie er fliehen konnte, fehlte ihm jetzt jede Beziehung dazu.

»Der Wald ist nicht so dicht, wie es scheint«, murmelte der Zwerg. »Wir werden eine Schneise erreichen, wenige Meilen weiter im Westen. Sei bereit.«

»Bereit . . .« Skar lachte. »Willst du Velas Staubdrachen dazu überreden, ein Schläfchen zu halten?«

»Die Sumpfmänner werden sich um das Tier kümmern«, gab Tantor zurück. »Deine Aufgabe ist es nur zu reiten, Skar. Wenn wir den Waldrand lebend erreichen, haben wir eine Chance.« Er sah Skar scharf an. »Nun?«

Skar zuckte mit den Achseln. »Es ist dein Hals, den du riskierst«, sagte er gleichmütig. »Du bist ein seltsamer Mann, Tantor – erst setzt du alles daran, mich in deine Gewalt zu bekommen, dann rettest du uns, nimmst mich wieder gefangen und riskierst schließlich dein Leben für uns.«

»Ich riskiere es nicht für euch«, widersprach Tantor. »Nenne es einen Handel, wenn es dir lieber ist. Ich helfe euch, und ihr helft mir. Aber mir scheint, du hast keine rechte Lust mehr dazu, Skar.«

»Es wird nicht klappen«, gab Skar ruhig zurück. »Vela weiß, was wir vorhaben.«

Er hatte damit gerechnet, daß Tantor Schrecken oder wenigstens Überraschung zeigen würde, aber der Zwerg blieb ruhig. »Sie mag es ahnen«, sagte er, »aber . . .«

SCHOERICH 7/83

»Sie *weiß* es«, beharrte Skar. »Erinnerst du dich an den Beutel, den du mir gegeben hast?« Er nahm die Hände von den Zügeln und legte die Gelenke übereinander, als wäre er gefesselt. »Für den Fall, daß sie mich in Ketten legen würde?«

Tantor nickte. »Hast du ihn noch?«

»Nein. Aber ich bin ziemlich sicher, daß Vela ihn hat. Sie ließ mir neue Kleider geben –«

»Das sehe ich«, knurrte Tantor.

»Und meine alten entfernen«, fuhr Skar unbeeindruckt fort. »Sie müßte schon blind sein, ihn übersehen zu haben. Und dumm, nicht die richtigen Schlüsse daraus zu ziehen. Leider ist sie weder das eine noch das andere.«

»Sicher nicht. Und gerade darauf baue ich. Natürlich weiß sie, daß ich euch zur Flucht verhelfen will. Sie soll es wissen.«

Diesmal war Skar ehrlich überrascht.

Auf Tantors Gesicht erschien ein überlegenes Lächeln. »Du glaubst, Vela wäre die einzige, die sich darauf versteht, Intrigen zu spinnen?« fragte er. »O nein, Skar. Sie weiß, was ich vorhabe, aber der einzig mögliche Ort für eine Flucht wäre die Grenze zu Cosh, fünfzig Meilen weiter im Westen. Hier zu fliehen ist beinahe Selbstmord. Deshalb habe ich gerade diesen Ort ausgewählt. Wenn wir eine Chance haben, dann hier, wo es aussichtslos zu sein scheint.«

Skar schwieg einen Moment. »Ihr seid ein seltsames Volk, ihr Zwerge«, murmelte er.

Tantor machte ein ordinäres Geräusch. »Wir sind keine Zwerge«, sagte er. »Ihr seid Riesen. Und bevor du fragst – wir leben auf einer verbotenen Insel im Nebelmeer und verspeisen nichtsahnende Reisende, die sich an unsere Küsten wagen. Willst du sonst noch etwas wissen?«

»Ja«, antwortete Skar ernsthaft. »Wie willst du denn Gowenna und die beiden Sumpfleute mitten aus den Kriegern herausholen?«

»Laß das meine Sorge sein«, antwortete Tantor. »Achte auf den Wald. Und wenn ich dir das Zeichen gebe, dann reite, als wären sämtliche Geister Tuans hinter dir her.«

»Wer weiß«, murmelte Skar, »vielleicht sind sie es sogar.«

Tantor musterte ihn mit einem seltsamen Blick, zwang sein Pferd herum und ritt ohne ein weiteres Wort zu seinem Platz am Ende der Kolonne zurück. Skar widerstand der Versuchung, sich umzudrehen und ihm nachzublicken. Noch immer erschien ihm der Gedanke, fliehen zu wollen, direkt lachhaft, vielleicht gerade *weil* es die einzig logische Konsequenz aus seiner Situation war. Er sah nach links und versuchte Einzelheiten hinter der Wand aus Glas und Kristall zu erkennen, die den Rand des versteinerten Waldes markierte, aber alles, was er sah, waren silberne Schatten und ein gelegentliches Blitzen, wenn sich ein Lichtstrahl tiefer ins Innere des Kristallwaldes verirrte. Tantor mochte durchaus recht haben – wenn es ihnen gelang, den Wald zu erreichen, hatten sie eine Chance. In einer Umgebung wie dieser konnten sie sich selbst gegen eine hundertfache Übermacht behaupten – wenn sie sie nicht vorher selbst umbrachte.

Er lockerte seinen Umhang, rückte ihn zurecht, daß er ihn beim Reiten nicht behindern würde, und schloß die Spangen sorgfältig wieder. Seine Hand tastete nach dem Schwert, führte die Bewegung jedoch nicht zu Ende. Er würde die Waffe nicht brauchen – nicht einmal brauchen *dürfen,* wenn er Erfolg haben wollte. Die Übermacht war zu groß, als daß er sich auf einen wie auch immer gearteten Kampf einlassen konnte.

Ihr Vorankommen erschien ihm plötzlich quälend langsam, und der kristallene Wald war in seiner Gleichförmigkeit so monoton, daß Skar für Momente glaubte, gar nicht vom Fleck zu kommen.

Es schien Stunden zu dauern, bis die Stelle, von der Tantor gesprochen hatte, endlich vor ihnen auftauchte. Sie sah aus wie eine halbierte Lichtung; eine gewaltige, halbrunde Bresche, an den Rändern scharfzackig ausgebrochen, als hätte ein Gigant ein Stück aus dem Wald herausgebissen. Skar sah, daß der Boden da, wo sich vorher Wald befunden hatte, aufgebrochen und geborsten war; eine Landschaft aus Kratern und jäh aufklaffenden Rissen, auf der ein Reiten beinahe unmöglich sein mußte. Tantor hatte recht, dachte er grimmig: An dieser Stelle einen Fluchtversuch zu wagen, grenzte dicht an Wahnsinn.

Er drehte sich nun doch im Sattel um und hielt nach dem Zwerg

Ausschau. Tantors rotes Cape war nicht mehr als ein hüpfender Farbklecks zwischen dem blitzenden Schwarz der Rüstungen; er konnte nicht genau erkennen, was er tat, meinte jedoch eine allmählich stärker werdende Unruhe unter den Kriegern wahrzunehmen, ohne daß er diesen Eindruck im einzelnen begründen konnte.

Vielleicht spürten Menschen und Tiere auch nur, daß das Ende ihrer verzweifelten Odyssee nahte.

Die Lücke im Waldrand kam langsam näher, aber das Zeichen, von dem Tantor gesprochen hatte, blieb aus. Skar spürte nun doch eine – wenn auch nur leise – Nervosität, und er ertappte sich selbst ein paarmal dabei, wie er unsicher in die Runde blickte und Bewegungen und Position der Krieger zu seiner Linken taxierte.

Ein heller, erschrockener Aufschrei ließ ihn herumfahren. Am hinteren Ende der Kolonne entstand Aufregung, Tumult. Ein Pferd bäumte sich auf, dann noch eines, irgend etwas stürzte mit dumpfem Geräusch zu Boden, und ein Mann schrie. Für einen Moment sah Skar eine graue, schattenhafte Gestalt, die in ein verzweifeltes Handgemenge mit einem Krieger verwickelt war. Dann begruben Soldaten den Sumpfmann regelrecht unter sich. Skar spannte sich.

»Noch nicht!« zischte eine Stimme neben ihm. Skar sah auf und erblickte Tantor. Der Zwerg war neben ihm aufgetaucht, ohne daß er es bemerkt hatte.

»Schöner Fluchtversuch«, sagte Skar. »War das dein phantastischer Plan?« Seine Stimme zitterte. »Sollen sich die beiden El-tra opfern, nur um ein wenig Verwirrung zu stiften?«

Tantor antwortet nicht, sondern blickte gebannt in die Richtung, in der das Handgemenge noch immer im Gange war. Aber es konnte nur noch Augenblick dauern. Skar wußte aus eigener schmerzhafter Erfahrung, wie stark die beiden Brüder aus Cosh waren, aber gegen eine dutzendfache Übermacht hatten nicht einmal sie eine Chance.

Verzweifelt sah er sich um. Ihr Vormarsch war ins Stocken gekommen, aber der Kordon aus Kriegern hatte sich eher noch enger um ihn und den Zwerg zusammengezogen.

Der Boden dröhnte, als Velas Staubdrachen kehrtmachte und

mit weit ausgreifenden Schritten zurückpreschte. Das Ungeheuer stieß einen gellenden Schrei aus; die Krieger spritzten auseinander, um dem herantobenden Koloß Platz zu machen; eine schwarze Flut, die sich vor dem grauen Giganten teilte.

»Aufhören!«

Velas Stimme übertönte für einen Augenblick selbst den Tumult, der dem fehlgeschlagenen Fluchtversuch der beiden Sumpfmänner gefolgt war. Skars Hände krampften sich um die Zügel, als wolle er sie zerreißen.

Er versuchte, Gowenna irgendwo in dem chaotischen Durcheinander zu erkennen, aber es war sinnlos.

»Noch nicht«, flüsterte Tantor. Seine Stimme klang gehetzt, beinahe beschwörend. »Jetzt noch nicht, Skar. Warte.«

Der Drachen hatte den Kampfplatz erreicht und blieb mit einem wütenden Trompeten stehen. Die letzten Krieger flohen, zogen sich – bis auf die, die die beiden El-tra aus den Sätteln gerungen hatten und nun am Boden festhielten, aus der unmittelbaren Nähe des geschuppten Giganten zurück. Der Drachen schien die Aufregung, die um ihn herum herrschte, zu spüren. Sein Schwanz peitschte nervös, riß Glassplitter und Staub aus dem Boden und trieb die Soldaten noch weiter zurück. Seine ungeheure Größe verlieh seinen Bewegungen etwas trügerisch Langsames, aber Skar sah, daß Vela Mühe hatte, sich im Sattel zu halten.

»Hört sofort auf!« schrie sie. Wieder schüttelte sich der Staubdrachen, eine Bewegung, die Vela um ein Haar aus dem Sattel geschleudert hätte. Ein röhrender, ungeheuer, *lauter* Schrei drang aus seiner Brust und ließ die Männer ringsum aufstöhnen.

»Skar!« schrie Vela. »Bring sie zur Ruhe!« Sie klammerte sich verzweifelt am Sattelknauf fest, beugte sich vor und versuchte auf dem bockenden Schlangenhals des Ungeheuers das Gleichgewicht zu halten. Ihr Blick suchte verzweifelt nach Skar, und trotz der großen Entfernung glaubte er beinahe Furcht auf ihren Zügen wahrzunehmen. »Bring sie zur Ruhe!« schrie sie noch einmal. »Ich lasse sie töten, wenn sie nicht sofort aufhören!«

Tantor legte Skar in einer hastigen Bewegung die Hand auf den Unterarm. »Nicht!« zischte er. »Tu nichts!«

Skar hätte es nicht einmal gekonnt, wenn er gewollt hätte. Er verstand nicht mehr, was dort drüben vorging. Die beiden Sumpfmänner wehrten sich noch immer, aber es war nur mehr ein nutzloses Aufbegehren gegen das Dutzend Männer, die sie hielten. Die Pferde, die bei dem plötzlichen Lärm zum Teil in Panik geraten waren, beruhigten sich zusehends.

Trotzdem wurde der Drachen nicht ruhiger.

Im Gegenteil.

Plötzlich und ohne eine weitere Vorwarnung bäumte sich das Ungeheuer auf. Der gewaltige, dreieckige Schädel ruckte hoch, biß wie in einem irren Schmerz nach den tiefhängenden Wolken; seine Reiterin wurde durch diesen neuerlichen Ruck endgültig aus dem Sattel geworfen, sie flog in einem unmöglich weit gestreckten Bogen durch die Luft und verschwand hinter dem graugeschuppten Leib. Ein Ton, lauter und schriller als alles, was Skar jemals zuvor gehört hatte, entrang sich der Brust des Staubdrachen. Das Ungeheuer stellte sich wie ein bockendes Pferd auf die Hinterläufe, schlug mit den kleineren, mit messerscharfen Krallen bewehrten Vordertatzen in die Luft. Sein Schwanz drosch wie eine gewaltige Keule aus tonnenschweren Muskeln und Horn auf den Boden, zuckte hierhin und dorthin und ließ die Krieger in wilder Panik auseinanderspritzen. Steine und winzige, scharfkantige Glassplitter fuhren wie tödliche Schrapnellgeschosse unter die Reiter und verletzten Menschen und Tiere. Die Erde bebte.

Und dann begann das Ungeheuer endgültig zu toben.

Mit einem Brüllen, noch wilder und grauenhafter als zuvor, fuhr der Koloß herum, stieß auf die flüchtenden Reiter herab und spuckte eine brodelnde Wolke grauen, ätzenden Staubes aus. Sein Schwanz peitschte, zerschmetterte Pferde und Männer und riß eine sichelförmige Bresche in die Reihen der Söldner. Eine ganze Abteilung der Reiter verschwand in der kochenden Wolke des Drachenatems; ihre Schreie änderten sich, wurden von Lauten der Furcht zu Todes- und Schmerzensgebrüll. Pferde bäumten sich auf, brachen zusammen, als sich Fleisch und Knochen unter dem ätzenden Biß des Drachenatems auflösten. Ein Tier raste schreiend vor Schmerz, aus der kochenden Wolke hervor; seine Haut war eine einzige blutige Wunde, der Reiter auf seinem Rükken war schon tot, nicht mehr als eine leere, verbrennende Rüstung, die sich ein wenig langsamer auflöste als der empfindliche Körper, den sie gegen den mörderischen Staub nicht hatte schützen können.

»Jetzt!« schrie Tantor. *»Reite, Skar!!«* Seine Stimme ging im Schreien von Männern und Pferden fast unter, und Skar erriet die Worte mehr, als er sie hörte. Der Drachen tobte noch stärker, sein Schwanz zuckte erneut, beendete den tödlichen Halbkreis, den er mit seiner ersten Bewegung begonnen hatte. Ein scharfer, unerträglich beißender Geruch lag plotzlich in der Luft, legte sich wie ein dünner brennender Film über Skars Gesicht und Hände und verwandelte seine Atemzüge in flüssiges Feuer. Sein Pferd bäumte sich auf. Seine wirbelnden Vorderhufe streiften einen der Krieger und schleuderten ihn aus dem Sattel. Skar zerrte verzweifelt an den Zügeln, warf sich nach vorne und bekam das Tier mit einer gewaltigen Kraftanstrengung wieder unter Kontrolle. Tantor schrie etwas, aber Skar verstand die Worte nicht. Irgendwo vor ihm bewegte sich der Drachen, halb verschwunden hinter einer gewaltigen Wolke aus brodelndem grauem Nebel.

Skar riß mit aller Gewalt an den Zügeln, zwang das Pferd herum und sprengte los – geradewegs auf den Drachen zu!

»Skar!« Tantors Stimme überschlug sich fast vor Schrecken. »Was tust du? Du bringst dich um! Komm zurück, du verdammter Idiot!«

Aber Skar hörte gar nicht mehr hin. Tief über den Hals seines Pferdes gebeugt, mit angehaltenem Atem und einen Zipfel seines Umhanges schützend vor das Gesicht haltend preschte er zwischen die fliehenden Krieger, galoppierte ein Stückweit direkt auf den tobenden grauen Giganten zu und wich im letzten Moment zur Seite aus. Ein schwacher Hauch des Drachenatems streifte ihn; sein Umhang schwelte, und auf dem Hals seines Pferdes erschien eine Unzahl winziger roter Punkte. Dann hatte er die tödliche Barriere durchbrochen, jagte an dem Ungeheuer vorbei und war plötzlich wieder inmitten einer Gruppe von Kriegern. Etwas ungeheuer Großes, Massiges tauchte vor ihm auf, glitt mit einer täuschend langsamen Bewegung über ihn hinweg und schmetterte dem Reiter neben ihm Helm und Schädel von den Schultern. Das Pferd galoppierte, blind vor Furcht, weiter, und der kopflose

Torso blieb noch einige Meter aufrecht im Sattel sitzen.

Skar riß sein Tier herum, richtete sich auf und sah sich gehetzt um. Der Drachen war neben ihm, weniger als zwanzig Fuß entfernt; sein Schwanz zuckte wieder, schleuderte Männer und Tiere wie Spielzeuge durch die Luft, gleichzeitig senkte sich der gewaltige Schädel mit einer schlangenhaften Bewegung, verfolgte den verzweifelten Zickzack-Kurs eines flüchtenden Reiters. Die fürchterlichen Kiefer schlossen sich, und auf dem Sattel war plötzlich nur noch Blut.

Skar sah einen Schatten vor sich, riß sein Schwert aus dem Gürtel und schlug zu. Sein Hieb prellte dem Krieger die Waffe aus der Hand und schleuderte ihn aus dem Sattel. Skar wartete nicht, bis der Mann wieder auf den Füßen war. Er sprengte weiter, setzte über einen gefallenen Krieger hinweg und sah endlich, was er gesucht hatte.

»Del!!!«

Trotz des unbeschreiblichen Lärmes schien der junge Satai seinen Namen zu hören. Er erkannte Skar und griff mit der Linken nach seinem Schwert.

Seine Bewegung kam zu spät.

Skar ließ ihm nicht die geringste Chance. Er kannte Del zu gut, um nicht zu wissen, daß er trotz allem auf jeden nur denkbaren Angriff vorbereitet war. Deshalb versuchte er erst gar nicht, ihn mit irgendeinem Trick zu überwältigen.

Er ritt ihn schlichtweg über den Haufen.

Del wurde in hohem Bogen aus dem Sattel geschleudert, als Skars Pferd gegen das seine krachte. Die beiden Tiere bäumten sich auf. Skar verlor ebenfalls das Gleichgewicht, stürzte und brachte sich im letzten Moment vor den wirbelnden Hufen der Tiere in Sicherheit.

Er war eine halbe Sekunde vor Del auf den Füßen. Dels Hieb verfehlte ihn um eine Winzigkeit, und zu einem zweiten ließ Skar ihm keine Zeit. Seine Faust schoß vor und traf Dels bandagierte Hand mit gnadenloser Kraft.

Del schrie auf, für eine Sekunde blind vor Schmerz, als der gerade geheilte Knochen zum zweiten Mal brach. Er krümmte sich zusammen, sank in die Knie und preßte die verletzte Hand gegen den Leib. Skar schleuderte ihn mit einem Fußtritt vollends zu Boden und schlug ihm die gefalteten Fäuste in den Nacken. Dels Körper erschlaffte.

Wieder bebte die Erde, und als Skar sich umsah, sah er, daß der Staubdrachen kehrtgemacht hatte und mit einem trompetenden Kampfesschrei auf die flüchtenden Krieger eindrang. Skar bückte sich, warf sich Del wie einen leblosen Sack über die Schulter und griff mit der Linken nach den Zügeln seines Pferdes. Das Tier scheute und schlug aus, aber die Furcht gab Skar zusätzliche Kräfte. Er zwang den Kopf des Pferdes herab, sprang in den Sattel und legte Del vor sich über den Leib des Tieres. Ein Krieger sprengte auf ihn zu, starr, in seltsam verkrampfter Haltung. Aus den Ritzen seines Panzers und durch den Sehschlitz des Visiers quoll dunkelbrauner, fettiger Qualm.

Skar riß das Pferd herum und galoppierte los. Überall lagen Tote – Dutzende, hundert, wie es ihm vorkam, zertrampelte, verbrannte, halb aufgelöste Körper, Männer, die nach dem Tod schrien. Irgendwo zwischen den flüchtenden Gestalten waren zwei schmale graue Schatten, zwischen sich eine dritte, reglose Gestalt schleifend. Dann sah er Tantor, der ein winziger hüpfender Farbklecks auf dem Rücken eines bockenden Pferdes war und mit wild gestikulierenden Armen auf den Waldrand deutete, wobei er ununterbrochen schrie. Skar sprengte auf ihn zu, gab seinem Pferd gnadenlos die Sporen und deutete auch zum Wald hinüber. Tantor riß sein Pferd herum, aber irgend etwas schien mit dem Tier nicht zu stimmen: Es lahmte, warf immer wieder den Kopf hin und her und weigerte sich, zu laufen, obwohl Tantors Sporen tiefe blutige Gräben in seine Haut rissen.

»Skar!« brüllte der Zwerg. »Hilf mir!« In seiner Hand blitzte plötzlich ein winziger nadelspitzer Dolch. Mit einem gellenden Schrei stieß er seinem Pferd die Spitze in den Hals und riß an den Zügeln, als das Tier vor Schmerz einen Satz machte. »Hilf mir!« kreischte er. Sein Pferd ging durch, bockte, brach in den Hinterbeinen ein und kam wie durch ein Wunder noch einmal hoch. Tantor beugte sich verzweifelt im Sattel vor, griff nach Skars Umhang und glitt ab, bekam aber einen Steigbügel zu fassen. Skar spürte einen schmerzhaften Ruck, als Tantor aus dem Sattel gerissen und mitgeschleift wurde. Der Zwerg begann zu kreischen, griff mit der anderen Hand nach Skars Sattel und klammerte sich fest.

»Laß los!« schrie Skar, aber Tantor hörte seine Worte nicht. Sein Gesicht verzerrte sich vor Anstrengung, während er versuchte, sich zu Skar auf den Rücken des Pferdes zu ziehen. Das Tier scheute. Seine Schritte kamen aus dem Takt, wurden zu einem mühsamen, arhythmischen Stampfen. Skar kämpfte mit aller Kraft um seine Gleichgewicht und versuchte gleichzeitig, Del vor sich festzuhalten. »Laß los!« schrie er noch einmal, aber wieder reagierte Tantor nicht. Er klammerte sich am Sattel fest, schrie vor Furcht und Schmerz und zog sich mit erstaunlicher Kraft Zentimeter für Zentimeter nach oben.

Skar ließ den Zügel los, klammerte sich nur mit der Kraft seiner Beine fest und schlug zu. Seine Faust traf Tantor über dem Auge; der Schlag war so wuchtig, daß Skar ihn als dumpfen Schmerz bis in die Schulter hinauf spürte. Tantors Schreie verstummten. Seine Hände lösten sich. Er stürzte zu Boden, überschlug sich wie ein kleiner, bunter Stoffball und blieb reglos liegen. Skar griff hastig wieder nach den Zügeln, verschwendete drei, vier Sekunden damit, das bockende Pferd zu beruhigen, und ritt weiter. Die beiden Sumpfbrüder und Gowenna waren bereits ein gutes Stück vor ihm, kaum hundert Schritte vom Waldrand und der rettenden Schneise entfernt, und hinter ihnen tobte nach immer das Chaos. Die Schreie des Drachen waren leiser geworden, aber dafür brach in einer verspäteten, bisher durch ungläubigen Schrecken gelähmten Reaktion, unter Velas Kriegern endgültig Panik aus. Er glaubte Gowennas Stimme in dem unbeschreiblichen Lärm zu hören, war sich aber nicht sicher.

Sein Pferd begann zu lahmen. Die Haut des geschundenen Tieres war blutig, von zahllosen verätzten Wunden und Rissen übersät, und das Gewicht zweier ausgewachsener Männer war mehr, als es noch zu tragen imstande war. Skar sah sich abermals um. Noch schien keiner der Soldaten daran zu denken, sie zu verfolgen, aber es waren noch immer mehr als zweihundert Schritte bis zum Waldrand, eine lächerliche Entfernung, und doch zu weit, wenn man von Männern mit Armbrüsten und Bögen verfolgt wurde. Er trieb das Pferd noch einmal an, zwang es mit brutaler Kraft, weiterzustolpern, und sprang aus dem Sattel, als es endlich, zitternd und wimmernd vor Schmerz und Erschöpfung, stehenblieb. Vom Waldrand her drang ein hoher, vibrierender Ruf zu ihm. Er warf sich Del über die Schultern, ging unter dem Gewicht für einen Moment in die Knie und rannte los. Ein Schatten löste sich vom Waldrand, aber die Zeit schien plötzlich stehenzubleiben, und Dels Gewicht nahm mit jeder Sekunde zu. Skar taumelte weiter, rang nach Luft und fiel auf die Knie. Hinter ihm erscholl ein wütender Schrei, und irgend etwas Dunkles, Schlankes zischte an ihm vorbei. Er spürte kaum noch, wie El-tra neben ihm anlangte und sich Del so mühelos, als wäre er nicht mehr als eine Stoffpuppe, über die Schulter warf. Eine Hand packte ihn, riß ihn mit unmenschlicher Kraft vom Boden hoch und zerrte ihn mit sich. Ein zweiter Pfeil zischte heran, zersplitterte wenige Fuß neben ihm auf dem spröden Glasboden, dann ein dritter, besser gezielt und nahe, zu nahe. Der Boden dröhnte plötzlich unter dem hämmernden Stampfen von Pferdehufen. Er wollte sich umsehen, aber El-tra riß ihn rücksichtslos mit sich, so daß er Mühe hatte, mit ihm Schritt zu halten und auf den Beinen zu bleiben.

Die Reiter hatten sie fast eingeholt, als sie den Waldrand erreichten. Skar taumelte blind an El-tra vorbei, brach durch eine schmale, von rasiermesserscharfen Glaszähnen eingerahmte Lücke zwischen den Stämmen und sank in die Knie. Übelkeit stieg wie eine schleimige Woge in ihm empor. Er spürte kaum, wie El-tra das *Tschekal* aus seinem Gürtel riß und sich – gemeinsam mit seinem Bruder, der sich Dels Waffe bemächtigt hatte – den Reitern entgegenwarf. Der Wald begann sich vor seinen Augen zu drehen. Die Übelkeit verschwand und kam dann, urplötzlich und zehnmal schlimmer, zurück. Skar übergab sich würgend, immer und immer wieder, bis sein Magen leer war und er nur noch bittere Galle erbrach.

Jemand berührte ihn an der Schulter. Mühsam hob er den Kopf und blickte in ein schmales, zweigeteiltes Gesicht.

»Bist du verletzt?« fragte Gowenna.

Skar schüttelte den Kopf und versuchte zu lächeln, aber er brachte nur eine Grimasse zustande. »Nein«, sagte er. »Ich glaube jedenfalls nicht.« Hinter ihnen erscholl Kampfeslärm, das berstende Geräusch von Stahl und Rüstungen, die Schreie von Männern und Tieren. Skar griff blind nach einem Halt, zog sich unter erheblicher Anstrengung auf die Füße und drehte sich um, aber Gowenna hielt ihn mit einer hastigen Bewegung zurück. »Nicht«, sagte sie. »Es sind nur vier. Die Sumpfbrüder werden sie abwehren. Wir müssen weg.«

Skar zögerte. Sie waren nur wenige Schritte in den Wald eingedrungen, aber selbst von hier aus war es schon fast unmöglich, zu sehen, was sich draußen abspielte. Die blitzenden Kristallstämme standen so dicht, daß alles, was mehr als einen Schritt entfernt vor sich ging, hinter einem Vorhang aus Licht und tanzenden Reflexen verborgen blieb. Seine Hand glitt an den Gürtel, ehe ihm einfiel, daß El-tra seine Waffe hatte. Aber schließlich kämpfte er auch seinen Kampf.

»Wir müssen weiter«, sagte Gowenna noch einmal. »Hier sind wir nicht sicher. Sie haben sich noch nicht von der Überraschung erholt, aber wenn Vela alle ihre Krieger hinter uns herschickt, dann erwischen sie uns.«

Skar nickte, doch es war eigentlich nur ein Reflex auf den Klang ihrer Stimme, nicht auf die Worte. Er bückte sich zu Del herab, drehte ihn auf den Rücken und untersuchte ihn flüchtig. Der Verband an Dels Hand war gerötet von frischem Blut, aber sein Atem ging ruhig und gleichmäßig. »Du mußt mir helfen, ihn zu tragen«, sagte er. »Ich schaffe es nicht mehr allein.«

Gowenna runzelte die Stirn, schwieg aber. Gemeinsam hoben sie Del hoch, wobei Skar ihn unter den Schultern ergriff und sich bemühte, den Großteil des Gewichts zu übernehmen. »Wohin?«

Gowenna deutete mit einer Kopfbewegung nach Süden, tiefer in den Wald hinein. Sie gingen los, aber es erwies sich als fast unmöglich, neben- oder hintereinander zu gehen und Dels reglosen Körper mitzuschleppen. Das Geflecht der Bäume und Büsche war zu eng, die Stämme, die zum Teil nur dünn wie Schilf, mancherorts aber auch so stark wie ein Menschenleib waren, standen zu eng, und dort, wo ein Durchkommen möglich schien, waren die Zwischenräume Fallgruben aus tödlichen Klingen und Dolchen. Skar, der vorausging, war schon nach Augenblicken am ganzen

Leib zerstochen und zerschnitten; er blutete aus unzähligen winzigen Wunden, und einer der harten Stengel war wie ein Dolch durch die zähe Sohle seines Stiefels gefahren und hatte sich in seinen Fuß gebohrt.

Skar blieb stehen, schüttelte erschöpft den Kopf und ließ Del behutsam zu Boden sinken. »Sinnlos«, sagte er. »Wir müssen warten, bis er erwacht.«

»Er wird nicht sehr begeistert sein«, vermutete Gowenna. Etwas in ihrer Stimme, ein Unterton, den sie angestrengt zu verbergen versuchte, der aber trotzdem hörbar blieb, ließ Skar aufsehen.

»Und du auch nicht«, sagte er.

Gowenna antwortete nicht. Die düstere Beleuchtung hier im Inneren des Waldes machte es Skar unmöglich, den Ausdruck auf ihren Zügen zu erkennen, aber er spürte trotzdem, daß er mit seiner Vermutung ins Schwarze getroffen hatte.

»Er wird uns keine Schwierigkeiten bereiten, das verspreche ich«, sagte er.

Gowenna drehte sich um und sah eine Weile in die Richtung zurück, aus der sie gekommen waren. Sie hatten sich kaum weiter als dreißig oder vierzig Schritte vom Waldrand entfernt, aber selbst hier war der Lärm des Kampfes kaum noch zu hören. Die silbrigweißen Stämme und Blätter des erstarrten Waldes schienen nicht nur das Licht, sondern auch jegliches Geräusch zu verschlucken.

»Was war mit Tantor?« fragte sie, ohne ihn anzusehen.

»Was soll mit ihm gewesen sein? Du hast es gesehen.«

Gowenna nickte. »Ja. Aber ich möchte eine Erklärung für das, was ich gesehen habe.«

Skar schürzte wütend die Lippen. »Was gibt es da zu erklären? Er hat sein Pferd zuschanden geritten. Wenn ich ihn nicht weggestoßen hätte, hätte er mich mit aus dem Sattel gerissen. Und mein Tier hätte keine drei Männer getragen.«

Gowenna drehte sich nun doch herum, schnell, mit einer abgehackten, fast wütenden Bewegung, starrte sekundenlang wortlos auf Del hinab und ballte die Fäuste.

»Drei nicht, aber zwei.«

»Del ist mein Freund«, sagte Skar betont. »Und es ist mir vollkommen egal, was er getan oder gesagt hat, Gowenna. Ich werde herausfinden, was diese Hexe mit ihm getan hat, und ich werde ihm helfen.«

»So wie du Tantor geholfen hast?«

Skar machte eine wütende Geste. »Was ist in dich gefahren?« regte er sich auf. »Hast du plötzlich dein Herz für diesen Gnom entdeckt? Er wußte genau, welches Risiko diese Flucht bedeutet. Und ich kann nichts dafür, wenn er mit einem Messer auf sein Pferd einsticht, um es weiterzutreiben! Was hätte ich tun sollen? Del aus dem Sattel werfen, um *ihm* zu helfen? Oder warten, bis Velas Schergen uns alle drei wieder eingefangen hätten?«

»Er hat uns geholfen«, sagte Gowenna leise. »Ohne ihn wäre es El-tra niemals gelungen, den Drachen abzulenken.«

»Wie meinst du das?«

Gowenna lächelte, aber es wirkte eher wie ein Vorwurf. »Was glaubst du, warum die Bestie plötzlich durchdrehte?« fragte sie. »Tantor hat die Sumpfbrüder den Ruf des Drachen gelehrt.«

»Den Ruf des Drachen? Was ist das?«

»Das weiß ich nicht«, sagte Gowenna. »Er nannte es so, aber El-tra schien sofort zu wissen, was er meinte. Ein Laut – vielleicht etwas wie ein Brunftschrei – was weiß ich? Wußtest du nicht, daß die Sumpfleute mit den Tieren reden?«

»Geschwätz.«

»Sicher. Sie *reden* nicht mit ihnen, wenn du das meinst, aber sie vermögen sie zu beruhigen – oder zur Raserei zu bringen, je nachdem.«

»Und selbst wenn«, murmelte Skar. »Er kannte das Risiko.« Plötzlich schrie er: »Verdammt noch mal, Gowenna – wenn dir dieser verlogene Zwerg so sehr am Herzen liegt, dann geh doch hinaus und hole ihn! Vela wird sich sicher freuen, dich wiederzusehen!«

Sein Zorn prallte an ihr ab. Sie blieb ruhig, hielt seinem Blick stand und kam im Gegenteil noch einen Schritt näher. »Was hat sie mit dir gemacht, Skar?« fragte sie. »Dich behext?«

Skar wollte auffahren, aber er spürte, daß er ihr, ganz gleich, was er auch sagen konnte, nur recht geben würde. So schwieg er, auch, als Gowenna neben ihm niederkniete und ihm die Hand auf den Unterarm legte. Das vertraute Gefühl, das ihre Berührung sonst in ihm ausgelöst hatte, blieb aus. Sie schienen plötzlich nur noch Fremde füreinander zu sein.

»Verdammt, Gowenna - was hätte ich denn tun sollen?«

Sie schwieg einen Moment, sah auf Del herab und berührte sein Gesicht mit den Fingerspitzen. »Ich weiß es nicht«, sagte sie leise und ohne ihn anzusehen. »Aber ich kannte einmal einen Skar, der hätte diese Frage nicht gestellt.«

Ein sonderbares irreales Gefühl von Schuld machte sich in Skar breit. Keine Schuld Tantor gegenüber - er fühlte sich dem Zwerg in keiner Hinsicht verpflichtet und hatte schlimmstenfalls mit gleicher Münze zurückgezahlt - aber das plötzliche Gefühl, vor sich selbst versagt zu haben, auch wenn er vielleicht subjektiv richtig gehandelt hatte. Gowenna war der Wahrheit nähergekommen, als sie wahrscheinlich selbst ahnte. Vela hatte etwas mit ihm *gemacht,* aber es war nicht heute morgen geschehen, auch nicht in den Tagen zuvor, die er im Kerker verbracht hatte, sondern viel, viel früher. Sie hatte einen Keim gelegt, den Keim zu einer Veränderung, die ebenso langsam wie unaufhaltsam mit ihm geschah. Wie lange hatte er in sich hineingelauscht, hatte auf die Stimme, das Erwachen seines Dunklen Bruder, gewartet? Der war stumm geblieben, als hätten Velas Bemühungen, ihn zu erwecken, das Gegenteil bewirkt, aber Skar begriff plötzlich, daß das gar nicht stimmte. Er war längst erwacht, und er hatte - vielleicht schon, bevor sie dieses Land und die Brennende Stadt erreicht hatten - damit begonnen, seine Seele zu verändern, ihn langsam, ganz langsam erstarren zu lassen. Und er würde fortfahren, ganz gleich, ob er sich dagegen wehrte oder nicht, er würde seine Seele vergiften und ihn töten, Stück für Stück, bis er so kalt und berechnend wie Vela selbst geworden war.

Del stöhnte leise. Er erwachte nicht, aber sein Gesicht zuckte. Der Verband an seinem Handgelenk war mittlerweile vollkommen durchblutet, und etwas Dünnes, Spitzes stieß von unten gegen den Stoff. Der Knochen mußte gesplittert, nicht nur gebrochen sein.

»Kannst du ... etwas gegen seine Schmerzen tun?« fragte Skar stockend.

Gowenna schüttelte den Kopf. »Mit leeren Händen? Er wird durchhalten müssen, bis wir in Cosh sind.«

Skar seufzte ergeben. Del war stark, das wußte er. Und die Verletzung würde ihn vielleicht davon abhalten, einen Fluchtversuch zu unternehmen. »Wie weit ist es?«

Gowenna überlegte einen Moment. »Fünf, vielleicht zehn Meilen. Genau weiß ich das nicht – aber die Grenze zu Cosh liegt auf der anderen Seite dieses Kristallwaldes. Es wird nicht leicht sein, ihn zu durchqueren, wir –«

Die Rückkehr der beiden Sumpfbrüder unterbrach sie. Die beiden Männer aus Cosh erschienen Skar gleicher denn je – ihre Umhänge waren zerfetzt und blutig, beide nicht von ihrem Blut und beide auf die gleiche Weise – und selbst die Art, in der sie die Schwerter hielten, der eine rechts, der zweite, wie in einer spiegelverkehrten Abbildung, in der linken Hand, ähnelte sich auf verblüffende Weise.

»Wir müssen weg. Rasch.« Es war nicht festzustellen, welcher der beiden El-tra sprach; die blitzenden Wände des Kristallgewölbes verzerrten seine Stimme und warfen sie in tausendfachen leisen, glockenhellen Echos zurück, so daß sie aus allen Richtungen gleichzeitig zu kommen schien. »Kann er gehen?« Einer der beiden deutete auf Del. Skar schüttelte den Kopf. Der Sumpfmann schob das Schwert – es war Dels *Tschekal,* wie Skar mit einem raschen Blick feststellte – in den Gürtel, bückte sich und lud sich den bewußtlosen Satai auf die Schulter. Skar war sich nicht sicher, aber er hatte für einen Moment den Eindruck, als ob der Sumpfmann unter dem Gewicht des reglosen Körpers wanke. Auch die Kraft der Sumpfleute war nicht unerschöpflich.

»Kommt.«

Sie gingen los, El-tra mit Del über der Schulter an der Spitze, gefolgt von Skar und Gowenna. Der zweite Sumpfmann bildete den Abschluß. Skar fiel auf, daß er sich immer wieder mit kleinen, nervösen Blicken umsah.

Skar verlor schon nach wenigen Schritten die Orientierung. Das glitzernde Dach über ihren Köpfen ließ zwar das Tageslicht hindurch, aber er konnte weder die Sonne noch den Himmel wirklich sehen, und es gab in diesem Labyrinth aus Licht und Glas und tödlichen Spitzen keine Geradeaus, sondern nur ein scheinbar zielloses Hin und Her, eine mühsame Suche nach Lücken und Durchlässen, die nur zu oft damit endete, daß sie weit auf ihrer eigenen Spur zurückgehen und einen anderen Weg suchen mußtenm. Skar hätte schon nach Augenblicken nicht mehr sagen können, in welche Richtung sie sich nun bewegten.

»Wie viele Männer verfolgen uns?« fragte er.

»Keiner«, antwortete El-tra. »Sie sind noch dabei, ihre Wunden zu lecken und die Überlebenden zu versorgen. Die *Errish* muß die Hälfte ihrer Leute eingebüßt haben. Aber sie hat andere Möglichkeiten, uns zu verfolgen.«

Skar hätte den Sumpfmann gern nach diesen Möglichkeiten gefragt, doch der Weg wurde schwieriger, und für die nächsten Minuten, vielleicht auch für Stunden, hatte er alle Mühe, hinter El-tra zu bleiben und sich dabei keine schweren Verletzungen zuzuziehen. Nach einer Weile begann sich der »Wald« aufzulockern; die Stämme traten ein wenig weiter auseinander, und sie kamen etwas schneller voran.

Nach einer Weile blieb El-tra stehen und ließ Del zu Boden sinken, nun sichtlich erschöpft. Er wankte, und im unsicheren Licht des verzauberten Kristallwaldes schien es Skar für einen Augenblick, als flackere seine Gestalt, als wären die Kräfte, die die wogenden Nebel unter der spitzen Kapuze in ihrer Form hielten, erlahmt. Er warf dem Sumpfmann einen langen, besorgten Blick zu, kniete neben Del nieder und versuchte ihn aufzuheben. Es ging nicht. Auch er war erschöpft durch den langen, kräftezehrenden Marsch, aber auch durch den Verlust an Blut, das aus unzähligen winzigen Schnittwunden über seine Arme und Beine lief. Mit einem erschöpften Keuchen richtete er sich, schwankend und die Hände haltsuchend ausgestreckt, auf, lehnte sich gegen einen der kühlen, glatten Stämme und schloß die Augen. Das Blut rauschte hinter seinen Schläfen, und die Atemzüge waren scharf wie geriebenes Glas und schmeckten nach Blut.

»Wir schaffen es nicht«, flüsterte Gowenna. Sie war neben ihm zusammengesunken, den Kopf auf die Knie gestützt und die Hände wie in Schmerzen gegen den Leib gepreßt. »Diesmal sind wir erledigt, Skar.«

Skar öffnete mühsam die Augen. Das Licht flackerte und verlieh den starren Kristallstrukturen um sie herum scheinbares Leben. »Wir werden es schaffen«, widersprach er. »Ich denke gar nicht daran, aufzugeben. Jetzt nicht mehr. Ich werde . . . Del tragen. Gib mir nur ein paar Augenblicke, um neue Kraft zu schöpfen.«

Gowenna hob müde den Kopf und sah ihn an. Der Ausdruck auf ihrem Gesicht konnte ein Lächeln sein, vielleicht aber auch etwas ganz, ganz anderes.

»Mach dich nicht zum Narren, Skar«, sagte sie ruhig. »Du bist am Ende, genau wie wir. Du kannst ja kaum mehr aus eigener Kraft stehen.«

»Und was schlägst du vor, das wir tun sollen?« fragte Skar böse. »Hier warten, bis Velas Männer uns eingeholt haben?«

»Natürlich nicht«, mischte sich El-tra ein. »Aber Gowenna hat recht – wir waren zu lange in Tuan. Unsere Kräfte sind erschöpft. Mein Bruder wird allein vorausgehen und Hilfe holen.«

»Hilfe?« Skar lachte leise, als hätte der Sumpfmann einen Scherz gemacht. »Und wo?«

»Cosh ist nicht weit, Bruder«, antwortete El-tra ernst. »Mit etwas Glück können wir bei Sonnenaufgang zurücksein. So lange müßt ihr euch hier verbergen.«

»Und wenn er nicht zurückkommt?«

»Ich komme zurück«, sagte El-tra. Er schien einen Moment zu überlegen, griff dann unter seinen Mantel und zog Dels Schwert hervor. Ohne ein weiteres Wort drückte er Skar die Waffe in die Hand, drehte sich um und verschwand im Unterholz. Seine Schritte waren noch eine Weile auf dem klingenden Boden zu hören.

Skar fühlte sich plötzlich auf seltsame Weise alleingelassen. Für einen Moment mußte er mit aller Macht gegen den irrsinnigen Impuls ankämpfen, blindlings hinter dem Sumpfmann herzustürzen. El-tra war längst kein Fremder mehr für ihn, sondern so vertraut wie ein guter Freund, mit dem er seit Jahrzehnten zusammen war.

»Keine Sorge, Bruder«, murmelte der andere Sumpfmann. »Er wird zurückkommen. Wir kennen diese Wälder. Auch ihre Gefahren.« Obwohl die Worte dazu gedacht waren, Skar zu beruhigen, bewirkten sie eher das Gegenteil. Aber er beherrschte sich und schwieg.

»Wir sollten trotzdem weitergehen«, fuhr der Sumpfmann fort. »Wir sind noch zu dicht am Waldrand. Velas Arm reicht weit.«

»So?« Skar stieß sich von dem Baumstamm, an dem er gelehnt hatte, ab, machte einen Schritt auf den Sumpfmann zu und sah ihn scharf an. »Wahrscheinlich ist es sinnlos«, sagte er spöttisch, »aber vielleicht kannst du dir irgendwann einmal angewöhnen, nicht in Rätseln zu sprechen. Was heißt: Velas Arm reicht weit?«

»Wüßte ich es, wären wir nicht hier«, entgegnete El-tra. »Doch ich spüre, daß wir noch nicht in Sicherheit sind. Vielleicht gewähren uns nicht einmal die Grenzen von Cosh wirklichen Schutz. Du kennst diese Frau besser noch als wir, Skar. Sie wird nicht eher ruhen, als bis sie erreicht hat, was sie will.«

»Vielleicht könntet ihr für einen Moment damit aufhören, euch ununterbrochen Dinge zu erklären, die ihr längst wißt«, sagte Gowenna spitz. »Del erwacht.«

Skar fuhr schuldbewußt zusammen und kniete neben Del nieder. Das Gesicht des jungen Satai glänzte vor Schweiß, trotz der Kälte und der Feuchtigkeit, die sie auch hierherverfolgt hatte und beharrlich durch ihre Kleider kroch. An seinem Hals pochte eine Ader. Skar erschrak, als er sah, *wie* schlecht Dels Zustand wirklich war. Der gebrochene Arm mußte sehr schmerzhaft sein – aber darin allein konnte der Grund für das Beinahe-Koma, in dem Del lag, kaum liegen. Seine Augenlider flatterten, öffneten sich für einen Moment und fielen dann wieder zu, als fehle ihm selbst für diese Bewegung noch die Kraft. Skar sah auf und blickte erst Gowenna, dann den Sumpfmann hilfesuchend an.

»Was ... ist mit ihm?« fragte er.

Gowenna bedeutete ihm mit einer Geste, beiseite zu treten, und Skar gehorchte. Del bewegte sich stärker, öffnete noch einmal die Augen und versuchte sich hochzustemmen. Sein Blick war verschleiert. Er sah Skar an, aber in seinen Augen war kein Erkennen.

Ohne ein weiteres Wort ließ sich El-tra neben ihm nieder, zwang ihn mit sanfter Gewalt wieder zurück und legte Mittel- und Zeigefinger der linken Hand über seine Augen.

»Was habt ihr vor?« fragte Skar besorgt.

Gowenna winkte ungeduldig ab. »Nichts, was dir Anlaß zur Sorge geben könnte«, sagte sie ausweichend.

»Aber –«

»Bitte, Skar – laß ihn. Wenn du willst, daß dein Freund lebend in Cosh ankommt, dann vertraue El-tra. Wenn du es sonst schon nicht kannst.«

Skar schluckte den kaum verhüllten Vorwurf in Gowennas Worten widerspruchslos hinunter und wandte sich ab. Sie waren alle nervös, nervös, verängstigt und dazu am Ende ihre physischen Kraft. Wenn er sich jetzt auf einen Streit mit Gowenna einließ, dann würde er vielleicht Dinge sagen, die ihm hinterher leid täten.

Eine Zeitlang ging er unruhig auf und ab, während El-tra weiter reglos dahockte, die Linke auf Dels Gesicht, und leise, unverständliche Worte murmelte. Aber was immer er tat – es wirkte. Dels Atem beruhigte sich. Sein Blick wurde wieder klar, wenn auch auf eine Art, die Skar bewies, daß er noch immer nicht Herr seiner Sinne war. Nach einer Weile stand El-tra auf, trat einen Schritt zurück und hob die Hand. Dels Blick hing wie gebannt an seinem Schattengesicht. Wieder stemmte er sich hoch, versuchte aufzustehen und sank mit einem schmerzhaften Seufzer zurück.

El-tra schüttelte den Kopf. »Sinnlos«, sagte er. »Velas Einfluß ist zu stark in ihm. Und ich bin allein nicht stark genug, ihn brechen zu können.« Er schwieg einen Moment, drehte sich um und fuhr fort: »Wir werden ihn tragen müssen. Oder hierbleiben.«

Skar antwortete nicht darauf. Und er wollte auch plötzlich gar nicht mehr wissen, was El-tra getan oder gemeint hatte. Er war so lange mit den Sumpfbrüdern zusammengewesen, daß er zu vergessen begann, was sie wirklich waren – nämlich keine Menschen, sondern Männer eines Volkes, das vielleicht ebenso fremd und unverständlich war, wie es die Erbauer Combats gewesen sein mochten.

»Bleiben wir eine Weile hier und ruhen uns aus«, schlug Gowenna vor. »Wir könnten später weitergehen. Das heißt, wenn wir hier sicher sind.«

»Das sind wir nicht.« El-tra machte eine rasche Geste mit beiden Händen, die den gesamten Wald einschloß. »Aber wir sind auch weiter im Süden nicht sicherer. Nicht, ehe wir nicht die

Grenzen zu Cosh überschritten haben. Und ich glaube nicht«, fügte er nach kurzem Überlegen hinzu, »daß sie weiß, wo wir sind.«

Wieder schwiegen sie eine Weile, bedrückt, erschöpft, aber auch aus dem Wissen heraus, daß es nichts gab, was noch zu sagen gewesen wäre. Schließlich hockte sich Skar – so wie schon zuvor – neben Del auf den Boden und lehnte sich gegen einen Baum. Der glatte Kristall erschien ihm kälter als noch vor wenigen Augenblikken, und der Boden war, obgleich sie schon lange wieder über normales Erdreich und Stein, nicht mehr über Glas marschierten, hart und unnachgiebig wie geschmiedeter Stahl. Das Licht, das verzerrt und tausendfach gebrochen durch das kristallene Dach über ihren Köpfen sickerte, verlor allmählich an Intensität; es mußte Abend werden. Trotzdem wurde es nicht dunkel, zumindest nicht vollständig. Die Sonne ging unter, aber das Sternenlicht spiegelte sich in den unzähligen Facetten und Flächen der Diamantbäume, so daß der Kristallwald auch nach Sonnenuntergang noch von gräulicher, von unzähligen flirrenden Lichtpunkten durchsetzter Helligkeit erfüllt war; ein Licht, das gleichermaßen faszinierend wie unheimlich war. Skar versuchte zu schlafen, aber die zunehmende Kälte und die Furcht, die sich wie ein schleichendes Gift in seinen Gedanken festgesetzt hatten, hielten ihn wach. Del schlief – Schlaf oder Bewußtlosigkeit, das blieb sich gleich –, während El-tra und Gowenna sich darin ablösten, Wache zu halten und ihre nähere Umgebung zu erkunden. Skar hatte sich angeboten, seinen Teil der Wache zu übernehmen, aber der Sumpfmann hatte das rundweg abgelehnt, und Skar war nicht allzu unglücklich darüber gewesen. Er fragte sich ohnehin, wie El-tra das Kunststück fertigbrachte, nicht die Orientierung zu verlieren. So beschränkte er sich darauf, wach zu bleiben und – eigentlich nur, um seine Hände beschäftigt zu wissen und nicht, weil er ernsthaft daran glaubte, angegriffen zu werden – sein *Tschekal* griffbereit zu halten.

Der Laut zaghafter Schritte riß ihn aus seinen Gedanken. Er sah auf, nickte Gowenna wortlos zu und fuhr fort, seine Waffe zu polieren, während sie neben ihm Platz nahm. Eine Weile sah sie ihm schweigend zu, wie er das Schwert sorgfältig mit einem Tuchstreifen, den er von seinem Umhang gerissen hatte, reinigte, immer wieder absetzte und ins Licht hielt, um sich davon zu überzeugen, daß auch nirgendwo ein Fleck oder ein Kratzer zurückgeblieben war. Ihre Hand berührte seinen Arm. Skar hielt einen Moment inne, sah auf ihre Finger hinab und fuhr dann fort, das *Tschekal* zu streicheln. Einen Herzschlag lang erstarrte Gowennas Bewegung, und er dachte, daß sie die Hand zurückziehen würde, aber ihre Finger glitten weiter, berührten sein Handgelenk und schmiegten sich gleichzeitig sanft und kräftig um dieses. Skar ließ die Waffe sinken und sah Gowenna an. Ihr Gesicht lag im Schatten, aber das kristallene Dach über ihren Köpfen ließ winzige Lichtmotten darüberflattern, so daß es eine eigene, fremde Art von Leben bekam. Skar lauschte einen Moment in sich hinein, aber alles, was er fühlte, war Müdigkeit und ein vager, noch weit entfernter Schmerz.

»Was ich vorhin gesagt habe«, murmelte Gowenna, »tut mir leid.«

»Was?«

»Tantor. Du hast richtig gehandelt. Ich ... habe mich hinreißen lassen. Verzeih.«

Skar lächelte, schob die Waffe in den Gürtel zurück und legte den Arm um Gowennas Schulter. Aber es war eigentlich nur ein Reflex, etwas, das er im Grund nur tat, weil sie es von ihm erwartete. »Schon gut. Du hattest recht.«

Gowenna schmiegte sich eng an ihn, aber er wartete weiter vergeblich auf irgendeine Regung in sich.

»Wir könnten uns jetzt natürlich wieder streiten, wer von uns beiden nun im Recht war«, sagte Gowenna. »Aber ich bin zu müde dazu. Wie geht es Del?«

Skar wandte den Kopf und sah auf die schlafende Gestalt hinab. »Er schläft«, antwortete er. »Das Beste, was ihm passieren kann. Was ... hat El-tra mit ihm gemacht?«

Gowenna schwieg einen Moment. Ihr Atem ging schneller als normal, und Skar spürte durch den dicken Stoff ihres Mantels hindurch, wie sie zitterte, aber das konnte ebenso an seiner Nähe wie an der Kälte liegen. Er hoffte, daß es die Kälte war. »Ich weiß es nicht genau«, sagte sie nach einer Weile. »Die Sumpfleute sind

ein seltsames Volk. Ich habe lange bei ihnen gelebt, aber du mußt nicht denken, daß ich sie kenne. Ich weiß nur das von ihnen, was sie wollten, daß ich wissen darf. Und das ist nicht viel. Vielleicht«, fügte sie plötzlich und überraschend hinzu, »hätten sie Tantor getötet, wenn er ihre Sümpfe betreten hätte. Möglicherweise hast du ihm das Leben gerettet.«

Skar lachte rauh. »Das bezweifle ich. Wenn er den Sturz vom Pferd überlebt hat, wird Vela ihre Wut an ihm auslassen.«

»Wut?« Gowenna betonte das Wort auf seltsame Art. »Ich glaube nicht, daß sie so etwas wie Wut überhaupt kennt, Skar. Sie ist . . .« Sie brach ab, löste seinen Arm von ihrer Schulter und setzte sich auf. »Spielst du Schach?« fragte sie.

Skar versuchte gleichzeitig zu nicken und den Kopf zu schütteln. »Nicht sehr gut.«

»Sie beherrscht es meisterhaft, Skar. Und sie spielt ohne Gefühle.«

»Aber sie benutzt lebende Figuren«, murmelte Skar.

»Tun wir das nicht alle? Versuchen wir es nicht wenigstens alle irgendwann einmal?«

Skar begann sich unbehaglich zu fühlen. Er hatte nicht über Vela reden wollen, wenigstens jetzt nicht. Aber das schien unmöglich zu sein. Die *Errish* war mit der Unaufhaltsamkeit einer Naturkatastrophe in sein Leben gebrochen und hatte es verändert, grundlegender als irgend jemand oder irgend etwas zuvor. Selbst wenn es ihm gelang, sie zu besiegen, würde er hinterher nicht mehr derselbe sein wie vorher.

Er lehnte sich zurück, sah zu dem lichtdurchwobenen Kristalldach über sich empor und deutete mit einer fragenden Geste auf den Wald. »Was ist das hier eigentlich?« fragte er, nicht aus wirklicher Neugier, sondern nur, um auf ein anderes Thema überzulenken.

»Ich weiß es nicht. Niemand weiß es, glaube ich. Tuan steckt voller Geheimnisse, und manche von ihnen werden wohl nie gelüftet werden. Vielleicht war es einmal ein Wald, der zu Glas wurde wie Tuan, vielleicht auch etwas anderes . . . aber es ist schön.«

»Schön?«

Gowenna nickte. »Schön und unheimlich, jedenfalls für mich.« Ihre Stimme bekam einen seltsam weichen Klang. »Es ist, als ... als wäre man im Inneren eines gewaltigen Diamanten. Man fühlt sich so geborgen.«

»Geborgen ...« Skar lachte leise. »Kennst du den gelben Stein, der manchmal vom Meer ans Land geworfen wird? Ich habe einmal ein solches Stück gefunden. In seinem Inneren war eine Spinne begraben, ein winziges Tier nur, noch in der Luftblase, die sie mitgenommen hatte, um unter Wasser zu atmen. Glaubst du, daß sie sich geborgen gefühlt hat?«

Gowenna sah ihn lange und schweigend an.

»Sind alle Satai so wie du?« fragte sie plötzlich.

»Wie meinst du denn, daß ich bin?«

»Auf jeden Fall seltsam«, seufzte Gowenna. »Wir sind nun schon lange zusammen, und ich kenne dich immer noch nicht. Vielleicht kennst du dich nicht einmal selbst. Du bist ein Mann des Krieges, und doch kannst du sanft wie ein Kind sein. Und zeigt man dir etwas Schönes, siehst du überall Bedrohung und Gefahr.«

»Ein Mann des Krieges?« Skar schüttelte den Kopf. »Das bin ich mit Sicherheit nicht. Vielleicht bin ich ein Krieger, aber das bedeutet nicht, daß mir das, was ich tun muß, Freude bereitet.«

»Wie viele Männer hast du getötet, Skar? Hundert? Zweihundert?«

»Ich weiß es nicht«, sagte Skar ehrlich. »Ich habe sie nicht gezählt.«

»Und doch haßt du es, zu töten. Das ist es, was ich nicht verstehe. Nur die wenigsten schaffen es, die Ausbildung eines Satai abzuschließen ...«

»Und die, denen das Töten Freude bereitet, mit Sicherheit nicht«, fiel ihr Skar ins Wort.

»Aber das ist verrückt!«

»Und doch logisch. Jemand muß es tun.«

»Was? Töten?«

Skar nickte. »Ich kann mir so gut wie du eine Welt vorstellen, in der es keine Kriege und keinen Streit gibt, aber solange wir in der Welt leben müssen, in die wir hineingeboren sind, muß es auch Krieger geben. Vielleicht liegt es in der Natur des Menschen, kriegerisch zu sein, und vielleicht hören wir auf, diese Welt zu beherrschen, wenn wir aufhören, Kriege zu führen.«

»Lernt man das auch als Satai?« fragte Gowenna. »Zynisch zu sein?«

»Zynisch?« Skar lächelte. »Es klingt vielleicht so, aber ich fürchte, es ist die Wahrheit. Auch, wenn sie mir nicht gefällt. Die Welt braucht uns – natürlich nicht dich oder mich oder Del, nicht einmal die Satai –, aber sie braucht Krieger.«

»Krieger vielleicht. Aber Männer wie euch? Männer wie ...«

»Mordmaschinen«, sagte Skar, als Gowenna nicht weitersprach. »Sprich es ruhig aus – es verletzt mich nicht. Ich weiß, daß man uns so nennt, daß man uns diesen und andere, schlimmere Namen gegeben hat. Es ist ein Teil des Planes.«

»Welches Planes?« fragte Gowenna verwirrt.

Skar lächelte. »Nun, vielleicht ist Plan nicht der richtige Ausdruck. Doch es gehört dazu, irgendwie. Du selbst hast es gesagt: Männer wie wir ... Männer, vor denen man Angst hat, die man fürchtet, auch wenn man keinen Grund dazu hat. Sie fürchten uns, weil wir die Gewalt symbolisieren, weil wir leben, um zu töten. All diese Herzöge und Barone, die reichen Kaufleute und Ritter – was tun sie, wenn sie Streit mit ihrem Nachbarn haben, wenn sie sich bedroht oder ins Unrecht gesetzt fühlen? Sie rufen uns, die Satai. Sie geben uns Gold, manchmal nur ein Essen und ein Nachtlager, und *wir* tragen *ihren* Streit aus. *Wir* sind es, die die Waffe in die Hand nehmen, die *töten*. Und schließlich, wenn alles getan ist, können sie *uns* sogar noch die Schuld geben. Deshalb gibt es die Satai, Gowenna. Nicht, weil wir Freude am Morden haben, sondern weil wir gebraucht werden. Gäbe es uns nicht, gäbe es andere.«

»Aber –«

»Vielleicht schlimmere«, fuhr Skar mit leicht erhobener Stimme fort, als Gowenna etwas einwerfen wollte. »Ich weiß, was du sagen willst. Es gibt immer andere, und es ist keine Entschuldigung. Aber vielleicht wären diese anderen schlimmer. Vielleicht verhindern wir Satai die Gewalt, gerade, indem wir sie ausüben. Vielleicht würde Enwor binnen einer Generation in Barbarei versinken, gäbe es nicht die Satai und Veden und die anderen Kriegerkasten. Wer die Gewalt beherrscht, kann sie auch lenken.«

Gowenna schüttelte den Kopf. »Klingt das nicht alles nach einer Entschuldigung?«

»Es ist eine«, bestätigte Skar ruhig. »Ich behaupte nicht, daß es so ist. Wir Satai glauben, es wäre so, aber auch wir sind Menschen und können uns irren. Vielleicht wäre Enwor besser ohne uns. Vielleicht.«

»Eine seltsame Philosophie für einen Mann, der gelernt hat, einen Menschen mit einem Finger zu töten.«

»Und doch notwendig. Nenne es Selbstschutz. Wer gelernt hat« – er zitierte sie absichtlich, sogar auch noch im Tonfall – »einen Menschen mit einem Finger zu töten, der muß sich selbst Regeln auferlegen. Es ist kein Zufall, daß wir Satai eine so komplizierte und anderen manchmal unverständliche Moral haben. Ohne sie hätten wir nicht überlebt. Wir hätten uns selbst vernichtet.«

»Aber ihr habt diese Welt einmal beherrscht.«

Skar schüttelte erneut den Kopf. »Nicht wirklich«, sagte er. »Wir hatten Gewalt über sie, das stimmt. Aber wer ein Ding in seiner Gewalt hat, der muß es nicht beherrschen. Wir . . .«

Der Boden erzitterte. Skar stockte mitten im Satz, fuhr auf und sah sich aufmerksam um. Ein leises Klingen, ein Geräusch, als striche sanfter Wind durch einen Wald gigantischer gläserner Harfensaiten, drang an sein Ohr, dann lief ein neuerliches schwaches Zittern durch den Boden.

»Was ist das?« fragte er.

Gowenna zuckte mit den Achseln. Aber auch ihre Haltung wirkte mit einem Mal angespannt. Sie stand mit einer fließenden Bewegung auf, machte einen Schritt und blieb, unsicher nach rechts und links sehend, stehen.

Wieder zitterte der Boden, und das helle Klingen und Schlagen wurde durchdringender, wenn auch nicht lauter. Auch Skar erhob sich und spähte aufmerksam in die Runde. Aber selbst wenn es in ihrer Umgebung irgendeine Veränderung gegeben hätte, wäre kaum etwas davon zu bewirken gewesen; es war nicht wirklich hell. Seine Augen hatten sich an das schwache Licht gewöhnt, und er hatte wenige Schritte weit sehen können, doch auch das nur, weil er wußte, was die Schatten und Umrisse vor ihm bedeuteten.

Sie waren eingewoben in ein Spinnennetz aus Licht und Grau und unsicheren Dingen, deren Konturen nur zu erraten waren und sich zudem beständig zu wandeln schienen, und es war wie in jenen Momenten zwischen Tag und Dämmerung, in denen das Licht noch ausreichte, man aber trotzdem fast weniger sah als bei Dunkelheit.

»Verschwinden wir von hier«, murmelte Gowenna. Sie gab sich sichtlich Mühe, ruhig zu bleiben, aber ihre Stimme zitterte hörbar, und ihre Bewegungen erschienen Skar ein klein wenig zu hastig, als sie sich umdrehte und auf Del deutete. »Kannst du ihn tragen?«

»Und El-tra?«

Gowenna winkte ab. »Er wird uns finden, keine Sorge. Beeil dich.«

Der Harfenklang wurde lauter; härter, kein Streicheln mehr, sondern eine Folge harter, fordernder Schläge, die von einem vibrierenden, unangenehmen Gefühl in der Luft begleitet wurden. Skar eilte rasch zu Del hinüber, ließ sich auf ein Knie sinken und hob ihn behutsam hoch. Del stöhnte leise, wurde aber nicht wach.

Skar wankte einen Moment unter dem Gewicht des reglosen Körpers. Er hatte vergessen, wie schwer Del war, selbst ohne den schwarzen Hornpanzer. Mühsam lud er ihn sich auf die Schulter, blieb einen Herzschlag lang mit gespreizten Beinen stehen, um sicheren Stand zu finden, und sah Gowenna fragend an. »Wohin?«

»Nach Süden«, sagte Gowenna unsicher.

»Und wo«, fragte Skar betont, *»ist* hier Süden?«

Gowenna blickte ratlos in die Runde. Das Klingen und Schlagen hatte weiter zugenommen, so daß Skar bereits die Stimme heben mußte, um sich verständlich zu machen, und der Boden erzitterte nun beinahe ununterbrochen, nicht mehr so sanft wie zu Anfang, sondern in harten, mahlenden Stößen, die mehr und mehr in ein ununterbrochenes Beben übergingen, so daß Skar beinahe Schwierigkeiten hatten, mit Dels zusätzlichem Gewicht auf den Schultern überhaupt auf den Beinen zu bleiben.

»Was ist das?« fragte er noch einmal. »Gowenna – was geht hier vor?!«

Gowennas Antwort ging in einem ungeheuren Bersten und Krachen unter. Flackerndes rotes Licht löschte die Schatten ringsum aus, und Skar taumelte, von einer unsichtbaren Riesenfaust getroffen, gegen einen Baum. Er sah, wie Gowenna stürzte, klammerte sich verzweifelt mit der Linken fest, versuchte gleichzeitig, Del mit der anderen Hand festzuhalten, und ging unter einem zweiten, noch härteren Schlag zu Boden. Alles um ihn herum war rot, rot und düster und flackernd, und als er herumfuhr und sich hochstemmte, sah er eine brüllende, dunkelrote Feuersäule über den Wipfeln des Kristallwaldes emporsteigen. Ein Hagel winziger, messerscharfer Kristallsplitter regnete auf ihn herunter und fügte neue Wunden zu den kaum verheilten Schnitten auf seinem Gesicht und seinen Händen hinzu.

Wieder erbebte der Boden, und hinter der ersten stieg eine zweite, kochende Feuersäule in den Himmel. Es wurde warm, für einen winzigen Moment heiß, dann fegte eine zweite, von einem neuerlichen Hagel scharfkantiger Trümmer begleitete Druckwelle Gowenna und Skar wieder zu Boden. Skar warf sich schützend über Del und vergrub sein Gesicht zwischen den Armen. Irgend etwas schrammte über seinen Rücken, heiß, brennend und unglaublich *scharf,* und ein harter Schlag traf sein linkes Bein und lähmte es für Sekunden.

Skar blieb einen Moment benommen liegen, ehe er sich hochstemmte. Dicht neben ihm kam Gowenna mit unsicheren Bewegungen auf die Füße. Auf ihrem Gesicht war frisches Blut zu sehen, aber sie schien, wie er, im großen und ganzen unverletzt geblieben zu sein. Skar blieb für die Dauer von drei, vier Herzschlägen reglos sitzen und lauschte, aber es gab keine dritte Explosion. Es war still wie zuvor, jetzt, nach dem ungeheuren Krachen und Klirren, das den Kristallwald bis ins Herz erschüttert hatte, fast noch stiller, so daß Skar das Geräusch seiner eigenen Atemzüge unangemessen laut und störend vorkam. Als hielte die Natur in Erwartung eines weiteren Hiebes den Atem an, dachte er. Nur in seinen Ohren war noch ein leises Klingeln und Klirren, ein Nachhall des Brüllens, das seine Trommelfelle gemartert hatte.

Es dauerte eine Weile, bis er begriff, daß der Laut wirklich und nicht eingebildet war. Er stand auf, blickte sich verwirrt um und warf Gowenna einen fragenden Blick zu. Sie wirkte blaß.

Skar trat mit einem raschen Blick auf sie zu, packte sie an den Schultern und zwang sie, ihn anzusehen. »Was war das?«

»Ich weiß es nicht. Ich –«

Skar schüttelte sie so heftig, daß sie mit einem schmerzhaften Keuchen verstummte. »Du weißt es ganz genau«, sagte er wütend. »Und ich will endlich wissen, was hier los ist! Verdammt, Gowenna, ich habe dir gesagt, daß du mich nicht länger belügen sollst!«

El-tras Erscheinen bewahrte Gowenna für den Moment davor, antworten zu müssen. Der Sumpfmann stürzte heran, eilte ohne ein erklärendes Wort oder Geste an Skar vorüber und bückte sich nach Del. Skar wollte ihm helfen, aber El-tra winkte hastig ab und warf sich Del wie ein Spielzeug über die Schulter. »Geh voraus!« sagte er befehlend. »Dort entlang!«

Skar stürmte wortlos in die Richtung, in die der Sumpfmann gedeutet hatte. Er begriff schon nach wenigen Augenblicken, warum El-tra diesmal darauf bestanden hatte, daß er vorausging. Der Wald wurde wieder dichter, so daß Skar sich schon nach kurzer Zeit gezwungen sah, sein Schwert zu ziehen und eine Gasse durch das glitzernde Unterholz zu hacken. Der Kristall zersplitterte schon bei der geringsten Berührung, aber die Schläge kosteten trotzdem Kraft, und sie kamen nicht halb so rasch voran, wie Skar sich gewünscht hätte. Zudem verursachten sie einen höllischen Lärm. Das Klirren, mit dem die Kristallgewächse zerbarsten, mußte meilenweit zu hören sein.

Skar wußte hinterher nicht, wie weit sie gelaufen waren – zwei, drei, vielleicht fünf Meilen, vielleicht aber auch nicht einmal eine. Irgendwann konnte er einfach nicht mehr. Er blieb stehen, taumelte gegen einen Baum und ließ kraftlos die Arme sinken. Sein Schwert schien plötzlich Zentner zu wiegen. Sein Herz schlug so hart, daß er jeden einzelnen Schlag mit fast schmerzhafter Intensität spürte, und in seiner Kehle stieg schon wieder Übelkeit empor. Das Klirren und Tönen in seinen Ohren blieb. Er atmete zehn, fünfzehnmal hintereinander tief durch, schloß die Augen und versuchte, das Schwindelgefühl zu vertreiben, das sich hinter seiner Stirn breitmachte. Jemand berührte ihn an der Schulter und schüttelte ihn; die Bewegung ließ Wellen von Übelkeit in ihm aufsteigen, und als er die Augen öffnete, sah er im ersten Moment nichts als wogende Schatten.

»Wir müssen weiter, Skar!« Er erkannte El-tra nur an seiner Stimme, und sein Nicken war keine Zustimmung, sondern nur noch ein Reflex; der Instinkt zu überleben, der ihm so lange eingehämmert worden war, bis er selbst dann noch funktionierte, wenn sein Wille längst aufgegeben hatte. Er stieß sich von dem Baumstamm ab, wankte und wäre gestürzt, wenn El-tra ihn nicht aufgefangen hätte. Das Klingen in seinen Ohren wurde stärker. Irgend etwas bewegte sich vor ihm.

Unendlich müde schob er die Waffe in den Gürtel zurück, griff blindlings nach Gowennas hilfreich ausgestreckter Hand und taumelte, halb auf sie gestützt, halb mit der anderen Hand Halt an Bäumen und gläsernem Buschwerk suchend, weiter.

»Es ist nicht mehr weit. Halte durch.« Diesmal durchbrachen El-tras Worte den Mantel aus Erschöpfung, der sich um sein Bewußtsein gelegt hatte.

»Cosh?«

Der Sumpfmann nickte. »Zwei, vielleicht drei Meilen. Wir haben Glück.«

Skar hatte plötzlich das Bedürfnis zu lachen - zwei Meilen oder die andere Seite des Schattengebirges, das blieb sich gleich. Er würde keine zwei Schritte mehr gehen können. Nicht jetzt; vielleicht überhaupt nicht mehr. Er wankte, ließ Gowennas Hand los und fiel schwer auf die Knie. Zum ersten Mal, seit er Ikne verlassen hatte, dachte er ernsthaft daran, aufzugeben.

Gowenna versuchte ihn auf die Füße zu zerren, aber er war zu schwer. »Bitte, Skar«, sagte sie verzweifelt. »Reiß dich zusammen! El-tra kann dich nicht auch noch tragen!«

Skar stützte sich schwer mit den Handknöcheln auf dem eisenharten Boden ab, hob den Blick und sah Gowenna an. Der Boden vibrierte noch immer, und die Bewegung pflanzte sich durch seine Hände und die bis zur Grenze des Erträglichen gespannten Arm- und Schultermuskeln fort und erfüllte ihn mit einem nicht einmal unangenehmen Kribbeln.

»Geht allein weiter«, murmelte er. »Bringt . . . Del in Sicherheit. Ihr könnt mich später holen.«

»Es wird kein Später für dich geben, du verdammter Idiot!« schrie Gowenna. »Das hier ist kein Spiel, begreifst du das nicht? Wir sind in Gefahr!«

»Ach«, machte Skar. »Seit wann?«

Gowennas Gesicht verdüsterte sich. Sie schwieg einen Moment, fuhr dann mit einer blitzartigen Bewegung herum und krallte die Linke in Dels Haar. In ihrer anderen Hand blitzte plötzlich ein schmaler, zweischneidiger Dolch.

»Ich schwöre dir, daß ich ihm die Kehle durchschneide, wenn du nicht weitergehst«, sagte sie. Ihre Stimme klang plötzlich ganz ruhig, aber es war gerade diese Ruhe, die Skar zeigte, daß ihre Worte keine leere Drohung waren. »Ich tue es, Skar. Er ist ohnehin nur Ballast für uns und wird mehr Schaden als Nutzen bringen.«

Skar musterte sie eisig. Er war nicht einmal mehr in der Lage, Zorn zu empfinden. »Du hast dich wirklich nicht verändert«, sagte er.

»Warum auch?« Die Spitze des Dolches ritzte Dels Haut. Ein winziger Blutstropfen erschien auf seinem Hals, leuchtend wie eine rote Träne. »Sein Hiersein ist vielleicht der Preis für deine Begleitung, Skar. Aber ohne dich bringt er keinen Nutzen für uns. Nicht für uns und nicht für unsere Mission. Warum sollten wir uns mit ihm belasten, wenn es dich nicht mehr gibt?«

Skar ballte in ohnmächtigem Zorn die Fäuste, stand aber trotzdem gehorsam auf und begann weiterzugehen, nicht mehr vor, sondern hinter El-tra jetzt, und mit mühsamen, schleppenden Schritten. Gowenna ließ ihren Dolch wieder unter dem Gewand verschwinden, aber allein die Art, in der sie es tat, sagte Skar, daß sie ihn jederzeit erneut hervorholen und ihre Drohung wahrmachen würde.

Das klingende Geräusch, das sie die ganze Zeit begleitet hatte, wurde wieder leiser, als sie sich weiter nach Süden bewegten; es blieb jedoch die ganze Zeit in ihrer Nähe wie ein unsichtbares, nur aus Tönen und gespenstischer Musik bestehendes Raubtier, das sie beschlich und auf eine Gelegenheit wartete, über sie herzufallen. Skar wußte nicht, warum es ausgerechnet dieser Vergleich war, der sich ihm aufdrängte, aber er erschien ihm auf schwer zu fassende Art passend. Der Laut hatte etwas Drohendes an sich, obwohl er so klar wie der Kristall des Waldes und hoch war, eher der Gesang von Engeln als der von Dämonen. Und Gowenna schien ebenso zu empfinden. Ihr Blick streifte immer wieder nach rechts und links, tastete unsicher über den Boden und das gewölbte kristallene Dach über ihren Köpfen; sie wirkte ganz wie ein Mensch, der irgend etwas Bestimmtes sucht, voller Ungeduld darauf wartet und gleichzeitig Angst davor hat.

Ein winziger Lichtfleck löste sich aus den Baumwipfeln, fiel vor Skar auf den Boden und erlosch. Er blieb stehen, bückte sich neugierig und erkannte, daß es ein Bruchstück des Kristalls war; klar und rein wie ein geschliffener Edelstein, nur an einer Seite zerborsten und milchig wie ein uraltes Glas. Aber noch während er hinsah, begann sich die Bruchkante zu glätten.

»Was ...«

Gowenna stieß einen halblauten, erschrockenen Ruf aus und deutete nach links.

Skars Herz schien einen schmerzhaften Sprung zu tun, als er sah, was Gowenna zu ihrem Ausruf veranlaßt hatte. Der Wald war nicht länger tot. Die kristallene Starre war unter einem Wirbel fließender, wogender Bewegung verschwunden; blitzende Kristallspinnen, die auf glatten, beinlosen Körpern geschäftig hin und her huschten und dabei winzige, haardünne Fäden hinter sich herzogen, hier und da Netz und feine, zerbrechliche Gespinste formend, Knoten und große, durchbrochene Platten, die das Licht einfingen und wie eine Million unterschiedlich angeordneter Spiegelscherben zurückwarfen. Das Klingen wurde wieder lauter, und dazwischen hörte Skar ein neues Geräusch: einen Laut, als würde irgendwo ein gewaltiges Stück Pergament von einer noch gewaltigeren Faust ergriffen und langsam, ganz langsam zusammengedrückt.

»Nein!« keuchte Gowenna. »Das ...« Sie brach ab, stieß einen schrillen, kaum mehr artikulierten Schrei aus und hetzte dann wie von Furien gejagt los. Auch El-tra fuhr mit einem keuchenden Laut herum und stürmte davon. Skar rannte hinter ihnen her, auf der Flucht vor einer Gefahr, die er weder sehen noch begreifen konnte, die er jedoch instinktiv spürte.

Der Wald bebte. Nicht nur der Boden, jeder einzelne Stamm, jeder Halm und jeder gläserne Dorn schienen zu vibrieren, hohe, einzeln nicht hörbare summende Laute auszustoßen, die in ihrer Gesamtheit wie eine Flutwelle aus Lärm über ihnen zusammenschlugen. Licht blitzte überall auf, und die winzigen Kristallspinnen schienen plötzlich allgegenwärtig – zwischen den Stämmen, im Geäst und im Unterholz, auf dem Boden, ja selbst scheinbar freischwebend in der Luft, Millionen und Abermillionen winziger lebloser Lebewesen, die lautlos hin und her huschten und den Wald in einen Kokon haarfeiner gläserner Fäden einspannen. Sie schienen überall zugleich zu sein – je weiter sie liefen, desto dichter wurde das Gewebe, und ein paarmal brach El-tra mit sichtlichem Kraftaufwand durch große, wehende Vorhänge aus gläserner Seide, die quer zwischen den Bäumen gesponnen waren und den Zwischenraum wie blitzender Nebel ausfüllten. Eine der Glasspinnen fiel direkt auf Skars Hand; er versuchte instinktiv, sie abzustreifen, aber es ging nicht. Sie saß auf seiner Haut wie festgeklebt, bewegte sich träge und hinterließ eine Spur eisiger tauber Kälte auf seinem Arm. Skar fluchte, griff noch einmal zu und riß das Ding mit aller Kraft herunter. Auf seinem Arm blieb ein runder, blutiger Fleck von der Größe eines Fingernagels zurück, aber er sah jetzt auch, daß die Spinne keine wirkliche Spinne, sondern ein tropfenförmiger, glatter Kristall ohne sichtbare Vorsprünge oder Unregelmäßigkeiten war. Sein Inneres war von vager, unbestimmbarer Bewegung erfüllt, und aus seinem spitzen Ende drang ein haarfeiner, glatter Faden, der bei der leisesten Berührung zerriß. Skar schleuderte den Stein, von plötzlichem Widerwillen erfüllt, von sich, und rannte geduckt und den wehenden Netzen im Zickzack ausweichend, weiter.

Es wurde schlimmer, je weiter sie kamen. Die Glasspinnen mußten überall gleichzeitig, vielleicht wirklich in dem gesamten Waldgebiet, mit ihrem Werk begonnen haben, und so winzig sie waren, so unendlich schien ihre Zahl. Das Durchkommen wurde bald zur Qual, und selbst El-tras ungeheure Kraft reichte nicht mehr immer, um die schimmernden Netze zu zerreißen, so daß Skar nach einer Weile wieder die Führung übernahm und wie wild mit seinem Schwert um sich schlug und hackte. Und auch auf dem

Boden waren die geschäftigen Spinnen am Werk. Skars Schritte waren von einem nicht endenwollenden Klirren und Bersten begleitet; er watete durch ein erst nur fingerdickes, dann bis an die Knöchel und schließlich bis zu den Knien reichendes Unterholz aus gläsernen Fäden und nadelspitzen Dornen. Seine Beine begannen unerträglich zu schmerzen, und als er an sich herabblickte, sah er, daß seine Stiefel in Fetzen hingen und seine Haut zerschunden und blutig war; er sah aus, als trüge er glitzernde rote Strümpfe. Auch Gowenna und dem Sumpfmann erging es nicht besser. Ihre Schritte hinterließen blutige Fußabdrücke in der weißen Decke.

Dann erreichten sie eine Stelle, an der es kein Weiterkommen mehr zu geben schien. Die Zwischenräume zwischen den Bäumen waren ausgefüllt von Netzen, die so dicht waren, daß sie wie eine kompakte gläserne Wand wirkten. Skar schlug beidhändig mit dem *Tschekal* zu und legte all seine verbliebene Kraft in den Hieb. Die Klinge riß eine lange Scharte in die Wand, eine Platte der gläsernen Subtanz löste sich und fuhr dicht vor Skars Füßen wie eine durchsichtiges Fallbeil in den Boden. Aber die Glasspinnen waren überall; ihr geschäftiges Hin und Her füllte die Lücke fast im gleichen Tempo, in dem sie entstanden war – ein Vorgang, der so bizarr war, daß Skar eine Sekunde reglos stehenblieb und zusah. Es war wie das allmähliche Wachsen einer Schneeflocke, nur unendlich größer und rascher: Einzelne Kristalle, gewoben aus unzähligen einzelnen Fäden, wuchsen zu Gruppen zusammen, bildeten blitzende Schrägen und Facetten, vereinigten sich zu Stegen und Brücken, über die neue Fäden fielen und die Zwischenräume ausfüllten.

»Skar!« Gowannas Schrei riß ihn abrupt in die Wirklichkeit zurück. In seinen Beinen tobten Schmerzen. Es war, als würde seine Haut von tausenden winziger Zähne heruntergerissen.

»Lauf, Skar!« schrie Gowenna. »Es ist der Stein! *Sie setzt die Macht des Steines gegen uns ein!!«* Und als wären ihre Worte ein Signal gewesen, wurde es schlimmer. Eine klirrende Woge der gläsernen Weber rollte heran, breitete sich wie fallender Schnee über Bäume und Boden aus und begann auch die Lücke, durch die sie gekommen waren, zu füllen. Skar schrie auf, als er erkannte, daß sie plötzlich in einer Falle saßen, einer Falle, die sich rascher schloß, als er zu reagieren imstande war. Er wußte, daß er es nicht schaffen würde; trotzdem rannte er los, warf sich mit einem krächzenden Schrei gegen das Netz, das plötzlich da war, wo es vor Sekunden noch einen Durchgang gegeben hatte, und schlug wie ein Tobender zu. Das *Tschekal* sprang mit einem hellen Klingen zurück und wurde ihm aus der Hand geprellt. Die gläserne Wand schien nicht einmal einen Kratzer zu haben.

Wimmernd vor Schmerz bückte er sich nach seiner Waffe, aber der Sumpfmann war schneller. Er warf Del von den Schultern, raffte das Schwert auf und schlug beidhändig und mit der ganzen unmenschlichen Kraft seines Körpers zu. Die Klinge krachte gegen einen Baumstamm, sprang zurück und hackte fast im gleichen Moment erneut in den entstandenen Riß. Der Baum wankte. Kristallspinnen und Bruchstücke regneten wie Dolche aus seinem Geäst und ließen Skar und Gowenna zurückspringen. Ein langer, dreieckiger Splitter bohrte sich in El-tras Schulter und blieb zitternd stecken, und ein Dutzend Spinnen begann über seinen Körper zu kriechen und ihn einzuweben. Er beachtete sie nicht. Immer und immer wieder schwang er die Waffe, schlug er mit einer Gewalt, die Skar beinahe mehr erschreckte als das Treiben um sie herum, zu, und hackte einen Keil aus dem Stamm. Wieder erzitterte das gewaltige Kristallgewächs, bebte, schrie seinen Schmerz in hohen, klagenden Tönen hervor. Aber selbst die Kraft des Sumpfmannes schien dem Treiben der Spinnen – *der Macht des Steines,* der Gedanke schoß mit schmerzhafter Wucht durch Skars Kopf – nicht gewachsen zu sein. Der Baum neigte sich nach einem letzten gewaltigen Hieb, kippte langsam zur Seite und blieb, lange bevor er den Boden erreichte, vom Griff der Netze gehalten, hängen. El-tra stieß einen wütenden Schrei aus, sprang vor und hackte wie ein Rasender auf die singenden Stränge ein. Der Baum zitterte, fing sich noch einmal und stürzte dann vollends zu Boden.

»Lauft!!«

Noch während El-tra zurückeilte, um Del zu holen, rannten Gowenna und Skar los. Die Lücke begann sich bereits wieder zu schließen, aber sie schafften es, wenn auch keiner von ihnen hinterher genau zu sagen wußte, wie. Neue Netze wehten ihnen entgegen, keine starren Wände diesmal, sondern dünne, bewegliche Gespinste, die sich wie Altweibersommer um ihre Glieder und auf ihre Gesichter legten, sie zu fesseln und zu ersticken trachteten, als hätte der Wald eingesehen, daß er seine Taktik ändern mußte, um seiner Opfer habhaft zu werden. Skar schlug schreiend um sich, riß sich Hände und Arme an dem gläsernen Gewebe blutig und taumelte, blind den beiden Schatten folgend, in die sich Gowenna und El-tra verwandelt hatten, weiter. Der beißende Schaumteppich auf dem Boden reichte ihm jetzt bis an die Oberschenkel, und bei jedem Schritt schoß eine feurige Lohe durch seine Beine; er schwang seine Waffe wie eine Sense und spürte, wie das Gespinst rascher nachwuchs, als er es kappen konnte.

»Lauf, Skar!« Gowennas Stimme war voller Blut, und sie drang durch einen Nebel von Glas zu ihm. Er wankte, schlug blindlings um sich, prallte gegen ein Hindernis, riß sich die Seite auf und fühlte, wie etwas beißend und eisig seinen Nacken hinunterlief.

Und dann war es vorbei. Plötzlich war der Wald *wirklich* Wald, die Bäume grün und schwarz, wie sie sein sollten, der Boden weich und federnd, nicht mehr länger aus schneidenden Messern gemacht, und es gab keine Kristallspinnen und keine Netze mehr.

Nur noch Schmerz. Der Schmerz war ihm gefolgt wie ein dunkler Bruder des Waldes. Alles um ihn herum begann sich zu drehen, zu wanken; der Boden zitterte. Aber noch bevor er merkte, daß diesmal er es war, der wankte, verlor er endgültig das Bewußtsein.

Er erinnerte sich hinterher kaum, wie er die nächsten drei Tage verbrachte. Er war nicht die ganze Zeit bewußtlos, aber doch in einem Zustand, der dem der Bewußtlosigkeit sehr nahekam. Es gab Zeiten des Schmerzes und Zeiten, in denen er taub und jenseits aller Gefühle dahindämmerte, vage Laute und Geschehen um sich wahrnahm aber nicht wirklich begriff, was vorging.

Das erste, was er wieder bewußt wahrnahm, war Kälte; nicht die beißende Eisigkeit Tuans, sondern ein klammes, feuchtes Gefühl wie Nebel. Er öffnete die Augen und sah ein durchbrochenes Blätterdach über sich, kunstvoll verwobene Zweige, mit Erdreich und Moos abgedeckt, aber so alt, daß es schon wieder zu verfallen begann. Sein Kopf fühlte sich seltsam leicht an, und er spürte, daß Zeit vergangen war. Viel Zeit. Er lag auf einem niedrigen, aus Moos und geflochtenen Grasbüscheln gefertigten Lager; eine dünne, aus braunen Pflanzenfasern geknüpfte Decke war über seine Beine gebreitet, und in seinen Füßen pochte ein sanfter, beinahe wohltuender Schmerz. Er setzte sich auf, schlug die Decke zurück und begutachtete seine Beine. Bis zu den Knien herauf waren sie verbunden; grauer, grober Stoff, unter dem sich noch etwas anderes befinden mußte, denn der Verband war dicht und hatte das Aussehen von Stiefeln. Er bewegte prüfend die Zehen; es ging, wenn es auch weh tat.

»Du solltest das nicht tun«, sagte eine Stimme. »Unsere Heilkunst ist sehr gut, aber Wunder können wir auch nicht wirken. Du mußt deinem Körper Ruhe gönnen.«

Skar sah erschrocken auf. Im ersten Moment erkannte er nicht, woher die Stimme gekommen war, dann gewahrte er einen grauen, gebeugten Schatten, der in einer Ecke der Hütte hockte.

»El-tra?«

Der Schatten vollführte eine Bewegung, die Skar als Kopfschütteln deutete. »Mein Name ist Kor-tel«, antwortete er. »Doch du kannst mit mir reden wie mit ihm. Was er weiß, weiß auch ich, und was ich weiß, weiß auch er.«

Skar seufzte. »Ich vermute, ich bin in Cosh«, murmelte er. »Jedenfalls hört es sich so an.«

Kor-tel nickte. »Du bist in Sicherheit. Deine Freunde auch.«

»Dann haben wir es geschafft. Habt ihr uns aus dem Wald herausgeholt?«

»Aus dem Kristalldschungel? Nein. Ihr habt euch aus eigener Kraft gerettet. El-tra kam zu uns, doch wir waren nicht rechtzeitig zurück. Und wir hätten euch auch nicht helfen können. Doch nun sollst du ruhen. Zum Reden ist später noch Zeit genug.«

»Ruhen?« Skar ächzte. »Wie lange bin ich hier?«

»Drei Tage und zwei Nächte, bald drei. Die Sonne geht bereits unter.«

Skar lächelte. »Und du glaubst, ich würde Ruhe brauchen, nachdem ich drei Tage geschlafen habe?« Er setzte sich vollends auf, verlagerte das Körpergewicht auf die Seite und versuchte sich hochzustemmen. Seine Füße quittierten die Bewegung mit stechenden Schmerzen, aber sie trugen sein Körpergewicht. Er stand auf, blieb für die Dauer von drei, vier Lidschlägen reglos stehen und bückte sich dann nach seinen Kleidern. Kor-tel schüttelte den Kopf.

»Du bist ein erstaunlicher Mann, Skar. Was Gowenna über dich erzählt hat, scheint zu stimmen.«

Skar versuchte zu lächeln. »Warum auch nicht?« fragte er. »Offen gestanden würde ich lieber liegenbleiben, aber wir haben schon viel zuviel Zeit verloren. Drei Tage ...« Er schüttelte den Kopf, schloß mit zitternden Fingern die Schnalle seines Umhangs und sah prüfend an sich hinunter. Er wirkte eher wie die boshafte Karikatur eines Satai als wie ein Angehöriger der Kriegerkaste: Sein Körper war über und über mit Verbänden und Pflastern bedeckt, und dort, wo die Haut sichtbar blieb, war sie zerschunden und rot, mit winzigen Linien wie Messerschnitten übersät. Seine Kleider waren nur noch Fetzen, und selbst sein Harnisch war zerschrammt und eingerissen. Aber für den Moment würde es gehen.

»Bring mich zu Gowenna«, sagte er.

Kor-tel stand auf, ging gebückt an ihm vorbei und schlug die Decke zur Seite, die den Ausgang verschloß. Skar blinzelte, als er hinter dem Sumpfmann ins Freie trat. Die Sonne sank, wie Kor-tel gesagt hatte, aber ihr Licht war noch grell und stechend und suggerierte eine Wärme, die nicht da war.

Der Anblick war beinahe enttäuschend. Wie jedermann auf Enwor hatte Skar viel über Cosh gehört; viel und doch wenig, eigentlich, wenn er es recht bedacht, nichts außer Vermutungen. Gowenna war der erste Mensch, den er traf, der Cosh wirklich betreten – und auch wieder verlassen – hatte. Er wußte nicht, *was* er erwartet hatte; aber das nicht.

Die Hütte lag am Rand einer kreisrunden, vielleicht tausend Fuß durchmessenden Lichtung. Der Boden war mit kurzem, hartem Gras und Büscheln einer dornigen Pflanze bewachsen; hier und da lugte der gelbe oder weiße Farbfleck einer Blume hervor, und vom Waldrand aus schlängelte sich ein schmaler Trampelpfad in scheinbar sinnlosen Windungen heran. Es gab drei weitere Bauwerke – wie das, in dem er erwacht war; halbrunde Kuppeln aus geflochtenem Gras und Ranken ohne Fenster oder feste Türen. Sonst nichts. Cosh war keine Stadt, nicht einmal ein Dorf. Selbst diese vier Hütten sahen aus, als wären sie schon seit langem verlassen. Die Anzeichen des Verfalls waren unübersehbar. »Was hast du?« fragte Kor-tel, als Skar überrascht stehenblieb. »Enttäuscht?«

Skar wollte nicken, besann sich aber im letzten Moment anders; schließlich wollte er den Sumpfmann nicht verletzen. So suchte er Zuflucht in einem verlegenen Lächeln. »Nein«, sagte er hastig. »Ich war nur ... überrascht. Ich hätte etwas anderes erwartet.«

Obwohl er Kor-tels Schattengesicht nicht sehen konnte, war er fast sicher, daß der Sumpfmann lächelte. »Du hast eine Stadt erwartet«, vermutete er. »Oder eine Burg. Eine von Ranken und Baumwurzeln überwucherte Festung im Herzen der Sümpfe.« Seine Stimme klang amüsiert. »Du wirst sie nicht finden. Dies hier ist Cosh.«

»Aber wo lebt ihr?« fragte Skar verwirrt.

Kor-tel machte eine weit ausholende Geste. »In den Sümpfen, Skar. Unsere Heimat ist der Wald und der Sumpf. Wir brauchen keine Häuser oder gar« – diesmal klang seine Stimme eindeutig abfällig – »Festungen. Braucht ihr sie?«

Skar antwortete nicht gleich. Im Grunde hatte der Sumpfmann recht – die Zeiten, da er selbst ein festes Dach über dem Kopf hatte, waren selten. Den größten Teil seines Lebens hatte er im Sattel oder unter freiem Himmel verbracht. Trotzdem konnte er sich mit der Vorstellung eines Volkes, das ständig im Freien lebte, dort schlief und aß und seine Kinder gebar, nicht anfreunden. Seine Vorstellung von Zivilisation war zu sehr mit der von Festungen und Häusern und Städten verbunden.

»Wo ist ... Gowenna?« fragte er stockend.

Kor-tel deutete wortlos auf eine der Hütten und setzte sich in Bewegung. Skar folgte ihm, langsam und mit kleinen, behutsamen

Schritten, als wäre er ein alter Mann. Er fühlte sich auch beinahe so; das Gefühl der Stärke, das er nach seinem Erwachen verspürt hatte, war verschwunden, und er bereute schon, nicht auf Kor-tels Rat gehört zu haben.

Der Sumpfmann blieb vor dem Eingang der Hütte stehen und machte eine einladende Bewegung. »Ich werde hier warten«, sagte er. »Ruf mich, wenn du etwas brauchst.«

Skar nickte, schlug die Decke beiseite und trat gebückt in die Hütte. Im ersten Moment erkannte er nicht viel; seine Augen hatten sich in den wenigen Minuten, die er draußen gewesen war, bereits an die Helligkeit gewöhnt. Aber die Hütte schien sich kaum von der zu unterscheiden, in der er erwacht war. Sie bestand aus einem einzigen runden Raum, und die gesamte Einrichtung bestand aus zwei niedrigen Lagern und einer grob zusammengezimmerten Kiste. Gowenna kauerte vor einer der Lagerstätten und wandte ihm den Rücken zu, als er die Hütte betrat. Vor ihr lag eine reglose, halbnackte Gestalt. Del.

Skar trat lautlos neben Gowenna, ließ sich auf die Knie sinken und berührte sie am Arm. Sie wandte kurz das Gesicht, nickte und legte den Finger auf die Lippen. Er verstand. Del schlief, zumindest hatte er die Augen geschlossen.

Gowennas Hand strich sanft über die Stirn des jungen Satai, verweilte einen Moment über seinen Augen und berührte sie. Del regte sich; die langsamen, unsicheren Bewegungen eines Mannes, der aus einem sehr sehr tiefen Schlaf erwacht. Er öffnete die Augen, starrte einen Moment blicklos zur Decke und hob dann den Kopf. Sein Gesicht zeigte nicht die mindeste Regung, als er Skar ansah.

»Erkennst du mich?« fragte Skar.

In Gowennas Gesicht zuckte es, und Skar bereute die Worte schon wieder.

Del nickte. »Was für eine dumme Frage«, sagte er. »Warum sollte ich dich nicht erkennen? Du bist Skar.«

Skar unterdrückte einen Schreckenslaut, als er Dels Stimme hörte. Sie klang flach, tonlos, wie von einem Mann, der im Schlaf oder in Trance sprach.

Trotzdem lächelte Skar.

»Natürlich war es dumm«, sagte er, gezwungen fröhlich. »Verzeih.«

»Du solltest ihn schlafen lassen«, meinte Gowenna. »Er braucht noch sehr viel Ruhe.«

»Ja«, bestätigte Del. »Ich brauche Ruhe. Ich bin müde.« Sein Kopf sank zurück, die Augen schlossen sich, und er schien im gleichen Moment wieder einzuschlafen. Skar wollte etwas sagen, aber Gowenna schüttelte hastig den Kopf und deutete auf den Ausgang. Erst, als sie die Hütte verlassen hatten, fiel die Spannung von ihr ab.

»Verzeih, Skar«, sagte sie. »Ich hatte keine Gelegenheit, dich darauf vorzubereiten.«

»Worauf?« fragte Skar scharf. Die Betäubung fiel von ihm ab und machte einem dumpfen Zorn Platz. »Was hast du mit ihm gemacht, Gowenna?«

»Alles, was ich konnte«, antwortete Gowenna, ohne ihn anzusehen. »Ich habe versucht, ihm zu helfen, Skar.«

»Helfen?« Skar hatte Mühe, wenigstens äußerlich ruhig zu bleiben. »Das was ich gerade gesehen habe, sah nicht sehr nach Hilfe aus.«

Gowenna lächelte. Es wirkte traurig. »Ich weiß«, sagte sie leise. »Es war ... der letzte Ausweg. Das heißt, nicht einmal das. Ein Versuch.«

»Was für ein Versuch?«

»Du warst lange bewußtlos«, erwiderte Gowenna statt einer direkten Antwort. »Ich habe dich versorgt, so gut ich konnte, und dann habe ich mich um Del gekümmert. Aber ich glaube nicht, daß ich ihm helfen kann. Ich weiß alles, was eine *Errish* weiß, aber was immer Vela mit ihm gemacht hat ...«

Sie schüttelte den Kopf, starrte zu Boden und breitete in einer hilflosen Geste die Hände aus. »Ich fürchte, ich bin machtlos dagegen.«

»Sie hat nichts mit ihm gemacht«, murmelte Skar.

Gowenna sah auf. »Woher weißt du das?«

»Er hat es mir gesagt, Gowenna. Sie hat ihn nicht verzaubert oder behext. Er liebt sie. Das ist alles.«

»Er ...« Sie brach verwirrt ab. »Das ist nicht dein Ernst! Wie kann jemand diese Hexe lieben?«

Diesmal war es an Skar zu lachen. »Diese Frage mußt gerade du stellen?« Er schüttelte den Kopf, trat einen Schritt auf sie zu, blieb aber außerhalb ihrer Reichweite stehen.

»Findest du es nicht reichlich albern, daß wir uns schon wieder streiten?« fragte Gowenna, ohne auf seinen verletzenden Tonfall einzugehen.

Skar verzog geringschätzig die Lippen. »Warum nicht? Vielleicht können wir hinterher wieder miteinander schlafen.«

Diesmal trafen sie seine Worte. Sie starrte ihn an, öffnete den Mund, als wolle sie etwas sagen, drehte sich aber dann wortlos herum und ballte die Fäuste.

Skar begann sich schäbig zu fühlen. »Ich ... es tut mir leid«, murmelte er. Er hob die Hand und berührte sie an der Schulter, aber Gowenna machte einen raschen Schritt zur Seite und streifte seinen Arm ab.

»Nein, Skar«, sagte sie. »Es tut dir nicht leid.«

»Gowenna, ich –«

»Nicht.« Sie unterbrach ihn mit einem sanften, aber entschlossenen Kopfschütteln. »Es ist der falsche Moment und der falsche Ort, aber es wird Zeit, daß wir endlich ehrlich zueinander sind. Wir haben ein paarmal miteinander geschlafen, aber ich glaube nicht, daß du jemals mehr als Mitleid mit mir empfunden hast, Skar. Und – wenn ich ehrlich bin – mir erging es nicht viel anders. Ich liebe dich nicht, so wenig, wie du mich liebst.« Skar lauschte vergeblich auf einen Unterton von Bitterkeit oder Schmerz in ihrer Stimme. Sie sprach sehr ruhig, flüssig, als hätte sie die Rede lange vorbereitet und nur auf einen passenden Moment gewartet. Aber ihre Stimme klang kalt, so, als spräche sie über einen vollkommen Fremden, nicht über sich. »Belassen wir es dabei«, fuhr die fort. »Bleiben wir das, was wir immer waren: Verbündete, und vielleicht Freunde. Es ist gut so.«

»Und warum hast du es getan, wenn es so ist?«

Gowenna schwieg einen Moment. »Vielleicht ist es mir schon so in Fleisch und Blut übergegangen, andere Menschen zu benutzen, daß ich in der Wahl meiner Mittel nicht mehr vorsichtig genug bin«, sagte sie mit einem traurigen Lächeln. »Aber wenn ich ehrlich bin – ich weiß es nicht. Spielt es eine Rolle?«

Skar schüttelte den Kopf. »Nein. Eigentlich nicht.«

»Reden wir über etwas anderes«, sagte Gowenna. »Wie fühlst du dich?«

»So, wie ich aussehe«, antwortete Skar ernsthaft. »Aber nicht halb so schlimm, wie ich mich fühlen müßte. Du hast gut für mich gesorgt.«

»Es war nicht viel, was ich für dich tun konnte. Es ist leichter, Wunden zu schlagen, als sie zu heilen. Aber du bist sehr kräftig. Ein paar Tage Ruhe, und du bist wieder im Vollbesitz deiner Kräfte.«

»Ein paar Tage . . .« Skar drehte sich nach Norden, dorthin, wo hinter der schwellenden grünen Wand Coshs Tuan und der Kristallwald lagen. »Ich fürchte, wir werden diese paar Tage nicht haben.«

»Vela?« Gowenna machte eine wegwerfende Handbewegung. »Mach dir keine Sorgen darum. Nicht einmal sie würde es wagen, die Grenzen von Cosh zu überschreiten. Und wenn sie es täte, wäre sie tot, bevor sie auch nur hundert Schritte in die Sümpfe vorgedrungen wäre.«

Skar runzelte zweifelnd die Stirn. »Nach dem, was du mir erzählt hast . . .«

»Das war früher«, unterbrach ihn Gowenna. »Es war eine andere Vela, die hierherkam. Sie kam als Gejagte, und sie bat um Hilfe. Die Sumpfmenschen sind ein hartes Volk, Skar, aber sie verwehren keinem Hilfe, der in Not ist. Doch sie töten jeden, der den Speer des Krieges über ihre Grenzen trägt. Nein«, sagte sie noch einmal, »wir sind in Sicherheit.«

»Gefangen, meinst du«, sagte Skar. »Wir sind in Sicherheit, solange wir hierbleiben.«

»Richtig.«

»Und wie lange willst du dich verstecken? Einen Monat? Ein Jahr? Fünf?«

Der beißende Spott in seiner Stimme verfehlte seine Wirkung. Gowenna blieb ruhig. »Du solltest mit dieser Rede warten, bis du wieder in der Lage bist, ein Wettrennen mit einem Greis zu gewinnen«, sagte sie ruhig, beinahe heiter. »Sieh dich an, Skar. Vor drei

Tagen warst du mehr tot als lebendig, und du wirst ganz tot sein, wenn du auch nur einen Schritt aus diesen Sümpfen hinaustust. Also spiel dich nicht auf.«

»Ich spiele mich nicht auf«, grollte Skar. »Ich weiß selbst, daß ich nicht in der Lage bin, zu reiten, geschweige denn zu kämpfen. Aber es ist auch nicht meine Art, tatenlos herumzusitzen und zu warten, bis etwas geschieht. Früher oder später müssen wir weiter, und ich würde dann ganz gerne wissen, was auf uns zukommt.«

»Ich auch«, murmelte Gowenna. »Doch so, wie die Dinge liegen, können wir nichts anderes tun, als abzuwarten. Du bist verletzt, und auch ich brauche eine Pause. Außerdem – was immer wir tun, wir können nicht anders als warten. Wir haben unseren Zug gemacht. Jetzt ist sie an der Reihe. Sie wird warten, Skar. Irgendwo dort draußen. Warten und planen und darauf hoffen, daß wir einen Fehler machen.«

»Ich fürchte, da wird sie nicht allzu lange warten müssen«, knurrte Skar. »Hierbleiben und abwarten ist vielleicht schon der erste Fehler. Sie wird mit jedem Tag stärker, vergiß das nicht.«

Gowenna schnaubte. »Sie ist schon so stark, wie sie nur sein kann«, sagte sie. »Zumindest stark genug für uns. Hast du vergessen, wie du zu diesen Wunden gekommen bist?« Sie deutete auf seine Beine und schüttelte den Kopf. »Glaubst du eigentlich immer noch ernsthaft, sie besiegen zu können. Diese Frau hat die Macht, dich wie eine Fliege zu zerquetschen, Skar, dich, mich – alle hier.«

»Sagtest du nicht gerade, wir wären sicher?«

»Das sind wir«, nickte Gowenna. »Aber nicht, weil sie schwach oder das Volk der Sumpfmänner zu stark für sie wäre. Wir sind in Sicherheit, weil Cosh unangreifbar ist. Keine Armee der Welt könnte dieses Land besetzen. Du kannst keinen Krieg gegen Bäume und Sümpfe führen, Skar.«

»Wenn es so ist«, gab Skar leise zurück, »warum wehren wir uns dann noch? Warum gehen wir nicht zu ihr und geben auf?«

Gowenna schwieg, aber mit einem Mal schien sie es nicht mehr zu ertragen, ihn anzusehen. Erneut wandte sie sich um, starrte zu Boden und scharrte unruhig mit den Füßen.

»Warum . . . Warum hast du Del mitgenommen, wenn du doch

gewußt hast, daß ich ihm nicht helfen kann? Vielleicht aus Gewohnheit. Vielleicht, weil ich noch nie einen Kampf verloren habe.«

Skar sagte nichts mehr, und mit der hereinbrechenden Dunkelheit legte sich Schweigen wie eine unsichtbare Mauer zwischen sie. Und wieder, wie schon so oft zuvor, hatte er das Gefühl, zum ersten Mal mit Gowenna zu reden, zum ersten Mal die wirkliche Gowenna zu sehen, sie sprechen zu hören. Wie oft noch? dachte er. Wie oft würde diese Frau noch die Maske herunternehmen, nur um darunter eine neue, noch perfektere zu tragen? Wie lange mußten sie noch zusammen sein, bis er sich durch die unzähligen verschiedenen Schichten ihrer Persönlichkeit zu dem Wesen durchgearbeitet hatte, das sie wirklich war?

Aber vielleicht, dachte er, gab es sie ja auch gar nicht. Nicht mehr, vielleicht war ihre wirkliche Persönlichkeit ausgelöscht, schon vor einem Jahrzehnt von Vela ausradiert, vielleicht aber auch einfach versickert, wie ein Tropfen im Meer aufgegangen in den unzähligen Scheinwesen, in die sie sich verwandelt hatte.

»Wie ist dein richtiger Name?« fragte er.

Gowenna sah auf, verwirrt, aber auch erschreckt. »Was ... meinst du damit?« fragte sie stockend.

Skar wußte es selbst nicht, ebensowenig, wie er wußte, warum er die Frage überhaupt gestellt hatte. Sie war ihm einfach in den Sinn gekommen. Aber eigentlich hatte nichts von dem, was er seit seinem Erwachen gesagt oder getan oder gedacht hatte, in Wahrheit Sinn. Sie redeten und stritten und beschimpften sich, aber es war nur Gewohnheit.

»Ich meine den Namen, den du getragen hast, als du hierherkamst. Das erste Mal.«

»Spielt er eine Rolle?«

Skar verneinte. »Sicher nicht. Es ... interessierte mich nur.«

Gowenna schwieg einen Moment. Ihre Zunge fuhr in einer nervösen Bewegung über ihre Lippen. Skar sah plötzlich, daß sie aufgesprungen und rissig waren, auch der gesunde Teil. Sie mußte Fieber haben. Zum ersten Mal, seit er erwacht war und sie getroffen hatte, kam ihm in den Sinn, daß auch sie verletzt sein mußte, mindestens so schlimm wie er. Er war nicht der einzige gewesen, dessen Spuren blutig waren.

»Kiina«, sagte sie plötzlich. »Mein Name war Kiina. Aber es ist lange her, daß ich Kiina war. Namen bedeuten nichts. Ich trage ihn nicht mehr, und ich bin auch nicht mehr das Kind, das ich war, damals.«

»Ich weiß«, nickte Skar. »Kiina ... Ein hübscher Name. Er klingt gut. Viel besser als Gowenna. Werde ich ... sie kennenlernen, diese Kiina?«

Gowenna schwieg. Aber als Skar sich umdrehte und zu seiner Hütte zurückging, lief eine Träne über ihr Gesicht.

Skar schlief an diesem Abend lange nicht ein, obwohl es in seiner Hütte kein Licht gab und er müde war. Kor-tel begleitete ihn und nahm wie ein schweigender grauer Schatten neben ihm Platz. Skar wußte, daß es wenig Zweck hatte, ihn fortzuschicken. Vielleicht würde er gehen, vielleicht nicht, aber das eine wie das andere würde nichts daran ändern, daß er trotzdem in seiner Nähe war. Er war auch während seines Gespräches mit Gowenna anwesend gewesen; ein stummer schmaler Schatten, der so natürlich in seine Umgebung zu passen schien, daß Skar ihn nicht einmal bemerkt hatte. Erst später, als er zurückging, hatte er seine Schritte neben sich vernommen.

»Etwas bedrückt dich, Bruder«, sagte Kor-tel. Es war dunkel geworden, und das durchbrochene Dach der Hütte sperrte auch das spärliche Sternenlicht aus, so daß Skar den Sumpfmann auch nicht hätte sehen können, wenn er einen normalen Körper gehabt hätte. Aber allein das Wissen, daß unter seiner Kapuze nichts als wirbelnde Schatten waren, berührte Skar auf unangenehme Weise. Er setzte sich auf, sah in die Richtung, aus der Kor-tels Worte gekommen waren, und lauschte, versuchte die winzigen Geräusche zu hören, die ein Mensch immer verursacht, ob er will oder nicht: das Rascheln von Kleidung, das leise Geräusch der Atemzüge, selbst der Laut von Haar, das sich bewegte. Aber er hörte nichts. Er war, als gäbe es Kor-tel gar nicht, als wäre er wirklich nicht mehr als eine körperlose Stimme.

»Wie kommst du darauf«, fragte Skar. Es war seltsam – er war lange Wochen mit Männern aus Cosh zusammen gewesen und hatte sich an ihr schattenhaftes Wesen und ihre manchmal unverständliche Art gewöhnt – oder hatte es zumindest geglaubt –, aber jetzt, als er bei ihnen war, als er eigentlich zum ersten Mal das Gefühl hätte haben müssen, unter Freunden zu sein, begann er wieder Furcht vor ihnen zu empfinden.

»Ich spüre es«, antwortete Kor-tel nach einer langen Pause, als hätte er ihm Gelegenheit geben wollen, seinen Gedanken zu Ende zu denken. »Du bist verwirrt, und du hast Furcht in dir. Und da ist noch etwas.«

»Etwas in mir?« fragte Skar. Gegen seinen Willen klang seine Stimme lauernd, beinahe drohend.

»Etwas in dir«, bestätigte Kor-tel. »Etwas, das mich verwirrt und das mir Angst macht wie dir. Was ist es?«

Skar lächelte, und er hatte das bestimmte Gefühl, daß Kortel es sehen konnte, trotz der Dunkelheit.

»Weißt du, daß ich das gleiche Gespräch schon einmal geführt habe?« fragte er. »Auch mit einem Mann deines Volkes.«

»Ich weiß. Ich bin El-tra, und El-tra ist ich. Alle sind einer und einer ist alle.«

Skar seufzte. »Ich beginne es zu glauben«, murmelte er. »Doch wenn es so ist, warum stellst du die gleichen Fragen wie er?«

»Weil du auch ihm nicht geantwortet hast. Nicht wirklich Bruder«, sagte Kor-tel. »Damals wußtest du die Antwort nicht.«

»Ich weiß sie heute ebensowenig«, gab Skar zurück. »Ich weiß vieles, was ich damals nur vermuten konnte, aber es ist nicht das, was ich wissen wollte.«

»Der Stein der Macht, die alten Götter und ihre Erben«, murmelte Kor-tel. »Dein Freund hat uns alles erzählt. Doch du hast recht – die Antworten, die die *Errish* dir gab, sind nicht die Antworten auf deine Fragen. Sie erklären, doch sie bedeuten nichts.«

Skar dachte einen Moment über den Sinn dieser Worte nach, kam jedoch zu keinem Ergebnis. Vielleicht hatten sie keinen. »Wißt ihr sie?«

»Wie können wir wissen, was nicht einmal du weißt, Bruder? Etwas ist in dir, und du tust recht daran, es zu fürchten.«

Skar hörte Geräusche, dann wurde der Vorhang vor der Tür zur Seite geschlagen, und Kor-tel erschien in der Öffnung. »Ich werde dich allein lassen«, sagte er. »Morgen, wenn die Sonne erwacht, werden wir uns um deinen Freund kümmern. Und um dich. Denk darüber nach, was in dir ist, Skar. Ich spüre eine Macht, die *stark* ist, unglaublich stark, stärker als alles, was Vela jemals gegen dich aufbieten könnte. Sie kann uns alle vernichten, Skar.

Doch sie kann uns auch retten. Wende sie richtig an.«

Kor-tel begleitete ihn am nächsten Morgen zu Del, wie er es versprochen hatte. Von Gowenna war keine Spur zu sehen, aber die Hütte war nicht leer: Eine Anzahl Sumpfleute reihte sich schweigend entlang der niedrigen, geflochtenen Wänden, aber Skar vermochte nicht zu sagen, ob El-tra unter ihnen war. Nicht nur die beiden Sumpfbrüder, *alle* Sumpfleute schienen sich zu gleichen wie eineiige Zwillinge; graue, gebückte, schmale Gestalten, die etwas gleichermaßen Beruhigendes wie Gefährliches ausstrahlten. Der Anblick ließ Skar unwillkürlich an eine Form denken, von der zahlreiche identische Abgüsse gemacht worden sind. Plötzlich war er gar nicht mehr so sicher, daß Kor-tels Behauptung, sie alle wären einer und einer wäre alle, nur eine Floskel war. Vielleicht waren sie nur ein Wesen. Wer sagte, daß ein Bewußtsein sich auf einen einzigen Körper beschränken mußte?

Kor-tel deutete mit einer einladenden Geste auf Dels Lager und ließ sich auf der anderen Seite auf die Knie sinken. Die übrigen Sumpfmänner rührten sich nicht. Es gab nicht das mindeste Anzeichen, daß überhaupt Leben in ihnen war.

Die Szene kam ihm vage bekannt vor: Kor-tel beugte sich vor, legte die Hand auf Dels Stirn und erstarrte. Minuten vergingen, reihten sich aneinander zu einer Viertel-, dann zu einer halben

Stunde, bis sein Zeitgefühl erlosch und er selbst beinahe in eine Art Trance verfiel. Das helle Rechteck, das das Sonnenlicht hinter den Eingang malte, wanderte langsam herum, aber sonst veränderte sich scheinbar nichts in der winzigen Hütte; Del schlief weiter, tief, ruhig, fast unnatürlich ruhig. Und doch spürte Skar, daß etwas geschah, fühlte er, wie sich etwas bildete, ein körperloses, unsichtbares, vibrierendes Ding, das überall zugleich und nirgends war - die geballte Faust, bereit, zuzuschlagen, zu zermalmen, zu zerschmettern. Es war kein Zufall, daß ihm gerade dieser Vergleich einfiel. Er fühlte die Gewalttätigkeit, die plötzlich im Raum hing. Macht von negativer, zerstörender Kraft. Was immer dieser geistige Hammer tat - es würde zerstören. Unwiderruflich. Plötzlich hatte er Angst, als er auf Del herabsah.

Kor-tel schien seine Bersorgnis zu spüren. Er sah auf, blickte ihm aus unsichtbaren Augen ins Gesicht und machte mit der freien Hand eine komplizierte, unverständliche Geste.

»Keine Sorge, Bruder«, sagte er. Plötzlich klang seine Stimme sanft, beruhigend. »Wir tun nichts ohne dein Einverständnis. Wir forschen.«

»Ihr forscht?« Skars Stimme klang hohl, als hätte sich die Laubhütte von einem zum anderen Augenblick in eine feuchte steinerne Gruft verwandelt. Tausende von Meilen unter der Erde.

»Sein Geist ist stark«, fuhr Kor-tel fort. »So stark wie der deine, wenn auch auf andere Art.«

»Könnt ihr . . . ihm helfen?« fragte Skar. Sein Mund war trokken. Er hatte Mühe, überhaupt zu sprechen.

»Wir können es, Bruder. Doch die Art, in der wir es täten, würde dir nicht gefallen.«

»Was heißt das?« Skar sah mit einem Ruck auf.

»Was Gowenna mit ihm tat, war gut, für den Augenblick«, antwortete Kor-tel. »Doch er wird zerbrechen, wenn sein Geist weiter gefesselt ist. Unwiderruflich zerbrechen. Aber wenn wir ihn wecken, wird er zum Feind.«

Skar schüttelte den Kopf, eine Bewegung, die nicht einmal ihn selbst überzeugte.

»Unsinn«, widersprach er kraftlos. »Del ist mein Freund. Wir kennen uns länger als zehn Jahre.«

»Liebe und Haß liegen eng beisammen, Bruder«, murmelte Kor-tel. »Und das eine ist als Macht so stark wie das andere.«

Skar hob in einer hilflosen Geste die Hände. »Bitte, Kor-tel«, sagte er. »Ich bin nicht in der Stimmung, mir eure Rätsel anzuhören. Was meinst du?«

Kor-tel nahm einen tiefen, hörbaren Atemzug. »Ich werde versuchen, es mit euren Worten auszudrücken. Doch sie sind unvollkommen und umständlich. Gowenna hat ihm einen Bann auferlegt, der ihn vergessen ließ. Vergessen, was geschah, was er fühlte und dachte. Doch sein Geist kämpft dagegen an. Er ist nicht stark genug, ihn zu sprengen, und nicht schwach genug, den Kampf aufzugeben. Lösen wir ihn nicht, so wird er wahnsinnig werden.«

Skar nickte. »Soweit habe ich verstanden«, sagte er schwach. »Könnt ihr ihm helfen?«

»Wir können ihn nicht alles vergessen lassen. Skar, nicht auf Dauer und nicht, ohne ihn zu zerstören. Er würde stets Haß in seinem Herzen tragen, ohne zu wissen, warum. Aber der Haß würde ihn verzehren. Und doch gibt es einen Weg. Seine Matrix ist unbeschädigt, und sie ist stark. Wir könnten ihn neu erwecken.«

»Und was heißt das?«

»Wir würden mit ihm tun, was du mit El-tra getan hast, als einer von ihnen starb. Wir können ihm nicht mehr geben, als er hat, doch es steht in unserer Macht, ihn vergessen zu lassen. Es wäre so, als wäre er Vela nie begegnet. Sie wäre eine Fremde für ihn. Das Leben eines Menschen ist wie ein Buch, Skar. Ein Buch mit unendlich vielen Seiten. Wir können keine dieser Seiten herausreißen, ohne den Rest zu zerstören. Doch wir können es neu schreiben. Vom ersten Wort an.«

Das, was du mit El-tra getan hast . . . dachte Skar. *Als einer von ihnen starb . . .*

Plötzlich sah er noch einmal die Szene in Combat vor sich, fast deutlicher als damals.

Nicht einer von ihnen war gestorben. Sie *alle* waren gestorben. Alle drei. Und er hatte zwei von ihnen ins Leben zurückgerufen.

»Ja, Skar, das bedeutet es«, sagte Kor-tel ernst. »Mit euren Worten ausgedrückt. Wir würden ihn töten müssen. Doch er könnte leben, neu geschaffen und so, wie er war.«

Skar wollte etwas sagen, aber seine Kehle war zugeschnürt, und die Zunge verweigerte ihm den Dienst. Töten ... Del töten ... Auch wenn es nur ein Tod auf Widerruf war, er würde sterben. Sterben durch ein einziges Wort, vielleicht nur ein Kopfnicken von ihm. Wieder spürte er die unsichtbare Faust, die über Dels Lager schwebte. Eine Faust, die bereit war, herabzustoßen und seinen Geist zu zermalmen.

Und dann? dachte er. Er wußte nicht wie, aber er wußte, daß die Sumpfmänner ihr Versprechen wahrmachen und ihn erwecken würden, und es würde ein Del sein, der den Namen Vela niemals gehört, der niemals gegen ihn gekämpft und niemals auf der anderen Seite gestanden hatte.

Ein Fremder.

Es würde nichts nutzen, ihm die Erinnerung zu nehmen. Nicht, solange er, Skar, seine eigenen Erinnerungen noch hatte. Was geschehen war, würde immer zwischen ihnen stehen, in jedem Blick, in jeder Bewegung, jedem Wort Dels. Es würde nicht mehr derselbe Del sein, sondern ein Wesen wie die Krieger Velas, eine Puppe. Wenn er Kor-tels Vorschlag akzeptierte, würde er ihn töten, unwiderruflich töten, und was immer danach entstand, wäre nicht mehr Del.

»Nein«, sagte er.

Kor-tel nickte. Seine Hand löste sich von Dels Stirn. »Ich wußte, daß du so entscheiden würdest«, sagte er.

»Ich kann es nicht tun. Ich ... er ...«

»Du brauchst nichts zu erklären, Bruder«, unterbrach ihn Kor-tel. »Wir verstehen und achten deine Gründe. Es ist eine schwere Bürde, die du übernimmst. Er wird dich hassen für das, was du getan hast.«

Skar schluckte. Sein Hals begann zu schmerzen. »Weckt ihn auf«, sagte er mühsam.

»Er wird von selbst erwachen«, sagte Kor-tel. »Doch gib ihm Zeit. Wenige Stunden, nach Tagen der Gefangenschaft.« Er schwieg einen Moment und fuhr dann, in verändertem, bedauerndem Tonfall, fort: »Du weißt, daß ihr nicht bleiben könnt?«

Skar nickte. Natürlich nicht. Sie würden einen Feind im Herzen ihres Reiches nicht dulden. Und noch während er den Gedanken dachte, spürte er einen zweiten, weit schlimmeren: Es war umsonst gewesen.

Er hatte Del mitgebracht, weil er gehofft hatte, Hilfe bei den Sumpfleuten zu finden, aber er wußte auch, daß Kor-tel ihn nicht weiter als Gefangenen halten konnte. Er würde ihn gehenlassen, und wenn Del ging, mußte auch er, Skar, gehen. Der Gedanke war grausam, aber schlüssig. Sie würden dieses Land beide verlassen oder gar nicht.

»Laßt mich allein«, bat er.

Die Schatten an den Wänden verschwanden, doch Kor-tel blieb reglos sitzen und sah ihn an. »Es tut mir leid, Bruder«, sagte er. »Wir schulden dir viel, mehr, als wir gutmachen können.«

Skar rang sich zu einem Lächeln durch. »Ich bin nicht gekommen, um Schulden einzutreiben«, sagte er.

»Ich weiß. Doch wer nicht fordert, fordert dadurch um so mehr. Wir werden dir helfen, wo wir können. Aber diesen Kampf mußt du allein durchstehen. Wir können ihn für dich verlieren, doch nicht gewinnen. Denke an das, was ich dir gestern nacht sagte. Die Macht von Cosh ist nichts gegen das, was in dir schlummert, Skar. Du könntest ein Gott sein, wenn du wolltest.«

»Ein Gott?« Skar lachte. Der Laut klang hohl von den gekrümmten Wänden zurück. »Oder ein Dämon?«

»Wo ist der Unterschied?«

»Ich wollte, ich wüßte es«, murmelte Skar. »Was waren die Erbauer Combats? Götter oder Dämonen?«

»Vielleicht beides«, antwortete Kor-tel. Er erhob sich nun ebenfalls, ging aber noch nicht. »Gowenna wird sich um deine Wunden kümmern, und danach . . .«

»Danach gehen wir«, nickte Skar.

Kor-tel machte eine unwillige Bewegung. »Du kannst bleiben, so lange du willst«, sagte er. »Warte den Winter ab, ehe du weiterziehst.«

Skar schüttelte den Kopf. »Ich danke dir für dein Angebot, aber je eher wir von hier verschwinden, desto besser. Besser für uns und besser für euch. Wir brechen morgen bei Sonnenaufgang auf.«

Kor-tel sah ihn an, als wolle er etwas sagen, wandte sich dann jedoch wortlos um und ließ ihn allein.

Skar schloß die Augen. In seiner Brust begann sich eine Spannung aufzubauen, ein Gefühl wie ein Schrei, der hinauswollte und es nicht konnte. Hilflos ballte er die Fäuste, preßte sie gegen die Augen und krümmte sich neben Dels Lager zusammen. Umsonst. Es war alles umsonst gewesen. Er wußte plötzlich, daß er nicht mehr gewinnen konnte. Sie würden Cosh verlassen - ob morgen oder in sechs Monaten spielte keine Rolle - und der Kampf würde weitergehen.

Vela würde auf sie warten, irgendwo dort draußen.

Plötzlich, für einen ganz kurzen, vergänglichen Moment, packte ihn Zorn, ein Zorn, der so heftig war wie der Schmerz zuvor. Er richtete sich auf, warf den Kopf in den Nacken und schlug die Fäuste auf die Oberschenkel, so fest es ging.

Der dumpfe Schmerz riß ihn in die Wirklichkeit zurück. Er stand auf, wandte sich nach einem letzten Blick auf Del um und verließ die Hütte.

Gowenna kam ihm entgegen, als er auf halbem Wege zu seinem eigenen Quartier war. In ihrer Begleitung befanden sich zwei Sumpfmänner. El-tra. Sie hob die Hand, um ihn zum Stehenbleiben zu veranlassen, und vertrat ihm mit einer ärgerlichen Bewegung den Weg, als er ihr ausweichen wollte. Als er in ihr Gesicht sah, wußte er, daß sie alles gehört hatte.

»Was soll das bedeuten?« begann sie übergangslos. »Du hast dich geweigert, Del . . .«

»Ich habe mich geweigert, ihn umzubringen«, fiel ihr Skar ins Wort. »Und ich bin nicht bereit, mit dir darüber zu diskutieren.« Plötzlich war es so wie früher - sie war nicht mehr als eine Zielscheibe, auf die er seinen Zorn entladen konnte, und er tat es, wütend und mit einem fast sadistischen Gefühl der Befriedigung. »Wir werden gehen, Gowenna«, fuhr er in scharfem Tonfall fort, »schon morgen früh, ganz egal, ob es dir paßt oder nicht. Wir werden Cosh verlassen, und ich stelle es dir frei, uns zu begleiten oder nicht.«

Sein plötzlicher Angriff schien Gowenna vollkommen zu überraschen. Sie schwieg einen Moment, rang sichtlich nach Worten und starrte ihn fassungslos an. »Du weißt nicht, was du tust«,

sagte sie schwach.

»O doch, Gowenna, ich weiß es.«

»Das weißt du nicht!« schrie sie. »Du bist irre geworden, Skar! Du kannst Del nicht Hunderte von Meilen in Ketten mit dir herumschleppen! Er ist eine Gefahr für dich und uns! Du . . .« Sie brach ab. Ihre Augen weiteten sich ungläubig. »Du . . . du hast nicht vor, ihn . . .«

»Ich werde ihn gehenlassen, ja«, sagte Skar ruhig.

»Du willst ihn zurückschicken?« keuchte Gowenna. »Zurück zu *Vela?*«

»Ich werde ihn nirgends *hinschicken«,* verbesserte sie Skar. »Del ist nicht mein Eigentum. Ich werde ihn gehenlassen, das ist alles.«

»Du bringst uns damit alle in Gefahr!«

»O nein, Gowenna. Ich bringe euch in Gefahr, wenn ich bleibe. Du hast es selbst gesagt – ich kann ihn nicht in Ketten legen, und wenn ich es könnte, würde ich es nicht tun. Er wird in wenigen Stunden erwachen, und er wird als freier Mann von hier fortgehen.« Gowenna wollte etwas sagen, aber Skar sprach schnell und mit erhobener Stimme weiter: »Es ändert nichts, Gowenna, gar nichts. Wir kamen hierher, um Vela zu entkommen und einen Ort zu haben, an dem wir für ein paar Tage ausruhen können. Wir hatten nicht vor, Del mitzubringen.«

»Aber er ist nun einmal hier. Er kann zu einer Gefahr werden, Skar.«

»So?« erwiderte Skar spöttisch. »Zu welcher? Was hat er gesehen? Ein paar Bäume und Büsche, sonst nichts. Er kann uns nicht schaden, nicht mehr, als wäre er die ganze Zeit bei ihr geblieben.«

»Aber du –«

»Ich glaube eher«, fiel ihr Skar erneut ins Wort, »daß es dein Stolz nicht zuläßt, ihn gehenzulassen. Was ist es, Gowenna? Macht dir dieses eine Schwert mehr, das Vela hat, solche Sorgen? Oder erträgst du einfach den Gedanken nicht, ihr einen Hieb versetzen zu können und es nicht zu tun?«

Gowenna wurde blaß. Ihre Lippen begannen zu zittern. Aber sie sagte nichts mehr, sondern wandte sich mit einer abrupten Bewegung um und verschwand zwischen den Bäumen. Einer der

Sumpfmänner folgte ihr, während der andere zurückblieb und Skar kopfschüttelnd ansah.

»Das war unnötig, Skar«, sagte er. »Unnötig und grausam.«

Skar musterte ihn finster. Gowenna war gegangen, aber sein Zorn war geblieben, und El-tra erschien ihm in diesem Moment als beinahe ebenso guter Prügelknabe. »Vielleicht«, grollte er. »Aber auf jeden Fall hat es gutgetan. Und es war die Wahrheit. Warum bist du geblieben? Um mir Vorhaltungen zu machen? Spar es dir – ich weiß recht gut, was ich tun und lassen muß.«

El-tra überging die Frage, wie es seine Art war. »Es kommt mir so vor, als wüßtest du es nicht«, entgegnete er ruhig. »Du willst fort, und ich habe Verständnis dafür. Aber wenn du fliehst, bevor deine Wunden verheilt sind, wirst du dir selbst schaden. Du bist nicht in der Verfassung, weitere Strapazen zu ertragen. Deine Wunden bedürfen der Pflege, und dein Körper der Ruhe.«

»Wie edel«, sagte Skar ätzend. »Ihr seid besorgt um mich wie um euren Sohn. Aber ich kann schon auf mich aufpassen.«

»Denk an den Wald«, sagte El-tra. »Du hast ihre Macht geschmeckt, Skar, zum ersten Mal. War dir das, was wir erlebt haben, nicht Warnung genug?«

El-tras Worte dämpften Skars Zorn wie ein Guß kalten Wassers. Er hatte ihre verzweifelte Flucht durch den Kristallwald bisher verdrängt, hatte krampfhaft versucht, nicht daran zu denken, aber El-tra hatte die Erinnerung wieder geweckt.

»Das war ... etwas anderes«, murmelte er hilflos.

»Das war es nicht, Skar. Sie beginnt gerade erst, ihre Möglichkeiten zu entdecken. Sie spielt mit dem Stein, mehr nicht. Sie hätte tausendmal mehr tun können, wüßte sie seine Kräfte richtig einzusetzen. Aber sie wird es lernen.«

»Und was soll ich dagegen tun?« fragte Skar. »Mich ihr mit dem Schwert in der Hand entgegenstellen und sie erschlagen?«

El-tra schüttelte den Kopf. »Auch wenn du es könntest, würde es nichts ändern. Die Macht des Steines ist nun einmal geweckt. Es würde nichts nutzen, Vela zu töten. Ein anderer würde kommen und ihn finden, und er wäre vielleicht schlimmer.«

»Du hast eine herzerfrischende Art, mir Mut zu machen«, grollte Skar.

Die Hütte war still wie die ersten beiden Male, als er sie betreten hatte. Durch das durchbrochene Blätterdach sikkerte Licht in schrägen goldenen Bahnen und verwandelte den Boden in ein Mosaik aus Braun und Grün und Helligkeit, auf dem Einzelheiten kaum noch zu erkennen waren. Es war warm hier drinnen, obwohl die dünnen Wände kaum geeignet schienen, der Kälte ernsthaften Widerstand entgegenzusetzen; trotzdem hatte er das Gefühl, durch eine unsichtbare warme Wand zu schreiten, als er das Gebäude betrat. Ein leiser Geruch nach gebratenem Fleisch und Wein lag in der Luft.

Del war wach. Er hockte mit untergeschlagenen Beinen, den verletzten Arm auf dem linken Knie ruhend und gebeugt, neben seinem Lager auf dem nackten Boden und sah ihm finster entgegen. Skar konnte sein Gesicht in der verwirrenden Beleuchtung nicht erkennen, aber allein das Wissen, daß Del sich an jede Einzelheit erinnerte, versetzte ihm einen schmerzhaften Stich.

Wortlos ging er zu ihm hinüber, nahm auf die gleiche Weise wie Del auf dem zweiten, freien Lager Platz und legte das Bündel, das er mitgebracht hatte, vor sich auf den Boden. Del folgte jeder seiner Bewegungen mit mißtrauischen Blicken, hüllte sich aber weiter beharrlich in Schweigen.

»Wie fühlst du dich?« fragte Skar. Die Worte kamen ihm albern vor; eine abgedroschene Phrase, die irgendwie fehl am Platze schien. Aber vielleicht war es immer noch besser, als weiter zu schweigen und sich gegenseitig anzustarren.

»Gut«, antwortete Del nach Sekunden. »Aber das habe ich wohl nicht dir zu verdanken.«

Skar lachte. Es wirkte gezwungen. Ohne ein weiteres Wort beugte er sich vor, nahm das Bündel auf und reichte es Del. »Nimm.«

Del zögerte. In seinen Augen spiegelte sich Mißtrauen, aber er streckte gehorsam die rechte Hand aus, nahm das Bündel und begann, ungeschickt und nur mit einer Hand, die darumgewickelten Tücher abzustreifen. Ein Laut der Verblüffung entrang sich seiner Brust.

»Das ist . . .«

»Dein Schwert«, nickte Skar. »Du hast mir meines wiedergegeben, jetzt bin ich an der Reihe.«

Del sah ihn verblüfft an. »Aber was ...« Er brach ab. Seine Rechte krampfte sich um den lederbezogenen Griff der Waffe. »Was bedeutet das?« fragte er lauernd.

»Nicht das, was du jetzt denkst«, antwortete Skar. »Ich bin nicht hier, um dich herauszufordern. Wir haben einmal miteinander gekämpft, und es war einmal zuviel.« Er deutete mit einer knappen Geste auf den Ausgang. »Du bist frei, Del. Du kannst gehen.«

Dels Augen weiteten sich erstaunt. »Ich kann *gehen?«* wiederholte er ungläubig. »Was ist das? Eine neue Falle?«

»Keine Falle, Del. Ich brachte dich hierher, weil ich dachte, Hilfe bei den Sumpfbrüdern finden zu können. Ich habe mich geirrt.«

»Du läßt mich gehen?« fragte Del noch einmal. »Einfach so? Ohne Bedingungen, ohne Hintergedanken?«

»Ohne Bedingungen«, bestätigte Skar. »Das heißt – mit einer Bitte: Geh nicht sofort zu Vela zurück. Bleib ein paar Tage allein und denk über alles nach.«

Del lachte. »Ich wußte, daß irgendso ein sentimentaler Quatsch kommen würde«, sagte er. »Was erwartest du? Daß ich mich ein halbes Jahr als Eremit in die Wüste zurückziehe und über den Sinn des Lebens nachdenke? Oder« – er versuchte jetzt bewußt, seinen Worten einen höhnischen Klang zu verleihen – »daß ich zum Berg der Götter reite und den Rat der Dreizehn um Hilfe ersuche?«

Skar schüttelte den Kopf. Er hatte Stunden um Stunden reglos in seiner Hütte gesessen und nachgedacht. Und er wußte, was Del sagen würde. Sie waren zu lange beisammen gewesen, als daß er nicht jedes Wort, jede Antwort und jedes Argument im voraus geahnt hätte.

»Ich appelliere an unsere Freundschaft, Del«, sagte er ruhig. »Ich will nicht gegen dich kämpfen, weder jetzt noch zu irgendeinem anderen Zeitpunkt. Aber ich werde es müssen, wenn du zu Vela zurückkehrst. Geh nicht zu ihr. Warte ... warte von mir aus, bis alles vorbei ist und ich tot bin.«

»Was hast du?« fragte Del höhnisch. »Angst?«

Skar nickte. »Ja, Del. Angst, dir noch einmal mit dem Schwert in der Hand gegenüberzustehen. Das nächste Mal müßte ich dich töten.«

»Du scheinst ziemlich sicher zu sein, daß du es schaffst.«

Skar senkte den Blick. Es war vollkommen sinnlos, weiter mit Del zu reden. Er war hergekommen, um ihm sein Schwert und seine Freiheit zu geben, und vielleicht war es das Klügste, es dabei zu belassen. Trotzdem fuhr er wider besseres Wissen fort: »Und wie denkst du, daß es weitergeht?«

»Wie soll es weitergehen? Du weißt, was ich tun werde. Ich werde zu ihr zurückkehren. Ich habe dich nicht gebeten, mich hierherzubringen. Und ich habe dich nicht gebeten, mich wieder gehenzulassen. Mach mich nicht für deine Fehler verantwortlich, Skar.«

Skar musterte ihn schweigend, aber als er weitersprach, war in seiner Stimme nichts von der Bitterkeit, die er empfand; höchstens so etwas wie Bedauern. »Du glaubst wirklich, diese Frau zu lieben, wie?«

Dels Gesicht schien zu Stein zu erstarren. »Und wenn?« fragte er gepreßt.

Skar zuckte mit den Achseln. »Weißt du, daß ich mit ihr geschlafen habe?« fragte er. »Am letzten Tag vor unserem Aufbruch?«

Del nickte. Die Mitteilung schien ihn nicht im mindesten zu überraschen. »Ich weiß es«, bestätigte er. »Aber du siehst die Sache vom falschen Ende aus - nicht *du* hast mit *ihr* geschlafen; *sie* war es, die mit *dir* geschlafen hat.«

»Und das ist ein Unterschied?« Skar konnte ein mitleidiges Lächeln nicht unterdrücken.

»Es ist einer«, nickte Del. »Und selbst wenn es keiner wäre, wäre es mir gleich. Aber das wirst du nie verstehen.« Er stemmte sich, mit der Rechten auf das Schwert gestützt, hoch, und sah sich suchend im Raum um. »Wo sind meine Kleider?«

Skar deutete mit einer Kopfbewegung auf die Kiste, die in einer Ecke stand. »Dort drinnen. Deine Rüstung ist draußen. El-tra wird dir Pferd, Sattel und Panzer bringen. Aber du kannst noch bleiben, bis du dich kräftiger fühlst.«

Del gab einen undefinierbaren Laut von sich. »Ich fühle mich kräftig genug, die paar Meilen zu reiten. Vielleicht falle ich ja auch in ein Sumpfloch - du wärst dann alle Sorgen los.«

»Die Sumpfleute werden dich bis zu den Grenzen ihres Reiches eskortieren«, sagte Skar.

»Habt ihr Angst, daß ich spioniere?« fragte Del spöttisch. Er ging mit einem raschen Schritt zu der Kiste, öffnete sie und entnahm ihr seine zusammengefalteten Kleider. Umständlich und langsam begann er sich anzukleiden. Sein geschienter und bandagierter Arm war ihm dabei sichtlich im Wege, aber Skar verzichtete darauf, ihm seine Hilfe anzubieten.

Schweigend sah er zu, wie Del Hemd und Unterkleider überstreifte, vorsichtig seinen Arm aus der Schlinge hob und das Kettenhemd anlegte. Es war seltsam - er empfand eher Verwunderung als Trauer oder gar Zorn. Sie waren länger als ein Jahrzehnt zusammen geritten, und jetzt, plötzlich und von einem Tag auf den anderen, waren sie zu Fremden geworden, sogar zu Feinden. Die Vorstellung war einfach zu absurd, um sie wirklich schon begreifen zu können. Es war alles so glatt gegangen - es gab keine dramtische Abschiedszene, keine großen Worte, keine Gesten; sie waren wie Fremde, die sich zufällig getroffen hatten, und deren Wege sich nun ebenso zufällig wieder trennten. Ein schneller, schmerzloser Schnitt.

Und trotzdem kämpfte er für einen Augenblick gegen die Tränen an.

Schnell, so hastig, daß es ihm selbst beinahe wie eine Flucht vorkam, stand er auf und verließ die Hütte. Der Platz zwischen den Häusern war nicht mehr leer; eine Anzahl der Sumpfmänner hatte sich im Halbkreis darum versammelt - zwölf, vielleicht fünfzehn - es war Skar nicht möglich, ihre genaue Zahl zu erkennen. Selbst jetzt, im hellen Tageslicht, glichen sie sich wie identische Spiegelbilder, und sie waren ständig in Bewegung. Keiner von ihnen sprach, und selbst die leisen Geräusche des Waldes schienen gedämpft, wie über große Entfernung oder einen unsichtbaren Nebel herüberwehend.

»Skar?«

Skar drehte sich herum und erkannte El-tra, der, Dels Pferd am Zügel und seinen schwarzen Harnisch über dem anderen Arm, hinter der Hütte gestanden war. Durch die dünnen Wände mußte er jedes Wort verstanden haben. Es sollte Skar peinlich sein, war es aber nicht. Er hatte eine Niederlage erlitten, aber er hatte vorher gewußt, daß es geschehen würde.

»Du hast alles gehört?« fragte er.

El-tra nickte, ließ den Zügel los und entfernte sich ein paar Schritte von der Hütte, wohl um sicherzugehen, daß Del seine Worte nicht verstand. Skar folgte ihm.

»Es ist deine Entscheidung«, begann El-tra übergangslos, »aber bist du sicher, daß es klug ist, ihn gehenzulassen?«

Skar lächelte. »Ich bin ziemlich sicher, daß es ein Fehler ist«, sagte er.

»Warum tust du es dann?«

»Habe ich eine andere Wahl? Außer der, ihn – wie nennt ihr es? Seine Matrix neu schaffen?«

»Du bist der erste Mensch, der dieses Angebot von meinem Volk erhielt«, sagte El-tra anstelle einer direkten Antwort.

Skar sah an ihm vorbei zum Hütteneingang hinüber. Von Del war noch nichts zu sehen, aber er konnte ihn hören. »Verpflichtet mich diese Tatsache, es anzunehmen?«

»Natürlich nicht. Doch ich sehe, welchen Schmerz es dir bereitet, ihn gehenzulassen. Ich . . . ich will dir helfen, Bruder.«

»Ich weiß«, murmelte Skar. »Aber es gibt nur einen winzigen Menschen, der mir helfen könnte. Und der« – er wies auf die verfallene Laubhütte und lachte leise und bitter – »wird in wenigen Augenblicken davonreiten.«

»Aber du –«

»Ich will nichts mehr davon hören«, sagte Skar scharf. »Ich weiß euer Angebot zu schätzen, El-tra, und ich werde niemandem euer Geheimnis verraten, aber ich kann es nicht tun. Du wirst es für dumm halten, aber für mich wäre es Mord. Schlimmer noch.«

»Er wird dich töten, wenn ihr euch das nächste Mal gegenübersteht.«

»Vielleicht. Er wird es versuchen, aber vielleicht werde ich ihn töten. Doch das wäre etwas anderes, El-tra.« Er stockte, sah den

Sumpfmann durchdringend an und fuhr in schärferem Tonfall fort: »Hat Gowenna dich geschickt, um mir ins Gewissen zu reden? Wo ist sie überhaupt?«

»Nicht hier. Sie ist vor Sonnenaufgang fortgeritten und wird nicht vor dem nächsten zurück sein. Und sie hat mich nicht geschickt, Skar. Ich kam nur, weil ich deinen Schmerz spürte. Du bist ein Teil von mir, vergiß das nicht.«

»Naja, dann habe ich wenigstens jemanden, der mit mir leidet«, meinte Skar spöttisch. Seine Worte bedauerte er sofort wieder, aber El-tra schien den verletzenden Ton nicht einmal zu registrieren. Er sah ihn an, machte eine Geste, deren Bedeutung Skar nicht verstand, und ging dann wortlos zu dem wartenden Pferd zurück. Skar atmete unmerklich auf. Er spürte, daß El-tra dicht daran gewesen war, ihn zu überzeugen.

Etwas in ihm hatte danach geschrien, El-tras Drängen nachzugeben, zu tun, was er ihm anbot. Und er wußte, daß er seinen Entschluß bereuen würde, im gleichen Moment, in dem Del das Lager verließ.

Und trotzdem war es das einzige, was er hatte tun können.

Langsam ging er zu Dels Hütte zurück und wartete neben dem Ausgang, bis der junge Satai ins Freie trat. Del blinzelte, geblendet durch das plötzliche Sonnenlicht, vor dem er vier Tage lang geschützt worden war. Er hob die Hand über die Augen, blieb stehen und sah sich mit einer Mischung aus Neugier, Verachtung und nicht ganz perfekt überspielter Furcht auf dem Platz um.

»Keine Sorge«, sagte Skar leise. »Es ist keine Falle. Sie werden dir nichts tun.«

Del erwiderte nichts. Er ging zu El-tra hinüber, nahm dem Sumpfmann die Rüstung ab und begann sie umständlich anzulegen.

»Du wirst sie nicht brauchen«, sagte Skar. »Cosh ist sicher, solange du nicht von dem Weg abweichst, den die Sumpfmänner dir zeigen. Der Panzer wird dich nur behindern.«

Del fuhr fort, sich anzukleiden, als hätte Skar seine Worte gar nicht gehört. Ein kurzes, schmerzhaftes Zucken lief über sein Gesicht, als die steinharte Kante des Lederharnisches gegen das bandagierte Handgelenk stieß. Skar eilte zu ihm, nahm ihm den Harnisch ab und half ihm, die anderen Teile seiner Panzerung anzulegen. Del widersprach nicht.

Ein bedrückendes Gefühl machte sich in Skar breit, während er zusah, wie Del Arm- und Beinschienen aus schwarzem, hornig glänzendem Metall anlegte und umständlich in den Lamellenrock schlüpfte, der seine Oberschenkel schützte. Sie hatten unzählige Male so beieinander gestanden und sich gegenseitig geholfen, ihre Ausrüstungen überprüft, hier und da eine Schnalle festgezogen, eine Falte geglättet, hundert Mal vor hundert Kämpfen, die sie Rücken an Rücken ausgefochten hatten. Skar wartete, bis Del den Lederharnisch vor der Brust hatte, trat gewohnheitsmäßig mit einem raschen Schritt hinter ihn und ließ die Kupferspangen einrasten, die Brust- und Rückenteil des Panzers verbanden. Del schien unter seiner Berührung zusammenzufahren, aber Skar war nicht sicher, ob er sich die Bewegung nicht nur einbildete.

Als er fertig war, schlug er Del kräftig mit der flachen Hand zwischen die Schulterblätter, so, wie er es unzählige Male zuvor getan hatte. »In Ordnung«, sagte er.

Del drehte sich halb um und sah zu ihm herab. Skar mußte den Kopf in den Nacken legen, um ihm in die Augen sehen zu können. Er war so lange mit ihm zusammen gewesen, daß er fast vergessen hatte, wie groß Del war.

»Nichts ist in Ordnung, Skar«, sagte Del tonlos. »Aber wenn du glaubst, daß jetzt der richtige Moment für ein paar dramatische Worte des Abschiedes ist, dann sprich sie. Ich werde nicht länger warten.«

Skar hatte mit einem Mal Mühe, seinem Blick standzuhalten. Er schluckte, setzte dazu an, etwas zu sagen, und trat schließlich kopfschüttelnd zurück. »Dein Pferd ist bereit«, sagte er mit einer Geste auf das Tier. »Geh.«

Del fuhr mit einem Ruck herum, riß El-tra die Zügel aus der Hand und sprang in den Sattel. Das Pferd scheute einen Moment, aber Del brachte es mit einem harten Ruck am Zügel zum Stehen. Sein Gesicht war noch immer unbewegt, eine Maske, auf der nicht die geringste Regung abzulesen war. Nur in seinen Augen loderte es; ein Feuer, das Skar beinahe Furcht einjagte.

Vom anderen Ende des Platzes näherten sich vier Reiter;

Sumpfmänner auf Pferden, die dem Tier Dels ähnelten wie Zwillinge. Sie nahmen dicht hinter Skar Aufstellung.

»Ist das meine *Eskorte?«* fragte Del abfällig.

Skar nickte. »Sie werden dafür sorgen, daß du sicher über die Grenzen Coshs kommst«, sagte er. »Richte dich genau nach ihren Anweisungen. Die Sümpfe sind tückisch.«

Del preßte seinem Pferd die Schenkel in die Seiten und ritt los. Die Reihe der Sumpfleute teilte sich vor ihm, und auch Skar wich ein Stück zur Seite, trat dann aber plötzlich wieder vor und ergriff die Zügel seines Pferdes. Del spannte sich. Seine Hand zuckte zum Schwert, führte die Bewegung aber nicht zu Ende.

»Was ist los?« fragte er. »Hast du es dir anders überlegt? Du solltest die Hand da wegnehmen, wenn du sie behalten willst.«

Skar zog die Hand nicht zurück. »Nur ein Wort noch«, sagte er. »Dann kannst du reiten.«

Del wirkte plötzlich nervös. Seine Hand glitt das Stück, das sie sich in Richtung auf das Schwert bewegt hatte, zurück, aber seine ganze Haltung verriet Anspannung. Seine Selbstbeherrschung war nur gespielt. Und er war, so wie Skar, an den Grenzen seiner Kraft angelangt.

»Wir werden uns wiedersehen«, sagte Skar. »Und ich möchte, daß du dich dann daran erinnerst, daß du mir dein Leben schuldest, *Satai.«*

Etwas schien in ihm zu zerbrechen, als er diese Worte aussprach. Das Flackern in Dels Augen erlosch, und für einen Moment war alles, was Skar in seinem Blick las, Verblüffung und ungläubiges Staunen. Dann machte der Ausdruck einem anderem Platz, etwas, das Skar mehr traf als alles, was vorher geschehn war.

»Ich . . . werde es tun, Skar«, sagte er stockend. Er riß Skar den Zügel aus der Hand, stieß dem Tier rücksichtslos die Sporen in den Leib und preschte los, gefolgt von seinen vier Begleitern.

Skar sah ihm nicht nach. Lange, bevor Del die jenseitige Grenze der Lichtung erreichte und zwischen den ersten Bäumen verschwand, drehte Skar sich um und ging zu seiner Hütte zurück. Der Schmerz, auf den er wartete, kam nicht, und dort, wo Trauer sein sollte, schien nur Leere zu sein, als hätte der Hieb, den er erhalten hatte, selbst dieses Gefühl abgetötet. Gebückt trat er durch den Eingang seiner Hütte, wankte zu seinem Lager und ließ sich schwer auf die Knie fallen. Er versuchte zu denken, an irgend etwas Sinnloses zu denken, nur um die Leere hinter seiner Stirn zu vertreiben, aber es ging nicht.

Es dauerte lange, bis er merkte, daß er nicht mehr allein war. Ein Schatten war ihm gefolgt und hatte sich lautlos neben der Tür niedergelassen. Er wußte, daß es El-tra war.

»Warum hast du das getan?« fragte der Sumpfmann.

»Was?«

El-tra machte eine Geste in die Richtung, in der Del verschwunden war. »Deine letzten Worte, Skar. Ich habe sie gehört, doch ich verstehe sie nicht.«

Skar lächelte bitter. »Es hätte wenig Sinn, sie dir erklären zu wollen, El-tra«, sagte er.

»Du weißt, daß er dich dafür verachten wird.«

Skar nickte. »Vielleicht war es das, was ich wollte, Bruder. Es war ... leichter für ihn, so.«

El-tra schwieg eine Weile. »Leichter ...« wiederholte er. »Du sprichst in seltsamen Ton von einem Mann, der dich töten wird, wenn du ihm die Gelegenheit dazu gibst.«

»Vielleicht wird er es tun«, bestätigte Skar. »Aber ihn trifft keine Schuld daran. Sowenig wie dich oder mich oder irgendeinen. Vielleicht ...« Er stockte, ballte hilflos die Fäuste und sprach mit veränderter Stimme weiter: »Verzeih, El-tra. Ich fürchte, ich rede einen ganz schönen Blödsinn daher.«

»Es macht nichts, Bruder. Ich weiß, was du fühlst. Auch ich habe einen Bruder verloren, vergiß das nicht.«

Einen Bruder ... War Del ein Bruder für ihn gewesen? Wohl kaum. Manchmal, vor allem in den ersten Jahren, die sie zusammen gewesen waren, hatte er sich fast wie ein Vater gefühlt, aber dieses Gefühl war bald erloschen und hatte etwas anderem, viel Komplizierterem Platz gemacht, etwas, über das er eigentlich bis heute nicht wirklich nachgedacht hatte. Selbst als er in Velas Gefangenschaft gewesen und mit Del geredet hatte, hatte er es noch nicht wirklich geglaubt. Ja, er hatte etwas verloren, aber er hätte in diesem Moment nicht sagen können, was. Nur das Gefühl des

Verlustes war da. Es war da, und es war groß, und es war schrecklich.

»Vielleicht ist es besser, wenn ich dich jetzt allein lasse«, murmelte El-tra.

Skar hörte es nicht einmal.

Gowenna kehrte nach Mitternacht ins Lager zurück. Skar hatte den Rest des Tages in seiner Unterkunft verbracht und war nur einmal aufgestanden, als Kor-tel hereinkam und die Verbände an seinen Beinen wechselte. Er hatte die Wunden gesehen, die der gläserne Tod geschlagen hatte – unzählige schmale, wie mit dünnen Dolchen gezogene Schnitte, die teilweise bis auf den Knochen gingen – aber der Anblick hatte ihn kaum berührt; der Schmerz in seinem Inneren war schlimmer. Lange nach Sonnenuntergang war er eingeschlafen, und es war – anders, als er erwartet hatte – ein tiefer und traumloser Schlaf gewesen, als wäre sein Geist selbst zum Träumen zu erschöpft, erschöpft von dem Kampf, der in seinem Inneren stattgefunden hatte.

Donnernder Hufschlag weckte ihn. Er fuhr auf, für einen Moment desorientiert und hilflos. Durch die dünnen Wände der Hütte drangen aufgeregte Stimmen: das Organ Gowennas, aber auch Worte in der kehligen schnellen Sprache der Sumpfleute, dazwischen das unruhige Stampfen von Pferden und das Klirren von Geschirr.

Er stand auf, warf sich die Decke, unter der er geschlafen hatte, wie einen Mantel um die Schultern und verließ die Hütte.

Die Lichtung war vom Schein zahlreicher Fackeln erhellt. Skar schätzte, daß etwa dreißig bis vierzig der Sumpfleute zusammengekommen waren; mehr als er jemals auf einmal gesehen hatte. Die meisten von ihnen drängten sich eng um Gowenna, die noch immer auf dem Rücken ihres Pferdes saß und mit erhobener Stimme auf die Menge einredete. Skar verstand die Worte nicht, aber ihrer Gestik und der erregten, schnellen Art, in der sie sprach nach zu urteilen, schienen es keine guten Nachrichten zu sein, die sie brachte.

Als sie Skar sah, sprang sie mit einer zornigen Bewegung aus dem Sattel, bahnte sich einen Weg durch die Sumpfleute und kam mit weit ausgreifenden, energischen Schritten auf ihn zu.

»Du hast es also wirklich getan!« begann sie übergangslos.

Skar blinzelte. »Was?« fragte er verwirrt. »Ich habe geschlafen, bis du angefangen hast, den halben Sumpf zusammenzuschreien und –«

»Du weißt genau, was ich meine!« unterbrach ihn Gowenna. Ihre Stimme zitterte vor Erregung. Als sie näher kam, sah Skar, daß ihre Kleider in großen, dunklen Flecken an ihrem Körper klebten. Sie mußte wie von Furien gehetzt geritten sein. »Du hast ihn gehenlassen! Kor-tel hat es mir gesagt. Du hast Del fortgeschickt.«

»Ich habe ihn nicht fortgeschickt«, sagte Skar ruhig. »Er ist gegangen.«

»Hör auf!« schrie Gowenna. »Ich habe keine Lust mehr, mir deine Haarspaltereien anzuhören. Du hast ihn weggeschickt, und er ist jetzt wahrscheinlich schon auf halbem Wege zu dieser Hexe! Du verdammter Narr hattest nicht einmal genug Geduld, meine Rückkehr abzuwarten.«

Skar trat mit einem raschen Schritt auf sie zu, packte ihr Handgelenk und drückte es so kräftig, daß sich ihr Gesicht vor Schmerz verzerrte. »Ich habe dir gesagt, du sollst nicht in diesem Ton mit mir reden«, zischte er. »Was zwischen Del und mir ist, geht dich nichts an. Du bist vielleicht meine Verbündete, aber nicht mein Vormund, Gowenna.«

Aber diesmal prallte sein Zorn von ihr ab. Gowenna riß ihre Hand los, wich einen halben Schritt zurück und funkelte ihn wütend an. »Narr«, sagte sie leise. »Ich habe dich für klug gehalten, Skar, aber es scheint, daß ich mich getäuscht habe. Soll ich dir sagen, was dein Del getan hat? Dein Freund, der nur irregeleitet ist? Er hat seine Bewacher getötet, kaum daß er fünf Meilen vom Lager entfernt war. Er hat sie umgebracht, heimtückisch und brutal!«

Ein Schlag vor die Stirn hätte Skar nicht härter treffen können.

»Das ... das ist nicht wahr«, stammelte er hilflos. »Du lügst!«

Gowenna lachte abfällig. »Es ist wahr. Wir haben ihre Leichen gefunden. Wahrscheinlich ist er jetzt bereits bei Vela und erklärt ihr den Weg hierher in allen Einzelheiten.«

»Aber das ist unmöglich!« keuchte Skar. Sein Schreck begann sich in Entsetzen zu verwandeln. Sein Herz pochte, jeder Schlag war ein dünner, blitzender Schmerz, der ihn zusammenzucken ließ.

»Warum sollte es unmöglich sein?« fuhr Gowenna gnadenlos fort. »Nur weil sie Sumpfmänner waren und er nur ein gewöhnlicher Mensch? Du vergißt anscheinend, daß Del dein Schüler ist, dein bester Schüler, Skar. Einem Mann wie ihm dürfte es nicht schwerfallen, vier Ahnungslose zu ermorden. Selbst wenn sie Sumpfmänner sind.«

»Das glaube ich einfach nicht«, sagte Skar hilflos. »Del ist kein Mörder.«

»Du glaubst es nicht? Warum? Weil du dann zugeben müßtest, daß dich die Schuld am Tod der vier Sumpfbrüder trifft? Oder weil es dein Stolz nicht zuläßt, einzugestehen, daß du einen Fehler begangen hast?«

»Aber Del –«

»Der Del, den du kanntest, existiert nicht mehr, Skar«, unterbrach ihn Gowenna. »Er starb in Ikne, im ersten Augenblick, in dem er Vela gegenüberstand. Du hattest die Chance, ihn wieder zum Leben zu erwecken, aber du wolltest es ja nicht.« Sie schwieg einen Moment, erregt und schnell, beinahe hastig atmend. Sie war erschöpft gewesen, als sie vom Pferd stieg, und die kurze Rede hatte sie noch mehr Kraft gekostet. Skar sah, daß ihre Hände zitterten. »Du kannst ihn selbst fragen, Skar«, fuhr sie fort. »Er wird hierherkommen, schon bald. Vielleicht bist du bereit, mir zu glauben, wenn Vela mit ihren Kriegern und ihrem Drachen auf diese Lichtung gestürmt kommt. Sie sind auf dem Weg hierher.«

»Sie –«

»Das war der Grund für mein Fortgehen«, sagte Gowenna ein wenig ruhiger, aber noch immer erregt. »Ich wollte mich selbst davon überzeugen, was sie tat. Sie hat den Kristallwald umgangen und die Grenzen von Cosh überschritten. Sie, der Drachen und vierzig Krieger, die ihr geblieben sind. Wenn wir sie nicht aufhalten, ist sie morgen bei Sonnenuntergang hier.«

Skar suchte vergeblich nach Worten. Es war zuviel, selbst für ihn. Er wußte, daß Gowenna die Wahrheit sprach, und trotzdem glaubte er ihr nicht. Allein die Vorstellung, daß jemand die Sumpfleute in ihrem ureigensten Gebiet angreifen sollte, erschien ihm lächerlich. Er wußte, obwohl vor ihm wohl weniger als ein Dutzend Menschen überhaupt so tief in das Geheimnis von Cosh vorgedrungen war, noch immer so gut wie nichts über das Volk der Sumpfleute, aber die Wälder und Moore, die die Lichtung wie ein schützender Wall umgaben, erschienen ihm wie das Sinnbild der Stärke, Sicherheit und Unangreifbarkeit. Den Krieg nach Cosh tragen zu wollen, das war für ihn das gleiche, wie den Winter oder die Wüste bekämpfen zu wollen: unmöglich, schlicht und einfach unmöglich.

Und doch hatte sie es getan.

Und sie war der einzige Mensch auf der Welt, dem er zutraute, dieses Unternehmen sogar erfolgreich abschließen zu können.

»Was werdet ... ihr tun?« fragte er stockend.

Es war El-tra, der anstelle von Gowenna antwortete. »Wir werden sie vernichten, Skar. Wir werden sie und jeden, der in ihrer Begleitung ist, töten. Noch heute.«

Skar nickte. Natürlich hatte er die Antwort gewußt. »Ich werde euch begleiten«, murmelte er.

El-tra zögerte einen Moment. »Du mußt es nicht«, sagte er leise. »Du weißt, daß Del bei ihr sein wird, und –«

»Ich weiß!« unterbrach ihn Skar. Seine Stimme war leise, stand aber trotzdem dicht davor, überzukippen. Ohne es zu merken, hatte er die Fäuste geballt. Er hatte plötzlich das dringende Bedürfnis, etwas zu zerstören, zu zerschlagen. Irgend etwas. »Ich weiß, daß ihr es ehrlich meint, und ich danke euch«, fuhr er fort. »Aber ich muß es tun. Es war mein Fehler. Ich hätte Del niemals hierherbringen dürfen. Wann ... brecht ihr auf?«

»So rasch wie möglich«, sagte El-tra. »Sie ist bereits tief in die Sümpfe vorgedrungen, und sie zieht eine Bahn der Vernichtung. Wir müssen sie aufhalten, ehe der Schaden, den sie anrichtet, zu groß geworden ist. Ich werde Kor-tel zu dir schicken, damit er deine Verbände wechselt. Damit« – er deutete auf Skars dick bandagierte Waden – »kannst du nicht reiten.«

El-tra entfernte sich, und Skar und Gowenna blieben allein zurück. Auf dem Platz begann sich eine hektische Aktivität zu entfalten, obwohl Skar nicht erkennen konnte, was die Sumpfleute im einzelnen taten. Er sah eine Weile zu, drehte sich dann um und ging in die Hütte zurück. Gowenna folgte ihm nach kurzem Zögern, aber er beachtete sie gar nicht. Vorsichtig und mit zusammengebissenen Zähnen begann er die Verbände von seinen Beinen abzuwickeln. Ein paar der Schnitte rissen wieder auf und bluteten, aber diesmal begrüßte er den Schmerz, konzentrierte sich ganz auf das schneidende Brennen, das ihn wenigstens für Sekunden von der Qual in seinem Inneren ablenkte. Er setzte sich, griff nach der Wasserschale und begann ungeschickt das frische Blut von seiner Haut zu tupfen. Gowenna sah ihm eine Weile zu, kniete dann wortlos vor ihm nieder und nahm ihm das Tuch aus der Hand. Er ließ es geschehen, aber es bedeutete jetzt nichts mehr. Wenn sie ihm half, dann nicht mehr aus Mitleid oder gar Liebe, sondern nur, um ihn auf den Kampf vorzubereiten. Sie versorgte einen Krieger, keinen Freund. Vela hätte dasselbe für einen ihrer Puppensoldaten getan, hätte er ihre Hilfe benötigt.

»Wo werden sie ihre Truppen sammeln?« fragte er nach einer Weile.

Gowenna tauchte das Tuch ins Wasser, schwenkte es ein paarmal hin und her und wrang es sorgfältig aus. Ihre Bewegungen waren schnell und sicher; die routinierten Hände einer Heilerin, die dasselbe schon tausend Mal getan hatten. »Welche Truppen?« fragte sie, ohne ihn anzusehen.

»Die der Sumpfleute.«

»Truppen . . .« Gowenna betonte das Wort auf eine Art, die ein Alarmsignal in Skar auslöste. »Sie haben keine Truppen, Skar.«

»Keine . . .« Skar schluckte verblüfft und sah unwillkürlich zum Ausgang, aber hinter dem niedrigen Rechteck waren nur Dunkelheit und das gelegentliche Flackern einer Fackel zu erkennen.

Gowenna setzte sich auf, legte die Hände flach nebeneinander auf die Oberschenkel und sah ihn fest an.

»Es gibt keine Truppen, Skar«, sagte sie noch einmal. »Das, was du dort draußen gesehen hast, war das Volk der Sumpfleute.«

Skar begriff nur langsam, widerwillig.

»Sie sind wenige«, fuhr Gowenna fort. »Sie waren nie viele, und in den letzten Jahren ist ihre Zahl weiter gesunken. Vielleicht leben noch einmal so viele verstreut in den Sümpfen, aber ich glaube nicht, daß ihre Zahl die Hundert überschreitet. Warum, glaubst du, verlassen sie so selten diese Sümpfe?«

»Nur hundert . . .«, murmelte Skar.

»Nur hundert«, bestätigte Gowenna. »Und die Hälfte von ihnen wird vielleicht sterben, bevor die Sonne aufgeht. Es geht hier nicht um verletzten Stolz, Skar. Es ist ein Kampf ums Überleben. Das Überleben eines ganzen Volkes!«

Skar starrte sie weiter ungläubig an. »Nur hundert . . .«, sagte er zum dritten Mal, noch immer ungläubig, schockiert.

»Sie waren niemals ein großes Volk, Skar«, sagte Gowenna leise. Ihr Tonfall klang jetzt fast versöhnlich, aber Skar wußte, daß das nur an den Worten lag, die sie sprach. Es war nicht das, was sie fühlte. »Die Legende von ihrer Unbesiegbarkeit war ihr Schutz; eine Festung aus Mythen und Legenden, hinter der sie sicher waren. Sie haben sie sorgsam gepflegt. Aber vielleicht endet dieser Mythos morgen.« Sie seufzte, beugte sich wieder herab und begann, einen frischen Verband um Skars Beine zu wickeln; dünn und sehr eng anliegend diesmal, so daß er darüber noch seine Stiefel tragen konnte.

»Ich würde dir raten, im Sattel zu bleiben, wenn es zum Kampf kommt«, sagte sie, plötzlich das Thema wechselnd. »Zu Fuß würdest du keine sehr gute Figur machen, fürchte ich.«

Skar hörte ihre Worte kaum. Er spürte auch kaum, wie Kor-tel die Hütte betrat und damit begann, Gowenna zur Hand zu gehen. Als sie fertig waren, stand er auf, zog sich an und verließ ohne ein weiteres Wort die Hütte.

Er wußte nicht, welche der grauen Gestalten, die sich auf der Lichtung eingefunden hatten, El-tra war, und so hielt er den nächstbesten Sumpfmann an und fragte nach ihm.

»Sprich, Bruder«, sagte der Sumpfmann. »Was immer du El-tra sagen willst, er wird es wissen.«

Skar schüttelte den Kopf. »Ich weiß«, murmelte er. »Aber . . .«

»Ich verstehe«, sagte der Sumpfmann, als Skar nicht weitersprach. »Ihr Menschen seid es gewohnt, mit Namen zu reden, nicht mit Personen. Komm.« Er wandte sich um, machte eine einladende Geste und führte Skar über den Platz. Andere Sumpfmänner kamen ihm entgegen, und obwohl Skar sich einzuhämmern versuchte, daß es nicht so sei, glaubte er einen stummen Vorwurf in ihren Blicken zu spüren.

El-tra erwartete ihn am jenseitigen Rand der Lichtung. Sechs andere Sumpfmänner standen bei ihm, doch sie gingen, als Skar näher kam, und auch sein Führer entfernte sich rasch, um ihn und El-tra allein zu lassen.

»Du wirst uns also begleiten«, begann El-tra.

»Ja«, sagte Skar. »Aber das ist es nicht, worüber ich mit dir reden wollte.«

»Ich weiß, Bruder.«

Skar senkte den Blick und scharrte betreten mit der Fußspitze im Boden. »Können wir ... irgendwo hingehen, wo wir allein sind?« fragte er.

»Wir können es. Aber ...«

»Ich weiß, daß ich zu euch allen rede, wenn ich mit dir spreche«, sagte Skar hastig. »Aber es wäre mir trotzdem lieber.«

El-tra nickte. Sie verließen die Lichtung und drangen ein paar Schritte weit in den Wald ein. Der Boden federte unter Skars Schritten, und ein schwerer, süßlicher Geruch schlug ihm entgegen, der Geruch von Feuchtigkeit und Leben und Verwesung, gemischt mit Dunkelheit und den verwobenen Geräuschen des nächtlichen Waldes. Erst als die roten Lichtpunkte der Fackeln hinter ihnen erloschen waren, drehte sich El-tra um und blieb stehen. »Wir sind allein, Bruder«, sagte er. »Sprich.«

Eltwas Seltsames geschah. Die Dunkelheit hatte den Sumpfmann vollends verschluckt, und Skar erkannte nur noch am Klang seiner Stimme, wo er stand. Aber selbst diese Stimme schien plötzlich nicht mehr die eines einzelnen Mannes zu sein; es war, als spräche der Wald selbst mit ihm, als forme das Wispern und Raunen der Blätter Worte und Gedanken, die von überallher gleichzeitig auf ihn eindrangen.

»Gowenna hat mir erzählt, daß euer Volk klein ist«, begann

er, »und daß –«

»Gowenna weiß nicht alles, Skar«, unterbrach ihn El-tra sanft. Aber war es überhaupt noch El-tra, der da sprach? Oder hörte Skar die Stimme des Sumpfes?

»Unser Volk ist klein, doch was zählt, sind nicht seine Männer, Skar. Auch die Satai sind nicht viele.«

»Es ist nicht euer Krieg, den ihr führen wollt«, widersprach Skar. »Erinnerst du dich an das, was du selbst zu mir gesagt hast? Ihr könnt diesen Kampf für mich verlieren, aber nicht gewinnen.«

El-tra (El-tra?) schwieg einen Moment. »Und was willst du tun, Bruder?« fragte er.

»Das, was ich schon lange hätte tun sollen«, sagte Skar. »Gebt mir ein Pferd und einen Mann, der mir den Weg weist. Ich werde mich Vela stellen.«

»Ein Mann gegen vierzig Krieger und den Drachen?« El-tra lachte leise, aber es klang nicht verletzend, sondern eher gutmütig. »Jetzt überschätzt du dich.«

»Ich weiß, daß ich sie nicht besiegen kann«, sagte Skar ruhig. »Aber vielleicht geht sie, wenn sie hat, was sie will.«

»Und du glaubst, du wärst das?« Wieder lachte El-tra, und jetzt war Skar sicher, daß das Geräusch nicht allein aus seiner Kehle kam. »Du täuschst dich, Bruder. Sie wird versuchen, deiner habhaft zu werden, doch der wahre Grund für ihr Eindringen in unser Land ist ein anderer. Sie kam aus dem gleichen Grund, aus dem sie ihre Festung im Herzen Tuans verließ. Ihr seid euch ähnlicher, als du weißt. Auch sie ist eine Gejagte. Und es ist nicht mehr dein Krieg, Skar. Sie hat den Frieden unseres Landes gestört, und sie weiß, welche Strafe den erwartet, der den Krieg nach Cosh trägt.«

»Euer Volk wird einen hohen Preis für diesen Sieg zahlen müssen«, murmelte Skar.

»Keinen so hohen, wie du glaubst«, antwortete El-tra. »Vielleicht sterben einige von uns, vielleicht alle. Doch wir fürchten den Tod nicht so wie ihr. Cosh wird weiterleben, auch wenn wir sterben.«

»Und dafür wollt ihr euch opfern?«

»Willst du es nicht auch, Bruder? Bist du nicht mit mir hierhergekommen, um mir dein Leben anzubieten? Ich hätte dein Opfer angenommen, hätte es Sinn. Doch es hat keinen. Du kamst hierher, um mit mir zu sprechen, mit dem Körper, den du als El-tra kennst. Doch es gibt mich nicht, nicht so, wie du mich siehst. Ich bin El-tra, doch ich bin auch Kor-tel, auch der Teil El-tras, der in Combat verbrannte, und jeder einzelne Sumpfmann, den du gesehen hast. Du hast es nie verstehen wollen, Skar, doch wir sind eins. Solange Cosh existiert, wird auch das Volk der Sumpfleute leben. Vielleicht fallen viele von uns in der Schlacht, vielleicht alle. Ich will ehrlich zu dir sein – wir wissen nicht, ob wir Vela besiegen können. Der Drachen ist stark, und auch wir sind nicht gegen seinen Atem gefeit. Vielleicht schlägt sie uns, doch wir werden weiterleben in jedem Strauch, in jedem Fußbreit Boden, in jedem Baum von Cosh. So wie auch du weiterleben wirst. Denn du bist ein Teil von uns.«

Etwas Unsichtbares, Körperloses und unglaublich Weises berührte Skars Seele. Es war ein zeitloser Moment, zu kurz, um ihn wirklich wahrzunehmen, aber plötzlich *wußte* Skar. Plötzlich verstand er alles, jede Andeutung, jedes Wort, das er für eine leere Phrase gehalten hatte, jeden Blick, die Bedeutung jeder Geste. Das Volk von Cosh – das waren nicht die Sumpfmänner, nicht die schattenhaften, kleinen Gestalten, die Furcht und Schrecken verbreiteten, wo immer sie auftauchten. Sie waren seine Hände, seine Arme und Beine und Münder, mehr nicht. Und plötzlich begriff er auch, was Gowenna gemeint hatte, als sie ihm erzählte, Cosh hätte ihr die drei El-tra *geschenkt*. Es war ein Geschenk, eine Gabe, die Cosh – nicht die Sumpfleute, sondern das wirkliche Cosh, das Wesen, das in diesem Land lebte, dieses Land *war* – ihr mit auf den Weg gegeben hatte.

»Jetzt weißt du es«, sagte die Stimme des Sumpfes. »Was morgen geschieht, hat keine Bedeutung. Wäre mehr Zeit, könnten wir ihr Tausende von Kriegern entgegenwerfen, doch wir würden es nicht tun. Vielleicht wird sie uns schlagen, aber sie wird einen hohen Preis dafür zahlen, Skar.«

Skar nickte mühsam. »Und ... Del?«

»Ich werde versuchen, ihn zu schonen«, antwortete Cosh. »Um deinetwillen. Du bist ein Teil von uns, und er ist ein Teil von dir.

Doch ich kann es dir nicht versprechen.«

»Ist er . . . schon bei ihr?«

»Noch nicht. Doch er wird sie erreichen, lange bevor wir auf sie stoßen. Versuche ihn zu schützen, Skar. Ich werde dich dabei nicht behindern. Doch ich kann dir auch nicht helfen. Diesen Kampf mußt du allein führen.«

Skar sagte nichts mehr. Er spürte, daß Cosh nicht mehr antworten würde, daß alles gesagt war, was zwischen ihnen gesagt werden mußte.

»Wir müssen jetzt gehen, Skar.« Es war wieder El-tra, der sprach. Der Zauber des Augenblicks war verflogen, und der Wald um sie herum war wieder zu Dunkelheit und schweigenden Bäumen geworden. Irgendwo platzten Gasblasen im Sumpf; ein monotones, seltsam gleichmäßiges Geräusch, fast wie der Takt einer Melodie. Für einen Moment fragte sich Skar, ob er all das wirklich erlebt oder nur geträumt hatte. Aber schon El-tras nächste Worte bewiesen ihm, daß es nur zu wahr gewesen war.

»Du weißt jetzt alles«, sagte der Sumpfmann. »Mehr als je ein Mann eures Volkes von dir erfahren hat, mehr, als Vela oder Gowenna auch nur ahnen. Es ist eine schwere Last, die du auf dich genommen hast, Skar.«

»Ich . . . werde schweigen«, antwortete Skar stockend, obwohl er wußte, wie überflüssig diese Worte waren. Cosh hätte nicht mit ihm geredet, hätte er seine Antwort nicht schon vorher gewußt.

»Meine Brüder sind bereit, aufzubrechen«, fuhr El-tra fort. »Du hast noch Zeit, dich zu entscheiden. Ich weiß, daß du dir die Schuld an dem gibst, was geschehen ist. Aber ganz egal, wie es wirklich war – es ist nicht mehr dein Kampf. Du kannst gehen. Wohin du willst.«

Skar schüttelte den Kopf. »Ich begleite euch«, sagte er mit fester Stimme.

Plötzlich hatte er das Bedürfnis zu schreien. Aber natürlich tat er es nicht.

Sie trafen am nächsten Tag nicht auf Velas Streitmacht; wohl aber auf ihre Spuren. El-tra und er hatten die kleine Heerschar angeführt, die zwei Stunden nach Mitternacht die Lichtung im Herzen Coshs verlassen hatte: sechsundvierzig Reiter, Gowenna und Skar mitgezählt. Ein erbärmlicher Haufen, bedachte man den Gegner, gegen den sie zogen, und doch eine ungeheure Streitmacht, wußte man, was Skar in dieser Nacht erfahren hatte.

Gowenna hatte kein weiteres Wort mehr mit ihm gewechselt, und er war froh darüber gewesen. Sie und der Bruder El-tras hatten sich ans Ende der Kolonne gesetzt, so wie Skar die kleine Heerschar anführte, aber es waren nicht nur die zweihundert Schritte Entfernung, die sie trennten. Was in Combat und Tuan geschehen war, hatte sie zusammengeführt, doch nur für kurze Zeit. Skar spürte, daß sie sich trennen würden, ganz egal, wie die Begegnung mit Vela ausging, einfach so, weil es richtig und die einzige Möglichkeit war. Und obwohl seine Furcht vor einer erneuten Begegnung mit Vela und Del mit jedem Schritt, den sie weiter nach Norden ritten, wuchs, sehnte er den Augenblick beinahe herbei.

Die Sonne ging auf, als sie auf die Spur der *Errish* stießen: eine gewaltige, mehr als fünfzig Fuß breite Bresche, die der Drachen und die gepanzerten Reiter in den Wald gebrochen hatten. Wie ein gewaltiger Riß schnitt sie, von Norden kommend und in sanftem, kaum wahrnehmbarem Bogen nach Südwesten abbiegend, durch den Dschungel, Bäume, Unterholz und Gras zermalmt habend, als wäre ein Felsbrocken durch den Wald gebrochen und hätte alles Lebende niedergewalzt. Zurückgeblieben waren Schmutz und Morast und die breiten, tiefen Spuren der Drachenfüße, flankiert von einer gewaltigen Allee geborstener, mit brutaler Gewalt zur Seite geschobener und geknickter Bäume.

Keiner der Sumpfleute sprach auch nur ein Wort, während sie am Rand der gewaltigen Spur standen und die sinnlose Zerstörung betrachteten, aber Skar glaubte zu spüren, was in ihnen vorging. Vielleicht war es so, wie El-tra immer wieder behauptet hatte: Er hatte nicht nur gegeben, er hatte auch empfangen. Er fühlte den Zorn, die kalte, entschlossene Wut, die von den Sumpfmännern Besitz ergriff, spürte, wie sich in ihrem Verhalten etwas änderte, wie Entschlossenheit zuerst Verzweiflung und ohnmächtige Wut, schließlich Haß und dem kalten, berechnenden Willen zum Töten Platz machte. Es war nicht der Zorn von vierzig Individuen, den er spürte, sondern der lautlose Aufschrei Coshs, dieses Wesens aus Grün und Blättern und Sumpf – *Leben,* Leben vielleicht in der reinsten Form, die es jemals gegeben hatte. Für einen kurzen Moment fühlte er sich an das Volk von Cearn erinnert, an diese Menschen, die in und mit ihrem Wald, der zugleich ihr ganzes Universum darstellte, lebte, aber dieser Vergleich stimmte nicht. Vela hatte nicht allein ihren Lebensraum zerstört, sie hatte einen Teil von ihnen getötet, sie verletzt. Und sie würde dafür bezahlen. El-tra hatte recht gehabt; dies war nicht mehr sein Kampf.

Skar löste sich mit einem Ruck aus seiner Erstarrung, zwang sein Pferd herum und ritt ans Ende der Kolonne, zu Gowenna. Sie saß wie die Sumpfmänner aufrecht im Sattel und starrte mit steinernem Gesicht auf die Bahn der Zerstörung hinaus. Vielleicht ahnte sie den Zorn der Sumpfleute, aber Skar bezweifelte, daß sie ihn wie er spürte. Als er näher kam, lenkte sie ihr Pferd aus der Kolonne heraus und ritt ihm entgegen, weit genug, um aus der Hörweite der Sumpfmänner zu sein.

»Sie kommen noch schneller voran, als ich befürchtet habe«, begann sie übergangslos. »Als ich gestern auf ihre Spur stieß, war sie noch mehr als dreißig Meilen entfernt.« Sie schüttelte den Kopf. »Sie muß ihre Leute buchstäblich zu Tode hetzen. In diesem Gelände ist das Tempo mörderisch. Das Ganze sieht mir fast nach einer Flucht aus.«

Flucht ... Skar dachte wieder an El-tras Worte. *Sie ist eine Gejagte wie du.* Aber Flucht? Vor wem?

»Vielleicht«, sagte er unsicher. »hat sie eingesehen, daß es ein Fehler war, hierherzukommen. Und jetzt versucht sie, die Sümpfe so rasch wie möglich zu durchqueren.« Er fühlte selbst, wie wenig überzeugend seine Worte klangen, aber es war das Beste, was ihm im Moment einfiel.

Gowenna zuckte die Achseln. Die Bewegung schien sich wie eine schattige Welle über das erstarrte Fleisch ihres Gesichts fortzusetzen. Im unsicheren Licht des Waldes wirkte ihr Gesicht, als trüge sie auf einer Seite eine Maske aus Horn. »Vielleicht«, murmelte sie, so wenig überzeugt wie Skar. »Aber warum ist sie von ihrem Weg abgewichen. Ist dir aufgefallen, daß die Spur nach Westen führt?«

Skar nickte. »Was liegt dort?«

»Der Besh«, antwortete Gowenna nach kurzem Überlegen. »Einer seiner Quellflüsse. Er führt nicht viel Wasser, jetzt im Winter. Der schnellste Weg, hier wieder herauszukommen. Aber das ergibt keinen Sinn.« Sie starrte eine Weile nachdenklich zu Boden, drehte sich dann im Sattel um und winkte El-tra zu sich heran. Skar sah, wie schwer es dem Sumpfmann fiel, sich vom Anblick des zerstörten Waldes zu lösen. Sein Schattengesicht war in Aufruhr, als er sein Pferd neben dem Gowennas zügelte. Skar konnte seine Erregung fast sehen.

»Wie alt ist die Spur?« fragte Gowenna.

»Nur wenige Stunden. Vier, vielleicht drei. Wir könnten sie in der gleichen Zeit einholen.«

»Ihr *könntet?«* wiederholte Gowenna betont. »Soll das heißen, ihr tut es nicht?«

El-tra verneinte. »Nein. Es wird zum Kampf kommen, aber nicht hier und nicht jetzt. Cosh ist schon zuviel Schaden zugefügt worden.«

Gowenna blickte überrascht. »Aber ihr könnt sie nicht entkommen lassen!« sagte sie. »Sie ist in der Falle. Hier im Wald kann sie ihre Reiterei nicht einsetzen, und die Sümpfe sind eure Heimat. Einer von euch wiegt zehn ihrer Krieger auf.«

»Das mag sein. Doch Cosh ist ein Ort des Friedens, nicht des Krieges. Es ist schon zuviel Gewalt über seine Grenzen getragen worden. Und du vergißt den Drachen.«

»Unsinn!« begehrte Gowenna auf. »El-tra hat ihn schon einmal ausgeschaltet.«

»Der *Ruf* ist eine Waffe, die schon beim ersten Gebrauch stumpf wird«, belehrte sie der Sumpfmann sanft. »Du bist eine *Errish* wie sie, Gowenna. Du solltest wissen, daß sie die Sprache der Tiere beherrscht wie wir. Wir konnten sie überraschen, doch das wird nicht noch einmal funktionieren.« Er schwieg einen Moment, sah an Skar vorbei auf die zertrampelte Schneise hinaus und richtete sich dann im Sattel auf. Die Bewegung schien sich lautlos und unsichtbar durch die Reihen der Sumpfmänner fortzupflanzen. »Es wird zum Kampf kommen, doch nicht hier«, sagte er noch einmal. »Ihr Weg führt nach Westen, zum Besh und zu den Bergen hinauf. Wir haben es vermutet, doch ihre Spur ist der letzte Beweis – es gibt ein altes Kastell in den Bergen, dicht oberhalb der Stelle, an welcher sie an unsere Sümpfe grenzen. Sie wird dorthin wollen, um in seinem Schutz den Winter abzuwarten. Die Pässe nach Elay sind verschneit.«

»Ein Kastell?« wiederholte Gowenna ungläubig.

»Eine Ruine, nicht mehr. Aber ein besserer Ort zum Überwintern und Verstecken als Cosh oder die Ebenen. Wir werden sie dort erwarten.«

Gowenna wollte erneut widersprechen, aber Skar legte ihr rasch die Hand auf den Unterarm und drückte kurz zu. »Wie weit ist es bis zu diesem Kastell?« fragte er hastig.

»Drei Tage, auf dem Weg, den sie nimmt«, antwortete El-tra. »Aber wir werden vor ihr da sein. Kommt.«

Die nächsten beiden Tage waren die Hölle. Sie waren wenige Meilen auf ihrer eigenen Spur zurückgeritten und dann nach Nordwesten abgewichen, in großem Bogen die Spur Velas und ihres Drachen umgehend, dorthin, wo hinter dem undurchdringlichen Blätterdach Coshs die letzten Ausläufer der Schattenberge und der Winter auf sie warteten. Die Sonne war über den Himmel gewandert und untergegangen, doch sie waren weitergeritten, nicht sehr schnell, aber stetig und ohne die kleinste Rast, die Nacht hindurch und bis weit in den nächsten Morgen hinein. Erst als die Sonne schon fast wieder im Zenit gestanden hatte, hatten sie eine kurze Rast eingelegt; nicht einmal eine Stunde, um die Pferde zu tränken und ihren verspannten Muskeln ein wenig Bewegung zu gönnen. Danach waren sie weitergezogen.

Skar erinnerte sich an den zweiten Tag ihres Rittes nur undeutlich. Er war ein paarmal vor Erschöpfung im Sattel eingeschlafen und schließlich in eine Art Dämmerzustand irgendwo zwischen Schlaf und Wachsein verfallen; starr, die Linke um den Zügel und die Rechte um den Sattelknauf gekrallt, unfähig, eines von beiden loszulassen. Irgendwann war wieder die Sonne untergegangen, und spät in der Nacht hatten sie eine weitere Rast eingelegt. Er hatte geschlafen und war nach wenigen Stunden so steif und verkrampft erwacht, daß El-tra ihn halb auf den Rücken seines Pferdes heben mußte, als sie weiterritten.

Als die Sonne das nächste Mal aufging, erreichten sie den Besh. Der gewaltige, mehr als eine Meile breite Fluß, den Skar kannte, war hier oben nur ein kaum knietiefes, träge dahinfließendes Rinnsal voller Schlamm und zerborstener Eisschollen, nicht einmal zweihundert Fuß breit und mit kränklichem Schilf und Wasserpflanzen durchsetzt. Vom Wasser stieg ein eisiger, unsichtbarer Hauch zu ihnen empor, und der Winter begrüßte sie mit beißender Kälte, als sie den Schutz des Waldes verließen und Richtung auf die Berge nahmen. Der Weg wurde steiniger, und mit jeder Meile wichen der Wald und der Sumpf ein Stück weiter vom Flußufer zurück, bis sie nicht mehr als ein dünner, dunkelgrüner Streifen zu ihrer Rechten waren, der schließlich hinter den ersten Felszacken des Vorgebirges verschwand. Es gab keinen festen, markierten Weg, nicht einmal so etwas wie einen Trampelpfad; nur Schnee und Steine und glitzerndes Eis, unter dem sich oftmals tückisch lockeres Geröll oder Spalten verbargen, die jäh und warnungslos vor ihnen aufklafften. Irgendwie kamen sie aber doch voran, schlängelten sich an Felsen und geröllübersäten Überhängen vorbei und drangen tiefer in das Gebirge ein. Die beißende Kälte vertrieb Skars Müdigkeit für eine Weile, aber in ihrem Gefolge kamen Erschöpfung und Schmerzen und schließlich doch auch wieder Müdigkeit, schlimmer als zuvor.

Als sie das Kastell endlich erreichten, hätte Skar beinahe nicht einmal bemerkt, daß sie ein künstliches Bauwerk vor sich hatten. Es war eine Ruine, wie El-tra gesagt hatte: grau und gewaltig wie die Felsen, die es umgaben, mit Mauern, die wie zerborstene Reihen grobknochiger Fäuste aus dem Stein geschlagen waren, ein

Bauwerk, das Gewalt ausstrahlte wie die Berge Kälte und Tod, von einem längst vergangenen Baumeister so perfekt in seine Umgebung eingepaßt, als wäre es gewachsen, nicht gemacht. Wie ein gewaltiges sterbendes Tier lag es zwischen den senkrechten Felswänden des Massivs eingebettet, zerstört und geschleift, aber noch immer gigantisch, ein Monstrum mit hundert Fuß hohen Mauern, die zinnenbewehrt und bizarr wie schwarze Hände nach den tiefhängenden Wolken zu krallen schienen. Es hätte El-tras Erklärung nicht bedurft, um Skar zu sagen, daß es die Sumpfleute gewesen waren, die dieses Bauwerk errichtet hatten.

Der Weg schlängelte sich in zahllosen, scheinbar willkürlichen Kehren und Windungen am Fuß der zerbrochenen Mauer entlang. Es gab ein Tor, einen gewaltigen, bogenförmigen Durchgang, der einmal breit genug gewesen war, eine Armee hindurchzulassen, jetzt jedoch von heruntergestürzten Steinen und Schutt und Schnee bis auf einen schmalen Weg verschüttet war. Dahinter lauerten Dunkelheit und wogendes Grau. Langsam und hintereinander ritten sie hindurch, auch die Männer Coshs jetzt sichtlich erschöpft und am Ende ihrer Kräfte. Es bereitete Skar ein kurzes, kindisches Gefühl der Befriedigung, zu sehen, daß sich auch einige von ihnen nur mehr mit Mühe im Sattel hielten.

Er war der letzte, der durch den halb verschütteten Eingang ritt. Der Innenhof der Festung war klein, kleiner, als er erwartet hatte – ein langgestrecktes Trapez von hundert mal dreißig Fuß, übersät mit zerborstenen Steinen, Schutt und Unrat. Die gewaltigen Mauern hatten den Schnee ferngehalten, nur hier und da gewahrte Skar kleine, weiße Nester glitzernder Kälte, und aus den Ritzen und Spalten der Wände wucherte kärgliches Unkraut; graue Pflanzen, die sich in Farbe und Wuchs der Feindseligkeit ihrer Umgebung angepaßt zu haben schienen. Es gab nur ein einziges, ungeheuer massiges Gebäude, einen Würfel aus Fels, direkt aus der Wand herausgehauen und mit einer Krone von Zinnen und nach außen gekrümmten Steinkrallen versehen.

Skars Erschöpfung machte noch einmal für einen kurzen Moment einem Aufwallen von Trotz Platz, als er aus dem Sattel stieg und mit mühsamen, schwankenden Schritten über den Festungshof ging. Sein Blick tastete an der Mauer entlang. Ihre Krone war

geborsten, und die herunterstürzenden Steine hatten, zusammen mit dem Staub und Unrat von Jahrhunderten, eine schräge, bis zur Hälfte ihrer Höhe reichende Rampe gebildet. Aber der verbliebene Rest war noch immer hoch, hoch genug, um ihn auch gegen einen zahlenmäßig weit überlegenen Gegner halten zu können. Es gab nur einen einzigen schmalen und fast senkrecht in der Höhe führenden Aufstieg, und der Wehrgang, von dem noch Bruchstücke an der Innenseite der Mauer stehengeblieben waren, war so angelegt, daß er auch zum Innenhof hin Schutz bot, als hätten seine Erbauer damit gerechnet, daß ein Feind das Tor stürmen und in den Hof eindringen könne.

Eine perfekte Falle.

Und trotzdem wußte Skar, daß es nicht funktionieren würde.

Das Geräusch von Schritten drang in seine Gedanken. Er wandte sich um und erkannte El-tra, der ihm gefolgt war und jetzt stehenblieb. Der Sumpfmann ging langsam, schleppend und vornübergebeugt wie ein alter Mann. Seine Gestalt schien zu flackern. »Du solltest hineingehen und dich ausruhen, Bruder«, murmelte der Sumpfmann. Selbst seine Stimme klang flach, kraftlos. »Du wirst morgen all deine Kräfte brauchen.«

Skar rang sich mit Mühe ein Lächeln ab. »Ihr nicht?«

»Es ist noch Zeit«, erwiderte El-tra. »Die Soldaten können nicht vor Sonnenaufgang hier sein. Der Weg, den sie nahmen, war weiter als der, den wir gekommen sind. Und anstrengender. Sie werden so erschöpft sein wie wir.«

Skar antwortete nicht gleich. Vor seinem geistigen Augen entstand das Bild eines drei Meter hohen, stachelbewehrten Hornkolosses mit Äxten statt Händen und der Kraft eines Bantas. »Wir werden Wachen aufstellen müssen«, sagte er matt. Er wankte. Jetzt, nachdem er aus dem Sattel war und die Anspannung allmählich von ihm abzufallen begann, schlug die Erschöpfung mit aller Kraft zu. »Und die Spuren beseitigen.«

El-tra machte eine Geste zum Himmel. »Er wird schneien, sobald die Sonne untergegangen ist. Niemand wird merken, daß wir hier sind. Nicht, bevor es zu spät ist.«

Skar hätte El-tras Optimismus gerne geteilt, aber er konnte es nicht. Vela war kein normaler Gegner.

»Und was, wenn sie nicht hierherkommt?« fragte er. »Wenn sie weiterzieht und versucht, einen anderen Weg durch die Berge zu finden?«

»Es gibt keinen«, sagte Eltra. »So wenig, wie es ein Zurück gibt. Sie wird kommen, Skar.«

Ja, dachte Skar dumpf. *Und sei es nur, weil sie weiß, daß wir auf sie warten.* Aber das sprach er nicht laut aus.

Gowenna weckte ihn, als die Sonne aufging.

Das Erwachen war schwierig, ein mühsamer Kampf gegen Müdigkeit und Erschöpfung, die sich in seine Muskeln gekrampft hatten, aber auch wieder nicht so schwer, wie er erwartet hatte.

Er setzte sich auf, stützte die Ellbogen auf die Knie und verbarg für einen Moment das Gesicht in den Handflächen. Um ihn herum waren Geräusche: Schritte, das Klirren von Metall, das unruhige Wiehern von Pferden, denen das Eingesperrtsein in dem steinernen Gewölbe mit seiner Kälte und seinen Geräuschen Furcht bereitete. Von irgendwoher wehten Wärme und ein schwacher Geruch nach Essen zu ihm.

»Wirst du von selbst wach, großer Krieger, oder soll ich einen Eimer Wasser holen?« fragte Gowenna. Ihre Stimme klang ungeduldig, aber auch amüsiert. Skar nahm die Hände herunter, sah sie einen Moment lang aus müden, verschleierten Augen an, gähnte ungeniert. »Eine vorgewärmte Decke und ein kräftiges Frühstück wären mir lieber«, erklärte er. »Aber damit kannst du nicht dienen, fürchte ich.«

Gowenna lächelte flüchtig. Skar fand, daß sie an diesem Morgen schöner war als zuvor; die Erschöpfung hatte das, was von ihren Zügen übrig war, gezeichnet, aber sie wirkte gleichzeitig auch entspannt, beinahe gelöst. Vielleicht weil die Zeit des Wartens und der Ungewißheit vorbei war und die Entscheidung jetzt fallen würde. »Du wirst mit dem vorlieb nehmen müssen, was wir haben«, sagte sie. »Kaltes Wasser und eine Brühe. Cosh ist nicht gerade für seine Küche berühmt«, fügte sie mit einem neuerlichen Lächeln hinzu.

Skar lachte ebenfalls, stand auf und reckte sich ausgiebig. Seine Gelenke knackten, und sein Rücken schmerzte vom Schlafen auf dem nackten, unebenen Felsboden, aber er spürte auch, daß die fast fünfzehn Stunden, die er geruht hatte, ihm wenigstens einen Teil seiner normalen Kraft und Geschmeidigkeit wiedergegeben hatten.

»Ist es schon soweit?«

Gowenna verneinte. »Wir haben Kundschafter ausgeschickt, Skar. Sie hat den Besh überschritten, doch es wird noch Stunden dauern, ehe sie hier ist. Zeit genug.«

»Zeit genug?« Skar bückte sich nach seinem Umhang und schlang ihn fröstelnd um die Schultern. Das Innere der Festung bestand aus einem einzigen großen zugigen Raum, in dem es nur wenig wärmer war als draußen. Sie hatten Feuer angezündet, aber die klammen Felswände hatten die Wärme schneller verschluckt, als die Flammen sie erzeugen konnten. »Wozu?«

Gowenna zuckte mit den Achseln. »Eine letzte Mahlzeit, ein Gebet, Zeit, uns auf den Angriff vorzubereiten ...«

»Jetzt wirst du pathetisch«, unterbrach Skar sie.

Sie lachte wieder, aber Skar spürte, daß ihre Fröhlichkeit nichts als eine weitere Maske war, Schutz vor der Hysterie, die dicht unter ihrer Oberfläche lauerte. Die Chancen, daß sie beide den nächsten Sonnenaufgang erleben würden, standen eins zu hundert, und Gowenna wußte das ebensogut wie er.

»Sagtest du nicht etwas von Essen?«

»Oh, natürlich.« Gowenna eilte davon und kam nach wenigen Augenblicken mit einer flachen Holzschale zurück. Die Brühe, von der sie gesprochen hatte, erwies sich als dünne, zum Großteil aus Wasser bestehende Suppe, in der dünne Stränge eines graugrünen Gemüses und ein paar einsame Fleischstücke trieben. Und ihr Geschmack war ungefähr das Schlechteste, was Skar jemals gekostet hatte. Aber sie war warm, und sie stillte wenigstens den ärgsten Hunger. Skar ließ sich mit überkreuzten Beinen auf sein Lager sinken und begann tapfer zu essen.

Gowenna sah ihm eine Weile schweigend zu, und ein seltsames

vertrautes Gefühl machte sich in ihm breit. Das Gefühl – so aberwitzig es in ihrer Situation und Umgebung erschien – geborgen zu sein, und sei es nur die Geborgenheit, die die Anwesenheit einer vertrauten Person vermittelte. Aber er wußte auch, daß dieses Gefühl, so wie alles, was er im Moment zu spüren glaubte, nicht echt war. Die Kluft zwischen ihnen war zu groß. Sie würden sie nicht überbrücken können, selbst wenn sie es wollten. Es war die Gefahr, die ihnen beiden für den Augenblick noch einmal etwas vorgaukelte, das Wissen um den bevorstehenden Tod, das sie glauben ließ, für ein paar kurze Momente noch einmal so etwas wie Glück zu empfinden.

»Ich hätte dir gern etwas Besseres angeboten«, sagte Gowenna, als er mit seiner Mahlzeit zu Ende war und die Schüssel abstellte. »Ein Krieger sollte nicht mit knurrendem Magen in die Schlacht ziehen.«

Skar lächelte aufmunternd. »Wir holen die Siegesfeier nach«, sagte er. »Morgen. Vielleicht mit gebratenem Drachen.«

Gowenna wurde übergangslos ernst. »Glaubst du, daß wir eine Chance haben?« fragte sie leise.

Skar sah sekundenlang an ihr vorbei zum Ausgang, ehe er antwortete. Rotes Sonnenlicht füllte das niedrige Rechteck aus und versah es mit einem Glorienschein von Blut. Es erschien ihm wie ein schlechtes Omen. »Was willst du hören?« fragte er. »Eine ehrliche Antwort oder eine Ermunterung?«

»Oh«, erwiderte Gowenna. »Ich glaube, das reicht schon.«

Skar lachte, aber diesmal klang es nicht sehr heiter. »Ich weiß einfach nicht, was geschehen wird«, sagte er nach einer Weile. »*Wenn* sie wirklich hierherkommt und in die Falle tappt, dann werden wir sie schlagen. Wenn ...«

»El-tra sagt, sie hätte keine Wahl. Es gibt nur diesen Weg.«

»Das ist es ja, was mir Sorgen macht«, knurrte Skar. »Sie wäre nicht die Frau, die wir beide kennen, wenn sie die Falle nicht ahnen würde. Und auch wenn sie keine Wahl hat – eine Falle, die man erkennt, kann leicht umgedreht werden, so daß sie den schlägt, der sie aufgestellt hat.«

»Eine alte Satai-Weisheit?«

Skar schüttelte den Kopf. »Nein. Das gehört zu den Grundlagen des Überlebens.« Er reckte sich, beugte sich im Sitzen hinüber und nahm seinen Schwertgurt auf. Der Griff seines *Tschekal* war mit einer glitzernden Raureifschicht überzogen. Er band den Gurt um, zog die Waffe aus der Scheide und begann sie mit einem Zipfel seines Mantels zu polieren. »Aber vielleicht hast du recht«, fuhr er, den Gedanken wieder aufnehmend, fort. »Selbst wenn sie weiß, daß wir hier auf sie warten, wird sie nicht sehr viel dagegen tun können. Und die Karten sind nicht schlecht verteilt – vierzig Sumpfleute gegen die gleiche Anzahl von Kriegern Velas ...« Er lachte, ließ sein Schwert sinken und machte eine wegwerfende Handbewegung. »Das einzige, was mir Sorgen bereitet, ist der Drachen.«

»Nicht einmal er ist stark genug, diese Mauern einzureißen«, sagte Gowenna. »Und wenn sie so wahnsinnig ist, es trotzdem zu versuchen, töten die Sumpfmänner ihn. Auch er ist nur ein Lebewesen, kein Dämon.«

Es hätte viel gegeben, was Skar ihr hätte entgegenhalten können, aber er tat es nicht. Sie war länger mit Vela zusammengewesen und wußte besser als er, über welche Möglichkeiten die *Errish* verfügte, und wenn sie im Moment vorzog, alles zu vergessen, was sie gemeinsam erlebt hatten – angefangen von ihrer Begegnung mit den Hornkriegern bis hin zu ihrer verzweifelten Flucht durch den Kristallwald –, so hatte er nicht das Recht, ihr zu sagen, was sie nicht hören wollte.

Er fuhr fort, seine Waffe zu polieren, steckte sie schließlich in die Hülle zurück und stand auf. Ein trügerisches Gefühl von Sicherheit und Kraft durchströmte ihn. »Wir sollten sehen, ob wir El-tra und den anderen helfen können.«

Hintereinander verließen sie das Gebäude. Das Bild, das sich Skar bot, hatte kaum mehr etwas mit dem vom vergangenen Mittag gemein – die Sumpfmänner hatten den Hof gesäubert, Steine und Felstrümmer beiseitegeschafft und einen Teil der zerborstenen Wehrgänge wieder aufgebaut, notdürftig, wie Skar mit einem raschen Blick erkannte, aber fest genug, um einem ersten Ansturm standzuhalten. Die schmale Steintreppe, die zur Mauerkrone hinaufführte, war niedergerissen und durch eine Strickleiter ersetzt worden. Hinter den Zinnen lehnten Waffen: Speere, Armbrüste und Wurfgeschosse; eine Anzahl der gezackten, fürchterlichen Schwerter der Sumpfleute.

»Dort oben ist El-tra.« Gowenna deutete auf eine der grauen Gestalten hinter den Zinnen und setzte sich in Bewegung.

Skar folgte ihr. Er hatte es längst aufgegeben, sich zu fragen, woran Gowenna den Sumpfmann erkannte. Für ihn waren sich die Männer aus Cosh noch immer ähnlich wie ein eineiiger Zwilling dem anderen.

Sie überquerten den Hof und stiegen hintereinander die Strickleiter hinauf. Der hölzerne Boden des Wehrganges bebte unter Skars Gewicht, als er den Fuß daraufsetzte, und ein paarmal lösten sich trockener Mörtel und kleinere Steinbrocken, um polternd auf den Hof hinabzustürzen. Aber im großen und ganzen war die Konstruktion in einem besseren Zustand, als Skar befürchtet hatte. Die Jahrhunderte hatten ihre Spuren hinterlassen und ihren Tribut gefordert, doch die Festung war nicht gefallen. Obwohl eine Ruine, war sie noch immer stark.

El-tra begrüßte ihn mit einer freundlichen Geste. Von der Schwäche, die Skar am vergangenen Tag an ihm bemerkt hatte, war nichts mehr zu spüren. Im Gegenteil, wie Gowenna und auch er selbst schien El-tra von vibrierender, nur mühsam zurückgehaltener Aktivität erfüllt zu sein. Und nicht nur er. Auch von den anderen Sumpfleuten schienen Müdigkeit und Erschöpfung abgefallen zu sein wie abgelegte Kleidungsstücke.

Skar begann sich zunehmend unbehaglicher zu fühlen. Er kannte Situationen wie diese nur zu gut. Er hatte sie erlebt, unzählige Male vor unzähligen Schlachten, die er ausgetragen hatte: Männer, die lachend und mit Begeisterung in den Kampf zogen, vor Erregung bebten, den Augenblick, in dem sie dem Gegner ins Auge schauten, kaum erwarten konnten.

Die meisten von ihnen hatten die Schlacht nicht überlebt.

»Bist du mit unseren Vorbereitungen zufrieden?« fragte Eltra.

Skar nickte. »Perfekt, bedenkt man die Kürze der Zeit, die ihr hattet. Ich hätte es nicht besser machen können.« *Aber das hieß nicht, daß er zufrieden war. Die Falle war perfekt, ein strategisches Planspiel, eines Meisters der Kriegskunst würdig. Aber Vela war eine hervorragende Spielerin.*

Er trat mit einem raschen Schritt an El-tra vorbei, legte die Hände auf den zermürbten Stein der Zinnen und sah nach Osten. Als sie hergekommen waren, war ihm nicht aufgefallen, wie steil der Weg bis zur Festungsmauer anstieg. Jeder Angriff würde schon auf der Hälfte des geröllübersäten Hanges seinen Schwung verlieren; und es gab bis auf fünfhundert Fuß vor der Mauer nichts, was auch nur einem Hund hätte Deckung gewähren können.

Er beugte sich vor, sah in die Tiefe und nickte ein weiteres Mal anerkennend. Das Kastell hockte wie ein Ungeheuer aus grauem Fels über dem Hang. Zu beiden Seiten zogen sich senkrechte, wie poliert wirkende Felswände hundert Fuß und mehr in die Höhe. Der einzige Weg führte direkt am Kastell vorbei. Es war schlichtweg unmöglich, den Hang zu überwinden, ohne das Kastell vorher zu stürmen.

Trotzdem war er nicht beruhigt, im Gegenteil. Er richtete sich auf, fuhr sich mit einer nervösen Geste über Kinn und Mund und blinzelte aus zusammengekniffenen Augen nach Osten.

»Wie lange wird es noch dauern?« fragte er.

»Bis sie hier sind?« El-tra schwieg einen Moment. »Zwei Stunden. Vielleicht drei.«

»Ihr habt Späher ausgesandt?«

El-tra nickte. »Späher und Bogenschützen. Fünf Mann auf jeder Seite.« Er deutete auf die lotrecht abfallenden Felsen, die das untere Ende des Hanges flankierten; eine zweite, von der Natur errichtete Festung, so uneinnehmbar wie die, in der sie waren. El-tras Bogenschützen konnten den Hang in eine Todesfalle verwandeln.

»Du läßt ihr nicht die geringste Chance, wie?« fragte er leise.

»Sollte ich?«

Skar antwortete nicht. Es war das alte Problem: Man konnte einen Gegner schlagen, ihm jeden nur denkbaren Schaden zufügen – aber es war nicht immer klug, ihn in die Enge zu treiben. Wie im Kampf Mann gegen Mann hatte Skar auch im Feld fast immer selbst dafür gesorgt, daß dem Feind eine letzte Möglichkeit zur Flucht offenblieb. Ein Gegner, der keinen Ausweg mehr sieht, neigt zu Verzweiflungstaten.

Trotzdem schüttelte er nach einer Weile den Kopf und trat von der Brüstung zurück. Der *Errish* eine Chance zu lassen, hieße mit fast hundertprozentiger Sicherheit den Sieg zu verspielen. »Nein«, sagte er noch einmal. »Ihr habt gute Arbeit geleistet. Ich glaube, wir können jetzt nur noch warten.«

»Unsere Späher werden uns warnen, wenn sie näher kommt«, sagte El-tra. »Du kannst zurückgehen und im Inneren der Festung warten. Ich lasse dich rufen.«

Skar lehnte ab. Es war kalt und ungemütlich hier oben auf der Mauer, aber unten in den düsteren, fensterlosen Hallen der Festung wäre er sich wie lebendig begraben vorgekommen. Hier draußen konnte er wenigstens frei atmen. Wieder glitt sein Blick den Hang hinunter und verweilte auf dem schmalen Spalt im Fels, dem einzigen Weg hier herauf. Es hatte geschneit, wie El-tra prophezeit hatte, und ihre Spuren waren verschwunden, als hätte es sie niemals gegeben. Er hob den Kopf und blinzelte aus zusammengekniffenen Augen zur oberen Kante der Felsen hinauf, aber obwohl er wußte, wonach er zu suchen hatte, konnte er nicht die geringste Spur von Leben entdecken. El-tras Bogenschützen schienen mit dem Gestein verschmolzen zu sein.

»Du bist nervös«, sagte Gowenna leise.

Skar nickte, ohne den Blick von den Felsen zu wenden. »Zwei Stunden sind eine lange Zeit, Gowenna.«

»Du fürchtest dich, nicht?« fragte Gowenna. »Nicht vor dem Kampf oder der Begegnung mit Vela. Du hast Angst, Del wieder gegenüberzustehen.« Sie trat neben ihn und lehnte sich schwer gegen die Brüstung. »Was ich in Cosh gesagt habe, tut mir leid«, sagte sie. »Ich war zornig, und ich war erschrocken, als ich sah, daß Del fort war.«

Skar drehte den Kopf und sah sie an. Sie schien eine Antwort zu erwarten, etwas ganz Bestimmtes - vielleicht nur ein Lächeln, ein Wort; es hätte viel gegeben, was er hätte tun oder sagen können, ohne sich dabei etwas zu vergeben. Aber er hatte nicht vergessen, daß ihr Messer an Dels Kehle gewesen war.

»Es ist nicht der Moment, zu lügen, Gowenna«, murmelte er.

Sie hielt seinem Blick einen Herzschlag lang stand und sah dann zu Boden.

»Wahrscheinlich hast du recht«, sagte sie. Dann drehte sie sich mit einem Ruck um und ging.

Skar dachte einen Moment daran, sie zurückzurufen, aber sie war bereits den Wehrgang und die Strickleiter hinuntergestiegen, ehe er den Entschluß endgültig gefaßt hatte.

Rings um ihn fuhren die Sumpfmänner fort, sich auf die Schlacht vorzubereiten, aber Skar fühlte sich seltsam isoliert, ausgeschlossen, als ginge ihn dies alles nichts an. Er war ein Fremder, nicht mehr als ein im Grunde unbeteiligter Zuschauer. El-tra hatte recht. Es war nicht sein Kampf. Was hier geschehen würde, ging ihn nichts an.

Lange, sehr lange stand er reglos hinter den Zinnen der zerborstenen Wehrmauer. Er dachte nicht, nicht bewußt. Aber langsam, allmählich und fast, ohne daß er sich dessen selbst bewußt wurde, reifte ein Entschluß in ihm. Etwas, das irgendwie mit dem Ding in ihm verkettet schien, ein schwaches Echo auf die Präsenz seines Dunklen Bruders. Dieser war erwacht, endgültig, schon vor langer, langer Zeit, ohne daß Skar es selbst bemerkt hätte, aber jetzt spürte er ihn wie einen großen, schweigenden Schatten, der hinter seinen Gedanken lauerte, eine Gewalt, ungleich stärker, als selbst Vela ahnte. Wie hatte Kor-tel gesagt? *Wende es richtig an. Es kann uns den Sieg bringen - oder uns alle vernichten.* Er hatte geglaubt, es nicht zu können, aber das stimmte nicht. Der Bruder war wach, war es die ganze Zeit gewesen, und gerade sein Schweigen hätte ihm dies deutlich machen müssen. Aber anders als die Male zuvor würde er diesmal nicht Gewalt über ihn erlangen, nicht, ehe er es selbst wollte.

Diesmal würde er das Monstrum in sich freiwillig entfesseln müssen, ihm vollständig und ohne Vorbehalte Macht über sich, seine Gedanken und sein Tun geben müssen. Und er wußte, daß der Dunkle Bruder diesmal nicht wieder gehen würde. Er hatte ihn zweimal zurückgedrängt; ein drittes Mal hatte er nicht die Kraft dazu.

Aber er würde es tun. Die *Errish* hatte den Kampf begonnen, ohne zu ahnen, mit welcher Macht sie sich anlegte. Sie hatte ihn haben wollen, ihn - oder *das Ding in ihm* - und sie würde es bekommen.

Er wußte plötzlich, was zu tun war. Der Gedanke erschreckte ihn selbst jetzt noch, aber er war gepaart mit dem Wissen, daß es die letzte verbliebene Möglichkeit war. Er würde seinem Dunklen Bruder ein letztes Mal gestatten, Gewalt über ihn zu erlangen. Und er würde die *Errish* vernichten, sie, den Drachen und diesen verfluchten Stein der Macht. Er wußte, daß er es konnte.

Aber er wußte auch, daß er hinterher sterben würde.

Irgend etwas stimmte nicht. Er hatte das Kastell verlassen, ohne aufgehalten oder auch nur angesprochen zu werden. Sein Pferd hatte gesattelt und fertig gerüstet neben dem Ausgang gestanden, als er die Wehrmauer verließ; wenn es noch eines Beweises dafür bedurft hätte, daß die Sumpfmänner seine Gedanken lasen, so war es dieser. Aber er verschwendete nicht mehr als eine halbe Sekunde an diesen Gedanken. Gowenna war im Inneren des Festungsgebäudes geblieben. Vielleicht wußte sie nicht, was er tat, vielleicht wußte sie es auch und respektierte seinen Wunsch, allein zu bleiben. Seitdem war er geritten, eine winzige Gestalt am Ende einer langsam länger werdenden Spur, die sich vom Kastell den Weg, den sie vor Tagesfrist gekommen waren, zurückschlängelte. Die Felsen wichen vor ihm auseinander, als er den Spalt am unteren Ende des Hanges durchschritten hatte, aber das gewaltige, schneebedeckte Plateau unter ihm war leer. Weder von Vela noch von ihren Kriegern zeigte sich die geringste Spur. Er war weiter geritten, über das Plateau, tiefer hinein in das Labyrinth aus Fels und glitzerndem Eis, in das der Winter das Vorgebirge verwandelt hatte. Er ritt eine Stunde, dann zwei, ohne auf ein Anzeichen des näherrückenden Heeres zu stoßen. Die Berge waren leer, tot, so tot wie Tuan, von dem sie nur der Fluß und ein schmaler Streifen der Sümpfe trennte.

Als die Sonne im Zenit stand, erreichte er den Fuß des Gebirges. Er tränkte sein Pferd, gönnte ihm und sich selbst eine halbe Stunde Rast und ritt weiter, auf das schimmernde weiße Band des

Flusses zu. Irgendwo auf dem Weg zwischen ihm und den Bergen würde er auf Velas Armee stoßen. Die Späher, die El-tra ausgeschickt hatte, hatten berichtet, daß sie den Fluß bereits durchschritten hatte; vor Stunden, lange, bevor die Sonne aufging. Skar hatte damit gerechnet, sie irgendwo auf halbem Wege zwischen hier und dem Kastell zu treffen, aber aus irgendeinem Grund war sie nicht weitergezogen. Vielleicht, dachte er, um ihren Kriegern eine letzte Rast vor der Schlacht zu gönnen, wenige Stunden Schlaf, damit sie ausgeruht in den Kampf ziehen konnten.

Aber vielleicht wußte sie auch, daß er kommen würde, und wartete auf ihn. Die letzten Felsen blieben hinter ihm zurück, und vor ihm lag eine gewaltige, brettflache Ebene, bedeckt mit Schnee und Kälte, einer glitzernden weißen Decke, unversehrt; die Spuren ihres Gewaltmarsches waren mit dem Schnee der vergangenen Nacht getilgt. Hier und da wuchs ein verkrüppelter Baum, die Äste unter einem Panzer aus wasserklarem Eis zu toten Krallen erstarrt, und in weiter Ferne glaubte er ein paar dunkle, flache Umrisse zu erkennen, halb im Schnee vergraben und zu klein, um Menschen oder Pferde zu sein. Jetzt, als er mit dem Fluß auf gleicher Ebene war, konnte er ihn nicht mehr sehen. Es schneite nicht mehr, aber in der Luft lag ein feiner, trockener Nebel aus pulverigem Schnee, dem der Wind immer wieder neue Nahrung zuführte, so daß alles, was weiter als zwei- dreihundert Fuß entfernt lag, nur mehr schemenhaft zu erkennen war. Der Horizont war verschwunden, aufgelöst in wirbelnden weißen Dunst.

Skar öffnete seinen Mantel, streifte ihn nach kurzem Zögern ganz ab und legte ihn zusammengefaltet vor sich auf den Sattel. Er war am Vortag zu müde gewesen, um noch auf seine Umgebung zu achten; die Trostlosigkeit und Kälte des Landes war ihm ebenso entgangen wie die genaue Entfernung zum Fluß. Aber er wußte, daß es nicht mehr weit sein konnte. Eine Meile, vielleicht zwei; mehr nicht.

Nach hundert Schritten fand er den ersten Toten.

Es war wie eine bizarre Wiederholung des ersten Males, als er einen der schwarzen, horngepanzerten Krieger gesehen hatte. Auch er lag, lang ausgestreckt und halb unter wehendem Schnee vergraben, auf dem Gesicht, die Hände in einer erstarrten Bewegung um den Griff eines Schwertes gekrampft, dessen Klinge zersplittert war. Aber er war nicht der Kälte oder dem Hunger zum Opfer gefallen, wie jener erste Krieger, den sie in Tuan gefunden hatten. Skar brachte sein Pferd dicht neben der reglosen Gestalt zum Stehen und beugte sich im Sattel vor. Er stieg nicht ab, aber was er vom Rücken des Tieres aus sah, ließ einen bitteren Geschmack auf seiner Zunge entstehen. Der Schnee war, entlang der breiten, zerwühlten Spur, über die sich der Sterbende geschleppt hatte, schwarz vor geronnenem Blut und verklumpt. Die Rüstung war zerschmettert, aber es war nicht die Spur einer Waffe, die Skar sah; zumindest nicht die irgendeiner, die er gekannt hätte. Der Panzer schien wie von gewaltigen Hammerschlägern zertrümmert, eingedrückt und zerrissen wie dünnes Pergament; Skar war plötzlich froh, den geschundenen Körper darunter nicht sehen zu können. Er überlegte einen Moment, ob er absteigen und den Leichnam genauer untersuchen sollte, richtete sich aber dann im Sattel auf und sah konzentriert in die Richtung, in die die Spur des Kriegers wies. Der Wind frischte auf, und mit den eisigen Böen wurde auch das Schneetreiben stärker; Schnee, der nicht vom Himmel, sondern in tanzenden Schwaden vom Boden emporwirbelte, als wolle er ihm absichtlich den Blick auf das, was hinter ihm verborgen lag, verwehren.

Skar zog mit einer bedächtigen Bewegung sein *Tschekal* aus dem Gürtel, löste den runden, lederbezogenen Schild, den ihm die Sumpfleute mitgegeben hatten, vom Sattelgurt und streifte ihn über den linken Arm, ließ die Halteschlaufen jedoch absichtlich offen. Sein Pferd ging auf einen knappen Schenkeldruck hin weiter, aber seine Schritte schienen langsamer, zaghaft und beinahe widerwillig, als spüre es mit seinen feineren Instinkten eine Gefahr, die Skar selbst hinter dem tobenden Schneenebel nur erahnen konnte.

Skar lauschte, aber das monotone Heulen des Windes war das einzige Geräusch. Selbst die Hufschläge des Pferdes wurden von der knöcheltiefen Schneeschicht auf dem Boden verschluckt.

Dann fand er den zweiten Toten. Er war halb begraben im Schnee, als hätte er versucht, sich in den hartgefrorenen Boden darunter zu verkriechen. Seine Rüstung war unbeschädigt, aber wo seine Beine sein sollten, waren nur zwei blutige Stümpfe. Neben seiner Spur war eine zweite, schmalere; ein dünner senkrechter Graben im Schnee, der im spitzen Winkel auf die Spur des Flüchtenden zustieß und sich mit ihr dort vereinigte, wo er gestorben war.

Skar ritt weiter. Er fand noch mehr Leichen, drei, fünf, dann eine ganze Gruppe, die sich wie eine Herde flüchtender Tiere aneinandergedrängt und gemeinsam versucht haben mußte, sich zu verteidigen. Die Spuren waren jetzt im einzelnen nicht mehr zu erkennen: Der Schnee war zertrampelt, besudelt mit Blut, übersät mit zertrümmerten Waffen und Bruchstücken von Rüstungen, mit Toten, manchmal auch nur mit abgeschlagenen, verstümmelten Gliedmaßen. Und es war still, unheimlich still. Skar kannte die bedrückende Ruhe eines Schlachtfeldes nach dem Kampf, aber dies hier war etwas anderes. Im Heulen des Windes schien Schweigen mitzuklingen, eine stumme, unhörbare und gleichzeitig unüberhörbare Drohung, nicht weiterzugehen, sondern umzudrehen und davonzureiten, so schnell er konnte. Aber er ritt weiter, zwang sich, jeden einzelnen Toten genau anzusehen und die dumpfe, quälende Angst zu ertragen. Schließlich tauchte ein gewaltiger grauer Schatten vor ihm auf, massig und groß wie ein Teil der Berge, durch einen bizarren Zauber hierherversetzt. Skar wußte, was es war, noch bevor er näher kam und aus dem Schatten ein Körper wurde, aus grauer Undeutlichkeit schuppige Platten und ein ungeheurer, borkiger Schlangenhals herauswuchsen, unmöglich verdreht und mehrfach gebrochen. Das Feuer in den tükkischen roten Augen der Bestie war erloschen, die meisten ihrer handlangen, einwärts gekrümmten Reißzähne abgebrochen, zersplittert, als hätte sie versucht, auf Stahl zu beißen.

Skar ritt bis auf wenige Schritte an den gefallenen Koloß heran. Es gab hier keinen Schnee mehr. Der Boden war zerwühlt, ein Krater, aufgeworfen und verbrannt vom Säureatem der Bestie, zerfetzt vom Toben der ungeheuren Krallen, mit denen sie im Todeskampf um sich geschlagen hatte, blindwütig alles zermalmend, was in ihre Reichweite kam, selbst jetzt roch die Luft noch so durchdringend nach dem ätzenden Staub, daß Skar nur mühsam atmen konnte und schließlich ein paar Schritte zurückwich.

Er stieg aus dem Sattel, legte Schild und Schwert aus der Hand und begann den gefallenen Koloß langsam zu umrunden. Er wußte nicht, was hier geschehen war, und er versuchte gar nicht erst, es sich vorzustellen, aber es mußte wie ein vorweggenommener Weltuntergang gewesen sein.

Die Panzerplatten des Ungeheuers waren zerborsten, zermalmt wie die Rüstungen der Toten, die er gefunden hatte, gebrochen unter Hieben, deren Gewalt sein Vorstellungsvermögen überstieg.

Er fand noch mehr Tote; Männer, die weniger in einem Kampf gefallen schienen als vielmehr *gerissen* worden waren, verstümmelt und zerfetzt von einer Bestie, der gleichen, gnadenlosen Gewalt, die auch den Drachen getötet hatte.

Dann fand er Del.

Er lag ein Stück abseits der anderen, auf halbem Weg zum Flußufer hin, eine verkrümmte, in schwarzes, zermalmtes Horn gehüllte Gestalt neben einem blutigen Bündel, das einmal ein Pferd gewesen sein mochte. Der Schnee unter seiner Rüstung war dunkel. Sein *Tschekal* lag noch neben ihm. Die Klinge aus graviertem Sternenstahl war gebrochen, zersplittert wie poröses Glas. Er mußte der erste gewesen sein, der sich den Angreifern entgegengeworfen hatte.

Und wahrscheinlich war er auch der erste gewesen, der gestorben war.

Er wußte nicht, wieviel Zeit verging – vielleicht waren es Stunden, vielleicht nur Augenblicke, die er reglos neben der geschundenen Gestalt verharrte und ins Leere starrte. Irgendwann begann sich der Wind zu legen. Die wirbelnden weißen Schwaden sanken langsam zu Boden und überdeckten den Kampfplatz mit einer dünnen, rotweiß gefleckten Decke, und irgendwann, noch später, hörte er gedämpften Hufschlag und wandte sich um. Der Schmerz, auf den er gewartet hatte, war nicht gekommen, aber es fiel ihm seltsam schwer, sich zu bewegen, zu denken, die grauen Gestalten, die einer nach der anderen aus dem Nebel hervorkamen, als das zu erkennen, was sie waren.

Langsam, mit Bewegungen, die so mühsam waren, als schleppe er eine unsichtbare, zentnerschwere Last mit sich, ging er den Sumpfmännern entgegen. Seine Augen brannten. Etwas lief warm und salzig über sein Gesicht und seine Lippen. Er sah Gowenna, die zusammen mit ihren beiden Wächtern an der Spitze der Kolonne ritt, nur noch wie durch einen durchsichtigen, wogenden Schleier. Ihr Gesicht wirkte bleich, blasser noch als der Schnee zu ihren Füßen.

»Ich ... weiß nicht, wie du das gemacht hast«, begann sie, sprach aber nicht weiter, als Skar den Kopf schüttelte.

»Ich habe das nicht getan«, sagte er leise. »Ich fand diesen Platz so vor, wie du ihn siehst.« Plötzlich hatte er Mühe, seine Stimme unter Kontrolle zu halten. Seine Hände zuckten, und irgendwo, tief in seinem Inneren, begann sich ein Gefühl zu formen, das jenseits von Schmerz und Verzweiflung war.

»Was ... ist mit Vela?« fragte Gowenna stockend. »Ist sie –« Sie brach erneut ab, als sie den Ausdruck ins Skars Augen sah. Ihr Blick wanderte an ihm vorbei, glitt über die blutbefleckte Schneedecke und blieb für endlose Sekunden an dem verkrümmelten schwarzen Bündel im Schnee hängen.

»Del?« flüsterte sie.

Skar nickte. Er wollte etwas sagen, irgend etwas, sinnlose Worte, nur, um nicht länger reglos dazustehen und Gefangener der Qual zu sein, die das Vakuum in seinen Gedanken langsam auszufüllen begann, aber es ging nicht. Die Sumpfmänner begannen aus den Sätteln zu steigen und die Toten zu untersuchen. Eltra und sein Bruder eilten an Skar vorbei und knieten neben Dels Leichnam nieder; er konnte nicht erkennen, was sie taten. Es interessierte ihn auch nicht. Er spürte nicht einmal, daß Gowenna ihn ansprach. Erst als sie ihn am Arm faßte und ihn schüttelte, wandte er müde den Kopf und sah zu ihr hinauf.

»Es tut mir leid, Skar«, sagte sie leise. »Wir ... sollten zurückreiten zum Kastell. Du kannst hier nichts mehr tun.«

Skar sah noch einmal zu Del hinüber. Die beiden Sumpfmänner knieten rechts und links von ihm im Schnee, ihre Hände lagen flach auf Gesicht und Brust des toten Satai. Dann wandte er sich mit einem Ruck um und sprang neben Gowenna in den Sattel. Aber er ritt noch nicht los. Sein Blick glitt über den Fluß, bohrte sich in den grauweißen Nebel, der das jenseitige Ufer verschleierte, und als hätte die Natur auf dieses Zeichen von ihm gewartet, fauchte eine Windbö heran und riß die wehenden Schleier auseinander.

Am jenseitigen Ufer des Flusses stand ein Wolf, ein gewaltiges, schwarzes Tier aus gemeißeltem Granit und erstarrten Flammen, so groß wie ein Kalb und schwarz wie die Hölle. Er regte sich nicht, sondern stand einfach da und sah ihn an, und das einzige Leben an ihm war das Lohen in seinen Augen.

Der Vorhang aus Nebel und sprühendem Dunst schloß sich wieder, so rasch, daß Skar sicher war, der einzige gewesen zu sein, der das Tier gesehen hatte. Aber er wußte jetzt, daß es da war, dort drüben, nicht einmal eine Pfeilschußweite entfernt, unsichtbar und lautlos, so, wie es ihn die ganze Zeit über begleitet hatte: Combats Fluch und Wächter, der Hüter des Steines, Wächter, Bewahrer und Vollstrecker in einem. Und Skar wußte ebenso, daß dieses Wesen nicht eher ruhen würde, bis der Frevel, der an der Heiligen Stadt begangen worden war, gesühnt war. »Warum tötest du mich nicht?« flüsterte er. Aber er wußte die Antwort im gleichen Moment, in dem er die Worte aussprach.

Gowenna sah ihn irritiert an. »Was meinst du?«

Skar schüttelte hastig den Kopf. »Nichts«, murmelte er. »Ich habe nur laut gedacht. Vergiß es.« Er zwang sein Pferd herum, preßte ihm die Schenkel in die Flanken und ritt an Gowennas Seite los. Sein Blick glitt nach Norden, dorthin, wo sich hinter den grauen Felsen des Schattengebirges Elay verbarg. Elay, das Land der Ehrwürdigen Frauen und der Drachen – das Land und die Stadt, die Velas Ziel waren. Er wußte, daß sie noch lebte. Er wußte, daß sie auf ihn warten würde, und diesmal, dachte er entschlossen, diesmal würde er sie nicht warten lassen.

Sie sollte erfahren, was es hieß, die Rache eines Satai herauszufordern.

ENDE DES ZWEITEN TEILES

Der steinerne Wolf

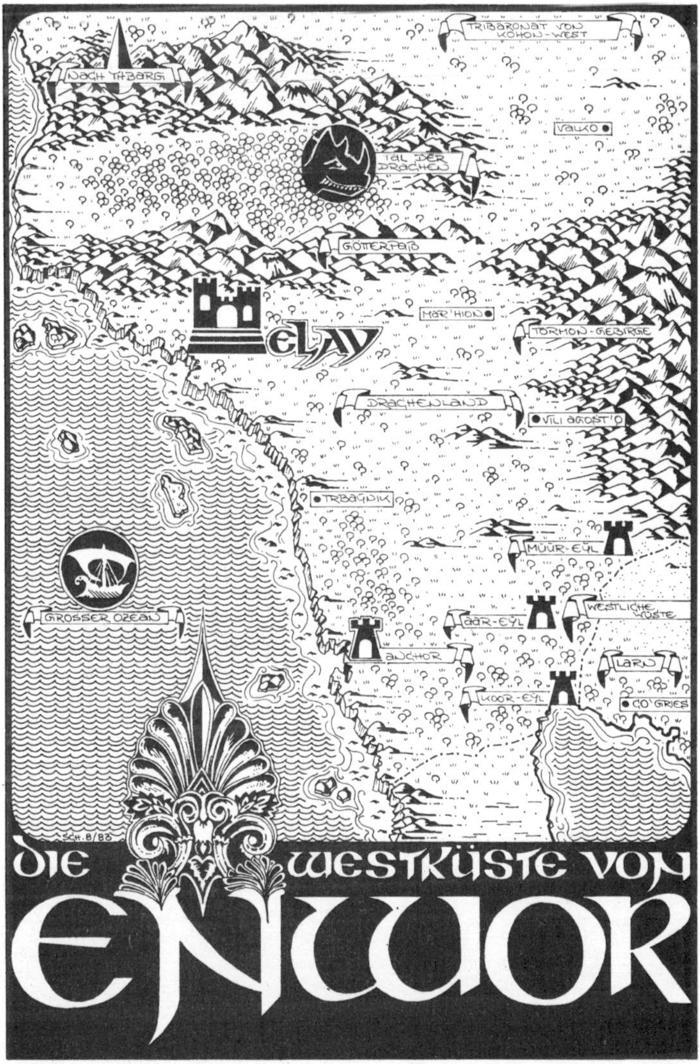
TRIBARONAT VON KOHON-WEST
NACH THBARG
VALKO
TAL DER DRACHEN
GÖTTERPAß
MAR'HION
ELAY
TORMON-GEBIRGE
DRACHENLAND
VILI AGOST'O
TRBAGNIK
MÜUR-EYL
WESTLICHE KÜSTE
AAR-EYL
GROSSER OZEAN
ANCHOR
LARN
KOOR-EYL
CO'GRIES
SCH. 8/88
DIE WESTKÜSTE VON
ENWOR

PROLOG

Es war still in dem großen, leeren Raum. Obwohl die Wände an vielen Stellen geborsten und durchbrochen waren und weder den Wind noch das rote, flackernde Licht der Sonne zurückhalten konnten, sperrten sie doch nachhaltig jedes Geräusch, jeden noch so winzigen Laut und jedes Zeichen von Leben aus und verwandelten den steinernen Saal in eine Gruft. Die Kälte war auch hier bemerkbar, vielleicht stärker als draußen; ein unsichtbarer, klammer Hauch, der wie flüsternder Nebel über dem Boden und zwischen den wenigen verfallenen Möbelstücken hing und ihn frösteln ließ. Aber es war mehr als Kälte, das fühlte er, weit mehr als der klirrende Hauch des Schnees, der die Berge und die verfallene Festung mit einem weißen Leichentuch überzog. Es war die Seele Coshs, die er spürte, die Stimme des Sumpfes, die ihnen wie ein unsichtbarer Begleiter gefolgt war: ihre Anwesenheit, ihren Atem, das sanfte Tasten unsichtbarer Finger, mit dem sie irgend etwas tief in seinem Inneren zu berühren oder vielleicht auch nur zu suchen schien. Die schlanke Gestalt auf dem steinernen Lager vor ihm schien hinter einer unsichtbaren Wand aus flimmernder Luft zu liegen, als hätten sich die Gesetze der Natur auf den Kopf gestellt und ließen die Luft nun vor Kälte wabern, und wenn er nur lange genug hinsah und sich dem Flüstern des Nebels und der eisigen Feuchtigkeit hingab, dann begannen ihre Umrisse zu verschwimmen, sich aufzulösen, und auf den erstarrten Lippen des Toten erschien wieder dieses flüchtige, junge Lächeln, dessen wahre Bedeutung vielleicht nur Skar selbst gekannt hatte. Tränen füllten seine Augen und zeichneten dünne Spuren von Wärme auf seine erstarrte Gesichtshaut. O ja, er fühlte Schmerz, jetzt, nachdem alles vorbei war. Einen größeren und furchtbareren Schmerz als je zuvor. Er hatte geglaubt, jenseits von Trauer und Leid zu sein, nachdem er einmal den Haß kennengelernt hatte, aber das stimmte nicht. Wie oft war er in den letzten vier Tagen hier gewesen? Ein dutzendmal? Zwei? Er wußte es nicht mehr. Er wußte auch nicht mehr, wie oft er so wie jetzt neben Dels Lager gesessen und die reglose, tote (es kostete ihn Überwindung, das Wort auch nur in Gedanken zu formulieren, denn es auszusprechen bedeutete, es zuzugeben, und es war das erste Mal in seinem Leben, daß er sich wünschte, die Augen vor der Wahrheit verschließen und sich in irgendeinen Winkel verkriechen zu können) Gestalt des jungen Satai betrachtet hatte, wie oft ihr Leben – ihr gemeinsames Leben, denn das, was vorher gewesen war, zählte nicht (auch das begriff er erst jetzt) – an ihm vorübergezogen war. Mit Del war ein Teil von ihm gestorben, ein Teil von ihm, von dem er bisher nicht einmal gewußt hatte, daß es ihn gab. Haß? Als er neben der blutbesudelten Gestalt im Schnee gekniet und in die offenen, mit Rauhreif bedeckten Augen des Toten gesehen hatte, hatte er für einen kurzen Moment geglaubt, Haß zu empfinden, aber auch das war nicht wahr gewesen. Es war nichts als Schmerz, nur ein anderer Ausdruck dieses Gefühles, und selbst das Ding *in seinem Inneren, diese böse, flüsternde Stimme, die sonst jeden Augenblick der Schwäche ausnutzte, um ihn zu verhöhnen und zu verspotten, hatte geschwiegen. Del war tot, und das war alles. Es war so einfach, so brutal und so sinnlos, daß er am liebsten geschrien hätte, und vielleicht war dies das einzige, das wirklichen Zorn in ihm hervorrufen konnte. Sein Tod hatte keinen Sinn gehabt, und wenn doch, dann nur den, ihn – Skar – zu treffen und zu verletzen. Der Wolf hatte* ihn *gemeint und Del getötet, brutal und berechnend die Stelle auswählend, an der er seinem Opfer den größtmöglichen Schmerz zufügen konnte.*

Das Geräusch leiser Schritte drang in seine Gedanken, und für einen winzigen Moment war es Skar, als husche eine unsichtbare, rasche Bewegung durch den Raum, ein lautloses Huschen und Flüchten, als zögen sich die Schatten und der klamme Griff Coshs eilig zurück. Er sah auf, starrte Gowenna eine endlose Sekunde lang an und erhob sich mit einer langsamen, mühevollen Bewegung. Gowenna wollte etwas sagen, aber er schüttelte rasch und mit einer Geste, die keinen Widerspruch duldete, den Kopf, deutete auf den Ausgang und ging an ihr vorbei. Eine schattenhafte Gestalt erhob sich neben ihm, wartete, bis Gowenna das Haus ebenfalls verlassen hatte, und trat dann lautlos hinein. Skar wußte nicht, wer es war – El-tra, Kor-tel oder irgendeiner der anderen namen- und gesichtslosen Sumpfmänner, die während der letzten vier Tage ununterbrochen Wache an Dels Lager gehalten hatten. Wenn er kam, dann gingen sie, immer und ohne auch nur einen Blick oder ein Wort mit ihm zu wechseln, als spürten und respektierten sie seinen Schmerz mit dem Instinkt wacher, finsterer Tiere, aber sie waren immer da; schweigende Schatten, die eine lautlose Totenwache hielten. Es wäre seine Aufgabe gewesen – vier Tage und Nächte ohne zu schlafen und ohne sich zu bewegen, Wache zu halten am Totenlager des Satai, wie es die uralten Riten vorschrieben – aber er war zu müde dazu, und er war ihnen dankbar, daß sie ihm diese Last abnahmen. Jedenfalls konnte er sich einreden, daß sie es taten.

Es war keine Totenwache, das wußte er, und sie waren alles andere als Schatten. Aber er wollte nicht wissen, was sie wirklich taten. Er hatte schon einmal bei ihnen gesessen, vor Tagen, die ihm wie Jahre vorkamen, und er hatte schon einmal erlebt, wozu sie fähig waren. Was er gespürt hatte – damals, in einem anderen Leben –, das war nur ein winziger Hauch ihrer Macht gewesen, ein winziges Stückchen der ungeheuren psionischen Gewalt, die zu entfesseln sie in der Lage waren, aber schon diese flüchtige Berührung hatte genügt, ihn bis ins Innerste seiner Seele erschauern zu lassen. Er wollte *es nicht wissen.*

Er entfernte sich ein paar Schritte vom Eingang, blieb auf halbem Wege zwischen dem Haus und der halb verfallenen Wehrmauer stehen und zog den Umhang enger um die Schultern. Die Zinnen der Mauer begannen rechteckige schwarze Zacken aus der Sonne zu beißen, und die Nacht meldete sich mit einem merklichen Auffrischen des Windes und eisiger Kälte an. Es würde wieder kalt werden, kälter als in der Nacht zuvor, die ihrerseits eine Winzigkeit kälter als die vorhergehende gewesen war; ein winziges bißchen nur, aber doch kälter. Und auf dem Paß würde wieder eine Winzigkeit Schnee mehr liegen.

»Du solltest damit aufhören, Skar«, sagte Gowenna leise.

Er hatte nicht gemerkt, daß sie ihm abermals gefolgt war. Er ging ihr aus dem Weg, seit vier Tagen; zuerst unauffällig, schließlich so offen, daß sie es einfach merken mußte. Aber augenscheinlich hatte sie sich entschlossen, seine kaum mehr versteckte Ablehnung zu ignorieren.

»Womit?« fragte er, ohne sich umzudrehen. Der Wind peitschte sein Gesicht, und die winzigen Eiskristalle, die er mit sich trug, schmerzten. Es war ihm egal.

»Du weißt genau, womit«, *sagte Gowenna betont. In ihrer Stimme schwang eine leise Spur von Ungeduld, hinter der sich Ärger verbergen mochte. »Du quälst dich, Skar«, fuhr sie fort, als klar wurde, daß er nicht antworten würde. »Seit vier Tagen hockst du dort drinnen und quälst dich selbst. Findest du es sinnvoll, das Messer, das dir Vela in die Brust gestoßen hat, auch noch selbst herumzudrehen?«*

»Del ist tot«, sagte Skar dumpf. Er atmete hörbar ein, drehte das Gesicht aus dem Wind und sah sie nun doch an.

Gowennas Lippen zuckten. In ihrem sehenden Auge blitzte es zornig auf. »Das ist er nicht, Skar«, sagte sie gepreßt. »Die Sumpfmänner werden ihn retten und –«

Skar hob mit einer so abrupten Bewegung die Hand, daß Gowenna erschrocken abbrach und einen halben Schritt zurückwich. »Sie werden ihn wieder zum Leben erwecken, wie?« sagte er leise. »Sie werden ihn ... wie haben sie es genannt? Neu schaffen? Und was werden sie mir geben? Eine Puppe? Ein Ding, das aussieht wie Del, sich bewegt wie Del, redet wie Del und mir jeden Wunsch von den Lippen abliest, wie es deine drei Schattenmänner bei dir getan haben?«

»Dir *geben?« wiederholte Gowenna erschrocken. »Sie werden dir nichts* geben, *Skar. Sie werden Del das Leben zurückgeben, das ist alles.«*

Skar erschrak für einen Moment vor seinen eigenen Worten. Er hatte – ohne es im ersten Moment selbst zu bemerken – den Gedanken ausgesprochen, den er seit Tagen sorgsam bekämpft und irgendwo in seinem Inneren vergraben hatte.

»Vielleicht ist es gar nicht wirkliche Trauer, Skar«, fuhr Gowenna fort. »Vielleicht bist du nur zornig, weil Vela dir Del weggenommen hat.«

»Unsinn«, sagte Skar verwirrt. »Ich –«

»Ich bin nicht gekommen, um mich mit dir zu streiten«, unterbrach ihn Gowenna. Sie schüttelte den Kopf, versuchte zu lächeln und fuhr sich

mit einer raschen, unbewußten Geste über das Gesicht; eine Bewegung, die sie sich in den letzten Tagen mehr und mehr angewöhnt hatte, beinahe als müsse sie sich immer wieder neu davon überzeugen, daß die eine Hälfte ihres Gesichts noch unbeschädigt und heil war und das verbrannte Narbengewebe nicht etwa über Nacht unbemerkt weiter über die Grenze zwischen Engel und Teufel, die sich in ihr Antlitz gebrannt hatte, gekrochen war. »Die Späher sind zurück«, fuhr sie in verändertem, bewußt sachlichem Ton fort. »Es ist so, wie ich es gesagt habe: Der Paß ist verschneit. Du mußt schon fliegen lernen, um über die Berge zu kommen.«

»Ich werde trotzdem gehen«, sagte Skar ruhig.

Gowenna seufzte. »So nimm doch endlich Vernunft an, Skar. Es ist unmöglich. Du kannst *nicht über den Paß. Niemand kann das.«*

»Niemand?« Skar lächelte, bewußt kalt und bewußt verletzend. »Vela hat es geschafft.«

»Das vermutest du«, erwiderte Gowenna. »Aber es kann auch sein, daß sie irgendwo an einem geschützten Ort überwintert, während du in dein Unglück rennst.«

»Du weißt so gut wie ich, daß das nicht stimmt«, sagte Skar. »Sie ist jetzt bereits auf dem Weg nach Elay, und wenn wir warten, bis der Winter vorbei ist, dann wird sie ihre Macht bereits gefestigt haben, bevor wir überhaupt aufbrechen.«

»Und du wirst unsere letzte Chance, sie aufzuhalten, verspielen, wenn du jetzt losreitest und dich umbringst. Wahrscheinlich hast du recht, aber du vergißt dabei eine Kleinigkeit, Skar: Sie hat den Stein, um sich den Weg zu bahnen. Du nicht.«

Skar wandte sich um und sah lange und nachdenklich zu dem Gebäude am anderen Ende des Hofes hinüber. »Es ist sinnlos, Gowenna«, murmelte er. Er wollte nicht mehr diskutieren, weder mit ihr noch mit irgendwem. Vielleicht hatte sie recht, aber er war einfach müde, zu müde, um auch nur über ihre Argumente nachzudenken. »Ich werde gehen. Noch heute. Ich . . . hätte es längst tun sollen.«

»Wenn du stirbst, Skar, dann verliert Enwor vielleicht seine letzte Chance.«

»Enwor . . .« Die Schwärze hinter dem rechteckigen Eingang schien

sich zu verdichten. Es war *ein Grab. Selbst wenn Del sich nach einer Weile von seinem Totenbett erheben und das Haus verlassen würde, würde es nur ein Schatten des jungen Satai sein. Und er, Skar, wollte es nicht erleben. »Was kümmert mich die Welt, Gowenna«, sagte er abfällig. »Sie wird nicht untergehen, wenn ich sterbe. Vielleicht hat Vela sogar recht, und Enwor wird besser, wenn es Männer wie mich nicht mehr gibt.«*

Gowenna erstarrte. Der Ausdruck auf ihrem Gesicht verhärtete sich. »Und Frauen wie mich, nicht wahr? Das meinst du doch?«

Skar zögerte einen Moment zu antworten. Er wußte genau, wie sinnlos es war, dieses Spiel fortzusetzen. Es war wieder die alte Gowenna, wie er sie seit dem ersten Tag kannte. Sie wechselte ihre Taktik, schnell und ohne wirklich zu überlegen, instinktiv auf der Suche nach einer verwundbaren Stelle, nach einer Lücke in seiner Deckung, nach irgend etwas, wo sie ihn packen und festhalten konnte. Sie hatte noch nicht begriffen, daß es den Skar, mit dem sie geritten war, nicht mehr gab.

»Vielleicht«, sagte er schließlich. »Vielleicht sind wir beide nur Überbleibsel einer Welt, die schon längst gestorben ist, Gowenna. Vielleicht ist *unsere Welt schon tot, ohne daß wir es bisher bemerkt haben, und vielleicht gehört die Zukunft Menschen wie Vela.«*

Gowenna verzog abfällig das Gesicht. »Wenn du wirklich so denkst, Skar«, sagte sie, »warum nimmst du dann nicht dein verdammtes Schwert und stürzt dich hinein?«

»Vielleicht werde ich das tun, Gowenna«, antwortete er ernst. »Wenn alles vorbei ist.«

Gowenna wollte etwas erwidern, aber Skar drehte sich ohne ein weiteres Wort um und ließ sie stehen.

Der schwere Regen der letzten zehn Tage hatte aufgehört, und das Meer war so ruhig, wie man es sonst nur vor einem Sturm beobachten konnte. Aber der Himmel war leer, und als die Sonne aufging und mit ihren wärmenden Strahlen auch den letzten Rest von Morgennebel und Dunst zu vertreiben begann, war nicht einmal die winzigste Wolke zu entdecken. Trotzdem machte die SHANTAR gute Fahrt – die Segel, die während der letzten Wochen mehr als nur einmal naß und schlaff von den Rahen gehangen hatten, blähten sich unter einer steifen, beständigen Brise, und die zwanzig Doppelruder auf jeder Seite verliehen dem Freisegler zusätzliche Geschwindigkeit, so daß das scheinbar plumpe Schiff mit überraschendem Tempo an der Küste entlangglitt. Das verquollene Holz der Masten, zehn Tage lang vollgesogen mit Regen und Nebel, dessen Feuchtigkeit beharrlich in jede Pore und jeden noch so winzigen Riß gekrochen war, ächzte unter der Belastung, als es die Kraft des Windes auffangen und an den Schiffsrumpf weitergeben mußte, und das monotone Klatschen der Ruder begann einen einschläfernden Einfluß auf Skar auszuüben. Seine Augen brannten – zum Teil eine Wirkung des Salzwassers, das in einem dünnen Sprühregen von den Spieren empor und auf das Deck gewirbelt wurde, zum größeren Teil jedoch einfach vor Müdigkeit. Er hatte während der zweieinhalb Wochen, die er an Bord der SHANTAR verbracht hatte, nicht sehr viel Schlaf gefunden. Das Schiff war groß, bot jedoch kaum Platz für Passagiere, denn es war vom Bug bis zum Heck vollgestopft mit Lade- und Frachträumen, und die Wände seiner Kabine waren so hellhörig gewesen, daß er nahezu jedes Wort gehört hatte, das irgendwo an Bord des Schiffes gesprochen wurde. Dazu kam etwas, das so banal wie ärgerlich war – Seekrankheit. Von der ersten Stunde an, die er an Bord gewesen war, war ihm übel gewesen, und wenn sich sein Körper auch allmählich an das beständige

Auf und Ab des Schiffes zu gewöhnen begann, so genügte doch noch immer eine unbedachte Bewegung, um seinen Magen in einen schmerzhaften Klumpen zu verwandeln. Zumindest konnte er der Situation ein gewisses Maß an Ironie nicht absprechen – was Vela mit all ihrer Macht und Bosheit nicht gelungen war, das hatte das Meer geschafft. Er wäre im Moment nicht einmal fähig gewesen, mit einem Kind zu kämpfen.

»Nun, Satai?«

Skar sah auf, als eine hochgewachsene, in einen schwarzen, ledernen Regenmantel gehüllte Gestalt neben ihm an die Reling trat. Andred, der Kapitän des Freiseglers. Skar mochte ihn. Er war ein schlanker Mann unbestimmbaren Alters, der sich gern selbst reden hörte, dabei aber nicht annähernd solch haarsträubenden Unsinn verzapfte wie die meisten anderen Männer seines Schlages. »Deine Wache ist zu Ende«, fuhr er mit einer Kopfbewegung zum Horizont fort. Die Sonne war vollends aufgegangen und stand als glosender roter Ball über dem Meer. »Du kannst in deine Kabine gehen. Ich lasse dich wecken, wenn Essenszeit ist.«

Skar stemmte sich von der Reling hoch, massierte mit der Linken seinen steifen, schmerzenden Rücken und schüttelte den Kopf. Er war so müde, daß er Mühe hatte, die Augen offenzuhalten, aber irgend etwas sagte ihm, daß er sowieso keinen Schlaf finden würde. Vielleicht war es die Nähe Elays, die ihn wach hielt.

»Ich bleibe noch«, sagte er, ohne den Blick vom Meer zu nehmen. Die Küste war als schwarzer, unregelmäßiger Streifen an Backbord sichtbar, so wie während der gesamten vergangenen Woche. Die SHANTAR segelte – zumindest in nautischen Maßstäben – dicht an der Küste entlang; weit genug entfernt, um vor den Untiefen und Riffen, die diese Gewässer zu den gefürchtetsten der Welt werden ließen, sicher zu sein, aber auch nahe genug, um sich mit einem schnellen Manöver in Sicherheit bringen zu können, falls Piraten auftauchen oder ein Sturm heraufziehen sollte. Ein Tümmler näherte sich dem Schiff, ließ seine dreieckige Rückenflosse eine Zeitlang parallel zu dem gewaltigen schwarzen Rumpf durch die Wellen schneiden und entfernte sich dann so rasch, wie er aufgetaucht war. Skar sah ihm nach, bis er verschwand.

»Wie du willst«, sagte Andred nach einer Weile. Er lehnte sich neben Skar gegen die Reling, starrte blicklos auf die Wellen hinab und schüttelte ein paarmal und ohne Skar irgendeinen Grund dafür erkennen zu lassen, den Kopf. Sein Fuß hämmerte den Takt zu einer unhörbaren Melodie auf die Planken. »Unsere Reise endet bald, Satai«, sagte er plötzlich. »Wenn der Wind weiter so günstig bleibt, dann erreichen wir noch vor Sonnenuntergang Anchor.«

Skar nickte. »Ich weiß.«

»Du willst dort wirklich von Bord?« fragte Andred, nachdem er eine Weile vergeblich darauf gewartet hatte, daß Skar das Gespräch von sich aus weiterführen würde.

»Warum nicht?«

»Anchor ist ein seltsamer Ort für einen Satai«, murmelte Andred. »Eine Stadt voller verrückter alter Weiber und bissiger Drachen – was sucht ein Mann wie du dort?«

Skar lächelte. Wenn es etwas gab, das Andreds Schwatzhaftigkeit noch übertraf, dann war es seine Neugier. Er hatte vom ersten Tag an versucht, mehr über den wahren Grund von Skars Reise in Erfahrung zu bringen.

»Nimm an, ich hätte ein Geschäft zu erledigen«, sagte Skar.

»Ein Geschäft?« Andred sah ihn einen Herzschlag lang verblüfft an und lachte dann. Es klang unsicher. »Du? Seit wann sind die Satai unter die Krämer gegangen?«

Skar schwieg einen Moment. Er hätte Andred eine scharfe Abfuhr erteilen können, aber er wollte den Freisegler nicht vor den Kopf stoßen. Immerhin hatte Andred ihm einen Platz auf der SHANTAR gewährt, ohne daß er für die Passage bezahlen konnte. Und es konnte sein, daß er schon bald in eine Situation kam, in der er einen Freund – oder wenigstens einen Mann, der *nicht* sein Feind war – gebrauchen konnte. »Ich ... suche jemanden«, sagte er ausweichend.

»In Anchor?«

»In Elay«, antwortete Skar. »Wenn du mich zufällig dorthin

bringen kannst ...«

Das Lächeln auf Andreds Zügen wurde um eine Spur eisiger. »In Elay«, wiederholte er. »In Ordnung – du willst nicht darüber sprechen. Vielleicht hast du recht, und es geht mich nichts an.« Er drehte sich mit einer abrupten Bewegung um und wollte gehen, aber Skar hielt ihn noch zurück.

»Verzeih, Andred«, sagte er in versöhnlichem Tonfall. »Ich wollte dich nicht brüskieren.«

»Das ... hast du nicht«, sagte Andred in einem Ton, der die Worte Lügen strafte. »Es geht mich wirklich nichts an. Ich bin nur ein Kauffahrer und sollte mich nicht in die Angelegenheiten eines Kriegers mischen. Ich ...« Er stutzte, sah an Skar vorbei in Richtung Küste und streifte dessen Hand mit einer unbewußten Bewegung ab. Seine Augen wurden schmal.

Skar drehte sich ebenfalls um. Vor der dunklen Linie der Küste war ein schlanker, noch dunklerer Schatten erschienen. Ein Schiff. Es war noch zu weit entfernt, als daß man seine Herkunft oder auch nur seine Bauart hätte erkennen können, aber selbst für Skars nicht gerade seemännisch geschulten Blick war nach wenigen Sekunden klar, daß der fremde Segler direkten Kurs auf die SHANTAR hielt.

»Was ist das für ein Schiff?« fragte er.

Andred schüttelte langsam und nachdenklich den Kopf. »Ein Thbargscher Kapersegler«, murmelte er. »Aber hier? In diesen Gewässern?«

Skar sah den Freisegler an. »Glaubst du, daß er uns gefährlich werden wird?«

»Gefährlich?« Andred sah ihn einen Moment verwirrt an, als müsse er sich erst ins Gedächtnis rufen, was dieses Wort überhaupt bedeutete. Dann schüttelte er den Kopf. »Nein. Das Wort klingt gefährlicher, als es ist – zumindest sind es keine Piraten, wenn es das ist, was du befürchtest. Aber sie halten sich normalerweise nur oben im Norden auf. Ich habe jedenfalls ...« Er stockte, fuhr herum und schrie, mit den Händen einen Trichter vor dem Mund bildend, ein paar scharfe Kommandos zu den Matrosen in den Rahen hinauf. Skar sah erstaunt, wie die Männer begannen, die Segel zu reffen. Gleichzeitig wurde der Ruderschlag langsamer und hörte nach wenigen Augenblicken ganz auf. Die SHANTAR trieb, von ihrem eigenen Schwung getragen, noch weiter auf dem bisherigen Kurs, wurde aber bereits merklich langsamer.

»Was hast du vor?« fragte Skar mißtrauisch.

Andred zuckte abermals mit den Schultern, stellte sich wieder neben ihn und blinzelte aus zusammengekniffenen Augen zu dem anderen Segler hinüber. »Ich nehme Fahrt weg«, sagte er.

Skar schluckte die scharfe Entgegnung, die ihm auf der Zunge lag, im letzten Moment hinunter. »Das ist mir nicht entgangen«, sagte er spitz. »Aber warum?«

Der Freisegler deutete mit einer knappen Geste auf das schwarze Kaperschiff. »Er hält Kurs auf uns«, erklärte er geduldig. »Und das heißt, daß sein Kapitän mit mir sprechen will. Und er ist mindestens doppelt so schnell wie wir und würde uns so oder so einholen. Warum also sollten wir uns auf ein ebenso sinnloses wie kräftezehrendes Rennen mit ihm einlassen? Außerdem haben wir keinen Streit mit ihm – weder mit ihm noch mit irgendeinem anderen Thbarg.« Er schwieg einen Moment, sah Skar mit einem langen, nachdenklichen Blick an und fuhr in verändertem Tonfall fort: »Ich verstehe deine Nervosität nicht, Satai. Die Thbarg sind zwar gefürchtete Kapersegler, doch sie tun keinem etwas, der ihre Grenzen nicht überschreitet. Und einem Freisegler schon gar nicht.«

Skar schwieg. Seine Finger schlossen sich in einer unbewußten, kraftvollen Geste um das brüchige Holz der Reling. Andreds Worte klangen einleuchtend – ganz egal, aus welcher Richtung er es bedachte; er hatte keinen Grund, nervös oder gar ängstlich zu sein. Und doch war etwas an diesem schwarzen, viermastigen Schiff dort drüben, das ihn alarmierte.

Vielleicht, versuchte er sich einzureden, war er auch nur übernervös. Die zweiwöchige Schiffsreise hatte mehr an seinen Kräften gezehrt, als er zugeben wollte, und die Nähe Elays und damit

Velas tat ein übriges, ihn gereizt und vielleicht übervorsichtig werden zu lassen. Seit er Vela und die Sumpfleute verlassen und sich allein auf den Weg zu der Verbotenen Stadt im Herzen des Drachenlandes gemacht hatte, hatte er fast ununterbrochen an die ehemalige *Errish* gedacht, an sie und an das, was ihn erwarten mochte. Wenn man lange genug über eine unbekannte Gefahr nachdachte, dann fing man irgendwann einmal an, Gespenster zu sehen.

Aber der Thbargsegler dort drüben war kein Gespenst. Ganz und gar nicht.

Skar atmete hörbar ein, trat einen Schritt von der Reling zurück und sah sich unschlüssig an Deck um. Am liebsten wäre er in seine Kabine gegangen und dort geblieben, bis der Thbarg weitergesegelt war, aber das hätte zu sehr nach Flucht ausgesehen. Einen Moment überlegte er, ob er einfach seinen Mantel abstreifen und sich unter die Mannschaft mischen sollte, verwarf diesen Gedanken aber sofort wieder. Die Besatzung der SHANTAR bestand ausschließlich aus kleinen, gelbhäutigen Freiseglern, unter denen er sofort aufgefallen wäre.

Er merkte plötzlich, daß Andred ihn beobachtete, drehte sich verlegen um und lächelte. »Ist es normal, daß ein Schiff auf hoher See den Kurs ändert, nur weil die Kapitäne einen Plausch halten wollen?« fragte er, ehe Andred Gelegenheit hatte, eine Frage zu stellen. Skars Verhalten konnte dem Freisegler nicht entgangen sein.

Aber wenn er sich seine Gedanken darüber machte, so ließ er sich – jedenfalls im Augenblick – nichts anmerken. »Manchmal«, sagte er. »Zumindest auf hoher See. In Küstennähe wie hier ... Vielleicht brauchen sie Wasser oder Proviant«, sagte er achselzukkend. »Oder einen Heilkundigen. Wir werden es in wenigen Augenblicken wissen.«

Skar zuckte zusammen und sah beinahe erschrocken an Andred vorbei nach Westen. Der Thbarg hatte schon fast die halbe Entfernung zurückgelegt und kam rasch näher. Die Segel an den vier großen Masten waren gebläht, und vor dem beilscharfen Rammsporn des Schiffes gischtete ein weiße Bugwelle. Andred hatte nicht übertrieben – der Thbarg *war* doppelt so schnell wie die SHANTAR; mindestens.

»Wenn du unter Deck gehen willst«, sagte Andred plötzlich, »dann tu es, solange noch Zeit ist. Von der Mannschaft wird niemand verraten, daß du an Bord bist. Freisegler nehmen normalerweise keine Passagiere mit.«

»Ich ...« Skar schüttelte den Kopf, sah Andred jedoch nicht direkt an. »Wie kommst du darauf, daß ich unter Deck möchte?« fragte er ausweichend.

Der Freisegler grinste, wurde jedoch sofort wieder ernst. »Nur so«, murmelte er. »Du siehst nicht gerade aus wie ein Mann, der sich über das Zusammentreffen freut.«

Skar warf ihm einen finsteren Blick zu, schwieg jedoch und starrte dem näher kommenden Thbarg entgegen. Das Kaperschiff pflügte wie ein gewaltiger schwarzer Wal durch die Wellen. Es war größer als die SHANTAR, aber schlanker, so daß die Kraft des guten Dutzends Segel, die sich an den vier Masten blähten, optimal genutzt wurde und dem Schiff eine erstaunliche Geschwindigkeit – und wohl auch Wendigkeit – verlieh. Seine Bordwand war gut eine Manneslänge höher als die des Freiseglers, und hinter der hohen, durchbrochenen Reling waren die Drachenköpfe zahlreicher gespannter Katapulte zu erkennen, als das Schiff näher kam.

»Das ist seltsam«, murmelte Andred.

»Was?«

»Der Rauch dort – siehst du ihn?« Der Freisegler deutete auf das Heck des Thbarg. Eine Anzahl dünner, schwarzgrauer Rauchsäulen erhob sich vom Achteraufbau des Kaperseglers. Sie trieben fast sofort im Wind auseinander, waren jedoch trotzdem deutlich zu erkennen. Über dem hinteren Teil des Schiffes schien die Luft leicht zu flimmern, als wäre sie erhitzt. Skar nickte.

»Kohlen«, erklärte Andred. »Für die Katapulte. Sie sind in voller Kampfbereitschaft.«

»Hast du nicht gerade erst gesagt, daß du keinen Streit mit den

Thbarg hast?« fragte Skar mit mühsam beherrschter Stimme.

»Das gilt nicht uns«, widersprach der Freisegler. »Wollten sie uns angreifen, hätten sie es längst getan. Wir sind längst in ihrer Reichweite. Außerdem würde er dann kaum längsseits gehen, sondern uns im rechten Winkel rammen.« Seine Zunge fuhr in einer raschen, nervösen Bewegung über seine Unterlippe, und die Worte klangen nicht ganz so überzeugt, wie sie es hätten tun sollen. Der Freisegler war nervös, das sah Skar ganz deutlich.

Schweigend beobachteten sie das Näherkommen des Kaperschiffes. Der Thbarg minderte seine Geschwindigkeit nicht, änderte seinen Kurs erst im letzten Moment und segelte schließlich ein Stück hinter und neben der SHANTAR. Die Segel wurden gerefft; Skar konnte sehen, wie das Schiff wie ein großes, schwerfälliges Tier zitterte, als der Druck des Windes auf seine Spanten nachließ. Es war noch immer schneller als die SHANTAR, verlor jedoch nun rasch an Fahrt und kam nach wenigen Minuten fast auf den Meter genau neben dem kleineren Freisegler zum Stehen. Andred begleitete das Manöver mit einem flüchtigen Stirnrunzeln, aber selbst Skar – der von Schiffen kaum mehr verstand, als daß sie groß waren und schwimmen konnten – begriff, daß er hier Zeuge einer seemännischen Meisterleistung wurde.

»Ahoi, SHANTAR!« dröhte eine Stimme vom Deck des Thbarg herüber. »Wir kommen an Bord!«

Eine Anzahl dunkler, gegen den flammenden Morgenhimmel nur als flache schwarze Schattenrisse zu erkennende Gestalten erschien hinter der Reling des Kaperseglers. Das gewaltige Schiff zitterte wieder, neigte sich ein wenig zur Seite und trieb dann ganz langsam auf die SHANTAR zu. Skar sah weder Ruder noch sonstige Hilfsmittel, mit denen das Schiff bewegte wurde; trotzdem schmolz die Entfernung zwischen den beiden Seglern sichtlich zusammen.

»Wie macht er das?« fragte Skar.

Andred zuckte erneut mit den Achseln. »Ich habe keine Ahnung«, antwortete er. »Aber irgendwie hast du recht, Satai – die Sache gefällt mir nicht.« Er hatte unwillkürlich die Stimme ge-

SCHOBERICH 8/83

senkt und flüsterte nur noch; seine Hände lagen auf der Reling, so fest, daß die Knöchel weiß durch seine sonnenverbrannte Haut hindurchschimmerten. Er gab sich alle Mühe, seine Unruhe zu verbergen, aber es gelang ihm nicht.

Der Thbarg kam näher und hielt schließlich auf die gleiche, geheimnisvolle Weise, auf die er sich in Bewegung gesetzt hatte, weniger als eine Armlänge neben der SHANTAR an. Ein schwacher Geruch nach frischem Teer und brennenden Kohlen wehte zu ihnen herüber.

In die Gestalten hinter der Reling kam Bewegung. Eine Planke wurde zum Deck der SHANTAR herabgelassen und mit kleinen kupfernen Krallen festgehakt; dann traten drei der Männer – rasch und mit ausgebreiteten Armen, um auf der abschüssigen Laufplanke das Gleichgewicht zu halten – zu ihnen herab.

Skar musterte die Neuankömmlinge mit unverhohlenem Mißtrauen. Sie waren allesamt groß und sehr muskulös und in bodenlange, dunkelblaue, mit silbernen Stickereien verzierte Mäntel gehüllt. Das einzige Unterscheidungsmerkmal war ein wuchtiger, goldbeschlagener Helm, den einer von ihnen trug. Nach dem einfachen, schon beinahe ärmlichen Leben, das Skar an Bord der SHANTAR kennengelernt hatte, erschien ihm die Aufmachung der drei Thbarg schon fast barbarisch in ihrer Pracht.

»Ich bin Gondered«, stellte sich der Anführer der Thbarg vor. Es war der Mann mit dem Goldhelm. Sein Blick tastete, rasch und mit der Selbstsicherheit eines Mannes, der im Umgang mit Menschen geübt war, über Skars Gestalt, blieb eine halbe Sekunde an seinem Gesicht hängen und wandte sich dann Andred zu. »Ihr seid der Kapitän?« Es war keine Frage, sondern eine Feststellung, und allein der herrische Ton, in dem sie vorgebracht wurde, klärte die Fronten zwischen ihnen deutlicher, als es die gespannten Katapulte gekonnt hatten.

Andred nickte. Die Bewegung wirkte abgehackt und verkrampft, und Skar sah, wie die Hand des Freiseglers langsam und in einer Bewegung, über die er sich wahrscheinlich selbst nicht im klaren war, zum Gürtel kroch. Der Griff seines Kurzschwertes zeichnete sich deutlich durch das glänzende Leder des Regenmantels ab. »Mein Name ist Andred«, sagte er mühsam beherrscht. »Ich bin Eigner und Kapitän der SHANTAR. Würdet Ihr mir verraten, was der Grund für Euren Besuch ist?« Seine Stimme klang spröde. Von der Freundlichkeit, die Skar an ihm kennen- und schätzengelernt hatte, war nichts mehr geblieben.

Auch Gondered entging der ablehnende Tonfall in den Worten des Freiseglers nicht, aber seine Reaktion fiel anders aus, als Skar erwartet hatte. In seinen Augen blitzte es amüsiert auf. »Gern, Kapitän«, sagte er. »Wir segeln im Auftrag der Ehrwürdigen Frauen von Elay und kontrollieren jedes Schiff, das sich den Küsten des Drachenlandes nähert.«

»Kontrollieren?« konterte Andred. »Wonach? Wenn Ihr nach Schmuggelgut sucht . . .«

Gondered unterbrach ihn mit einer abfälligen Handbewegung. »Wer spricht von Schmugglern?« sagte er lächelnd. »Wir sind Thbarg, Kapitän, keine Steuereintreiber. Ihr solltet uns besser kennen. Wir suchen Quorrl.«

»Hier?« erwiderte Andred ungläubig. »Verzeiht, Kapitän, aber –«

Erneut wurde er von Gondered unterbrochen. »Ich habe meine Befehle«, sagte der Thbarg hart. »Und die lauten nun einmal, mir jedes Schiff genau anzusehen.« Er schwieg einen Moment und lächelte dann flüchtig, wohl, um seinen Worten nachträglich etwas von ihrer Schärfe zu nehmen. »Natürlich glaube ich nicht, daß ich auf Eurem Schiff Quorrl oder sonstiges Kroppzeug antreffen werde, Kapitän, aber Ihr werdet mir erlauben, Eure Laderäume ganz kurz zu inspizieren?«

Skar sah alarmiert von Gondered zu Andred und wieder zurück. Er spürte, daß es in dem Freisegler kochte. Gondereds Freundlichkeit war bewußt aufgesetzt, und der Spott, der sich dahinter verbarg, kaum mehr zu überhören. Es schien dem Thbarg Freude zu bereiten, sich an der Hilflosigkeit seines Gegenübers zu weiden.

»Mein Schiff steht Euch zur Verfügung«, sagte Andred steif.

»Wenn Ihr die Frachtpapiere sehen wollt . . .«

Gondered winkte ab. »Mit dem Papierkram sollen sich die Hafenbehörden befassen«, sagte er. »Ihr segelt nach Anchor?«

Andred nickte. »Wir wollen noch heute einlaufen.«

»Das werdet Ihr«, versicherte Gondered. »Es dauert nicht lange, vorausgesetzt, daß wir nichts finden.«

Andreds Lächeln wurde um eine weitere Spur eisiger, aber er zog es vor zu schweigen. Der Thbarg drehte sich herum, gab seinen Männern an Deck des Kaperschiffes ein Zeichen und trat zur Seite, als weitere Männer über die Planke zur SHANTAR herunter kamen. Sein Blick heftete sich wieder auf Skar.

»Ihr seid kein Freisegler?« fragte er.

Skar schüttelte den Kopf, schwieg aber. Er spürte ganz genau, daß Gondered mehr war als ein einfacher Kaperkapitän, der seine Befehle ausführte. Und der Thbarg gab sich nicht einmal sonderliche Mühe, sich zu verstellen.

»Wie kommt es, daß sich ein Thbarg in die Dienste der *Errish* stellt?« fragte Skar. »Ich dachte immer, ihr wäret ein stolzes Volk, das sich nicht verkauft.« Seine Worte taten ihm im gleichen Moment schon wieder leid, aber Gondered gehörte zu den Männern, die allein durch ihren Anblick schon Aggressionen in ihm weckten.

Die Mundwinkel des Thbarg zuckten. »Wir verkaufen uns nicht«, sagte er betont. »Aber wenn die *Errish* nach Hilfe rufen, dann kommen wir. Folgen nicht sogar die Satai dem Ruf der Ehrwürdigen Frauen?«

Skar hatte Mühe, nicht zusammenzufahren. Gondereds Gesicht wirkte entspannt und so herablassend-freundlich wie zuvor, aber es war gewiß kein Zufall, daß er ausgerechnet diese Frage stellte. Und das mißtrauische Glitzern in seinen Augen war unübersehbar.

Skar zuckte mit den Achseln, wandte sich halb um und sah scheinbar interessiert zu, wie Gondereds Männer über das Deck der SHANTAR ausschwärmten und in den Frachtluken und Aufbauten verschwanden. »Möglich«, sagte er. »Ich kümmere mich im allgemeinen nicht um solche Dinge.«

»Ihr habt nicht zufällig einen Satai getroffen, in letzter Zeit?« fuhr Gondered lauernd fort.

Skar wandte sich wieder zu ihm um, hielt seinem Blick eine endlose Sekunde lang stand und schüttelte den Kopf. »Der letzte, von dem ich hörte, schlug sich gerade in der Arena von Ikne für Geld mit irgendwelchen Barbaren herum«, sagte er ruhig.

Gondered nickte. Einen Moment schien er über Skars Worte nachzugrübeln. »Und wer seid Ihr?« fuhr er dann fort. »Wenn die Frage gestattet ist – immerhin trifft man selten einen Passagier an Bord eines Freiseglers.«

Andred sog erschrocken die Luft ein. Gondered mußte es erkennen, ließ sich jedoch keine Reaktion darauf anmerken.

»Mein Name ist Bert«, log Skar. »Ich bin ein reisender Händler aus Malab. Kapitän Andred war so freundlich, mir eine Passage auf seinem Schiff anzubieten. Der Landweg nach Elay ist weit und voller Gefahren.«

»Vor allem für einen hilflosen Kaufmann wie Euch, wie?«

Skar lächelte dünn. »Wer sagt, daß Kaufleute unbedingt hilflos sein müssen?« gab er zurück.

»Bert ist ein guter Bekannter von mir«, mischte sich Andred ein. »Ich stand seit langem in seiner Schuld. Er ... hat mir einmal zu einem guten Geschäft verholfen. Mit der Überfahrt kann ich das wettmachen.«

Gondered runzelte die Stirn, sah Andred einen Herzschlag lang zweifelnd an und wandte sich dann wieder an Skar. »Ihr werdet in Anchor keine guten Geschäfte machen«, sagte er. »Die Stadt steht in Waffen, und die Menschen haben anderes zu tun, als Geschäfte abzuschließen.«

»Gegessen wird immer«, gab Skar mit gespieltem Gleichmut zurück. »Und wo ein paar Goldstücke zu verdienen sind, da ist auch der Krieg rasch vergessen.«

»Was soll das heißen, die Stadt steht in Waffen?« fragte Andred hastig.

Gondered bedachte ihn mit einem beinahe mitleidigen Blick.

»Ihr seid lange nicht mehr in diesem Teil Enwors gewesen, wie?« fragte er. »Das ganze Drachenland ist zu den Waffen geeilt, Kapitän, aus dem gleichen Grund, aus dem wir hier patrouillieren.«

»Quorrl?« fragte Skar.

Der Thbarg nickte. »Die Ehrwürdige Mutter ist endlich zur Besinnung gekommen und tut, was schon vor Jahrzehnten hätte getan werden sollen. Ein Heereszug der Quorrl hat die Grenzen überschritten und eine Stadt geschleift. Und jetzt jagen wir sie zur Hölle.«

Skar runzelte die Stirn. »Ihr sprecht sehr respektlos von Eurer Dienstherrin, Kapitän«, sagte er leise.

»Elay ist weit«, antwortete Gondered achselzuckend. »Und wie Ihr schon so richtig bemerkt habt, *Bert*« – er betonte den Namen auf so seltsame Weise, daß Andred erneut zusammenfuhr –, »verkaufen wir Thbarg uns nicht. Wir erfüllen nur unsere Aufgabe. Aber das gründlich, mein Wort darauf.«

Skar verbiß sich die böse Bemerkung, die ihm auf der Zunge lag. Gondered wußte – oder ahnte zumindest –, daß er alles andere als ein harmloser Kauffahrer war, und wollte ihn provozieren. Skar mußte zugeben, daß Gondered nahe daran war, sein Ziel zu erreichen. Vielleicht hatte die Reise an Bord der SHANTAR zu lange gedauert. Nach der ununterbrochenen Anspannung, unter der Skar seit seinem ersten Aufbruch aus Ikne gestanden hatte, ließen ihn die zwei Wochen Ruhe an Bord des Seglers nicht nur müde, sondern auch unvorsichtig werden.

»Seit wann treiben sich Quorrl auf dem offenen Meer herum?« fragte Andred, bevor Skar vollends einen Streit mit dem Thbarg beginnen konnte.

Gondered zuckte mit den Achseln, als interessiere ihn die Antwort auf diese Frage überhaupt nicht. »Sie sind überall«, sagte er. »Das Heer wurde zerschlagen, aber die Überlebenden haben sich zu kleinen Banden zusammengeschlossen und ziehen plündernd durch das Land. Vor zwei Wochen haben sie einen Küstensegler gekapert und versucht, mit ihm das freie Meer zu erreichen.«

»Und?« fragte Skar.

Gondered lächelte häßlich. »Unsere Katapulte schießen sehr weit«, sagte er. »Und sehr genau, Bert. Die Quorrl haben das nicht geglaubt, aber wir haben es ihnen demonstriert.« Er wurde übergangslos wieder ernst. »Ihr solltet auf der Hut sein, Bert, wenn Ihr Anchor verlaßt und weiter durch das Land zieht.«

Skar lächelte böse. »Solange es Männer wie Euch gibt, Gondered, fürchte ich mich nicht vor Quorrl.«

Gondereds Hand schloß sich um den Schwertgriff unter seinem Mantel. Der Stoff bewegte sich raschelnd, und Skar sah, daß Gondered darunter ein glitzerndes Panzerhemd trug. Auch die letzte Spur von Freundlichkeit verschwand aus Gondereds Gesicht. »Das braucht Ihr auch nicht, Bert«, sagte er dumpf. Er fuhr mit einer abrupten Bewegung herum, entfernte sich ein paar Schritte und begann seine Leute anzubrüllen und zur Eile anzutreiben.

Skar und Andred sahen schweigend zu, wie die Thbarg das Schiff untersuchten. Es war alles andere als ein flüchtiger Blick, wie Gondered angekündigt hatte. Sie brauchten weniger als eine halbe Stunde, aber es mußten an die hundert Mann sein, die nach und nach auf das Deck der SHANTAR herunterstiegen, unter Deck gingen und jeden Winkel und jede Ecke durchstöberten.

Skar spürte, wie sich die Stimmung unter den Freiseglern mehr und mehr zuspitzte. Es war nicht viel, was er über das Volk der Freisegler wußte – er war den Männern während der letzten vierzehn Tage aus dem Weg gegangen, soweit dies in einer so beengten Umgebung wie einem Schiff möglich war; und sie ihm auch –, aber der Stolz dieser seefahrenden Händler war überall auf Enwor zur Genüge bekannt. Es gehörte nicht viel Phantasie dazu, sich vorzustellen, was jetzt hinter den scheinbar unbewegten Gesichtern der Männer vorging, und er sah mehr als eine Hand, die mit einer unbewußten Geste nach Säbel, Tau oder Enterhaken tastete. Im stillen bewunderte er die Disziplin, die Andreds Männer an den Tag legten. Gondereds Verhalten war mehr als eine bloße Provokation. Es war eine Demütigung, wie sie schlimmer kaum sein konnte, und zugleich eine ebenso überhebliche wie unnötige Demonstration von Stärke. Skar beobachtete den Thbarg genau –

Gondered wirkte nur äußerlich gelassen und ruhig. Seine Freundlichkeit war nur eine dünne, nicht einmal besonders sorgsam aufgetragene Tünche, und dem Blick seiner dunklen, stechenden Augen schien nicht die winzigste Kleinigkeit zu entgehen. Skar war sicher, daß Gondered die gereizte Stimmung unter den Freiseglern ebenso deutlich bemerkte wie er. Gondered genoß die Situation sichtlich. Wahrscheinlich, überlegte Skar, wartete er nur darauf, seine Stärke und die Feuerkraft seines Seglers demonstrieren zu können.

Aber der gefährliche Moment ging vorbei, und schließlich zogen sich Gondereds Männer so schnell und unauffällig, wie sie gekommen waren, wieder zurück. Auch der Thbarg und seine beiden Begleiter wandten sich zum Gehen, blieben jedoch kurz vor Erreichen der Laufplanke noch einmal stehen.

»Ihr könnt weitersegeln, Andred«, sagte Gondered kalt. »Der Wind steht günstig, und wenn Eure Ruderer kräftig auslegen, dann erreicht Ihr Anchor noch vor Sonnenuntergang.« Er nickte, lächelte wieder sein dünnes, humorloses Lächeln und wandte sich noch einmal an Skar. »Auch wir segeln nach Anchor, Bert«, sagte er. »Ihr könnt den Rest der Reise auf unserem Schiff verbringen, wenn Ihr wollt. Ihr gewinnt einen halben Tag.«

Skar schüttelte den Kopf. »Es lohnt sich nicht mehr«, entgegnete er. »Mein Gepäck müßte umgeladen werden, und ich will Euch nicht länger von der Jagd auf Quorrl abhalten als nötig ist. Danke für das Angebot.«

Gondered zuckte die Achseln. »Wie Ihr wollt. Ich denke, wir sehen uns noch. In Anchor. Guten Wind, Kapitän.«

»Guten Wind«, erwiderte Andred steif. Mit unbewegtem Gesicht sah er zu, wie Gondered und seine drei Begleiter an Bord des Kaperseglers zurückkehrten und die Laufplanke eingezogen wurde. Ein tiefes, mahlendes Stöhnen ging durch den Rumpf des größeren Schiffes. Der Bug mit dem messerscharfen Rammsporn drehte sich ein wenig von der SHANTAR weg auf die entfernte Küste zu, die Segel wurden gesetzt, und das Schiff nahm wieder Fahrt auf. Andred starrte ihm länger als eine Minute nach, fuhr dann mit einer abrupten Bewegung herum und maß Skar mit einem undeutbaren Blick. »Ich glaube, Ihr seid mir eine Erklärung schuldig, Satai?« sagte er kalt.

Skar nickte. »Ich –«

Andred unterbrauch ihn mit einer hastigen Handbewegung. »Nicht hier«, sagte er. »In meiner Kabine. Ihr könnt schon hinuntergehen. Ich habe hier noch zu tun, komme aber gleich nach.« Er nickte, ging ohne ein weiteres Wort an Skar vorbei und begann seinen Männern Kommandos und Befehle zuzurufen.

Skar blieb noch einen Moment an der Reling stehen, ehe er sich ebenfalls umdrehte und langsam zum Achteraufbau der SHANTAR ging. Er hatte gespürt, wieviel Mühe es Andred gekostet hatte, ihn zumindest höflich zu behandeln – es war kein Zufall, daß der Freisegler nach fast zwei Wochen vom vertraulichen Du wieder zum reservierten Ihr zurückgekehrt war, und eigentlich kam es Skar jetzt erst richtig zu Bewußtsein, daß Andred vielleicht nicht nur seine Freiheit, sondern sein Leben und sein Schiff riskiert hatte, als er ihn deckte.

Er erreichte die Tür, blieb noch einmal stehen und sah dem rasch kleiner werdenden Kapersegler nach. Der Thbarg hatte volle Segel gesetzt und jagte mit großer Geschwindigkeit nach Norden, wie die SHANTAR der Küste folgend, jedoch näher; wahrscheinlich nahe genug, daß man von Deck aus noch das Geschehen auf den Küstenfelsen verfolgen konnte und gleichzeitig durch den gewaltigen schwarzen Schatten der Basaltklippen vor einer Entdeckung von See aus geschützt war. Skar konnte Gondered ein gewisses Maß an Anerkennung nicht versagen. In seinen Augen war der Thbarg nichts als eine Ratte, doch eine intelligente, gefährliche Ratte. Aber im Grunde hätte ihn diese Entwicklung nicht überraschen dürfen. Es war genau dieser Typ Mann, den Vela in ihre Dienste nehmen würde.

Mit einem entschlossenen Kopfschütteln vertrieb er den Gedanken, drehte sich herum und trat durch die Tür. Andreds Kabine lag am Ende eines langen, fensterlosen Ganges ganz im Heck des Schiffes. Es war der einzige Raum an Bord, der die Bezeichnung Kabine wirklich verdiente – auch er war klein, kaum fünf mal zehn Schritte messend, aber die Decke war wenigstens hoch genug, daß man stehen konnte, ohne sich ständig den Schädel anzustoßen, und durch die vier großen, aus farbigem Glas bestehenden Luken an der Rückseite drang genügend Sonnenlicht herein, um dem Raum wenigstens etwas von seiner Kerkeratmosphäre zu nehmen.

Skar schloß die Tür hinter sich, streifte seinen Umhang ab und warf ihn achtlos in eine Ecke. Gondereds Männer waren auch hier gewesen – einige der Bücher auf dem schmalen, mit einer silbernen Kette gesicherten Regal neben der Tür waren umgeworfen und nur achtlos wieder aufgestellt worden, und die Tür des Wandschranks stand einen Spaltbreit offen. Skar trat besorgt an die niedrige, metallbeschlagene Seekiste des Freiseglers heran und ließ sich davor in die Hocke sinken. Das Haar, das er in eines der Scharniere geklemmt hatte, war noch da.

Skar atmete innerlich auf. Er war sicher, daß die Thbarg auch seine Kabine durchsucht hatten, vielleicht gründlicher als jeden anderen Raum an Bord. Im nachhinein beglückwünschte er sich zu dem Entschluß, Andred gleich zu Beginn der Reise sein *Tschekal* und das schmale Satai-Stirnband in Verwahrung gegeben zu haben.

Als er sich wieder aufrichtete, wurde die Tür geöffnet, und Andred betrat den Raum. Er blieb einen Herzschlag lang stehen, sah zuerst Skar, dann die Seekiste an und ging schließlich mit übertrieben eiligen Schritten zu seinem Tisch. »Setz dich, Satai«, sagte er knapp, nachdem er selbst hinter dem wuchtigen, mit kostbaren Schnitzereien verzierten Schreibtisch Platz genommen hatte.

Skar zog sich einen der niedrigen dreibeinigen Schemel heran, ließ sich darauf nieder und sah Andred an. Der Freisegler hatte seinen Regenmantel abgelegt und wirkte jetzt noch schmaler, als er ohnehin war. Seine Finger spielten nervös mit einer zusammengerollten Karte. Aber er hielt Skars Blick gelassen stand.

Skar begann sich allmählich unwohl zu fühlen. Ihm wäre wohler gewesen, wenn Andred ihm Vorhaltungen gemacht oder wenigstens *irgend etwas* gesagt hätte.

»Du ... wartest auf eine Erklärung«, sagte er stockend.

Andred lächelte. »Nicht unbedingt. Nur, wenn Euch danach ist, Satai«, sagte er spöttisch.

Skar zuckte zusammen. »Du hast dein Schiff und deine Ladung in Gefahr gebracht«, begann er, »und –«

»Ich habe mein und das Leben meiner Besatzung aufs Spiel gesetzt, wenn du es genau wissen willst«, unterbrach ihn Andred kühl. »Dieser Thbarg hätte uns mit Freuden die Wirkung seiner Katapulte demonstriert, wenn ich ihm Gelegenheit dazu gegeben hätte. Aber ich habe es nicht wegen dir getan.«

»Sondern?« fragte Skar, obwohl er die Antwort bereits kannte.

Andred verzog angewidert die Lippen. »Nimm an, daß ich Männer wie Gondered nicht mag«, sagte er. »Und nimm weiter an, daß ich es nicht schätze, auf offener See aufgebracht und wie ein gemeiner Schmuggler behandelt zu werden. Aber das ist keine Antwort auf meine Frage, Skar. Warum hast du dich als malabesischer Händler ausgegeben?«

»Hätte ich es nicht getan«, antwortete Skar nach einer genau bemessenen Pause, »dann wären wir jetzt vielleicht alle schon tot.«

Andred zog die linke Augenbraue hoch, schwieg aber.

»Ich kann mich täuschen«, fuhr Skar nach einer Weile fort, »aber ich glaube nicht, daß Gondered wirklich auf der Suche nach Quorrl oder Schmugglern ist. Er sucht mich.«

»Dich?«

Skar nickte. »Ich fürchte«, bestätigte er. »Und ich fürchte, er hat mir die Geschichte von dem malabesischen Händler nicht geglaubt. Es wird am besten sein, wenn ich von Bord gehe, ehe die SHANTAR den Hafen von Anchor anläuft.«

Andred runzelte zweifelnd die Stirn und beugte sich ein wenig vor. »Wie kommst du darauf, daß sie dich suchen?« fragte er.

»Das ist eine lange Geschichte«, antwortete Skar ausweichend. Er rutschte unruhig auf seinem Schemel hin und her und sah an Andred vorbei zur Luke. Das farbige Bleiglas zerstäubte das Sonnenlicht zu glitzernden Streifen aus Blau und Rot und Orange und Gelb, und für einen Moment glaubte Skar einen mächtigen, struppigen Schatten zwischen den farbigen Lichtbahnen zu gewahren.

Aber der Schatten war natürlich nicht wirklich da. Es war seine Vergangenheit, die ihn wieder eingeholt hatte. Die zwei Wochen auf See waren eine Atempause gewesen, mehr nicht. Es war nicht vorbei. Vielleicht hatte es noch nicht einmal wirklich begonnen.

»Erzähl sie«, sagte Andred. »Wir haben Zeit genug, und ich bin ein geduldiger Zuhörer.«

»Wie kommst du darauf, daß ich sie erzählen will?« fragte Skar in einem Tonfall, der ihm fast sofort wieder leid tat. »Es wäre vielleicht nicht gut für dich, sie zu wissen«, fügte er hastig hinzu. »Ich habe Feinde, Andred. Mächtige Feinde.«

Der Freisegler zuckte gleichmütig die Achseln und ließ sich zurücksinken. »Wenn du recht hast«, sagte er, »dann werde ich so oder so Schwierigkeiten bekommen. Aber nimm keine Rücksicht auf mich - ich habe dir schon gesagt, welche Gefühle ich Gondered entgegenbringe. Ich hätte ihn in Ketten legen und kielholen lassen, wäre sein verdammter Kapersegler nicht gewesen. Ich werde mich bei der Hafenbehörde von Anchor über ihn beschweren.«

Skar lachte hart. »Wenn du mich fragst, dann *ist* er die Hafenbehörde.«

Andred sah ihn einen Moment lang fast erschrocken an und lachte dann ebenfalls. »Seinem Benehmen nach zu urteilen, könntest du recht haben«, bestätigte er. »Aber nun einmal im Ernst, Skar« - er wurde übergangslos wieder ernst, beugte sich ein Stück vor und stützte die Ellbogen auf der Tischkante auf -, »was hat das zu bedeuten? Und was meinst du damit, daß er dich sucht?«

»Das, was ich sage«, murmelte Skar. »Hast du je davon gehört, daß die *Errish* thbargsche Kapersegler in ihre Dienste nehmen?«

Andred schüttelte den Kopf. »Nein. Und . . .«

»Oder daß sie zu einem Kriegszug gegen die Quorrl aufrufen? Es ist nicht das erste Mal, daß Quorrl oder andere Banditen die

Grenzen des Drachenlandes verletzen.«

Andred nickte widerwillig. »Sicher«, sagte er, »aber ...« Er sprach den Satz nicht zu Ende, sondern sah Skar nur unsicher und mit wachsendem Schrecken an. Es war deutlich zu sehen, daß seine Überlegungen in die gleichen Richtungen wie die Skars gingen – aber es war auch ebenso deutlich zu sehen, daß er sich mit aller Macht gegen die Erkenntnis, die daraus folgerte, zu wehren versuchte. Skar verstand den Freisegler nur zu gut. Noch vor wenigen Monaten hatte er ähnlich reagiert. Die *Errish* waren weit mehr als ein Clan Unantastbarer, eine Vereinigung wohltätiger weiser Frauen. Wenn es in einer Welt wie Enwor überhaupt noch ein Wort gab, das für Ehre und ein aufrechtes Leben stand, dann war es der Name der Ehrwürdigen Frauen.

»Ich kann mich täuschen«, fuhr er nach einer Weile fort. »Aber der Zufall wäre zu groß. Und es paßt alles zusammen – obwohl ich gehofft hatte, noch rechtzeitig anzukommen.«

Andred runzelte die Stirn, faltete die Hände auf der Tischplatte und stand unvermittelt auf. Kopfschüttelnd ging er zur Backbordseite der Kabine, öffnete einen verborgenen Wandschrank und entnahm ihm einen Krug und zwei schlanke, handgeschliffene Trinkbecher aus hauchdünnem Kristall. Er stellte einen vor Skar auf den Tisch, goß ihn bis dicht unter den Rand voll und setzte sich wieder, ehe er sein eigenes Glas einschenkte. Skar trank einen winzigen Schluck, fuhr sich mit dem Handrücken über den Mund und sah den Freisegler unsicher an. Eine innere Stimme schien ihn davor zu warnen, Andred ins Vertrauen zu ziehen. Aber er war so lange allein gewesen, so lange *einsam*, daß er im Augenblick auch mit einem Stuhl oder dem Wind geredet hätte. Und vielleicht tat es gut, einmal wieder mit einem Menschen zu reden, mit jemandem, der – wenn schon nicht sein Freund – so doch wenigstens ein geduldiger Zuhörer war.

Er trank wieder und leerte das Glas diesmal bis zur Hälfte. Andred lächelte, beugte sich über den Tisch und füllte es wieder auf. »Und jetzt erzähle«, sagte er. »Und keine Sorge – wenn deine Befürchtungen zutreffen, dann stecke ich ohnehin viel zu tief in der

Sache, um noch mit heiler Haut herauszukommen.«

»Das ist es ja, was ich befürchte«, murmelte Skar. »Ich stehe in deiner Schuld, und ich möchte nicht, daß . . .«

»Unsinn«, unterbrach ihn Andred. »Hör mit den dummen Sprüchen auf, daß du nicht willst, daß ich zu Schaden komme. Das passiert höchstens, wenn du mir weiterhin die Wahrheit verschweigst und ich Gondered blindlings ins Messer laufe. Und ich glaube«, fügte er nach einem weiteren Schluck Wein hinzu, »es tut dir gut, dich einmal auszusprechen.«

Skar überlegte. Andred sagte nichts mehr, aber sein Blick sprach Bände. Vielleicht würde er nicht weiter in Skar dringen, aber er hatte recht, mit jedem Wort. Wissen konnte gefährlich sein, aber in ihrer Lage war Unwissenheit wohl noch gefährlicher.

Skar begann stockend zu berichten. Er fing an, mit ihrer Rückkehr von der fehlgeschlagenen Expedition in die Nonakesh und mit den Wochen in Ikne, und ohne daß er es zuerst selbst merkte, wurde seine Rede immer flüssiger, schneller, bis die Worte schließlich nur so aus ihm heraussprudelten. Andred hatte recht gehabt – es tat gut, sich auszusprechen, und auch wenn Andred nicht viel mehr für ihn tun konnte als zuzuhören, spürte er, wie der Druck allmählich von seiner Seele wich. Es war das erste Mal überhaupt, daß er einen Menschen so ins Vertrauen zog, aber er spürte einfach, daß er es mit Andred tun konnte. Er redete länger als eine Stunde und erzählte Andred – mit wenigen Einschränkungen – die ganze Geschichte, ohne daß ihn der Freisegler auch nur einmal unterbrach.

Es wurde sehr still in der kleinen Kabine, als Skar geendet hatte; selbst das Klatschen der Ruder, die die SHANTAR mit gleichmäßiger Geschwindigkeit nach Norden trieben, schien leiser geworden zu sein, und das farbige Licht der Bleiglasluken trug dazu bei, die unwirkliche Atmosphäre noch zu verstärken.

»Das ist eine . . . fast unglaubliche Geschichte«, sagte Andred nach einer Weile.

»Ich weiß.« Skar nickte, nahm sein mittlerweile geleertes Glas und drehte es nachdenklich in den Fingern. Der geschliffene Kristall zerlegte seinerseits das Licht wieder in einzelne Farben und ließ die unzähligen Facetten in allen Nuancen des Regenbogens aufflammen.

»Und gerade darum bin ich fast geneigt, dir zu glauben«, sagte Andred. »Ich wüßte keinen Grund, warum sich ein Mann wie du eine so haarsträubende Geschichte ausdenken sollte.« Er lachte, aber es war eher ein Laut der Unsicherheit. »Und du glaubst, diese - wie hieß sie? Vela?«

Skar nickte.

»Du glaubst, diese Vela ist bereits in Elay? In weniger als vier Monaten vom Quellgebiet des Besh hierher?« Der Zweifel in Andreds Stimme war unüberhörbar, aber wie das Lachen zuvor schien auch er gekünstelt und nur dem Zweck dienend, die Furcht, die Skars Erzählung in ihm wachgerufen hatte, zu dämpfen. »Und in dieser Zeit soll sie auch noch die Macht in Elay übernommen haben?«

»Du hast nicht erlebt, wozu diese Frau fähig ist«, murmelte Skar. »Sie spielt mit Menschen wie mit Puppen. Männer wie Gondered haben ihr nichts entgegenzusetzen. Und dieser verdammte Stein gibt ihr zusätzlich noch die Möglichkeit, alles zu erreichen.« Er seufzte, schüttelte den Kopf und goß sich Wein ein. »Ich bin auf dein Schiff gekommen, weil ich dachte, so noch rechtzeitig in Elay sein zu können. Aber es sieht so aus, als hätte ich mich getäuscht. Sie war vor mir hier, und sie weiß, daß ich sie verfolgen werde. Wahrscheinlich hat sie sämtliche Pässe über die Berge sperren lassen.«

»Und die Häfen auch«, fügte Andred finster hinzu.

Skar nickte. »Die Häfen auch. Deshalb mein Vorschlag, vorher an Land zu gehen. Gib mir ein Boot oder meinetwegen nur ein Holzstück, an dem ich mich festhalten und an Land schwimmen kann ...«

Andred unterbrach ihn mit einer resignierenden Geste. »Das ist unmöglich, Skar. Es sind acht Meilen bis zur Küste, und selbst wenn du den Haien entgehen solltest, würde die Brandung dein Boot an den Klippen zerschmettern. Was glaubst du, *warum* wir so weit von der Küste entfernt segeln. Der Hafen von Anchor ist die einzige Stelle auf hundert Meilen, an der ein Schiff anlegen kann. Du wirst schon an Bord bleiben müssen, bis wir den Hafen erreichen. Wie bist du über die Berge gekommen?«

Skar hatte für einen Moment Mühe, dem plötzlichen Gedankensprung zu folgen. Er hatte seine Erzählung dort beendet, wo sie die Leichen von Velas Männern und des Drachen gefunden hatten.

»Gar nicht«, sagte er nach kurzem Zögern. »Gowenna hatte recht – die Pässe waren verschneit, und ich wäre beinahe umgekommen, als ich versuchte, sie trotzdem zu überwinden. Ich kämpfte mich zurück, bis ich den Besh erreichte und einen Flußschiffer fand, bei dem ich eine Passage erstehen konnte. Für mein letztes Geld«, fügte er grinsend hinzu. »Deshalb mußte ich dir auch die Fahrt hierher abbetteln.«

»Was deinem Stolz als Satai natürlich einen ungeheuren Abbruch getan hat«, fügte Andred in einer Mischung aus Ernst und gutmütigem Spott hinzu.

Skar schüttelte den Kopf. »Nein, Andred. Mein Stolz ist auf den Ebenen von Tuan erfroren. Ich ... ich glaube nicht, daß ich wirklich noch Satai bin.«

Auf Andreds Gesicht erschien ein überraschter Ausdruck. »Das klingt sehr verbittert, mein Freund«, sagte er. »Glaubst du wirklich, daß es sinnvoll ist, sein Leben wegzuwerfen – nur um Rache zu üben?«

Skar sah den Freisegler an, ohne zu antworten. Es hätte tausend Dinge geben können, die er erwidern konnte, so wie Andred tausend Antworten darauf finden konnte. Er hatte jede einzelne durchdacht, hundertmal, auf dem Weg den Besh herab und dann hier an Bord, und vielleicht hatte er sich geweigert, wirklich jemals darüber nachzudenken, *weil* er Angst hatte, eingestehen zu müssen, daß er sich irrte.

»Vielleicht nicht«, sagte er nach einer Weile.

»Aber du willst nicht darüber reden, ich verstehe«, murmelte Andred. »Und es geht mich wohl auch nichts an. Suchen wir lieber nach einer Lösung.«

»Wir?«

Andred nickte. »Du kannst nicht von Bord, Skar«, sagte er geduldig. »Sieh das endlich ein. Wir sind Partner – ob es dir paßt oder nicht.« Er hob sein Glas und prostete Skar mit einer übertriebenen Geste zu. »Wenn dein Verdacht stimmt, dann wird Gondered uns in Anchor erwarten.«

»Du wirst Ärger bekommen«, prophezeite Skar düster.

Andred winkte gelangweilt ab. »Ich lebe vom Ärger, Skar«, sagte er. »Aber ich glaube, du bist ein Mann, der dringend ein paar gute Freunde braucht. Nicht nur hier an Bord.« Er überlegte einen Moment, starrte an Skar vorbei zu einem imaginären Punkt irgendwo auf halber Strecke zwischen seinem Schreibtisch und der Wand und faltete die Hände unter dem Kinn. »Ich habe Bekannte in Anchor«, murmelte er, mehr zu sich als zu Skar gewandt. »Aber ich weiß nicht, ob ich ihnen trauen kann. Wenn diese Errish tatsächlich schon das ganze Land unterwandert hat . . .«

»Das ganze Land sicher nicht«, sagte Skar. »Auch sie kann nicht zaubern – jedenfalls nicht so. Wäre ich sie, dann hätte ich genau das getan, was sie getan hat – die Schlüsselpositionen mit meinen Leuten besetzt, die Grenzen geschlossen und dem Volk auf der Straße etwas gegeben, woran es sich begeistern kann.«

»Du meinst diesen Feldzug gegen die Quorrl.«

Skar nickte. »Auch. Die erste Lektion jedes Möchtegern-Diktators«, fügte er lächelnd hinzu. »Wirf dem Volk einen Köder hin und gib ihm etwas zu tun, damit es nicht zum Nachdenken kommt.«

Andred sog nachdenklich die Luft zwischen den Zähnen ein. »Du wirst nach Elay müssen. Ein weiter Weg für einen einzelnen Mann. Vielleicht wäre es besser, du würdest warten, bis deine Freunde aus Cosh nachkommen.«

Skar schüttelte heftig den Kopf. »Dann ist es zu spät«, behauptete er. »Es wäre schon jetzt zu spät, fürchte ich. Vela ist vorbereitet, und ein direkter Angriff mit Waffengewalt ist so ungefähr das letzte, womit ihr beizukommen wäre.«

Andred nickte trübsinnig, seufzte erneut und stand auf. »Dieses Was-wäre-wenn-Spielchen hilft weder dir noch mir weiter«, sagte er bestimmt. »Zuerst einmal bringen wir dich von Bord. Und dann sehen wir weiter.« Er ging zur Tür, öffnete sie und machte eine einladende Handbewegung. »Geh in deine Kabine und ruh dich noch ein paar Stunden aus«, sagte er. »Ich lasse dich wecken, sobald Anchor in Sicht ist. Mittlerweile bereite ich die Ladepapiere und das Zolldokument vor.« Er grinste. »Schließlich wollen wir Gondered keinen Anlaß geben, das Schiff noch einmal zu durchsuchen, oder?«

Die Sonne hatte den Großteil ihrer Wanderung hinter sich gebracht und berührte schon fast wieder den Horizont, als die Hafeneinfahrt von Anchor vor ihnen auftauchte. Skar stand am Bug des Schiffes; seit Stunden. Er hatte versucht, noch einmal mit Andred zu reden, aber der Freisegler war zu beschäftigt gewesen. Und wahrscheinlich hatte er auch nicht mit Skar sprechen *wollen*; eine Reaktion, die dieser durchaus verstand und respektierte, nach allem, was geschehen war. Wenn auch nur die Hälfte seiner Befürchtungen zutraf, dann würde Andred in Anchor mehr als nur Ärger bekommen, wie er es ausgedrückt hatte.

Das Schiff rollte arhythmisch von einer Seite auf die andere. Der Takt der Ruder war langsamer geworden; die Männer auf den harten Ruderbänken tief im Leib der SHANTAR mußten bis zum Umfallen erschöpft sein. Und seit sie Kurs vom offenen Meer weg und fast im rechten Winkel zur Küste hin eingeschlagen hatten, hatten die wechselnden Strömungen, von denen Andred sprach, das Schiff ergriffen und wie einen Spielball hin und her geworfen.

Skars Blick glitt über die schäumenden Wellen, die die Meeresoberfläche rechts und links des Freiseglers bedeckten. Andred hatte keineswegs übertrieben – hätte er es wirklich gewagt, sich mit einem Boot oder gar schwimmend der Küste zu nähern, dann wäre er wie ein Stück Treibholz zerschmettert worden. Selbst die SHANTAR hatte Mühe, sich dem Sog der heimtückischen Strömungen und Strudel entgegenzustemmen. Ein kleineres Boot wäre in diesem Hexenkessel rettungslos verloren gewesen.

Eine neue Woge traf die SHANTAR und brach sich brüllend an den Achteraufbauten. Der Gischt schoß schäumend über Deck und fast bis zur Spitze des Focksegels hinauf, und der Stoß, der den Rumpf des Schiffes erbeben ließ, war so heftig, daß Skar sich unwillkürlich fester an die Reling klammerte. Ein Schauer eisigen Sprühregens durchnäßte seinen Umhang.

»Du solltest ein wenig vorsichtiger sein, Skar«, sagte eine Stimme hinter ihm, »sonst mußt du den Rest der Strecke am Ende doch noch schwimmen.«

Skar wandte den Kopf, wischte sich mit einer unbewußten Geste das Salzwasser aus dem Gesicht und schenkte Andred den finstersten Blick, zu dem er fähig war. Der Freisegler grinste. »Im Ernst, Skar«, fuhr er fort. »Es wird Zeit, daß du unter Deck gehst. Der Hafen wird in wenigen Minuten in Sichtweite sein. Und wir in seiner. Es gibt scharfe Augen in Anchor.«

Skar sah instinktiv nach vorn. In Fahrtrichtung, weniger als eine Meile entfernt und die halbe Strecke backbord, erhob sich ein gewaltiger schwarzer Granitpfeiler aus dem Meer. Dahinter lag die Hafeneinfahrt: ein schmaler, zwei Meilen langer Kanal, der den eigentlichen Hafen vor dem Toben des Meeres schützte und Anchor zu einem der wenigen Orte an der Westküste des gewaltigen Kontinents werden ließ, wo ein Schiff überhaupt anlegen konnte. Trotzdem erforderte die Einfahrt großes seemännisches Geschick. Nur einer von zehn Kapitänen wagte es überhaupt, Anchor anzulaufen; und nicht allen gelang es.

Skar nickte knapp, drehte sich um und ging – eine Hand an der Reling, um nicht von einer neuerlichen Welle von den Füßen gerissen zu werden – nach achtern. Andred folgte ihm. Er trug wieder sein schwarzes Regencape, war aber trotzdem durchnäßt bis auf die Haut.

»Was wirst du tun?«

Andred zuckte mit den Achseln. »Das Einfachste«, sagte er. »Wir werden ganz normal einlaufen und mit den Entladearbeiten beginnen. Wenn es dir nichts ausmacht, ein Bündel zu schleppen wie ein gemeiner Matrose, dann bist du von Bord, bevor Gondered auch nur merkt, daß das Schiff angelegt hat. Ich habe Freunde bei der Hafenverwaltung«, fügte er hinzu, als er Skars zweifelnden Blick bemerkte.

Sie hatten den Achteraufbau erreicht, und Andred öffnete die Tür, aber Skar zögerte noch hindurchzutreten. Sein Blick glitt noch einmal nach vorn und bohrte sich in den gischtenden Nebel aus Schaum und Dunst, der das Schiff einhüllte. Alles schien ruhig und normal, aber Skar *wußte* einfach, daß dieser Eindruck täuschte. Er gab normalerweise nicht viel auf Ahnungen, aber dies war mehr. Es war ein Wissen, das irgendwo in ihm war, das er aber nicht greifen konnte. Er war fünfmal schneller hierhergekommen, als er es eigentlich gekonnt hätte, und er hatte alles getan, seine wahre Identität zu verschleiern. Er war sogar soweit gegangen, sich einen falschen Namen zuzulegen und seinen Stand als Satai zu verleugnen – etwas, das bei dem Skar, der er noch vor wenigen Monaten gewesen war, absolut undenkbar gewesen wäre. Aber Vela wäre nicht Vela gewesen, wenn sie nicht auch dies einkalkuliert hätte.

»Was hast du?« fragte Andred.

Skar fuhr zusammen, sah den Freisegler erschrocken an und schüttelte dann hastig den Kopf. »Nichts«, sagte er. »Es ist nichts. Ich fange schon an, Gespenster zu sehen.« Hastig stieß er die Tür vollends auf, senkte den Kopf und trat in den niedrigen Gang. Andred folgte ihm, blieb jedoch vor der Tür zur Kapitänskajüte stehen und deutete mit einer Kopfbewegung hinter sich.

»Ich muß an Deck bleiben, bis wir angelegt haben«, sagte er. »Du kannst hier warten. Zeig dich nicht, bevor ich dich rufen lasse. Und laß mir bitte noch etwas von meinem Wein übrig – ja?«

Skar wartete, bis Andred sich umgedreht hatte und wieder an

Deck verschwunden war, ehe er die Kapitänskajüte betrat. Der Raum war noch so, wie er ihn vor Stunden verlassen hatte, nur auf dem Schreibtisch lag jetzt ein Stapel ordentlich aufgeschichteter Papiere, und der Weinkrug vor dem Stuhl, auf dem er gesessen hatte, war frisch aufgefüllt. Skar lächelte flüchtig, schloß die Tür hinter sich und ging mit schnellen Schritten zu Andreds Seekiste.

Seine Finger zitterten unmerklich, als er das Schloß öffnete und den schweren Deckel hochstemmte. Es war seltsam – während der ersten Tage an Bord war er sich beinahe nackt vorgekommen ohne den Waffengurt und seine Insignien als Satai, jetzt war es fast umgekehrt. Er nahm das schmale, in saubere weiße Tücher eingeschlagene Paket heraus, schloß den Deckel der Kiste und begann es – langsamer, als nötig gewesen wäre – auszuwickeln. Die SHANTAR bebte. Von Deck her drangen die gedämpften Stimmen Andreds und der Besatzung in die Kajüte, und die farbigen Heckfenster waren stumpf und blind geworden, so daß in dem kleinen Raum schon eine flüchtige Ahnung der Nacht hereingebrochen war. Er ging zum Tisch, legte das Bündel darauf und band sich den Gurt um; mit einer raschen, beinahe wütenden Bewegung. Das steife Leder fühlte sich kalt und unangenehm auf der Haut an, und er hatte beinahe vergessen, wie schwer der Gurt war.

Aber es war mehr als das Gewicht des Gurtes, das an ihm zerrte. Das breite Lederband mit den zwölf Schlaufen, in denen die fünfzackigen *Shuriken* aufbewahrt wurden, und mit dem fünfstrahligen Stern der Satai und der schmucklosen Lederscheide, in der sein *Tschekal* ruhte, war mehr als ein Waffengurt. Mit diesem und dem Stirnband streifte er sich mehr als bloße Schmuck- oder Ausrüstungsgegenstände über, sondern damit wurde er wieder zu dem, was er gewesen war, ehe er die SHANTAR betrat: zu Skar, dem Satai. Er wußte jetzt plötzlich, woher das absurde Gefühl der Furcht gekommen war: Es *war* Angst gewesen, Angst, wieder zu Skar zu werden. Er war es nicht gewesen die letzten beiden Wochen. Er war ein Mann gewesen, den es nicht gab, und selbst seine Erinnerungen waren ihm – ohne daß er sich dessen bewußt gewesen wäre – wie die eines Fremden vorgekommen. Aber mit seiner endgültigen Verwandlung von Bert zu Skar kamen auch seine wirklichen Erinnerungen. Sie waren in Farben von Leid und Schmerz gemalt, in den düsteren Farben von Tod, Verzweiflung und dem Racheschwur, den er getan hatte. Fast glaubte er wirklich eine körperliche Veränderung zu spüren – ein Strom von Kraft, finsterer, entschlossener Kraft, der plötzlich durch seine Adern rann, eine knisternde, schwer in Worte zu fassende Spannung, die seinen Körper wieder in das verwandelte, wozu er ihn einst selbst gemacht hatte: eine gnadenlose, unbesiegbare Kampfmaschine, ein Ding, das nur zum Töten und Zerstören geeignet war, zu nichts anderem.

Er schüttelte den Kopf, trat mit einem raschen Schritt ans Luk und öffnete die Verriegelung. Ein heftiger Windstoß traf die Scheibe und riß sie ihm um ein Haar aus der Hand. Er hielt sie fest, stemmte sich gegen den Wind, der sein Gesicht und seine Haare peitschte, und atmete den durchdringenden Salzwassergeruch in tiefen Zügen ein, versuchte, die Gedanken und Erinnerungen dorthin zurückzudrängen, wo sie hergekommen waren. Es ging nicht. Seine Vergangenheit war wieder da, endgültig jetzt, und er begriff, daß er ihr niemals wirklich entronnen war, daß alles, was er bekommen hatte, eine kurze Atempause war, wenige flüchtige Wochen, in denen sich sein Körper und vor allem sein Geist von den Strapazen hatte erholen können. Gondered und sein schwarzes Kaperschiff waren nur eine erste Warnung gewesen, das erste höhnische Lachen des Schicksals, mit dem es ihm hatte sagen wollen, daß dieses unmenschliche Spiel noch lange nicht vorbei war, sondern vielleicht erst jetzt richtig begann. Und noch während er diesen Gedanken dachte, drängte sich ein zweiter, schlimmerer, mit unausweichlicher Macht in sein Bewußtsein. Mit dem alten Skar war auch sein Fluch zurückgekehrt. Seit seinem Aufbruch aus Ikne hatte er Tod und Vernichtung verbreitet, hatte er eine Spur von Leid und Tränen hinter sich hergezogen. Jeder, mit dem er zusammengewesen war, war zugrunde gegangen, auf die eine oder andere Weise. Und auch Andred würde keine Ausnahme bilden.

Und als er dichter ans Luk herantrat und zu den gewaltigen Basaltklippen hinaufblinzelte, sah er den Schatten. Er war so schwarz wie der Felsen und viel zu weit entfernt, als daß er ihn wirklich hätte sehen können, und er existierte in keinem anderen Ort als in seiner Phantasie, aber er war *da*.

Als er das Luk schloß und sich umwandte, hörte sich das Geräusch des Windes für einen Moment wie das Heulen eines Wolfes an.

Die SHANTAR war das kleinste der fünf Schiffe, die im Hafen von Anchor vor Anker lagen. Skar konnte von seinem Platz hinter den Kajütenfenstern nur einen kleinen Teil der Kaimauer und die Hafeneinfahrt überblicken, aber er hatte sich - gegen Andreds Rat - kurz vor dem Anlegen des Schiffes für wenige Augenblicke an Deck gewagt, um sich einen Eindruck ihrer Umgebung zu verschaffen. Was er gesehen hatte, hatte ihm nicht gefallen. Anchor war nicht nur als Hafen, sondern auch als uneinnehmbare Festung bekannt, aber er hatte feststellen müssen, daß es überdies auch eine Falle war - die beste, die Skar jemals zu Gesicht bekommen hatte. Das Hafenbecken war oval und wurde an drei Seiten von einer fünf Meter hohen, glatten Kaimauer eingefaßt, so daß bei kleineren Schiffen - wie etwa der SHANTAR - nur der oberste Teil der Deckaufbauten auf das eigentliche Hafenniveau hinaufreichte. Hinter der Kaimauer erstreckte sich ein mehr als hundert Schritte breiter, vollkommen deckungsloser Streifen, vordergründig wohl für das Entladen und Stapeln von Waren bestimmt, in Wirklichkeit jedoch eine tödliche Falle für jeden, der etwa auf die Idee kommen sollte, die Stadt von dieser - scheinbar - ungeschützten Seite her angreifen zu wollen. Und dem Blick eines Kriegers blieb auch nicht verborgen, daß zumindest ein Teil der schwarzen, fensterlosen Türen, die sich hinter diesem Areal erhoben, keine Silos, sondern Verteidigungsanlagen waren.

Skar fuhr aus seinen Gedanken hoch, als die Tür geöffnet wurde und Andred die Kajüte betrat. Der Freisegler nickte anerkennend, als er Skars verändertes Aussehen bemerkte, trat dann jedoch mit einem schnellen Schritt an seine Kiste, entnahm ihr einen zerschlissenen Kapuzenmantel und warf ihn Skar zu.

»Zieh das über«, sagte er, »sonst nimmt man dir den Matrosen nicht ab.«

Skar drehte das Kleidungsstück unschlüssig in den Händen, machte jedoch keine Anstalten, Andreds Aufforderung nachzukommen. Der Mantel roch muffig und nach Salzwasser und Tang, und ein Jahrzehnt in Wind und Sturm hatten die Farben ausbleichen lassen. Der Stoff fühlte sich brüchig wie trockenes Laub an.

»Wie sieht es aus?« fragte er.

Andred zuckte die Achseln, sammelte die Papiere von seinem Schreibtisch auf und deutete mit einer Kopfbewegung in Richtung der Stadt. »Ich habe nach dem Hafenmeister schicken lassen«, sagte er, »und die Gelegenheit genutzt, mich unauffällig umzusehen. Es ist alles friedlich. Kein Gondered, keine *Errish* und keine Knochenkrieger«, fügte er grinsend hinzu.

Skar blieb ernst. »Der Kapersegler liegt direkt neben der Einfahrt«, sagte er.

Andred nickte. Auch er hatte das schwarze Schiff aus Thbarg sofort wiedererkannt. »Irgendwo muß er liegen«, meinte er gleichmütig. »Und der Platz neben der Einfahrt bietet sich für ein Schiff an, das zum Schutze des Hafens da ist.«

Skar streifte wortlos den Mantel über, überzeugte sich davon, daß sein Waffengurt und das Satai-Schwert unter dem Stoff verborgen waren, und schlug die Kapuze hoch.

»Ein wenig tiefer«, sagte Andred. »Man sieht dein Stirnband.«

Skar nickte dankbar, zog die Kapuze tiefer in die Stirn und sah noch einmal aus dem Luk. Über dem Hafen war die Nacht hereingebrochen, und das Wasser wirkte schwarz wie Teer, auf das winzige silberne Halbmonde gemalt waren. Der Geruch von Salzwasser und Schlick war hier beinahe stärker als draußen auf dem

Meer, und für einen winzigen Moment glaubte Skar zu fühlen, was Männer wie Andred immer wieder hinaus auf das Meer trieb. Es war etwas, das in diesem Geruch war – eine schwer zu bestimmende Ahnung von Ferne und Freiheit, die stärker wiegen mochte als die Gefahren, die auf dem Meer lauerten.

»Gehen wir an Deck«, sagte Andred. »Die Entladearbeiten beginnen, sobald der Hafenmeister die Papiere abgezeichnet hat. Das Beste wird sein, wenn du als einer der ersten von Bord gehst.« Er schwieg einen Moment und sah an Skar vorbei zum schwarzen Umriß des Kaperseglers hinaus. Offenbar erfüllte ihn die Nähe des Kriegsschiffes doch mit mehr Nervosität, als er zugeben wollte.

»Wenn du in der Stadt bist«, fuhr er fort, während sie hintereinander die Kabine verließen und sich an Deck begaben, »dann frage nach einem Mann namens Herger. Er hat einen kleinen Laden in der Altstadt; eine heruntergekommene Bruchbude, in der sich allerlei Gelichter trifft. Aber er ist vertrauenswürdig, und er steht in meiner Schuld. Wenn du sagst, daß ich dich schicke, dann wird er dir Geld und ein Pferd geben, damit du die Stadt verlassen kannst.«

Skar stieg hinter ihm die Treppe zum Achterdeck hinauf, trat an die Reling und warf einen langen, forschenden Blick zur Stadt hinüber. Hinter den meisten Fenstern war bereits das flackernde Licht von Kerzen und Öllampen zu sehen, und eine Anzahl Männer trieb sich vor einem der Silos herum, ohne einer irgendwie erkennbaren Beschäftigung nachzugehen. Ein zweiter Trupp Männer näherte sich dem Schiff aus der entgegengesetzten Richtung.

»Das sind Männer, die die Hafenbehörde schickt«, erklärte Andred auf Skars fragenden Blick. »Sie werden uns beim Entladen *helfen.*« Er betonte das Wort auf seltsame Art und lächelte spöttisch. »Schließlich muß alles seine Ordnung haben. Es könnte ja sonst sein, daß ein Fläschchen Öl von Bord geht, ohne daß der Zoll entrichtet wurde.«

»Warum tust du das, Andred?« fragte Skar, ohne auf die Worte des Freiseglers mit mehr als einem Stirnrunzeln zu reagieren.

»Was?«

»Warum hilfst du mir? Gondered wird dich am höchsten Turm der Stadt aufhängen lassen, wenn er davon erfährt.«

Andred schwieg einen Moment und sah an Skar vorbei zur Hafeneinfahrt hinüber. »Vielleicht«, sagte er nach einer Weile, »weil es nicht unbedingt ein Fehler ist, einen Satai zum Freund zu haben.«

»Und einen Thbarg zum Feind?«

Andred verzog abfällig die Lippen. »Ich glaube nicht, daß ich Gondered lieben würde, wenn du nicht an Bord gewesen wärest«, sagte er. »Und wenn das, was du erzählt hast, wahr ist, dann habe ich keine andere Wahl, als mich für die eine oder andere Seite zu entscheiden. Und ich stehe gerne auf der Seite der Sieger, weißt du?«

Skar seufzte. »Ich fürchte, dann hast du einen Fehler gemacht.«

»Du irrst dich, Skar«, widersprach Andred ernst. »Ich kenne Vela nicht und weiß nicht, ob sie wirklich zu alldem fähig ist, was du ihr zuzutrauen scheinst. Aber ich kenne Männer wie Gondered. Sie sind stark und machen sich eine Freude daraus, die Muskeln spielen zu lassen. Aber sie sind keine Gewinner. Männer wie er sind die geborenen Verlierer, Skar. Auch er wird stürzen. Entweder weil Männer wie du ihn zu Fall bringen oder weil Vela ihn wegwerfen wird, sobald er seinen Dienst getan hat.«

»Und wenn du dich irrst?« fragte Skar leise.

Andred zuckte abermals mit den Schultern. »Dann habe ich mir wenigstens für ein paar Stunden einbilden können, meinen Teil zur Errettung der Welt beizutragen«, sagte er mit übertrieben komischer Dramatik in der Stimme.

Skar mußte gegen seinen Willen lachen. Andred schlug ihm freundschaftlich auf die Schultern, drehte sich um und rief ein Kommando zum Deck des Schiffes hinunter. Die SHANTAR hatte sich in den wenigen Stunden, die Skar unter Deck gewesen war, vollkommen verändert. Die Segel waren aufgerollt und sorgsam verschnürt worden, und die gewaltigen Doppelruder waren im Rumpf des Schiffes verschwunden; die Luken waren mit metallenen Laden verschlossen. Fast die gesamte Mannschaft befand sich an Deck und wartete auf den Beginn der Entladearbeiten; darauf und wohl auch auf den wohlverdienten Landurlaub, der sich daran anschließen würde. Die Ladeluken standen offen, und ein Teil der Fracht war bereits an Deck geschafft worden.

Andred warf einen ärgerlichen Blick zur Stadt hinüber. »Der Hafenmeister läßt sich verdammt viel Zeit«, murmelte er. »Ich glaube, ich habe bisher die falschen Leute geschmiert . . .«

Skar trat dichter an die Reling heran und sah ebenfalls zur Stadt hinüber. Die Nacht verwandelte ihre Silhouette in einen mächtigen grauen Schatten, vor dem die Bewegungen der Männer auf dem Kai nur schemenhaft zu erkennen waren, aber sie trug auch den Klang ihrer Stimmen und die rauhen Scherzworte, die hin und her geworfen wurden, deutlich bis zu ihnen herüber. Skar fiel plötzlich auf, wie still es trotz allem war. Die Stimmen der Männer wirkten . . . isoliert, akustische Farbtupfer auf einem ansonsten vollkommen leeren Hintergrund. Der Rumpf der SHANTAR knarrte leise, während sich das Schiff auf den Wellen wiegte, aber weder aus der Stadt noch von einem der vier anderen Schiffe war auch nur das leiseste Geräusch zu hören.

Es ist *zu* still, dachte Skar erschrocken. Er fuhr herum, starrte alarmiert zur Hafeneinfahrt und dem schwarzen Schatten des Kaperseglers und dann wieder zum Kai hinüber. Die Entlademannschaft hatte die SHANTAR fast erreicht, und auch ihre Gestalten waren nicht mehr als schwarze Umrisse. Aber es waren ausnahmslos die Umrisse großer, sehr großer und muskulöser Männer, Männer, die für die schwere Arbeit in einem Hafen geeignet waren – oder für das Kriegshandwerk!

»Ich Narr!« keuchte Skar. »Ich verdammter Narr! Ich muß blind gewesen sein!«

Andred sah alarmiert auf. »Was ist?« fragte er.

»Was los ist?« Skar hatte Mühe, seine Stimme wenigstens so weit im Zaum zu halten, daß er nicht schrie. »Das ist eine Falle, Andred! Ein verdammter Hinterhalt!«

Andred sah ihn irritiert an, blickte dann ebenfalls zum Kai hinüber und schüttelte den Kopf. »Du irrst dich, Skar«, murmelte er. »Es ist alles normal. Obwohl ...« Er stockte, starrte einen Herzschlag lang zur Wasseroberfläche hinab und sog lautstark die Luft durch die Nase ein. »Dieser Geruch ...«, murmelte er. »Was ist das? Und sieh dir das Wasser an. Keine Wellen ...«

Skar sah erschrocken am Rumpf des Schiffes hinab. Andred hatte recht – das Wasser rings um die SHANTAR war glatt wie ein Spiegel, und als er genauer hinsah, glaubte er einen leichten öligen Schimmer auf seiner Oberfläche zu erkennen.

»Ihr Götter!« keuchte Andred. »Dieser Hund! Wir ...« Er brach ab, fuhr herum und war mit einem Satz bei der Treppe. *»Verlaßt das Schiff!«* brüllte er. *»Geht an Land! Schnell!«*

Aber die Matrosen kamen nicht mehr dazu, seinem Befehl zu folgen. Alles ging plötzlich unglaublich schnell. Die Hafenmannschaft hatte die Kaimauer erreicht und in einer langen, weit auseinandergezogenen Linie auf ihrer Krone Aufstellung genommen. Irgendwo klirrte Metall, ein verirrter Lichtstrahl brach sich auf dem Heft eines Schwertes, Mäntel und Kapuzen wurden zurückgeschlagen, und vor Skars erschrocken aufgerissenen Augen verwandelten sich die zwei Dutzend Hafenarbeiter in eine Abteilung gepanzerter Thbarg-Krieger.

Skar erkannte den breitschultrigen Hünen an ihrer Spitze sofort. Dessen Goldhelm funkelte wie ein kleines, boshaftes Auge, und der Blick seiner Augen schien sich in den Skars zu bohren. Er hatte Skar trotz seiner Verkleidung sofort erkannt, so, wie er ihn auch schon beim ersten Mal erkannt hatte.

Skars Hand zuckte zum Schwert, obwohl er wußte, wie sinnlos diese Geste sein mußte. »Gondered!« keuchte er.

Der Thbarg lachte, ein hohes, häßliches Geräusch, das weit über das stille Hafenbecken zu hören war. In seiner Hand glühte plötzlich ein winziger greller Funke auf.

»Fahr zur Hölle, Satai!« schrie er. Der Funke löste sich aus seiner Hand, beschrieb einen perfekten Halbkreis und fiel dicht neben dem Rumpf des Schiffes ins Wasser.

Skar schrie geblendet auf. Das Hafenbecken rings um die

SHANTAR schien zu explodieren. Eine weiße, lodernde Feuerwand hüllte das Schiff von einer Sekunde auf die andere ein, schlug mit unsichtbaren glühenden Krallen nach seiner Besatzung, setzte Kleider, Takelage und Holz in Brand und wälzte sich als brüllender Feuerpilz nach oben. Für einen endlosen grauenhaften Moment schien sich der Hafen von Anchor in das Herz eines feurigen Vulkans zu verwandeln, wurde Wasser zu Glut und Atemluft zu flüssigem Feuer, das die Kehlen der Männer verbrannte. Skar taumelte zurück, schlug wütend den Arm vor die Augen, riß Andred in einer instinktiven Bewegung zu Boden. Das Schiff hob sich wie unter einem gewaltigen Schlag, legte sich auf die Seite und fing mit einem ungeheuren schmetternden Krachen Feuer. Eine brennende Gestalt taumelte an Skar vorüber, wankte blindlings auf die Feuerwand zu und brach plötzlich in die Knie. Andred schrie etwas, das Skar nicht verstand, begann wie von Sinnen um sich zu schlagen und traf Skar schmerzhaft an der Schläfe.

Der Hieb riß Skar abrupt in die Wirklichkeit zurück. Für einen winzigen Moment sah er alles mit phantastischer Klarheit – das brennende Holz zu seinen Füßen, die schreienden Männer, die Segel, die sich in lodernden Fetzen von den Rahen lösten, die wabernde Feuerwand, die das Schiff von allen Seiten umschloß. Er dachte nicht mehr. Ein anderer Teil seines Bewußtseins, der Teil, der nur aus Instinkten und Reflexen bestand, jahrzehntelang mit unendlicher Geduld trainiert und herangezüchtet, löschte für einen Moment sein bewußtes Denken aus. Er sprang auf, riß Andred wie eine Puppe mit sich und flankte mit einem einzigen Satz über die Reling. Feuer hüllte sie ein, setzte seine Kleider und sein Haar in Brand und riß seinen Schmerzensschrei davon. Er fiel, hielt Andred wie ein lebloses Bündel fest und schrie, schrie, schrie. Sein Körper war ein einziger Schmerz, ein wimmerndes Bündel aus Pein und Angst, und der Sturz schien kein Ende zu nehmen. Irgendwo unter ihnen mußte Wasser sein, aber er stürzte immer weiter durch Flammen, tauchte in ein Meer von Hitze und tödlicher Glut und schrie seinen letzten Atem hinaus.

Als er ins Wasser tauchte, verlor er fast das Bewußtsein. Die eisige Kälte wirkte wie ein Schock und war für einen Moment fast noch schmerzhafter als das Feuer. Er krümmte sich zusammen, tauchte instinktiv noch tiefer und riß Andred mit sich. Ein Wirbel packte ihn, schmetterte ihn mit erbarmungloser Kraft gegen den Rumpf des Schiffes und trieb das letzte bißchen Luft aus seinen Lungen. Er schrie – oder wollte schreien –, schluckte Wasser und stieß sich mit einer verzweifelten Bewegung von der SHANTAR ab. Seine Lungen brannten, und die Hitze des brennenden Öls war selbst hier, einen Meter unter der Wasseroberfläche, noch deutlich zu spüren. Über ihnen loderte ein Himmel aus Feuer, ein gewaltiger, wabernder Kreis, dessen Grenzen irgendwo in unendlicher Entfernung zu sein schienen. Blind und ohne zu wissen, was er wirklich tat, schwamm Skar los, tauchte mit verzweifelter Kraft auf den Rand des brennenden Ölfleckes zu und versuchte die Schmerzen in seiner Brust zu ignorieren. Sein Herz hämmerte; schnell, unregelmäßig und mit wütender, peinigender Kraft. Er spürte kaum noch, wie Andred in seinen Händen erschlaffte und große silberne Luftblasen aus seinem geöffneten Mund perlten. Ein stählerner Ring lag um seine Brust und zog sich unbarmherzig zusammen. Er krümmte sich, stieß sich noch einmal und mit einer Kraft, von der er selbst nicht wußte, woher er sie nahm, ab und brach, kaum eine Handbreit hinter der lodernden Flammenwand, durch die Wasseroberfläche. Die Luft war selbst hier unerträglich heiß, aber er sog sie mit tiefen, gierigen Zügen in die Lungen, hustete, erbrach qualvoll Wasser und hielt Andreds Kopf mit letzter Kraft über den Wellen. Die flimmernden Kreise vor seinen Augen begannen langsam zu verblassen, und die Schmerzen in seiner Brust waren jetzt nur noch qualvoll, nicht mehr unerträglich.

Die Hitze trieb ihn weiter. Er legte sich auf den Rücken, bettete Andreds reglosen Körper auf seine Brust und schwamm mit langsamen, kräftesparenden Stößen von dem lodernden Scheiterhaufen fort, in den sich die SHANTAR verwandelt hatte. Das Schiff war nur noch als dunkler Schatten durch die Feuerwand zu erkennen, und die Glut des brennenden Öls war so hell, daß die Kai-

mauer und die Stadt hinter ihr nur noch als vage Umrisse sichtbar waren. Aber vielleicht würde das Licht die Thbarg dort oben genauso blenden wie ihn.

Für einen Moment kroch so etwas wie Zorn in Skar empor, aber das Gefühl verging, noch bevor er es wirklich spürte. Sein Vorrat an Zorn war aufgebraucht, schon lange. Er fühlte, wie die Kraft langsam in seine verspannten Muskeln zurückkehrte, und schwamm schneller.

Die SHANTAR brannte immer noch, als Skar eine halbe Stunde später – nahezu am entgegengesetzten Ende des Hafenbeckens – an Land kroch. Das Schiff war gesunken, aber der ungewöhnlich große Tiefgang des Rumpfes und die geringe Tiefe des Hafenbeckens verhinderten, daß es vollends unter der Wasseroberfläche verschwand, und die Aufbauten und Masten brannten noch immer lichterloh. Von hier aus, aus einer Entfernung von einer dreiviertel Meile betrachtet, wirkte der Anblick beinahe harmlos: ein brennendes Spielzeugschiffchen, das auf einem Teich trieb.

Es gab an dieser Stelle keine Kaimauer. Die gewaltige schwarze Wand, die neben ihm aus dem Wasser stieg, war Teil des natürlich gewachsenen Felsens, der den Hafen zum Meer hin abschirmte, und während Skar weiter darauf zuschwamm, stieß er immer wieder schmerzhaft gegen Riffe und Korallenblöcke, die sich unter der Wasseroberfläche verbargen. Es verließen ihn beinahe die Kräfte, als er zwischen den glitschigen Felsen auf den schmalen Uferstreifen hinaufkroch. Andred war noch immer ohne Bewußtsein, vielleicht schon lange tot, aber Skar zog ihn trotzdem mit sich und bettete ihn so behutsam wie möglich auf den harten Untergrund. Dann, schlagartig und ohne Vorwarnung, kam der Zusammenbruch. Skar wurde es schwarz vor den Augen. Er fiel auf Hände und Knie hinab, blieb sekundenlang mit geschlossenen

Augen hocken und versuchte die Übelkeit und das Schwindelgefühl niederzukämpfen. Sein Gesicht und seine Hände waren übersät mit Brandblasen und Wunden, und das Salzwasser schmerzte höllisch.

Andred regte sich stöhnend. Seine Augenlider flatterten, aber sein Blick blieb verschleiert. Seine Hände zuckten; die Fingernägel fuhren mit einem hörbaren kratzenden Geräusch über den feuchten Stein. Skar kroch hastig zu ihm hinüber, griff unter seine Schultern und drehte ihn herum. Andred würgte, rang mühsam nach Luft und erbrach sich mehrmals hintereinander: Salzwasser und bittere grüne Galle.

Er keuchte, wollte etwas sagen und hob den Blick, aber Skar schüttelte nur den Kopf und drückte ihn mit sanfter Gewalt zurück.

»Nicht«, sagte er leise. »Wir sind in Sicherheit. Keine Angst.«

»In Sicherheit . . .«, wiederholte Andred bitter. »Was ist . . . mit dem Schiff?« Er hustete, schluckte ein paarmal krampfhaft und richtete sich auf die Ellbogen auf. Skar wollte ihn abermals zurückhalten, aber der Freisegler schob seine Hand mit erstaunlicher Kraft beiseite und starrte an ihm vorbei zu dem brennenden Wrack der SHANTAR. Das Feuer warf zuckende Lichtreflexe auf das bewegte Wasser des Hafens. Es sah aus, als kröchen die Flammen wie kleine flackernde Tiere durch die Wellentäler auf sie zu.

»Sie sind tot«, murmelte Andred. Seine Lippen bewegten sich kaum beim Sprechen, und in seinen weit aufgerissenen Augen stand ein Ausdruck, der Skar erbeben ließ.

»Ich . . . fürchte«, sagte er stockend. »Gondereds Männer werden dafür gesorgt haben, daß keiner mehr von Bord kam. Außer uns.«

»Außer uns . . .«, wiederholte Andred. Seine Stimme klang flach, tonlos, kaum wie die eines Menschen, und wahrscheinlich plapperte er die Worte nur nach, ohne ihren wirklichen Sinn zu begreifen. »Warum hat er das getan, Skar?«

Skars Blick verdüsterte sich. »Wegen mir«, murmelte er. »Ich glaube, er hat mich schon draußen auf dem Meer erkannt. Aber er war sich nicht vollkommen sicher.« Er lachte, leise und vollkommen ohne Humor, hob die Hand zum Gesicht und fuhr mit den Fingerspitzen an der langen, gezackten Narbe entlang, die von seinem Augenwinkel bis hinunter zum Kinn und zum Mund reichte. »So etwas ist nicht gerade von Vorteil, wenn man versucht, sich eine andere Identität zuzulegen.«

»Aber warum . . .« Wieder stockte der Freisegler. Seine Mundwinkel zuckten. »Er hat das Schiff vernichtet und die Männer . . . es . . . er hat sechsundvierzig Männer verbrannt.«

Skar nickte. »Er wollte wohl sichergehen«, sagte er kalt. »Vielleicht hat er uns draußen auf dem Meer nur ungeschoren gelassen, weil er sich erst neue Instruktionen holen mußte. Vielleicht hatte er auch Angst.«

»Angst? Vor der SHANTAR?«

Skar zuckte mit den Achseln. »Wohl eher vor mir«, sagte er nach kurzem Überlegen. »Es ist nicht unbedingt von Vorteil, stark zu sein, Andred«, fuhr er leiser und verbittert fort. »Wenn du zu stark bist, dann beginnen dich die anderen zu fürchten. Und dann passiert so etwas.«

»Aber sechsundvierzig Menschenleben!«

»Er wollte mich mit dem ersten Schlag erledigen«, sagte Skar. »Und da war es wohl das Einfachste, das Schiff mitsamt seiner Besatzung zu verbrennen. Aber vielleicht bereitet es ihm auch einfach nur Freude zu töten.« Und vielleicht ist es einfach meine Bestimmung, jedem, mit dem ich zusammen bin, den Tod zu bringen, fügte er in Gedanken hinzu.

Aber das sprach er nicht laut aus.

Statt dessen stand er auf, warf den durchnäßten Umhang ab und deutete mit einer Kopfbewegung auf die Stadt. »Wir können nicht hierbleiben«, sagte er. »Sie werden bald anfangen, den Hafen nach den Leichen deiner Männer abzusuchen. Fühlst du dich kräftig genug zu gehen?«

Andred nickte. Er stand auf, strauchelte und hielt sich im letzten Moment an einem Felsen fest, schüttelte aber den Kopf, als Skar ihm die Hand entgegenstreckte.

»Weißt du einen Weg, auf dem wir ungesehen in die Stadt hineinkommen?« fragte Skar.

Andred sah lange und schweigend zur Stadt hinüber. Sein Gesicht war ausdruckslos, starr; eine Maske, auf der nicht einmal mehr Schrecken oder Schmerz zu lesen waren. Die Glut des brennenden Schiffes warf zuckende Lichtfinger über den Hafen, verwandelte Gondereds Männer in kleine, finstere Schatten, die sich mit abgehackten, flinken Bewegungen vor dem Hintergrund der Stadt abzeichneten, und erfüllte seine Augen mit blutrotem Widerschein. »Wir ... könnten versuchen, die Klippen zu ersteigen und die Stadt von der anderen Seite zu betreten«, sagte er tonlos. »Die Wand ist nicht so unbezwingbar, wie es den Anschein hat.«

Skar legte den Kopf in den Nacken und blinzelte zur Krone der steinernen Barriere empor. Jetzt, im schwachen Sternenlicht der Nacht, war sie wenig mehr als ein senkrechter, konturloser Schatten. Er schätzte ihre Höhe auf hundertfünfzig, allerhöchstens zweihundert Fuß – kein unüberwindliches Risiko für einen entschlossenen Mann. Aber er verwarf diesen Gedanken fast sofort wieder. Das Risiko, vom Hafen aus gesehen zu werden, war zu groß. Und er wäre nicht einmal überrascht gewesen, wenn Gondered auch dort oben ein paar von seinen Männern postiert hätte. Zumindest hätte *er* das getan, wäre er an der Stelle des Thbarg gewesen.

Er schüttelte den Kopf und wandte sich wieder an Andred. »Nein«, sagte er. »Zu gefährlich. Wenn wir entdeckt werden, dann bieten wir zwei prachtvolle Zielscheiben. Wir werden versuchen müssen, so in die Stadt zu gelangen. Was ist mit diesem Herger, von dem du gesprochen hast – glaubst du, daß er uns auch jetzt noch helfen wird?«

Andred nickte, aber Skar bezweifelte beinahe, daß er seine Worte überhaupt gehört hatte. Er sah erst jetzt, daß der Freisegler weit schwerer verletzt war als er – sein linker Arm hing schlaff herunter, und die Hand begann sich allmählich dunkel zu färben, und aus seinem Haaransatz rieselte ein dünner, aber beständiger Blutstrom über seine Schläfe. Besorgt trat er auf ihn zu, um sich um seine Verletzungen zu kümmern, aber Andred winkte erneut ab. »Nicht«, sagte er leise. »Laß mich.«

Skar senkte schuldbewußt den Blick. Natürlich machte Andred ihn - wenn auch unbewußt - für alles verantwortlich, was geschehen war, und daß er den Gedanken nicht laut aussprach, nicht ein einziges Wort von Schmerz oder Vorwurf von sich gab, machte es eher noch schlimmer. Ohne Skar würden seine Männer noch leben und sein Schiff kein brennender Trümmerhaufen sein. Skar war nur ein Bettler gewesen, als sie sich in Endor getroffen hatten, und er, Andred, ein stolzer, nicht gerade reicher, aber doch zumindest wohlhabender Freiseglerkapitän, und ein Augenblick, ein winziger Moment der Großherzigkeit hatte ihn alles gekostet. Er hatte nicht nur sein Schiff verloren. Von einem Moment zum anderen war er zu einem Gejagten wie Skar geworden, und Skar wußte plötzlich - so grundlos und so sicher, wie er zuvor gewußt hatte, daß die SHANTAR in ihr Verderben segelte, daß Andred sterben würde.

Er drängte den Gedanken zurück, wandte sich ab und drehte sich unschlüssig um seine Achse. Das Felsband, auf das sie sich gerettet hatten, war wenig mehr als zwei Manneslängen breit, aber die zerschründeten Grate und Steine boten ihnen genug Deckung, selbst wenn sie bis zum Anbruch des Tages hierbleiben mußten. Schließlich konnte Gondered den Hafen nicht ewig abriegeln lassen. Aber Skar verwarf auch diesen Gedanken. Sie hatten nicht so viel Zeit. Sie brauchten Wasser und trockene Kleider, wenn sie nicht erfrieren wollten, und Andreds Wunden mußten versorgt werden. »Ich fürchte, wir müssen es riskieren«, murmelte er. »Bleib immer dicht hinter mir. Und keinen Laut.«

Er wandte sich um, überzeugte sich mit einem raschen Blick davon, daß Andred ihm folgte, und begann sich vorsichtig einen Weg zwischen den feuchtglänzenden Felsen hindurch zu suchen. Der Boden war glitschig und fiel zum Wasser hin leicht ab, so daß Skar vorsichtig auftreten und sich wie ein alter Mann von Stein zu Stein tasten mußte, um nicht das Gleichgewicht zu verlieren. Jetzt, als die Anspannung allmählich nachließ, spürte er, wie kalt es war.

Der Winter hatte zwar seinen Höhepunkt überschritten, schon als Skar in Endor gewesen und auf ein Schiff gewartet hatte, aber die Temperaturen lagen trotzdem nur knapp über dem Gefrierpunkt, und vom Wasser schien Kälte wie unsichtbarer Nebel aufzusteigen und Skars durchnäßte Kleider in einen Panzer aus Eis zu verwandeln.

Das steinerne Sims zog sich halbkreisförmig am Fuß der Klippe entlang, hier und da etwas höher oder niedriger, so daß sie manchmal durch knöchel- oder auch knietiefes Wasser waten mußten. Er führte aber insgesamt ohne Unterbrechung bis zu der Stelle, an der die natürliche von der von Menschenhand geschaffenen Mauer des Kais abgelöst wurde. Skar gebot Andred mit einer Handbewegung zurückzubleiben, als sie sich der Hafenanlage näherten. Ein gewaltiger plumper Lastensegler aus Kohon schaukelte dicht vor ihnen auf den Wellen und schützte sie vor direkter Entdeckung; der Rumpf rieb sich knarrend an der Kaimauer, und von Zeit zu Zeit schlugen die schlaff herabhängenden Segel mit flappendem Geräusch gegen die Masten. Ein leiser Geruch wie nach verfaultem Fisch und moderndem Tauwerk wehte vom Deck des Seglers herüber, und weiter zur Stadt hin konnte Skar undeutliches Stimmengemurmel hören.

Sein Blick tastete aufmerksam über den Kai. Dieser war so flach und deckungslos wie dort, wo die SHANTAR angelegt hatte, aber der Segler warf einen mächtigen dreieckigen Schatten auf das Kopfsteinpflaster – und von seinem Rand aus waren es vielleicht noch zehn Schritte bis zur Mauer des ersten Lagerschuppens.

Zehn Schritte zuviel, dachte Skar düster. Gondered war kein solcher Narr, daß er nicht die einfachsten Sicherheitsvorkehrungen treffen und jeden Quadratfuß Boden zwischen der Kaimauer und der Stadt unter Beobachtung stellen würde.

Skar huschte zu Andred zurück, duckte sich neben ihn in den Schatten eines Felsens und blies in die Hände. Die Kälte ließ seine Fingerspitzen taub werden und kroch langsam in seine Muskeln. Nein – sie konnten nicht warten, bis die Sonne aufging und Gondered die Sperre aufhob. Der Gedanke kam Skar im Moment beinahe lächerlich banal vor – aber auch eine Lungenentzündung konnte tödlich sein. Alle Männer, die an Banalitäten gestorben waren, zusammengenommen, ergäben wahrscheinlich eine Kette dreimal von hier nach Ikne und zurück.

»Hör zu«, sagte er. »Ich werde versuchen, einen Weg in die Stadt für uns zu finden; irgendwie. Du wartest hier und rührst dich nicht von der Stelle, ganz gleich, was geschieht – und zwar genau eine Stunde lang. Wenn ich dann nicht zurück bin, oder wenn du siehst, daß ich gefangengenommen oder getötet werde, dann versuche auf eigene Faust in die Stadt zu kommen. Wenn wir getrennt werden, dann treffen wir uns bei deinem Feund Herger. Hast du das verstanden?«

Andred nickte, aber sein Blick schien direkt durch Skar hindurch ins Leere zu gehen. Skar wollte noch etwas sagen, beließ es aber dann bei einem leichten Achselzucken und huschte zurück zur Kaimauer. Andred war nicht der erste Mann, den er in diesem Zustand sah: Der Schock und die Verletzungen waren zuviel gewesen, hatten seinen Geist aus der Bahn geworfen und ihn in einen Zustand versetzt, der noch nicht Trance, aber auch nicht wirkliches Wachsein war. Skar hatte so etwas oft beobachtet, und er wußte, daß Andred stark genug war, sich zu fangen, wenn er nur genügend Zeit und ausreichende Pflege bekam. Wenigstens konnte er Skar und sich selbst so nicht in Gefahr bringen.

Skar blieb am Rand des Kais stehen, richtete sich – noch immer in Deckung der letzten Felsen – auf und sah konzentriert zur Stadt hinüber. Die Schiffe waren nicht mehr als wuchtige Schatten, halbwegs mit der Nacht verschmolzen; vielleicht harmlos, vielleicht aber auch voller neugieriger Augen, die nur darauf warteten, daß er sich zeigte. Die SHANTAR brannte noch immer, aber die Flammen hatten bereits den Großteil ihrer Nahrung aufgezehrt und loderten nicht mehr halb so hoch wie noch vor Minuten, und das Wrack begann jetzt Stück für Stück auseinanderzubrechen. Skar sah, wie sich der Hauptmast zur Seite neigte, wie er zitterte, drei, vier Atemzüge lang reglos und in beinahe unmöglicher Schräglage verharrte und seinen Weg dann fortsetzte, auf die gemauerte Kante des Kais krachte, entzweibrach und brennende Trümmer und Funken verstreute. Ein paar der winzigen Gestalten sprangen hastig zur Seite, Stimmen klangen auf und gingen im Bersten des zerbrechenden Holzes unter, und für einen winzigen Moment loderten die Flammen noch einmal mit greller Glut auf; ein letzter, feuriger Todesschrei des sterbenden Schiffes.

Skar spurtete los.

Bis zum Schatten des Lastenseglers waren es nicht mehr als fünfzig Schritte; drei, vielleicht vier Sekunden, aber er war am Ende seiner Kräfte, als er ihn erreichte. Er fiel auf die Knie, kroch auf Händen und Füßen weiter und blieb, schwer atmend und mit hämmerndem Herzen, im Zentrum des großen, rechteckigen Bereiches vollkommener Schwärze hocken. Sein Blick glitt zur Stadt hinüber, saugte sich an dem halben Hundert winziger schwarzer Gestalten fest und suchte angstvoll nach einer Reaktion, nach aufgeregten Gesten und dem Blitzen von Waffen.

Nichts. *Natürlich nicht, du Narr,* dachte er zornig. Er hatte den Augenblick mit Bedacht gewählt und wußte, daß – wer immer den Auftrag gehabt hatte, den Hafen zu beobachten – ganz bestimmt für einen Moment weggesehen haben würde, als der Mast fiel. Aber die Unruhe wich nicht, im Gegenteil, sie wurde schlimmer. Vorhin, aus der Deckung der Felsen heraus betrachtet, war ihm der Schatten des Seglers absolut schwarz und lichtlos erschienen, aber mit jeder Sekunde, die er länger hier hockte, gewöhnten sich seine Augen an die Dunkelheit, nahm er mehr von seiner Umgebung wahr, sah er Schattierungen und Einzelheiten und tausend Nuancen von Schwarz und Grau, und eine lautlose, böse Stimme hinter seinen Gedanken begann ihm zuzuflüstern, daß es seinen Gegnern ebenso ergehen mußte, daß sie Zeit genug gehabt hatten, sich an die schlechten Lichtverhältnisse zu gewöhnen, daß sie ihn *sehen* mußten, so deutlich, als säße er im Zentrum einer gewaltigen Zielscheibe.

Natürlich war das Unsinn. Er war sicher, und der schwarze Umhang gab ihm zusätzliche Deckung. Aber die Stimme in seinem Inneren und seine Furcht scherten sich nicht viel um die Logik, mit der er sie bekämpfen wollte, und seine Unruhe stieg weiter.

Er stand auf, drehte sich einmal um seine Achse und ging langsam auf den Rand des Schattens zu. Der Lastensegler bewegte sich, nur leicht, aber immerhin so viel, daß die zerfaserte schwarze Linie, die das Nebelgrau der Nacht begrenzte, langsam vor und zurück wanderte, und das Knarren, mit dem sich der Rumpf an der steinernen Mauer rieb, erschien ihm für einen Moment wie ein schweres, mühsames Atemholen.

Skar blieb stehen, schloß für einen Moment die Augen und ballte die Fäuste so heftig, daß seine Fingerknöchel knackten. Was geschah mit ihm? Er hatte Angst – *diese* Art von Angst – niemals gekannt. Er war Satai. Ein Kämpfer. Ein Mann, der zum Kämpfen und Überleben geschaffen war, der gelernt hatte, seine Gefühle nach Bedarf ein- und auszuschalten. Und jetzt kämpfte er. Aber die Ruhe, das scharfe, von keinen Emotionen beeinträchtigte Denken des Jägers, seine beste und machtvollste Waffe, waren verschwunden. Er hatte Angst. Nicht die Art von Angst, die zum Überleben ebenso notwendig war wie ein gutes Auge und sichere Reaktionen, sondern blanke, nackte Furcht, die Angst des gehetzten Tieres, Angst, die blind und unvorsichtig machte und zu Fehlern verleitete.

Was geht mit mir vor? dachte er erschrocken. Er begann sich zu verändern, rasch, schmerzhaft und unaufhaltsam. Die Worte, die er Andred gegenüber gebraucht hatte, fielen ihm wieder ein, und ein eisiger Schrecken zuckte durch seine Brust, als er begriff, *wie* wahr sie gewesen waren. *Ich bin kein Satai mehr,* hatte er gesagt. Und es war wahr. Er hatte seine Kleider, seine Waffen und seine Erinnerungen wieder an sich genommen, aber etwas, irgend etwas, war zurückgeblieben, auf dem brennenden Schiff, in Endor oder vielleicht schon in der verfallenen Festung am Rande des Schattengebirges. Nicht seine Stärke. Nicht seine Reaktionen und all die unzähligen fairen und schmutzigen Tricks, die er gelernt hatte. Dies alles war noch da, irgendwo in ihm, abrufbereit, und er wußte, daß er es haben würde, wenn er es brauchte. Nur dieses

Wort, dieses kleine, harmlose Wort *Satai*, von dem jeder, der nicht selbst zur Kaste gehörte, glaubte, daß es nicht mehr als *Krieger* bedeutete und das doch in Wirklichkeit Religion, Lebensanschauung, Philosophie und noch viel, viel mehr war, dieses Wort war nicht mehr da.

Es ging schnell, so furchtbar, grausam schnell. Ein Lidzucken, die Zeit, die ein Pfeil benötigt, um von der Sehne zu schnellen und sein Ziel zu treffen. Und plötzlich war er kein Satai mehr, sondern nur noch das, was Gowenna von Anfang an in ihm gesehen hatte – ein gedungener Killer, ein Mann, der das Töten zum Beruf gemacht hatte. Der ...

Skar stöhnte. Seine Gedanken begannen einen wilden Tanz aufzuführen, ihm zu entgleiten, sich zu verwirren. Er kämpfte dagegen an, drängte sie zurück und grub die Fingernägel in seine Handflächen, um den Schmerz als Waffe dagegenzusetzen.

Aber es wurde nicht besser. Seine Gedanken klärten sich, aber die Furcht blieb, bohrend, nagend, ein gestaltloser, schwarzer Schrecken, der ihn von jetzt an auf Schritt und Tritt begleiten würde. Skar war beinahe froh, als sich das Geräusch von Schritten in das Klatschen der Wellen mischte und die Nacht zwei Gestalten ausspie.

Es waren Thbarg; zwei von Gondereds Kriegern – schlank, hochgewachsen und in knöchellange blaue Mäntel gehüllt. Sie redeten miteinander, leise und in einer Sprache, die Skar nicht verstand, blieben einen Moment stehen und kamen dann näher, langsam und mit den unentschlossenen Bewegungen von Männern, die kein bestimmtes Ziel hatten. Skar wich einen halben Schritt zurück, schob die Hand unter den Mantel und zog zwei der winzigen *Shuriken* aus dem Gürtel. Das Metall fühlte sich eisig an. Ein wenig von der Kälte des Hafenwassers war noch in ihm, und seine rasiermesserscharfen Kanten hinterließen dünne, blutige Linien auf Skars Fingern. Er wich noch ein Stück zurück, hob die Arme – langsam, um sich nicht durch eine unbedachte Bewegung oder das Rascheln von Stoff zu verraten – und drehte die fünfzackigen Metallsterne, bis sie die richtige Position hatten: ein wenig schräg und nach vorn geneigt, zwischen Daumen, Zeigefinger und dem ersten Gelenk des Mittelfingers ruhend. Jede Bewegung, jede winzige Geste kam ihm mit seltener Klarheit zu Bewußtsein. Es war Mord.

Skar erschrak. Das waren nicht seine Gedanken.

Aber es ist so, fuhr die Stimme fort. *Du mußt sie nicht töten. Sie kommen hierher, direkt auf dich zu, und sie wissen nicht, daß du auf sie wartest. Wenn du nicht gelernt hast, einen Mann zu betäuben, ehe er schreien kann, was dann?*

Er erstarrte, ließ die Hände ein wenig sinken und hob sie dann wieder mit einer schnellen, fast wütenden Bewegung. Die Spitzen der *Shuriken* schrien nach Blut.

Wenn du es tust, dann bist du nicht besser als sie, fuhr die Stimme fort. Seine Hände begannen zu zittern.

Was ist das? dachte Skar. War das der Skar, der er gewesen war, bevor er Vela traf? War er sich selbst schon so fremd geworden, daß er ihn nicht wiedererkannte? War es die Stimme des Satai, die in ihm flüsterte? Oder wurde er – auch dieser Gedanke kam ihm nicht zum ersten Mal – schlicht und einfach verrückt?

Die beiden Thbarg kamen näher, blieben wieder stehen und gingen weiter, die Hände nachlässig auf die Waffen gelegt. Skar verlängerte die imaginäre Linie, der sie folgten, in Gedanken. Sie würden den Schatten nicht betreten, sondern dicht an seiner Grenze entlang zum Ende des Kais gehen, dort wahrscheinlich kehrtmachen und zurückgehen. Er konnte stehenbleiben und einfach warten, und sie würden nicht einmal wissen, wie knapp sie dem Tode entronnen waren.

Dann tu es, flüsterte die Stimme. *Zwei Menschenleben sind ein zu hoher Preis für zwei Mäntel.*

Sein Blick verschleierte sich. Für einen Moment glaubte er Nebel zu sehen, schwarzen, hin und her tanzenden Nebel voller Blut und Gewalt, dann gewahrte er ein Paar dunkler, spöttischer Augen.

Und als er erkannte, wessen Augen es waren, schleuderte er die Waffen.

Die *Shuriken* jagten davon, rissen blutige Linien in seine Hände und verwandelten sich in lautlose, tödliche Räder aus Licht. Einer der beiden Thbarg brach lautlos zusammen, der andere schrie auf – ein halblauter, erstickter Ton, der nur wenige Schritte weit zu vernehmen war –, griff sich in den Nacken und drehte sich taumelnd um. Sein Gesicht war eine Maske aus Schmerz und ungläubigem Schrecken. Er wankte, nahm die Hände herunter und betrachtete ungläubig seine Finger. Sie glitzerten dunkel und rot von seinem eigenen Blut. Sein Mund öffnete sich, aber kein Laut kam über seine Lippen. Nur der Schrecken in seinen Augen wurde größer.

Dann fiel er.

Als Skar zu den beiden Toten hinüberging und ihnen die Mäntel auszog, glaubte er ein leises Lachen zu hören. Nicht die Stimme seines dunklen Bruders, nicht die seines Gewissens und nicht das Heulen des Wolfes, sondern das Lachen einer Frau. Velas Lachen.

Willkommen, Bruder, sagte es. Er hatte den letzten Schritt getan. Es gab nichts mehr, was sie unterschied.

Jetzt – endgültig – waren sie sich gleich geworden. Es war nicht das erste Mal, daß er diesen Gedanken dachte, aber es war das erste Mal, daß er wußte, daß er wahr war. Er hatte Vela gehaßt, und ab heute würde er auch sich hassen.

Andred saß noch in der gleichen Stellung da, in der Skar ihn zurückgelassen hatte, zusammengesunken und reglos, als hätte er sich die ganze Zeit über nicht bewegt, und sein Blick war so leer wie zuvor. Als Skar neben ihm niederkniete und ihm den blauen Mantel und den schweren Lederhelm in die Hand drückte, zuckte er zusammen, als erwache er aus einem tiefen Schlaf.

»Zieh das an«, sagte Skar hastig. »Rasch. Bevor sie merken, daß die Patrouille nicht zurückkommt.« Er stülpte selbst den Helm über, warf den zerschlissenen Mantel endgültig zu Boden und streifte statt dessen das dunkelblaue Kleidungsstück der Thbarg über. Der Stoff war erstaunlich leicht, obwohl er dick war und gut wärmte, aber der Helm war um ein gutes Stück zu klein und drückte schmerzhaft auf Schläfen und Nasenwurzeln. Skar hatte nicht vor, ihn lange zu tragen.

Andred drehte Helm und Mantel verwirrt in Händen, als sähe er Gegenstände wie diese zum ersten Mal. Skar knurrte ungeduldig, nahm ihm den Helm aus den Fingern und setzte ihn unsanft auf Andreds Kopf. Der Freisegler machte eine schwache Abwehrbewegung, die Skar ignorierte. Skar riß ihm auch noch den Mantel von den Schultern. Erst als er ihm dann den blauen Thbarg-Mantel umlegte und die dünne Metallspange über der Schulter schloß, schien Andred allmählich zu begreifen, was mit ihm geschah.

»Woher . . . hast du das?« fragte er stockend.

»Geliehen«, knurrte Skar. »Zwei von Gondereds Männern waren so freundlich, es mir zu geben. Bist du bereit?«

Andred nickte, hob in einer verwirrten Geste die Hand an den Kopf und tastete mit den Fingerspitzen über das rauhe Leder des Helmes. Seine linke Hand hatte sich noch dunkler verfärbt und war jetzt fast schwarz. Aber wenn er Schmerzen hatte, so beherrschte er sich willensstark.

»Glaubst du, wir kommen in dieser Verkleidung durch die Absperrung?« Er sprach langsam und mit großen Pausen, als müsse er sich erst wieder mühsam darauf besinnen, wie man überhaupt redete.

Skar zuckte in gespieltem Gleichmut die Achseln. »Es ist die einzige Chance, die wir haben«, sagte er. »Die beiden Thbarg sind bestimmt nicht aus Langeweile auf dem Kai herumspaziert. Gondered scheint sich nicht sicher zu sein, uns wirklich erwischt zu haben. Wenn wir hierbleiben, dann werden sie uns früher oder später entdecken. Wenn wir nicht vorher erfroren sind. Wir müssen es riskieren.«

Andred nickte, rührte sich aber nicht von der Stelle. »Du ... du solltest allein gehen«, murmelte er unsicher. »Ohne mich hast du eine Chance.«

Skar lachte leise. »Auf diesen Gedanken kommst du ein bißchen zu spät, Andred. Und er ist überdies falsch – Gondered hat *zwei* Männer auf Patrouille geschickt. Er würde sich fragen, warum nur einer von seiner Streife zurückkommt.«

»Sprichst du Thbarg?« fragte Andred unvermittelt.

Skar verneinte. »Warum?«

»Was tun wir, wenn wir angesprochen werden?«

Irgend etwas war in Andreds Stimme, das Skar warnte. Er blieb stehen und sah den Freisegler durchdringend an. Andred schien langsam in die Wirklichkeit zurückzufinden – aber es *schien* eben nur so. Die Logik in seinen Worten war nur vorgetäuscht; ein letztes Aufbegehren, dem der endgültige Zusammenbruch folgen würde, vielleicht in wenigen Augenblicken, vielleicht erst in Stunden, aber *bald*. Skar zuckte betont gelassen mit den Achseln. »Laufen«, sagte er. »So schnell wie noch nie zuvor.«

Andred lächelte pflichtschuldig. Es wirkte wie das Lächeln einer Statue.

Die Nacht schien kälter zu werden, als sie nebeneinander zum Kai hinaufgingen. Auf Andreds Gesicht war nicht die leiseste Regung zu erkennen, als er die beiden toten Krieger sah, die Skar in den Schatten der Felsen zurückgezerrt hatte. Sie gingen – auf dem gleichen Weg, den die Krieger genommen hätten – am Rand des Schattens entlang, ein wenig schneller als sie, um die verlorene Zeit wieder aufzuholen. Skars Hände glitten mit kleinen, nervösen Bewegungen über den Saum seines Mantels. Vorhin, als er im Schatten des Schiffes gelegen und zur Stadt hinübergestarrt hatte, war ihm die Entfernung unendlich groß vorgekommen; jetzt schien sie mit jedem Schritt zusammenzuschrumpfen, als galoppiere er auf einem durchgehenden Pferd.

»Rede«, flüsterte er, ohne Andred anzusehen.

Das Gesicht des Freiseglers war unter dem wulstigen Rand des Helmes fast unkenntlich. Wenn sie nicht direkt angesprochen wurden, dann hatten sie eine Chance. Wenn Gondered nicht auch seine eigenen Leute überwachte. Wenn Andred die Nerven behielt. Wenn ...

Zu viele Wenns, dachte Skar düster. Andred begann zu erzählen, wie Skar es verlangt hatte, sinnloses Zeug, das Skar auch nicht verstanden hätte, wenn er hingehört hätte. Trotzdem nickte er von Zeit zu Zeit und steuerte eine Handbewegung oder ein verhaltenes Lachen bei. Er hatte plötzlich Angst, es zu übertreiben. Man konnte auch *zu* natürlich sein.

»Der Lagerschuppen dort hinten«, murmelte er, ohne den Blick zu heben. »Der flache Bau zwischen den beiden Silos. Siehst du ihn?«

»Die Tür steht offen«, antwortete Andred. Seine Stimme zitterte, ein ganz klein wenig nur, aber hörbar.

»Wir gehen dicht daran vorbei. Achte auf mein Zeichen.«

Andred nickte. Skar sah ihn noch immer nicht an, aber er spürte die Bewegung, ebenso wie er Andreds Nervosität spürte, die Furcht, die die Gestalt des Freiseglers wie ein unsichtbarer Mantel einhüllte.

Sein Blick wanderte nervös nach rechts. Das Schiff brannte noch, aber es waren nur noch wenige verkohlte Reste, bizarre Skelettfinger, die aus dem schwarzen Hafenwasser herauswuchsen. Sein Feuerschein reichte jetzt jedoch nur noch wenige Schritte auf den Hafen hinaus, und in den Händen der Thbarg-Krieger erschienen die ersten Fackeln. Ein kurzes, scharfes Kommando klang auf; einige von Gondereds Männern hielten in ihren Tätigkeiten inne und begannen sich um ihren Anführer zu scharen; andere zeigten keine Reaktion.

Skar fuhr sich nervös mit der Zungenspitze über die Lippen. Er hatte keine Ahnung, was Gondered gesagt hatte, ob das Kommando auch ihnen – oder den Männern, die sie darstellten – galt. Aber es waren noch dreißig Schritte bis zum Schuppen; zu weit, um losrennen und dann auch noch hoffen zu können, daß sie nicht auffielen.

Er ertappte sich dabei, wie seine Hand unter den Mantel glitt und nach dem Griff des *Tschekal* tastete. Hastig zog er die Hand zurück, straffte sich und schritt ein wenig schneller aus. Er mußte all seine Kraft aufwenden, um nicht immer wieder über die Schulter zurückzusehen.

Noch zehn Schritte. Für einen kurzen Moment glaubte er eine Bewegung hinter der weit offenstehenden Tür des Lagerschuppens zu erkennen. Aber es war nur ein Schatten, vielleicht auch nur ein Trugbild, das ihm seine überreizten Nerven vorgaukelten.

Er sah sich nun doch um. Gondered stand hochaufgerichtet zwischen seinen Männern; sein Goldhelm war selbst bei der schwachen Beleuchtung deutlich zu erkennen. Er sagte irgend etwas, wechselte die Fackel von der rechten in die linke Hand und deutete wild gestikulierend über den Hafen und zum Schatten des Kaperseglers hinüber. Skar glaubte jetzt, eine Anzahl winziger Gestalten an Deck des Schiffes zu erkennen, und für einen Moment war es ihm, als bewege sich der gewaltige Umriß des schwarzen Seglers.

Dann betraten sie den Schuppen. Ihre Schritte riefen plötzlich dumpfe Echos an den unsichtbaren Wänden hervor, und ein unbeschreibliches Gemisch der verschiedenartigsten Gerüche schlug ihnen entgegen: Feuchtigkeit, Moder, verfaulte Lebensmittel und Tuch und tausend andere Dinge, die Skar nicht auf Anhieb erkannte. Beiderseits des Eingangs wuchsen deckenhohe, roh zusammengezimmerte Regale empor, alt und durchgebogen unter der Last der Waren, die sich darauf stapelten. Dahinter, eingebettet in verschwommene Schwärze, erhoben sich weitere Regale, auch sie bis zum Bersten gefüllt und so dicht beieinander, daß dazwischen nur schmale Gänge blieben, kaum breit genug für einen einzelnen Mann.

Sie entfernten sich ein paar Schritte vom Eingang und blieben stehen, als Skar sicher war, daß sie von draußen nicht mehr gesehen werden konnten. Er hätte erleichtert aufatmen können, tat es aber nicht. Die Furcht war ihnen gefolgt, und das Gefühl der Bedrohung war hier drinnen beinahe stärker als draußen. Sie waren in Sicherheit – der Schuppen mußte mehr als nur einen Ausgang haben, und selbst wenn Gondered jetzt, in diesem Moment, merken sollte, daß Skar ihm entkommen war, dann waren sie hinaus und in der Stadt, ehe er auch nur reagieren konnte.

Andred sah sich mit raschen, abgehackt wirkenden Bewegungen um. »Das ist seltsam«, murmelte er.

Skar sah auf, »Was?«

»Diese Waren hier«, fuhr Andred fort.

Skar zuckte mit den Achseln. »Und? Es ist ein Lagerhaus, oder? Komm weiter. Wir müssen zu deinem Freund.«

Andred setzte sich gehorsam in Bewegung, blieb jedoch nach wenigen Schritten wieder stehen. Sein Blick tastete unsicher über die prall gefüllten Regale und die Stapel von Kisten und Ballen dazwischen. »Es ist zuviel«, murmelte er.

Skar blieb ebenfalls stehen. Er sah nervös zur Tür, aber hinter dem niedrigen, grauen Rechteck blieb alles ruhig. »Wie meinst du das?« fragte er schließlich.

Andred deutete mit einer unsicheren Geste nach oben. »Ich ... komme seit fünfzehn Jahren hierher«, sagte er stockend. »Aber ich habe nie ein Lagerhaus so wohlgefüllt gesehen. Das Drachenland ist groß, Skar, und Anchor ist sein einziger Hafen. Die Schiffe können die Waren gar nicht so schnell herbeischaffen, wie sie abgeholt und verteilt werden.«

Skar schwieg verwirrt.

»Ich möchte wissen, ob es in den anderen Schuppen ebenso aussieht«, fuhr der Freisegler fort.

»Und selbst wenn«, sagte Skar, »was würde das bedeuten?« Es war eine dumme Frage, und er wußte die Antwort im gleichen Moment, in dem er sie aussprach. Gondered hatte gesagt, daß die Bewohner des Drachenlandes zu den Waffen eilten. Sie hatten am eigenen Leib gespürt, *wie* ernst seine Worte gemeint gewesen waren, und jetzt dies – brauchte er wirklich noch mehr Beweise? Jemand hatte hier begonnen, Vorräte zu horten, in einem Ausmaß, das jede Logik zu übersteigen schien. Welchen anderen Grund mochte es dafür geben als den, daß das Land auf einen Krieg vorbereitet wurde?

Aber Krieg? dachte er erschrocken. Gegen wen? Gegen eine Handvoll Quorrl?

Oder vielleicht gegen den Rest der Welt?

Und mit einemmal ergab alles einen Sinn. Er wußte plötzlich, daß es in den anderen Schuppen ebenso aussehen würde, daß sie alle, sie und die Silos und die gewaltigen, flachen Lagerhallen, die sich am anderen Ende des Hafens aneinanderreihten, bis zum Bersten gefüllt sein würden, jetzt oder in naher Zukunft, und daß die Quorrl nichts als ein Vorwand waren. Er war blind gewesen. Blind und ziemlich überheblich dazu. Für ihn hatte die Welt nur noch aus zwei Menschen bestanden - aus Vela und ihm. Sein Racheschwur hatte ihn blind werden lassen. Verdammter Narr, der er gewesen war! Hatte er wirklich geglaubt, daß die *Errish* die Grenzen ihres Landes sperren und Schiffe mit Hunderten von Kriegern auf das Meer hinausschicken würde, nur weil sie Angst vor *ihm* hatte? Gondered hatte ihn gesucht, aber das war nur ein kleiner Teil seines eigentlichen Auftrages gewesen, etwas, das er so nebenbei mit erledigte, ebenso wie die Wächter an den Pässen und die Truppen, die irgendwo an den Grenzen nach Kohon und Larn warten würden, *auch* nach ihm Ausschau hielten.

Skar hätte sich am liebsten selbst geohrfeigt. Natürlich wußte Vela, daß er kommen würde, aber wahrscheinlich war er nicht mehr als eine winzige Figur auf einem Brett mit Millionen Spielsteinen, ein Problem, an das man vielleicht einen flüchtigen Gedanken verschwendet, ehe man sich seinen Hauptgeschäften zuwendet. Ihre Pläne waren viel gewaltiger, viel größer, als er bisher in seiner Borniertheit geglaubt hatte. Sein Racheschwur!

Sie würde über diesen Schwur lachen, sofern sie überhaupt davon wußte. Gab es einen besseren Ort als Elay, um in aller Stille einen Krieg vorzubereiten? Ein besseres Land als dieses, von dem niemand, der außerhalb seiner Grenzen lebte, *wirklich* wußte, was in ihm vorging, und über das mehr Gerüchte und Legenden kursierten, als es Einwohner hatte?

Er hatte eine Vision, ein rasches, schreckliches Bild, das mit Urgewalt vor seinen Augen aufstieg: Er sah ein Heer, gewaltig und schwarz und groß, wie eine Springflut über die Grenzen des Drachenlandes hinausschwappend, Heereszüge, angeführt von Velas schwarzen Hornmonstern, Städte und Dörfer und Festungen schleifend, unaufhaltsam, unverwundbar, geschützt von der Macht dieses verfluchten Steines; unbesiegbar. *Velas Heer...*

Ein einziges Menschenleben ist nicht lang genug, eine Welt zu erobern, hatte Vela gesagt. Er hatte es geglaubt, aber es war eine Lüge. Sie hatte *gewollt*, daß er es glaubte, so wie sie *gewollt* hatte, daß er sie haßte, sich nur noch auf seinen Haß und seine persönliche Rache konzentrierte und den Blick für das, was sie wirklich beabsichtigte, verlor. Mit einemmal war alles logisch und klar. Seine Flucht, sein Aufenthalt in Cosh, Dels Tod - dies alles war nichts als Theater gewesen, ein gut inszeniertes Spiel, keinem anderen Zweck dienend als dem, ihn abzulenken. Sie hatte vom ersten Moment an gewußt, daß es auf ganz Enwor nur einen Menschen - nämlich ihn oder vielmehr das Ding in ihm - gab, der ihren Plänen wirklich gefährlich werden konnte. Und jeder Schritt, den er getan hatte, war von Vela vorausbestimmt gewesen.

»Was hast du?«

Andreds Stimme riß ihn abrupt aus seinen Gedanken. Für einen Moment hatte er die Kontrolle über sich verloren, und sein Zorn mußte deutlich auf seinem Gesicht gestanden haben. Andred wirkte erschrocken, und Skar hätte beinahe laut aufgelacht, als ihm klarwurde, daß es gerade umgekehrt war, daß nicht Andred, sondern *er* zusammenbrechen würde.

»Nichts«, sagte er hastig. Seine Stimme klang belegt. »Es ist ... nichts«, wiederholte er. »Laß uns gehen. Ich möchte aus der Stadt sein, wenn Gondered merkt, wie wir ihn genarrt haben.«

Hergers Haus lag in einer heruntergekommenen Gegend der Stadt, unweit des Hafens. Sie hatten den Schuppen durch eine Hintertür verlassen, ohne aufgehalten zu werden. Andred hatte Helm und Mantel ablegen wollen, als sie aus dem direkten Sichtbereich des Hafens heraus waren, aber Skar hatte es vorgezogen, die Verkleidung noch eine Weile beizubehalten. In der Stadt herrschte trotz der späten Stunden noch reger Betrieb, und Skar fiel schon nach kurzem die unverhältnismäßig große Zahl Bewaffneter auf – nicht nur Männer aus Thbarg wie die, auf die sie im Hafen getroffen waren, sondern reguläre Soldaten, aber auch andere Männer, die vor wenigen Tagen vielleicht noch als Kaufleute oder Handwerker ihr Brot verdient hatten und jetzt, mit Schwert, Helm und Brustschild bewehrt, Polizeidienste verrichteten. Nicht allen paßten die Rüstungen, die sie trugen, und eine ganze Anzahl von ihnen wirkte eher lächerlich als furcht- oder wenigstens respekteinflößend. Und noch etwas fiel Skar auf: Nicht allen schien die Rolle zu gefallen, in die man sie gepreßt hatte. Skar und Andred bewegten sich rasch durch das dichter werdende Gewühl der Altstadt und blieben kein einziges Mal stehen, aber Skar spürte die feindseligen Blicke, die ihnen viele Bewohner Anchors hinterherschickten, sehr deutlich. Die Thbarg schienen eher Besatzungs- als Schutzmacht zu sein. Trotzdem war Skar nach wenigen Augenblicken froh, weiter den Mantel eines Thbarg zu tragen. Man ging ihnen aus dem Weg; die beiden vermeintlichen Kaperschiffer fielen deshalb weniger auf als ein verletzter Freiseglerkapitän und ein Satai.

Andred übernahm die Führung, als sie in die verwinkelten Gassen der Altstadt vordrangen. Er hielt sich erstaunlich gut, bedachte man die Umstände, aber Skar fiel auch auf, daß Andreds Gang zwar nicht langsamer, aber merklich gezwungener und steifer wurde und sein linker Arm jetzt vollkommen nutzlos herabhing. Die Hand hatte er, wie in einer zufälligen Geste, in einen Zipfel des Mantels gewickelt. Es hätte eine Blutvergiftung sein können, nach allem, was Skar gesehen hatte. Aber es ging zu schnell.

»Dort vorn ist es«, sagte Andred nach einer Weile. Skar folgte seinem Blick und gewahrte ein niedriges, aus morschen Lehmziegeln erbautes Haus, das selbst in dieser heruntergekommenen Umgebung noch schäbig wirkte. Die Tür bestand aus rohen Brettern, die lieblos zusammengenagelt waren und das Licht hindurchscheinen ließen. Über der Tür war ein verblichenes Schild angebracht, aber die Schrift war unleserlich und war es vermutlich schon gewesen, als die Farbe noch frisch war. Rechts und links des Einganges hingen ein paar zerfranste Netze, Enterhaken und allerlei anderer Kleinkram; offensichtlich Muster der Waren, die Herger feilbot. Nicht eines der Teile befand sich in einem Zustand, der des Stehlens wert gewesen wäre.

Andred trat mit einem raschen Schritt in die Gasse hinein, sah sich mißtrauisch um und streifte dann Helm und Mantel ab. Skar folgte seinem Beispiel, nachdem er sich davon überzeugt hatte, daß niemand sie sah. Es war vielleicht nicht gut, in der Maske thbargscher Krieger zu Herger zu kommen.

Skar wickelte seinen und Andreds Helm in einen der Mäntel, drehte das Ganze zu einem straffen Bündel zusammen und faltete aus dem zweiten Umhang einen improvisierten Sack. Die blaue Farbe würde kaum auffallen. Skar hatte noch nicht viel von Anchor gesehen, aber er war selten in eine Stadt gekommen, deren Bewohner so farbenfroh (oder geschmacklos – das kam auf den Standpunkt an) gekleidet waren wie die Anchors.

Andred sah sich noch einmal sichernd um, trat mit einem entschlossenen Schnauben an die Tür und klopfte. Das Licht, das durch die dünnen Ritzen fiel, flackerte, und Skar hörte leise, schlurfende Schritte. Trotzdem dauerte es lange, bis die Tür aufschwang. Ein dunkles, mißtrauisches Augenpaar lugte zu ihnen hinaus.

»Andred?« fragte der Mann zweifelnd.

Andred nickte ungeduldig, hob die Hand und drückte so kräftig gegen die Tür, daß der Mann dahinter zurückgeschoben wurde. Er huschte ins Haus, winkte Skar ungeduldig, ihm zu folgen, und schob die Tür wieder zu. Skar unterdrückte ein Grinsen, als er den massiven, schmiedeeisernen Riegel sah, mit dem sie gesichert war. Der Riegel mochte selbst dem Ansturm eines Banta standhalten – aber er würde nicht viel nutzen, weil das morsche Holz der Tür schon unter einem halbherzigen Fußtritt zersplittern würde.

»Was willst du hier?« fragte der Mann, der ihnen geöffnet hatte. Skar besah ihn sich genauer. Er war alt – wie alt wirklich, war nicht zu sagen, denn sein Gesicht bestand zum Großteil aus einer verwüsteten Kraterlandschaft von Pockennarben und Schorf –, hatte strähniges braunes Haar und roch, als hätte er das letzte Mal nach seiner Geburt gebadet. Sein Blick irrte unstet zwischen Skar und Andred hin und her. Er hatte Angst.

»Ist Herger zu Hause?« fragte Andred, ohne auf die Frage einzugehen.

Der Alte nickte. »Ja, aber –«

»Ruf ihn.«

Für einen Moment schien der Alte widersprechen zu wollen, aber dann wandte er sich mit einer beinahe hastigen Bewegung um, schlurfte durch den Raum und verschwand durch eine schmale, mit einem zerschlissenen Vorhang versehene Tür.

Skar sah ihm stirnrunzelnd nach. »Wer ist das?« fragte er.

Andred zuckte die Achseln. »Irgend so ein verrückter Alter, der sich hier sein Gnadenbrot verdient«, meinte er. »Herger hat viele Leute, die für ihn arbeiten – ich sagte dir doch, daß sich hier das seltsamste Gelichter herumtreibt.« Er lächelte aufmunternd, als er Skars besorgte Miene sah. »Keine Angst«, sagte er. »Ich kenne ihn seit fünfzehn Jahren. Er ist vertrauenswürdig – zumindest Männern gegenüber, bei denen nichts zu holen ist«, fügte er ironisch hinzu.

Skar knurrte etwas Unverständliches, drehte sich weg und begann, das Innere des Ladens zu mustern. Der Raum war nicht groß, aber bis in den letzten Winkel vollgestopft – mit Gerümpel. Skar fiel beim besten Willen kein anderes Wort dafür ein. Er mußte seinen ersten Eindruck schon nach wenigen Augenblicken revidieren – das, was er draußen vor der Tür gesehen hatte, waren keine ausgesonderten Teile, die Herger dort hängen hatte, um seine besseren Waren nicht dem Risiko eines Diebstahles auszusetzen. Was hier, verteilt auf Regale und Bänke und Kisten und provisorische Gestelle oder auch einfach auf dem Fußboden aufgestapelt war, befand sich ausnahmslos im gleichen Zustand. Meistens Teile von Schiffsausrüstungen, soweit er in diesem Müllhaufen überhaupt einen Sinn erkennen konnte, aber auch anderer Kleinkram, der irgendwann vor einem Jahrhundert oder länger einmal zu irgend etwas nützlich gewesen war. Es war nicht ein Teil darunter, für das er auch nur den Schmutz unter seinen Fingernägeln hergegeben hätte.

»Wovon lebt dein Freund eigentlich?« fragte er nach einer Weile.

»Herger?« Andred lächelte dünn. »Offiziell ist er so eine Art Trödler. Es gibt immer wieder einen, der das eine oder andere aus diesem Abfallhaufen gebrauchen kann.«

»Und inoffiziell?«

Diesmal antwortete Andred nicht gleich. »Schmuggler«, sagte er dann, zuckte aber unmittelbar darauf mit den Achseln, um klarzumachen, daß es wohl nicht mehr als eine Vermutung war. »Er kennt jeden und alles, und wenn du irgendeine Information brauchst, dann bekommst du sie hier.«

Skar schwieg einen Moment. Halbwegs hatte er diese Antwort erwartet. Männer wie Herger gab es in jeder Stadt, in die er gekommen war – Männer, die einem für eine kleine Münze einen Führer verschafften, die die besten Bordelle und die billigsten Tavernen kannten, die eine erstaunliche Anzahl von Neffen, Onkeln, Brüdern und Schwestern in jedem Geschäft und jedem Amt der Stadt aufzuweisen hatten und bei denen man für eine etwas größere Münze auch schon einmal einen Dolch mitsamt der dazugehörigen Hand kaufen konnte. Es gefiel ihm nicht. Wenn es jemanden gab, der ihn und Andred verstecken und unauffällig aus der Stadt herausbringen konnte, dann war es vermutlich Herger. Aber genauso wahrscheinlich würde er auf Gondereds Liste ganz oben stehen, wenn der Thbarg daranging, die Stadt zu durchkämmen.

»Du siehst nicht sehr zufrieden aus«, sagte Andred.

Skar versuchte zu lächeln, aber es mißlang. »Du hast recht«, murrte er. »Ich schlage vor, daß wir so rasch wie möglich hier verschwinden. Wenn du mich fragst, dann ist Gondered spätestens morgen bei Sonnenaufgang hier.«

»Du irrst dich, Satai«, sagte eine Stimme von der Tür her.

Skar zuckte zusammen, fuhr herum und legte instinktiv die Hand auf den Schwertgriff. Der Vorhang war zur Seite geschlagen worden, so leise, daß Skar nicht einmal das Rascheln von Stoff gehört hatte, und unter dem Durchgang war ein dunkelhaariger, schlanker Mann erschienen. Er war groß, fast eine Handspanne größer als Skar, aber von so schlankem Wuchs, daß er kleiner wirkte. Und er war sehr jung; vielleicht dreißig – wenn das Herger war, dann mußte Andred ihn praktisch schon als Kind gekannt haben.

»Mein alter Freund Andred«, fuhr der Mann fort, »der größte Schmuggler zwischen hier und der östlichen Küste. Und ein leibhaftiger Satai?« Er lächelte, schüttelte den Kopf und kam mit katzenhafter Geschmeidigkeit näher. Skar änderte sein erstes Urteil über Herger, als er die Weise sah, in der er sich bewegte. Dieser Mann war gefährlich. »Du bist der Mann, den sie suchen«, fuhr er fort, nachdem er auf Armlänge vor Skar stehengeblieben und ihn einen Herzschlag lang gemustert hatte. »Kräftig, nicht mehr ganz jung und ein Gesicht, das irgendwann einmal jemand versucht hat aufzuschneiden.«

»Beschreibt man mich so?« fragte Skar.

Herger lächelte. »Man nicht, aber Gondered. Und du hast dich geirrt, Skar – er wird nicht morgen, sondern in wenig mehr als einer Stunde hier sein. Ich erwarte ihn.«

»Was hast du mit diesem Hund zu schaffen?« fragte Andred. Seine Stimme klang nur eine ganz kleine Spur schriller als gewohnt, aber sowohl Skar als auch Herger bemerkten es.

»Nichts, was dich beunruhigen müßte«, erwiderte Herger ruhig. »Und jetzt kommt erst einmal mit nach hinten. Ihr seht beide aus, als könntet ihr eine Tasse heiße Brühe und trockene Kleider brauchen.«

Andred wollte noch etwas sagen, aber Herger wandte sich mit einer raschen Bewegung um und ging, so daß sie ihm folgen mußten.

Der angrenzende Raum unterschied sich kaum von dem, aus dem sie kamen. Er war ein wenig größer und nicht ganz so überladen, aber auch er glich eher einem Abfalldepot als einem Laden oder gar einem Zimmer, in dem ein Mensch wohnen konnte.

Herger deutete wortlos auf eine schmale Couch und verschwand durch eine weitere Tür, ehe Skar Gelegenheit zu irgendwelchen Fragen hatte. Andred ließ sich mit einem Laut der Erschöpfung auf das zerschlissene Möbel sinken, griff vorsichtig mit der rechten Hand nach seiner verletzten Linken und legte sie in seinen Schoß. Skar fiel auf, daß er einen Zipfel seines Hemdes darüberlegte, als wolle er die Verletzung selbst hier noch verbergen. Sein Gesicht glänzte vor Schweiß, obwohl der Raum nicht geheizt war, und als Skar sich neben Andred setzte, stieg ihm ein schwacher übler Geruch in die Nase.

»Ist er vertrauenswürdig?« fragte er mit einer Kopfbewegung auf die Tür, durch die Herger verschwunden war.

Andred nickte. »Absolut. Ich kenne ihn, seit er ein Kind war. Und er haßt die Thbarg so sehr wie ich.«

Skar sah den Freisegler mißtrauisch an. Seine Stimme klang wieder ruhig, *zu* ruhig. Das war nicht die Stimme eines Mannes, der vor Stundenfrist sein Schiff und seine Mannschaft verloren hatte. Aber Skar kam nicht dazu, eine entsprechende Frage zu stellen. Die Tür wurde laut geöffnet, und Herger kam – ein Tablett vor sich herbalancierend und ein frisch gewaschenes weißes Tuch über dem Arm – zurück. In seiner Begleitung war der Alte, der sie eingelassen hatte. Herger lächelte, stellte das Tablett – auf dem sich die versprochene Brühe und ein Krug mit einer dunklen, heißen Flüssigkeit befand – in Ermangelung eines anderen freien Platzes auf den Boden und kniete vor Andred nieder.

»Zeig deinen Arm«, sagte er.

Andreds Rechte zuckte mit einer fast erschrockenen Bewegung herab und legte sich auf die verwundete Hand. Herger seufzte, griff nach Andreds Gelenk und drückte den Arm ohne sichtliche Kraftanstrengung beiseite. Sein Gesicht nahm einen besorgten Ausdruck an, als er die schwärzliche Verfärbung sah. Andreds linke Hand war verkrümmt wie eine Kralle. Wenn er einen Krampf hatte, dann mußte er fast unerträgliche Schmerzen ausstehen.

»Wie lange hast du das schon?« fragte er.

Andred antwortete nicht, und Herger wandte sich mit einem fragenden Blick an Skar.

»Nicht lange«, murmelte Skar. »Eine Stunde - zwei, allerhöchstens. Seit wir von Bord des Schiffes geflüchtet sind.«

Es dauerte einen Moment, bis Herger begriff. »Das ... das Schiff, das im Hafen gebrannt hat, war die *SHANTAR*?« fragte er ungläubig.

Skar nickte.

»Sie haben uns in eine Falle gelockt«, sagte er düster. »Gondereds Männer haben im Hafen auf uns gewartet. Du wußtest es nicht?«

Herger schüttelte verwirrt den Kopf. »Ich ... Gondered sagte, daß ... daß sie einem Piraten auflauern wollen«, sagte er stokkend.

Skar verzog mißtrauisch die Lippen. »Seit wann haben Piraten Satai an Bord?«

Herger schien dem Gedankensprung nicht sofort folgen zu können. Dann zuckte er zusammen, lächelte und beugte sich wieder über Andreds Hand. »Das eine hat mit dem anderen nichts zu tun«, sagte er, ohne Skar anzusehen. »Aber darüber reden wir später. Jetzt kümmere ich mich erst einmal um deine Hand.« Der letzte Satz galt Andred. Herger berührte seine Fingerknöchel. Die Berührung war sehr flüchtig, aber Andred zuckte trotzdem vor Schmerz zusammen und stieß ein leises Stöhnen aus.

»Zwei Stunden, sagst du?« fragte Herger zweifelnd.

»Allerhöchstens«, bestätigte Skar an Andreds Stelle.

Herger überlegte wieder einen Moment, zog dann einen schmalen Dolch aus dem Stiefelschaft und begann Andreds Hemd säuberlich von der Manschette bis zur Schulter aufzuschneiden.

Skar fuhr zusammen, als er die abgebrochene Pfeilspitze sah, die dicht oberhalb des Ellbogengelenks aus dem Arm des Freiseglers ragte. Die Wunde hatte kaum geblutet, aber rings um die Pfeilspitze herum war die Haut schwarzblau verfärbt, und ein dünner, wie mit einer Tuschfeder gezeichneter Strich zog sich über seinen Arm bis zum Ellbogengelenk hinunter, um dort in einer Explosion von Blau und schließlich Schwarz Besitz von seiner Hand zu ergreifen.

»Gift«, sagte Herger trocken. »Sie haben auf euch geschossen? Ihr seid verfolgt worden?«

Skar schüttelte verwirrt den Kopf. Andred mußte getroffen worden sein, als sie noch an Bord des Schiffes gewesen waren. Gondereds Männer sind wirklich gründlich gewesen, dachte er grimmig. Nicht genug, daß sie die SHANTAR in eine Fackel verwandelt hatten – sie hatten das brennende Schiff auch noch mit Pfeilen überschüttet. Vergifteten Pfeilen dazu.

»Warum hast du nichts gesagt?« fragte er. »Narr!«

Andred wandte müde den Kopf. »Was hätte ich sagen sollen?« erwiderte er. Herger unterbrach die Unterhaltung mit einer bestimmenden Geste. »Streiten könnt ihr euch später«, sagte er. »Jetzt muß erst einmal die Wunde versorgt werden.«

Andred nickte. »Gib mir einen Becher Wein«, sagte er. »Den stärksten, den du hast. Und dann schneid das verdammte Ding raus.«

»Den Teufel werde ich tun«, gab Herger zurück. »Du gehst jetzt in mein Schlafgemach und legst dich hin, und ich schicke nach einem Heiler. An *der* Wunde schneide ich nicht herum.« Andred wollte protestieren, aber Herger hörte gar nicht hin. Er gab seinem Gehilfen einen Wink, zog Andred mit sanfter Gewalt hoch und führte ihn aus dem Raum. Der Freisegler wankte, und die beiden Männer schleppten ihn mehr, als daß er aus eigener Kraft ging.

Skar spürte plötzlich seine Müdigkeit. Er wollte nicht schlafen. Es gab zu viel zu bedenken, zu vieles abzuwägen und zu entscheiden. Er konnte nicht hierbleiben, weder für die Nacht noch für wenige Stunden. Wahrscheinlich hatte Gondered jetzt bereits die Leichen seiner beiden Männer gefunden. Wenn er, Skar, zu lange zögerte, dann würden sich Anchors Tore schließen, und er war erneut gefangen.

Aber die Müdigkeit war stärker als sein Wille. Er schlief nicht ein, verfiel jedoch in einen leichten Dämmerzustand, in dem er seine Umgebung zwar noch wahrnahm, aber kaum mehr fähig war, einen klaren Gedanken zu fassen oder gar auf etwas zu reagieren. Erst als Herger nach einer Weile zurückkam und laut die Tür hinter sich ins Schloß warf, schrak Skar wieder hoch und fand verwirrt in die Wirklichkeit zurück.

Herger grinste, nahm mit untergeschlagenen Beinen auf dem Boden Platz und reichte Skar eine Schüssel mit dampfender Suppe.

»Andred schläft«, sagte er, während Skar nach dem hölzernen Löffel griff und vorsichtig zu essen begann. Der Gedanke an Speise und Trank war ihm bisher nicht einmal gekommen, aber nach den ersten behutsamen Schlucken meldete sich sein Magen ungestüm zu Wort, und er aß schneller.

»Bedien dich ruhig«, sagte Herger auffordernd. »Du kannst auch Andreds Portion noch haben. Ich glaube nicht, daß er im Moment große Lust zum Essen hat.«

»Wie geht es ihm?« fragte Skar kauend.

Das Lächeln auf Hergers Gesicht erlosch. »Nicht gut«, sagte er ernst. »Ich bin kein Heilkundiger, aber ich habe genug Verletzungen gesehen. Seine ist keine von der harmlosen Art. Er hat dir nichts gesagt?«

Skar schüttelte den Kopf.

»Dieser Narr«, fuhr Herger fort. »Du hättest den Pfeil herausschneiden und das Gift aus der Wunde saugen können. Jetzt ist es zu spät dafür. Ich fürchte, er wird die Hand verlieren. Zumindest wird sie steif bleiben.«

Skar aß wortlos weiter und griff, nachdem er die erste Schale geleert hatte, auch noch nach Andreds Suppe. Jetzt wurde ihm vieles klar. Das Gift mußte, während sie auf dem Weg hierher gewesen waren, bereits Andreds Gehirn erreicht und seine Sinne umnebelt haben. Es war nicht der Schock, der ihn hatte abstumpfen lassen. Und dieser Narr hatte nichts gesagt, wahrscheinlich aus Furcht, Skar mit seiner Verwundung noch mehr zu belasten. Skar schüttelte den Kopf, seufzte und fragte: »Kannst du ihn hierbehalten?«

»Andred?« Herger nickte, zog die Knie an und umschlang sie mit den Armen; eine Haltung, die nicht zu seiner Erscheinung paßte und unecht war. Er war nicht halb so gelassen, wie er vorgab. »Warum nicht? Er ist mein Freund.«

»Aber er wird auch gesucht«, sagte Skar. »Und ich werde mich kaum um ihn kümmern können. Ich muß fort.«

»Er ist sicher bei mir«, sagte Herger noch einmal. »Und du auch. Ich habe ein zweites Zimmer, hinten im Anbau. Du kannst dort schlafen, wenn du willst.«

Skar schüttelte den Kopf.

»Wenn es wegen Gondered ist«, sagte Herger, »so brauchst du dir keine Sorgen zu machen. Mein Haus wäre wahrscheinlich der letzte Ort, an dem er euch suchen würde.«

»Es geht nicht um ihn«, sagte Skar. »Ich muß weiter.«

»Und was treibt dich zu solcher Eile?«

Skar nahm einen weiteren Löffel Suppe, ehe er antwortete: »Es ist besser, wenn du nichts weißt.«

»Mißtraust du mir?« Herger grinste. »Ich bin verschwiegen, Satai. Man kann sagen, ich lebe von meiner Verschwiegenheit – manchmal. Aber ich bin auch neugierig.« Er legte eine winzige, genau bemessene Pause ein und fuhr fort: »Immerhin gehe ich ein Risiko ein, wenn ich dir Unterschlupf gewähre. Du wirst gesucht.«

»Und auf meinen Kopf steht wahrscheinlich ein hübscher Preis«, fügte Skar hinzu.

»Wahrscheinlich«, bestätigte Herger ungerührt. »Aber ich hätte nicht viel davon, dich auszuliefern. Gondered würde mir das Geld sowieso bei der nächsten Gelegenheit wieder abnehmen. Außerdem – wer hat schon gerne einen Satai zum Feind?«

»Reicht dir Andreds Schicksal nicht?« fragte Skar ruhig. »Ich habe ihn ins Vertrauen gezogen. Du siehst, was ihm passiert ist.«

Zu seiner Überraschung begann Herger leise zu lachen. »Der Mann mit dem Fluch«, sagte er. »Man hat mich gewarnt, daß du verrückt sein würdest.«

»So?« erwiderte Skar lauernd.

Herger nickte. »Ich weiß eine Menge über dich, Skar – sogar deinen Namen. Machen wir ein Geschäft – du sagst mir, was ich wissen will, und ich helfe dir weiter, wenn ich kann. Ich habe eine Menge Freunde in der Stadt.«

»Ich habe nicht vor, allzu lange in Anchor zu bleiben«, antwortete Skar kalt. Ihr Gespräch war schon lange keine harmlose Plauderei mehr. Herger wußte genau, was er wollte.

»Wo hast du von mir gehört?« fuhr Skar fort. »Und was?«

Herger zögerte einen Moment, stand auf und zog sich einen zersprungenen Korbsessel mit abgebrochener Lehne heran, um sich darauf niederzulassen. »Ich habe Freunde in der Stadt«, sagte er noch einmal. »Und einer von ihnen berichtete mir, daß er ein Gespräch zwischen diesem Hundsfott von Thbarg und einem seiner Offiziere belauscht habe. Sie haben Anweisung bekommen, auf einen Satai zu achten, der vielleicht versuchen würde, über Anchor in das Land zu gelangen. Einen Verrückten«, fügte er mit undeutbarer Betonung hinzu. »Man behauptet, du wärest hier, um eine *Errish* zu töten. Stimmt das?«

Es kostete Skar Mühe, sich seinen Schrecken nicht allzu deutlich anmerken zu lassen. Ein weiterer Punkt für Vela. Sie ließ ihn jagen, damit hatte er gerechnet. Womit er nicht gerechnet hatte, war die Offenheit, mit der sie dabei zu Werke ging. Sie log nicht einmal, sondern verdrehte die Wahrheit nur ein ganz kleines bißchen. Nicht weit genug, daß irgend jemand außer ihr selbst und Skar die Veränderung wirklich bemerken konnte. Schließlich *war* er hierhergekommen, um eine *Errish* zu töten.

»Natürlich nicht«, sagte er. »Ich bin vielleicht verrückt, aber so verrückt nun auch wieder nicht.«

»Warum bist du dann hier?« fragte Herger lauernd. »Und warum sucht dich die halbe Armee?«

»Ich ... suche wirklich jemanden«, gestand Skar nach kurzem Überlegen. Vielleicht war es das Beste, sich – für einen Moment wenigstens – Velas eigene Taktik zu eigen zu machen. Und hatte er nicht selbst – irgendwann, vor tausend Jahren und in einem anderen Leben – einmal zu Del gesagt, er solle sich, wenn es schon nötig war, zu lügen, so dicht wie möglich an der Wahrheit bewegen? »Aber es ist keine *Errish*«, fügte er hinzu.

»Wer dann?«

»Wer hat diese Armee aufgestellt?« gab Skar zurück. »Und warum?«

Auf Hergers Stirn erschien eine schmale Falte. »Zug um Zug, wie?« fragte er. »Ich sehe, du kennst die Regeln. Aber ich muß dir die Antwort schuldig bleiben – ich weiß es nicht. Offiziell«, fuhr er nach sekundenlangem Schweigen fort, »heißt es, daß Quorrl über die Grenzen gekommen sind.«

»Und inoffiziell?«

»Sie ziehen überall Truppen zusammen. Und ich hörte, daß die Händlerkarawanen nicht abreißen. Das sieht mir verdammt nach Vorbereitungen für einen Krieg aus. Aber das sind Vermutungen – ich kümmere mich nicht um Politik. Schlechte Zeiten sind gute Zeiten für mich. Aber gute auch«, fügte er verschlagen hinzu. »Ich mache dir einen Vorschlag, Skar: Ich habe Freunde, auch außerhalb Anchors. Ich sorge dafür, daß du ungefährdet aus der Stadt und dorthin gelangst, wohin du willst.«

»Und was verlangst du dafür?«

»Informationen«, erwiderte Herger. »Du sagst mir, was du unterwegs siehst und hörst« – er zuckte mit den Achseln und starrte scheinbar versonnen gegen die Decke – »und was dieses ganze Affentheater soll.«

»Ich denke, du interessierst dich nicht für Politik?« fragte Skar.

»Nur wenn es mir einen Vorteil bringt«, gestand Herger grinsend. »Das Wissen, wann und wo ein Krieg ausbricht, kann Gold wert sein, Satai.«

Skar wußte für einen Moment nicht, ob er Herger nun bewundern oder verachten sollte. Die Vorstellung war verlockend – er traute ihm durchaus zu, daß er ihn aus der Stadt und sicher bis Elay bringen lassen konnte; und der Preis, den er verlangte, war nicht hoch; genaugenommen war er gleich Null – wenn Skar sein Ziel nicht erreichen würde, würde es keinen Krieg geben; wenn er vorher starb, ging Herger ebenfalls leer aus. Aber es war auch nicht mehr als eine Vorstellung. Letztlich war Herger nicht mehr als ein Spitzel und Hehler, und seine Freunde waren gemeine Straßenräuber oder noch Schlimmeres. Wahrscheinlich würden sie ihn bei der ersten sich bietenden Gelegenheit umbringen oder an Velas Häscher verkaufen. Die Geschichte von Räubern und Ausgestoßenen, die sich im Moment der Gefahr erhoben und ihr Leben für die gerechte Sache und das Volk einsetzten, gehörte ins Reich der Phantasie. Es waren Männer wie Herger, die Vela zu ihren Statthaltern machen würde.

»Ich ... werde darüber nachdenken«, sagte er müde.

In Hergers Augen blitzte es auf. Er wußte, daß es nicht mehr als eine Ausflucht war. Und er hatte wohl auch nie ernsthaft mit einem »Ja« gerechnet.

»Du wirst auf jeden Fall die Nacht über hierbleiben«, sagte er bestimmt. »Morgen lasse ich dich aus der Stadt bringen.«

Skar wollte protestieren, aber Herger ließ ihn nicht zu Wort kommen. »Ich weiß ja, daß ihr Satai große Helden seid«, sagte er spöttisch. »Männer aus Stahl, die nichts umwirft. Im Nebenzimmer hängt ein Spiegel, Skar. Sieh hinein, ehe du mir antwortest. Du hast Rost angesetzt. Wenn du jetzt losgehst, dann schläfst du im Laufen ein und wirst erst wach, wenn du gegen den nächsten Posten gerannt bist.« Er stand auf und deutete mit einer Kopfbewegung zur Tür. »Ich zeige dir dein Zimmer.«

»Warum tust du das?« fragte Skar

Herger zuckte die Achseln. »Nimm an, weil du ein Freund von Andred bist«, sagte er.

»Unsinn«, knurrte Skar.

Herger nickte. »Sicher ist es Unsinn. Aber es klingt gut. Die Gesellschaft eines berufsmäßigen Helden verleitet dazu, pathetisch zu werden, weißt du?« Er wurde übergangslos ernst. »Ich kann es mir gar nicht leisten, dich jetzt gehen zu lassen«, sagte er. »Wenn sie dich schnappen, dann werden sie bald wissen, *wer* dir geholfen hat. Und ich möchte meinen Kopf noch eine Weile auf den Schultern tragen.«

Skar zögerte noch immer. Hergers Worte klangen logisch – beinahe ein bißchen zu logisch.

»Man kann das Mißtrauen auch übertreiben, Satai«, fuhr Herger ungeduldig fort. »Wenn ich dich hätte verraten wollen, dann hätte ich es längst getan. Es ist nicht weit bis zum Hafen.«

Skar erhob sich schwerfällig. Seine Muskeln waren steif geworden, und das Essen und die Ruhe hatten ihn müde werden lassen. Ohne ein weiteres Wort folgte er Herger.

Sie gingen durch einen niedrigen, fensterlosen Gang und betraten ein winziges Zimmer am hinteren Ende des Hauses. Durch das offenstehende Fenster drangen Sternenlicht und die Geräusche der Straße herein; ein schwerer, süßlicher Geruch hing in der Luft.

Herger deutete mit einer Kopfbewegung auf die strohgedeckte Pritsche unter dem Fenster. »Wahrscheinlich bist du Besseres gewohnt«, sagte er. »Aber das ist alles, was ich dir bieten kann. Jedenfalls bist du hier sicher. Ich wecke dich kurz vor Sonnenaufgang.« Er wandte sich um, streckte die Hand nach dem Türgriff aus und hielt noch einmal inne. »Tür und Fensterläden haben Riegel«, sagte er mit sanftem Spott. »Du kannst sie vorlegen, wenn du dich fürchtest.«

»Eine Frage hast du noch nicht beantwortet«, sagte Skar ruhig. »Gondered. Was hast du mit ihm zu schaffen? Warum kommt er hierher?«

Für den Bruchteil eines Lidzuckens glaubte Skar Schrecken auf Hergers Zügen zu lesen. Dann hatte er sich wieder in der Gewalt. »Ich dachte mir, daß du das noch einmal fragen würdest«, seufzte er. »Gondered ist oft hier, genau wie seine Offiziere, die Männer der Stadtgarde ...« Er breitete die Hände aus, drehte die Handflächen nach außen und zauberte ein absichtlich übertrieben-verschmitztes Lächeln auf seine Lippen. »Man muß leben, Skar. Woher, glaubst du, bekomme ich meine Informationen?«

Skar öffnete den Mund, um noch etwas zu sagen, beließ es dann aber bei einem Achselzucken. Herger nickte, fuhr auf dem Absatz herum und zog die Tür hinter sich zu. Seine Schritte verklangen auf dem Korridor. Wenige Augenblicke später fiel eine zweite Tür ins Schloß, weiter entfernt und gedämpft, und Schweigen senkte sich über den Raum.

Skar schlurfte mit hängenden Schultern zum Bett, ließ sich auf die Kante sinken und schloß die Augen. Er fühlte sich müde, müde und schwach und hilflos wie ein alter Mann. Die Situation war absurd – er hatte sich auf Gedeih und Verderb einem Mann ausgeliefert, dem er normalerweise nicht einmal dann über den Weg getraut hätte, wenn er das Messer an seiner Kehle hätte. Aber er hatte nicht mehr die Kraft, sich wirklich Gedanken darüber zu machen.

Er ließ sich zurücksinken, rutschte einen Moment unruhig hin und her, um auf der harten Pritsche eine einigermaßen bequeme Lage zu finden, und starrte zu dem geöffneten Fenster über seinem Kopf empor. Von draußen drangen die verschiedenen Geräusche der Stadt herein, und der Wind trug Salzwassergeruch mit sich. Für einen Moment vermeinte Skar, brennendes Holz und schmorende Körper zu riechen, aber das war natürlich Einbildung.

Nach einer Weile hörte er Stimmen; die von Herger und eine andere, tiefere. Vielleicht Gondered, dachte er, der gerade mit Herger über den Preis meines Kopfes feilscht.

Aber noch während er diesen Gedanken dachte, schlief er ein.

Es war eine unruhige Nacht gewesen. Er hatte geträumt – irgendwelches wirres Zeug, an das er sich beim Erwachen nicht erinnern konnte, das aber einen unangenehmen Nachgeschmack und einen dumpfen Druck wie von einer noch weit entfernten, aber bereits spürbaren Gefahr hinterließ. Ganz im Gegensatz zu seinen normalen Gewohnheiten blieb er noch ein paar Sekunden liegen, nachdem Herger ihn geweckt hatte. Vor dem Fenster herrschte noch Dunkelheit, aber über der gezackten Schattenlinie der Stadt zeigte sich bereits ein schmaler grauer Streifen. Kälte und Feuchtigkeit waren während der Nacht in das Haus gekrochen, und das Stroh, auf dem er lag, war klamm.

Herger runzelte mißbilligend die Stirn, als er sah, wie Skars Hand instinktiv zum Gürtel fuhr und nach dem Schwertgriff tastete. »Es ist noch da«, sagte er spöttisch. »Nicht einmal ich bin verrückt genug, ein *Tschekal* zu stehlen, obwohl ich es gerne einmal anfassen würde. Darf ich?«

Skar benötigte einige Sekunden, um zu begreifen, was Herger überhaupt wollte. Irgend etwas stimmte nicht mit seinem Kopf. Seine Gedanken bewegten sich nur träge, und er hatte Mühe, sich überhaupt darauf zu besinnen, wo er war.

Er setzte sich auf, legte die Unterarme auf die Knie und ließ die Hände herabsinken. Sein Rücken war steif, und er spürte schmerzhaft jeden einzelnen Strohhalm, auf dem er gelegen hatte. Er hatte Durst. »Was ist ... mit Andred?« murmelte er verschlafen.

Hergers Gesichtsausdruck wurde eine Spur ernster. »Der Heiler war gestern nacht noch hier«, sagte er. »Er wird leben, aber die Hand bleibt steif. Ich fürchte, er wird nie wieder ein Schiff befehligen.« Er bewegte sich unruhig und mit den unsicheren kleinen Gesten eines Mannes, der vergeblich darum bemüht ist, sich seine Ungeduld nicht anmerken zu lassen. »Ich habe ein Frühstück vorbereitet«, sagte er. »Und draußen im Stall steht ein Pferd für dich bereit. Hast du über meinen Vorschlag nachgedacht?«

Skar fuhr sich müde mit den Händen über das Gesicht. »Was?«

erwiderte er. »O ja - sicher. Wir ... reden später darüber.« Er stand auf, sah - mehr aus Gewohnheit - aus dem Fenster und blickte einen Moment müde auf das Treiben draußen auf der Straße. In den meisten Häusern brannte - schon wieder oder noch immer - Licht, Männer hasteten vorbei, zum Teil nur als dunkle Umrisse und an ihren Bewegungen zu erkennen, zum Teil mit Fackeln oder kleinen, flackernden Öllampen ausgestattet. Anchor schien niemals ganz zur Ruhe zu kommen.

Eine seltsame Stimmung nahm von ihm Besitz. Obwohl er lange und trotz allem gut geschlafen hatte, ergriff ihn wieder Müdigkeit, eine Müdigkeit ganz eigener Art. Für einen kurzen Moment wurde er sich seines Körpers auf fast schmerzhafte Weise bewußt - er spürte jede Zelle, jeden Quadratzentimeter Haut, und er glaubte auch jeden Schritt zu fühlen, jeden Gedanken, den er seit seinem Weggang aus Ikne gedacht hatte.

Er straffte sich, drehte sich zu Herger herum und deutete mit einer übertrieben heftigen Kopfbewegung zur Tür. »Gehen wir«, sagte er. »Ich bin schon viel zu lange hier.«

Herger lächelte, öffnete die Tür und wartete, bis Skar an ihm vorbei aus dem Zimmer getreten war. Das Haus war so still wie am Vorabend, aber durch die dünnen Wände drang der Lärm der erwachenden Stadt herein, und ein schwacher Geruch nach gebratenem Fleisch hing in der Luft.

»Wie komme ich aus der Stadt?« fragte Skar, nachdem sie wieder den Geschäftsraum erreicht und Herger mit einer einladenden Geste auf die durchgesessene Couch gedeutet hatte.

»Es gibt ein schmales Fluchttor an der Westseite«, erklärte Herger. »Ich habe die Wache bestochen. Du wirst hindurchgelassen, ohne daß man Fragen stellt.«

»Bestochen?« fragte Skar.

Herger grinste. »Ich bin Geschäftsmann, Satai. Man muß investieren, wenn man Gewinn machen will.«

Skar setzte sich, griff nach dem Fleisch, das Herger ihm anbot, und begann zu essen. Er war nicht sehr hungrig, aber es konnte lange dauern, bis er wieder zum Essen kam. »Es wäre möglich, daß du ein Verlustgeschäft machst«, sagte er kauend.

Herger zuckte gleichmütig die Achseln. »Mal gewinnt man, mal verliert man, Skar. Und du hast noch nicht geantwortet.«

Skar sah auf. Herger hielt seinem Blick einen Moment lang stand und sah dann weg.

»Nein?« murmelte Skar. »Habe ich nicht?«

Herger lächelte unsicher. »O doch, du hast. Aber ich gebe nicht auf, weißt du? Wenn du irgendwann einmal Hilfe brauchst, dann erinnere dich an mich.«

Skar aß mit erzwungener Ruhe weiter, ohne zu antworten. Hergers Angebot *war* verlockend, trotz allem. Elay war weit, und wenn auch nur ein Bruchteil der Gerüchte, die über das Drachenland im Umlauf waren, zutrafen, dann würde der Weg dorthin schwerer werden, als es die Wanderung nach Combat und ihre Odyssee über die toten Ebenen von Tuan zusammen gewesen waren.

Aber dann fiel ihm Andred ein, und jeder Gedanke daran, Hergers Hilfsangebot anzunehmen, erschien ihm mit einemmal lächerlich. Er stellte den hölzernen Teller ab, spülte den letzten Bissen mit einem Schluck Wasser hinunter und stand mit einem Ruck auf. »Ich habe schon viel zu vielen Unglück gebracht«, sagte er. »Und ich bin viel zu lange hiergeblieben. Laß uns gehen.«

Herger zögerte. Er schien noch etwas sagen zu wollen, aber ein Blick in Skars Augen überzeugte ihn davon, daß jedes weitere Wort nur Zeitverschwendung war. »Vielleicht hast du recht«, murmelte er nach einer Weile. »Je eher du aus der Stadt heraus bist, desto besser. Für uns beide.« Er wandte sich um, hantierte eine Weile an einer offenstehenden Kiste herum und reichte Skar einen zusammengerollten dunkelbraunen Umhang. »Zieh das an«, sagte er.

Skar griff nach dem Mantel, wickelte ihn auseinander und betrachtete ihn stirnrunzelnd. »Die Kleidung eines Sekal?« fragte er zweifelnd.

»Warum nicht? Auf diese Weise spricht dich wenigstens niemand an. Und wenn du aus der Stadt bist, kannst du ihn ja wegwerfen. Nun mach schon. Und gib acht, daß niemand deine Waffen sieht. Ein Sekal mit einem Schwert ...« Er grinste, lehnte sich gegen die Wand und verschränkte die Arme vor der Brust. Das dünne Hemd spannte sich deutlich über seinen Muskeln. Er war kräftiger, als Skar bisher geglaubt hatte.

Skar legte den Mantel neben sich, schnallte - sichtlich zögernd - den Waffengurt ab und drehte ihn sorgfältig zusammen. Hergers Blick heftete sich auf sein Schwert.

»Darf ich es ... einmal in die Hand nehmen?« fragte er zögernd.

Skar sah ihn einen Herzschlag lang durchdringend an. Dann zog er die schlanke Klinge aus der Scheide und reichte sie Herger. Der Schmuggler griff zögernd nach dem Schwert, hielt es an Griff und Spitze und drehte es bewundernd. »Eine phantastische Waffe«, murmelte er. »Man sagt ihr wahre Wunderdinge nach. Stimmt es, daß sie Stahl schneidet?«

Skar mußte gegen seinen Willen lächeln. In diesem Moment kam ihm Herger wie ein großes Kind vor. »Eine Waffe ist immer nur so gut wie der Mann, der sie führt«, sagte er. »Aber du hast schon recht - es ist ein phantastisches Schwert. Es gibt nicht sehr viele davon.«

Herger nickte, faßte den Griff mit beiden Händen und täuschte einen Angriff vor. Die schlanke Klinge schnitt silberne Blitze aus der Luft.

»Es ist sehr leicht«, sagte Herger verblüfft. »Man spürt es kaum. Woraus ist es gemacht?«

Skar streifte den Mantel über, befestigte die schmucklose Metallspange vor der Brust und zuckte mit den Achseln. »Ich weiß es nicht«, sagte er. »Ich ...« Er sprach nicht weiter. Für einen winzigen Moment sah er nicht mehr das Schwert in Hergers Hand, sondern eine andere, identische Klinge, schlank, silbern und zerbrochen, das schmale Heft geborsten wie Eis ...

Er verscheuchte die Vision, zog den Umhang straff und schlug die Kapuze hoch.

»Es wird Zeit«, sagte er. »Gib mir das Schwert, und dann gehen wir.« Er hob die Hand, trat einen Schritt auf Herger zu – und erstarrte.

Herger wich mit einem blitzschnellen Schritt zurück, drehte die Waffe herum und richtete die Spitze der Klinge auf Skars Gesicht. »Nein, Skar«, sagte er.

Skar blinzelte, eher verblüfft als wirklich erschreckt.

»Was soll das heißen?«

Herger schluckte. In seinem Gesicht zuckte ein Nerv, aber sein Blick blieb fest. »Nein heißt nein«, wiederholte er. »Ich werde dir das Schwert nicht geben. Und wir werden auch nicht von hier weggehen. Es tut mir leid.«

Skar lachte, leise, unsicher und gekünstelt. »Mach dich nicht lächerlich, Herger«, sagte er. »Du weißt, daß du keine Chance gegen mich hast. Auch nicht mit einem Schwert.«

»Das braucht er auch nicht«, sagte eine Stimme hinter ihm.

Ein Faustschlag zwischen die Schulterblätter hätte Skar nicht härter treffen können. Er kannte die Stimme, sie und den Mann, dem sie gehörte. Er hatte sie zweimal gehört, einmal draußen auf See, das andere Mal gestern abend, im Hafen.

Langsam, mit erzwungenen, steifen Bewegungen drehte er sich um und sah den Thbarg an. Gondered trug noch den gleichen Mantel wie am vergangenen Abend. Sein Goldhelm funkelte wie ein böses Dämonenauge.

»Sagte ich nicht, daß wir uns wiedersehen?« fragte Gondered mit einem dünnen, flüchtigen Lächeln. Skar blickte ihn sekundenlang durchdringend an und drehte sich dann wieder zu Herger um.

»Wieviel hat er dir bezahlt?« fragte er.

Hergers Blick flackerte unsicher. »Ich ... hatte keine Wahl«, sagte er. Seine Stimme klang leise, beinahe flehend, und das Schwert in seinen Händen begann unmerklich zu zittern. »Er hat mich gezwungen, Skar. Ich ... mußte dich ihm ausliefern, wenn ich Andreds Leben retten wollte.«

Skar lächelte böse. »Narr! Glaubst du wirklich, daß er dich oder Andred am Leben läßt? Ich hätte dich für klüger gehalten.«

Herger erbleichte, und in seinem Blick erschien ein neuer Ausdruck – Zweifel, Furcht, aber auch allmählich aufdämmerndes Erkennen. »Du . . .«

»Genug jetzt!« fiel ihm Gondered ins Wort. Er trat vollends hinter dem Kistenstapel, hinter dem er versteckt gewesen war, hervor, schlug mit einer raschen Bewegung seinen Mantel zurück und zog sein Schwert aus dem Gürtel. Sein Gesicht wurde hart. »Gibst du auf, oder soll ich dich gleich hier töten?« fragte er kalt.

Skar wich um eine Winzigkeit zur Seite, verlagerte sein Körpergewicht auf das linke Bein und spannte sich. Er hörte, wie Herger hinter ihm in Position ging.

»Du bist mutiger, als ich dachte, Gondered«, sagte Skar. »Ich hätte nicht geglaubt, daß du allein kommst.« Er spannte sich, langsam, damit die Bewegung nicht trotz des Mantels auffiel. Seine Hände pendelten lose vor dem Körper; eine harmlos, täuschend harmlose Haltung, die trotzdem jeden, der etwas von der Kampftechnik der Satai verstand, gewarnt hätte.

Aber Gondered gehörte entweder nicht zu diesen Menschen – oder er war noch überheblicher, als Skar bisher geglaubt hatte. Seine Lippen verzogen sich zu einem abfälligen Lächeln. Das Schwert in seiner Hand zuckte hoch und schnitt ein paarmal durch die Luft. Die Bewegung wirkte hölzern. Gondered hätte vermutlich selbst gegen einen Nicht-Satai keine sonderlich gute Figur abgegeben.

»Wer sagt dir, daß ich allein bin?«

Skar lächelte. »Oh, ich bin sicher, daß das Haus umstellt ist«, sagte er spöttisch. »Wie viele Männer hast du mitgebracht? Hundert? Oder noch mehr?«

»Genug«, sagte Gondered hart. »Jedenfalls genug, um mit dir fertig zu werden.«

»Du . . . solltest nicht versuchen, dich zu wehren«, sagte Herger stockend zu Skar. »Du hast keine Waffe.«

Skar drehte sich beinahe gemächlich um, musterte Herger einen Sekundenbruchteil und trat einen Schritt auf ihn zu. Herger zuckte zusammen und brachte das Schwert hoch. Skar täuschte mit der Linken an, griff mit der anderen Hand zu und riß ihm die Waffe aus der Hand.

»Wie du siehst«, sagte Skar gelassen, »stimmt das nicht ganz.« Er schenkte Herger ein flüchtiges Lächeln, wandte sich dann wieder zu Gondered um und sah ihn mit einer Mischung aus Herablassung und Bedauern an.

»Ich fürchte, ich habe einen Fehler gemacht, Herger zu vertrauen«, sagte er im Plauderton. »Aber du auch, Gondered.«

Gondered schwieg. Sein Gesicht blieb unbewegt, aber sein Blick hatte viel von seiner Selbstsicherheit verloren. Er zitterte.

»Vielleicht komme ich hier nicht mehr lebend raus«, fuhr Skar fort. »Und vielleicht erfüllt sich dein Wunsch, daß ich zur Hölle fahre, Thbarg – aber wenn, dann befinde ich mich in guter Gesellschaft dabei.«

Gondered wich einen halben Schritt zurück. Sein Blick irrte ungläubig zwischen Skars Waffe und Herger hin und her. Die spielerische Leichtigkeit, mit der Skar dem Hehler das *Tschekal* entrissen hatte, schien ihn mehr beeindruckt zu haben, als wenn er Herger getötet hätte.

Irgend etwas stimmt hier nicht, wisperte eine Stimme hinter Skars Gedanken. *Gondered ist ein Feigling, vergiß das nicht. Er wäre nie allein hierher gekommen.*

Gondered wich bis zur Wand zurück und hob das Schwert ein wenig höher. »Keinen Schritt näher!« sagte er drohend. »Du hast keine Chance.«

»Ach?« grinste Skar.

Gondered wollte etwas erwidern, aber er kam nicht mehr dazu. Skars *Tschekal* zuckte vor, hackte mit einer unglaublich schnellen Bewegung nach Gondereds Waffe und prellte sie ihm aus der Hand. Der Thbarg stieß einen krächzenden Laut aus, wich einen Schritt zur Seite und hob schützend die Unterarme vor das Gesicht.

Skar lachte leise.

»Sag mir einen Grund, Thbarg«, sagte er, »einen einzigen Grund, warum ich dich nicht töten sollte.«

Gondered nahm langsam die Hände herunter. Sein Gesicht hatte alle Farbe verloren, aber sein Blick wirkte noch immer hochmütig, ja beinahe spöttisch. Skars Mißtrauen wuchs.

»Vielleicht«, sagte Gondered betont ruhig, »weil du es nicht kannst.«

Skar schwieg. Seine Sinne arbeiteten plötzlich mit jener seltenen Schärfe, die sich nur im Moment der Gefahr und selbst dann nur für kurze Momente einstellte. Er sah und hörte alles mit phantastischer Klarheit – Gondereds Gesicht, jedes winzige Zucken eines Muskels oder Nervs, das Flackern in seinem Blick, Hergers Atemzüge, die leisen Geräusche der Männer, die draußen vor dem Haus Aufstellung genommen hatten.

Gondereds Gesicht begann zu zerfließen. Seine Gestalt flakkerte, als stünde er hinter einer Wand unsichtbaren treibenden Nebels. Stoff raschelte. Sein Helm rutschte ein Stück nach vorne, als schrumpfe sein Kopf auf geheimnisvolle Weise zusammen. Er wankte, hob die Hände und schlug sie vor das Gesicht. Ein seufzender, fast schmerzhafter Laut kam über seine Lippen. Er taumelte, prallte gegen die Wand und rutschte an ihr herab.

Jedenfalls war es das, was Skar in der ersten Sekunde zu sehen glaubte. Aber dann erkannte er, daß er sich täuschte. Gondered brach nicht zusammen – er *schrumpfte.* Der ganze Vorgang nahm nicht mehr als zwei, allerhöchstens drei Sekunden in Anspruch, aber als Gondered die Hände herunternahm, waren es nicht mehr seine Hände, und als er triumphierend zu Skar hinaufstarrte, waren es nicht mehr seine Augen, deren Glitzern Skar zu verhöhnen schien.

»Tantor!« keuchte Skar.

Der Zwerg nickte. »So nannte man mich dann und wann«, sagte er. Seine Stimme schien sich verändert zu haben, seit Skar das letzte Mal mit ihm zusammengetroffen war. Sie klang schriller, deutlich härter, und in seinem Gesicht waren neue tiefe Linien erschienen, Spuren von Schmerz und erstarrtem Haß. Er sah nun vollends aus wie ein häßlicher, böser Gnom. »Es freut mich, daß du mich nicht ganz vergessen hast«, sagte er. »Zumindest an meinen Namen kannst du dich noch erinnern.« Er verzog das Gesicht, spuckte angewidert aus und kam mit kleinen, trippelnden Schritten auf Skar zu. Der Goldhelm wackelte auf seinem plötzlich viel zu kleinen Kopf, und der blaue Thbarg-Mantel, der wie eine Schleppe hinter ihm herschleifte, gab ihm das Aussehen einer Witzfigur. Trotzdem spürte Skar plötzlich Furcht, zum ersten Mal, seit er dem Zwerg begegnet war. Tantor hatte sich verändert. Er reichte Skar noch immer kaum bis zur Brust, aber wenn er bisher allenfalls ein wenig unheimlich und verschlagen erschienen war, so konnte Skar nun den Haß, der den Zwerg zerfraß, regelrecht sehen. Der Gnom war eine personifizierte Drohung.

»Eines muß man dir lassen, Skar«, sagte er. »Du bist von einer geradezu aufdringlichen Hartnäckigkeit. Du hättest die Chance nutzen und dich trollen sollen, irgendwohin ans andere Ende der Welt. Vielleicht wärst du dann vor mir sicher gewesen.«

Skar wich einen halben Schritt zurück, obwohl er sich dabei fast lächerlich vorkam. Er wußte, wie gefährlich Tantor war, aber er kannte auch die Grenzen seiner Macht. Er hatte ihn schon einmal besiegt.

»Du hast mich verraten, Skar«, zischte Tantor. »Ich habe mein Leben riskiert, um das deine zu retten, und als Dank hast du mich an Vela ausgeliefert.« Steine Stimme bebte. Seine Hände formten sich zu Krallen, als könne er nur noch mühsam dem Drang widerstehen, sich auf den fast doppelt so großen Satai zu stürzen. »Weißt du, was sie mit mir gemacht hat, Skar?« fuhr er fort. »Weißt du, was sie mir angetan hat?«

»Nicht genug, wie mir scheint«, sagte Skar. »Immerhin lebst du noch.«

Tantor erbleichte. »Ja«, zischte er. »Ich lebe noch. So wie du leben wirst, noch lange, lange Zeit. Aber du wirst mich anflehen, dich zu töten, Skar, das verspreche ich dir. Du . . .«

Skar sprang. Sein Fuß traf Tantors Gesicht, schmetterte den Zwerg wie eine Stoffpuppe gegen die Wand und ließ ihn mit haltlos pendelnden Gliedern daran herabrutschen. Skar fiel, prallte ungeschickt mit der Schulter auf und kam mit einer Mischung aus

Schmerzens- und Kampfschrei wieder auf die Füße. Sein Schwert beschrieb einen blitzenden, tödlichen Halbkreis und raste auf Tantors Schädel herab.

Jedenfalls hätte es es tun sollen.

Irgend etwas geschah. Eine unsichtbare, unwiderstehliche Gewalt schien Skar zu ergreifen, zurück- und herumzuschleudern und ihm die Luft aus den Lungen zu pressen. Er schrie auf, ließ sein Schwert fallen und brach mit einem erstickten Keuchen in die Knie. Etwas preßte seine Arme mit mörderischer Kraft gegen seinen Leib. Er sah an sich herab, rang verzweifelt nach Luft und schrie erneut und diesmal vor Schreck auf, als er sah, was geschehen war. Der braune Sekal-Mantel schien zu bizarrem Leben erwacht zu sein. Seine Falten zuckten und bebten, zitterten wie die Haut eines lebenden Wesens. Eine rasche, wellenförmige Bewegung lief durch den braunen Stoff, mehr zu ahnen als wirklich zu sehen, während er sich enger und enger um Skars Körper schmiegte, sich zusammenzog wie nasses Leder, das in der Sonne trocknete, Skars Arme an seinen Leib und die Luft aus seinen Lungen preßte. Skar keuchte, bäumte sich auf und spannte jeden einzelnen Muskel, aber seine Anstrengungen schienen den irrsinnigen Druck eher noch zu verstärken. Der Würgegriff wurde unerträglich. Skar bekam keine Luft mehr. Langsam kippte er zur Seite, schlug schmerzhaft zu Tantors Füßen auf dem Boden auf und warf sich herum. Der Mantel zog sich enger zusammen; der Griff einer unsichtbaren stählernen Klaue, der das Leben aus seinem Körper herauspreßte. Sein Rippen knackten hörbar, während er sich langsam wie eine Feder, die von einer unwiderstehlichen Gewalt zusammengepreßt wird, krümmte.

Tantor schleuderte Helm und Mantel mit einer ungeduldigen Bewegung von sich, kam mit kleinen, trippelnden Schritten auf Skar zu und stemmte die Fäuste in die Hüften. Skar drehte mit letzter Kraft den Kopf und sah zu ihm empor. Das Gesicht des Zwerges hing wie eine häßliche Dämonenmaske über ihm, halb verborgen hinter einem Schleier aus Blut und Schmerzen.

»Er stirbt«, sagte Herger. Seine Stimme klang erschrocken.

»Der Mantel erwürgt ihn.«

Tantor nickte. Ein dünnes, böses Lächeln spielte um seine Lippen. »Ich sollte ihn verrecken lassen«, sagte er, »so wie er mich den Geiern zum Fraß vorgeworfen hat.« Er trat zurück, schnippte mit den Fingern und stieß ein halblautes, kompliziertes Wort hervor.

Der Druck auf Skars Brust verschwand so plötzlich, daß es fast schmerzte. Skar schrie auf, warf sich herum und schlug die Hände gegen den Hals. Tantor wich rasch einen Schritt zurück und hob die Hand. »Versuch keine Dummheiten«, warnte er ihn.

Skar blieb sekundenlang reglos liegen, rang keuchend nach Atem und suchte den grausamen Schmerz in seinen Lungen zu bekämpfen. Vor seinen Augen tanzten bunte Kreise und Flecken. Er wälzte sich herum, stemmte sich mühsam auf Hände und Knie hoch und sah Tantor an. Ohne Mantel und Helm wirkte Tantor noch dürrer und bemitleidenswerter als sonst. Seine Gestalt wirkte irgendwie ... verzerrt, und die Haut seiner Hände war grau wie die Haut eines Toten.

Tantor bemerkte seinen Blick. »Sieh mich nur an«, zischte er. »Das ist dein Werk, Satai. Das habe ich bekommen, zum Dank dafür, daß ich dir zur Flucht verholfen habe.« Seine Stimme zitterte, und in den Worten schien ein schwaches Echo des Schmerzes mitzuschwingen, den er empfunden haben mußte. Plötzlich spürte Skar nur noch Mitleid mit ihm.

»Du ... du hast immer noch Angst vor mir, wie?« sagte er keuchend. »Warum tust du dich nicht mit mir zusammen und rächst dich an Vela?«

Tantor lachte, aber es war ein schriller, beinahe hysterischer Laut, der wohl eher an ein Schreien erinnerte.

»Mit dir?« keuchte er. »Danke, Skar – ich habe eine Kostprobe deiner Hilfe bekommen. Wenn ich die Wahl zwischen zwei Verrätern habe, dann bleibe ich lieber auf der Seite des Stärkeren.«

Skar richtete sich schwankend auf die Knie auf. Tantor wich einen weiteren Schritt zurück. »Keine Bewegung!« zischte er. »Der Mantel ist aus *Sherin*-Seide. Selbst wenn du mich tötest, würde er dich hinterher erwürgen. Er ist auf mich fixiert.«

Skar lächelte. »Du hast dich in Unkosten gestürzt, wie? Hast du solche Angst vor mir?«

Tantor antwortete nicht, aber sein Blick glühte vor Haß. Skar resignierte innerlich. Wenn er jemals eine Chance gehabt hatte, Tantors Vertrauen zu gewinnen, dann hatte er sie an der Grenze des Kristallwaldes verspielt.

»Was hast du jetzt mit mir vor?« fragte er. »Willst du mich zu Vela bringen?«

Tantor schüttelte den Kopf. »Damit du unterwegs eine Gelegenheit findest zu entkommen?« fragte er. »O nein, Skar. Ich gebe zu, daß ich dich unterschätzt habe – wir alle haben dich unterschätzt. Aber ich mache einen Fehler grundsätzlich nur einmal. Du wirst hingerichtet, noch heute. Du wirst ganz offen auf dem Marktplatz von Anchor hingerichtet.«

»Hingerichtet?« wiederholte Skar zweifelnd. »Ihr wollt einen Satai hinrichten lassen?«

Tantor gab ein abfälliges Geräusch von sich. »Satai!« Er spie das Wort aus, als handele es sich um eine Beschimpfung. »Du wirst es nicht mehr erleben, Skar, aber ich kann dir versichern, daß es bald keine Satai mehr geben wird. Ihr haltet euch für den Gipfel von Macht und Weisheit, wie? Ihr glaubt, die Welt würde ohne euch nicht mehr funktionieren, in Barbarei verfallen – ha! Es wird Zeit, daß ihr Satai von eurem hohen Roß heruntergeholt werdet!«

Skar setzte zu einer Antwort an, schwieg dann aber. Irgend etwas sagte ihm, daß Tantors Worte ernst gemeint waren. Und es war nicht nur der Haß, der aus ihm sprach.

»Du . . . hast Befehl, mich zu töten?« murmelte er.

Tantor nickte. »Was dachtest du? Hast du geglaubt, wir bringen dich im Triumphzug nach Elay?« Er lachte leise, wandte sich um und ging zur Tür. »Wir brauchen dich nicht mehr, Skar«, sagte er, während er ächzend den schweren Riegel zurückschob. »Du warst ein notwendiges Übel, aber jetzt bist du nur noch überflüssig. Und lästig.« Die Tür wurde von außen aufgestoßen. Flakkernder roter Fackelschein fiel durch den breiter werdenden

Spalt. Skar konnte an Tantor vorbei einen Blick auf ein Dutzend Bewaffneter erhaschen, das draußen vor dem Haus Stellung bezogen hatte. Der Zwerg öffnete die Tür vollends und rief ein paar Worte in einer raschen, unverständlichen Sprache hinaus. Drei der blaugekleideten Krieger lösten sich aus der Gruppe und traten an Tantor vorbei ins Haus. Es waren Thbarg, die gleichen Krieger, die am vergangenen Abend draußen am Kai gewesen waren. Sie gingen rasch an Tantor vorbei, zogen ihre Waffen und nahmen im Kreis um Skar Aufstellung. Skar fiel auf, daß sie sich krampfhaft zu bemühen schienen, den Zwerg nicht direkt anzublicken. Sie wirkten nervös.

»Weißt du, was man mit jemandem macht, der lästig wird?« fuhr Tantor fort, nachdem er die Tür wieder geschlossen und den Riegel vorgelegt hatte. »Man beseitigt ihn.«

»Ihr habt mir versprochen, ihn nicht zu töten«, sagte Herger. Skar drehte den Kopf und sah den jungen Schmuggler an. Hergers Gesicht hatte alle Farbe verloren. Sein Blick irrte immer wieder zwischen Skar und Tantor hin und her, und das Schwert in seiner Hand wirkte deplaciert. Er schien nicht so recht zu wissen, was er überhaupt mit der Waffe sollte.

Tantor wischte seinen Einwand mit einer ungeduldigen Geste beiseite. »Versprochen«, sagte er. »Frag deinen Freund Skar, wie *er* seine Versprechungen hält.«

»Aber du . . .«

»Genug!« fauchte Tantor. »Sei still und bedanke dich lieber bei deinen Göttern, daß ich es mir nicht anders überlege und dich dafür bestrafe, daß du ihm Unterschlupf gewährt hast.«

Herger wurde sichtlich noch bleicher. Die Drohung in Tantors Stimme war nicht zu überhören. »Und . . . Andred?« fragte er stockend.

Tantor runzelte in gespieltem Nichtverstehen die Stirn. »Was soll mit ihm sein?« fragte er überrascht. »Er ist ein Verräter wie Skar und wird mit ihm gehenkt. Wenn du willst, lasse ich dir einen Platz in der vordersten Reihe reservieren. Du kommst doch zur Hinrichtung, oder?«

Herger keuchte, machte einen halben Schritt und hob das Schwert. Einer der Thbarg-Krieger vertrat ihm drohend den Weg.

Tantor lachte leise. »Du bist und bleibst ein Idiot, Herger«, sagte er gleichmütig. »Aber ich will großzügig sein. Ich habe lange auf diesen Tag warten müssen, weißt du? Behalte das Schwert und den Waffengurt des Satai. Wer weiß, vielleicht wird das Zeug einmal wertvoll – für einen Trödler. Ich glaube . . .«

Von draußen drang ein gellender, schriller Schrei herein. Tantor zuckte zusammen, sah erschrocken zur Tür und gab den drei Thbarg einen Wink. Die Krieger traten näher an Skar heran. Der Schrei wiederholte sich; höher, schriller und verzweifelter diesmal, dann drang ein dumpfes, dröhnendes Geräusch durch das dünne Holz der Tür, ein Laut, als schlüge Fels gegen Metall. Skar richtete sich weiter auf und versuchte auf die Füße zu kommen. Tantor fuhr herum und hob die Hand. Der Mantel zog sich mit einem schmerzhaften Ruck enger um Skar zusammen und ließ ihn erneut auf die Knie sinken.

Der Lärm vor der Tür verstärkte sich. Waffen klirrten, ein Mann schrie in Todesangst. Dann traf irgend etwas gegen die Tür, zerschmetterte den Riegel und das morsche Holz und brach in einem Wirbel von Kalk und fliegenden Holzsplittern in den Raum.

Skar reagierte um den Bruchteil einer Sekunde schneller als seine Bewacher. Er ließ sich zur Seite fallen, zog die Knie an den Körper und stieß mit aller Macht zu. Seine gefesselten Füße trafen Tantor vor die Brust, schleuderten ihn gegen die Wand und ließen ihn halb bewußtlos zu Boden sinken. Jemand schrie. Etwas Gewaltiges, Schwarzes setzte über Skar hinweg, brach wie ein tödlicher Sturmwind aus schwarzem Granit und reißenden Fängen über die drei Thbarg-Krieger herein und riß sie von den Füßen.

Es ging zu schnell, als daß Skar wirklich Einzelheiten erkennen konnte. Eine Woge von Schwarz erfaßte die Krieger, rollte über sie hinweg und hinterließ nichts als drei zerschmetterte, blutige Bündel, die kaum mehr als menschliche Wesen zu erkennen waren. Herger stieß einen krächzenden, ungläubigen Schrei aus, wich zur Wand zurück und starrte aus weitaufgerissenen Augen auf das schwarze, steinerne Monstrum. Auch Skar versuchte sich hochzustemmen, aber der Mantel hatte sich so eng um seinen Körper geschlungen, daß er kaum mehr zu einer Bewegung fähig war.

Der Wolf wandte langsam den Kopf. Sein schwarzer Leib glitzerte wie ein Stück lebendig gewordener Nacht. Etwas Dunkles, Körperloses schien das Tier einzuhüllen, eine Aura von Macht und Gewalttätigkeit, die den Wolf begleitete wie ein letzter Hauch der fremden Welt, aus der er gekommen war. Skar versuchte vergeblich dem Blick seiner dunklen, lichtlosen Augen standzuhalten. Er spürte plötzlich, daß es nichts gab, was dem Blick dieser steinernen Pupillen verborgen bleiben konnte. Er spürte auch, daß das Tier so mühelos auf den Grund seiner Seele blickte wie er durch eine Glasscheibe, und daß es all seine Gefühle, Gedanken und Wünsche kannte, über jeden seiner Schritte Bescheid wußte, noch bevor er ihn tat. Der Wolf war vom ersten Tag an auf seiner Fährte gewesen, und er hatte diese Spur nicht für eine Sekunde verloren. Er hatte mit ihm gespielt, ihn gehetzt, so wie ein wirklicher Wolf seine Beute hetzt, bis sie müde und erschöpft ist und er sie ohne große Gefahr schlagen kann. Er hatte zugesehen, wie alles um ihn herum zerbrach, wie jeder Mensch, den er liebte oder dem er wenigstens Sympathie entgegenbrachte, auf die eine oder andere Weise zugrunde ging. Es war nicht so sehr eine Jagd über eine räumliche Entfernung hinweg gewesen, sondern vielmehr eine Hatz durch seine Gefühle, eine Jagd zum Ende der Verzweiflung. Der Tod war nicht genug für die Schmach, die Skar ihm zugefügt hatte. Combats Wächter wollte Rache, und er hatte sie bekommen. Er hatte den Skar, der in die brennende Stadt gekommen und seinen Schatz geraubt hatte, vernichtet, nicht ein-, sondern ein dutzendmal, hatte ihn gehetzt, bis seine Welt, sein *Leben*, Stück für Stück zerbrochen war, bis aus Skar, dem Satai, ein Mann geworden war, der sich selbst verachtete, haßte.

All dies lag in diesem einen kurzen Blick, dies und noch viel, viel mehr. Die Jagd war zu Ende, hier und jetzt. Skar hatte ihm al-

SCHOBERICH 9/83

len Schmerz zugefügt, den er ihm zufügen konnte, hatte ihn gequält, ohne daß Skar bis jetzt begriffen hatte, wer sein *wirklicher* Gegner war.

Jetzt würde der ihn töten.

Langsam, aber mit einer Eleganz, die der scheinbaren Schwerfälligkeit seines aus Granit gemeißelten Körpers spottete, drehte sich das gewaltige Tier herum, machte einen Schritt in Skars Richtung und blieb abermals stehen. Sein Rachen öffnete sich. Der Atem der Hölle schien Skar zu streifen.

Es war Tantor, der Skar das Leben rettete. Der Zwerg hatte sich unbemerkt aufgerichtet und einen Beutel aus dem blauen Mantel hervorgeholt. Sein Gesicht war blutüberströmt und geschwollen, und dort, wo er gegen die Wand geprallt war, war ein schmieriger roter Fleck zurückgeblieben. Doch von alldem schien er kaum etwas zu bemerken. Wankend, aber trotzdem hochaufgerichtet und mit festen Schritten trat er über Skar hinweg, breitete die Arme aus und verstellte dem Wolf den Weg.

Das Tier zögerte. Der Blick seiner schwarzen, grundlosen Augen glitt über Tantors Gestalt, taxierte den neuen Gegner. Ein dumpfes Knurren drang aus der gewaltigen Brust des Wolfes.

»Sharagey«, sagte Tantor. *»Sharagey tehm!«*

Waren die Worte Skar auch fremd, so schien der Wolf ihre Bedeutung - oder zumindest ihren Sinn - doch zu verstehen. Seine Ohren zuckten. Skar sah, wie sich die gewaltigen Muskeln des Tieres zum Sprung spannten.

»Nein!« schrie Tantor. »Laß ihn! *Er gehört mir!«* Mit einem gellenden Schrei warf er sich dem Wolf entgegen, riß die Hand hoch und warf das Pulver, das er bisher darin verborgen gehalten hatte.

Für eine halbe Sekunde schien der Wolf hinter einer glitzernden weißen Wolke zu verschwinden. Eine unsichtbare Woge mörderischer, beißender Kälte rollte über Skar hinweg und ließ seine Haare und Augenbrauen gefrieren. Die Luft war plötzlich von Dampf und knisternder Kälte erfüllt. Auf dem Boden und an den Wänden bildete sich Eis, eine hauchdünne, blitzende Schicht, schimmernd wie millionenfach geborstenes Glas. Die Atemluft schien in Skars Kehle zu gefrieren, und sein Gesicht brannte plötzlich wie Feuer. Der Sekal-Mantel zuckte, zog sich noch einmal wie unter einem gewaltigen Krampf um Skars Körper zusammen und zerbrach wie Glas, als Skar sich instinktiv dagegenstemmte. Skar warf sich herum, hörte Herger schreien und schlug schützend die Hände vor das Gesicht, als ihn eine zweite Kältewelle wie ein Axthieb traf. Tantors Gestalt schien in einen Mantel aus blitzenden Eiskristallen eingehüllt zu sein. Er schrie, aber auch seine Stimme war wie Glas, spröde und geborsten. Der Wolf taumelte. Tantors Zauberpulver hatte seinen Körper erstarren lassen und das matte Schwarz des Granits mit milchig-blinkendem Weiß überzogen und seine Augen in geborstene Spiegelscherben verwandelt. Seine Bewegungen wurden langsamer, eckig, erstarrten schließlich in glitzerndem, gesprungenem Weiß.

Aber nur für einen Moment. Noch bevor Skar sich vollends aus den Resten des Mantels befreit und auf die Füße gestemmt hatte, ging der schwarze Dämon aus Combat zum Gegenangriff über. Winzige gelbe Flammen züngelten aus seinen Nüstern, ließen Eis zu Wasser und Wasser zu Dampf werden, hüllten sein Maul, den Kopf und dann, mit rasender Geschwindigkeit um sich greifend und gleichzeitig wachsend, seinen gesamten Leib ein. Ein berstender Schlag ließ das Gebäude in den Grundfesten erbeben. Von einer Sekunde auf die andere verwandelte sich der Wolf in ein waberndes, flammengekleidetes Schemen, unerträgliche, sengende Hitze verbreitend. Skar taumelte zurück, senkte den Kopf und schlug abermals die Hände vor das Gesicht. Seine Kleider begannen zu schwelen. Er hörte Schreie von Herger und Tantor, aber auch seine eigenen, sah ein glosendes Etwas auf sich zutaumeln und erkannte Tantor, Tantor, der brannte, schrie, seine verkohlten Hände betrachtete und in blindem Schmerz zurücktaumelte.

Skar reagierte instinktiv. Mit einem verzweifelten Satz warf er sich zur Seite, wankte an den beiden brennenden, ineinander verbissenen Schemen vorbei und taumelte zur rückwärtigen Wand des Raumes. Von draußen drangen jetzt gedämpfte Schreie herein, das Trappeln zahlreicher Füße, aufgeregte Rufe, das Klirren von Waffen. Skar wurde es plötzlich bewußt, daß seit dem Auftauchen des Wolfes erst wenige Sekunden vergangen waren. Das Erscheinen des Monsters mochte Tantors Männer überrascht und für Augenblicke gelähmt haben, aber schon in kurzer Zeit würde es hier drinnen von Kriegern wimmeln.

Herger wich mit einem gleichermaßen erschrockenen wie ungläubigen Keuchen zurück, als Skar auf ihn zutaumelte. Er hob das Schwert und versuchte ungeschickt, nach Skar zu schlagen, aber der Hieb hätte nicht einmal einem Kind gefährlich werden können. Skar schlug ihm die Waffe aus der Hand, packte ihn grob bei der Schulter und warf ihn gegen die Wand. »Gibt es einen Hinterausgang?« keuchte er.

Herger nickte verkrampft. Der Widerschein der Flammen ließ sein Gesicht noch blasser erscheinen, als es ohnehin war. Skar packte ihn ohne ein weiteres Wort, riß ihn herum und stieß ihn vor sich her. Der Vorhang an der Tür fing Feuer, als sie hindurchrannten.

Skar warf einen Blick über die Schulter zurück. Der Raum hatte sich in ein Chaos aus Flammen verwandelt, aus brodelndem Feuer, das wie unzählige Glieder eines weißglühenden, lodernden Tieres nach Decke und Wänden und den aufgestapelten Waren griff. Irgendwo in seinem Zentrum waren zwei Schatten, dunkle, zu einem unentwirrbaren Knäuel verbissene Körper, die einzeln nicht mehr zu erkennen waren.

»Weiter!« keuchte Skar, als Herger stehenbleiben wollte. Der Schmuggler stolperte blindlings weiter, wich vor dem Raum, in dem Skar die Nacht verbracht hatte, zur Seite und deutete auf eine weitere, nur angelehnte Tür. Das Schreien und Waffenklirren hinter ihnen wurde lauter, und als Skar sich abermals umblickte, sah er lodernden Feuerschein durch die Tür brechen. In wenigen Augenblicken würde das Haus einem brennenden Scheiterhaufen gleichen. Die Flammen fanden in dem Gerümpel, das Herger über Jahre geduldig gesammelt hatte, reichliche Nahrung und fraßen sich fast mit der Geschwindigkeit einer Explosion weiter.

Sie durchquerten einen niedrigen Raum, der wie der Rest des Hauses bis unter dic Decke mit Kisten und Ballen vollgestopft war, liefen durch einen kurzen Flur und standen plötzlich vor einer nur halbhohen verschlossenen Tür. Herger streckte die Hand nach der Klinke aus, führte die Bewegung jedoch nicht zu Ende, sondern prallte mit einem halb überraschten, halb erschrockenen Laut zurück. »Der Schlüssel!« keuchte er. In seiner Stimme schwang Panik mit. »Ich habe den Schlüssel nicht ...«

Skar stieß ihn grob beiseite und trat die Tür kurzerhand ein. Das morsche Holz gab schon unter dem ersten Ansturm nach. Die Tür bebte, neigte sich langsam nach außen und schlug krachend auf dem Boden auf. Skar versetzte Herger einen Stoß, der ihn mehr aus dem Haus fallen als aus eigener Kraft gehen ließ, setzte mit einem kraftvollen Sprung nach und ließ sich zur Seite fallen.

Seine Vorsicht war nicht übertrieben gewesen. Der Hof war voller Männer. Skars plötzliches Auftauchen schien sie zu überraschen, aber allein ihre gewaltige Übermacht machte diesen geringen Vorteil mehr als nur wett.

Skar rollte herum, parierte einen Schwerthieb und duckte sich, als er sah, wie einer der Krieger seinen Bogen hochriß. Der Pfeil zischte eine knappe Handbreit über Skars gekrümmtem Rücken durch die Luft und zerbrach an der Wand. Ein zweiter Pfeil zischte aus der entgegengesetzten Richtung heran, riß eine blutige Schramme in Skars Oberarm und ließ ihn zurücktaumeln.

Dann waren sie über ihm – sieben, acht von Tantors Männern, die gleichzeitig und wild entschlossen auf ihn eindrangen und ihn zurücktrieben. Skar wehrte sich verzweifelt, aber er spürte, daß er kaum eine reelle Chance hatte. Seine Gegner waren keine gedungenen Mörder und Straßenräuber, sondern Krieger, Männer, die fast ebenso gut mit ihren Waffen umzugehen wußten wie er und genau wußten, wie gefährlich der Mann war, dem sie gegenüberstanden. Und er hatte einfach nicht genug Platz, um seine überlegene Kampftechnik so anzuwenden, wie es notwendig gewesen wäre.

Schritt für Schritt wurde er zurückgedrängt. Die Hiebe und Stiche prasselten immer rascher auf ihn herab, und mehr als einer durchbrach seine Deckung. Schon nach wenigen Sekunden blutete er aus zahlreichen schmerzenden Wunden. Er spürte bereits, wie seine Kräfte nachließen. Er schlug zu, duckte sich, parierte mit einer verzweifelten Bewegung drei, vier Hiebe gleichzeitig und tötete mit einem blitzschnellen Konter einen Krieger, dessen Platz aber beinahe augenblicklich von einem anderen eingenommen wurde. Schließlich stand er mit dem Rücken zur Wand, eingekreist von fast einem Dutzend Thbarg. Seine Hände zitterten. Ein Stich hatte seine Seite aufgerissen; der Schmerz trieb ihm die Tränen in die Augen.

»Gib auf, Satai!« keuchte einer der Thbarg. Die Männer wichen zurück – kaum mehr als einen halben Schritt, gerade genug, um aus der Reichweite seines Schwertes zu sein –, aber der Halbkreis aus Schwertern und Dolchen, in dessen Zentrum er sich befand, lockerte sich nicht.

»Gib auf!« sagte der Mann noch einmal. »Du hast keine Chance mehr!«

Skar rang keuchend nach Atem. Das Gesicht des Mannes war bleich. Er blutete aus einem häßlichen gezackten Schnitt auf der Wange, und das Schwert in seinen Händen zitterte. Er hatte Angst. Aber Gegner, die Angst haben, das hatte Skar in langer schmerzlicher Erfahrung erlernt, waren die gefährlichsten.

Aus dem Haus drang ein gellender Schrei, ein Laut, wie ihn Skar schon unzählige Male gehört hatte, ohne daß er jemals seinen Schrecken verloren hätte. Der Todesschrei eines Menschen.

Tantors Schrei.

Für eine endlose, schreckliche Sekunde legte sich Schweigen wie ein erstickender Mantel über den winzigen Hinterhof. Selbst das Atmen der Männer war nicht mehr zu hören. Der Thbarg erbleichte noch mehr, sah unsicher zu der zerborstenen Tür, durch die Skar gekommen war, und senkte das Schwert um eine Winzigkeit. Ein dumpfes, polterndes Krachen ließ das Haus erbeben, ein Geräusch, als breche etwas Gewaltiges, Großes rücksichtslos durch Wände und Balken. Ein Teil des Daches sackte lautlos nach innen, und der Himmel flammte plötzlich im grellroten Widerschein lodernden Feuers. Der Boden zitterte.

Skar ließ sich einfach zur Seite fallen. Zwei, drei der Krieger rissen in einer instinktiven Bewegung ihre Waffen hoch und drangen erneut auf ihn ein, aber ihre Reaktion kam zu spät.

Der Faustschlag eines zornigen Gottes traf das Gebäude. Die Rückwand barst in einer Explosion von Steinen, Kalk, Holzsplittern und Flammen auseinander. Die Männer schrien auf, brachen, von wirbelnden Trümmerstücken oder Flammen getroffen, zusammen oder suchten ihr Heil in der Flucht. Ein flammenspeiendes schwarzes Ungeheuer brach aus dem Gebäude hervor, ein zorniger Gott, gekleidet in einen Mantel aus Haß und dem Feuer der Sterne. Skar schlug schützend den Unterarm vor die Augen, als der Wolf mit einem gewaltigen Satz über ihn hinwegsprang. Der Boden dröhnte, als das steinerne Ungeheuer zwischen den Kriegern aufprallte. Ein Ring aus Flammen strebte mit trügerischer Langsamkeit von dem Wolf weg über den Hof, erfaßte zwei, drei Thbarg und verwandelte sie in lebende Fackeln. Skar tastete blind nach seinem Schwert, stemmte sich hoch und wankte los. Die Hitze schlug wie eine glühende Pranke nach ihm und ließ ihn aufschreien.

»Skar! Hierher!«

Hergers Stimme ging im Schreien der Männer und dem Brüllen der Flammen beinahe unter. Skar blieb stehen, sah sich gehetzt um und erkannte den Schmuggler am gegenüberliegenden Rand des Hofes. Herger stand geduckt unter einer niedrigen, halb offenstehenden Tür, gestikulierte verzweifelt mit beiden Händen und schrie etwas, das Skar nicht verstand. Ein Thbarg taumelte auf ihn zu, brennend, brach in die Knie und starb, ehe er die halbe Strecke zurückgelegt hatte.

Skar erwachte endlich aus seiner Erstarrung. Hinter ihm wütete der Wolf wie ein blutrünstiger Todesengel unter den Thbarg, die seinem ersten Ansturm entgangen waren, aber der Kampf konnte nur noch Sekunden dauern. Skar rannte los. Herger fuhr herum und verschwand im Dunkel hinter der Tür. Skar erreichte den

Durchgang, warf sich mit einem verzweifelten Sprung hindurch und glitt auf dem nassen Kopfsteinpflaster aus.

»Zum Stall, Skar!« brüllte Herger verzweifelt. Skar erkannte ihn nur als undeutlichen Schemen im grauen Licht der heraufziehenden Dämmerung. Er sprang wieder auf, hetzte, ohne sich noch ein weiteres Mal umzublicken, hinter ihm her und holte ihn mit wenigen Schritten ein.

Herger deutete auf ein flaches, strohgedecktes Gebäude zwanzig Meter vor ihnen. Skar nickte, lief schneller und warf sich mit aller Macht gegen die Tür. Ein betäubender Schmerz zuckte durch seine Schulter, aber der Riegel gab unter dem ungestümen Anprall nach und zerbrach; die Tür flog krachend nach innen und prallte gegen die Wand. Skar taumelte, vom Schwung seiner eigenen Schritte vorwärtsgerissen, ein Stück weit in den Stall hinein, versuchte stehenzubleiben und glitt ein weiteres Mal aus. Der Stall roch nach Heu und Schweiß und Pferdemist, und die Tiere, die beiderseits der Tür in schmalen, hölzernen Verschlägen untergebracht waren, begannen unruhig zu schnauben und mit den Hufen zu stampfen.

Herger langte keuchend neben der Tür an, griff mit der Linken nach dem Pfosten und deutete mit einer Kopfbewegung auf den Verschlag direkt neben dem Eingang. »Die ... die beiden dort«, stieß er schweratmend hervor.

Skar sprang auf, verlor erneut das Gleichgewicht und fing den Sturz im letzten Moment ab. Für einen zeitlosen, schrecklichen Augenblick begann sich der Stall vor seinen Augen zu drehen; Übelkeit und Schwindel ergriffen ihn. Er wankte, griff haltsuchend um sich und bekam etwas Warmes, Weiches zu fassen.

»Warte«, keuchte Herger, »ich helfe dir.«

Das Schwächegefühl wurde stärker. Skars Knie drohten nachzugeben. Er merkte kaum, wie Herger den Verschlag aufriß und die beiden Pferde ungeduldig an den Zügeln hervorzerrte. Eine Hand berührte ihn an der Schulter, riß ihn mit erstaunlicher Kraft auf die Füße und stieß ihn vorwärts. Das Pferd tauchte wie ein massiger schwarzer Schatten aus den wallenden Nebelschwaden vor seinen Augen auf. Er griff blind nach dem Sattelknauf, zog sich mit letzter Kraft empor und tastete nach den Zügeln. Das Pferd scheute, warf den Kopf zurück und schlug aus. Seine Hufe trafen das Holz eines Verschlages und zerschmetterten es.

»Skar!« Hergers Stimme zitterte vor Panik, überschlug sich fast. »Verdammt noch mal, *reiß dich zusammen*!«

Skar hob mühsam den Kopf und sah Herger an. Der Hehler war ebenfalls in den Sattel gestiegen und deutete wild nach draußen. Sein Gesicht war verzerrt; eine entstellte Grimasse, die kaum mehr Ähnlichkeit mit einem menschlichen Gesicht zu haben schien. Skar hörte die Worte, aber es dauerte lange, endlos lange, bis ihm ihr Sinn klarwurde.

»Wir müssen weg!« keuchte Herger.

Skar nickte, aber die Bewegung war nur ein blinder Reflex seines Körpers. Das wattige Grau der Dämmerung vor der Stalltür wich allmählich flackerndem, blutigem Feuerschein. Ein gellender Schrei wehte zu ihnen herein. Über dem Hof von Hergers Haus lag ein lodernder Schirm aus weißer und gelber Helligkeit; Feuerschein, der direkt aus den tiefsten Schlünden der Hölle emporzuwabern schien. *Das Feuer Combats*, dachte Skar, von seinem Wächter hierher, ans andere Ende der Welt getragen, um ihn zu verbrennen ...

Der Gedanke riß ihn endgültig aus seiner Lethargie. Er richtete sich im Sattel auf, sammelte noch einmal alle Kraft und preßte dem Pferd die Schenkel in die Seiten. Das Tier schnaufte erschrocken, machte einen Satz und preschte los.

Seite an Seite jagten sie aus dem Stall hinaus.

Hinter ihnen griffen die Flammen allmählich auf die benachbarten Häuser über. Als sie aus der Gasse hervorbrachen und auf die Hauptstraße Anchors hinausgaloppierten, sah Skar sich noch einmal um. Hergers Haus brannte wie eine Fackel. Und davor, vor dem Hintergrund der lodernden Feuerwand überdeutlich auszumachen, stand ein zottiger schwarzer Schatten.

Besser jetzt?« Herger lächelte aufmunternd, knotete den Verband zusammen und sah Skar mit mühsam verhohlener Besorgnis an. Sein Gesicht war noch immer grau vor Schrecken, aber seine Hände hatten nicht gezittert, als er Skars Wunden gesäubert und verbunden hatte.

Skar setzte sich auf, bewegte prüfend den rechten Arm und ballte ein paarmal die Faust, so daß sich die Muskeln unter dem breiten weißen Verband spannten. Die Wunde schmerzte kaum noch. Herger hatte sie mit Wasser aus dem Bach, an dem sie rasteten, ausgewaschen und hinterher eine farblose, übelriechende Paste aufgetragen, die die Blutung vollends zum Stillstand gebracht und die Schmerzen mit wohltuender Kühle vertrieben hatte. Der Verband war nicht der einzige – Herger hatte darauf bestanden, Skar gründlich zu untersuchen, und hatte fast zwei Dutzend Wunden gefunden; die meisten waren allerdings nicht mehr als harmlose Kratzer, die nicht einmal eines Verbandes bedurften; einige waren aber auch tief und gefährlich, klaffende Schnitte, die Skar erst jetzt nach und nach zu spüren begann. Der Hehler hatte fast ihren gesamten Vorrat an Verbandszeug und Salben aufgebraucht, um ihn zu versorgen. Aber Skar mußte zugeben, daß Hergers Behandlung wahre Wunder gewirkt hatte. Nicht nur die Schmerzen waren verschwunden, auch das Schwächegefühl hatte sich Stück für Stück zurückgezogen und, wenn auch nicht neuer Kraft, so doch einem Gefühl angenehmen Wohlbefindens Platz gemacht.

Skar nickte dankbar, stemmte sich in eine halb sitzende, halb hockende Position hoch und griff nach Hergers hilfreich dargebotener Hand, um vollends aufzustehen.

»Du solltest ein paar Stunden ruhen«, sagte Herger. »Du hast viel Blut verloren. Und ich glaube, wir sind hier in Sicherheit. Vorläufig wenigstens.«

Skar sah sich zweifelnd um. Sie hatten Anchor verlassen und waren zwei, vielleicht drei Stunden – die genaue Zeit wußte er nicht mehr – nach Norden geritten, über karges, nur von vereinzelten Büschen und halbvertrockneten Grasinseln bewachsenes

Land zuerst, später über Steppe, und sie hatten schließlich diesen kleinen Hain am Fuß einer jäh aus der Ebene aufwachsenden Hügelkette erreicht. Hergers Worte klangen verlockend. Skar war noch immer müde, und noch dringender als sie brauchten die Pferde eine Rast. Aber Skar wußte auch, daß ihre Verfolger ihnen die Zeit, die sie brauchten, nicht zugestehen würden. Tantors Tod änderte vieles, aber nicht alles, und er, Skar, war noch immer ein Gejagter, vielleicht noch mehr als zuvor.

»Wir müssen weiter«, sagte er. »Ich bin sicher, daß sie hinter uns her sind. Selbst ein Blinder könnte unsere Spuren verfolgen.«

»Die Thbarg?« Herger versuchte zu lächeln, aber es mißlang ihm kläglich. Skars Worte hatten die Erinnerung an das, was in Anchor geschehen war, wieder geweckt, und in Hergers Augen glomm erneut Furcht auf. »Ich glaube kaum, daß noch genug von ihnen übrig sind, um uns zu verfolgen«, sagte er. Seine Worte sollten betont gleichmütig klingen, bewirkten aber eher das Gegenteil. Skar musterte ihn scharf. Hergers Gesicht war blaß; von einer ungesunden, leicht ins Gräuliche spielenden Farbe, die an feuchtes Wachs erinnerte. Er wirkte gefaßt, aber in seinen Augen stand ein verräterisches Glitzern, und es war nicht nur die Erschöpfung, die seine Züge gezeichnet hatte.

»Ich spreche nicht von Thbarg«, sagte Skar grob, »und das weißt du genau.« Er ging an Herger vorbei, schwang sich in den Sattel und griff nach den Zügeln. Das Pferd scheute, versuchte auszubrechen und begann unruhig auf der Stelle zu tänzeln, als Skar es mit einem harten Ruck am Zügel zur Räson brachte. Sein Fell glänzte, und Skar konnte den scharfen Schweiß des Tieres riechen. Herger hatte zumindest in einem Teil seiner Versprechungen Wort gehalten – das Fluchttor an der Nordseite der Stadt hatte offengestanden, aber sie waren, nachdem sie Anchor verlassen hatten, fast ununterbrochen im Galopp geritten und hatten den Pferden das letzte abverlangt. Es war schon beinahe ein Wunder, daß noch keines der Tiere tot unter seinem Reiter zusammengebrochen war. Herger hatte recht – es war Wahnsinn, jetzt auf diesen Tieren weiterzureiten; aber es wäre ein noch größerer Wahnsinn gewesen, zu bleiben und auf die Verfolger zu warten.

»Dieser ... Wolf«, fragte Herger, ohne sich von der Stelle zu rühren, »was war das? Ein Dämon?«

Skar schwieg einen Moment. »Wenn man an Dänomen und Geister glaubt, dann ja«, sagte er schließlich.

Herger dachte einen Moment über Skars Worte nach, kam aber sichtlich zu keinem Ergebnis. Langsam und mit deutlichem Widerwillen ging er zu seinem Pferd, stieg in den Sattel und sah unsicher zurück in die Richtung, aus der sie gekommen waren. Skar folgte seinem Blick. Hinter ihnen lag nichts als die dichte, grüne Wand des Waldes, aber er konnte sich lebhaft vorstellen, was Herger hinter dem wuchernden Grün sah.

»Du brauchst dir keine Sorgen zu machen«, sagte er, ohne Herger anzusehen. »Er ... wird dir nichts tun.«

Herger runzelte die Stirn, schwieg aber. Das Schicksal Tantors und der Thbarg-Krieger strafte Skars Worte Lügen.

»Wir werden uns trennen«, sagte Skar hastig. »Am besten jetzt gleich. Solange du nicht in meiner Nähe bist, bist du nicht in Gefahr, glaub mir.«

»Trennen?« wiederholte Herger. »Du scherzt, Skar.«

Skar schüttelte den Kopf. »Ganz und gar nicht. Ich danke dir für deine Hilfe, aber von jetzt an reite ich allein weiter. Ich würde dich nur in Gefahr bringen.«

Zu seiner Überraschung begann Herger zu lachen. »Gefahr, sagst du? Was ist das, Skar? Satai-Humor? Ich glaube nicht, daß du mich noch mehr in Gefahr bringen kannst, als du es bereits getan hast.«

»Muß ich dich erst niederschlagen, oder reitest du freiwillig in einer anderen Richtung weiter?« fragte Skar, ohne auf Hergers Worte einzugehen. »Ich spaße nicht, Herger. Du hast gesehen, was jemandem passieren kann, der mir zu nahe kommt.«

Herger verzog abfällig die Lippen. »Skar, der Unglücksbringer«, sagte er spöttisch. »Der Mann mit dem Fluch, wie? Hör mit dem Unsinn auf. Ich habe euch Satai nie als Halbgötter angesehen, wie es die anderen tun, und ich werde damit auch jetzt nicht anfangen. Du kennst dieses Land nicht, Skar. Du willst nach Elay, aber allein und ohne Hilfe wirst du es niemals bis dorthin schaffen. Du wärest ja nicht einmal über Anchor hinausgekommen aus eigener Kraft. Und ich werde schon auf mich achtgeben, keine Sorge.«

Skar setzte zu einer scharfen Entgegnung an, beließ es aber dann bei einem wortlosen Achselzucken und ritt los. Herger folgte seinem Beispiel und drängte sein Tier ans Skars Seite. »Ich habe dir ein Angebot gemacht gestern abend«, fuhr er fort, ohne Skars verbissenes Schweigen zu beachten. »Und es sieht so aus, als hättest du gar keine andere Wahl, als es anzunehmen.«

Skar schwieg noch immer. Das Schlimme ist, dachte er, daß Herger mit jedem Wort recht hat. Vielleicht würde er den Weg nach Elay aus eigener Kraft finden, aber er hatte keine Ahnung, welche Gefahren und Fallen unterwegs auf ihn lauerten, und das, was in Anchor geschehen war, bewies ihm überdeutlich, wie gut Vela sich auf sein Kommen vorbereitet hatte. Sicher - Herger hatte ihn verraten, aber er hatte keine große Wahl gehabt, und letztlich würde er, Skar, Freunde - oder wenigstens Verbündete - brauchen, wenn er auch nur in die Nähe der Verbotenen Stadt kommen wollte.

Sie ritten eine Zeitlang schweigend nebeneinander her, bis der Weg so schmal wurde, daß Herger zurückbleiben mußte. Der Wald wurde dichter und setzte sich auch hinter der Hügelkette fort. Sie ritten eine Weile parallel zum Bach, bis das glitzernde Band unter einem Wust von Unterholz und wuchernden Luftwurzeln verschwand und sie sich mühsam ihren eigenen Weg suchen mußten. Herger sprach nicht mehr mit Skar, aber das lag wohl eher daran, daß der Weg mit jedem Meter schwieriger wurde und sie ihre ganze Konzentration dazu aufbringen mußten, immer wieder neue Lücken und Breschen im Unterholz zu erspähen, um nicht plötzlich in einer Dornenhecke oder einem Sumpfloch stekkenzubleiben. Die Sonne kletterte allmählich höher, und es wurde warm, selbst hier unter dem nahezu geschlossenen Blätterdach des

Waldes. Skar streifte schon bald den Umhang von den Schultern und legte ihn zusammengefaltet vor sich über den Sattel. Der Wald schien wie ein gewaltiges lebendes Treibhaus zu funktionieren – die grüne Decke über ihren Köpfen ließ die Wärme der Sonne zwar herein, aber nicht wieder hinaus, und der Gedanke, daß auf den Felsen, die die Hafeneinfahrt von Anchor flankierten, noch Schnee und glitzernder Rauhreif gelegen hatten, erschien Skar beinahe lächerlich.

Später wurde der Weg breiter, und Herger ritt wieder neben Skar, der demonstrativ in eine andere Richtung sah, obwohl er sich allmählich selbst albern vorzukommen begann. Herger wußte so gut wie er, daß ihm letztlich gar nichts anderes übrigbleiben würde, als sein Hilfsangebot anzunehmen. Auch wenn sich das ungute Gefühl, das ihn bei dieser Vorstellung beschlich, eher noch verstärkte.

Gegen Mittag wurde der Wald lichter, und als die Sonne den höchsten Punkt ihrer Wanderung erreicht hatte, lag vor ihnen wieder flaches, steppenähnliches Land, das sich bis zum Horizont erstreckte und irgendwo mit dem Himmel verschmolz. Skar konnte die Weite und Endlosigkeit, die sie erwartete, beinahe spüren.

Sie hielten an, als der Wald vollends hinter ihnen zurückblieb. Die Sonne strahlte heiß von einem wolkenlosen Himmel herab, aber der Wind war noch immer kalt und schneidend, und Skar und Herger wickelten sich wieder in ihre Mäntel. Ein seltsames Gefühl, über dessen Bedeutung Skar sich im ersten Augenblick selbst nicht ganz im klaren war, ergriff von ihm Besitz. Es war ... ja, es war fast so etwas wie Enttäuschung. Er wußte nicht, *was* er erwartet hatte – im Grunde hatte er es die ganze Zeit über, selbst noch an Bord der SHANTAR, beinahe ängstlich vermieden, über Elay und das Drachenland nachzudenken, zum Teil, weil er prinzipiell nichts davon hielt, Tag um Tag mit wilden Spekulationen und Vermutungen zuzubringen, nur um hinterher zu merken, daß die Realität doch ganz anders aussah, zum Teil aber auch aus reinem Selbstschutz. Es gab unzählige Legenden über das Drachenland, und wenn seine Grenzen für Fremde auch nicht geschlossen waren, so kam doch nur selten ein Reisender über Anchor oder eine der wenigen anderen Grenzstädte hinaus, und diese Unkenntnis von der wahren Beschaffenheit des Landes nährte die Gerüchte und Märchen noch. Nein – er wußte nicht, was er erwartet hatte, aber *das* nicht. Schon Anchor kam ihm jetzt, da er das erste Mal die Ruhe hatte, wirklich über seine Eindrücke nachzudenken, beinahe bedrückend normal vor: eine Hafenstadt wie hundert andere an den Küsten Enwors, vielleicht ein bißchen besser befestigt und ein bißchen weniger gut zugänglich, aber im Grunde eine Stadt, mehr nicht. Und dieses Land und der Wald, durch den sie gekommen waren – nun, es war Wald, wie er überall zu finden war, und Land, das sich in nichts von den Steppen Malabs oder des Treiberlandes unterschied.

»Du bist enttäuscht, wie?«

Skar wandte verwirrt den Kopf. Herger lächelte, wenn auch auf sehr eigentümliche Art. Skars Empfindungen mußten deutlich auf seinem Gesicht zu lesen sein. »Enttäuscht ist nicht das richtige Wort«, sagte er nach kurzem Zögern.

»Jedermann ist enttäuscht, wenn er erst einmal so weit gekommen ist«, widersprach Herger. »Ich kenne das – du bist nicht der erste, den ich hierherbringe, und du wirst nicht der letzte sein. Ich weiß nicht, was man draußen in der Welt über uns redet, aber jeder zweite, der hierherkommt, scheint Herden von Drachen und Hexen zu erwarten, verzauberte Wälder, Wunschbrunnen und Glasflaschen, in denen Geister gefangen sind und nur darauf warten, daß man sie befreit und drei Wünsche äußert.« Er lachte amüsiert. »Es ist ein ganz normales Land, wie du siehst.«

»Natürlich«, sagte Skar hastig. Hergers Worte machten ihn verlegen. Selbstredend hatte er nichts von alledem wirklich erwartet, aber vollkommen unrecht hatte Herger nicht. Zumindest war er mit der Erwartung von etwas Besonderem, Außergewöhnlichem hierhergekommen.

»Allerdings werden wir in Gebirge kommen, wenn wir weiter nach Norden ziehen«, schränkte Herger nach einer Weile ein.

»Elay liegt zwar an der Küste, aber der Weg dorthin ist alles andere als leicht.« Er schwieg einen Moment, starrte nachdenklich zum Horizont und beschattete die Augen mit der Hand. Zwischen seinen Brauen entstand eine schmale Falte; eine übertrieben aufgesetzte Geste, die in seinem jugendlichen Gesicht beinahe komisch wirkte. »Dir ist doch klar, daß sie auf uns warten werden in Elay«, sagte er.

Skar nickte. »Auf mich«, verbesserte er den Hehler.

Herger seufzte. »Dann von mir aus auf dich«, sagte er geduldig. »Aber wer immer diesen komischen Zwerg und die Thbarg auf dich gehetzt hat, wird wissen, daß du kommst. Es ist noch keinem gelungen, in die Verbotene Stadt einzudringen – und sie auch lebend wieder zu verlassen.«

»Wer sagt, daß ich das vorhabe?« gab Skar ruhig zurück.

Herger gab ein schwer zu definierendes Geräusch von sich. »Du mußt noch etwas leiser sprechen«, sagte er ernsthaft, »und mit Grabesstimme, damit der Satz richtig wirkt.«

Skar fuhr mit einem wütenden Ruck herum. »Du scheinst das Ganze als einen großen Spaß anzusehen, Herger«, sagte er. »Aber das ist es nicht. Begreif das endlich. Ist dir das Schicksal Tantors und seiner Männer nicht Warnung genug?«

Hergers Lächeln erlosch schlagartig. »Ich weiß, daß es kein Spaß ist, Skar«, sagte er ruhig. »Aber ich halte nichts davon, mich die nächsten zwei Wochen mit Gedanken an den Tod zu belasten. Wenn es passiert, dann passiert es – Schicksal. Aber bis es soweit ist, werde ich kämpfen.«

Skar schnaubte. »Geschwafel!« sagte er hart. »Du mischst dich in Dinge, die dich absolut nichts angehen. Ich weiß nicht, warum du es tust – ob aus Abenteuerlust oder Leichtsinn –, aber du machst einen Fehler, Herger.«

»So wie Andred?« fragte Herger ruhig.

Skar fuhr betroffen zusammen. Hergers Worte waren unfair, und er wußte es.

»Wir sollten aufhören, uns zu streiten«, fuhr Herger – merklich sanfter – fort. »Wenn du recht hast und sie uns verfolgen, dann müssen wir hier weg, so schnell es geht.«

Skar nickte. Es kostete ihn Mühe, seine Gedanken wieder auf den Weg und das, was vor ihnen liegen mochte, zu konzentrieren. Aber Herger hatte recht. Sie redeten nicht nur – beide – Unsinn, sondern vergeudeten auch wertvolle Zeit. Es würde eine Weile dauern, bis sich die Nachricht von Tantors Tod herumgesprochen und Velas Häscher sich neu formiert haben würden, aber früher oder später würden sie zur Verfolgung ansetzen. Und seine Gegner hatten einen gewaltigen Vorteil: Sie kannten jeden Schritt, den er machen würde, im voraus.

Er nickte noch einmal, sah flüchtig zum Wald zurück, fast als ob er befürchte, die Verfolger dort bereits auftauchen zu sehen, und setzte sein Pferd in Bewegung. Sie trabten los; nicht sehr schnell, denn die Tiere waren immer noch müde und würden ein schärferes Tempo kaum durchhalten.

Fast eine Stunde lang ritten sie schweigend nebeneinander her. Der Wind drehte sich ein paarmal, wurde aber auch zunehmend schwächer, und mit seinem Abflauen stiegen die Temperaturen. Es war noch immer kühl, aber trotzdem entschieden zu warm für die Jahreszeit. Skar war froh, nicht reden zu müssen; doch er war auch froh, nicht allein zu reiten. Obwohl er Herger noch vor wenig mehr als einer Stunde am liebsten zum Teufel gejagt hätte – und obwohl er noch immer nicht wußte, ob Herger nun sein Verbündeter oder nur ein weiterer Feind war, der nur darauf wartete, ihn in eine Falle zu locken –, war er plötzlich froh, nicht allein sein zu müssen. Es war seltsam – er hatte die Einsamkeit eigentlich immer geliebt; zumindest hatte sie ihm nichts ausgemacht, aber jetzt fürchtete er sich davor. Vielleicht waren Einsamkeit und Alleinsein auch zwei grundverschiedene Dinge. Vielleicht lag es auch daran, daß sich alles geändert hatte. Es war ... ja, vielleicht war das Gefühl, das er vorhin verspürt hatte, weniger Enttäuschung als vielmehr Furcht gewesen. Sein Weg hatte ihn quer über die gesamte bekannte Welt hierhergeführt, aber er wußte, daß er sein Ende bald erreicht haben würde. Wenn er die Analogie zu einem Spiel, die er öfter benutzt hatte, weiterführte, dann war dies die letzte Runde, in der sich alles ändern konnte. Irgend etwas war geschehen, während er in Endor auf ein Schiff gewartet hatte.

Er wußte nur noch nicht, was.

Herger drängte sein Tier dichter an das seine heran – eigentlich schon zu nahe, um noch wirklich bequem reiten zu können –, lächelte flüchtig, als er seinem Blick begegnete, und sah dann wieder starr nach Norden. Skars Blick tastete über das schwarze Fell des Pferdes von Herger. Es war ein sehr kräftiges Tier – schlank, aber mit gut entwickelten, starken Muskeln, deren Spiel durch das schweißfeuchte Fell deutlich zu beobachten war; wie seines ein Tier, das mit großer Sorgfalt ausgewählt worden war, und mit ebensogroßer Sorgfalt war ihre Ausrüstung zusammengestellt. Herger hatte sich auf das Allernotwendigste beschränkt, dabei aber nichts Wichtiges übersehen. Skar hatte den Inhalt seiner Satteltaschen flüchtig geprüft, als sie im Schutz des Waldes gerastet hatten. Wenn sie unterwegs ausreichend Wasser und Wild fanden, dann konnten sie Elay erreichen, ohne auf die Hilfe Dritter angewiesen zu sein.

»Wieso eigentlich zwei Pferde?« fragte er unvermittelt.

Herger sah auf. »Ich habe mich schon gefragt, wann du diese Frage stellen wirst«, sagte er.

»Jetzt«, knurrte Skar. »Und ich wäre dir dankbar für eine Antwort.« Der aggressive Ton in seiner Stimme überraschte ihn fast selbst, aber Herger schien ihn gar nicht zu bemerken. »Hattest du von Anfang an vor, mit mir zu reiten?«

Herger zögerte einen Moment mit der Antwort. »Nicht direkt«, sagte er schließlich. »Aber ich bin grundsätzlich mißtrauisch, weißt du. Ich weiß immer noch nicht, ob ich dir trauen kann, und ich habe auch Gondered nicht getraut.« Er lachte leise. »Ich habe es mir schon seit langer Zeit zur Regel gemacht, immer irgendwo eine Hintertür zu wissen, durch die ich im Notfall rasch verschwinden kann, weißt du.«

»Es scheint dir nicht allzuviel auszumachen, Hab und Gut zu verlieren«, murmelte Skar.

Herger machte eine wegwerfende Handbewegung. »Hab und

Gut«, stieß er hervor. »Du hast das Gerümpel gesehen. Die beiden Pferde, auf denen wir reiten, sind mehr wert, als ich für den Kram bekommen hätte. Und Anchor hat mir schon lange nicht mehr gefallen. Ich wäre sowieso früher oder später weggegangen. Seit die Thbarg in der Stadt aufgetaucht sind, ist das Leben dort auch für einen Mann wie mich nicht mehr so sicher, wie es einmal war.«

Skar sah ihn scharf an. Der Wind hatte Hergers Haar zerzaust, und im grellen Licht der Sonne wirkten die Linien in seinem Gesicht hart; er sah mit einemmal viel älter aus, als Skar ihn bisher eingeschätzt hatte.

»Ein Mann wie du . . .«, wiederholte Skar nachdenklich. »Und was für ein Mann bist du?«

»Unter anderem dein Lebensretter«, sagte Herger, »wenn ich dich daran erinnern darf.«

»Nachdem du mich vorher verkauft hast«, konterte Skar ruhig, »wenn ich dich *daran* erinnern darf.«

Herger lächelte dünn. »Was hast du erwartet? Seit Wochen schleichen diese Thbarg durch die Stadt und erzählen von einem verrückten Satai, der hierherkommt, um einen Ein-Mann-Krieg gegen die *Errish* zu beginnen. Dann kommst du, bringst einen meiner Freunde mehr tot als lebendig in mein Haus und erzählst seelenruhig, daß sein Schiff mit seiner gesamten Besatzung verbrannt ist.« Er zuckte mit den Achseln und machte eine ungeduldige Handbewegung. »Außerdem war Gondered schon *vor* euch bei mir, schon bevor das Schiff in den Hafen eingelaufen ist, wenn du es ganz genau wissen willst.«

»Aber wie konnte er wissen . . .«

»Es ist kein Geheimnis, daß Andred und ich Freunde sind«, fuhr Herger fort. »Wahrscheinlich war er nicht sicher, euch wirklich im Hafen zu erwischen – womit er durchaus recht hatte, wie sich zeigte. Was ist an dieser Geschichte dran?«

Die Frage überraschte Skar. Sie hatten, obwohl sie sich seit weniger als vierundzwanzig Stunden kannten, bereits so viel gemeinsam erlebt, daß er Herger unbewußt schon als Gefährten akzeptiert hatte. Aber er hatte fast vergessen, daß der Hehler wenig mehr als seinen Namen von ihm wußte.

»Nichts«, sagte er ausweichend. »Jedenfalls nicht an der Version, die du gehört hast.«

Hergers Reaktion kam völlig überraschend. Er beugte sich vor, griff nach dem Zaumzeug von Skars Pferd und brachte das Tier mit einem harten Ruck zum Stehen.

»Jetzt hör mir einmal zu, Skar«, sagte er wütend. »Ich habe einen meiner besten Freunde verloren durch deine Schuld. Mein Haus ist verbrannt, ich wäre um ein Haar umgebracht worden, und auf meinen Kopf ist wahrscheinlich schon ein Preis ausgesetzt deinetwegen. Jeder Halsabschneider von hier bis Elay wird sich einen Spaß daraus machen, mich umzubringen, und dieses Monster, das den Zwerg und die Thbarg getötet hat, wird mich sicher nicht verschonen, wieder deinetwegen nicht, Skar. Und du glaubst, ich hätte kein Recht, die Wahrheit zu erfahren?«

Skar seufzte. Hergers plötzlicher Ausbruch hatte ihn überrascht, aber die Schauspielkünste des jungen Hehlers waren nicht gut; nicht gut genug zumindest, ihn darüber hinwegzutäuschen, daß er sich die Worte – und auch die Betonung – sorgsam zurechtgelegt und nur auf eine Gelegenheit gewartet hatte, sie möglichst wirkungsvoll anzubringen. »Recht . . .«, wiederholte er, betont ruhig. »Mag sein, daß du ein *Recht* darauf hast – von deinem Standpunkt aus. Aber ich habe dich nicht gebeten, mich zu begleiten, und nach *Rechten*« – er betonte das Wort, als handele es sich um einen üblen Scherz –, »nach Rechten wird in diesem Spiel schon lange nicht mehr gefragt, Herger. Andere Leute hatten auch ein Recht weiterzuleben, und Andred hatte das Recht, seine Hand zu behalten.«

»Ich möchte aber wenigstens wissen, *warum* man mir nach dem Leben trachtet«, sagte Herger unsicher. Skar hatte in schärferem Ton gesprochen, als er erwartet hatte. »Und wer?«

»Wenn du wirklich so gute Verbindungen hast«, knurrte Skar, gleichermaßen wütend auf Herger wie auf sich selbst, daß er sich so hatte hinreißen lassen, »dann solltest du die Antwort kennen. Ich bin erst seit ein paar Stunden in diesem Land, aber selbst ein

Blinder würde sehen, daß hier zu einem Krieg gerüstet wird.«

Herger nickte ungerührt. »Wie überall«, sagte er. »Die Quorrl . . .«

»Du weißt so gut wie ich, daß es nicht nur um die Quorrl geht«, fiel ihm Skar ins Wort. »Hast du nicht gestern abend etwas Ähnliches gesagt?«

Herger schwieg einen Moment. Seine dunklen Augen musterten Skar mit einer Mischung aus Neugierde und allmählich aufkeimender Furcht. Vielleicht fragte er sich, ob es nicht doch ein Fehler gewesen war, dem Satai zu helfen.

»Ich weiß so wenig wie du, was in diesem Land vorgeht«, sagte er schließlich. »Natürlich ist der Zug gegen die Quorrl nur ein Vorwand, und das ist nicht einmal ein Geheimnis. Aber es steht uns nicht zu, an den Entschlüssen der *Errish* herumzukritisieren. Seit tausend Jahren halten sie ihre schützende Hand über uns, und ich kann mich an keinen Fall erinnern, in dem es zu unserem Schaden gewesen wäre.«

Skar antwortete nicht gleich. Es war das erste Mal, daß Herger direkt über die wahren Herren dieses Landes, die *Errish*, sprach, und der unterwürfige Ton, in dem er es tat, überraschte ihn, vor allem nach dem Eindruck, den er bisher von Herger gewonnen hatte.

Aber hätte er das nicht erwarten müssen? Hätte er nicht noch vor wenigen Monaten ebenso geredet und gedacht? Die Ehrwürdigen Frauen waren seit jeher das Sinnbild für Gerechtigkeit und Ehre gewesen, eine kleine, verschworene Kaste, gleichermaßen gefürchtet wie geachtet, deren bloße Anwesenheit jeden Gedanken an Verrat und Betrug von vornherein lächerlich erscheinen ließ?

»Und es ist dir gleich, wenn dein Land zum Krieg rüstet?« fragte Skar. Herger suchte einen Moment nach Worten. »Natürlich nicht«, sagte er. »Und das ist einer der Gründe, warum ich dich begleite. Ich . . . bin nicht der einzige, der laut darüber nachdenkt, ob die Befugnisse der Thbarg wirklich so weit reichen, wie sie behaupten.«

Skar sah verwundert auf, aber Herger sprach schnell weiter. »Skar, *wir* wissen, daß die *Errish* keine Hexen sind und nicht zaubern können. Und sie kümmern sich nicht viel um das, was hier im Lande vorgeht. Ein Befehl kann so oder so interpretiert werden. Krieg . . .« Er sprach das Wort mit seltsamer Betonung aus. »Gegen wen? Gegen Kohon? Larn? Die Westländer?« Er lächelte und begleitete jeden Namen, den er aufzählte, mit einem überzeugten Kopfschütteln.

»Warum nicht gegen alle?« fragte Skar.

Herger erschrak, hatte sich aber sofort wieder in der Gewalt. »Warum nicht gleich gegen die ganze Welt?« In seiner Stimme war eine ganz leise Spur von Unsicherheit.

»Vielleicht«, murmelte Skar.

Herger antwortete nicht mehr, sondern sah Skar nur mit wachsendem Schrecken an und blickte dann abrupt weg. Er hatte sich auch weiter in der Gewalt, aber seine Hände krampften sich ein wenig zu fest um die Zügel, und der Ausdruck auf seinem Gesicht wirkte beinahe zu gefaßt.

Skar schüttelte verwirrt den Kopf. Was war nur mit ihm – mit ihnen beiden – los! Er versuchte sich an den Herger von gestern abend zu erinnern, aber es fiel ihm schwer. Von seiner übertriebenen, schon fast an Überheblichkeit erinnernden Selbstsicherheit war nicht viel geblieben, und er spürte ganz genau, daß es unter der Maske aus Ruhe und nicht einmal sonderlich überzeugend wirkendem Spott, die Herger aufgesetzt hatte, brodelte. Es schien, als ritte er, Skar, jetzt neben einem völlig anderen Menschen, der nur noch zufällig Ähnlichkeit mit dem Herger hatte, zu dem der Freisegler ihn geführt hatte. Aber auch er selbst hatte sich verändert, mehr, als ihm bis jetzt klargeworden war.

»Dieser Zwerg«, sagte Herger plötzlich. »Tantor – das war doch sein Name?«

Skar nickte. Herger starrte noch immer unverwandt geradeaus, aber seine Stimme hatte sich erneut verändert; eine weitere Facette des Chaos, das in seinem Inneren toben mußte.

»Ist das, was er erzählt hat, wahr?«

»Was meinst du?«

»Er sagt, daß du ihn ... verraten hast«, preßte Herger hervor. »Wie hat er das gemeint?«

Skar zögerte. Er hatte nicht geglaubt, daß Herger sich so deutlich an Tantors Worte erinnerte; nicht nach allem, was geschehen war. Es wäre ein leichtes für ihn gewesen, einfach mit nein zu antworten, aber irgend etwas hielt ihn zurück.

»Es ... ist wahr«, sagte er leise. »Und auch wieder nicht.« Er lächelte unsicher und beinahe verlegen und fuhr nach einem verwirrten Kopfschütteln fort: »Von seinem Standpunkt aus betrachtet, habe ich ihn verraten, glaube ich. So wie du mich gestern nacht verraten hast, um einen Freund zu retten.«

Herger zuckte zusammen. »Ich ...«

»Kein Vorwurf, Herger«, sagte Skar rasch. »Du wolltest eine Antwort, und mehr war es nicht. Ich hatte die Wahl zwischen seinem Leben und dem eines Freundes.«

»Und?« fragte Herger. »Lebt dein Freund?«

Skars Miene verdüsterte sich. Leben? *Lebte* Del? Vielleicht würden ihn die Sumpfleute auferstehen lassen, aber würde er jemals wieder der Del sein, den er gekannt hatte?

»Ich weiß es nicht«, sagte er schließlich. »Und es spielt auch keine Rolle mehr. Jetzt nicht mehr.«

Herger seufzte. »Warum erzählst du mir nicht alles?« fragte er geduldig. »Früher oder später erfahre ich es ja doch. Stückweise und unvollkommen, aber ich erfahre es.« Er wandte den Kopf, sah Skar einen Herzschlag lang nachdenklich an und preßte die Lippen zu einem schmalen Strich zusammen. Dann deutete er nach Norden. »Wir werden zwei Wochen unterwegs sein, mindestens. Vielleicht länger, wenn wir uns unterwegs verbergen müssen, und wahrscheinlich werden wir Umwege machen müssen, weil die Pässe gesperrt sind. Eine lange Zeit, wenn man sich jedes Wort überlegen muß, das man spricht.«

Skar schwieg.

»Du hast mich vorhin schon gefragt, was für ein Mann ich bin«, fuhr Herger fort.

»Du hast nicht geantwortet.«

Herger lächelte und wurde sofort wieder ernst. »Zum einen bin ich sehr neugierig«, sagte er scherzhaft und dann ernsthafter: »Aber ich habe auch eine Menge Freunde. Männer, die dir helfen können. Ich glaube nicht daran, daß die *Errish* in aller Stille einen Krieg gegen den Rest der Welt vorbereiten, Skar, aber ich glaube, daß in diesem Land irgend etwas vorgeht, das nicht gut ist. Und ich möchte wissen, was. Deshalb habe ich dir geholfen. *Auch* deshalb«, fügte er nach einer kaum merklichen Pause hinzu.

Skar schwieg noch immer, obwohl er selbst nicht zu sagen wußte, warum. Der Mann, der er noch vor ein paar Monaten gewesen war, hätte geantwortet. Er hätte jede Chance ergriffen, Männer um sich zu scharen, um gegen Vela zu ziehen.

Aber er war nicht mehr der Mann, der gegen Combat gezogen war. Nur war die Veränderung anders, als er bisher geglaubt hatte. Er hatte geglaubt, sich Vela anzupassen, hatte diesen fast schmerzhaften Wandel in sich zwar gespürt, aber in der falschen Richtung interpretiert. Seine Zweifel, die Unruhe, die ihn bereits in Hergers Haus überkommen hatte, die unerklärliche Schwäche, die ihn überfallen hatte, als sie flohen, und die jetzt noch nicht vollends verschwunden war ... Um ein Haar hätte er laut aufgelacht. Hatte er sich wirklich eingebildet, *härter* geworden zu sein? Irgend etwas in ihm hatte ihm gesagt, daß er Vela nur besiegen konnte, wenn er wie sie wurde, wenn er genauso berechnend und kalt mit Menschenleben umging, wenn er tötete, ohne zu denken, wenn er alles, was er je über Ehre und Ritterlichkeit gelernt hatte, über Bord warf und dem Ungeheuer in sich freie Bahn ließ.

Aber das Ungeheuer war nicht mehr in ihm. Sein Dunkler Bruder war fort, schon lange, und er begann erst jetzt allmählich zu spüren, wie sehr er bisher sein Leben bestimmt hatte. Seine Schwäche war nichts als Ekel gewesen, Ekel vor sich selbst, vor seinen Händen, die - wieder einmal - getötet hatten. Vielleicht, dachte er, war der steinerne Wolf nichts anderes als die Verkörperung seines Dunklen Bruders, ein Ding, langsam über Jahrzehnte in ihm herangewachsen, das jetzt zu eigenem, bösem Leben erwacht war.

»Wie lange, sagst du, brauchen wir bis Elay?« fragte er, mühsam die Erinnerungen und Gedanken zurückdrängend, die seine Seele wie der Hauch einer üblen, schleichenden Krankheit zu verpesten begannen.

»Zwei Wochen«, antwortete Herger. »Eher drei, wenn wir einen Bogen um die Städte schlagen, was wir wahrscheinlich tun müssen.«

»Drei Wochen ...« Skar atmete hörbar ein. »Zeit genug zum Reden.«

Der Fluß schnitt wie ein braunes, in willkürlichen Schleifen und Kehren hingeworfenes Band unter ihnen durch die Ebene. Die schlammigen braunen Fluten schienen sich träge zu Tal zu wälzen, aber Skar wußte, daß dieser Eindruck täuschte. Sie waren noch eine gute Meile vom Ufer entfernt; vielleicht auch noch mehr. Das Land war hier flach und ohne sichtbare Markierungen – es gab nichts, was er als Vergleichsmaßstab hätte heranziehen können. Trotzdem konnte er bereits das Geräusch des Wassers hören: ein dumpfes Murmeln und Raunen wie von weit entfernten Stimmen, ein Laut, der nach Feuchtigkeit und Kälte klang und ihn für einen winzigen Moment frösteln ließ.

Sein Pferd begann unruhig mit den Hufen zu scharren. Das Tier war durstig – wie er und Herger hatte es vor anderthalb Tagen das letzte Mal getrunken, eine schlammige braune Brühe aus einem stehenden Wasserloch, das die Bezeichnung Tränke selbst mit sehr viel gutem Willen kaum verdiente. Jetzt spürte das Tier die Nähe des Wassers und wollte hinunter. Auch Skars Lippen waren rissig vor Durst, und sein Gaumen fühlte sich pelzig an. Aber er beherrschte sich. Die letzten beiden Tage waren sie im Schutze des Waldes geritten, doch nun war vor ihnen nichts mehr, was als

Deckung hätte dienen können; weder auf dieser Seite des Flusses noch auf der anderen.

Sein Pferd begann sich stärker gegen den Zug der Zügel zu stemmen, und Skar sah sich ungeduldig um. Herger war dicht hinter ihm; der Hufschlag seines Pferdes hatte Skar seit Tagesanbruch wie ein arhythmisches Echo begleitet. Trotzdem schien eine Ewigkeit zu vergehen, ehe sich das Unterholz teilte und die gebeugte Gestalt des Schmugglers aus dem Wald heraustrat. Er war abgesessen und führte sein Pferd am Zügel. Sie wechselten sich in dieser Marschordnung ab, um die Kräfte der Pferde zu schonen: Mal ritt er voraus, und Skar führte sein Tier am Zügel neben sich her, mal – wie jetzt – übernahm Skar die Führung, und Herger folgte in geringem Abstand. Sie kamen auf diese Weise nicht halb so schnell voran, wie Skar es sich gewünscht hätte. Aber die Tiere waren am Ende.

So wie ihre Reiter, fügte er in Gedanken hinzu.

Herger blieb neben ihm stehen, fuhr sich mit dem Handrücken über die Stirn und blinzelte mehrmals hintereinander. Die Sonne stand – obwohl sie erst vor wenigen Augenblicken aufgegangen war – bereits als weißglühender Ball über dem Horizont, und ihr Licht war hart und schmerzhaft.

»Ist das der Fluß, von dem du gesprochen hast?« fragte er.

Herger zögerte einen Moment. Er seufzte, blickte erst nach rechts, dann nach links, als müsse er sich das Bild mühsam ins Gedächtnis zurückrufen und mit seiner Erinnerung vergleichen, und nickte dann. »Der Eisfluß«, bestätigte er. »Wir haben die Hälfte geschafft.«

Vielleicht – sicher – waren seine Worte als Aufmunterung gedacht gewesen, aber wenn sie bei Skar überhaupt etwas bewirkten, so eher das Gegenteil. »Die Hälfte«, murmelte er. »Das heißt noch einmal zehn Tage.«

Herger sah ihn nachdenklich an, krauste die Stirn und schüttelte schließlich den Kopf. »Eher zwölf, fürchte ich«, sagte er. »Der Wald endet hier – von jetzt an werden wir vorsichtiger reiten müssen.«

Skar antwortete nicht darauf. Es gab auch nichts, was er hätte sagen können. Sie hatten viel geredet, aber ihre Gespräche waren mit jedem Tag mehr verflacht, wie Rinnsale versickert in der unglaublichen Weite des Landes, das sie durchquerten. Alles, was zu sagen war, war gesagt worden, und weder Herger noch er waren Männer, die Freude daran fanden, das gleiche mit anderen Worten immer wieder neu zu sagen. Vielleicht, dachte er, lag es auch nur daran, daß er zu weit gewandert war. Wie viele Meilen hatte er zurückgelegt in den letzten Monaten? Viertausend? Fünftausend? Wie viele Hufschläge? Wie viele Worte, die nur gesprochen worden waren, um die Eintönigkeit zu vertreiben?

Herger kletterte mit sichtlicher Anstrengung aus dem Sattel, fuhr sich erneut - und diesmal eindeutig müde - mit der Hand über das Gesicht und sah zum Fluß hinunter. Sein rechtes Auge blinzelte noch immer. »Seltsam«, murmelte er.

»Was?«

Herger deutete mit einer Kopfbewegung nach unten. »Der Fluß führt zu viel Wasser«, sagte er. »Selbst für diese Jahreszeit. Und die Strömung ist zu stark.«

Skar blickte stirnrunzelnd auf das gewundene braune Band hinunter. Er konnte nichts Außergewöhnliches entdecken, aber schließlich war er hier auch nicht zu Hause wie Herger.

»Vielleicht hat die Schneeschmelze früher eingesetzt als sonst«, murmelte er ohne rechte Überzeugung.

Herger blickte instinktiv nach Norden. Die Berge waren als graue, verwaschene Schemen irgendwo vor dem Horizont zu erkennen; graue Giganten mit blitzenden weißen Helmen, die hinter dem widerwillig weichenden Morgennebel allmählich sichtbar wurden. Der Anblick hatte sich seit zehn Tagen nicht verändert. Hätte sich Skar nur am Bild der Berge orientiert, dann hätte er kaum geglaubt, sich weiter als ein paar Meilen von Anchor entfernt zu haben.

»Nein«, sagte Herger schließlich. »Der Fluß ist voller Eis - siehst du es nicht?«

Skar hatte bis jetzt nicht mehr als einen flüchtigen Blick für den

Fluß übrig gehabt, aber als er genauer hinsah, merkte er, was Herger meinte: In den kochenden braunen Fluten blitzte es immer wieder auf. Eis – winzige Körner, die wie achtlos hineingestreute Diamantsplitter durch die Wasseroberfläche glitzerten, aber auch große, unregelmäßige Brocken, auf denen ein Mann bequem hätte stehen können. Hier und da lagerte sich auch am Ufer Eis ab; schimmernde weiße Nester, die dem Ansturm des Frühlings trotzten, und der Fluß brachte nicht nur Schlamm und verklumpten Schnee mit sich, sondern auch Kälte. Der Nebel, der von seiner Oberfläche aufstieg, atmete noch den Hauch des Winters. Nein – Herger hatte recht: Selbst die rasendste Strömung war nicht schnell genug, Eis in solcher Menge über die fünf- oder sechshundert Meilen, die es bis zu den Bergen sein mußten, zu tragen, ohne daß es geschmolzen wäre.

»Und was bedeutet das?« fragte er. »Für uns?«

Herger antwortete nicht gleich, aber sein Blick nahm wieder jenen nachdenklichen, halb besorgten Ausdruck an, den Skar in den letzten Tagen oft an ihm beobachtet hatte. Sie waren – von ein paar kaum nennenswerten Umwegen abgesehen – zehn Tage ununterbrochen nach Norden geritten, aber es war trotzdem nicht kälter, sondern im Gegenteil wärmer geworden. Obwohl die Temperaturen in der Nacht noch immer unter den Gefrierpunkt sanken, war es tagsüber bereits doch so warm, daß sie die Mäntel ablegen und nur mit dünnen wollenen Hemden bekleidet reiten konnten. Skar hatte bislang über diesen Umstand kein Wort verloren, aber er hatte ein paar unbewußte Bemerkungen Hergers aufgeschnappt und daraus geschlossen, daß ein Wetter wie dieses auch hier nicht normal war.

»Es bedeutet auf jeden Fall einen Umweg«, murmelte Herger. »Die Pferde schaffen es nicht durch diese Strömung. Und wir auch nicht.«

»Und was schlägst du vor?«

Wieder überlegte Herger sekundenlang. »Es gibt eine Furt«, sagte er nach einer Weile. »Einen Tagesritt westlich von hier.«

»Wohin fließt dieser Fluß?« fragte Skar, Hergers letzte Bemerkung bewußt ignorierend.

Herger grinste flüchtig. »Dorthin, wo die meisten Flüsse enden, Skar – zur Küste.«

»In Richtung Elay?«

Herger nickte. »Ungefähr. Wenn wir ihm folgen würden, dann würde er uns bis auf dreißig Meilen an die Stadt heranführen.« Er runzelte die Stirn, als wäre ihm plötzlich etwas eingefallen, und fügte hinzu: »Ich weiß, was du jetzt denkst – vergiß es.« Er schüttelte erneut den Kopf, stützte sich für die Dauer eines Atemzuges schwer auf dem Sattelknauf ab und seufzte hörbar. »Reiten wir hinunter«, murmelte er schwach. »Den Pferden wird ein Schluck Wasser guttun. Und mir auch.« Ächzend richtete er sich im Sattel auf, griff mit unsicheren Fingern nach den Zügeln und ließ sein Pferd antraben.

Skar warf einen raschen Blick über die Schulter zurück, ehe er ihm folgte: eine Bewegung, die ihm in den letzten Tagen so in Fleisch und Blut übergegangen war, daß er sie schon unbewußt ausführte. Aber natürlich war hinter ihnen nichts als die grüne Mauer des Waldes.

Sein Blick glitt wieder über die eintönige Landschaft. Seine Augen brannten, und wenn er lange genug hinsah, dann begannen die grauen Nebelfetzen vor ihm Umrisse und Formen zu bilden: Gesichter, Gestalten ... die Schemen aus seinem Inneren, die jede Gelegenheit nutzten, hervorzubrechen und ihn zu verhöhnen. O nein – er war nicht mehr der Mann, der er gewesen war. Er war sich so fremd geworden, daß er allmählich anfing, Furcht vor sich selbst zu empfinden. Es hatte eine Zeit gegeben, da hatte er die Einsamkeit menschlicher Gesellschaft vorgezogen. Jetzt haßte er sie. Sie hatten während der letzten neun Tage keinen Menschen gesehen, obwohl dieses Land alles andere als dünn besiedelt war. Herger hatte bewußt eine Route gewählt, auf der sie alle Städte und Dörfer in weitem Bogen umgingen – eine Vorsichtsmaßnahme, der Skar nach anfänglichem Zweifel zugestimmt hatte, obwohl sie auf diesem Weg gut die doppelte Zeit brauchten, um Elay zu erreichen. Aber wenn sie jetzt dem Fluß folgten, dann würden sie Menschen treffen. Flüsse haben die Eigenschaft, Siedlungen anzuziehen.

Die Pferde begannen schneller zu laufen, als sie das Wasser witterten. Skar hielt sein Tier jetzt nicht mehr zurück, obwohl ihm der Gedanke, offen und ohne die geringste Deckung dahinzugaloppieren, ein fast körperliches Unbehagen bereitete, und auch Herger ließ die Zügel fahren und beschränkte sich darauf, sich krampfhaft am Sattelknauf festzuklammern. Der Boden federte unter den Hufschlägen der Tiere, und vom Wasser drang ihnen ein Schwall eisiger Luft entgegen. Aber durch den Nebel schimmerte es grün, und ein paar der dürren Büsche, die ihren Weg säumten, trugen bereits erste zaghafte Knospen. Der Frühling hatte Einzug in diesen Teil der Welt gehalten. Zwei Monate zu früh.

Sie saßen ab, und die Pferde senkten gierig die Köpfe zum Wasser, um zu trinken. Skar musterte die beiden Tiere besorgt. Sie waren sichtlich abgemagert. Ihr Fell war struppig und glanzlos geworden, und wo sich zu Beginn des Rittes kräftige Muskeln unter ihrer Haut abgezeichnet hatten, konnte man jetzt deutlich die Rippen sehen. Sie hatten nichts anderes als dürres Gras zu fressen bekommen und selbst davon nicht genug. Der Wald, durch den sie geritten waren, war nur scheinbar fruchtbar gewesen. Das Land war arm an wirklich fruchtbaren Gebieten, und die Landstriche, in denen der Boden gut genug für fettes Gras und Ackerbau war, waren dicht besiedelt und somit für Herger und ihn tabu. Und auch sie waren kaum in einem besseren Zustand als ihre Pferde – Skars Hoffnung, jagdbares Wild finden und erlegen zu können, hatte getrogen. Ein halb verhungertes Kaninchen und ein Bussard, der leichtsinnig genug gewesen war, sich die beiden Reiter aus einer Entfernung zu betrachten, in der ihn Hergers Pfeil hatte treffen können, waren die einzigen Bereicherungen ihrer Speisekarte gewesen. Ansonsten hatten sie von dem gelebt, was in den Satteltaschen gewesen war – Dörrfleisch und trockenes Brot, das abscheulich schmeckte und durstig machte. Aber auch diese Vorräte waren mittlerweile aufgebraucht. Vielleicht würden sie bald die

Nähe von Menschen suchen müssen, ob sie wollten oder nicht.

Herger kniete am Flußufer nieder, tauchte vorsichtig die Hand ins Wasser und zog sie hastig wieder zurück. »Eisig«, stellte er fest.

»Das ist nicht weiter verwunderlich«, sagte Skar lächelnd. »Immerhin ist genug Eis im Wasser. Wolltest du baden?«

Herger ignorierte seine Bemerkung, stand auf und rieb sich die Hand an der Hose trocken. »An Schwimmen ist jedenfalls nicht zu denken«, sagte er mißmutig. »Wir wären erforen, ehe wir halb drüben wären. Ganz abgesehen von der Strömung.«

Skar zuckte gleichmütig die Achseln. Er hatte keine Lust, über Strömungen und Flüsse zu diskutieren. Dieser Fluß war nichts als ein weiteres Hindernis, das sie überwinden würden. Eine Verzögerung von einem Tag, nicht mehr. Der Gedanke ließ ihn fast unberührt. Irgendwo auf halbem Wege zwischen hier und den Bergen dort vorne lag Elay, die Stadt, in der er Vela finden würde, und er wußte mit unerschütterlicher Gewißheit, daß es nichts mehr gab, was ihn noch aufhalten konnte. Sein Weg würde dort enden, auf die eine oder andere Weise, aber nicht vorher. Er wußte es mit der gleichen Gewißheit, mit der er wußte, daß der Wolf noch immer auf seiner Spur war, obwohl er ihn nicht mehr sah und obwohl selbst das höhnische Wolfsheulen des Windes verstummt war. Er war da, hier, irgendwo, ganz in seiner Nähe, unsichtbar, lauernd und ständig bereit zuzuschlagen, wenn er, Skar, versuchen würde, einen anderen Weg als den nach Elay einzuschlagen. Skar hatte Zeit genug gehabt, über alles nachzudenken, und er wußte jetzt, daß er sich getäuscht hatte, daß der Wolf in Hergers Haus in Anchor nicht eingegriffen hatte, um ihn zu töten, sondern – so absurd es klang – um ihn zu retten. Es wäre ein leichtes für das Ungeheuer gewesen, ihn zu vernichten, schon seit langem. Er hatte ihn gerettet, weil er noch nicht bereit war, so wie er ihn in Tuan gerettet hatte, indem er Vela zwang, ihre Festung auf den gläsernen Ebenen zu verlassen, und ihm damit Gelegenheit zur Flucht verschaffte. Er war noch nicht soweit, zu sterben, in ihm war noch Hoffnung, ein winziger Funke, der gegen alle Logik noch immer brannte und ihn weitertrieb, und solange er noch hoffte – solange es noch eine Enttäuschung gab, die er noch erleben konnte –, so lange würde er am Leben bleiben.

Um ein Haar hätte er laut aufgelacht. Der Gedanke war so makaber, daß er schon fast wieder komisch war. Vielleicht war niemals in der Geschichte dieser Welt ein Mann von einem so übermächtigen Feind verfolgt worden wie er – und trotzdem war es gerade dieser Umstand, der ihn sich so sicher fühlen ließ.

Er wandte sich um, suchte sich einen einigermaßen trockenen Platz und ließ sich darauf nieder. Er fühlte sich schwach, jetzt, wo er nicht mehr im Sattel saß, aber auch das war etwas, woran er sich fast schon gewöhnt hatte. Der Schwächeanfall während ihrer Flucht aus Anchor war kein Zufall gewesen. Seine Kraft ließ im gleichen Maße nach, in dem sie sich der Verbotenen Stadt näherten.

»Wir sollten uns überlegen, was wir tun«, sagte Herger plötzlich.

Skar fuhr aus seinen Gedanken hoch. Er hatte nicht gemerkt, daß Herger näher gekommen und einen halben Schritt vor ihm stehengeblieben war. Er sah auf, starrte Herger eine Sekunde lang an und fuhr sich mit der Zungenspitze über die Lippen. Sein Gaumen schmerzte bereits vor Durst, aber er widerstand der Versuchung, aufzustehen und zum Fluß zu gehen und zu trinken. Er wußte, daß das, was er tat, albern war, aber er wußte, daß er diese Bestätigung einfach brauchte: einen winzigen Triumph über sich selbst, der überflüssige und vermutlich sogar schädliche Beweis, daß er noch immer Herr seines Körpers war; daß sein Wille noch immer stärker war als dieses empfindliche Instrument, dessen er sich bediente.

»Was meinst du?« fragte er schwach. Er hatte Mühe, sich überhaupt auf Hergers Worte zu besinnen.

»Nichts Bestimmtes. Ich ...« Herger schüttelte den Kopf, setzte sich mit einer plötzlichen, abrupten Bewegung neben Skar auf den schlammigen Boden und zog die Knie an den Körper, bis er das Kinn darauf stützen konnte. »Ich habe ein ungutes Gefühl«, murmelte er.

Skar nickte. »Ich auch. Vor allem im Magen.«

»Es gibt ein kleines Dorf nicht sehr weit von hier«, sagte Herger. »Wir könnten versuchen, dort Lebensmittel und frische Pferde zu kaufen.«

Skar schüttelte heftig den Kopf. Ganz davon abgesehen, daß sie nichts hatten, womit sie hätten bezahlen können, wollte er kein Risiko mehr eingehen. Sie hatten zu viele Entbehrungen auf sich genommen, um jetzt einfach in das nächstbeste Dorf zu spazieren und nach Essen und einem Schlafplatz zu fragen. Vermutlich wäre das Risiko wirklich minimal gewesen - aber er wollte es trotzdem nicht eingehen, einfach aus dem gleichen Grund, aus dem er seinem Durst widerstand. Jetzt in das nächste Dorf einzureiten und dort womöglich Essen und einen warmen Schlafplatz zu finden, hätte fast eine Enttäuschung bedeutet - ein Gefühl ähnlich dem, das ein Mann empfinden mochte, der unter großen Mühen einen Berg besteigt und, am Gipfel angekommen, feststellen muß, daß es auf der anderen Seite einen bequemen Pfad gibt.

Herger schnitt eine Grimasse. »Ich glaube nicht, daß Velas Spione jetzt schon in jedem Bauernhaus sitzen«, sagte er ironisch. »Das Risiko ist nicht sehr groß.«

»Nein«, sagte Skar einfach.

Herger seufzte, riß einen dürren Grashalm aus und begann, darauf herumzukauen. »Auch gut«, sagte er. »Ich wollte ohnehin schon immer wissen, wie lange ein Mensch ohne Nahrung auskommen kann.«

»Länger als ohne Freiheit«, murmelte Skar.

Herger gab einen undefinierbaren Laut von sich. »Eigentlich hätte ich mir denken sollen, daß du keine Gelegenheit ausläßt, eine deiner berüchtigten dramatischen Bemerkungen anzubringen«, sagte er in einer Mischung aus Spott und echtem Ärger.

»Niemand zwingt dich, bei mir zu bleiben«, sagte Skar grob. »Ich frage mich ohnehin, warum du es tust.«

Herger grinste. »Du bist mein Kapital, Skar. Wenn dir etwas zustößt, dann bin ich runiert. So einfach ist das.«

Skar wußte für einen Moment nicht, ob er nun wütend werden oder lachen sollte, aber Herger sprach bereits weiter: »Natürlich könnte ich aufstehen und gehen«, sagte er gleichmütig. »Und wie kämst du dann nach Elay?«

Skar musterte ihn kühl. »Ich bin um die halbe Welt gereist, Herger, und werde auch die letzten hundert Meilen noch schaffen, glaub mir.«

»Und wenn du auf Händen und Knien kriechen müßtest, wie?« Seltsamerweise sprach Herger die Worte vollkommen ernst aus. Der spöttische Unterton fehlte, und in seinem Blick war etwas, das Skar zusammenzucken ließ.

»Weißt du, an wen du mich erinnerst, Skar?« fuhr Herger fort. »An Tantor.«

»So?«

»Nicht äußerlich«, fügte Herger – nun wieder spöttisch – hinzu. »Aber du hast mir genug von ihm erzählt. Du hast mehr von ihm, als du selbst ahnst, Skar. Ihr seid euch sehr ähnlich.«

»Wir *waren* es«, verbesserte ihn Skar. »Bei Tantor bietet es sich an, in der Vergangenheitsform zu sprechen.«

Herger ignorierte Skars Worte. »Ihr seid beide von Haß zerfressen«, sagte er ernsthaft. »Ihm hat sein Haß den Tod gebracht. Du hast gesehen, wie er endete.«

»Er hat es herausgefordert.«

»Wie du«, sagte Herger unbeeindruckt. »In Wirklichkeit willst du gar nicht nach Elay, um dich dort zu rächen. Du suchst den Tod. Du forderst ihn heraus, wo immer du eine Gelegenheit findest.«

Skar hob widerwillig den Blick und sah Herger ins Gesicht. Der Schmuggler lächelte, aber seine Augen blieben vollkommen ernst. Und Skar begann sich unter seinem Blick unbehaglich zu fühlen. Das ganze Gespräch nahm allmählich eine Wende, die ihm nicht behagte. Es war nicht so sehr das, was Herger sagte, oder auf welche Art – er wäre niemals Satai geworden, wenn er nicht frühzeitig gelernt hätte, sich selbst zu beobachten und sich über seine eigenen Gefühle und Motivationen klarzuwerden –, sondern *daß* er es sagte. Was in ihm war, seine Gefühle, der Haß, der ihn hierhergetrieben hatte, dieser Haß und die Furcht, die noch immer unter der Oberfläche seiner Gedanken brodelte, die Furcht davor, daß das Ding in ihm vielleicht doch nicht tot war, sondern nur schlief, daß es irgendwo tief in ihm noch immer schlummerte und irgendwann einmal erwachen könnte, ein grausames Gegenstück zu der schwarzen Bestie, die sich auf seine Spur gesetzt hatte – all dies gehörte ihm. Er wollte nicht, daß ein anderer wußte, wie es in ihm aussah, daß irgendein Mensch hinter die Maske blickte, die zu tragen er sich bemühte. Hergers Worte gaben ihm das Gefühl, nackt und schutzlos zu sein, ein Mensch aus Glas, dessen geheimste Gedanken klar vor jedem ausgebreitet waren, der sich die Mühe machte, sie lesen zu wollen.

»Das ist meine Sache«, knurrte er.

»Das stimmt nicht«, widersprach Herger ruhig. »Nicht, wenn nicht alles, was du mir erzählt hast, gelogen war.«

Skar sah mit einem Ruck weg und ballte so wuchtig die Fäuste, daß seine Gelenke hörbar knackten. Für einen Moment hatte er Lust, einfach aufzustehen und wegzugehen, aber das wäre nur ein weiterer Beweis für seine Schwäche gewesen. »Es war die Wahrheit«, sagte er. »Aber du wirst trotzdem nie verstehen, weshalb ich hier bin.«

»O doch«, widersprach Herger. »Ich weiß –«

»Nichts weißt du!« fiel ihm Skar wütend ins Wort. »Ich bin hier, um Del zu rächen, und das ist alles.« Er hatte mit einem Mal Mühe, nicht zu schreien. »Ich habe dir von Vela und ihren Plänen erzählt, aber ich habe es nicht getan, um dein Mitleid zu erregen, Herger. Ich habe dir von ihr erzählt, damit du weißt, worauf du dich einläßt und du mir nicht hinterher vorwerfen kannst, ich hätte dich blind in dein Unglück rennen lassen.«

»Ich – oder du dir selbst?« fragte Herger ruhig.

Skar machte eine wütende Handbewegung. »Nimm es, wie du willst. Vielleicht habe ich es auch getan, damit es wenigstens noch einen Menschen gibt, der die Wahrheit kennt, wenn ich sterben sollte. Ich bin hier, um eine persönliche Rechnung zu begleichen, das ist alles. Nicht mehr und nicht weniger, ganz gleich, was du hineingeheimnissen willst oder nicht. Ich habe dieser Hexe Rache geschworen, und wenn ich dabei zufällig auch noch die Welt rette – wie du es ausdrücken würdest –, dann ist es in Ordnung. Wenn nicht . . .«

»Wenn nicht, soll ich es tun?«

Diesmal antwortete Skar nicht. Es erschien ihm plötzlich sinnlos, das Gespräch fortzuführen. Wie konnte er Herger erklären, warum er hier war – wo er es doch im Grunde selbst nicht wußte? Sicher – er redete sich ein, Del (und auch sich selbst) rächen zu wollen. Aber er hatte sich auch einmal eingeredet, Velas Befehlen zu gehorchen, weil sie ihn vergiftet hatte, dann wieder, weil er seiner Aufgabe als Satai gerecht werden wollte. Unsinn. Es war alles Unsinn gewesen. Seit er dieses Land betreten hatte, fühlte er sich verwirrt und hilflos wie nie zuvor in seinem Leben, aber vielleicht war es gar keine Verwirrung, vielleicht erkannte er sich nur jetzt zum ersten Mal selbst, vielleicht war es, weil er endlich zu begreifen begann, daß er sich belogen hatte, schon immer, nicht erst, seit er Vela begegnet war. Er begriff mit einem Mal, daß er nicht der große starke Mann war, für den er sich selbst immer gehalten hatte; daß er sein Leben lang eigentlich nichts anderes getan hatte als das, was er Gowenna vorgeworfen hatte: sich zu verstecken; sich hinter der Maske des Supermanns zu verkriechen.

Und was ist das jetzt? dachte er mit einem Zynismus, der ihn erschreckte. Selbstmitleid?

Vielleicht. Vielleicht war alles viel einfacher, und sein Geist war schlicht und einfach unter der ständigen Belastung zusammengebrochen. Vielleicht wurde er langsam verrückt. Und vielleicht . . .

Ja, dachte er, was, wenn alles, was mich antrieb, wenn der brennende Haß in meinem Inneren in Wirklichkeit nichts anderes als verletzter Stolz war? Wenn ich es nur nicht ertragen habe, gedemütigt worden zu sein, noch dazu von einer Frau?

Wie hatte Herger ihn – (spöttisch?) – genannt? *Mann aus Stahl?*

Aber was empfindet ein Mann aus Stahl, wenn er zerbrochen wird?

Der Wind frischte merklich auf, als sie weiterritten. Sie hatten sich vom Ufer etwas entfernt, um der eisigen Kälte zu entgehen, ehe sie sich nach Westen wandten und ihren Weg fortsetzten, aber die Temperaturen fielen trotzdem weiter. Obwohl die Sonne rasch am Horizont emporkletterte und sich keine einzige Wolke am Himmel zeigte, wurde es kälter, und der Wind schlug ihnen wie mit eisigen Krallen in die Gesichter. Skar sah sich schon nach kurzem gezwungen, abzusitzen und seinen Mantel wieder überzustreifen, doch nicht einmal das schwere, gefütterte Kleidungsstück vermochte den eisigen Biß des Windes abzuhalten. Zu dem Hunger, der in seinen Eingeweiden wühlte, gesellte sich nun auch noch Kälte, als hätte sich das Schicksal im letzten Moment doch noch entschlossen, mit aller ihm zur Verfügung stehenden Macht an seinen Kräften zu zehren.

Gegen Mittag kam Nebel auf; dünne, treibende Schwaden zuerst, die wie tastende Finger vom Fluß heraufkrochen und um die Fesseln der Pferde spielten, später schwere, an Rauch erinnernde Wolken, die ihnen die Sicht nahmen und einen fremdartigen Geruch mit sich brachten – nicht den Geruch von Nebel, sondern etwas Fremdes, das Skar, obwohl er es nicht einordnen konnte, an Worte wie Gefahr und Bedrohung erinnerte.

Er wandte sich halb im Sattel um und sah prüfend zu Herger hinüber. Sie ritten nebeneinander, aber in großem Abstand, wie, um den Bruch zwischen ihnen nun auch räumlich sichtbar werden zu lassen. Sie hatten das Gespräch nicht fortgesetzt, aber die Kluft, die zwischen ihnen war, war durch die wenigen Worte deutlich geworden – eine Kluft, die weniger auf Feindschaft als vielmehr auf der Tatsache beruhte, daß sie einander einfach zu fremd waren. Herger hatte ihm das Leben gerettet und sein eigenes dabei riskiert, und es verging kein Tag, an dem er sich diesen Umstand nicht mindestens einmal ins Gedächtnis rief, aber es gab trotzdem kaum Gemeinsames zwischen ihnen. Die Gefahr, der sie beide ausgesetzt waren, hielt sie zusammen, doch Skar hatte zu viele solcher Bündnisse erlebt, um nicht zu wissen, wie wenig dauerhaft sie waren. Sie ritten zusammen, aber sie hatten nicht den gleichen Weg.

Herger schien seinen Blick zu spüren. Er sah auf, rang sich ein gequältes Lächeln ab und starrte dann wieder geradeaus, als gäbe es hinter den schweren Nebelwolken vor ihnen etwas ungemein Wichtiges zu entdecken. Jetzt, als Skar ihn im hellen Sonnenlicht sah, fiel ihm auf, wie blaß Herger war. Sein Haar hing in Strähnen herab, und sein Gesicht war grau. Seine linke Hand hatte sich um die Zügel gekrampft, aber die Rechte lag in einer Geste, die wie zufällig wirkte und es gewiß nicht war, auf dem Schwertgriff.

Wie immer, wenn Skar über den Hehler - oder was immer er sein mochte - nachdachte, überkam ihn eine Mischung aus Unsicherheit und Mißtrauen. Er wußte einfach nicht, was er von Herger halten sollte. Noch nie hatte ihn seine Menschenkenntnis so im Stich gelassen wie jetzt.

Aber vielleicht war er auch einfach nur zu mißtrauisch. Wenn man immer wieder betrogen und hintergangen wurde, dann fing man an, allen zu mißtrauen. Auch denen, die es vielleicht ehrlich meinten.

Herger stieß einen überraschten Laut aus und deutete nach oben. Skar fuhr aus seinen Überlegungen hoch, legte den Kopf in den Nacken und beschattete die Augen mit der Hand, um gegen das grelle Licht der Sonne etwas erkennen zu können.

»Vögel«, sagte Herger laut. »Das sind Vögel. Geier vermutlich.«

Skar nickte. Die Tiere waren nur als winzige schwarze Punkte zu erkennen: ein Schwarm von dreißig, vielleicht fünfzig der großen Aasfresser, die lautlos und mit Bewegungen, die durch die große Entfernung täuschend langsam und träge wirkten, vor der Sonne kreisten.

Skar nahm die Hand herunter, senkte den Blick und versuchte den Weg, den der Fluß nahm, in Gedanken zu verlängern. Wenn sein Verlauf sich nicht radikal änderte, dann mußten die Geier ungefähr über der Stelle kreisen, an der die Furt war.

Skar zügelte sein Pferd und wartete, bis Herger herangekommen war. »Was hältst du davon?« fragte er.

Herger zuckte mit den Achseln. »Wo Geier sind, ist meistens auch Aas zu finden«, murmelte er unsicher.

»Vielleicht ein totes Tier?«

Herger unterdrückte ein Lachen. »Sei kein Narr, Skar«, sagte er. »Das ist ein halbes Hundert Aasfresser – und sie kreisen über der Furt. Dort vorne hat eine Schlacht stattgefunden.«

Skar biß sich nachdenklich auf die Unterlippe. Sie waren so lange durch menschenleeres Gebiet geritten, daß er schon zu vergessen begann, daß in diesem Land Krieg herrschte. Und sie mochten nicht die einzigen sein, denen daran gelegen war, besiedelte Landstriche zu meiden.

»Quorrl?«

Herger machte eine Bewegung, die eine Mischung aus Kopfnikken und Achselzucken war. »Wer sonst? Die Hauptmacht wurde zerschlagen, aber es sind viele entkommen ...« Er zögerte, griff plötzlich in die Tasche und förderte einen kleinen, kupfernen Gegenstand zutage. »Das habe ich gefunden«, sagte er, »vorhin, als wir am Fluß waren.«

Skar beugte sich neugierig im Sattel vor. Auf Hergers Handfläche blinkte eine winzige, roh aus Kupfer gearbeitete Spange, ein schmuckloses Ding, wie man es braucht, um die verschiedenen Teile einer Rüstung zusammenzuhalten.

»Sie stammt von einem Quorrl«, sagte Herger.

»Woher weißt du das?«

Herger zuckte die Achseln. »Wenn jemand weiß, wie Quorrl-Ausrüstungen aussehen, dann ich.«

»Das ist keine Antwort«, knurrte Skar.

Herger seufzte. »Also gut, wenn du darauf bestehst – ich habe vor zwei Wochen eine ganze Partie von diesem Kram angekauft – Waffen, Rüstungen ... was man eben so auf einem Schlachtfeld findet. Quorrl-Waffen, um genau zu sein. Und die hier« – er hielt die Spange demonstrativ hoch, so daß sich das Licht der Sonne auf dem blinkenden Metall brach – »stammt von einem Quorrl. Und sie hat noch nicht sehr lange im Schlamm gelegen.«

Skar überlegte einen Moment. Die Geier vor dem Horizont kamen ihm mit einem Mal drohend vor; eine erste, stumme Warnung, nicht weiterzugehen.

»Warum hast du nichts davon gesagt?«

Herger steckte die Spange wieder ein und ließ sein Pferd weitertraben. »Vielleicht wollte ich dich nicht beunruhigen«, sagte er ausweichend. »Im Ernst – ich dachte mir nichts dabei.«

Skar knurrte. »Und dabei denkst du dir wohl auch nichts, wie?« fragte er mit einer Geste zum Horizont.

»Doch«, murmelte Herger. »Daß nämlich eine Bande marodierender Quorrl genau das ist, was uns jetzt noch fehlt.«

Skar runzelte die Stirn, schluckte aber die scharfe Entgegnung hinunter, die ihm auf der Zunge lag. Bis zur Furt waren es noch Stunden. Vielleicht würden sie sie erst nach Dunkelwerden erreichen, und es hatte keinen Sinn, sich jetzt in wilden Vermutungen zu ergehen.

Trotzdem ritten sie jetzt wieder dicht nebeneinander. Der Nebel wich langsam wieder zum Fluß zurück, aber die Sicht wurde nicht besser – es blieb ein feiner, rauchiger Dunst, in dem alles, was weiter als dreißig oder vierzig Schritte entfernt war, zu verschwimmen begann. Und die Temperaturen fielen weiter. Herger hielt nach einer Weile an, stieg aus dem Sattel und nahm die Decke herab, um sie wie einen zweiten Mantel über die Schulter zu werfen. Seine Hände waren steif vor Kälte, und die eisige Luft ließ seinen Atem zu kleinen, rhythmischen Dampfwölkchen vor dem Gesicht kondensieren. Skar sah schweigend zu, wie er wieder auf sein Pferd stieg und mit klammen Fingern nach den Zügeln tastete. In der Mähne seines Pferdes glitzerte Eis, und die Luft roch jetzt durchdringend nach Schnee.

Er zog den Mantel enger um die Schultern zusammen und drehte das Gesicht aus dem Wind. Sein Pferd schnaubte unruhig, und das Echo der Hufschläge des Tieres klang plötzlich anders, als der Boden, über den sie ritten, mit einem Mal hart gefroren war.

Herger hielt abermals an, kaum daß sie hundert Meter weitergeritten waren. Sein Blick tastete über den Himmel, glitt unsicher hierhin und dorthin und suchte schließlich den Blick Skars. »Ich verstehe das nicht«, murmelte er hilflos.

»Was?«

»Das Wetter«, sagte Herger. »Ich habe so etwas noch nie erlebt. Weder hier noch anderswo.«

»Was hast du noch nie erlebt? Eis?«

Herger machte eine ärgerliche Handbewegung. »Du weißt genau, was ich meine«, sagte er. »Die letzten Tage war es zu warm, und jetzt –«

»Jetzt kommen wir gleich in Schnee«, beendete Skar den Satz.

»Siehst du?« Er hatte den dünnen, weißen Streifen am Horizont schon vor einer geraumen Weile entdeckt, bisher aber geglaubt, es handele sich um eine weitere Nebelbank. Doch es war zu kalt für Nebel, und der sterile Geruch, der mit dem Wind heranwehte, sprach seine eigene Sprache.

Herger schüttelte verwirrt den Kopf. »Das ist Irrsinn«, murmelte er. »Spielt denn jetzt schon die ganze Welt verrückt?«

Skar antwortete nicht. Er hatte einen Verdacht – nicht erst jetzt, sondern schon seit langem, aber es war zu früh, ihn auszusprechen.

»Schnee ist nicht das Schlechteste«, sagte er statt dessen. »Wir können wenigstens Spuren lesen und wissen, wer vor uns ist.«

Herger schnaubte. »Das kann ich dir auch so sagen«, versetzte er ärgerlich.

Skar lächelte. »Quorrl?«

»Wenn es nur das wäre. Aber wo Quorrl sind, sind auch Soldaten nicht weit«, antwortete Herger. »Außerdem reicht der Schnee allein schon aus. Wir haben nicht die passende Kleidung, vergiß das nicht. Ich habe schon von Fällen gehört«, fügte er ironisch hinzu, »in denen Menschen erfroren sein sollen.«

Skar grinste. »Wer leidet jetzt hier unter Verfolgungswahn? Du oder ich?«

»Wahrscheinlich wirkt er ansteckend«, knurrte Herger böse. »Hast du schon einmal darüber nachgedacht, wie wir über den

Fluß kommen sollen, bei diesen Temperaturen? Wir erfrieren, wenn wir durch das Wasser waten.«

Skar deutete mit einer Kopfbewegung auf die kreisenden schwarzen Punkte unter der Sonne. »Warten wir ab, wie sie das Problem gelöst haben«, murmelte er. »Vielleicht erübrigt sich die Antwort auf diese Frage ja auch.«

Herger setzte zu einer wütenden Entgegnung an, aber Skar ritt rasch weiter und sah demonstrativ zum Fluß hinunter.

Die Temperaturen fielen weiter, nicht mehr ganz so schnell wie am Morgen, aber rasch genug. Nach einer Weile trabten sie wirklich über Eis, und die dürren Büsche rechts und links des Weges verwandelten sich in bizarre, blinkende Skulpturen. Skar hielt die Zügel nur mehr mit einer Hand und steckte die andere abwechselnd unter die Achselhöhle, um seine Finger geschmeidig zu halten, aber auch das nutzte nicht viel. Herger hatte recht – sie waren nicht dazu ausgerüstet, länger als ein paar Stunden diese Temperaturen auszuhalten. Selbst wenn sie nicht erschöpft und hungrig gewesen wären, würden sie spätestens in der zweiten Nacht erfrieren.

Skar verscheuchte den Gedanken mit einem ärgerlichen Knurren, setzte sich im Sattel auf und konzentrierte sich auf das, was vor ihnen lag. Die zweite Nacht . . . er war nicht in der Lage, über solche Zeiträume vorzuplanen. Alles, was er von Anfang an hatte tun können, war reagieren. Abwarten, welchen Zug der Gegner machte, und sich darauf einstellen. Bisher war er auf diese Weise zumindest am Leben geblieben. Und eigentlich war das schon mehr, als er hätte erwarten dürfen.

Beiderseits des Flusses lag Schnee, eine dünne, durchbrochene weiße Decke, die sich vergebens das zu verbergen bemühte, was hier geschehen war. Da und dort hatten die Geier bereits mit ihrem grausigen Werk begonnen; der Schnee war aufgewühlt und mit roten Fleischfetzen bedeckt, und an manchen Stellen blinkte Metall durch das Weiß. Ein schwacher, süßlicher Geruch lag in der Luft, und im Heulen des Windes schienen noch die Schreie der Sterbenden mitzuschwingen.

»Zwei Tage«, murmelte Skar. »Allerhöchstens. Vielleicht auch weniger.« Er ließ sich in die Hocke sinken, wischte mit dem Handrücken Schnee und vereisten Matsch vom Brustpanzer des toten Quorrl und versuchte, das Wesen herumzudrehen. Es gelang ihm nicht. Schließlich gab er auf, richtete sich wieder auf und sah zu Herger empor. Der Tote war nur einer von vielleicht fünfzig, die auf dieser Seite des Flusses herumlagen. Das Ufer war hier flacher, und aus dem schäumenden Wasser erhoben sich zahllose flache Steine. Hier und da konnte man trotz der reißenden Strömung und des schlammigen braunen Wassers den Grund des Flußbettes erkennen. Ein idealer Ort, den Fluß zu durchqueren. Aber auch ein idealer Ort für einen Überfall. Die Furt war nicht sehr breit – fünfzehn, vielleicht zwanzig Meter. Wer hier versuchte, das andere Ufer zu erreichen, der saß so sicher in einer Falle, als befände er sich auf einer schmalen Brücke.

Skar wandte sich um, sah zum anderen Ufer hinüber und schüttelte den Kopf. Er konnte sich gut vorstellen, wie es gewesen sein mußte. Die Ebene war auf der anderen Seite des Flusses nicht ganz so flach und deckungslos wie hier – hinter dem sandigen Uferstreifen erhob sich eine Anzahl niedriger, unregelmäßig geformter Hügel, dazwischen lagen Felsen und dürres, aber dicht wachsendes Gestrüpp. Deckung genug für Männer, die wußten, wie man sich zu verstecken hatte.

Aber nicht genug für eine Armee ...

Skar schüttelte abermals den Kopf und zog sich mit einer entschlossenen Bewegung in den Sattel empor. Die meisten Quorrl schienen durch Pfeilschüsse ums Leben gekommen zu sein. Vielleicht waren sie einfach überrascht worden. Und vielleicht war ihnen ja auch ein zweiter Trupp auf den Fersen gewesen und hatte sie in den Pfeilregen derer, die drüben versteckt gewesen waren, hineingejagt.

»Zwei Tage, sagst du?« knüpfte Herger an Skars Bemerkung an.

Skar nickte. »Höchstens. Vielleicht auch weniger. Es kann genausogut während der letzten Nacht passiert sein. Aber ich glaube nicht, daß uns hier Gefahr droht, wenn du das meinst. Wer immer diese Quorrl umgebracht hat, ist längst weitergezogen.«

Herger schien sich mit dieser Antwort zufriedenzugeben – obwohl er so gut wie Skar wissen mußte, daß es nicht mehr als eine Vermutung war. Die Toten hier bewiesen nicht, daß die Schlacht vorüber war. Sie konnten ebenso hinter dem nächsten Hügel auf einen Trupp Quorrl oder Soldaten treffen, wie es diesen Wesen hier ergangen war. Vielleicht ritten sie ahnungslos mitten in eine Schlacht hinein. Vielleicht –

Vielleicht fällt uns gleich der Himmel auf den Kopf, dachte Skar ärgerlich. Hör endlich auf, dich selbst nervös zu machen. Mit einer heftigen Bewegung zwang er sein Pferd herum und ritt zum Ufer hinunter. Das Tier scheute zurück, als es den eisigen Hauch spürte, der ihm von der Wasseroberfläche entgegenwehte, und Skar mußte es schließlich mit brutaler Kraft zwingen, ins Wasser zu gehen.

Der Fluß war so seicht, wie Skar gehofft hatte – das Wasser war kaum tiefer als zwei oder drei Handspannen und reichte ihm nicht einmal bis zu den Füßen, aber die Strömung war mörderisch, und die Spritzer, die Skars ungeschützte Beine trafen, stachen wie winzige Messer in seine Haut. Das Pferd schnaubte vor Schmerz und warf unruhig den Kopf hin und her, und als sie die Mitte des Flußbettes erreicht hatten, strauchelte es, und Skar wäre um ein Haar aus dem Sattel gefallen. Er zitterte vor Kälte und Anstrengung, als er endlich das gegenüberliegende Ufer erreicht hatte und absaß.

Herger folgte ihm in geringem Abstand. Er hockte in unnatürlich steifer Haltung im Sattel, und als er endlich neben Skar anlangte, war er so verkrampft, daß er kaum aus eigener Kraft absteigen konnte. Er taumelte, fiel mit einem schmerzhaften Laut auf die Knie und krümmte sich, als hätte er Schmerzen.

Skar trat rasch hinzu, aber Herger schüttelte verbissen den Kopf und schlug Skars Hand zur Seite. »Laß mich«, zischte er. »Ich komme schon noch hoch.«

Skar trat einen halben Schritt zurück und runzelte die Stirn, sagte aber nichts. Er verstand Herger. Es war nicht das erste Mal, daß er so etwas beobachtete – der Hehler hatte, eigentlich die ganze Zeit über, ganz genau gewußt, worauf er sich einließ. Sie waren vom ersten Tag an in Lebensgefahr gewesen, jede einzelne Minute, seit sie Anchor verlassen hatten, und Herger war sich dieses Umstandes immer bewußt gewesen. Er war innerlich nicht halb so ruhig, wie er vorgab. Herger war kein Held, und die ständige Angst, die Furcht, die ihn ständig begleitet haben mußte, hatte an seinen Kräften gezehrt. Der Anblick des Schlachtfeldes mußte ihm den Rest gegeben haben. Man konnte gut über den Tod und das Sterben reden, aber ein Schlachtfeld mit Toten, Verstümmelten und Sterbenden zu sehen, war eine andere Sache. Skar war schon so lange Krieger, daß er manchmal vergaß, wie dieser Anblick auf einen Menschen wirkte, dessen Alltag aus Handel und friedlichen Geschäften bestand.

»Was ist . . . hier passiert?« fragte Herger. Seine Stimme klang brüchig, obwohl er sich alle Mühe gab, unbeeindruckt auszusehen. Sein Blick irrte unstet über das Flußufer. Auf der anderen Seite des Stromes hatte der Schnee das Schlimmste zugedeckt; hier, einer willkürlichen Laune der Natur folgend, war die weiße Decke weniger fest. Überall lagen Tote – drei-, vielleicht vierhundert, und es waren nicht nur Krieger.

»Eine Schlacht«, murmelte Skar.

Herger schüttelte heftig den Kopf. »Das war keine Schlacht«, krächzte er. Seine Lippen zitterten. »Das war . . . ein Gemetzel.«

Skar schwieg. Herger sprach nur das Wort aus, das ihm die ganze Zeit auf der Zunge gelegen hatte. Die Quorrl hatten sich bis zum letzten Mann - zum letzten Kind, verbesserte er sich in Gedanken - verteidigt. Sie mußten in der gewohnten Formation vorgerückt sein - die Krieger außen, einen weiten, drei- oder vierfach gestaffelten Kreis bildend, dahinter die Frauen; das machte bei Quorrl keinen so großen Unterschied; und ganz innen, geschützt von der Hauptmacht der Graugeschuppten, die Wagen mit den Alten und Kranken und Kindern. Ihre verkohlten Reste waren noch deutlich zu erkennen; ein niedergebrannter Scheiterhaufen aus verkohltem Holz und dunklen, zusammengebackenen Körpern, die einzeln nicht mehr zu erkennen waren. Ein paar von ihnen waren deutlich kleiner als die anderen. Es waren nicht einmal die Kinder verschont worden.

»Das ist . . .«

»Das ist Krieg«, sagte Skar hart. »Das, wovon ihr in Anchor beim Frühstück oder zwischen zwei Geschäften redet, Herger. Das, was dich erwartet, wenn du länger bei mir bleibst.«

Herger fuhr mit einer abrupten Bewegung herum. Seine Augen waren weit und voller Angst. Skar hätte seine letzte Bemerkung am liebsten rückgängig gemacht. Vielleicht war jetzt der Augenblick gegeben, sich von Herger zu trennen. Skar war sicher, daß ein winziger Anstoß genügen würde - aber plötzlich wollte er es gar nicht mehr. »Entschuldige«, sagte er leise. »Ich . . .«

»Warum haben sie das getan?« fragte Herger, als hätte er Skars Worte gar nicht gehört. »Warum -«

Skar lachte, leise, bitter und mit einer raschen, bestimmenden Handbewegung. »Die Kinder?« fragte er. »Du willst wissen, warum sie auch die Kinder und die Frauen und die Alten umgebracht haben?«

Herger schluckte ein paarmal hintereinander. Die Blässe in seinem Gesicht rührte jetzt nicht mehr allein von seiner Erschöpfung her.

»Auch aus kleinen Quorrl werden einmal Krieger«, fuhr Skar fort. »Krieger, die töten und plündern und ihrerseits neue Krieger zeugen.« Er sah, daß Herger unter seinen Worten wie unter einem Hieb zusammenzuckte, und setzte - etwas sanfter - hinzu: »Das sind nicht meine Worte, Herger. Und das ist es auch gar nicht, worauf es hier ankommt.« Er schwieg einen Moment, griff gedankenverloren nach den Zügeln seines Pferdes und begann das Tier hinter den Ohren zu kraulen. »Sieh dich ruhig um«, fuhr er fort. »Du hast mich gefragt, warum ich Vela hasse, und hier siehst du die Antwort. Diese Krieger hier sind in Wirklichkeit keine Krieger, sondern Figuren, Spielsteine auf Velas Brett. Erinnerst du dich, was du gesagt hast? Dem Volk etwas geben, woran es seinen Zorn auslassen kann . . .« Er schüttelte den Kopf und gab ein wütendes Geräusch von sich. »Das sagt sich so leicht, Herger. Aber die Wirklichkeit sieht anders aus. Die Wahrheit, das ist Blut und Tod und Schrecken. Du –« Er brach ab, erschrocken über seine eigenen Worte. Herger konnte nichts dafür. Er war ebenso entsetzt über das, was hier geschehen war, wie er selbst, und für einen Moment war Skar in Gefahr gewesen, ihn zu behandeln, wie er es mit Gowenna getan hatte. Seinen Zorn auf ihn zu entladen. Aber das wäre zu billig gewesen.

»Vergiß es«, murmelte er. »Ich rede Unsinn. Du hast recht – es sind Quorrl. Sie wußten, was sie taten, als sie in dieses Land kamen.«

Aber hatten sie es wirklich gewußt? Hatte er gewußt, was er tat, als er Combat betrat oder den Wald von Cosh? Natürlich nicht. Und sowenig wie er hatten diese Quorrl gewußt, daß sie in Wirklichkeit nicht ihrem eigenen Willen gehorchten. Skar wußte nicht, wie Vela es bewerkstelligt hatte, aber er war plötzlich vollkommen sicher, daß sie dafür gesorgt hatte, daß die Quorrl-Armee im richtigen Augenblick die Grenzen dieses Landes überschritt. Einen besseren Vorwand, zu einem Krieg zu rüsten, konnte sie sich nicht mehr wünschen. Er wandte sich um, deutete mit einer Kopfbewegung auf die niedergebrannte Wagenburg im Zentrum des Schlachtfeldes und gab Herger mit einer Geste zu verstehen, ihm zu folgen. »Hilf mir«, sagte er. »Wir brauchen Holz, wenn wir nicht erfrieren wollen.«

Herger zuckte sichtlich zusammen. »Holz?« echote er dümmlich. »Wozu?«

Skar seufzte. »Für ein Feuer, Herger. Es brennt im allgemeinen besser als Schnee.«

»Du ... du willst hier ... hier übernachten?« fragte Herger stockend.

Skar blickte demonstrativ in den Himmel. Die Sonne würde in weniger als einer Stunde untergehen, und im Norden zeigte sich bereits ein düsterer grauer Streifen am Horizont. »Hast du eine bessere Idee?« fragte er, bewußt grob.

»Aber es ist ein ... Schlachtfeld«, keuchte Herger.

Skar schürzte abfällig die Lippen. »Solltest du Angst vor den Geistern der Erschlagenen haben«, sagte er, »dann laß dich beruhigen. Es ist nicht das erste Mal, daß ich auf einem Kampfplatz übernachte, und ich bin noch keinem Geist begegnet.«

Er ging los, ehe Herger Gelegenheit zu einer Entgegnung fand, und suchte sich seinen Weg zwischen den Toten hindurch. Es waren Quorrl, ausnahmslos. Die Angreifer mußten ihre Toten und Verwundeten mitgenommen haben. Wenn es bei ihnen Tote und Verwundete gegeben hatte ...

Er erreichte die Überreste der Wagen, sah sich einen Moment unschlüssig um und biß die Zähne zusammen, als sich der Wind drehte und einen durchdringenden Leichengestank mit sich brachte. Die Wagen waren ausnahmslos zerstört und verbrannt worden, der Großteil des Holzes war verkohlt und unbrauchbar. Aber zwischen den Trümmern gab es noch genügend Reste, und zur Not konnten sie die Kleider der Toten verbrennen. Der Gedanke, wie ein Leichenfledderer über das Schlachtfeld zu streifen und den Toten selbst noch die Hemden vom Leib zu ziehen, behagte ihm nicht. Aber wenigstens würden sie auf diese Weise nicht erfrieren. Und sie konnten sich mit warmen Kleidern versorgen, falls das schlechte Wetter anhalten sollte.

Er drehte sich zu Herger um und winkte ungeduldig. »Komm her und hilf mir!« rief er. Der Schmuggler war bei den Pferden stehengeblieben, setzte sich nun jedoch widerwillig in Bewegung und ging auf ihn zu. Auf halbem Wege stoppte er, beugte sich vor und fuhr plötzlich mit einer erschrockenen Bewegung wieder hoch. »Skar! Hier lebt noch einer!« Seine Hand fuhr zum Gürtel und riß das Schwert aus der Scheide, aber es war eine reine Abwehrbewegung.

Skar fuhr herum und war mit zwei, drei schnellen Schritten neben Herger. »Nicht«, sagte er hastig. »Steck die Waffe weg.«

Herger gehorchte, während Skar neben der zusammengekrümmten Gestalt niederkniete. Im ersten Augenblick glaube er, Hergers Nerven hätten diesem einen Streich gespielt; der Quorrl lag im Schnee, die Hände auf die schreckliche Wunde an seiner Seite gepreßt, und war über und über mit Blut befleckt. Aus seiner linken Schulter ragte der zersplitterte Schaft eines Pfeiles, und der stachelbesetzte Kupferhelm auf seinem Kopf war unter einem fürchterlichen Hieb geborsten und mit einem Kranz eingetrockneten Blutes besudelt. Aber dann sah Skar, wie sich die Augen des Schuppenwesens öffneten, nur um eine Winzigkeit und für den Bruchteil einer Sekunde. Trotz seiner fürchterlichen Verletzungen lebte das Wesen noch.

»Wir müssen ihn hier wegschaffen«, sagte Skar nach kurzem Überlegen. »Er braucht Wärme.«

Herger erschrak. »Du willst ihn . . . retten?«

»Er kann uns vielleicht wertvolle Informationen geben«, sagte Skar ruhig. »Außerdem ist er verletzt – keine Sorge. Er wird dir nichts mehr tun.«

»Aber er ist ein Quorrl«, begehrte Herger auf. »Diese Wesen haben unsere Städte und Dörfer überfallen und –«

Skar brachte ihn mit einem eisigen Blick zum Verstummen. Herger schluckte, trat unruhig von einem Fuß auf den anderen und schob schließlich seine Waffe in den Gürtel zurück. »Was soll ich tun?« fragte er, ohne Skar anzusehen.

»Hilf mir, ihn hier wegzuschaffen«, sagte Skar. Er stand auf, kniete über dem Kopf des Schuppenkriegers erneut nieder und schob die Hände unter die Schultern des Verwundeten. »Nimm seine Füße«, sagte er zu Herger. »Wir schaffen ihn zu den Wagen hinüber. Dort sind wir wenigstens vor dem Wind geschützt.«

Herger ließ sich gehorsam auf die Knie sinken, ergriff die Beine des Quorrl und hob ihn an. Skar stöhnte unter dem Gewicht des reglosen Körpers. Der Quorrl war ein besonders großes Exemplar seiner Rasse – ein zwei Meter hoher, unglaublich massiger Gigant von gut vier Zentnern Gewicht. Ein dumpfes, qualvolles Stöhnen entrang sich seiner Brust, als Skar und Herger ihn ächzend über das Schlachtfeld trugen. Die Wunde an seiner Seite brach wieder auf und hinterließ eine unregelmäßige Spur roter Tropfen im Schnee.

Herger taumelte vor Anstrengung, als sie endlich die verkohlte Wagenburg erreichten und den Quorrl wieder in den Schnee sinken ließen. Hergers Atem ging pfeifend, und sein Blick glitt immer wieder über die gewaltige graue Gestalt zu seinen Füßen.

Skar richtete sich auf, atmete ein paarmal tief ein und wartete, bis seine Hände zu zittern aufhörten. Das Gewicht des Quorrl hatte seine Kräfte fast überstiegen.

»Wir müssen . . . ein Feuer entzünden«, sagte er schweratmend. »Such Holz. Und hol unsere Pferde hierher. Ich werde mich inzwischen um seine Wunden kümmern.«

Herger nickte und fuhr so rasch herum, daß es beinahe an eine Flucht grenzte. Er schien froh zu sein, wenigstens für kurze Zeit die Nähe des Schuppenkriegers meiden zu können.

Skar sah ihm kopfschüttelnd nach. Herger haßte den Quorrl nicht wirklich, das spürte Skar. Aber er schien halb von Sinnen vor Furcht zu sein. Die Quorrl waren berüchtigt für ihre Grausamkeit, auch wenn das, was grausam erscheinen mochte, in den meisten Fällen wohl nur Ausdruck einer vollkommen fremden Lebensart war. Selbst Skar konnte sich eines unguten Gefühles nicht erwehren, als er den graugeschuppten Riesen betrachtete.

Er kniete erneut neben dem Quorrl nieder, bettete ihn mühsam in eine einigermaßen bequeme Lage und machte sich daran, seine Wunden zu untersuchen. Viel war es nicht, was er tun konnte – die Verletzungen, jede für sich, hätten den Quorrl eigentlich umbringen müssen. Es grenzte an ein Wunder, daß er überhaupt noch am Leben war. Skar war sicher, daß das Wesen die Nacht nicht überstehen würde. Selbst ein ausgebildeter Heiler wäre hier wohl machtlos gewesen. Sein Schädel war zertrümmert und wurde wahrscheinlich nur noch durch den zerbrochenen Helm zusammengehalten, und die Wunde an seiner Seite - ein Speerstich, wie Skar bei näherer Betrachtung feststellte - war bereits brandig. Nein - der Quorrl würde sterben, schon bald.

Skar sah sich ungeduldig nach Herger um, nahm nach kurzem Zögern seinen Mantel von den Schultern und breitete ihn über dem Quorrl aus - eine Geste, die allenfalls symbolische Bedeutung haben konnte; der Quorrl hatte einen Tag und vielleicht eine Nacht im Schnee gelegen und mußte bis auf die Knochen ausgekühlt sein.

Skar stand auf, bewegte die Finger, um das brennende Prickeln zu vertreiben, und begann Holz zu sammeln. Als Herger mit den Pferden zurückkam, hatte Skar bereits einen ansehnlichen Stapel zusammengetragen. Herger warf ihm wortlos die Satteltasche mit dem Verbandszeug zu und band die Pferde an ein zerbrochenes Wagenrad. Danach machte Herger sich daran, das Feuer zu entzünden, während Skar erneut zu dem Quorrl hinüberging. Ihr Verbandszeug war auf einen kleinen Rest zusammengeschmolzen; kaum genug, um eine einzige der Wunden des Quorrl zu versorgen. Aber Skar fand eine Salbe, die wenigstens für kurze Zeit die Schmerzen des Verwundeten lindern würde. Behutsam schmierte Skar sie auf die Wundränder, jederzeit bereit, zurückzuspringen, falls sich der Quorrl regen würde. Aber das Wesen erwachte nicht, auch nicht, als Skar den Pfeil aus seiner Schulter zog und die Wunde mit einem schmalen Streifen Verbandszeug versorgte.

Herger trat zu ihm, als er das Feuer entfacht hatte. Zwischen seinen Brauen zeigte sich eine mißbilligende Falte, als er sah, was Skar getan hatte. »Hoffentlich denkst du daran, daß wir das Verbandszeug selbst noch brauchen könnten«, murrte er.

Skar schwieg. Herger hatte seinen ersten Schrecken überwunden, und seine Unsicherheit schlug nun in Aggressivität um. »Reine Verschwendung«, fuhr er fort, als Skar nicht antwortete.

»Es wäre menschlicher, wenn du dein Schwert nehmen und ihn erlösen würdest.«

Skar legte seinen Mantel wieder über den Quorrl, sah sich suchend um und zog schließlich ein halbverkohltes Stoffbündel aus den Trümmern hervor, um es wie ein Kissen unter den Nacken des Quorrl zu schieben. »Ich will wissen, was hier geschehen ist«, sagte er. »Und dieser Quorrl kann es uns vielleicht noch sagen.«

Herger gab ein abfälliges Geräusch von sich. »Sei kein Narr, Skar«, sagte er. »Wenn er überhaupt noch einmal zu sich kommt, dann wird er versuchen, uns umzubringen, das weißt du so gut wie ich. Also hör mit deinem sentimentalen Quatsch auf und laß uns weiterziehen. Wir schaffen noch ein paar Meilen bis zum Dunkelwerden.«

»Und erfrieren irgendwo«, knurrte Skar. »Wir bleiben hier, Herger. Hier haben wir Holz und einen Schutz vor dem Wind, und die Geister der Toten, vor denen du dich so fürchtest, werden uns Wegelagerer und anderes Gesindel vom Hals halten.«

»Und Plünderer anlocken«, sagte Herger lakonisch. »Ich habe meine Erfahrungen mit ihnen, Satai – wo ein Schlachtfeld ist, da sind auch Leichenfledderer nicht weit.«

»Dann wird es wohl das Beste sein, wenn du Wache hältst, während ich schlafe«, sagte Skar. »Oder?«

Herger starrte ihn einen Herzschlag lang mit unverhohlener Wut an, ehe er herumfuhr und durch den Schnee davonstapfte.

Skar wandte sich um, nahm die Satteltaschen und die zusammengerollten Decken von den Rücken der Pferde und begann das Nachtlager vorzubereiten. Die verkohlten Wagen bildeten einen unregelmäßigen Halbkreis, hinter dem man zumindest notdürftig vor dem Wind geschützt war, und auch der Schnee lag hier nicht so hoch wie draußen auf dem Schlachtfeld. Skar breitete die Dekken rechts und links des Feuers aus, legte ein wenig Holz nach und öffnete seinen Wasserschlauch, der leer war bis auf einen schalen, übelriechenden Rest. Skar schüttete ihn aus, beugte sich noch einmal prüfend über den Quorrl und ging dann zum Fluß hinunter. Herger hatte sich in der entgegengesetzten Richtung entfernt und stand, reglos und den Blick starr nach Norden gerichtet, auf der Kuppe eines Hügels. Das rote Licht der untergehenden Sonne verwandelte seinen Körper in einen schwarzen, flachen Schatten. Skar überlegte einen Augenblick, ob er zu ihm gehen und ihn um Verzeihung bitten sollte, tat es aber dann doch nicht. Vielleicht war es das erste Mal in Hergers Leben, daß er mit eigenen Augen sah, wie die Welt, in die er hineingeboren war, wirklich beschaffen war. Er mußte damit fertig werden, je eher, desto besser.

Skar versuchte sich zu erinnern, was er empfunden hatte, damals, vor (wie vielen Jahren eigentlich? Dreißig? Vierzig?), vor so langer Zeit, als er wie jetzt Herger als junger Satai-Novize auf einem Hügel über einem Schlachtfeld gestanden und auf das schreckliche Bild hinuntergesehen hatte. Er wußte nicht mehr im einzelnen, wie es gewesen war. Er hatte seitdem zu viele Schlachtfelder gesehen, zu viele Kämpfe gekämpft und zu oft dem Tod ins Auge geblickt, um wirklich noch zu wissen, was Furcht war. Er war ... ja, abgestumpft, so wie jeder, der mit der Waffe in der Hand lebt und für den Tod Leben bedeutet, irgendwann abstumpft. Aber Skar hatte nie vergessen, wie schlimm es gewesen war, damals. Er konnte sich nicht mehr an Einzelheiten erinnern, doch der ungläubige Schrecken, der alle anderen Gefühle überwog, war ihm deutlich in seiner Erinnerung haftengeblieben. Der Schrecken und die Frage, was Menschen dazu bringen konnte, so etwas zu tun.

Er hatte nie eine Antwort auf diese Frage gefunden. Und irgendwann hatte er auch aufgehört, nach ihr zu suchen.

Er verscheuchte den Gedanken und ging weiter. Vom Fluß wehte ihm Kälte wie ein eisiger Hauch entgegen, und zwischen den flachen Steinen, die den Verlauf der Furt markierten, hatte sich Eis angesammelt. Skar betrachtete die durchbrochene weiße Linie stirnrunzelnd. Wenn die Temperaturen weiter so niedrig blieben, dann würde das Eis in Kürze einen Damm an der flachen Stelle bilden, und der Fluß würde über die Ufer treten. Vielleicht ein würdigeres Begräbnis für die Toten, als den Geiern als Nahrung zu dienen.

Skar blieb am Flußufer stehen. Auch im Wasser lagen Tote – nicht ganz so viele wie diesseits des Flusses, aber mehr, als er vorhin auf den ersten Blick gesehen hatte. Aber es waren nur Quorrl. Kein Mensch. Nicht ein einziger Angreifer.

Er wandte sich nach links und ging flußaufwärts. Das Wasser war hier noch immer schlammig und braun, aber zumindest nicht mehr mit Leichen verseucht. Trotzdem kostete es ihn enorme Überwindung, am Ufer niederzuknieen und seinen Schlauch zu füllen. Bei dem Gedanken, das Wasser am Morgen, wenn auch ahnungslos, getrunken zu haben, drehte sich ihm noch jetzt der Magen herum.

Er trank, füllte seinen Schlauch und band die Öffnung sorgfältig zu, ehe er zu Herger und ihrem Lager zurückging. Die Sonne berührte den Horizont, als er am Feuer anlangte und sich wortlos neben Heger niederließ. Die Schatten wurden länger, und die toten Quorrl verwandelten sich in formlose graue Hügel. Skar schauderte. In Augenblicken wie diesem konnte er verstehen, daß sich Menschen wie Herger vor den Geistern der Toten fürchteten.

Mit der Dunkelheit kam die Kälte, und Skar rückte näher ans Feuer heran. Die Flammen spendeten eine wohlige Wärme, und mit ihr kam die Müdigkeit.

»War das dein Ernst, vorhin?« fragte Herger plötzlich. »Das mit der Wache?«

Skar sah auf. Hergers Gesicht wirkte im flackernden Licht der Flammen noch müder als zuvor. Sein linkes Auge war entzündet und rot, was seinem Antlitz ein seltsam asymmetrisches Aussehen gab.

»Vorhin nicht«, murmelte er. »Aber jetzt. Ich glaube, es ist besser, wenn wir abwechselnd Wache halten. Schon wegen ihm«, fügte er mit einer Kopfbewegung auf den reglosen Quorrl hinzu. Sie hatten das Wesen so dicht ans Feuer herangezogen, wie es ging, und Skar hoffte, daß die wärmenden Flammen bald Wirkung zeigen würden.

Herger folgte Skars Blick. Er schwieg eine ganze Weile, aber

Skar konnte direkt sehen, wie es hinter seiner Stirn arbeitete.

»Was ich vorhin gesagt habe«, begann er stockend, »tut mir leid. Ich . . .«

Skar unterbrach ihn mit einem sanften Kopfschütteln. »Schon gut«, sagte er. »Ich verstehe dich.«

»Aber ich bin trotzdem dagegen«, fuhr Herger nach einer weiteren Pause fort. »Wir hätten ihn sterben lassen sollen.«

»Er wird sterben«, sagte Skar ruhig. »Noch heute nacht.«

»Und warum quälst du ihn dann?«

Skar blickte nachdenklich auf die gewaltige Gestalt des Quorrl. Das Wesen war noch immer ohne Bewußtsein, aber seiner Brust entrang sich von Zeit zu Zeit ein tiefes, qualvolles Stöhnen. Skar hatte schon vielen dieser Wesen im Kampf gegenübergestanden und wußte, wie stark und wild sie waren, und er hatte Menschen gesehen, die von Quorrl im wahrsten Sinne des Wortes in Stücke gerissen worden waren. Trotzdem empfand er keinen Triumph – nicht einmal diese schwer zu beschreibende Erleichterung, wenn man sich einer Gefahr erst dann bewußt wird, nachdem sie vorüber war. Alles, was er empfand, war Mitleid; Mitgefühl mit einem Wesen, das verwundet war und Schmerzen litt.

Aber wahrscheinlich empfand der Quorrl im Moment weniger Schmerzen als Herger oder er.

»Ist dir nicht aufgefallen, daß hier nur Quorrl liegen?« fragte er nach einer Weile.

Herger sah ihn fragend an.

»Keine Menschen«, sagte Skar. »Ich habe mich umgesehen. Es sind nur Quorrl-Rüstungen. Quorrl-Waffen. Quorrl-Pferde.«

»Sie werden ihre Toten und Verwundeten mitgenommen haben«, meinte Herger unsicher.

»Keine zerbrochenen Waffen«, fuhr Skar unbeeindruckt fort. »Keine abgeschlagenen Hände und Arme, keine verlorenen Helme, kein totes Pferd.«

»Worauf . . . willst du hinaus?« fragte Herger unsicher.

Skar zuckte mit den Achseln. »Vielleicht darauf, daß sie keine Verluste hatten«, murmelte er, mehr zu sich selbst. Der Gedanke war die ganze Zeit über in ihm gewesen, aber er begriff eigentlich erst jetzt, als er ihn laut aussprach, was er wirklich bedeutete.

»Das ist unmöglich«, sagte Herger.

»Das ist es«, bestätigte Skar. »Aber ich weiß keine andere Erklärung.«

Herger schwieg sekundenlang. »Vielleicht haben sie sie in eine Falle gelockt«, murmelte er. »Wenn sie sie auf große Distanz angegriffen . . .« Er brach mitten im Satz ab und starrte mit unnatürlich weit aufgerissenen Augen an Skar vorbei auf das Schlachtfeld hinaus. Die meisten Quorrl waren durch Pfeilschüsse getötet worden – aber längst nicht alle. Selbst er erkannte eine Schwertwunde, wenn er sie sah.

»Vielleicht haben sie sich nicht gewehrt«, murmelte er.

Oder sie haben gegen einen Gegner gekämpft, der nicht zu verwunden war, dachte Skar. Aber das sprach er nicht laut aus. Stattdessen stand er auf, hängte sich seinen Wasserschlauch über die Schulter und deutete mit einer Kopfbewegung auf die Hügelkette. »Ich werde die erste Wache übernehmen«, sagte er. »Versuch ein wenig zu schlafen. Ich wecke dich kurz nach Mitternacht.«

»Skar!«

Irgend etwas war in Hergers Stimme, das ihn anhalten ließ. Er zögerte, wandte sich noch einmal um und trat wieder ans Feuer heran. »Ja.«

»Ich . . .« Herger schluckte. »Bleib hier«, bat er. »Du kannst auch hier Wache halten. Und ich auch.«

Wovor hat er Angst? dachte Skar. Vor den Geistern der Toten? Oder vor dem Quorrl? Oder vielleicht einfach davor, allein zu sein? Aber er sprach nichts von alledem aus, sondern ließ sich wortlos wieder am Feuer nieder und hielt die Hände über die wärmenden Flammen. Im Grunde war er ganz froh, am Feuer bleiben zu können.

Und obwohl er es niemals – auch sich selbst gegenüber nicht – zugegeben hätte, war er ebenso froh, nicht allein sein zu müssen.

»Was wirst du tun, wenn wir Elay wirklich erreichen?« fragte Herger. »Sie töten?«

»Ja«, sagte Skar. »Und jetzt schlaf. Wir müssen morgen ausgeruht sein.«

Herger schien noch mehr fragen zu wollen, aber er sah ein, daß Skar nicht nach reden zumute war, und so legte er sich zurück und rollte sich in seine Decke ein. Schon nach wenigen Augenblicken wurde sein Atem ruhiger; er war eingeschlafen, der Kälte und der Furcht, die mit dunklen Schatten um das Lager strich, zum Trotz.

Skar betrachtete ihn nachdenklich. Es war seltsam – sie kannten sich jetzt seit elf Tagen, aber er hatte bereits ein so vertrautes Gefühl, als ritten sie schon seit Jahren zusammen. Obwohl ihm Herger so rätselhaft wie am ersten Tag geblieben war, fühlte er trotzdem so etwas wie ... Freundschaft? Nein, Freundschaft sicher nicht. Sie waren sich fremd, und sie würden sich auch immer fremd bleiben, ganz egal, wie lange sie zusammen sein würden. Und trotzdem war es eine Fremdheit, die – so absurd es klang – etwas Vertrautes hatte.

Skar schüttelte den Kopf, zog die Decke enger um die Schultern und rückte näher ans Feuer heran. Was war nur mit ihm los? Waren das wirklich seine Gedanken? Oder war er vielleicht auch psychisch so erschöpft, daß er die Kontrolle über sich zu verlieren begann?

Es wurde dunkler, und hinter der flackernden Linie, an der der Feuerschein den Ansturm der Nacht aufhielt, schienen sich Schemen zu bewegen, formlose Dinge, die es nicht wirklich gab, die aber deswegen nicht weniger schrecklich waren. Irgendwo dort draußen war der Wolf, vielleicht hundert Meilen entfernt, vielleicht auch nur einen Steinwurf. Sein dunkler Begleiter. Der Fluch, der auf ihm lastete, schwerer, als Herger jemals begreifen würde. Vielleicht war es einer jener Schatten, von denen er annahm, es handele sich um Einbildung, und vielleicht schlich der Wolf gerade jetzt um das Lager und suchte nach einer geeigneten Stelle für einen Angriff.

»Bist du dort, Freund?« sagte er. Seine Worte verklangen im Wind, aber er bildete sich ein, ein schwaches Echo zu hören, verzerrt und erst nach einigen Sekunden Verzögerung einen Laut, als versuche jemand – oder etwas – mit Stimmorganen, die nicht für die menschliche Sprache geeignet waren, seine Worte nachzuahmen. Einbildung? Natürlich.

»Du bist dort«, fuhr er fort, und wieder beantwortete der Wind seine Worte mit dem gleichen unheimlichen Klang. »Du bist dort und wartest. Du wartest, daß ich einen Fehler mache, nicht?« Er lachte leise. »Aber ich werde keinen Fehler machen, Freund«, fuhr er fort. »Ich habe dein System durchschaut. Du wirst mir nichts tun, solange ich nicht in Elay bin. Und bis dorthin ist noch ein weiter Weg.«

»Ich hoffe, du irrst dich nicht, Skar«, sagte Herger.

Skar zuckte zusammen und fuhr mit einer abrupten, harten Bewegung herum. Herger hatte sich halb aufgesetzt und sah ihn mit einer Mischung aus Trauer und mühsam verhohlener Sorge an.

»Ich ... ich dachte, du würdest schlafen«, sagte Skar stockend. Es war ihm unangenehm, daß Herger seine Worte gehört hatte. Skar hatte sich im stillen immer über Leute amüsiert, die Selbstgespräche führten; jetzt tat er es selber.

»Das habe ich auch«, sagte Herger. »Aber in einer Umgebung wie dieser schläft man nicht tief, weißt du?« Er lächelte, wurde übergangslos wieder ernst und setzte sich vollends auf, die Decke wie einen Mantel über Kopf und Schultern gezogen, so daß ihr Schatten sein Gesicht in zwei scharf voneinander abgegrenzte Hälften teilte. Seine Augen lagen im Dunkeln, aber Skar spürte seinen Blick trotzdem.

»Du hast Angst, nicht?« sagte Herger plötzlich. »Warum gibst du es nicht zu? Es tut gut.«

Skar funkelte ihn wütend an. »Ich wüßte nicht, was dich das angeht«, sagte er ärgerlich. »Immerhin fürchte ich mich nicht vor den Geistern toter Quorrl.« Die Spitze traf nicht; Herger lächelte erneut, beugte sich vor und hielt die Hände über die Flammen.

»Jeder hat seine eigenen Geister«, sagte er, ohne Skar anzusehen. »Ich die Geister der Toten, du deinen Wolf – oder was immer er sein mag. Du bist sicher, daß er dich töten wird, wie? So, wie er Tantor getötet hat.«

Skar schwieg. Er wußte nicht, worauf Herger hinauswollte, aber er hatte das Gefühl, daß es mehr war als ein belangloses Gespräch am Lagerfeuer.

»Ich wollte dich schon lange fragen«, fuhr Herger nach einer Weile fort. »Aber ich habe noch keine Gelegenheit gefunden.«

»Dann laß es jetzt auch sein«, knurrte Skar. »Ich wüßte nicht, was an einem nächtlichen Schlachtfeld –« Er brach mitten im Satz ab, als der Quorrl ein dumpfes Stöhnen ausstieß und sich bewegte. Die Hand des Quorrl ruckte unter der Decke hervor und krallte sich in den hartgefrorenen Boden. Der gewaltige Körper zuckte.

»Er erwacht«, keuchte Herger.

Skar war mit einem Satz auf den Füßen und neben dem Quorrl. Die Lider des Wesens flatterten. Er stöhnte erneut, versuchte sich zu bewegen und sackte mit einem sonderbar hohen Laut zurück. Seine Augen öffneten sich, aber ihr Blick schien durch Skar hindurchzugehen.

»Sei vorsichtig«, sagte Herger gehetzt. »Wenn er dich erkennt . . .«

Skar brachte ihn mit einer unwilligen Geste zum Verstummen. Der Quorrl bewegte sich stärker. Seine grausamen Krallen wühlten den Boden auf und fuhren mit scharrendem Geräusch über Eis und Stein, aber es war trotz allem keine Kraft in dieser Bewegung. Die großen, pupillenlosen Augen waren verschleiert. Wenn das Wesen überhaupt etwas sah, dann nicht ihn. Trotzdem spannte er sich, um im Notfall sofort zur Seite springen zu können. Es war nicht das erste Mal, daß er einem Quorrl begegnete, und er wußte, daß die sechsfingrigen Klauen des Wesens stark genug waren, Stahl zu zermalmen.

»Kannst du mich hören?« fragte er.

Die Lippen des Quorrl zuckten, aber Skar war nicht sicher, ob das eine Reaktion auf seine Worte oder nur Schmerz war. Er beugte sich vor, tauschte einen raschen Blick mit Herger und legte dem Quorrl die Hand auf die Stirn. Die Schuppenhaut fühlte sich hart und trocken an, und Skar konnte den hämmernden Pulsschlag des Wesens fühlen. Die beiden Herzen des Quorrl rasten;

ihr Schlag war unregelmäßig.

»Verstehst du, was ich sage?« fragte Skar eindringlich. »Du bist in Sicherheit. Wir sind deine Freunde. Wir werden dir nichts tun.«

Die Bewegung kam selbst für Skars Reaktionen zu schnell. Der Quorrl bäumte sich auf. Ein gellender, unglaublich lauter Schrei brach aus seinem lippenlosen Maul. Seine Pranke zuckte hoch, packte Skars Oberarm und drückte zu. Skar schrie vor Schmerz auf und warf sich zurück, aber den unmenschlichen Kräften des Quorrl hatte er nichts entgegenzusetzen.

Herger stieß einen erschrockenen Ruf aus, riß sein Schwert aus dem Gürtel und schwang die Waffe mit beiden Händen.

»Nicht!« schrie Skar verzweifelt. »Tu es nicht!«

Herger erstarrte mitten in der Bewegung. Der Quorrl hatte sich wieder beruhigt. Er war zurückgesunken und stöhnte leise. Aber seine Linke umklammerte immer noch Skars Arm. Der Schmerz war für Skar fast unerträglich.

»Khomat«, flüsterte der Quorrl. *»She cedy khomat.«* Nur diese drei Worte, immer wieder. Seine Lider waren abermals geschlossen, aber Skar konnte sehen, wie sich die Augäpfel hinter den Lidern hektisch hin und her bewegten.

»Hilf mir«, preßte Skar mit zusammengebissenen Zähnen hervor. Er rückte von dem Quorrl ab, so weit es ging, ließ sich auf die Knie sinken und versuchte, die Finger des Wesens zurückzubiegen. Herger kniete neben ihm nieder, umklammerte das Handgelenk des Quorrl und versuchte mit der anderen Hand, die beiden Daumen des Wesens zurückzubiegen.

Selbst zu zweit schafften sie es kaum. In Skars Augen standen Tränen, als sein Arm endlich wieder frei war. Seine Hand begann zu prickeln, als das Blut in die abgeschnürten Glieder zurückkehrte. Er stand auf, wich hastig ein paar Schritte von der graugeschuppten Gestalt zurück und massierte seine Hand. »Das war knapp«, murmelte er. »Ich hätte auf dich hören sollen, Herger. Ich werde wohl langsam alt.«

Hergers Gesicht war grau vor Schrecken. Seine Hände zitterten, als wäre er es gewesen, den der Quorrl gepackt hatte.

»Was hast du?« fragte Skar. »Es ist vorbei – mir ist nichts passiert.«

Herger schüttelte den Kopf. »Du ... sprichst seine Sprache nicht?« fragte er.

Skar verneinte. »Nicht sehr gut. Was hat er gesagt?«

Herger sah auf. In seinen Augen flackerte Panik. *»Khomat«*, murmelte er.

»Und was bedeutet das?«

Hergers Lippen zuckten, aber er antwortete nicht. Er starrte an Skar vorbei in die Nacht hinein, und sein Blick irrte unstet über das dunkle Schlachtfeld. Seine Hände zitterten.

»Was bedeutet dieses Wort, Herger?« fragte Skar noch einmal. »Rede!«

»Dämonen«, murmelte Herger tonlos. »Er hat gesagt, die Dämonen kommen.«

Er lebt immer noch«, sagte Herger leise. »Aber das dürfte er nicht.«

Skar zog den Sattelgurt fest, streichelte flüchtig die feuchten Nüstern des Pferdes und ging zweimal um die beiden Tiere herum, um sich vom ordentlichen Sitz der Zügel und Sättel zu überzeugen. Es wurde bereits hell. Im Osten zeigte sich ein dünner, flackernder grauer Streifen am Horizont, und der Schnee schien wie unter einem geheimnisvollen inneren Licht zu strahlen, so daß die Sicht bis hinunter zum Fluß klar war. Das Feuer brannte noch immer, aber die Flammen waren klein und gelb und spendeten kaum noch Wärme. Sie hatten fast das gesamte Holz aufgebraucht; ein kümmerlicher Rest hing zusammengeschnürt an Hergers Sattel, kaum genug für ein einstündiges Feuer. Sie würden dem Fluß wieder bis zu der Stelle zurück folgen müssen, an der sie zum ersten Mal auf ihn getroffen waren. Ein Ritt von zwei Tagen, um eine Distanz von hundert Schritt zu überwinden . . . Aber es wurde auch nicht besser, wenn sie sich darüber beklagten.

Skar schnallte seinen Waffengurt ab, hängte ihn an den Sattelknauf seines Pferdes und ging zu Herger und dem Quorrl zurück. Der Schuppenkrieger hatte sich nicht mehr gerührt, sondern war wieder in ein tiefes Koma gesunken. Ein Schlaf, aus dem er wahrscheinlich nicht mehr erwachen würde. Trotzdem hatten sie – gewarnt durch das, was Skar passiert war – seine Hände und Füße mit kräftigen Lederstreifen zusammengebunden. »Was hast du gesagt?«

Herger sah auf. »Er dürfte nicht mehr leben«, wiederholte Herger. »Nicht bei diesen Verletzungen.«

Skar seufzte und unterdrückte ein Gähnen. Er war müde – weder er noch Herger hatten viel Schlaf gefunden. Er war erst gegen Morgen eingeschlafen, aber schon nach kurzer Zeit schweißgebadet und mit der dumpfen Erinnerung an einen Alptraum wieder aufgewacht.

Er nickte, rieb sich mit Daumen und Zeigefinger die Augen und sah erst Herger, dann den Quorrl nachdenklich an. »Ich weiß«, sagte er. »Aber er weiß es anscheinend nicht.«

»Und was tun wir?«

»Ihn mitnehmen«, antwortete Skar gleichmütig. »Was sonst?«

»Das ist nicht dein Ernst«, sagte Herger erschrocken. »Du würdest ihn umbringen, wenn du ihn auf ein Pferd binden würdest.«

»Und was schlägst du vor?« gab Skar zurück. »Wenn wir ihn hierlassen, dann leidet er vielleicht noch Tage. Und wir können nicht bleiben, bis er sich erholt hat oder gestorben ist.« Skar hatte lange über die Frage nachgedacht, über diese und andere – die Nacht war lang genug gewesen. Der Gedanke gefiel ihm so wenig wie Herger, doch sie hatten kaum eine andere Wahl.

»Aber das ist Wahnsinn!« protestierte Herger. »Willst du ihn tagelang mitschleppen, bis er endlich stirbt?«

Skar sah Herger kühl an. »Ich werde ihn jedenfalls nicht hier zurücklassen, damit ihn die Geier bei lebendigem Leibe auffressen«, sagte er.

»Dann müssen wir ihn töten«, sagte Herger. »Wir können ihn nicht mitnehmen.«

Skar schwieg einen Moment. Herger hielt seinem Blick stand, aber Skar sah deutlich, welche Überwindung es ihn kostete. »Vielleicht hast du recht«, murmelte er. »Hier.« Er ging in die Hocke, zog den schmalen Wurfdolch aus dem Stiefel und hielt ihn Herger auffordernd hin.

Herger betrachtete die Waffe stirnrunzelnd. »Was soll ich damit?«

»Ihn töten«, antwortete Skar. »Das wolltest du doch, oder?«

Herger wich instinktiv zurück und besah den Dolch mit einer Mischung aus Schrecken und Abscheu. »Aber ...«

»Wenn du der Meinung sein solltest, daß es meine Aufgabe ist, ihn umzubringen, täuschst du dich«, sagte Skar hart. »Es war deine Idee – also nimm ihn.« Er winkte mit dem Dolch. »Nimm ihn und schneide ihm die Kehle durch. Ich werde dich nicht hindern. Und ich werde auch kein Wort darüber verlieren. Aber verlang nicht von mir, daß ich es tue. Ich habe lange genug die Drecksarbeit für andere verrichtet.« Er stand mit einem Ruck auf, schleuderte Herger die Waffe vor die Füße und ging zu den Pferden zurück. Er beherrschte sich nur noch mit Mühe. Hergers Verhalten hatte ihn in eine rasende, grundlose Wut versetzt – obwohl er ganz genau gewußt hatte, was passieren würde. Aber er wollte einfach nicht mehr. Er hatte geglaubt (nein, nicht geglaubt – sich einzureden versucht), daß Herger anders war als die anderen, daß er in ihm nicht nur einen gedungenen Mörder sehen würde. Aber natürlich war es nicht so. Für Herger war dies alles hier nichts als ein Abenteuer, etwas, in das er halb freiwillig, halb gegen seinen Willen hineingeschlittert war und aus dem er das Beste zu machen versuchte. Für Herger war er nichts als ein Satai, ein Mann, vor dem man Furcht oder bestenfalls jene Art von Respekt, die auf Furcht basierte, empfand, und von dem man annahm, daß das Töten für ihn etwas Alltägliches war. Gab es denn niemanden auf dieser Welt, der begriff, daß er ein Mensch war, der Schmerz und Trauer und Mitleid empfinden konnte wie alle anderen auch?

Aber das Gefühl verging so rasch, wie es gekommen war. Er benahm sich kindisch. Vielleicht war ein vier Zentner schwerer Quorrl-Krieger nicht der rechte Anlaß, Mitgefühl zu demonstrieren. Aber vielleicht war es gerade ein solcher Anlaß.

Nach einer Weile trat Herger neben Skar, der den Kopf drehte und den Hehler durchdringend ansah.

»Es tut mir leid«, murmelte Herger niedergeschlagen. Er trat unruhig von einem Fuß auf den anderen, senkte den Blick und drehte den Dolch unbehaglich in den Händen. »Du hast recht, Skar. Wir können ihn nicht seinem Schicksal überlassen. Hier.« Er gab Skar das Messer zurück, lächelte unsicher und deutete mit einer Kopfbewegung auf die Pferde. »Wir müssen eine Bahre für ihn bauen«, sagte er.

»Eine Trage«, korrigierte Skar mit einem gutmütigen Lächeln. »Auf einer Bahre transportiert man nur Tote.«

Herger sah ihn einen Herzschlag lang verwirrt an und lachte dann unsicher. »Gut, dann eine Trage. Glaubst du, daß es die Pferde schaffen?«

Skar sah nach Osten. »Ich denke schon«, antwortete er. »Wenn wir uns dicht am Ufer halten, dann ist das Gelände gar nicht so unwegsam.«

Natürlich würden sie noch mehr Zeit verlieren auf diese Weise. Aber es war nicht nur Barmherzigkeit, die Skar bewogen hatte, den Quorrl mitzunehmen. Die Schlacht lag noch nicht lange zurück, und die Toten bewiesen nicht, daß es nicht noch mehr Quorrl in der Nähe gab. Aber das sprach Skar lieber nicht laut aus. Herger war auch so schon nervös genug.

»Machen wir uns an die Arbeit«, sagte Skar. »Ich möchte fertig sein, wenn die Sonne aufgeht.«

Gemeinsam gingen sie an die Arbeit. Es war nicht sehr schwer, eine Trage anzufertigen – das Schlachtfeld bot genug Baumaterial, und sie hatten schon nach kurzer Zeit eine zwar primitive, aber haltbare Konstruktion zusammengebastelt, die selbst dem Gewicht des Quorrl gewachsen sein mußte. Vorsichtig spannten sie die Trage zwischen die Pferde, zurrten sie fest und hoben den reglosen Körper hinauf. Die Tiere begannen unruhig mit den Hufen zu scharren, als der fremde Geruch des Wesens in ihre Nüstern stieg.

»Wir sollten ihn festbinden«, sagte Herger. »Vorsichtshalber. Wenn er aufwacht und um sich schlägt ...«

Skar nickte. Er hatte am eigenen Leib erlebt, welche Kraft das Wesen hatte; sein Arm war noch jetzt taub, und wenn er ihn zu rasch bewegte, schoß ein pochender Schmerz durch den Muskel. Er bückte sich, hob die Lederriemen auf, mit denen sie die Trage zusammengebunden hatten, und warf sie nach kurzem Überlegen wieder fort. »Ich suche etwas Festeres«, sagte er. »Die hier zerreißt er wie Papier. Sieh dich inzwischen hier um – vielleicht findest du etwas, das wir gebrauchen können.«

Natürlich war das sinnlos – sie hatten die Trümmer schon am vergangenen Abend nach Lebensmitteln durchsucht, und das wenige, das sie gefunden hatten, war entweder verbrannt oder auf andere Weise verdorben gewesen. Auch die Quorrl mußten gehungert haben. Aber Skar hielt es einfach für besser, Herger auf die eine oder andere Weise beschäftigt zu wissen. Wer etwas zu tun hat, der grübelt weniger.

Skar sah sich unschlüssig um. Er wußte selbst nicht so recht, was er suchte – einen Gürtel, einen ledernen Waffenriemen, irgend etwas, das geeignet war, dem Toben eines Wesens standzuhalten, das fünfmal so stark wie ein normal gewachsener Mann war. Der Kampfplatz bot eine reichliche Auswahl aller möglichen Dinge – die Quorrl mußten eine geradezu unglaubliche Masse von Gepäck mit sich geschleppt haben; Waffen vor allem, aber auch Hausrat, Schmuck, Kleider und Geräte, wie man sie braucht, um Land zu bestellen. Vielleicht waren sie auf einem Beutezug gewesen, als der Tod nach ihnen gegriffen hatte. Aber es war nichts darunter, was für seine Zwecke geeignet war.

Ein paarmal kniete er nieder, nahm dies und das zur Hand und warf es jedesmal fort, um weiterzugehen. Schließlich, schon auf halbem Wege zum Fluß hinunter, fand er das, wonach er gesucht hatte: einen handbreiten, mit metallenen Gliedern verstärkten

Gürtel, der stabil genug erschien, einen Ochsen zu halten. Er hob ihn auf, wischte mit dem Handrücken Schnee und verklumpten Matsch von den blinkenden Kupfergliedern und warf ihn sich mit einem zufriedenen Nicken über die Schulter.

Als er sich umdrehte, um zu Herger zurückzugehen, sah er die Spur.

Sie begann am Fluß und war eine schnurgerade Doppellinie, die aus dem Wasser hervorkam, wenige Schritte neben ihm vorbeiführte und dann, einen sanften, nach Westen geneigten Bogen schlagend, hinter den Hügeln jenseits ihres Lagers verschwand. Es war keine menschliche Spur – die Abdrücke waren groß wie eine Hand, aber viel tiefer, als sie selbst ein schwerbeladenes Packpferd hätte hinterlassen können, und ihre Ränder waren seltsam verwaschen, als wäre der Schnee halb geschmolzen und unter dem eisigen Wind sofort wieder erstarrt. Wäre sie kleiner gewesen, hätte es die Spur eines Hundes sein können.

Skars Herz schien einen schmerzhaften Sprung zu machen. Für den Bruchteil einer Sekunde stieg Panik in ihm auf, eine graue, unbezwingbare Furcht, die jeden Ansatz klaren Denkens hinwegspülte. Er fuhr herum, drehte sich ein-, zweimal um seine Achse und griff instinktiv zum Gürtel, ehe ihm einfiel, daß der Waffengurt mit dem *Tschekal* am Sattel seines Pferdes hing, nur ein paar Schritte entfernt, aber trotzdem unerreichbar.

Der Gedanke brachte ihn wieder in die Realität zurück. Die Spur war mehrere Stunden alt. Wenn der Wolf gekommen wäre, um ihn zu töten, dann wäre er jetzt schon lange nicht mehr am Leben. Trotzdem blieb die Furcht; eine unsichtbare eisige Faust, die ihn umklammert hielt und ihm den Atem abschnürte. Er atmete ein paarmal tief ein, ballte die Fäuste, so fest er konnte, und versuchte das Gefühl zurückzudrängen. Aber sein Herz hämmerte weiter, und das eisige Gefühl in seinem Magen schien eher schlimmer zu werden. Er mußte sich mit aller Macht dazu zwingen, sich herumzudrehen und der Fährte zu folgen.

Sie führte knapp an ihrem Lager vorbei, bog dann nach Westen ab und verschwand hinter den Hügeln. Herger rief etwas, als Skar an ihm vorbeiging, aber er, Skar, achtete gar nicht auf die Worte, sondern ging mit erzwungen ruhigen Schritten weiter, erklomm den Hügel und blieb auf seiner Kuppe stehen.

Er empfand nicht einmal Schrecken – allerhöchstens so etwas wie Verwunderung darüber, daß er nicht von selbst darauf gekommen war.

Die Wolfsfährte ging vor ihm weiter – in direkter Linie den Hügel hinab und den nächsten wieder hinauf. Es sah aus, als hätte das Ungeheuer nicht einmal im Schritt verharrt, um die beiden Krieger zu töten.

Sie lagen in seltsam verrenkter Haltung im Schnee, zwei mehr als zwei Meter große Giganten, in schwarze, stachelbewehrte Hornpanzer gekleidet. Velas Krieger. Tuans Fluch, den sie heraufbeschworen und mit hierhergebracht hatten. Keine Menschen, sondern ... Dinger, leblose Scheusale, deren äußere Form allein deshalb der menschlichen zu ähneln schien, um ihre Vorbilder zu verspotten. Skar hatte es geahnt, als er das Schlachtfeld gesehen hatte, die Spuren eines Kampfes, der nur auf einer Seite Verluste forderte, und er hatte es gewußt, als er den Quorrl von Dämonen hatte reden hören.

Aber er war ein Narr gewesen, sich im Ernst einzubilden, daß sie keinen Wächter zurücklassen würde. Welchen Auftrag hatten sie gehabt? Den, ihn zu töten? Oder nur den, ihn zu beobachten und jeden seiner Schritte zu registrieren? Aber eigentlich blieb es sich gleich – Vela wußte jetzt, daß er hier war; spätestens jetzt. Diese beiden Krieger dort unten waren mehr als ihr verlängerter Arm – sie waren ihre Augen und Ohren gewesen, zwei von Hunderten, die über das gesamte Land verstreut sein mochten und nach ihm Ausschau hielten.

Er atmete tief ein, pumpte die Lungen mit der schneidend kalten Luft voll und versuchte an nichts zu denken. Aber als er die Augen schloß, sah er ein Gesicht vor sich – ein schmales, von glattem, dunklem Haar eingerahmtes Gesicht, dessen Augen ihn spöttisch anblickten. O nein – sie hatte diese beiden Hornkrieger nicht hier zurückgelassen, um ihn zu töten. Noch nicht. Sie mußte gewußt haben, daß er hier war, genau hier, so, wie sie wahrscheinlich die ganze Zeit über genau gewußt hatte, wo er sich aufhielt. Sie spielte noch immer mit ihm. Und vielleicht war auch das, genau dieser Gedanke, den er jetzt dachte, nur ein weiterer Teil dieses grausamen Spieles, vielleicht sollte er glauben, das System durchschaut zu haben, nur um in eine weitere, noch teuflischere Falle zu tappen. Das Spiel wurde ernster und der Einsatz höher. Sie schonte ihn nicht mehr, so wie sie es zuvor getan hatte, aber sie schlug noch nicht mit aller Macht zu. Vielleicht sah sie ihn auch jetzt, beobachtete ihn durch die Augen eines weiteren Dämons, der hinter einem der unzähligen Hügel verborgen sein mochte, und amüsierte sich über seine Hilflosigkeit, den ohnmächtigen Zorn, der seine Seele zerfraß.

»Siehst du mich?« fragte er. Und dann, plötzlich, schrie er mit aller Macht: *»Hörst du mich, Vela? Ich weiß, daß du mich hörst und siehst. Ich komme, so wie du es gewollt hast, du Hexe! Ich komme, und ich schwöre dir bei meinem Leben, daß ich dich vernichten werde!«*

Natürlich bekam er keine Antwort. Die schneebedeckte Weite vor ihm blieb stumm; unbeteiligt, wie sie es seit Äonen gewesen war.

Nur der Wind heulte leise um die Hügel. Und irgendwo, nicht sehr weit von der einsamen Gestalt auf der Hügelkuppe entfernt, zog ein gewaltiger schwarzer Wolf seine Spur durch den Schnee.

Gegen Mittag kam erneut Nebel auf. Der Fluß – nun zu ihrer Linken und in die gleiche Richtung fließend, in der sie sich bewegten, verschwand unter einer brodelnden grauen Decke; es wurde wärmer. Das Schlachtfeld hatte in einer kleinen Enklave des Winters gelegen, in einem Gebiet, das vielleicht in weniger als einem Tagesritt zu durchmessen war. Skar erschrak, als er diesen Gedanken dachte. Der eisige Wind, der ihnen folgte und sie trotz der dicken Kleidung frieren ließ, erschien ihm wie ein Hauch aus einer fremden, längst vergessenen Welt. Eine Falle. Eis und Schnee und Kälte, auch sie waren Waffen, tödlicher als jedes Schwert, wenn sie gezielt eingesetzt wurden. Und dabei war es immer noch nicht mehr als ein Spiel, ein erstes, noch unwissendes Herumexperimentieren mit einer Macht, die, wenn sie erst einmal entfesselt war, die Welt aus den Angeln heben konnte.

Wozu würde sie fähig sein, wenn sie erst die vollen Kräfte des Steines zu beherrschen gelernt hat? dachte Skar erschrocken. Er würde es nie erfahren. Vielleicht konnte er es verhindern, wahrscheinlicher aber war, daß er vorher starb. Vela hatte ihm erklärt, daß sie ihn brauchte, ihn – oder genauer gesagt das Erbe, das unerkannt in ihm schlummerte, jenen Teil von ihm, der nicht menschlich, sondern Teil der Götterrasse war, die vor Äonen über diese Welt herrschte. Aber aus irgendeinem Grund hatte sie ihre Meinung geändert. Vielleicht, dachte er, reichen ihr die Gewalten, über die sie jetzt schon gebietet, und vielleicht erschrickt sie sogar selbst vor der Macht, die der Stein wirklich birgt, und will sie gar nicht mehr kennenlernen.

Der Quorrl regte sich, und der Laut riß Skar aus seinen Überlegungen. Skar gab Herger ein Zeichen anzuhalten, sprang aus dem Sattel und trat vorsichtig zwischen die Pferde. Sie hatten Arme und Beine des Schuppenwesens sorgfältig an die zusammengebundenen Speere, aus denen die Trage angefertigt war, gefesselt, so daß der Quorrl kaum mehr fähig war, sich zu bewegen. Trotzdem hielt Skar vorsichtigen Abstand. Die Trage bebte unter dem Gewicht des gewaltigen Kriegers, und Skar war mit einem Mal gar nicht mehr so sicher wie noch vor Augenblicken, daß das Gebilde der Belastung wirklich standhalten würde.

Er nahm einen Wasserschlauch, öffnete den Verschluß und träufelte dem Quorrl ein paar Tropfen der eisigen Flüssigkeit auf die Stirn. Das Wesen stöhnte. Aber es war ein anderer Laut als vorher: ein Geräusch, das Schmerz ausdrückte, doch einen Schmerz, den es bewußt empfand. Der Quorrl war wach.

»Verstehst du mich?« fragte Skar. Im ersten Moment zeigte der

Quorrl-Krieger keine sichtbare Reaktion; dann flatterten seine Augenlider, und Skar begegnete dem Blick großer, pupillenloser schwarzer Augen. Es waren sehr sanfte Augen. Schmerz spiegelte sich in ihnen wider, aber auch etwas anderes, etwas, das so gar nicht der Wildheit und Brutalität entsprach, die man den gepanzerten Riesen unterstellte.

»Ich spreche deine Sprache nicht«, sagte Skar. Er sprach langsam und mit übermäßiger Betonung und legte zwischen den Worten große Pausen ein, so als rede er mit einem sehr kleinen Kind. »Aber vielleicht sprichst du meine. Wenn du mich verstehst und nicht antworten kannst, dann gib mir ein Zeichen.«

Wieder vergingen Sekunden, in denen sich der Blick des Quorrl in den Skars zu bohren schien. Dann schloß er ganz langsam die Augen; die Andeutung eines Nickens, zu dem ihm die Kraft fehlte.

»Er versteht mich!« sagte Skar überrascht. »Er spricht unsere Sprache.«

Herger antwortete nicht, aber sein Gesicht nahm einen besorgten Ausdruck an. Seine Rechte glitt nervös zum Gürtel und fingerte am Griff des Schwertes herum.

Skar wandte sich wieder an den Quorrl. »Hör mir zu«, sagte er. »Wir sind nicht deine Feinde. Wir haben dich auf dem Schlachtfeld gefunden und mitgenommen, aber wir gehören nicht zu denen, die deine Leute umgebracht haben. Verstehst du das?«

»Ich ... weiß ...«

Skar fuhr überrascht zusammen. Die Lippen des Quorrl hatten sich kaum bewegt, und die Worte waren unter seinem rasselnden Atem kaum zu verstehen.

»Die Männer, die euch überfallen haben, sind auch unsere Feinde«, fuhr Skar nach einem Moment fort. »Wir haben dich zu deinem eigenen Schutz gebunden.«

Der Quorrl antwortete nicht mehr; die beiden Worte schienen seine gesamte Kraft aufgebraucht zu haben. Aber Skar war jetzt sicher, daß das Wesen ihn verstand.

»Hör mir zu«, fuhr er fort. »Ich verlange nicht, daß du antwortest, aber du mußt mir glauben, daß wir dir nicht schaden wollen. Kannst du uns sagen, in welche Richtung die Dämonen gezogen sind?«

Der Quorrl schloß die Augen.

»Du wirst ihm doch nicht glauben?« fragte Herger erschrocken. »Diese Wesen sind unsere Feinde, Skar. Er wird uns mit Freuden ins Verderben reiten lassen.«

Skar brachte ihn mit einer verärgerten Handbewegung zum Verstummen. »Wohin sind sie geritten?« fuhr er fort. »Nach Süden?«

Der Quorrl reagierte nicht.

»Dann nach Norden, in Richtung Elay?«

»Ihr müßt ... Rebellen gehen ...«, flüsterte der Quorrl. »Norden ... ihr ... Menschen und ...« Er stockte, rang mit einem schrecklichen, rasselnden Geräusch nach Atem und versuchte den Kopf zu heben. Sein Blick begann sich wieder zu verschleiern. »Nicht nur ... wir«, stöhnte er. »Rebellen ... wir ... kämpfen ... zus ... *Errish* ...«

»Was redet er da?« fragte Herger.

»Still!« zischte Skar. Er trat näher an den Quorrl heran, berührte ihn an der Schulter und beugte sich so tief über ihn, daß sein Ohr fast den Mund des Wesens berührte. Aber der Quorrl sprach nicht mehr. Seine Augen waren wieder geschlossen, und nach wenigen Sekunden beruhigte sich sein Atem. Er hatte erneut das Bewußtsein verloren.

Skar richtete sich kopfschüttelnd auf, trat enttäuscht zurück und lockerte nach kurzem Zögern die Lederriemen, mit denen der Krieger gebunden war.

»Was hat er gesagt?« fragte Herger erneut.

Skar ging zu seinem Pferd und schwang sich in den Sattel, ehe er antwortete. »Du hast ihn doch verstanden, oder?«

Herger nickte. »Verstanden schon – aber nicht begriffen. Was redet er da von Rebellen?«

Skar deutete nach Norden. »Reiten wir dorthin, Herger. Dann erfahren wir sicher, was er gemeint hat.«

»Du bist verrückt, Skar«, entfuhr es Herger. »Du willst auf die Fieberphantasien eines Quorrl hören?«

Skar nickte unbeeindruckt. »Es waren keine Fieberphantasien, Herger. Er hat ganz genau gewußt, was er sagte.«

»Das glaube ich«, sagte Herger grimmig. Er musterte den Quorrl mit einem feindseligen Blick und deutete nach Norden. »Und ich kann dir auch sagen, was wir dort finden werden: eine Horde blutrünstiger Quorrl, die darauf warten, daß wir ihnen in die Speerspitzen rennen. Rebellen!« Er lachte. »Die einzigen Rebellen, die wir finden werden, sind Quorrl, die gegen den Rest der Welt kämpfen.«

»Vielleicht«, murmelte Skar.

»Nicht vielleicht«, widersprach Herger aufgebracht, »sondern garantiert. Du wirst dieser Bestie doch nicht glauben?«

Skar schwieg einen Augenblick. Rebellen ... der Gedanke klang phantastisch, und Skar konnte Hergers Schrecken verstehen - aber auf der anderen Seite ergab der Gedanke auch Sinn. Warum sonst sollte Vela ihre Leibgarde ausgeschickt haben, nur um eine Handvoll Quorrl zu vernichten?

Herger schien seine Gedanken zu erraten. »Du bist verrückt, Skar«, keuchte er. »Selbst wenn er die Wahrheit gesprochen hat, ist es heller Wahnsinn.«

Ja, dachte Skar, das war es wohl. Nicht einmal der größte Narr würde den Worten eines sterbenden Quorrl glauben, geschweige denn ein Satai.

Er sah auf, lächelte dünn und deutete nach Norden. »Reiten wir«, sagte er.

»Aber ...«

»Ich weiß, was du sagen willst«, fuhr Skar fort. »Aber ich habe mich gerade entschlossen, die Spielregeln zu ändern.«

Das Land wurde steinig, als sie nach Norden ritten. Die Hügel, die den Fluß auf seiner nördlichen Seite flankiert hatten, wurden von Meile zu Meile flacher, und wo anfangs noch rissiger Lehm und Sand gewesen waren, lag nun harter Granit unter den Hufen ihrer Pferde. Sie ritten den ganzen Nachmittag und bis weit in den Abend hinein, ohne daß Herger noch ein einziges Wort gesprochen hätte. Skar war ein paarmal nahe daran, von sich aus das Eis zu brechen und das Wort an Herger zu richten, überlegte es sich jedoch jedesmal im letzten Moment wieder anders. Hergers Verhalten erinnerte ihn an das eines Kindes, das seinen Willen nicht durchsetzen konnte und nun mit Bockigkeit reagierte. Es war nicht so, daß er Hergers Furcht nicht verstand – im Grunde teilte er sie sogar –, aber die Art, in der der Hehler ihr Ausdruck verlieh, machte ihn rasend. Er hätte es noch begriffen, wenn Herger ihn im Stich gelassen und allein davongeritten wäre – halbwegs hatte er es sogar erwartet. Was er nicht erwartet hatte, war, daß Herger trotzdem bei ihm blieb und sich wie ein Kind benahm und schmollte.

Aber gab es überhaupt etwas an Herger, das er verstehen konnte?

Das Land veränderte sich weiter. Bald ritten sie durch ein bizarres Labyrinth aus Granit und Felsen, zwischen denen sich nur noch wenige dürre Büsche mit braunen Wurzelfingern festgekrallt hatten. Die Luft roch seltsam steril, und der Wind trug Wolken eines feinkörnigen, braunen Staubes heran, der sich in ihren Haaren festsetzte, unter ihre Kleider kroch und in den Augen brannte.

Erst als die Sonne vollends versank und das Grau der Dämmerung vom Schwarzblau der Nacht abgelöst wurde, hielten sie an; einfach da, wo sie waren, ohne nach einem besonderen Lagerplatz Ausschau zu halten.

Skar sprang von seinem Pferd, bewegte ein paarmal die Arme und Schultern, um das taube Gefühl aus seinen Gliedern zu vertreiben, und trat an die Bahre mit dem bewußtlosen Quorrl. Seine Hoffnung, daß der Krieger noch einmal erwachen und ihnen weitere Informationen geben würde, hatte sich nicht erfüllt, aber der Zustand des Quorrl hatte sich sichtlich gebessert: Aus dem fiebergeplagten Koma des Wesens war ein tiefer, erschöpfter Schlaf geworden, und als Skar sich herabbeugte und ihm prüfend die Hand auf die Stirn legte, glühte diese nicht mehr.

Er löste den Wasserschlauch von seinem Sattel, trank einen winzigen Schluck und träufelte dem Quorrl ein paar Tropfen der kostbaren Flüssigkeit ins Gesicht.

»Warum nimmst du ihn nicht in den Arm und wiegst ihn ein wenig?« fragte Herger bissig.

Skar verschnürte seinen Schlauch und hängte ihn wieder an den Sattel, ehe er sich zu Herger umwandte. »Wenn ich wüßte, daß es ihm hilft, dann würde ich es tun«, sagte er ernsthaft. »Aber ich glaube, daß das nicht nötig ist. Mit ein wenig Glück wird er auch so durchkommen. Er hat eine unglaubliche Konstitution.«

»Ich hoffe, daß das auch auf dich zutrifft«, sagte Herger. »Du wirst die Kraft von zehn Satai brauchen, wenn seine Brüder und Schwestern über uns herfallen.« Er schnaubte, schwang sich von seinem Pferd und machte ein paar Schritte. Ein halb unterdrückter Schmerzenslaut kam über seine Lippen. Er hatte den Ritt weit weniger gut verkraftet als Skar. Elf Tage lang hatte er mitgehalten, aber nun schienen seine Kräfte erschöpft zu sein. Er bewegte sich sehr vorsichtig; wahrscheinlich hatte er sich wundgeritten. Vielleicht war auch das ein Grund mehr für seine Gereiztheit. Schwäche und Furcht liegen nahe beieinander.

»Du haßt die Quorrl, nicht wahr?« fragte Skar.

Herger schenkte ihm einen trotzigen Blick. »Du nicht?«

»Nicht so wie du, Herger. Ich fürchte sie, so wie jeder, aber Furcht und Haß sind zwei verschiedene Dinge. Du solltest sie nicht verwechseln.«

Herger gab ein undeutbares Geräusch von sich, schüttelte den Kopf und wandte sich um, um mit wenigen ungelenken Schritten in der hereinbrechenden Nacht zu verschwinden. Skar dachte einen Moment daran, ihn zurückzurufen, tat es aber dann doch nicht, sondern begann statt dessen, die Pferde abzusatteln und das Nachtlager vorzubereiten. Es ging fast über seine Kräfte, die Trage mit dem Quorrl allein loszubinden und vorsichtig zu Boden sinken zu lassen. Als er es geschafft hatte, war er so erschöpft, daß er sich zitternd gegen die Flanke seines Pferdes lehnen und sekundenlang nach Atem ringen mußte. Sein Herz hämmerte. Die kurze Belastung hatte seinen geschundenen Muskeln alles abverlangt, und für einen winzigen Moment klangen Hergers Worte noch einmal in ihm auf. »Die Kraft von zehn Satai ...« Er hatte nicht einmal mehr die Kraft eines normalen Mannes. Wenn er sich täuschte und sie in eine Falle ritten, dann waren sie verloren. Er würde kaum mehr die Energie aufbringen, sich freizukämpfen.

Aber die Schwäche verging, und mit ihr verblaßten auch die Gedanken an Kampf und Tod. Skar hatte in den letzten Monaten zu oft mit dem Leben abgeschlossen, um derartige Ideen noch ernstnehmen zu können.

Als er das Feuer entzündete, kam Herger zurück. Skar konnte sein Gesicht im zuckenden Schein der Flammen nicht deutlich erkennen, aber irgend etwas darin schien sich geändert zu haben; ein schwer zu bestimmender, neuer Ausdruck, den Skar noch nicht an ihm bemerkt hatte.

Herger blieb im Schatten eines Felsblocks stehen, starrte eine Zeitlang wortlos zu Skar herüber und ließ sich dann auf der anderen Seite des Feuers nieder.

»Es tut mir leid«, sagte er leise.

Skar sah auf. »Was?«

Herger versuchte zu lächeln, aber es mißlang ihm. Dadurch wurde seine Verlegenheit noch deutlicher. »Ich war ungerecht«, murmelte er hilflos. »Aber du –«

Skar winkte ab und zog einen glimmenden Ast aus dem Feuer, um damit zu spielen. »Daran bin ich gewöhnt«, sagte er leichthin. »Jedermann ist ungerecht zu uns Satai.«

»Und das versuchst du auszugleichen – an dem da?« fragte Herger mit einer Geste auf den Quorrl. Seine Stimme klang um eine Winzigkeit schärfer, als sie hätte klingen dürfen, und Skar spürte, daß Hergers Zorn keineswegs erloschen war, sondern weiterbrodelte. Herger versuchte einzulenken, aber er hatte sich nicht gut genug in der Gewalt, um Skar zu täuschen. Was er tat, tat er aus einem ganz bestimmten Grund. Trotzdem entschied sich Skar, das Spiel - wenigstens für den Moment - mitzuspielen. »Er ist keine Gefahr«, sagte er. »Weder jetzt noch in absehbarer Zeit. Selbst wenn er gesund wird, ist er noch auf Wochen hinaus zu schwach, um auch nur einem Kind gefährlich werden zu können.«

»Und dann?« fragte Herger lauernd.

»Dann wird er längst nicht mehr bei uns sein.«

»Aber vielleicht wird er Kinder töten, Skar. Und Erwachsene. Männer, Brüder, Söhne oder Töchter. Und das Blut derer, die er erschlägt, wird in Wirklichkeit an deinen Händen kleben.«

Skar spürte wieder die Welle heißer Wut, die ihn schon einmal überkommen hatte, als Herger von ihm verlangt hatte, den Quorrl zu töten. »Oder an deinen«, sagte er, mühsam beherrscht. »Ich habe es dir schon einmal gesagt - töte ihn, wenn du willst. Ich werde dich nicht daran hindern.«

Aber dieses Mal wirkten die Worte nicht. Herger hatte Zeit genug gehabt, darüber nachzudenken, und er schien zu einem Schluß gekommen zu sein, der Skar nicht gefiel.

»Du machst es dir ein wenig zu leicht, findest du nicht?« sagte er ruhig.

»Weil ich mich weigere, für dich zu morden?«

»Es ist kein Mord«, sagte Herger. »Wir führen Krieg mit diesen Wesen, Skar, und du bist Satai. Ich bin nur ein einfacher Krämer, kein Soldat.« Er sprach so schnell und glatt, daß Skar merkte, wie genau er sich die Worte überlegt hatte. »Du hast dich vor Jahrzehnten entschieden, mit der Waffe in der Hand zu leben, und niemand hat dich dazu gezwungen. Wir haben Krieg, und du bist der Soldat - nicht ich.«

»Es ist nicht mein Krieg«, antwortete Skar.

»Meiner auch nicht. Ich habe ihn nicht angefangen - so wenig wie du oder er. Trotzdem wird uns niemand danach fragen, wenn wir zufällig zwischen die Fronten geraten oder einer Quorrl-Patrouille über den Weg laufen.«

Skar warf den Ast ins Feuer zurück und sah zu, wie er verbrannte. Er spürte genau, daß hinter Hergers Worten mehr steckte, daß sie nur Auftakt und Vorbereitung zu etwas anderem waren. Aber er wußte nicht, zu was.

»Vielleicht hast du recht«, murmelte er. »Aber ich habe jetzt keine Lust, darüber zu reden. Ich bin müde.«

Herger wirkte für einen winzigen Moment verwirrt. Offenbar hatte er mit dieser Art von Reaktion nicht gerechnet. Aber er fing sich sofort wieder und war nicht geneigt, so rasch aufzugeben.

»Du glaubst wirklich daran, hier irgendwo Rebellen zu treffen?« fragte er. »So eine Art Untergrundarmee, die sich geschworen hat, die alte Feindschaft zu vergessen und gemeinsam gegen die *Errish* zu ziehen?« Er gab sich Mühe, möglichst spöttisch zu sprechen, aber seine Erschöpfung ließ seine Stimme zittern und verdarb ihm den Effekt.

»Warum nicht?« fragte Skar ruhig. »Auch der Löwe und die Antilope fliehen gemeinsam vor dem Feuer. Warum sollten nicht Quorrl und Menschen gemeinsam gegen eine Gefahr stehen, die sie beide bedroht?«

»Weil es idiotisch ist«, stieß Herger hervor. »Weil es eine idiotische und kindische Vorstellung ist, Quorrl und Menschen Schulter an Schulter kämpfen zu sehen – noch dazu gegen eine Gefahr, von der sie keine Ahnung haben. Das ist romantisches Wunschdenken, das nicht zu dir paßt.«

Skar nickte. »Sowenig wie die Vorstellung eines kleinen Hehlers und Schmugglers, der plötzlich seine Existenz und sein Leben aufs Spiel setzt, um mir zu helfen«, sagte er ruhig.

Herger schnaubte. »Ich habe meine Gründe, dir zu folgen. Aber ich glaube kaum, daß du sie verstehen würdest.«

Skar senkte den Blick und starrte nachdenklich in die Flammen. Er hatte Herger nichts von den beiden toten Hornkriegern erzählt, aber er glaubte auch nicht, daß das etwas geändert hätte. Nicht wirklich. Vielleicht hätte der Schrecken ein wenig tiefer gesessen, vielleicht hätte es ein paar Stunden oder auch Tage länger gedauert – aber Hergers Reaktion wäre so oder so gekommen.

»Was willst du eigentlich?« fragte er in einer Mischung aus Zorn und Resignation. »Es steht dir frei zu gehen, jetzt, morgen ... wann immer du willst.«

»Gehen!« wiederholte Herger abfällig. »Wohin denn? Zurück nach Anchor, wo die Thbarg bereits auf mich warten? Oder in irgendeine andere Stadt? Ich gehöre zu dir, Skar, ob du willst oder nicht. Auf meinen Kopf ist der gleiche Preis ausgesetzt wie auf deinen.«

»Es war deine Entscheidung, mir zu helfen«, gab Skar ungerührt zurück. Er war beinahe froh, daß Herger ihm – wenn auch indirekt – Vorwürfe machte. »Du hättest mich an Tantor ausliefern und ruhig deiner Wege gehen können.«

Herger atmete hörbar ein. »Es scheint dir Spaß zu machen, mich bewußt falsch zu verstehen«, sagte er. »Ich bereue nicht, mit dir gekommen zu sein. Ich gebe zu, daß ich dir kein Wort geglaubt hätte, wenn ich nicht den Zwerg und dieses schwarze Ungeheuer mit eigenen Augen gesehen hätte. Aber ich bin hier, und ich glaube dir, und ich werde dir helfen – wenn du dir helfen läßt. Alles, was ich will, ist, daß wir diese Bestie hier zurücklassen und so schnell wie möglich verschwinden. Dieses Land ist verflucht.«

Skar sah auf. Herger sprach mit einem Mal vollkommen ernst, und der Ausdruck in seinen Augen unterstrich seine Worte noch. Furcht. Was Skar sah, war Furcht, eine Angst, die weit über die Angst vor dem Quorrl oder vor Velas Soldaten hinausging.

»Was soll das heißen – verflucht?«

Herger druckste herum. »Verflucht eben«, murmelte er. »Ich weiß nicht viel darüber – niemand weiß das. Aber es heißt, daß hier seltsame Dinge geschehen. Nichts lebt hier, und viele, die hierherkamen, sind nicht mehr zurückgekommen.«

»Unsinn«, sagte Skar. Aber es war nur eine instinktive Reaktion auf Hergers Worte, nicht seine Überzeugung. Er hatte nie an Flüche oder die Macht von Verwünschungen geglaubt, aber er hatte gelernt, auf die Warnung zu hören, die sich hinter den meisten Legenden verbarg. Auch wenn es manchmal nur die Warnung vor dem Unbekannten war.

»Es ist wahr«, fuhr Herger fort. »Ich ... habe nichts davon gesagt, weil du mir nicht geglaubt hättest. Du hättest gedacht, ich wollte dich nur davon abhalten, nach Norden zu reiten. Aber es ist wahr. Vielleicht ist es nur dummes Geschwätz, wie du es nennen würdest –«

»Das ist es ganz und gar nicht«, sagte eine Stimme irgendwo hinter Skar.

Skar sprang so schnell auf die Füße, daß er – vom Schwung seiner eigenen Bewegung mitgerissen – nach vorn taumelte und um ein Haar das Gleichgewicht verloren hätte. Herger stieß einen überraschten Laut aus, fuhr herum und trat instinktiv ins Feuer, um die Flammen zu löschen. Brennendes Holz und Funken stoben in einer lautlosen Explosion auf, und für zwei, drei Sekunden wurde es eher heller als dunkler.

Skar fing sich im letzten Moment, federte herum, um aus dem Licht zu kommen, und riß sein Schwert aus der Scheide.

Aus der Dunkelheit jenseits des Lagers erklang ein leises, amüsiertes Lachen. »Eine eindrucksvolle Vorstellung, Satai. Aber unnötig. Wenn wir euch hätten töten wollen, hätten wir es schon getan.«

Einer der dunklen Schatten dort draußen bewegte sich, kam näher und wuchs zu einer schlanken, in blaugraues Tuch gekleideten Gestalt heran. Tuch von der Farbe der Nacht, dachte Skar. Eine perfekte Tarnung. Und so unsichtbar wie seine Kleidung, so lautlos waren die Bewegungen des Mannes. Er kam näher, blieb zwei Schritte vor Herger stehen und musterte erst ihn, dann Skar mit einem langen, nachdenklichen Blick. Sein Gesicht war verhüllt, so daß nur ein schmaler Streifen über den Augen sichtbar blieb, und selbst dieser war mit Ruß eingeschwärzt. Auf dem dunklen Turban um seinen Kopf blitzte ein kaum fingerbreites Diadem, ein gerilltes Stahlband mit einem einzelnen blassen Kristall – der einzige Teil seiner Kleidung, der nicht matt war und das Licht des Feuers reflektierte, so daß er für einen Moment wie ein drittes, leuchtendes Auge wirkte. Es erschien Skar unlogisch, daß jemand, der solchen Wert auf Tarnung legte, ein so verräterisches Schmuckstück trug.

»Du bist Skar?« fragte der Fremde. »Ein Satai, wie ich sehe.«

Skar nickte, obwohl die Worte nicht als Frage gedacht waren. Er versuchte, an dem Fremden vorbei in die Dunkelheit zu sehen, aber dort draußen war nichts als Nacht und Schatten. Trotzdem war Skar sicher, daß der Fremde nicht allein gekommen war.

»Ich habe euch schon eine ganze Weile belauscht«, fuhr der Mann fort. »Laut genug wart ihr ja.«

»Wer bist du?« fragte Skar.

»Mein Name ist Legis. Aber es spricht sich besser, wenn du die Waffe wegsteckst. Ich glaube nicht, daß wir eure Feinde sind.«

Skar senkte das *Tschekal*, steckte es jedoch noch nicht wieder zurück. »Du glaubst?«

Legis lachte leise. Seine Stimme war in Wirklichkeit nicht so rauh, wie sie klang. Seine Nervosität und der schwere Schleier vor seinem Gesicht ließen sie dunkler klingen, als sie war. Skar senkte die Waffe tiefer, trat einen Schritt näher und musterte Legis eingehend. Der schwere Wollmantel fiel lose auf Legis' Knöchel herab – aber nicht einmal er konnte die weichen Formen seiner Figur vollends verbergen. Legis war eine Frau.

Sie hielt seinem Blick ein paar Sekunden stand, lachte erneut und machte eine rasche Geste, deren Bedeutung Skar nicht zu erraten vermochte. »Bist du zufrieden?« sagte sie spöttisch. »Und um deine Frage zu beantworten – wie gesagt, ich habe euch schon eine Weile belauscht. Mir scheint, daß ihr vor den gleichen Leuten davonlauft wie wir.«

»Gemeinsame Feinde bedeuten nicht Freundschaft«, sagte Skar unsicher.

Statt einer Antwort hob Legis die Hände an den Kopf, löste den Schleier von ihrem Gesicht und atmete hörbar erleichtert ein. »Das stimmt«, antwortete sie mit einiger Verzögerung. »Ich sagte ja auch nur, daß ich glaube, nicht euer Feind zu sein – nicht, daß ich es weiß. Wir werden sehen.« Sie blickte ihn eine Sekunde lang kühl an, wandte sich um und klatschte in die Hände. Skar spannte sich, bemühte sich aber gleichzeitig, keine unbedachte Bewegung zu machen. Aus der Nacht traten weitere Gestalten hervor – drei, vier, schließlich ein halbes Dutzend breitschultriger, geschuppter Giganten.

Herger stieß einen krächzenden Laut hervor und sprang auf die Füße. Seine Hand zuckte zum Schwert, führte die Bewegung jedoch nicht zu Ende. »*Quorrl!*« keuchte er.

Legis lächelte amüsiert. »Wie du siehst, können der Löwe und die Antilope sehr wohl gemeinsam kämpfen«, sagte sie. »Aber frage mich jetzt bitte nicht, wer von uns der Löwe und wer die Antilope ist.« Sie wandte sich wieder an Skar. »Es wäre wirklich besser, wenn du dein Schwert wegstecken würdest, Skar«, sagte sie. Ihre Stimme war ruhig wie zuvor, aber diesmal war es eindeutig ein Befehl, und Skar gehorchte. Sein Blick tastete nervös über die massigen Gestalten der Quorrl. Die Schuppenkrieger hatten in einem weit auseinandergezogenen Halbkreis zwischen ihnen und den Pferden Aufstellung genommen. Einer von ihnen kniete neben der Trage mit dem Bewußtlosen und machte sich an seiner Schulter zu schaffen.

»Also hat er die Wahrheit gesagt«, meinte Skar.

»Wer?« fragte Legis. »Der Krieger?«

Skar nickte. »Er sagte, wir sollten nach Norden gehen. Er sprach von Rebellen, aber wir waren nicht sicher.«

»Rebellen . . .« Legis wiederholte das Wort auf sehr eigentümliche Weise, und ein Schatten schien über ihr Antlitz zu huschen. Aber Skar war sich nicht sicher. Der breite, geschwärzte Streifen über ihren Augen machte es schwer, ihre Züge richtig auszumachen. Wenigstens war zu erkennen, daß sie nicht so jung war, wie Skar erst vermutet hatte.

»So könnte man es nennen«, fuhr sie nach einer Weile fort. »Und er hat euch zu uns geschickt?«

Skar nickte und schüttelte gleich darauf den Kopf. »Nicht direkt«, sagte er hastig, als er den fragenden Ausdruck in Legis' Augen sah. »Er . . . hat im Fieber geredet. Ich war mir nicht sicher, ob er die Wahrheit sprach.«

»Und trotzdem seid ihr hierhergekommen?« fragte Legis erstaunt. »Ein ziemliches Risiko.« Wieder schwieg sie einen Moment. Sie wandte sich um, tauschte einen Blick mit einem der Quorrl-Krieger und fuhr sich mit einer unbewußten Geste über die Stirn; eine Bewegung, als sei sie es gewohnt, von Zeit zu Zeit eine lästige Haarsträhne aus dem Gesicht zu wischen.

»Wo habt ihr ihn gefunden?«

»Am Fluß«, antwortete Skar. »Einen Tagesritt von hier. Es hat eine Schlacht gegeben, unten an der Furt. Er war der einzige Überlebende.«

»Und ihr habt ihn mitgenommen – dreißig Meilen durch unbekanntes Land voller Gefahren.« Ein seltsamer Ton, dessen Bedeutung Skar nicht klarwurde, schwang in ihrer Stimme mit. »Warum? Als Geisel? Oder habt ihr gedacht, er würde euch helfen, wenn ihr auf Quorrl trefft?«

Ihr Blick war mit einem Mal lauernd geworden, aber Skar schwieg. Und Legis schien auch nicht mit einer Antwort zu rechnen. Sie wandte sich um, ging mit raschen Schritten zu den Quorrl-Kriegern zurück und begann, gedämpft mit ihnen zu sprechen. Skar konnte nicht verstehen, was sie sagten, aber einer der Schuppenkrieger deutete mehrmals auf ihn und Herger, was Legis jedesmal mit einem energischen Kopfschütteln quittierte. Der Quorrl war erregt, das war trotz seines ausdruckslosen Fischgesichts deutlich zu erkennen, und er sprach laut, nur eine Winzigkeit davon entfernt, loszuschreien.

Skar verfolgte den Disput eine Weile, ehe er zu Herger zurückging. Der junge Hehler hatte die ganze Zeit kein Wort gesagt, aber jede Bewegung Legis' und der Quorrl aus angstvoll geweiteten Augen verfolgt. Seine Hand lag noch immer auf dem Griff seines Schwertes, obwohl er genau wissen mußte, wie nutzlos die Waffe war.

Skar warf ihm einen warnenden Blick zu, schwieg aber. Die Quorrl starrten – mit Ausnahme des einen, der noch immer mit Legis stritt – zu ihnen herüber, und Skar war sicher, daß mindestens einer unter ihnen war, der ihre Sprache sprach und jedes

Wort mißtrauisch verfolgte. Die Quorrl verhielten sich ruhig, aber die Tatsache, daß sie noch nicht angegriffen hatten, bedeutete nicht, daß sie es nicht nachholen würden – Legis' Worte hatten freundlich geklungen, aber Skar hatte die unausgesprochene Drohung darin sehr wohl bemerkt. Und auch er konnte sich eines immer stärker werdenden Gefühls der Furcht nicht erwehren, während er die stumm dastehenden Krieger betrachtete. Es waren Giganten, selbst für Quorrl-Verhältnisse. Legis mußte ihre Begleiter sehr sorgfältig ausgewählt haben – jeder einzelne war einen guten Kopf größer als Skar und so breitschultrig, daß sich ein normal gewachsener Mann bequem dahinter hätte verstecken können. Die Schwerter und Streitäxte in ihren Fäusten wirkten wie Spielzeuge. Skar bezweifelte, daß er auch nur mit einem einzigen von ihnen fertig geworden wäre.

Herger fingerte unruhig an seinem Schwert herum. Sein Gesicht hatte alle Farbe verloren, und auf seiner Stirn perlte kalter Schweiß.

»Mach jetzt nur keinen Fehler«, zischte Skar ihm zu, ohne die Quorrl aus den Augen zu lassen. »Eine falsche Bewegung, und wir sind tot.«

»Das sind wir sowieso«, stammelte Herger. »Sie werden uns umbringen, Skar. Sieh dir diese Bestien doch an. Sie . . . sie werden sich gleich auf uns stürzen.«

»Schweig!« zischte Skar. »Du redest uns noch um Kopf und Kragen!«

»Das tut er nicht«, sagte Legis ruhig. Skar zuckte zusammen, drehte sich halb um und starrte die Frau durchdringend an. Herger hatte trotz seiner Erregung leise gesprochen. Aber Legis schien über ein sehr feines Gehör zu verfügen.

»Ich . . .«

»Du brauchst dich nicht zu entschuldigen, Satai«, fuhr sie gelassen fort. »Im Gegenteil – ich bin dafür, von Anfang an für klare Verhältnisse zu sorgen. Dein Freund haßt uns, aber das ist seine Sache.« Sie kam wieder näher, diesmal in Begleitung des Quorrl, mit dem sie bisher geredet hatte. Neben der kleinwüchsigen Frau wirkte der Krieger noch gewaltiger: ein grauer Koloß aus Schuppen und Knochen, der wie ein zum Leben erwachter Berg über ihr aufragte und Skar und Herger aus ausdruckslosen Augen anstarrte.

»Die Theorie, die du vorhin entwickelt hast«, fuhr Legis, an Herger gewandt, fort, »ist nicht uninteressant - von deinem Standpunkt aus. Aber ein wenig kurzsichtig - ich hätte dir mehr Intelligenz zugetraut. Auch ich wurde nicht mit dem Schwert in der Hand geboren, aber ich ergreife es, wenn es notwendig ist.«

Herger erbleichte noch mehr. Vergeblich versuchte er, dem Blick der dunklen Augen Legis' standzuhalten. »Ich . . . verstehe nicht . . .«, murmelte er.

Legis verzog abfällig die Lippen. »Du verstehst sehr gut«, sagte sie. »Und spiele bitte nicht den Narren - dazu bist du nämlich nicht klug genug. Und du beleidigst mich, wenn du glaubst, ich würde darauf hereinfallen.«

»Wie lange hast du uns schon belauscht?« fragte Skar.

»Lange genug«, antwortete Legis knapp.

»Du scheinst jedes Wort gehört zu haben«, murmelte Skar. »Mein Kompliment - es geschieht nicht oft, daß sich jemand so lange in meiner Nähe aufhält, ohne daß ich es merke.«

Legis lächelte flüchtig. »Aus dem Munde eines Satai stellen diese Worte wohl ein besonders großes Lob dar, wie?« sagte sie. »Wir mußten lernen, mit den Schatten zu gehen und so leise wie der Wind zu sein, wenn wir überleben wollen. Und um deine Frage zu beantworten - wir waren schon hier, als ihr gekommen seid.« Sie schwieg einen Moment, um sich über Skars offenkundige Verblüffung zu amüsieren. »Dein Freund wäre um ein Haar über mich gestolpert, als er wutentbrannt in die Nacht hinausgestürmt ist. Wir beobachten euch schon seit Tagesanbruch. Ihr wart nicht sehr vorsichtig für Männer, die auf der Flucht sind.«

»Ihr?« fragte Skar. »Wer ist das - ihr? Du lebst doch nicht allein mit diesen Quorrl hier draußen.«

Legis hob ungeduldig die Hand. »Deine Fragen werden beantwortet werden, ebenso wie die Frage, was mit euch geschehen wird. Aber nicht von mir und nicht hier und jetzt. Ihr werdet uns begleiten.«

»Wohin?«

»Zu unserem Lager. Es ist nicht weit von hier. Und nun kommt – wir haben schon zuviel Zeit verloren.« Ohne auf eine Antwort zu warten, wandte sie sich um und sagte ein paar Worte in der Sprache der Quorrl. Ihr Begleiter unterstrich den Befehl mit einer raschen Geste. Skar beobachtete die Art, in der er sich bewegte, genau. Alles an dem Quorrl schien Kraft zu sein; er kam Skar wie ein Kraftpaket auf zwei Beinen vor, das beim geringsten Anstoß explodieren konnte.

Skar bückte sich, hob seine Decke auf und rollte sie zusammen, aber Legis rief ihn mit einem knappen Befehl zurück, als er zu seinem Pferd gehen wollte.

»Die Tiere bleiben hier«, sagte sie. »Nehmt ihnen das Zaumzeug ab und laßt sie laufen. Sie werden ihren Weg finden. Um den Krieger kümmern wir uns.«

Skar runzelte verwirrt die Stirn. »Aber –«

»Ihr werdet gehorchen«, unterbrach ihn Legis, plötzlich scharf und mit erhobener Stimme. Der riesige Quorrl hinter ihr drehte sich herum und sah Skar unbewegt an. Fünf, zehn, fünfzehn endlose Sekunden lang bohrte sich sein Blick in den Skars. Auf seinen Zügen zeigte sich nicht die geringste Regung, aber gerade das war es, was Skar erschreckte. Der Quorrl hatte es nicht nötig zu drohen – er war eine Drohung, allein durch seine gewaltige Erscheinung. Skar atmete innerlich auf, als sich der Quorrl – nach einer Ewigkeit, wie es ihm vorkam – umwandte und zu seinen Kameraden hinüberging. Skar wußte, daß er das stumme Duell nicht mehr länger durchgehalten hätte. Hätte der Quorrl nur noch wenige Atemzüge ausgeharrt, hätte Skar den Blick vor ihm senken müssen; zum ersten Mal in seinem Leben.

Verwirrt – ein Gefühl irgendwo zwischen Irritation und mit Unglauben gemischter Furcht – trat er einen Schritt zurück und sah sich beinahe hilfesuchend um. Herger schien von dem wortlosen Kampf zwischen Skar und dem Quorrl nicht einmal etwas gemerkt zu haben, aber Legis war das stumme Duell keineswegs entgangen.

»Mork, der Kommandant unserer Quorrl-Truppen«, sagte sie. »Ich glaube, ich brauche ihn dir nicht mehr vorzustellen.«

Skar schüttelte wortlos den Kopf. Er hatte den Namen des Quorrl nicht gewußt, wohl aber bemerkt, daß er der Anführer der Geschuppten war. Ein Mann wie er war einfach zum Führer geboren. Niemand würde es wagen, ihn anzuzweifeln - nicht wegen seiner körperlichen Stärke; das war bei Quorrl nichts Außergewöhnliches - es gab allein unter dem halben Dutzend, das Legis begleitete, zwei, die ebenso groß und vielleicht noch breitschultriger waren als er -, sondern einfach deshalb, weil dieses Wesen Willenskraft und Macht ausstrahlte wie kaum jemand, dem Skar zuvor begegnet war.

Mühsam wandte Skar den Blick von der Stelle, wo Mork verschwunden war. »Ein ... erstaunlicher Mann«, sagte er. Seine Stimme verriet mehr von seiner Erregung, als er wollte.

Legis nickte. »Ein gefährlicher Mann«, fügte sie hinzu. »Er ist stark und wild, wie man sich einen Quorrl vorstellt, aber auch intelligent. Du solltest ihn nicht unterschätzen.« Sie befestigte den Schleier wieder vor dem Gesicht und nahm mit einer raschen Bewegung das Diadem vom Kopf. Ihre Gestalt schien wieder mit dem Grau der Nacht zu verschmelzen.

»Und wer bist du?« fragte Skar.

»Eine *Errish*«, antwortete Legis. »Der Krieger hat die Wahrheit gesagt - aber nun komm. Du wirst alles erfahren, wenn wir im Lager sind. Und wir müssen es vor Sonnenaufgang erreichen.«

Diesmal folgte ihr Skar widerspruchslos. Einer der Krieger blieb zurück und trat sorgsam das Feuer aus; zwei andere ergriffen die Trage mit ihrem bewußtlosen Kameraden und trugen sie zwischen sich, als wäre sie gewichtslos.

Herger drängte sich eng an Skar. Er schwieg, aber sein Blick irrte unstet zwischen den vor ihnen gehenden Quorrl und der blauverhüllten Gestalt der *Errish* hin und her. Seine Rechte war noch immer um den Schwertgriff gekrampft, jetzt aber nur noch deshalb, um ihr Zittern zu verbergen.

Sie gingen etwa hundert Schritte in östlicher Richtung und blieben auf ein Zeichen von Legis stehen. Die *Errish* und Mork verschwanden hinter einem mächtigen, halbrunden Felsbuckel, den Skar erst wahrnahm, als sein Schatten die beiden Gestalten verschluckte. Sie blieben eine Zeitlang dort.

Skar wartete. Er glaubte ein schwaches Geräusch zu hören – ein Schleifen von Leder und Metall über Stein –, dann trug der Wind einen scharfen, fremdartigen Geruch heran.

Hinter dem Felsen wuchs ein bizarrer Schatten auf. Im ersten Augenblick glaubte Skar, einen Riesen vor sich zu haben – einen gewaltigen, zweieinhalb Meter hohen Giganten in einem ledernen Mantel. Dann trat eine zweite gleiche Gestalt ins schwache Sternenlicht heraus, und Skar erkannte, was sie vor sich hatten. *»Daktylen!«* keuchte er ungläubig.

Herger fuhr zusammen und wich einen halben Schritt zurück, gab aber keinen Laut von sich. Skar starrte weiter auf die gewaltigen Flugechsen. Er hatte von diesen Tieren gehört und sie sogar einmal – wenn auch nur von weitem – selbst gesehen, aber es war das erste Mal, daß er den geflügelten Bestien so nahe gegenüberstand. Sie waren weit über zweieinhalb Meter groß, titanische, häßliche Reptilienvögel mit Fledermausflügeln und Hammerköpfen, die ihn und Herger aus winzigen roten Augen musterten. Im ersten Moment erinnerten sie ihn an die gewaltigen Hoger, auf die Del und er in der Nonakesh-Wüste gestoßen waren, aber als sie näher kamen, erkannte er Unterschiede. Sie waren knochiger, und ihr Echsen-Erbe trat deutlicher zutage. Ihr Körper war schlank und bewegte sich auf zwei muskulösen Beinen; sie waren eher zum Laufen als zum wirklichen Fliegen geeignet.

Auf ihren Rücken waren Sättel, und als eines der Tiere in einer spielerischen Bewegung die Flügel entfaltete und damit schlug, berichtigte Skar seine Meinung. Die gewaltigen ledrigen Schwingen teilten die Luft mit ungeheurer Macht; der Luftzug ließ Skar taumeln.

»Ich hoffe, ihr seid beide schwindelfrei«, sagte Legis spöttisch.

Skar registrierte erst jetzt, daß der Quorrl und sie wieder hinter dem Felsen hervorgetreten waren. Sowohl sie als er führte jeder eine der gewaltigen Flugechsen am Zügel.

»Ihr wollt . . .«

»Fliegen«, bestätigte Legis ungerührt. »Es sind sechzig Meilen bis zu unserem Lager. Dachtet ihr, wir laufen bis dorthin?«

Skar schluckte schwer. Die Sättel waren Beweis genug gewesen, aber er hatte sich an die Hoffnung geklammert, daß die *Errish* und ihre Begleiter die Daktylen als Reittiere benutzten; so, wie die Ehrwürdigen Frauen auf ihren Drachen ritten. Aber sie würden fliegen. Er hatte davon gehört, daß einige besonders wilde Quorrl-Stämme aus dem Norden Daktylen als Flugtiere benutzten, aber er hatte es nicht geglaubt. Er hatte es nicht glauben wollen.

»Du wirst mit mir fliegen«, bestimmte Legis. »Dein Freund ist leichter – er kann mit einem der Krieger reiten. Und nun kommt.«

Skar bewegte sich zögernd auf die *Errish* und ihr schwarzes Ungeheuer zu. In seinem Magen war plötzlich ein eisiger, harter Klumpen.

Der Flug war die Hölle. Skar wußte hinterher nicht mehr, wie lange er gedauert hatte – zwei Stunden oder zwei Jahre. Die Daktylen erwiesen sich in der Luft als so elegant, wie sie am Boden plump erschienen waren, aber ihre gewaltigen ledernen Schwingen eigneten sich nicht nur hervorragend zum Fliegen, sondern boten auch dem Wind reichlich Angriffsfläche, so daß sie ständig hin und her geworfen wurden und Skar ein dutzendmal ernstlich damit rechnete, seinen Halt zu verlieren und abzustürzen. Mehr als nur einmal wurde Legis' Tier von einer Fallböe ergriffen und in die Tiefe geschleudert, so schnell, daß die scharfkantigen Felsen, die die Ebene bedeckten, wie steinerne Raubtierzähne nach ihnen zu schnappen schienen. Skar klammerte sich mit aller Gewalt an den dünnen Lederriemen des Zaumzeuges fest, aber er erreichte damit nur, daß das Tier nun zusätzlich vor Schmerzen zuckte und mit seinem gewaltigen Hammerkopf nach ihm schlug.

Skar war trotz der Kälte und des beißenden Windes schweißgebadet, als die Tiere endlich zur Landung ansetzten. Unter ihnen schimmerte es rot; Dutzende von winzigen, glühenden Funken, Lagerfeuer, deren Schein sorgsam abgeschirmt und nur aus der Luft zu erkennen war. Die Daktylen begannen zu kreisen und verloren dabei an Höhe, und Skar erkannte allmählich mehr: Das Lager befand sich in einem schmalen, L-förmigen Tal, an dessen nördlichem Rand das wuchernde Schwarzgrün eines Dschungels grenzte. Der Raubtiergestank schlug ihm erneut und stärker entgegen, als die Daktylen nach einer weiteren, langgezogenen Umkreisung des Tales endgültig zur Landung ansetzten. Skar klammerte sich instinktiv fest, als das gewaltige Reptil mit weit gespannten, reglosen Schwingen über das Tal glitt und ungeschickt mit den Füßen nach dem Boden angelte. Trotzdem warf ihn der Aufprall beinahe aus dem Sattel. Wieder auf dem Boden, verwandelten sich die Daktylen wieder in tölpelhafte, schwerfällige Laufvögel, die Mühe hatten, sich auf den Beinen zu halten und dabei ihre Reiter nicht abzuwerfen. Skar sah die Biegung des Tales auf sich zurasen und unterdrückte im letzten Moment den Impuls, die Zügel loszulassen und schützend die Arme vor das Gesicht zu reißen. Die ungeschickten Sätze seiner Echse täuschten über ihr immer noch immenses Tempo hinweg – wenn das Tier mit dieser Geschwindigkeit vor die Felswand rannte, dann würde nicht nur es selbst, sondern auch seine beiden Reiter den Tod finden.

Aber es lief nicht vor den Fels. Skar erkannte plötzlich eine hohe, halbrunde Öffnung in der scheinbar massiven granitenen Wand, die bestens getarnt war durch einen Vorhang aus geflochtenen Pflanzenfasern. Die Echse stürmte, ohne ihr Tempo merklich zu vermindern, darauf zu, senkte den Kopf ein wenig und brach, die Flügel eng an den Körper gepreßt, hindurch.

Dahinter lag eine gewaltige, kuppelförmige Höhle, die vom

SCHOBERLIHT 10/88

Licht unzähliger rußender Fackeln in trübrote Helligkeit getaucht war. Der Flugsaurier wurde langsamer, hüpfte mit zwei, drei magenerschütternden Sprüngen seitlich vom Eingang fort und blieb mit einem plötzlichen Ruck stehen. Skar wurde nach vorne geworfen und fiel aus dem Sattel. Seine Knie zitterten, und für die Dauer eines Herzschlages wurde ihm schwindlig. Die Höhle begann sich um ihn zu drehen. Hinter ihnen strömten die anderen Daktylen durch den Eingang, ein halbes Dutzend schwarzer Schimären, auf deren Rücken selbst die Quorrl-Krieger klein und zerbrechlich aussahen. Skar hielt nach Herger Ausschau und entdeckte ihn zusammengekrümmt auf Morks Tier; der Quorrl hatte einen seiner mächtigen Arme um die Brust des Hehlers geschlungen und hielt ihn wie ein Spielzeug.

Allmählich verschwand das Schwindelgefühl aus Skars Schädel, aber seine Knie zitterten noch immer. Der Echsengestank in der Höhle war so intensiv, daß er Skar schier den Atem nahm. Skar sah sich um. Nur das vordere Drittel des gewaltigen steinernen Gewölbes war erleuchtet; der hintere, größere Teil lag im Dunkeln, und nur hier und da spiegelte sich das flackernde Rot der Fackeln auf einem Auge oder einer Kralle – es dauerte einen Moment, bis Skar in dem dunklen Gewimmel Einzelheiten erkannte. Daktylen, Dutzende, vielleicht Hunderte. Die Höhle war durch ein Netz unterteilt, und ihr rückwärtiger Teil schien als Stall für die Reit- beziehungsweise Flugtiere der Quorrl zu dienen. Skar fiel die Unruhe unter den gewaltigen Vogelkreaturen auf. Sie waren für die Luft geboren; das Eingesperrtsein unter einem Himmel aus Stein mußte sie rasend machen.

»Wenn du mit deiner Musterung fertig bist, dann können wir vielleicht gehen«, sagte Legis hinter ihm.

Skar drehte sich betont langsam herum. Die *Errish* hatte ihren Schleier abgenommen. Jetzt knüllte sie ihn zusammen und fuhr sich damit über Stirn und Augenpartie, um den Ruß zu entfernen. Das schmale Metalldiadem glitzerte wieder auf ihrem Turban.

»Gehen? Wohin?«

Legis verzog ungeduldig die Lippen. »Ihr seid nicht zur Erholung hier, Satai«, sagte sie. »Ich bringe euch jetzt zu unserer Führerin - sie wird entscheiden, was mit euch zu geschehen hat.«

Die Worte kamen Skar steif vor; ein eingelernter Text, den sie schon wer weiß wie oft wiederholt hatte, aber sie waren nichtsdestoweniger ein Befehl.

»Und Herger?«

»Zuerst du«, sagte Legis, ohne seine Frage direkt zu beantworten. »Einem Satai gebührt natürlich die Ehre, als erster vorgelassen zu werden.«

Der Spott in ihrer Stimme war unüberhörbar, aber Skar verbiß sich die sarkastische Antwort, die ihm auf der Zunge lag. Schweigend folgte er der *Errish* zum Ausgang. Zwei der mächtigen Quorrl-Krieger eskortierten sie, mit den Händen auf den Waffen. Skar beobachtete es mit einer Mischung aus Zorn und widerwilliger Anerkennung. Er hatte nicht viel Erfahrung mit Quorrl, aber wie die meisten Menschen hatte er sie bisher für einen Haufen unzivilisierter Wilder gehalten. Was er hier - zumindest bis jetzt - gesehen hatte, schien eher das Gegenteil zu beweisen. Die Krieger demonstrierten eine Disziplin, an der jeder General aus Ikne oder Kohon seine helle Freude gehabt hätte.

Ein neues Rätsel. Aber auch das würde sich auflösen.

Als sie die Höhle verließen, war Skar für einen Moment so gut wie blind. Von oben hatte er zahllose Feuer gesehen, aber von hier aus betrachtet, lag das Tal in absoluter Finsternis da - allenfalls der sanfte, rötliche Schimmer in der Luft über dem Lager hätte einem aufmerksamen Beobachter verraten können, daß dieser Teil der Ebene nicht so tot war, wie es schien.

»Wohin?« fragte Skar.

Legis deutete wortlos nach links in den abzweigenden kürzeren Teil der Schlucht. Skar hörte zahlreiche Stimmen, als sie weitergingen - menschliche Stimmen, aber auch die gutturalen Laute verschiedener Quorrl-Dialekte, und ein paarmal bewegten sich vor ihnen Schatten, ohne daß er erkannt hätte, ob er einen Menschen, einen Quorrl oder eine andere Kreatur vor sich hatte. Aus dem Wald am hinteren Ende des Tales wehte ein schwerer, süßlicher Geruch zu ihnen her, und einmal glaubte Skar, ein Raubtier brüllen zu hören.

Schließlich betraten sie eine weitere Höhle. Auch sie war mit einem dichten Vorhang aus geflochtenen Pflanzenfasern verschlossen, damit kein verräterischer Lichtstrahl nach außen dringen konnte. Sie war aber viel kleiner als der Stall der Daktylen – eine drei Meter hohe Blase im Gestein, in deren Wänden zahlreiche unregelmäßig geformte Löcher gähnten: Durchgänge zu anderen Höhlen. Es mußte ein ganzes Labyrinth von Höhlen und unterirdischen Gängen sein, in dem die Rebellen ihr Lager aufgeschlagen hatten. Wahrscheinlich war auch die Schlucht nichts anderes als ein gewaltiger unterirdischer Hohlraum, dessen Decke irgendwann einmal eingestürzt war. Ein idealer Ort, um sich zu verbergen. Aber auch eine Falle, sollte das Versteck jemals entdeckt werden.

Legis gebot Skar mit einer knappen Geste zurückzubleiben, sagte ein Wort zu den beiden Quorrl, die hinter ihnen die Höhle betreten hatten und rechts und links des Einganges stehengeblieben waren, und verschwand in einem der Durchgänge.

Skar sah sich unruhig um. Auch in dieser Höhle brannten viele Fackeln, als wollten die Bewohner dieser unterirdischen Welt das Gewicht des Felsens über ihren Köpfen mit einer Flut von Licht vertreiben. Skar versuchte sich vorzustellen, wie es sein mußte, hier zu leben – schon jetzt spürte er ein leises Unbehagen, und es war kein Gefühl, das durch seinen Hunger oder die Erschöpfung allein ausgelöst wurde. Es war eine chtonische Welt voller Dunkelheit und Kälte und Nässe und hallender Gänge.

»Wie lange lebt ihr schon hier?« fragte er einen der Quorrl.

Der Schuppenkrieger schwieg, und Skar unterließ es, ihn noch einmal anzusprechen. Vielleicht verstand das Wesen ja auch seine Sprache gar nicht.

Skars Geduld wurde auf eine harte Probe gestellt. Legis blieb lange fort, und die Kälte, die Skar bis jetzt nicht gespürt hatte, kroch erneut in seine Knochen. Es war feucht in der Höhle, feucht und klamm. In den Ritzen des Bodens hatte sich Wasser angesammelt, und hier und da schimmerte noch Eis; so wie die Quorrl und ihre Verbündeten hatte sich auch der Winter unter die Erde verkrochen und trotzte hier noch dem Ansturm des Frühlings.

Endlich kam die *Errish* zurück. Sie war nicht mehr allein - in ihrer Begleitung befand sich ein Quorrl - nicht Mork, aber ein Krieger, der ihm an Größe und Kraft kaum nachstand.

»Du bist Skar?« begann er übergangslos.

Skar nickte. Das Wesen war zwei Schritte vor ihm stehengeblieben und überragte ihn um eine Haupteslänge. Aber es war nur groß, nicht gewaltig wie Mork. Kein Gegner.

»Ich bin Trosen«, fuhr der Quorrl in akzentfreiem Tekanda fort. »Solange du hier bist, werde ich mich um dich kümmern.«

»Wie aufmerksam«, sagte Skar spöttisch. »Einen Quorrl nur für mich allein - wie komme ich zu der Ehre?«

Legis warf ihm einen warnenden Blick zu, den Skar aber bewußt ignorierte.

»Ob es eine Ehre wird, muß sich noch erweisen«, knurrte Trosen. »Und wenn, dann wird es vielleicht ein äußerst kurzes Vergnügen - für dich, Satai.« Er lächelte und entblößte dabei eine Doppelreihe messerscharfer Raubtierzähne, die dem zivilisierten Klang seiner Worte sofort wieder entgegenwirkten. »Dein Schwert«, forderte er.

Skar wich einen halben Schritt zurück, als der Quorrl die Hand ausstreckte. Die beiden Krieger hinter ihm traten näher; er spürte die Bewegung, ohne sie sehen zu müssen.

»Bitte, Skar«, sagte Legis. »Sei vernünftig. Wir sind nicht deine Feinde, aber niemand tritt Laynanya bewaffnet gegenüber. Auch unsere Gäste nicht.«

Skar überlegte einen Moment. Er fühlte sich nicht wohl bei dem Gedanken, sich von seinem *Tschekal* zu trennen, aber immerhin kam er als Bittsteller hierher, und er gewann nichts, wenn er auf dieser unsinnigen Geste des Stolzes bestand.

Mit einem ergebenen Seufzen zog er das Schwert aus dem Gürtel und reichte es Tosen - mit der Spitze voran, so daß der Quorrl nur vorsichtig zugreifen konnte, wenn er sich nicht an der rasiermesserscharfen Doppelschneide die Hand aufreißen wollte. Der Quorrl quittierte die kaum verhohlene Provokation mit einem ärgerlichen Knurren, nahm das *Tschekal* jedoch ohne weiteren Kommentar an sich und schob es achtlos unter seinen Gürtel. »Komm.«

Sie betraten einen steinernen Tunnel. Die Decke war so niedrig, daß die Quorrl das Haupt neigen mußten, um sich nicht anzustoßen. Das Licht der Fackeln blieb hinter ihnen zurück, aber vor ihnen leuchtete ein zweiter, trübroter Lichtfleck. Seine Umgebung erinnerte Skar auf fatale Weise an die unterirdische Festung von Tuan, in der Vela ihn gefangengesetzt hatte, nur daß die Gänge hier nicht von Menschenhand, sondern von einer viel einfallsreicheren Natur geschaffen worden waren. Vielleicht waren diese Höhlen Vorbild für die Dämonenfestung in Tuan gewesen.

Es wurde kälter. Ein scharfer Luftzug wehte ihnen in die Gesichter und verriet Skar, daß die Höhle mindestens noch einen weiteren Eingang haben mußte. Mit dem Wind kam der Geruch brennender Fackeln und gebratenen Fleisches. Skar fiel plötzlich wieder ein, wie hungrig er war. Es war jetzt der vierte Tag, den er schon hungerte. Sein Magen knurrte hörbar.

Legis, die neben ihm ging, unterdrückte ein Lächeln. »Es wird nicht lange dauern«, sagte sie halblaut. »Du bekommst zu essen, sobald du mit Laynanya gesprochen hast. Unsere Küche wird dir zusagen. Sie ist einfach, aber gut.«

Skar antwortete nicht. Er spürte, daß Legis es nur gut meinte, aber er war nicht in der Laune, Konversation zu treiben. Sein Magen hatte sich vier Tage geduldet – er würde auch noch eine weitere Stunde warten.

Trosen blieb stehen, als sie das Ende des Ganges erreicht hatten. Vor ihnen lag wieder eine kuppelförmige Höhle, auch sie war erhellt von vielen Fackeln und erfüllt von einer Kälte, die den prasselnden Flammen an den Wänden hohnzusprechen schien. Der Stollen endete nicht ebenerdig – sie standen auf einem breiten, steinernen Sims, der die Höhle in halber Höhe umlief und einen freien Blick über den gesamten Innenraum gestattete. Als sie weitergingen, hatte Skar ausreichend Gelegenheit, sich umzusehen. Die Höhle war groß, hatte vielleicht einen Radius von dreihundert Schritten und war hundert Fuß hoch. Die gewölbte Decke wurde von natürlich gewachsenen Säulen getragen, gewaltigen Stalaktiten, die im Laufe von Äonen zu Pfeilern herangewachsen waren und dem Raum etwas von einer Kathedrale verliehen. In Mannshöhe waren Seile durch die Höhle gespannt, an denen Teppiche und geflochtene Matten hingen und den Raum unterteilten in Dutzende verschieden großer Bereiche – Schlafkammern für Menschen und Quorrl, aber auch Kochstellen, Vorratslager und selbst Ställe. Skar sah nicht wenige Pferde, und während sie hinter Trosen eine schmale Steintreppe hinabschritten, glaubte er im Hintergrund der Höhle ein gewaltiges, geschupptes Etwas zu erkennen. Wo *Errish* waren, da waren auch Drachen.

Sie betraten einen schmalen Gang, der zwischen den abgeteilten Räumen tiefer in die Höhle hineinführte. Überall waren Stimmen zu hören, aber außer seinen Begleitern bekam Skar kein lebendes Wesen zu Gesicht. Schließlich blieb Trosen stehen, schlug einen Vorhang beiseite und machte eine einladende Handbewegung.

Skar trat zögernd an ihm vorbei.

Er bemerkte die Bewegung im letzten Moment, aber seine Reaktion kam um eine Winzigkeit zu spät. Die Hand des Quorrl, eben noch gehoben, um den Vorhang zu halten, ballte sich plötzlich zur Faust und traf mit fürchterlicher Wucht seinen Nacken. Skar riß im letzten Moment den Kopf zur Seite, so daß der Hieb nicht wie beabsichtigt seine Schläfe traf, aber die Wucht des Schlages war noch immer groß genug, um ihn halb benommen in die Knie brechen zu lassen. Instinktiv hob er die Hände, um sein Gesicht vor weiteren Schlägen zu schützen, doch der Quorrl schien nichts dergleichen vorzuhaben. Ein harter Stoß traf Skar in den Rücken und ließ ihn vollends zu Boden fallen. Dann packten ihn gewaltige, schuppige Hände an Armen und Beinen und hoben ihn hoch. Skar stöhnte vor Schmerz und begann sich zu wehren, aber die Fäuste der Krieger waren hart wie Stahl. Vor seinen Augen drehten sich Feuerräder; er konnte seine Umgebung nur noch verschwommen wahrnehmen, und die Stimmen der Quorrl klangen, als wehten sie durch einen langen, eisernen Korridor herüber. Er wurde ein paar Schritte weit getragen und roh auf einen steinernen Tisch geworfen; die Pranken der Quorrl hielten ihn wie eiserne Fesseln nieder.

Skar stöhnte. »Was ...«

Ein harter Schlag traf ihn am Mund und ließ ihn verstummen. Sein Kopf prallte wuchtig gegen den Stein der Tischplatte, und der neuerliche Schmerz brachte ihn an den Rand der Bewußtlosigkeit. Auf seiner Zunge war Blut. Er sah nur noch Farbkleckse und dünne, feurige Linien.

»Haltet ihn!« sagte eine Stimme. Der Griff der Quorrl-Fäuste verstärkte sich, und eine weitere, knochige Hand legte sich auf seine Brust und drückte ihn nieder.

»Ganz fest. Er darf sich nicht bewegen können.«

Eine Welle panischer Angst durchbrach für einen Moment den dunklen Schleier, der sich über Skars Bewußtsein ausgebreitet hatte. Er bäumte sich auf, und die Furcht gab ihm die Kraft, selbst den Klammergriff der drei Quorrl zu sprengen, wenn auch nur für Augenblicke.

»Festhalten!« fuhr die Stimme fort in scharfem, befehlendem Ton.

Skar stöhnte vor Schmerz, als die Quorrl fester zugriffen und ihn niederrangen. Der Druck auf seine Hand- und Fußgelenke wurde unerträglich; der dritte Quorrl warf sich mit seinem ganzen gewaltigen Gewicht auf seine Brust. Skars Schmerzenslaut verstummte. Er bekam keine Luft mehr, und in die kochenden Farben vor seinen Augen mischten sich schwarze Schleier.

»Aufpassen jetzt!« sagte die Stimme – die Stimme einer Frau, wie er trotz allem erkannte. »Er ist gefährlich.«

Kühle, aber kräftige Hände berührten sein Gesicht. »Bewege dich nicht, Skar«, sagte die Stimme. »Dir wird nichts geschehen, aber du bringst dich selbst in Gefahr, wenn du dich bewegst.«

Skar gehorchte – weniger aus Einsicht als vielmehr, weil er sich ohnehin kaum mehr rühren konnte. Der Quorrl lag wie ein lebender Berg auf seiner Brust. Er versuchte verzweifelt zu atmen, aber es ging nicht.

Die Finger krochen weiter, tasteten über seine Augen und glitten über Nasenwurzel und Stirn, dann berührte etwas Hartes und schmerzhaft Kaltes seine Schläfen.

»Jetzt!«

Ein grausamer Schmerz schoß durch Skars Kopf. Für einen Moment hatte er das Gefühl, sein Gehirn würde explodieren. Dann, so rasch wie der Schmerz gekommen war, verging er wieder, und statt dessen breitete sich ein taubes, prickelndes Gefühl der Müdigkeit zwischen seinen Schläfen aus.

Er wußte nicht, was geschah – Stimmen waren um ihn herum, Stimmen und Geräusche, und der unerträgliche Druck auf seinem Brustkorb verschwand, so daß er wieder atmen konnte. Die Stimmen wurden lauter, drängender, und dann war da noch eine andere Stimme, eine Stimme, die antwortete. – Er erschrak zutiefst, als er erkannte, daß es seine eigene Stimme war und daß er auf Fragen antwortete, obgleich er die Worte nicht verstand.

Er redete lange. Stunden, wie es ihm vorkam, obwohl sein Zeitgefühl wie alle anderen Empfindungen erlosch. Irgendwann fiel er in Trance; die Stimme lullte ihn ein, und jede Frage drang ein wenig tiefer, riß weitere, halb verheilte Wunden in seiner Seele auf und förderte zutage, was zu vergessen er sich seit Monaten bemüht hatte.

Später erwachte er, aber nicht ganz. Die Trance verging, aber dafür legte sich Müdigkeit auf seine Augenlider, eine Müdigkeit, die nicht natürlichen Ursprungs war. In einem kurzen, vergänglichen Moment seltsamer Klarheit erinnerte er sich an ein Gesicht: schmal, grau, von strähnigem, braunem Haar eingerahmt und mit hungrigen Augen. Dann verging auch dieses Bild, und er schlief ein.

Skar hatte ein vages Gefühl von Zeit, die vergangen war; sehr viel Zeit. In seinem Kopf war ein dumpfer Druck, wie man ihn manchmal spürt, wenn man zu lange geschlafen hat, aber gleichzeitig fühlte er sich – körperlich – müde. Sein Hals schmerzte, und hinter seiner Stirn wirbelten Erinnerungsfetzen und Bilder durcheinander, ohne daß er hätte sagen können, was davon Traum und was Wirklichkeit war. Es war kalt; gleichzeitig spürte er auf der rechten Wange und dem nackten Oberarm die Hitze einer offenen Flamme. Er versuchte, die Augen zu öffnen, aber es ging nicht. Sein Kopf war bandagiert. Ein breiter, straff umgelegter Verband schmiegte sich um seine Schläfen und preßte seine Lider herunter.

Für einen winzigen Moment drohte ihn Panik zu übermannen; er hatte plötzlich die irrsinnige Vorstellung, daß sie ihn geblendet haben könnten. Aber die Furcht verging so rasch, wie sie gekommen war. Sie hatten keinen Grund, etwas derart Grausames zu tun. Wahrscheinlich würden sie ihn ohne langes Zögern töten, wenn sie glaubten, daß er sie verraten oder ihnen – wenn auch unabsichtlich – auf andere Weise schaden könnte. Aber sie würden ihn nicht unnötig foltern.

Er erinnerte sich plötzlich an den Schmerz, den er gespürt hatte – einen dünnen, feurigen Stich in beide Schläfen, als bohrten sich zwei winzige glühende Nadeln in seinen Schädel. Für Augenblicke war er nicht sicher, ob die Erinnerung Teil eines wirren Traumes oder Realität war. Aber das Brennen rechts und links seiner Augenbrauen bewies ihm, daß zumindest dies wirklich geschehen war – wenn er auch immer noch nicht wußte, *was* nun mit ihm passiert war.

Doch seine Erinnerungen klärten sich, Stück für Stück, obwohl da irgend etwas in ihm war, das seine Gedanken wie eine unsichtbare graue Hand zurückhalten wollte.

Er hatte geredet – nicht geredet, *geantwortet* – auf Fragen, die sie ihm gestellt hatten, sehr viele und sehr ausführliche Fragen. Skar bewegte sich vorsichtig, hob beide Hände an den Kopf, tastete mit den Fingerspitzen über den groben Stoff des Verbandes und fühlte klebriges Blut und einen neuen, brennenden Schmerz, als er seine Schläfen berührte.

»Laß das«, sagte eine Stimme über ihm. »Ich nehme den Verband ab, wenn du es willst, aber nimm die Hände herunter.«

Skar gehorchte. In der Dunkelheit neben ihm waren Schritte, das Rascheln von Seide und dann das Gefühl eines Körpers, der sich über ihn beugte. Eine Frau. Es war die Stimme einer Frau gewesen, und es war das Gefühl einer Frau, die sich an dem Verband um seinen Schädel zu schaffen machte: der leise, unaufdringliche Duft frisch gewaschener Haare und schmale, erfahrene Hände, die geschickt den Verband lösten und seinen Kopf anhoben.

»Stillhalten«, fuhr die Stimme fort. »Es wird jetzt weh tun.«

Skar biß instinktiv die Zähne zusammen, aber der Schmerz war nicht so schlimm. Skar spürte nur ein neuerliches, kurzes Brennen, als der Verband mit einem scharfen Ruck heruntergerissen wurde. Er öffnete die Augen, blinzelte ein paarmal und drehte rasch den Kopf auf die Seite. Rings um sein Lager brannten Fackeln, und das grelle Licht schmerzte in seinen Augen.

»Es ist gleich vorbei. Vielleicht wirst du noch eine Weile Kopfschmerzen haben, aber das ist normal. Du wirst dich bald besser fühlen.«

Skar stemmte sich vorsichtig auf die Ellbogen hoch und zwang sich, in das flackernde Gegenlicht der Fackeln zu blicken. Er hatte halbwegs erwartet, Legis oder einen der Quorrl zu sehen, obwohl die Stimme nicht Legis' Stimme gewesen war. Aber es war eine Frau – eine *Errish*, wie ihr schmuckloses graues Gewand bewies. Anders als Legis trug sie den zeremoniellen Schleier der Ehrwürdigen Frauen, und selbst über dem schmalen, ausgesparten Streifen über ihren Augen spannte sich ein halb durchsichtiges Tuch, so daß Skar nur ein gelegentliches Aufblitzen sah, wenn sich das Licht der Fackeln in ihren Pupillen brach. Laynanya. Er wußte, daß es Laynanya war. Er konnte die Aura der Macht, die diese Frau umgab, fast sehen.

»Du bist ...«

»Laynanya«, bestätigte sie. Ihre Stimme klang jung, jünger, als er erwartet hatte. Und es war die Stimme aus seinen Erinnerungen. Die Stimme, die ihm Fragen gestellt hatte. Fragen, dachte er mit einem Gefühl, von dem er selbst nicht wußte, ob es Schrecken oder Zorn oder auch etwas vollkommen anderes war, Fragen, auf die er bereitwillig geantwortet hatte, obwohl sie nach Dingen gefragt hatte, die er am liebsten vergessen hätte.

Sein Gaumen war trocken, und in seinem Hals war ein unangenehmes Kratzen. Er fuhr sich mit der Zungenspitze über die Lippen. Laynanya hob die Hand und gab jemandem auf der anderen Seite des Bettes einen Wink. Skar widerstand im letzten Moment der Versuchung, den Kopf zu drehen.

»Du bekommst gleich etwas zu trinken«, sagte Laynanya. Trotz des Schleiers vor ihrem Gesicht glaubte Skar ein Lächeln über ihre Züge huschen zu sehen; aber vielleicht war es auch nur etwas in ihrer Stimme. »Du mußt durstig sein«, fuhr sie fort. »Immerhin hast du fast die ganze Nacht geredet.«

Skar schüttelte verwirrt den Kopf. Seine Erinnerungen klärten sich, aber gleichzeitig war er immer weniger sicher, was davon nun Traum und was wirklich Erlebtes war.

Laynanyas Augen lächelten wieder. »Streng dich nicht an, Skar«, sagte sie. »Dein Zustand ist vollkommen normal. Du wirst dich gleich besser fühlen.«

»Was ... habt ihr mit mir gemacht?« fragte er stockend. Er hob jetzt doch die Hand an die Schläfen und fühlte zwei winzige Einstiche.

»Ein Kratzer«, sagte Laynanya. »Jedenfalls für einen Mann wie dich.« Es wurde Skar nicht klar, ob diese Worte nun spöttisch gemeint waren oder nicht. Aber er war noch immer viel zu verwirrt, um wirklich darüber nachdenken zu können. Es war auch nicht wichtig.

»Um deine Frage zu beantworten«, fuhr Laynanya nach einer Weile fort, während ihr Blick in einer schwer zu bestimmenden Mischung aus Bewunderung und kalter Berechnung über seinen Körper glitt. »Ich habe mich mit dir unterhalten.«

»Unterhalten?« Skar setzte sich ganz auf, zog die Knie an den Körper und massierte seine Oberarme. Langsam kehrte das Leben in seine Glieder zurück, aber im gleichen Maße, wie die Mattigkeit schwand, spürte er auch die Kälte. Er war nackt bis auf seinen Lendenschurz, und die Fackeln verbreiteten zwar Licht, aber kaum Wärme. »Ich hatte eher den Eindruck, daß es ein Verhör war«, sagte er.

Laynanya nickte ungerührt. »Wenn dir dieses Wort lieber ist« - sie zuckte mit den Achseln, und Skar hörte ein leises, silberhelles Klingeln; er erinnerte sich daran, daß hochgestellte *Errish* winzige Glöckchen aus Edelmetall im Haar trugen - »bitte. Du wirst nicht im Ernst erwarten, daß wir jedem, der in unser Lager kommt, vorbehaltlos vertrauen. Wir müssen uns absichern. Ich muß dir nicht erzählen, wie gefährlich der Gegner ist, gegen den wir kämpfen.«

Sie verstummte, als sich Schritte näherten. Skar drehte den Kopf und sah einen dunkelhaarigen, in ein schmuckloses graues Gewand gekleideten Mann, der wortlos neben sein Lager trat und ihm einen Zinnbecher reichte. Skar bedankte sich mit einem Nikken, setzte den Becher vorsichtig an seine geschwollenen Lippen und trank; zuerst sehr vorsichtig, dann, als die Flüssigkeit seinen Gaumen und die Zunge geschmeidig gemacht hatte, mit fast gierigen Zügen. Er merkte erst jetzt, wie durstig er war.

»Trink ruhig«, sagte Laynanya, als er den Becher geleert und abgesetzt hatte. »Ghwalin kann dir noch mehr bringen. Wir haben nicht viel, aber für einen Becher Wein reicht es noch.«

Skar schüttelte den Kopf. Er war noch immer durstig, doch der Becher hatte wirklich Wein enthalten - keinen sehr schmackhaften, aber dafür einen um so stärkeren Wein, und Skar war so erschöpft, daß er die Wirkung des Alkohols bereits jetzt zu spüren begann. Es war besser, wenn er einen klaren Kopf behielt. »Wie hast du es geschafft, mich zum Reden zu bringen?« fragte er. »Drogen? Oder die Hexenkünste der *Errish*?«

Laynanya lachte.

»Weder das eine noch das andere, Skar. Vela ist nicht die einzige, die sich darauf versteht, das Erbe der Alten anzuwenden, wenn ich auch zugeben muß, daß ich nicht halb so geschickt darin bin wie sie.«

Skar erschrak. »Vela?« stieß er hervor.

»Du hast von ihr erzählt«, sagte Laynanya ruhig. »Wir können uns die Spielchen ersparen, Satai. Ich weiß, wer du bist, und ich weiß auch, warum du hier bist.«

»Dann . . .«

»Wir haben dich verhört«, fuhr Laynanya fort, und in ihrer Stimme war jetzt eine winzige Spur von Zorn, vielleicht auch nur von Ungeduld. »Du brauchst also nicht den Dummkopf zu spielen. Deine Geschichte erklärt vieles - obwohl ich zugeben muß, daß ich sie kaum geglaubt hätte, wenn ich sie unter anderen Umständen von dir gehört hätte.«

Skar starrte die *Errish* verwirrt an. Für einen Moment erinnerte sie ihn an Vela - er fühlte sich plötzlich hilflos und verloren, und ihre Gegenwart vermittelte ihm das gleiche Gefühl der Ohnmacht, das er stets in Velas Nähe verspürt hatte. Er erinnerte sich nicht an alles, aber er wußte, daß sie ihm unzählige Fragen gestellt hatte. Es war kein sehr angenehmes Gefühl - er sah diese Frau zum ersten Mal, und sie wußte bereits alles von ihm, seine geheimsten Gedanken und Wünsche, alles, was er selbst am liebsten aus seinem Gedächtnis verbannt hätte.

»Du wirst nicht hierbleiben können«, sagte Laynanya plötzlich und scheinbar ohne Grund.

Skar nickte. Er war nicht sehr überrascht. »Ich bin eine Gefahr für euch«, sagte er. »Aber um das zu erfahren, hättest du dir nicht solche Mühe machen müssen.«

»Vielleicht. Aber Gefahr sind wir gewohnt, Skar. Darum geht es nicht. Seit wir in diese Höhlen geflohen sind, rechnen wir jeden Tag mit einem Angriff. Die Herrscherin von Elay unternimmt alles, was in ihrer Macht steht, um unseren Unterschlupf zu finden. Wenn sie uns entdeckt, dann sind wir verloren, ob mit oder ohne dich, Skar. Ginge es nur darum, würde ich dich bitten zu bleiben. Wir führen Krieg, und ein Mann wie du ist so wertvoll wie eine

Armee.« Sie seufzte, setzte sich mit einer Bewegung, die ganz und gar nicht zu ihrer äußeren Erscheinung und der Position, die sie innehatte, zu passen schien, auf die Kante seines Lagers und verschränkte die Arme vor der Brust. Skar sah erst jetzt, daß sie schwanger war. Unter dem grauen Gewand wölbte sich ihr Leib sichtbar vor, obwohl sie sich geschnürt hatte, und zwar so fest, daß jede größere Bewegung zu einer Qual für sie werden mußte. Aber er tat so, als hätte er es nicht bemerkt.

»Was ist dann der Grund?« fragte er.

»Zum einen glaube ich nicht, daß du bleiben willst«, antwortete Laynanya. »Du bist nicht der Mann, der so kurz vor dem Ziel noch eine Rast einlegt. Und ich bin keine Frau, die glaubt, daß gemeinsame Feinde aus Fremden gleich Verbündete machen müssen. Wir kämpfen gegen denselben Gegner, doch das macht uns noch nicht zu Freunden. Aber du hast recht – du *bist* eine Gefahr für uns, oder besser gesagt für jeden, in dessen Nähe du dich aufhältst.« Sie schwieg einen Moment. »Trotzdem kannst du bleiben, solange du willst. Wir sind dir etwas schuldig, und ich bin es gewohnt, meine Schulden zu bezahlen.«

»Du sprichst von dem Quorrl?«

Laynanya schüttelte den Kopf. »Nein. Du hast ihm nicht aus Menschlichkeit das Leben gerettet, sondern weil du genau das erreichen wolltest – Dankbarkeit. In diesem Punkt hast du dich aber verrechnet, Skar. Wärest du auf eine Gruppe wilder Quorrl gestoßen, hätten sie dir aus reiner Dankbarkeit den Kopf abgeschnitten. Und wenn Legis dich und deinen Begleiter nicht gefunden hätte, dann wäret ihr draußen auf der Ebene verdurstet oder erfroren. Was das angeht, sind wir quitt.«

Sie schien auf eine Antwort zu warten, aber Skar schwieg. Die Art, in der sie über die Quorrl sprach, gefiel ihm nicht.

»Dankbar«, fuhr Laynanya fort, »bin ich dir für die Informationen, die du uns gegeben hast, wenn es auch sicher unfreiwillig geschah. Sie sind wichtig für uns.«

»Dann begleiche diese Schuld«, sagte Skar. »Bisher hast du gefragt, und ich habe geantwortet –«

»Und jetzt willst du fragen, und ich soll antworten.« Laynanya machte eine rasche, undefinierbare Geste und hob die Hand an den Kopf, um sich mit einer müden, abgespannt wirkenden Bewegung über die Augen zu reiben. Für die Dauer eines Atemzuges konnte Skar ihre Augen sehen – sie waren dunkel und groß und in ein Netz unzähliger winziger Falten eingebettet. Laynanya mußte älter sein, als er bisher angenommen hatte.

»Du hast wohl recht«, murmelte sie. »Aber hier ist nicht der richtige Ort. Wenn du dich kräftig genug fühlst, gehen wir in mein Gemach. Es ist wärmer dort, und du wirst sicher deinen Freund wiedersehen wollen.«

»Wenn du alles über mich weißt«, sagte Skar verärgert, »dann solltest du auch wissen, daß Herger nicht mein Freund ist.«

Trotzdem stemmte er sich vollends hoch, wartete, bis Laynanya aufgestanden war, und schwang die Beine von der Liege. Ihm wurde schwindlig, als er aufstand, und der Schmerz in seinen Schläfen erwachte für Sekunden noch einmal zu einem wütenden Brennen. Er wußte selbst nicht, warum er so aggressiv auf Laynanyas Worte reagiert hatte – vielleicht war es nicht einmal der Zorn auf Herger, sondern auf sie. Sie hatte seine Gedanken gelesen und in seinen Gefühlen gegraben, Wunden aufgerissen, die gerade angefangen hatten zu heilen, und er . . . ja, er schämte sich vor ihr.

Laynanya schlug eine der Decken zur Seite und deutete hinaus. Skar trat zögernd an ihr vorbei und schrak zusammen, als zwei gewaltige graugeschuppte Schatten auf ihn zutraten. Im Innersten schalt er sich einen Narren. Jemand wie die *Errish* würde nicht allein mit einem Fremden – einem Satai noch dazu – in einem Raum bleiben, ohne sich abzusichern. Die beiden Quorrl hatten die ganze Zeit hier gewartet.

Er musterte die beiden Krieger abschätzend, wandte sich um und folgte Laynanya. Die beiden Quorrl gingen hinter ihm her, in drei Schritt Abstand – weit genug, um ihm nicht direkt den Eindruck zu vermitteln, er sei ein Gefangener, aber nicht so weit, daß er eine echte Chance gehabt hätte, sich etwa Laynanya mit einer raschen Bewegung zu greifen und als Geisel zu benutzen.

Die *Errish* führte ihn durch ein verwirrendes System von Gängen und leerstehenden Räumen. Skar verlor bereits nach wenigen Schritten die Orientierung, aber er wußte zumindest, daß sie sich tiefer in den Berg hinein bewegten – die zerschründete Decke über ihren Köpfen senkte sich langsam herab, und nach kurzer Zeit erreichten sie die gegenüberliegende Wand, eine senkrechte Mauer, die noch immer mehr als hundert Fuß emporstrebte und irgendwo im Dunkeln endete. Eine schmale, roh aus dem Fels gehauene und in scheinbar sinnlosen Windungen nach oben führende Treppe nahm sie auf und endete in einem kaum sechs Fuß hohen Gang. Skar mußte den Kopf senken, um sich nicht an der niedrigen Decke zu stoßen. Die beiden Quorrl, deren gewaltige Schulterbreite den Stollen zu sprengen gedroht hätte, blieben zurück.

Skar fuhr prüfend mit den Fingerspitzen über die Wände, während er der *Errish* folgte. Sie fühlten sich glatt an, als wären sie poliert oder mit einer dünnen Schicht geschmolzenen Glases überzogen. Wahrscheinlich war dieses ganze unterirdische Labyrinth durch Vulkanismus entstanden. Irgendwann, vor Jahrmillionen vielleicht, war hier glutflüssige Lava geströmt und hatte diesen Tunnel, die gewaltige Höhle draußen und all die anderen Räume aus dem Fels gebrannt.

Skar wußte nicht, warum, aber der Gedanke beunruhigte ihn.

Der Gang endete nach etwa hundert Schritten vor einer niedrigen, sorgsam in den Stollen eingepaßten Holztür – eine fast rührende Bemühung, wenigstens den Anschein menschlicher Zivilisation in dieses dunkle chtonische Reich zu bringen. Laynanya öffnete sie, trat hindurch und richtete sich mit einem erleichterten Seufzen auf. Das rasche Gehen mußte ihr Schmerzen bereitet haben.

Die Höhle, die sie aufnahm, war wieder riesengroß. Eine Unzahl von Fackeln und lodernden Feuerbecken verbreitete flakkernde rote Helligkeit und Schatten, und in der Luft lag nicht nur Kälte, sondern auch ein spürbarer Hauch von Feuchtigkeit. Irgendwo floß Wasser.

Skar war beinahe enttäuscht. Er hatte – vielleicht in einer weiteren Analogie zu Velas unterirdischer Festung in Tuan – eine Art Privatgemach erwartet, eine winzige Enklave von Wärme und Wohnlichkeit, aber hier war nichts dergleichen. Die Höhle war vollgestopft mit Kisten, Tonkrügen und Fässern, Ballen mit Stoffen und Lebensmitteln – und Waffen. Sehr viele Waffen. Die einzige Konzession an die Bequemlichkeit war ein niedriger, mit Kissen und Felldecken übersäter Diwan, der von einem halben Dutzend glühender Kohlebecken eingerahmt wurde. Laynanya ging rasch darauf zu, ließ sich mit einer erschöpften Bewegung auf den Diwan nieder und machte eine einladende Bewegung, als sie sah, daß Skar zögerte.

»Setz dich zu mir, Skar«, sagte sie. »Es sei denn, du ziehst den nackten Boden als Sitzgelegenheit vor.«

Skar sah sich unschlüssig um. Es widerstrebte ihm, sich neben sie zu setzen – es wäre ihm wie eine Geste von Vertraulichkeit vorgekommen, die ihm nicht zustand.

Laynanya lachte, und Skar fiel plötzlich auf, wie sehr sie sich verändert hatte, seit sie diese Höhle betreten hatten. Er konnte ihr Gesicht nicht sehen, aber die Wandlung war überdeutlich. Draußen, in der Höhle, war sie nichts anderes als Laynanya, die *Errish*, gewesen, ein lebendes Symbol, die Führerin der Rebellen. Hier diese ungastliche Höhle war ihr Zuhause, wahrscheinlich der einzige Ort, an dem sie einfach Mensch sein durfte. Sie wirkte plötzlich viel lebendiger.

Er zuckte mit den Achseln und ließ sich neben ihr nieder, rückte aber so weit von ihr ab, wie es möglich war. Laynanya ließ sich nach hinten sinken, richtete sich aber sofort wieder auf, als sich diese Stellung als zu unbequem erwies. Skar griff impulsiv nach einem Kissen und reichte es ihr. Laynanya nickte dankbar.

»Wo sind ... die anderen?« fragte er zögernd.

»Legis und dein ... Begleiter? Sie kommen gleich. Die Wachen werden sie rufen. Während wir warten, kannst du deine Fragen stellen.«

Skar fröstelte. Nicht einmal die dicht nebeneinander brennenden Kohlefeuer vermochten die Kälte vollends zu vertreiben. Der Stoff, auf dem er saß, war klamm, und für einen Moment war es wie in Velas Festung – er glaubte das Gewicht der unzähligen Tonnen Fels, die über ihm lasteten, beinahe körperlich zu spüren. Sein erster Eindruck war richtig gewesen – er würde hier nicht leben können, ohne verrückt zu werden. Nicht einmal wenige Tage.

»Du hast ... Vela erwähnt«, begann er zögernd. Er war plötzlich nervös. Laynanyas Bereitschaft, auf seine Fragen zu antworten, stimmte ihn mißtrauisch. Sie wußte alles über ihn, wenigstens all das, was für sie von Interesse war, aber er war immer noch ein Fremder für sie.

»Nicht ich«, verbesserte ihn die *Errish.* »Du. Ich habe ihren Namen aus deinem Mund das erste Mal gehört.«

»Du kennst sie nicht?«

»Natürlich kenne ich Vela.« Laynanyas Stimme klang ein wenig ungeduldig, und Skar hätte in diesem Moment viel dafür gegeben, einen Blick durch den grauen Schleier vor ihrem Gesicht erhaschen zu können. »Sie war eine *Errish* wie ich, und wir kennen uns alle. Wir sind nicht mehr viele, Skar. Sie wurde ausgestoßen, weil sie ihren Drachen verlor. Das Leben einer *Errish* währt nur so lange wie das ihres Tieres.« Sie setzte sich auf, legte die Hand in einer unbewußten, schmerzerfüllten Bewegung auf den Bauch und zog sie hastig wieder zurück, als sie seinen Blick bemerkte. »Wir sprechen von der Vela, die jetzt irgendwo in Elay sitzt und ihre Fäden spinnt. Ich wußte nicht, daß sie es war. Aber das, was ich inzwischen weiß, und das, was du berichtet hast, runden das Bild ab.«

»Du hast sie ... nicht gesehen?«

Laynanya lachte, als hätte er etwas ungemein Dummes gesagt.

»Niemand hat sie gesehen«, sagte sie. »Keiner von denen, die hier sind. Auf dem Thron von Elay sitzt noch immer Margoi, die Ehrwürdige Mutter. Aber es ist nicht mehr Margoi. Sie ist nicht mehr ... nicht mehr die, die sie war, wenn du verstehst, was ich meine.«

Skar war sich dessen nicht ganz sicher, aber er nickte. »Du

meinst, Vela beherrscht ihren Geist?«

Laynanya überging seine Frage. »Du sagst, es wäre vier Monate her, seit ihre Armee vernichtet wurde und sie aus Cosh geflohen ist?«

»Ungefähr.«

»Dann hat sie nicht viel Zeit verloren. Das Beste wird sein, ich erzähle dir die ganze Geschichte - viel ist es nicht, was ich zu sagen habe.« Wieder schwieg sie einen Moment, und als sie weitersprach, war ihre Stimme leise und beinahe ausdruckslos und so monoton, daß Skar die mit letzter Kraft erzwungene Beherrschung dahinter spürte. Er wußte nicht, was diese Frau erlebt hatte, aber es mußte ihr große Qual bereiten, die Erinnerungen noch einmal wachzurufen und alles noch einmal zu durchleben. »Die Quorrl überschritten unsere Grenzen«, begann sie. »Keine kleine Gruppe, wie schon oft, sondern eine Armee - mehr als viertausend Krieger. Sie griffen Mar' Hion an und verbrannten die Stadt, ehe jemand einen Widerstand gegen sie organisieren konnte. Und Margoi« - ihre Stimme bebte - »Margoi rief das Land zu den Waffen.«

»Und?« fragte Skar. »Die Quorrl rüsten seit Jahren zum Krieg. Ein Teil von Larn ist bereits gefallen, und überall sammeln sich Heere.«

»Aber nicht hier!« sagte Laynanya mit Nachdruck. »Elay ist seit Anbeginn der Zeit ein Symbol für den Frieden, Skar. Die *Errish* haben es sich zur Lebensaufgabe gemacht, zu heilen und nicht zu töten. Es ist nicht das erste Mal, daß ein Heer unsere Grenzen überschreitet, und es wäre nicht das erste Mal, daß wir den Frieden wiederherstellen, ohne zu den Waffen zu greifen. Seit das erste Zeitalter vorbei ist, sind es die *Errish*, die für den Frieden auf Enwor garantieren, Skar.«

Skar mußte plötzlich daran denken, daß er fast die gleichen Worte einmal zu Gowenna gesprochen hatte. Nur hatte er die Satai gemeint, und er hatte mit der gleichen Überzeugung geredet, mit der Laynanya jetzt sprach. Wie viele mag es noch geben, dachte er, die glauben, das Wohl ihrer Welt läge einzig in ihren

Händen? Und wieso war eine Welt, auf der die beiden mächtigsten Clans angeblich nur für den Frieden lebten, eine Welt voller Krieg und Gewalttätigkeit?

Aber er schob den Gedanken beiseite und konzentrierte sich wieder auf das, was Laynanya berichtete.

»Die Ehrwürdige Mutter rief zum Krieg«, sagte sie dumpf. »Und wir folgten ihrem Ruf.«

»Und niemand hat daran gezweifelt?«

»Gezweifelt?« Laynanyas Stimme klang, als hielte sie ihn für verrückt. »Niemand zweifelt das Wort der Ehrwürdigen Mutter an, Satai«, sagte sie scharf. »Ihr Wunsch ist Gesetz. Für uns ist sie eine Göttin.«

Skar lächelte dünn. »Für dich nicht, wie mir schein. Sonst wärest du kaum hier.«

Laynanya starrte ihn an. »Du hast recht«, sagte sie nach einer Weile. »Obwohl ich zu Anfang ebensowenig daran dachte, über ihre Beweggründe nachzusinnen, wie die anderen. Ich half sogar mit, Boten in das Land hinauszuschicken und Pläne zu entwerfen, um die Quorrl zu schlagen. Es war eine meiner Novizinnen, die nach Thbarg ging und die Kapersegler zu Hilfe rief. Aber nach dieser ersten Entscheidung folgten andere, und nach und nach ...« Sie atmete hörbar ein. »Nach und nach begriff ich, daß Margoi nicht mehr sie selbst sein konnte. Und nicht nur ich – Legis und viele von denen, die hier bei uns sind, dachten ebenso wie ich. Ich... könnte dir viel erzählen, Skar, von unseren Versuchen, mit ihr zu reden, hinter das Geheimnis zu kommen ... Wir waren ... verwirrt. Die Margoi ist eine Göttin, und sie kann nicht fehlen. Und doch tat sie es. Eine Zeitlang trösteten wir uns mit dem Gedanken, daß ihre Beweggründe von einer Art sein konnten, die wir nicht verstanden. Doch es geschah noch mehr, Dinge, die wir uns nicht erklären konnten und die ...« Sie stockte, und Skar konnte sich vorstellen, was jetzt in ihr vorging. Was sie ihm hier mit wenigen Worten erzählte, war der Untergang ihrer Welt, der Zusammenbruch all dessen, woran sie einmal geglaubt und wofür sie gelebt hatte.

»Sie veränderte sich weiter und ... plötzlich hörten unsere Tiere auf, uns zu gehorchen.«

»Eure Drachen?« fragte er ungläubig.

»Ja. Sie ... wandelten sich. Auf die gleiche unmerkliche Weise wie Margoi. Wir ... das heißt Legis und ich und einige andere gingen hinunter in die Drachenhöhle, um das Geheimnis zu ergründen. Aber wir fanden keine Drachen, sondern ... Männer.«

»Männer?«

»Soldaten«, nickte Laynanya. »Velas Soldaten, wie ich jetzt weiß. Sie nahmen uns gefangen und sperrten uns in ein Verlies.« Sie schwieg, und Skar konnte sehen, wie der dichte graue Schleier vor ihrem Gesicht bebte; das einzige Anzeichen für die Erregung, die sie ergriffen hatte. Wieder glitten ihre Hände an ihren Leib, aber diesmal war es keine Geste des Schmerzes. Ihre Finger krallten sich in den grauen Stoff, und Skar merkte erst jetzt, daß selbst ihre Hände verhüllt waren. Sie trug Handschuhe aus der gleichen grauen Seide, aus der ihr Gewand gefertigt war. Er begriff plötzlich, warum sie - anders als Legis - selbst hier unten verhüllt blieb. Es war kein Festhalten an alten Riten und Gebräuchen, wie er zuerst angenommen hatte. Sie versteckte sich. Nicht der winzigste Teil ihres Körpers sollte sichtbar sein, und das graue Gewand, nach außen hin ein Zeichen ihrer Würde, war in Wirklichkeit ein Schild, hinter dem sie sich verkriechen konnte.

»Und?« fragte er nach einer Weile.

Laynanya zuckte zusammen, als hätte der Klang seiner Stimme sie abrupt in die Wirklichkeit zurückgerissen.

»Nichts«, sagte sie. »Wir erfuhren nichts. Sie hielten uns gefangen, und ... und sie taten mir Gewalt an. Mir und ... einigen anderen.«

»Du bist ... vergewaltigt worden?« keuchte Skar ungläubig. Er wußte, daß Laynanya die Wahrheit sprach, aber es fiel ihm trotzdem schwer, ihr zu glauben. Der Gedanke, eine *Errish* vergewaltigen zu wollen, war ... undenkbar. Gotteslästerung und mehr. Die Ehrwürdigen Frauen waren tabu, nicht nur hier, sondern überall auf Enwor. Nicht einmal ein Quorrl wäre auf die Idee gekommen, einer *Errish* zu schaden. Skar hatte die Männer, die Vela um sich geschart hatte, kennengelernt, und er wußte, welche Männer das waren – Ausgestoßene, Verfemte, Männer, die für Geld und Macht alles taten, die nichts mehr zu verlieren hatten und dazu Vela vollkommen hörig waren.

Aber eine *Errish* vergewaltigen?

Und doch war es so. Laynanyas Hiersein und ihr Zustand bewiesen es.

»Du glaubst mir nicht?«

Skar schwieg einen Moment. »Doch ...«, sagte er stockend. »Aber ... ich kenne Vela, und es ... es paßt nicht zu ihr.«

»Vielleicht paßt es nicht zu der Vela, die sie einmal war«, sagte Laynanya. »Doch sie ist anders geworden. Du hast vom Stein der Macht erzählt und davon, daß du ihn für sie geholt hast. Du hast ihn in Händen gehalten.«

Skar nickte. Laynanyas Worte weckten die Erinnerungen wieder, und er wußte, noch bevor sie weitersprach, worauf sie hinauswollte.

»Dann weißt du auch, daß dieser Stein mehr ist als ein bloßer Schlüssel zur Macht. Er gibt seinem Besitzer Gewalt über das Erbe der Alten, aber er fordert seinen Preis.«

Skar erinnerte sich. An das dunkle Flüstern in seinem Inneren, an die körperlose, tastende Hand, die durch seine Seele gefahren war, an den dunklen Hauch längst vergangener Geheimnisse und Kräfte, den er gespürt hatte. Und er hatte den Stein nur wenige Augenblicke besessen.

»Du haßt sie«, fuhr Laynanya fort, »und du lebst nur noch dafür, dich zu rächen und sie zu töten. Aber dein Haß gilt nicht der Vela, die du in Ikne kennengelernt hast, und der meine nicht der Schwester, die sie einmal für mich war. Der Stein verändert seinen Besitzer. Er gibt Macht über die dunklen Kräfte unserer Seele, aber es ist diese Macht, die den Alten am Ende den Untergang brachte. Das Böse fordert seinen Preis, Skar, und Vela hat diesen Preis bezahlt. Sie ist nicht mehr sie selbst. Sie ist zu ... einem Ding geworden, einem bösen, berechnenden Ding.

Sie ist kein Mensch mehr.«

»Wußte sie davon, als sie mich beauftragte, nach Combat zu gehen?« fragte Skar.

Laynanya zögerte einen Moment. »Ich glaube, sie hat es geahnt«, sagte sie dann. »Auch wir wissen nicht viel von der Macht der Alten. Es gibt Legenden, aber die meisten davon sind wirklich nicht mehr – Geschichten eben. Aber wir wußten um den Stein der Macht und den Fluch, der auf ihm lastet. Sie muß geahnt haben, in welche Gefahr sie sich begibt. Vielleicht hat sie sogar aus edlen Beweggründen gehandelt. Damals, als sie mit dir gesprochen hat, hat sie die Wahrheit gesagt. Sie wollte den Stein nicht für sich. Sie wollte Enwor retten« – sie lachte leise – »und der Welt den Frieden bringen. Aber das ist vorbei. Sie hat den Stein seit Monaten, und das, was an gutem Willen und Ehre in ihr war, ist verschwunden.«

»Und du?« fragte Skar leise. Er zweifelte nicht an ihren Worten. Sie sprach die Wahrheit, aber es gibt verschiedene Arten, die Wahrheit zu berichten. Laynanyas Wahrheit war voller Haß und Verbitterung, und für einen winzigen Moment glaubte er sich selbst zu sehen. Auch er war verbittert und voller Haß, nur daß er sich selbst belog.

Laynanya antwortete nicht, und Skar war nicht einmal sicher, daß sie seine Frage überhaupt verstanden hatte.

»Das war meine Geschichte«, fuhr sie nach sekundenlangem Schweigen fort. »Wir konnten fliehen. Auch wenn uns der größte Teil unserer Macht genommen ist, sind wir noch immer *Errish*, und es gelang uns, unsere Kerkermeister zu überlisten. Wir flohen aus Elay und kamen hierher.«

»So einfach war das?«

»Nein«, sagte Laynanya hart. »Wir haben lange gebraucht, um das Vertrauen der Quorrl zu gewinnen und sie um uns zu scharen. Und noch länger, um diesen Ort zu finden.«

»Und was habt ihr vor?« fragte Skar mit einem Blick auf die überall aufgestapelten Waffen und Vorräte. »Einen Krieg gegen Vela und ihre Männer zu führen?«

»Nein. Es wäre ein Krieg gegen unsere Schwestern und Elay. Wir wollen ihn nicht führen. Aber wir sind gewappnet, wenn man ihn uns aufzwingt. Wenn sie uns aufspüren und angreifen, werden wir uns wehren.«

»Und sonst nichts?« fragte Skar. »Ihr wollt euch weiter hier verkriechen und nichts tun, während Vela sich daranmacht, in eurem Namen die Welt zu erobern?«

»Die Welt erobern?« Laynanya lachte. »Sei kein Narr, Skar. Es geht hier nicht um das Schicksal der Welt. Niemand kann das Schicksal einer ganzen Welt bestimmen, auch Vela nicht. Nicht einmal die Alten haben das vollbracht. Sie kann über das Wohl oder Wehe eines Zeitalters bestimmen, nicht mehr. Es spielt keine Rolle, ob sie gewinnt oder verliert. Letztlich wird die Zeit siegen. Sie siegt immer.«

»Die Zeit ...« Skar schüttelte den Kopf und unterdrückte ein abfälliges Lachen. »Verzeih, Laynanya, aber ich glaube nicht, daß ich dich verstehe. Ich bin nicht bereit, ein Jahrtausend der Schmerzen und Unterdrückung abzuwarten. Ich werde sie töten.«

»Ich weiß«, antwortete Laynanya ruhig. »Aber nicht, weil du die Welt retten willst, Skar. Das redest du dir ein. Du haßt sie, weil sie dich entwürdigt und deinen Freund Del getötet hat, zumindest indirekt. Deshalb willst du sie umbringen. Aber ich werde dich nicht davon abhalten, wenn es das ist, was du befürchtest.«

»Aber du wirst mir auch nicht dabei helfen?«

»Wenn du unter Hilfe verstehst, daß ich dir meine Männer und Waffen anvertraue, damit du gegen Elay ziehen kannst, nein! Aber ich werde dich nicht aufhalten. Du kannst gehen, wenn du willst. Du ... mußt sogar gehen.«

»Wann?«

»Bald. Noch heute, wenn es nach meinem Willen geschieht. Aber ich habe dir Gastfreundschaft angeboten, und ich stehe zu meinem Wort. Doch du mußt gehen, ehe dein Verfolger hier ist.«

Skar erschrak. Sie wußte alles, hatte seine Erinnerungen gelesen und wußte auch von dem Wolf. Er hatte ihn beinahe vergessen.

»Es sind noch Tage«, sagte Laynanya, als sie sein Erschrecken bemerkte. »Die Daktylen sind schnell, und auch wenn er ein Dämon ist, so braucht er Zeit, hierherzukommen.«

»Was ... weißt du von ihm?« fragte Skar.

Laynanya zuckte mit den Achseln. »Nichts. Nicht mehr als du. Die alten Legenden berichten nichts über ihn. Ich weiß nicht, was er ist und was er will, aber ich glaube, nicht einmal unsere Macht würde ausreichen, ihn aufzuhalten. Und wir wollen es auch gar nicht. Es ist nicht unser Kampf, Skar.«

»Aber ihr profitiert davon, wenn ich diesen Kampf gewinne.«

»Niemand profitiert von irgend etwas, Skar«, sagte Laynanya. »Du hast dich mit Mächten eingelassen, gegen die kein Mensch bestehen kann. Vielleicht ... könnte es dein Dunkler Bruder. Aber auch dann würdest du verlieren. Vielleicht erst recht.«

Es verging noch mehr als eine halbe Stunde, ehe Legis und Herger kamen. Mork und einige andere hochgestellte Quorrl begleiteten sie. Skar kannte sich in der Physiognomie der Quorrl nicht aus, aber Morks Gesichtsausdruck erschien ihm finsterer als am vergangenen Abend, und der Blick, mit dem das gewaltige Schuppenwesen ihn musterte, verhieß nichts Gutes. Insgeheim mußte er zugeben, daß er Angst vor dem Quorrl hatte. Aber vielleicht erging es Mork ebenso, und vielleicht dachte er auch an den Hieb, den er Skar versetzt hatte. Nicht viele überlebten es, einen Satai zu schlagen.

Laynanya stand auf, als Legis und ihre Begleiter näher kamen, und Skar folgte ihrem Beispiel. Die beiden *Errish* wechselten ein paar rasche Worte in einer Skar unbekannten Sprache, und Legis deutete erst auf Herger, dann auf Skar und dann wieder auf den Schmuggler. In Hergers Gesicht zuckte es.

»Wie ich sehe«, sagte er, »hast du die letzte Nacht in angenehmerer Gesellschaft verbracht als ich.«

Es dauerte fast eine Sekunde, bis Skar begriff, daß die Worte ihm galten. Er nickte, lächelte nervös und musterte Herger mit einem raschen Blick. Der Hehler sah schlecht aus: Unter seinen Augen lagen dunkle, graue Ringe, und seine Haut hatte einen wächsernen Glanz, der verriet, daß er in der vergangenen Nacht nur wenig Schlaf gefunden hatte. An seinen Schläfen waren zwei winzige verkrustete Wunden.

»Sprichst du nicht mehr mit jedem?« fuhr Herger spitz fort, als Skar nicht antwortete.

»Unsinn«, knurrte Skar.

Aber Herger hatte nicht einmal unrecht – Skar wollte jetzt nicht reden, nicht mit Herger und nicht über das, was sie miteinander zu besprechen hatten, wenn es überhaupt etwas zu besprechen gab. Die Gegenwart der Quorrl verunsicherte ihn. Er spürte die Drohung, die von Mork und seinen Begleitern ausging. Und er fühlte die Spannung, die in der Luft lag. Die Quorrl waren nicht gekommen, um Laynanya oder ihm einen Höflichkeitsbesuch abzustatten.

»Legis bringt schlechte Neuigkeiten«, sagte Laynanya plötzlich.

»Die mich betreffen?«

Die *Errish* nickte. »Ich fürchte«, sagte sie. Plötzlich war sie wieder Laynanya, die *Errish* und Wortführerin der Rebellen, nicht mehr die Frau, mit der er die letzte Stunde geredet hatte. »Eine unserer Patrouillen hat Reiter gesichtet.« Ihre Stimme hatte plötzlich einen leisen, warnenden Unterton, einen Klang, der Mork und den anderen Quorrl sicher entging, Skar aber auffiel. Er begriff plötzlich, daß die Quorrl nichts von seinen Beweggründen wußten und es wohl auch nicht wissen sollten, und widerstand in letzter Sekunde der Versuchung zu nicken. Vielleicht würden sich die Quorrl insgeheim fragen, warum sie ihre Meinung so plötzlich änderte, aber das war Laynanyas Problem. Wenn sie es für richtig hielt, das Spiel so zu spielen, würde er es mitspielen.

»Dann ist es vielleicht besser, wenn wir gleich aufbrechen«, sagte er. »Wenn ihr es erlaubt.« Sein Blick suchte den des Quorrl, aber die riesigen pupillenlosen Augen des Schuppenkriegers blieben starr.

»Ihr seid nicht unsere Gefangenen, Skar«, sagte Laynanya tadelnd. »Aber ich will dich nicht belügen – je eher ihr geht, desto besser für uns und für euch. Du wirst jedoch Verständnis haben, wenn ich dich bitte, bis Sonnenuntergang zu warten.«

Skar sah demonstrativ zur Höhlendecke hinauf. »Und wann«, fragte er, »ist das?«

»In etwa vier Stunden«, erwiderte nicht Laynanya, sondern Legis. »Bis dahin seid ihr natürlich unsere Gäste.«

Herger lachte rauh auf. »Danke«, sagte er. »Ich habe eine Kostprobe eurer Gastfreundschaft bekommen.« Er rieb sich demonstrativ mit dem Handrücken über die Lippen und starrte Mork an. Der riesige Quorrl blickte finster zurück und bleckte die Zähne. Sein Raubtiergebiß funkelte wie eine überdimensionale Bärenfalle, und für einen Augenblick sah er wirklich wie ein gewaltiges, kaum gezähmtes Raubtier aus, das sich nur aus Versehen in Kettenhemd und Rüstung verirrt hatte. Herger wurde blaß und wich einen halben Schritt zurück.

Skar unterdrückte ein Grinsen.

Mork war der mit Abstand intelligenteste Quorrl, dem er je begegnet war.

Aber das besagte nicht viel. Skar wußte kaum etwas über Quorrl – im Grunde wußte niemand wirklich etwas über die Schuppenkrieger aus dem Norden.

»Mork!« Laynanyas Stimme war scharf; ein Verweis, der den Quorrl zusammenzucken und sofort wieder ernst werden ließ. Skar bedachte seinerseits Herger mit einem strafenden Blick und wandte sich wieder an die *Errish*.

»Wir brauchen Pferde«, sagte er. »Unsere sind draußen auf der Ebene zurückgeblieben. Ihr gebt uns welche?«

Die beiden *Errish* tauschten einen raschen Blick. »Ihr... könnt natürlich Pferde haben«, sagte Laynanya nach kurzem Zögern. »Aber wir haben euch einen anderen Vorschlag zu machen. Ihr wollt nach Elay, und wir sind bereit, euch dorthin zu bringen. Die Daktylen können bei Sonnenaufgang dort sein.«

Nach allem, was sie miteinander beredet hatten, überraschte ihn diese Eröffnung nun doch, aber Laynanya sprach weiter, ehe er eine Zwischenfrage stellen konnte.

»Mork und ich haben beraten, während ihr geschlafen habt. Euer Streit ist nicht der unsere, aber ihr seid auch nicht unsere Feinde. Wir werden euch helfen - soweit es in unseren Kräften steht.« Die Wahl ihrer Worte und die Art, in der sie sprach, ließen Skar aufhorchen. Die Worte schienen weniger Herger und ihm als vielmehr den Quorrl zu gelten. Laynanyas Position schien nicht ganz so unumstritten zu sein, wie er bisher angenommen hatte.

»Ihr solltet unser Angebot überlegen«, warf Legis ein. Auch ihre Stimme hatte einen leicht nervösen Unterton, und ihr Blick flakkerte. »Die Daktylen bringen euch in einer Nacht nach Elay. Zu Pferd braucht ihr Wochen. Ganz abgesehen davon, daß sie euch unterwegs erwischen.«

»Wir sind bisher ganz gut ohne euch durchgekommen«, murrte Herger

Skar drehte sich unwillig um und sah ihn scharf an. »Halt endlich den Mund«, sagte er. »Niemand zwingt dich mitzukommen.«

Herger lächelte abfällig. »Natürlich nicht. Diese Quorrl-Banditen werden mir ein Pferd und Vorräte geben, wenn ich sie darum bitte, wie? Und ein halbes Dutzend Pfeile. In den Rücken.«

»Es wäre Verschwendung, dich mit einem Pfeil zu bedenken«, sagte Mork trocken. »Ich würde dich an die Daktylen verfüttern.«

»Es ist genug, Mork«, mischte sich Laynanya ein. Sie sprach scharf, aber trotzdem meinte Skar, einen amüsierten Unterton in ihrer Stimme zu vernehmen. »Skar hat recht«, fuhr sie zu Herger gewandt fort. »Du bist ein freier Mann. Wenn du es willst, dann bekommst du ein Pferd und genug Lebensmittel für zwei Wochen und kannst gehen, wohin du willst.«

Herger schürzte die Lippen, »Unsinn«, murrte er. »Ich begleite Skar. Und ich nehme an, ein paar von euch auch.«

Laynanya nickte ungerührt. »Natürlich. Oder könnt ihr die Daktylen allein reiten? Außerdem würdet ihr nicht in die Stadt kommen. Elay ist kein Bauerndorf, in das man sich nach Belieben einschleichen kann. Legis und ein paar Männer werden euch begleiten und euch den Weg in die Stadt zeigen. Danach seid ihr auf euch allein gestellt. Das ist alles, was wir euch an Hilfe bieten können. Und es ist schon mehr, als wir eigentlich dürften.«

»Ihr habt eine seltsame Art, euch nicht einzumischen«, antwortete Herger.

»Herger!« sagte Skar warnend. Aber der Hehler ignorierte ihn. »So wie ich die Sache sehe, schickt ihr uns auf dem schnellsten Wege nach Elay und hofft, daß wir dort eure Arbeit verrichten. Gelingt es uns, bis zu Vela vorzudringen, habt ihr den Nutzen davon – wenn nicht, verliert niemand etwas. Außer uns, versteht sich. Wir sind dann tot.«

»Wir sind hier nicht auf dem schwarzen Markt in Anchor, Herger«, sagte Legis verärgert. »Du brauchst nicht zu feilschen. Und es spielt gar keine Rolle, ob du recht hast oder nicht.«

Herger fuhr auf, aber Skars Geduld riß endgültig. Er fuhr herum, packte den Hehler grob bei der Schulter und drückte kurz und hart zu. Hergers Gesicht verzog sich schmerzhaft.

»Es reicht«, sagte Skar. »Ich weiß nicht, worauf du hinauswillst, aber es reicht. Du wirst jetzt den Mund halten, oder unsere Wege trennen sich hier.«

»Worauf ich hinauswill?« Herger schüttelte Skars Hand ab und rieb sich die schmerzende Schulter. »Das will ich dir sagen, Skar. Wahrscheinlich hast du die letzten Stunden mit dieser *Errish* verbracht und angenehm geplaudert, aber ich hatte das Vergnügen, mich in Gesellschaft der Quorrl zu befinden. Wenn du glaubst, sie wären unsere Freunde oder auch nur unsere Verbündeten, dann täuschst du dich. Sie hassen uns, und sie hassen die *Errish.* Dieser Mork würde Bauchschmerzen vor Lachen bekommen, wenn sie uns erwischen und am höchsten Turm der Stadt aufhängen würden.«

Skar hatte plötzlich das dringende Bedürfnis, Herger eine schallende Ohrfeige zu versetzen, aber er beherrschte sich.

»Gut«, erwiderte er, so ruhig er konnte. »Du hast gesagt, was du sagen wolltest. Und jetzt laß uns gehen.« Er wandte sich abermals um und sah Laynanya an. »Wir nehmen dein Angebot an.«

»Das habe ich gehofft.« Laynanya bewegte sich unruhig. »Und nun entschuldigt mich – meine Zeit ist begrenzt. Legis wird euch zu euren Quartieren begleiten und euch alles erklären, was zu erklären nötig ist.« Sie drehte sich halb um, zögerte mitten im Schritt und sah Skar noch einmal an. »Vielleicht sehen wir uns wieder«, sagte sie. »Ganz egal, wie euer Unternehmen ausgeht – ihr seid willkommen bei uns.«

Draußen war es noch hell, aber in der Höhle herrschte noch immer das graue Zwielicht vom vergangenen Abend. Der Vorhang aus Pflanzenfasern sperrte das Tageslicht aus und schuf hier drinnen einen Bereich ewiger Dämmerung, den auch das Licht der unzähligen Pechfackeln nicht nennenswert aufhellen konnte. Der scharfe Raubtiergestank der Daktylen durchdrang die Luft, und ab und zu wehte der krächzende Schrei eines der Flugsaurier wie ein Laut aus einer fremden Welt herüber.

Skar fror. Er trug Stiefel, Lendenschurz und seinen ledernen Harnisch, darüber einen dünnen, schwarzen Mantel, den ihm Legis gegeben hatte. Aber das Kleidungsstück diente wohl eher zur Tarnung als zum Schutz vor der Kälte.

»Wir sind soweit«, sagte Legis.

Skar schrak aus seinen Gedanken hoch und wandte sich mit einer übertrieben hastigen Bewegung zu der *Errish* um. Herger und er waren am Eingang zurückgeblieben, während Legis und Mork zu den Daktylen in den hinteren Teil der Höhle hinübergegangen waren, um die Tiere für den Flug auszuwählen und vorzubereiten.

»Sobald die Sonne untergeht, können wir aufbrechen«, setzte Legis hinzu.

»Wir?« fragte Herger lauernd. »Wer ist das?«

»Ihr zwei, ich, Mork und ein paar von unseren Männern.«

»Und wie viele Quorrl?«

Legis warf Skar einen hilfesuchenden Blick zu, aber Skar schwieg. Er hatte Herger mehr als deutlich gesagt, was er von seinem übersteigerten Mißtrauen hielt, und er hatte einfach keine Lust mehr, sich ständig für den Hehler zu entschuldigen. Wenn Herger es für gut befand, sich Ärger einzuhandeln, dann sollte er es tun. Skar hatte allmählich einen Punkt erreicht, an dem es ihm gleichgültig war, was mit Herger geschah.

»Fünf«, sagte Legis nach kurzem Zögern.

Herger schnitt eine Grimasse. »Ihr seid wirklich sehr um unsere Sicherheit besorgt«, murrte er. »Oder habt ihr vielleicht Angst, wir könnten es uns anders überlegen und unterwegs die Richtung wechseln?«

In Legis' Gesicht arbeitete es. Ihre Augen flammten, aber der Zornesausbruch, den Skar erwartete, blieb aus. Sie schüttelte bloß den Kopf, sagte ein leises, abfällig klingendes Wort, das weder Skar noch Herger verstand, und wandte sich abrupt ab, um zu den Daktylen zurückzugehen.

Skar folgte ihr, aber die *Errish* ging so schnell, daß sie den Verschlag mit den großen Flugechsen schon fast erreicht hatte, als er sie einholte.

»Ehrwürdige Frau«, sagte er, bewußt die offizielle, ehrenvolle Anrede wählend, »wartet.«

Legis blieb stehen, starrte einen Moment wortlos vor sich hin und drehte sich dann mit sichtlichem Widerwillen um.

»Es . . . tut mir leid«, begann Skar unsicher. »Du darfst es Herger nicht übelnehmen. Er . . .«

»Er hat Angst«, fiel ihm Legis ins Wort. »Und er hat recht – wenigstens von seinem Standpunkt aus. Das war es doch, was du sagen wolltest, oder?«

Skar war verwirrt. »Nun . . .«

»Wir sind allein, Skar«, fuhr Legis fort. »Weder Laynanya noch Mork oder einer der anderen Quorrl ist in der Nähe. Du brauchst dich also nicht zu verstellen.« Sie lächelte flüchtig, aber es war eher eine Miene des Schmerzes. »Warum bist du nicht ehrlich, Satai? Du behauptest, nichts mit Herger zu schaffen zu haben, aber du vergißt, daß wir deine Gedanken kennen. In Wahrheit magst du ihn, weil er jemandem ähnelt, den du gekannt hast. Und in Wahrheit denkst du so wie er. Nur daß er den Mut – oder die Dummheit, das kommt darauf an – besessen hat, seine Gedanken laut auszusprechen.«

Skar atmete hörbar ein. Er war Legis gefolgt, um sich bei ihr zu entschuldigen, nicht aus Furcht oder Höflichkeit, sondern weil er spürte, daß die *Errish* vielleicht von allen im Lager die einzige war, die es wirklich ehrlich mit ihm meinte. Selbst bei Laynanya war er da nicht sicher. Aber er begann allmählich einzusehen, wie schwer es war, mit einem Menschen zu reden, der seine geheimsten Gedanken und Gefühle kannte.

»Er hat recht«, sagte Legis noch einmal. »Und du weißt es. Wenn du Erfolg hast, gewinnen wir. Wirst du getötet, verlieren wir nichts. Der Entschluß, euch dabei zu helfen, nach Elay zu kommen, war schon gefaßt, bevor du aufgewacht bist.« Sie seufzte. »Ich dürfte dir all das nicht sagen, aber ich glaube, du weißt es ohnehin.« Sie ging langsam weiter, tauchte unter den straff gespannten Seilen, die die Höhle in zwei Bereiche teilten, hindurch und blieb neben einer Daktyle stehen. Skar ging dicht neben ihr, obwohl ihn die Nähe der riesigen Saurievögel noch immer mit einem vagen Gefühl der Furcht erfüllte. Etwas war in den winzigen Augen der Daktylen, das nicht dorthin gehörte.

»Du bist nicht der einzige, der sich selbst belügt, Skar«, fuhr Legis fort. Sie sah ihn nicht an, sondern schien ganz darauf konzentriert, den schuppigen Hals der Echse zu streicheln. Sie sprach schnell, und Skar hatte den Eindruck, daß es weniger eine Antwort auf seine Frage war, sondern daß sie sich etwas von der Seele redete. Vielleicht hatte sie nur darauf gewartet, daß er ihr Gelegenheit gab, ihm all dies zu erzählen. »Wir belügen uns alle. Mit jedem Atemzug, den wir tun. Wir wiegen uns in Sicherheit und glauben, daß es genügt, die Augen zu schließen, um die Wahrheit zu verleugnen.« Sie schüttelte den Kopf, drehte sich nun doch zu ihm herum und lehnte sich mit einer erschöpften Bewegung gegen die Echse, die unwillig krächzte, aber stehenblieb.

»Ich nehme mich da nicht aus, Skar. Du hast Laynanya gehört. ›Wir wollen keinen Krieg, aber wir wehren uns, wenn man ihn uns aufzwingt . . .‹ Das ist Unsinn. Wir sind geflohen, Skar, aber sie weiß so gut wie ich oder irgendeiner hier im Lager, daß es zum Kampf kommen wird, und das bald.«

»Dann wißt ihr auch, daß ihr keine Chance habt«, sagte Skar hart.

Legis nickte. Ein Schatten schien über ihre Züge zu huschen. »Wenn wir es bis gestern nicht gewußt hätten, jetzt wissen wir es. Wir kämpfen nicht gegen einen Feind aus Fleisch und Blut, sondern gegen die Macht der Alten.«

»Vela ist noch immer ein Mensch«, widersprach Skar. »Einen Gegner zu überschätzen ist so gefährlich wie ihn zu unterschätzen, glaub mir.«

»Ein Mensch?« wiederholte Legis fragend. »Sicher. Aber ein Mensch, der mehr Macht in Händen hält als je ein einzelner Mensch zuvor. Nicht einmal die Alten selbst, Skar. Sie waren viele, ein ganzes Volk, und sie brauchten Äonen, um den Stein zu schaffen. Vela hat ihn erst seit wenigen Wochen, und doch ist sie schon mächtig genug, den Lauf der Jahreszeiten zu ändern und ein ganzes Volk unter ihren Willen zu zwingen. Die Quorrl sind nicht freiwillig in unser Land eingefallen.«

Skar zuckte mit den Achseln. Legis wollte nicht wirklich eine Antwort, das spürte er. Sie wollte reden, aber nicht mit ihm, sondern nur reden. Die Daktyle wäre ein genauso guter Zuhörer gewesen wie er. Trotzdem sagte er nach kurzer Überlegung: »Immerhin sind die Quorrl jetzt bei euch. So ganz scheint das mit der Beherrschung eines ganzen Volkes nicht zu klappen.« Er hatte absichtlich leichthin gesprochen, aber der lockere Tonfall verfehlte seine Wirkung. Legis wirkte im Gegenteil noch nachdenklicher.

»Die wenigen, die noch am Leben sind, meinte ich, Skar. Sie waren mehr als fünftausend – fünftausend Krieger, und dazu kamen die Alten und die Kinder. Jetzt lebt nur noch eine Handvoll von ihnen. Die, die du hier siehst, und vielleicht noch einmal so viele, die in kleinen Gruppen durch das Land ziehen und verzweifelt versuchen, irgendwie zu überleben. Sie sind nicht mehr von Wert für sie, Skar. Sie hat erreicht, was sie wollte. Die paar, die übrig sind, hat sie weggeworfen wie ein Werkzeug, das nicht mehr richtig arbeitet.«

»Du sprichst sehr bitter über jemanden, von dem du vor ein paar Stunden nicht einmal wußtest, daß es ihn gibt«, sagte Skar leise.

»Du täuschst dich, Skar. Wir wußten ihren Namen nicht, und wir wußten nicht, wer sie ist. Aber wir wußten, daß auf dem Thron von Elay nicht mehr die sitzt, die wir gewählt haben.«

Skar schwieg eine Sekunde lang. Da war etwas an Legis' Worten, das ihn störte, ein Fehler in ihrer Argumentation, der ihm schon während seines Gespräches mit Laynanya aufgefallen war, ohne daß er ihn wirklich erkannt hatte.

»Wieso . . . hat es außer euch niemand gemerkt?« fragte er. »Ob die Margoi für euch eine Göttin ist oder nicht – euch ist aufgefallen, daß etwas mit ihr nicht mehr stimmt, und . . .«

»Und den anderen nicht, meinst du?« Legis machte eine undefinierbare Geste, stieß sich von der Daktyle ab und trat mit vor der Brust verschränkten Armen auf ihn zu. Skar unterdrückte den Impuls, die gleiche Entfernung zurückzuweichen. Was zwischen ihnen war, war noch lange kein Vertrauen, aber wenigstens eine Vorstufe davon. Er wollte es nicht durch eine unbedachte Geste zerstören. »Wir alle«, sagte Legis betont, »haben es nicht gemerkt. Es war Laynanya – sie ist . . . etwas Besonderes, weißt du. Wäre das alles nicht passiert, dann . . . dann wäre sie wahrscheinlich die neue Ehrwürdige Mutter geworden. Sie ist so talentiert wie die Margoi, vielleicht noch talentierter. Aber das spielt jetzt keine Rolle mehr.«

»Wegen des Kindes?« fragte Skar.

Legis nickte. »Ja. Sie ist entehrt. Jedenfalls würdest du es so nennen. Selbst wenn wir siegen und Elay wieder frei wird, wird sie nie wieder die sein, die sie war.«

Skar zögerte. »Warum . . . warum macht sie es nicht weg?« fragte er.

Legis erschrak sichtlich. »Du ...« Sie stockte, suchte für die Dauer eines Atemzuges nach den richtigen Worten und schüttelte dann entschieden den Kopf. »Wir *Errish* retten Leben«, sagte sie mit vollkommen veränderter Stimme. »Wir vernichten es nicht.«

»Auch unerwünschtes Leben nicht?«

»Es gibt kein unerwünschtes Leben«, widersprach Legis. »Das Kind, das sie in sich trägt, mag ein Kind der Gewalt sein, ein Bastard, der gegen ihren Willen gezeugt wurde – aber es ist ein unschuldiges Wesen, Skar. Wir haben nicht das Recht, ihm sein Leben zu nehmen, bevor es begonnen hat.« Es war ein eingelernter Text, irgendeine Strophe aus irgendeinem ihrer komplizierten Gesetze, die sie vor Jahrzehnten vielleicht einmal auswendig gelernt hatte und herunterbetete, ohne wirklich noch darüber nachzudenken; das spürte Skar. Aber es war auch Wahrheit darin, und er widersprach nicht, obwohl ihm die Entgegnung auf der Zunge lag.

Er war beinahe froh, als hinter ihnen schwere, stampfende Schritte laut wurden und Morks Erscheinen ihr Gespräch unterbrach. Der Quorrl trug noch immer Rüstung und Waffen, hatte sich aber – wie sie alle – zusätzlich in einen nachtschwarzen, dünnen Mantel gehüllt. Das Kleidungsstück schien die düstere Ausstrahlung, die von seinem Reptiliengesicht ausging, noch zu unterstreichen.

»Wir sind bereit«, sagte er übergangslos. »Die Sonne geht unter, und der Weg nach Elay ist weit.«

Legis nickte. »Gut. Die Tiere sind gefüttert?«

Mork lächelte knapp und neigte in einer spöttisch übertriebenen Verbeugung das Haupt. »Selbstverständlich, Ehrwürdige Frau«, sagte er. »Aber ich würde vorschlagen, daß wir nicht noch mehr Zeit mit Reden verschwenden, sondern jetzt aufbrechen.« Ohne eine Antwort abzuwarten, gab er einem seiner Männer einen Wink und rief ein Wort in seiner dunklen, gutturalen Sprache.

Skar sah sich unwillkürlich nach Herger um. Der Hehler war hinter dem Eingang stehengeblieben; zu weit, als daß Skar sein Gesicht erkennen konnte. Aber er war nervös. Nervös und ängstlicher, als er zugeben wollte. Und auch Skar selbst erging es kaum anders, aber er konnte sich wenigstens einreden, daß es die Vögel und der Gedanke an den stundenlangen Flug durch die Nacht waren, die ihm Unbehagen bereiteten.

Er straffte sich, fuhr in einer nervösen, überflüssigen Geste glättend über seinen Mantel und wandte sich an den Quorrl. »Können die Tiere das Gewicht von zwei Menschen eine so weite Strecke tragen?«

»Nein«, sagte Mork ungerührt. »Wir werfen euch unterwegs ab, wenn die Last zu groß wird.« Er bleckte in einer erschreckenden Imitation eines menschlichen Grinsens sein Raubtiergebiß und deutete mit der Linken zum Ausgang. »Wir warten auf euch.« Er wandte sich ab und wollte gehen, aber Skar hielt ihn grob am Arm zurück. »Ich bin nicht Herger«, sagte er wütend. »Du kannst deine Scherze mit ihm treiben, wenn es dir beliebt, aber nicht mit mir. Also?«

Mork starrte ihn einen Augenblick wortlos an, riß plötzlich seinen Arm los und legte die Linke auf den Schwertgriff.

»Die Daktylen tragen euer Gewicht, Skar« grollte er. »Und wir werden Reservetiere mitnehmen - für den Rückweg. Ist deine Frage damit beantwortet?« Legis berührte Skar am Arm und warf ihm einen warnenden Blick zu, aber er ignorierte sie.

»Nein«, sagte er. »Es sei denn, du sagst mir endlich, was ich von dir zu halten habe, Quorrl. Ich reise nicht gern mit Männern, von denen ich nicht weiß, ob sie Verbündete oder Feinde sind.«

»Das eine schließt das andere nicht aus, oder?« entgegnete Mork. »Aber ich will dir deine Frage beantworten, Satai: Ich bin ein Quorrl, und du bist ein Mensch. Menschen haben meinen Stamm ausgelöscht, und Menschen haben mein Volk unterdrückt, solange ich denken kann. Erwartest du Zuneigung von mir?«

»Und trotzdem kämpfst du jetzt gemeinsam mit Menschen –«

»*Gegen* Menschen«, fiel ihm Mork erregt ins Wort. »Auch der Löwe und die Antilope flüchten gemeinsam, wenn die Steppe brennt, erinnerst du dich? Wir werden beide bedroht, aber das macht uns nicht zu Brüdern. Ich habe mit angesehen, wie mein Vater und mein Weib erschlagen wurden, von Menschen, Skar.

Ihr haltet uns für Tiere und werft uns Brutalität vor, aber ich habe Dinge mit ansehen müssen, die kein Tier einem anderen antun würde, Dinge, die Männer deines Volkes getan haben, Satai.« Er schwieg einen Moment, atmete hörbar ein und krampfte die Hand noch fester um den Schwertgriff. Sein Atem ging schneller, und Skar konnte fühlen, wie erregt der riesige Quorrl war, auch wenn er sich alle Mühe gab, beherrscht zu wirken.

»Ich glaube nicht, daß es dir oder mir nutzt, wenn wir uns jetzt gegenseitig Vorwürfe machen. Auch ich habe Greuel gesehen, die von Quorrl begangen wurden.«

»Wer hat mehr getötet, Skar?« fragte ihn Mork. »Quorrl Satai oder Satai Quorrl?« Er schnaubte. »Du wolltest wissen, was du von mir zu halten hast – jetzt weißt du es. Wäre es nach mir gegangen, hätten wir euch beide getötet, als wir euch draußen auf der Ebene getroffen haben. Aber diese Arbeit nehmen uns jetzt andere ab.«

Er fuhr herum und stapfte davon. Skar sah ihm nach, bis er die Höhle verlassen hatte, schüttelte den Kopf und blickte Legis an.

»Ich wollte dich warnen, Skar«, sagte die *Errish.* »Aber . . .«

Skar winkte ab. »Mir ist ein Feind, den ich kenne, lieber als einer, von dem ich nicht weiß, was ich von ihm zu halten habe«, sagte er.

»Er ist nicht dein Feind«, widersprach Legis. »Er ist . . . verbittert, aber nicht böse. Sein Stamm wurde vernichtet. Vielleicht werden wir alle so wie er, wenn wir uns noch lange hier verkriechen müssen. Vielleicht sind wir es auch schon und haben es nur noch nicht gemerkt.«

Diesmal, das spürte Skar, erwartete sie eine Antwort; Widerspruch. Aber diesmal schwieg er.

Die Stadt war ein Schatten; ein Gebirge aus Dunkelheit und zu Materie gewordener Nacht, das in unbestimmbarer Entfernung vor dem Himmel aufwuchs und das Land in weitem Umkreis beherrschte. Skar schätzte, daß sie noch mehr als drei Meilen von der ersten der drei hintereinander gestaffelten Mauern entfernt waren, aber er hatte trotzdem bereits das Gefühl, von den gewaltigen Mauern und Türmen erdrückt zu werden. Elay war groß, ungeheuer groß; keine Festung, sondern eine Stadt, die als Festung angelegt und erbaut war. Selbst Ikne hätte gegen dieses Gebirge aus Stein und Dunkelheit wie ein Bauernhof gewirkt.

»Nun?« fragte Legis neben ihm. »Bist du beeindruckt?«

»Eher überrascht«, antwortete er leise. Obwohl sie noch weit von der Stadt entfernt waren und die Nacht und das klagende Geräusch des Windes ihnen Deckung genug gaben, senkte er unwillkürlich die Stimme. Dabei hatte er aber nicht Angst davor, von den Posten oben auf den Wehrgängen oder von einer Patrouille entdeckt zu werden; diese Gefahr bestand kaum. Die Daktylen hatten die letzten Meilen im Tiefflug zurückgelegt, eine Schwadron gewaltiger, lautloser Schatten, die nur mannshoch über dem Boden dahingestrichen und mit der Nacht verschmolzen gewesen waren. Von Legis wußte er außerdem, daß es so etwas wie Patrouillen kaum gab. Es war eher, als befürchte er, die Stadt selbst zu erwecken. Elay war mehr als eine Ansammlung von Häusern und Türmen, und es war nicht nur ihre Größe, die diesen Eindruck hervorrief. Er konnte die Stadt selbst jetzt nicht deutlich erkennen trotz ihrer gewaltigen Ausmaße. Ihre Umrisse schienen beständig zu fließen, auf und ab zu wogen wie nachtdunkle Nebelschwaden, und ein kaum spürbarer Hauch unseliger schwarzer Magie streifte Skars Seele, als er den Panzer, den er um seine Gefühle gelegt hatte, für einen Moment öffnete. Es war, als würde die Stadt leben, als wäre sie nichts als ein gewaltiges, schlafendes Tier. Er begriff plötzlich, warum die *Errish* ausgerechnet hier ihr Heiligtum errichtet hatten, und warum Elay auch die Verbotene Stadt genannt wurde.

»Überrascht?« Legis' Stimme riß ihn abrupt in die Wirklichkeit zurück. »Du hast es dir anders vorgestellt?«

»Ich habe es mir überhaupt nicht vorgestellt«, sagte Skar. »Aber so auf keinen Fall. Es ist so . . .«

»Düster«, half Legis aus. Sie nickte. »Mir ging es ebenso, als ich die Stadt zum ersten Mal sah. Elay erschreckt jeden, der zum ersten Mal herkommt. Sie wurde nicht von Menschen erbaut. Es ist eine Stadt der Alten. Die letzte, die es noch gibt.«

Skar wußte, daß das nicht stimmte. Elay war weder eine Stadt jenes Volkes, das Combat errichtet hatte, noch war es die letzte ihrer Art. Er hatte schon einmal eine solche Stadt gesehen, einen steingewordenen Alptraum aus Schwarz und Fremdartigkeit; aber das war lange her: ein Jahr und ein Leben. Und er hatte plötzlich das Gefühl, der Lösung des Rätsels ganz nahe zu sein.

Doch er sagte nichts von alledem, sondern wandte sich wortlos um und ging zu der Baumgruppe zurück, in deren Schutz die Daktylen gelandet waren. Legis folgte ihm. Sie hatten zwei von Legis' Männern als Kundschafter zur Stadt geschickt. Bis sie zurückkommen würden, konnten sie nichts anderes tun als warten.

Skar mußte wieder die Disziplin bewundern, die die gewaltigen Flugwesen an den Tag legten. Starr wie riesige lederne Statuen saßen sie da, in einem perfekten, nur an einer Stelle offenen Kreis, der eine lebende Schutzmauer für die Menschen und Quorrl in seinem Inneren bildete. Keine der Daktylen gab auch nur das leiseste Geräusch von sich. Die Leistung, die die Quorrl mit der Dressur dieser Bestien vollbracht hatten, stand der der *Errish* und ihrer Feuerechsen kaum nach.

Ein seltsames Gefühl machte sich in Skars Innerem breit, als er in den Kreis trat und sich wortlos neben Herger zu Boden sinken ließ – keine Erregung, wie es normal gewesen wäre, sondern beinahe das Gegenteil, eine dumpfe, betäubende Entspannung. Er war sich plötzlich seines Körpers so bewußt wie selten zuvor in seinem Leben. Er fühlte jeden Muskel, jeden einzelnen Nerv in seinem Leib; eine Empfindung, die wie eine warme, einschläfernde Woge durch seinen Körper strömte, ein Gefühl, wie er es manchmal schon, wenn auch noch nicht annähernd so stark, vor einem Kampf gehabt hatte. Und ein Gefühl des Endgültigen. Seine Irrfahrt war vorbei. Vela war hier, noch wenige Kilometer entfernt, und er wußte einfach, daß die Entscheidung jetzt fallen würde. Ganz egal, wie dieser ungleiche Kampf ausging – er würde enden, noch bevor die Sonne das nächste Mal unterging. Skar versuchte noch einmal, sich alle Stationen seines Weges vor Augen zu führen, aber seine Gedanken weigerten sich, in geordneten Bahnen abzulaufen, und echte Erinnerungen begannen sich mit Traum und Furcht zu vermischen.

Er schüttelte die Bilder ab, beugte sich vor und nahm etwas von dem kalten Fleisch, das Mork Herger und ihm gegeben hatte. Er war nicht hungrig, aber er würde seine Kräfte dringend brauchen, und sie würden kaum mehr zum Essen oder Trinken kommen, wenn sie erst einmal in der Stadt waren.

Unwillkürlich sah er sich nach Legis um. Weder Laynanya noch sie oder Mork hatten auch nur mit einer Andeutung verraten, wie sie in die Stadt hineingelangen wollten, und Skar hatte bisher stillschweigend angenommen, daß es ein geheimes Tor oder etwas Ähnliches geben würde, durch das er sich einschleichen konnte. Aber jetzt, nachdem er die Stadt gesehen hatte, wußte er, daß das nicht der Fall war.

»Wonach suchst du?« fragte Herger, der seinen Blick bemerkt hatte.

Skar überging die Frage. »Unsere Wege trennen sich hier«, sagte er.

Herger ließ das Stück Fleisch, das er gerade zum Mund führen wollte, verblüfft sinken und starrte ihn an. »Wie meinst du das?« fragte er.

»So wie ich es gesagt habe«, antwortete Skar. Er war nicht zum Reden gekommen während des Fluges. Der eisige Wind und die Furcht hatten seine Lippen gelähmt, aber er hatte Zeit gehabt nachzudenken. Er wußte jetzt, daß es ein Fehler gewesen war, sich nicht schon früher von Herger zu trennen. Eigentlich hatte er es die ganze Zeit über gewußt. Es war nur bequemer gewesen, mit ihm zu reiten.

Er deutete mit einer Kopfbewegung in die Richtung der Stadt. »Wir sind am Ziel«, sagte er. »Du wolltest mich nach Elay bringen, und wir sind da.«

»Und jetzt erwartest du, daß ich hierbleibe und warte, bis du zurückkommst oder auch nicht?« fragte Herger. Seine Stimme zitterte.

»Natürlich nicht«, entgegnete Skar. »Aber –«

»Du irrst dich, Satai«, fiel ihm Herger ins Wort, »wenn du denkst, daß die Sache damit erledigt ist. Ich werde dich begleiten, und wenn du geradewegs in die Hölle marschieren solltest. Du bist mein Kapital, vergiß das nicht. Alles, was ich noch habe, bist du.«

Skar schüttelte geduldig den Kopf. »Hör mit diesem Unsinn auf, Herger«, sagte er ruhig. »Ich weiß, daß ich in deiner Schuld stehe, aber –«

»In meiner Schuld?« unterbrach ihn Herger erneut. »Du bist zu bescheiden, Satai. Du gehörst mir – ich habe alles, was ich habe, auf dich gesetzt: mein Leben, mein Vermögen, meinen Ruf. Ich müßte irrsinnig sein, wenn ich dich jetzt gehen ließe.« Er schüttelte entschieden den Kopf, setzte sich gerade auf und wies nach Norden. »Du willst in diese Stadt vordringen. Gut. Ich werde dich nicht daran hindern. Aber ich werde mitkommen.«

Skar wollte auffahren, beherrschte sich aber im letzten Moment. »Du weißt, was mich dort drüben erwartet«, sagte er. »Ich war ehrlich zu dir. Meine Chance, lebend aus Elay herauszukommen, ist nicht sehr groß. Es wäre Selbstmord von dir, mitzukommen. Und es wäre gefährlich für mich.«

»Es war auch gefährlich für mich, dir zu helfen. Und Selbstmord?« Er stieß ein abgehacktes, häßliches Lachen aus. »Du hast es vielleicht noch nicht begriffen, Skar, aber ich bin schon tot. Ich war es in dem Moment, in dem ich dir Unterschlupf gewährte. Du bist der einzige, der mich wieder zum Leben erwecken kann.«

Skar seufzte, senkte den Blick und fuhr mit den Fingerspitzen durch den lockeren Sand des Bodens. »Ich kann dich zwingen hierzubleiben«, sagte er nach einer Weile. »Ich –«

»Nein, Satai, das kannst du nicht!«

Skar fuhr überrascht herum. Ein gewaltiger, graugeschuppter Schatten wuchs hinter ihm empor. Skar hatte nicht gehört, daß Mork näher gekommen war. Der Quorrl mußte sich lautlos wie eine Katze angeschlichen haben.

»Ich wüßte nicht, was es dich angeht«, sagte Skar verärgert. »Aber trotzdem – was meinst du?«

»Er wird nicht hierbleiben, weil keiner von uns hierbleibt«, erwiderte Mork ruhig. »Wir gehen alle.« Er schlug seinen Mantel zurück, zog sein Schwert eine Handbreit aus der Scheide und deutete mit dem anderen Arm zur Stadt hinüber. »Ich traue dir nicht, Satai, und ich traue auch diesen *Errish* nicht. Ich will sehen, was du dort tust, und ich will dabeisein, um es selbst zu tun, wenn du versagst.«

Skar stand langsam auf. Die Spannung, die plötzlich zwischen ihnen lag, war überdeutlich zu spüren. Aber der Quorrl hielt seinem Blick gelassen stand. Seine Schuppen schimmerten im blassen Licht der Sterne wie mattes Metall, und er erinnerte Skar mehr denn je an ein Bündel ungestümer, nur scheinbar gezähmter Kraft.

»Weder Herger noch du oder irgendein anderer werden mich begleiten«, sagte Skar. »Was ich dort drüben zu tun habe, ist allein meine Sache – Quorrl«, fügte er, in absichtlich beleidigendem Tonfall, hinzu.

»Das ist es schon lange nicht mehr, Satai«, erwiderte Mork auf die gleiche Weise. »Du hast unsere Hilfe angenommen hierherzukommen. Und wenn du die Wahrheit gesprochen hast, gibt es vielleicht nur noch diese eine Chance, diese machtbesessene *Errish* zu töten. Was erwartest du? Daß ich hierbleibe und die Zukunft meines Volkes in deine Hände lege? Wenn du das wirklich glaubst, dann bist du ein Narr, Satai.«

Ihre Stimmen waren immer lauter geworden, und Skar sah sich plötzlich von einem halben Dutzend schweigender Quorrl umringt. Sein Blick huschte nervös über die Reihe breitschultriger, geschuppter Körper und kehrte zurück zu Mork.

Der Quorrl lächelte kalt. »Ich würde es nicht tun, Skar«, sagte er. »Du kannst mich vielleicht töten, aber nicht uns alle.«

Skars Hand krampfte sich um den Schwertgriff. Aber er wußte, daß er tot sein würde, bevor er die Waffe auch nur halb gezogen hätte. Würde er es mit einem Menschen zu tun haben, hätte er vielleicht eine winzige Chance gehabt – aber bei Mork an Ritterlichkeit oder Ehre zu appellieren, war sinnlos. Der Quorrl wußte genau, was er wollte. Er hatte es von Anfang an so geplant. Skar verdammte sich im stillen für seine Gutgläubigkeit. Schon als er Mork das erste Mal gesehen hatte, hätte er gewarnt sein müssen. Der Quorrl hatte ihn nicht hierhergebracht, weil er Skar einen Gefallen tun wollte oder weil es Laynanyas Wille war. Er hatte sofort erkannt, daß ihm mit Skar die Möglichkeit in den Schoß gefallen war, endlich selbst nach Elay zu kommen und den Krieg dorthin zurückzutragen. Laynanya hätte einem direkten Angriff auf die Verbotene Stadt niemals zugestimmt.

»Du weißt, daß das gegen unser Abkommen verstößt«, mischte sich Legis ein.

Der Quorrl lachte leise. Seine Schuppen knirschten wie trockenes Holz, als er sich umwandte und mit zwei, drei raschen Schritten auf die *Errish* zutrat. »Welches Abkommen?« fragte er höhnisch. »Als wir zusammenkamen, waren wir Gejagte, ihr und wir. Abkommen – ha! Unser Abkommen bestand bisher darin, uns gemeinsam unter der Erde zu verkriechen und darauf zu warten, daß ein Wunder geschieht, *Errish.*«

Legis fuhr auf. »Ich dulde es nicht, daß –«

»Daß Quorrl mit ihrer Anwesenheit die Heilige Stadt besudeln?« fiel ihr Mork ins Wort. »So, wie es Laynanya all die Zeit nicht geduldet hat? Ihr habt euch geweigert, uns den geheimen Weg nach Elay zu verraten – habt ihr wirklich geglaubt, daß ich das stillschweigend hinnehme? Ich werde nicht zusehen, wie dieser Satai vielleicht unsere einzige Chance vergibt, Rache für die Vernichtung unseres Volkes zu üben, *Errish.*«

»Elay ist heilig!« widersprach Legis erregt. »Niemand darf die Stadt betreten, der –«

»Niemand, mit Ausnahme eines Satai, der seine beschmutzte Ehre wiederherstellen will, nicht?« unterbrach sie Mork abermals höhnisch. Legis wollte widersprechen, aber Mork brachte sie mit einer wütenden Geste zum Schweigen. »Ich will diesen Unsinn nicht mehr hören! Euer Gerede von Ehre und Heiligtümern und

Gesetzen! Ihr habt mehr als eines unserer Heiligtümer geschändet, und ihr tretet unsere Gesetze mit Füßen. Wir sind Verbündete, und wenn ihr meint, euer Teil des Bündnisses bestünde im Stillhalten und Beten, soll es mir recht sein.« Er schlug wuchtig mit der flachen Hand gegen sein Schwert. »Wir sind in euren Augen vielleicht nicht mehr als Tiere, aber wir sind Tiere, die sich wehren, wenn man sie schlägt. Mit Beten ist noch kein Krieg gewonnen worden, Legis. Mit euren Hexenkünsten vielleicht, aber darauf verstehe ich mich nicht. Worauf ich mich verstehe, das ist das Schwert. Und ich werde es benutzen.«

Skar sah sich unauffällig um. Rechnete er Herger und Legis nicht dazu, dann waren die Kräfte genau gleich verteilt. Die *Errish* hatte fünf von ihren Männern mitgebracht, und auch Mork gebot über fünf Krieger. Aber es waren fünf Quorrl – gewaltige, schuppige Kampfmaschinen, von denen es eine einzige mit einem halben Dutzend Männer aufnehmen konnte. Er verwarf den Gedanken an einen überraschenden Angriff wieder. Selbst wenn es ihm gelänge, einen oder zwei der Quorrl auszuschalten, ehe sich die anderen von ihrer Überraschung erholt hätten, wäre eine Attacke aussichtslos. Mork hatte alle Trümpfe auf seiner Seite. Und er war bereit zu kämpfen, während Skar – so oder so – bei einem Kampf nur verlieren konnte.

»Laß ihn, Legis«, sagte er. »Du wirst ihn nicht überzeugen. Er hat von Anfang an auf einen Moment wie diesen gewartet.« Sein Blick suchte den des Quorrl.

Mork nickte ungerührt. »Seit der ersten Stunde«, bestätigte er. »Und du wirst mich töten müssen, um mich von meinem Entschluß abzubringen.«

Skar lächelte, nahm in einer betont langsamen Bewegung die Hand vom Schwertgriff und schüttelte den Kopf. »Wenn wir beide morgen noch leben«, sagte er, »reden wir noch einmal darüber. Jetzt sollten wir gehen. Es wird bald hell. Wie kommen wir in die Stadt?«

Legis starrte ihn ungläubig an. »Auf dem gleichen Wege, auf dem wir geflohen sind«, sagte sie. »Aber du willst doch nicht . . .«

»Was ich will«, unterbrach sie Skar, »spielt im Moment keine Rolle. Zwölf Schwerter können mehr ausrichten als eines.«

»Aber das ist Irrsinn!« begehrte Legis auf, obwohl sie längst eingesehen haben mußte, daß sie Mork nicht mehr von seinem Entschluß abbringen konnte. Ihr Protest war nur noch ein Zeichen ihrer Verzweiflung. »Wir müssen durch die Drachenhöhlen. Die Tiere werden die Quorrl wittern und Alarm schlagen. Ein einzelner Mann hat eine viel größere Chance, unbemerkt einzudringen.«

Skar schüttelte nur schweigend den Kopf.

Eine der Daktylen gab einen halblauten, krächzenden Ruf von sich. Mork sah auf, starrte eine Sekunde lang aus zusammengekniffenen Augen in die Dunkelheit und straffte sich. »Die Kundschafter kommen zurück«, sagte er.

Skar lauschte angestrengt, hörte aber nichts. Der Quorrl mußte über weitaus schärfere Sinne verfügen als ein Mensch.

»Dann sollten wir aufbrechen«, sagte Skar. »Es ist eine Stunde bis zur Stadt, und die Sonne geht bald auf.«

Legis' Lippen begannen zu zittern. Aber sie sagte nichts. Nur ihre Hände gruben sich in einer Geste hilfloser Verzweiflung tief in den schwarzen Stoff ihres Mantels.

Skar schlug die Kapuze seines Mantels hoch, überprüfte ein letztes Mal den Sitz seines Harnisches und des Waffengurtes und setzte sich ohne ein weiteres Wort in Bewegung.

Über den Zinnen von Elay lag noch immer schwarze, dräuende Finsternis, eine Schwärze, die sich noch vertieft zu haben schien, seit sie in den Schatten der gewaltigen Mauern eingetaucht waren, und die auch nicht weichen würde, wenn die Dämmerung hereinbrach und die Nacht vollends vertrieb. Ein eisiger Hauch ging von der Stadt aus, ein Gefühl, das eher die Seele als den Körper zu streifen schien, etwas wie der

Atem der Zeit, all der ungezählten Jahrtausende, die an ihr vorübergegangen waren, ohne auch nur die geringsten Spuren zu hinterlassen. Vom Meer, das irgendwo jenseits der zinnengekrönten Dreifachmauern mit monotoner Wut gegen die Küste anrollte, drangen Salzwassergeruch und der Schrei einer einsamen Möwe herüber.

Skar nahm von alldem kaum Notiz; jedenfalls nicht soweit, daß er einen bewußten Gedanken daran verschwendet hätte. Die Stadt hatte ihn vollends in ihren Bann geschlagen und beherrschte seine Gedanken. Sie erfüllte ihn mit Furcht; eine Angst, die gegen alle Logik von seiner Seele Besitz ergriffen hatte und ihn langsam von innen heraus aufzufressen schien. Obwohl sie bereits so nahe daran waren, daß er meinte, nur noch die Hand ausstrecken zu müssen, um ihre Mauern zu berühren, konnte er sie immer noch nicht richtig sehen. Es war, als läge Elay hinter einer Wolke brodelnder, körperloser Finsternis; ein schattiges, zerfasertes Etwas, das sich dem direkten Blick entzog und in beständiger unruhiger Bewegung war. Da war etwas, eine unsichtbare, nur zu erahnende Trennlinie zwischen der Welt der Menschen und der Elays, die sie mehr schützte als alle Verbote und Tabus der *Errish.* Es fiel Skar mit jedem Schritt schwerer, sich darauf zu besinnen, warum er überhaupt hergekommen war.

»Dort entlang«, flüsterte Legis. Ihr Arm deutete irgendwohin in die Dunkelheit. Skar konnte auf der anderen Seite des schmalen, vegetationslosen Streifens, der die eigentliche Mauer wie ein erstarrter Burggraben umgab, nichts erkennen außer Schatten und der vagen Ahnung von Bewegung und Leben; das eine real und das andere eingebildet. Aber Legis schien genau zu wissen, wohin sie wollte.

Lautlos huschten sie weiter. Legis hatte die Führung übernommen, als sie sich der Stadt bis auf ein paar hundert Schritte genähert hatten, und die Quorrl waren so weit zurückgeblieben, daß Skar ihre Schritte nur noch mit Mühe hören konnte. Es erstaunte ihn noch immer, wie leise und schnell sich diese so plump anmutenden Wesen bewegen konnten, aber er – und wohl auch Legis –

hatten in den letzten Stunden mehr über die Schuppenkrieger aus dem Norden gelernt als wahrscheinlich Generationen vor ihnen. Das meiste davon gefiel ihm nicht.

Skars Blick tastete besorgt über Legis' Gesicht. Es war starr, von jener gezwungenen, maskenhaften Unbewegtheit, hinter der sich ein wahrer Sturm von Gefühlen und Empfindungen zu verbergen pflegte. Skar war sich noch immer nicht darüber im klaren, was wirklich hinter der Stirn der *Errish* vorging. Sie war der schwache Punkt in Morks Plan, und auch der Quorrl mußte das wissen. Legis hatte sich seiner Entscheidung gebeugt, aber sie war nur vor der Gewalt zurückgewichen. Keiner von ihnen konnte sagen, wieviel es ihr bedeutete, einen Quorrl das Heiligtum der *Errish* betreten und damit entweihen zu lassen. Vielleicht würde sie es verhindern, selbst wenn es ihr Leben kosten sollte. Aber weder Mork noch er hatten eine andere Wahl, als sich der *Errish* auf Gedeih und Verderb auszuliefern. Es gehörte nicht sehr viel Phantasie dazu, sich auszumalen, wie unmöglich es war, auf einem anderen Weg in die Heilige Stadt einzudringen. Zudem ahnte Vela zumindest, daß er früher oder später hier auftauchen würde – wenn sie es nicht schon wußte, und sie wäre nicht sie selbst gewesen, wenn sie nicht Vorsorge getroffen hätte, jeden Eindringling schon frühzeitig in Empfang zu nehmen. Sie hatten während des Fluges hierher weder Reiter noch ein anderes Anzeichen von Leben entdeckt, und die Mauern waren zu hoch und die Nacht zu dunkel, um erkennen zu können, ob auf den Wehrgängen über ihren Köpfen Wachen patrouillierten oder nicht. Aber die *Errish* hatte andere Möglichkeiten, mit unerwünschten Fremden fertig zu werden.

Skar schob den Gedanken mit einem lautlosen Seufzer zur Seite und beeilte sich, Legis zu folgen. Ihre Schritte waren schneller geworden, und obwohl sie kaum eine Armlänge vor ihm ging, ließen sie der schwarze Mantel und die Lautlosigkeit ihrer Bewegungen nahezu mit der Nacht verschmelzen. Er würde früh genug Gelegenheit bekommen, sich mit Vela auseinanderzusetzen – wenn es ihnen überhaupt gelang, in die Stadt einzudringen. All die Warnungen und düsteren Geschichten, die um die Verbotene Stadt der *Errish* kreisten, fielen ihm plötzlich mit fast schmerzhafter Wucht wieder ein. Noch niemandem war es gelungen, gegen den Willen der *Errish* diese Stadt zu betreten und lebend wieder zu verlassen.

Aber schließlich hatte auch noch niemand eine *Errish* als Führerin gehabt, und vielleicht – wahrscheinlich sogar – hatte es noch niemand ernsthaft versucht.

Skar spürte beinahe so etwas wie Zorn, als ihm klarwurde, daß ihn die Aufgabe bereits zu reizen begann. Trotz allem war es eine Herausforderung, die eines Satai würdig war.

Aber er durfte nicht so denken. Nicht jetzt; nicht nach allem, was geschehen war. Es war zu schnell gegangen, zu überstürzt. Vor kaum zwei Tagen waren sie noch draußen in der Wüste gewesen, hundert oder mehr Meilen entfernt, und die Zeit, die sie gewonnen hatten, fehlte ihm. Für einen Moment zweifelte er fast, daß er schon bereit war. Er würde nur diese eine Chance haben, und vielleicht nicht einmal die.

Legis blieb so abrupt stehen, daß Skar um ein Haar gegen sie geprallt wäre. Sie waren jetzt ganz dicht an der Mauer; Skar konnte den kühlen Hauch, den das schwarze Gestein ausstrahlte, spüren. Diesmal war er sicher, daß er sich das Gefühl nicht einbildete. Der Stein war kalt, viel kälter, als er hätte sein dürfen.

»Wie geht es weiter?« fragte er.

Legis deutete stumm hinter sich. Ihr Gesicht war ein verschwommener grauer Fleck unter der spitzen Kapuze ihres Mantels, aber Skar glaubte trotzdem einen Ausdruck der Verzweiflung auf ihren Zügen zu bemerken. »Wir warten auf Mork und die anderen«, sagte sie leise. »Es ist nicht mehr weit.«

Skar sah ungeduldig über die Schulter zurück. Er konnte die Quorrl jetzt hören; aber auch nur, weil er wußte, worauf er zu achten hatte. Wenige Sekunden später tauchte bereits der erste breitschultrige Schatten aus der Nacht auf. Es war Mork.

Legis wartete, bis auch alle anderen heran waren, drehte sich schweigend und mit übertriebener Hast herum und ging weiter. Skar folgte ihr dichtauf, und auch die Quorrl verzichteten jetzt darauf, weiter einen so großen Abstand einzuhalten. Sie bewegten sich nun unmittelbar an der Mauer entlang. Der schwarze Schlagschatten des gewaltigen Bollwerkes vertiefte die Finsternis noch mehr, obwohl Skar dies kaum noch für möglich gehalten hatte. Er stolperte mehr hinter der *Errish* her, als er ging, und wäre nicht der eisige Hauch Elays neben ihm gewesen, hätte er schon nach wenigen Schritten vollkommen die Orientierung verloren. Aber Legis bewegte sich so sicher, als wäre es am hellen Tag.

Der Weg schien kein Ende zu nehmen. Sie mußten mehr als eine Meile neben der Stadtmauer entlanggegangen sein, als Legis endlich stehenblieb und mit einer wortlosen Geste zu Boden deutete. Skar trat neben sie, kniete nieder und tastete suchend über den aufgeweichten Boden. Unter der fingerdicken Schicht aus Morast und klebrigem Lehm war Metall. Er grub weiter, fand einen wuchtigen, von Rost zerfressenen Ring und zog mit aller Macht daran. Aber seine Kraft reichte nicht aus. Der gußeiserne Deckel saß so fest, als wäre er mit dem Boden verwachsen. Erst als Mork ebenfalls niederkniete und die Kraft seiner gewaltigen Muskeln einsetzte, hatten sie Erfolg. Die Klappe schoß mit einem saugenden Geräusch und so rasch hoch, daß Skar um ein Haar das Gleichgewicht verloren hätte und hintenüber gefallen wäre.

Er unterdrückte im letzten Moment einen Fluch, stand auf und suchte nach irgend etwas, an dem er sich die Hände abwischen konnte, fand aber nichts. Schließlich nahm er achselzuckend einen Zipfel seines Umhanges und rieb sich den gröbsten Schmutz von den Unterarmen. Trotz der Kälte und des feuchten Hauches, der vom Meer herüberwehte, trocknete der Lehm fast augenblicklich und wurde zu einem starren, kribbelnden Panzer auf seiner Haut.

Während Mork mit einer gewaltigen Kraftanstrengung den Verschluß so weit nach oben stemmte, daß er senkrecht stand und sicher in seinen rostigen Scharnieren hielt, ließ sich Legis bereits in die Hocke gleiten und kroch rückwärts an den sichtbar gewordenen Schacht heran. Es mußte eine Leiter oder eine Treppe geben, denn sie fand nach kurzem Suchen mit den Füßen festen Halt und verschwand rasch in der Tiefe. Skar zögerte sekundenlang, näherte sich dem Schacht dann auf die gleiche Weise wie sie und tastete blind mit dem Fuß nach Halt. Er spürte eine schmale, rostige Metallsprosse, verlagerte behutsam sein Körpergewicht und ließ sich herabsinken. Die Leiter knarrte hörbar unter seinem Gewicht, aber sie hielt.

Ein Schwall muffiger, abgestandener Luft, die nach Wasser und Kälte roch, schlug ihm entgegen, als er Legis in die Tiefe folgte. Er beeilte sich, obwohl seine Hände und Füße auf den glitschigen Metallsprossen der Leiter kaum Halt fanden, und war nach wenigen Augenblicken am Grunde des Schachts angekommen.

Es war nicht so dunkel, wie es von oben den Anschein gehabt hatte. Von irgendwoher - die genaue Quelle war nicht auszumachen - kam Licht, und auf dem Wasser zu seinen Füßen spiegelten sich unzählige winzige Halbmonde aus zersplittertem Silber, so daß er seine Umgebung, wenn auch nicht genau, so doch wenigstens in vagen Umrissen wahrnehmen konnte. Er stand in einem halbrunden, kaum mannshohen Tunnel mit gemauerter Decke, die sich wenige Schritte vor und hinter ihm in ungewisser Dunkelheit verlor. Vor ihm war ein schmaler, aus dem natürlichen Fels des Bodens herausgemeißelter Sims, auf dem Schimmel und grünliche Schmieralgen wuchsen, und der faulige Geruch, den Skar schon oben gespürt hatte, raubte ihm hier fast den Atem.

Skar trat hastig zur Seite, als die Leiter über ihm zu beben begann und Mork heruntergeklettert kam.

»Was ist das hier?« frage er leise. Die gekrümmte Decke fing seine Stimme auf und warf sie als verzerrtes, zischelndes Echo zurück. Der Gang mußte sehr lang sein.

»Die Flutkanäle«, antwortete Legis. Sie war ein paar Schritte in den Stollen zurückgewichen, um Platz für die nachdrängenden Quorrl zu machen. »Ein Teil der alten Anlage. Das Meer muß früher weitaus höher gestiegen sein als heute. Es gab ein ganzes System solcher unterirdischer Wasseradern. Sie wurden vor Jahrhunderten versiegelt. Diesen hier hat man vergessen. Nicht einmal die Margoi weiß von ihm.«

Skar hätte sich gerne nach weiteren Einzelheiten erkundigt, aber Legis drängte sich an ihm vorbei und verschwand mit gebeugtem Haupt in der Dunkelheit, ohne auf die letzten Nachzügler zu warten. Skar sah sich flüchtig nach Herger um, ehe er ihr folgte. Der Hehler war noch nicht herabgestiegen, aber Skar wußte, daß er folgen würde. Morks Gefährten würden dafür sorgen, daß niemand zurückblieb.

Diesmal war der Weg nicht mehr weit. Der Gang verlief kaum fünfzig Schritte geradeaus und machte dann einen scharfen Knick nach rechts, um sich zu einer flachen, aber weitläufigen Katakombe auszuweiten, die offensichtlich natürlichen Ursprungs war und nur hier und da künstlich erweitert oder zugemauert worden war. Bis auf den schmalen Sims, auf dem sie hierhergekommen waren und der sich wie ein Laufsteg rings um ihre Wände dahinzog, wurde sie zur Gänze von einem grauen, ölig schimmernden See eingenommen. Skar hielt vergeblich nach einem weiteren Ausgang Ausschau.

Legis deutete auf das schlammige Wasser. »Wir müssen dort hindurch. Du kannst schwimmen, hoffe ich.« Sie ließ sich auf die Knie sinken, suchte einen Moment mit den Händen im Wasser herum und richtete sich mit einem nur halb unterdrückten Seufzer wieder auf. In ihren Fingern glitzerte eine dünne, schlammverkrustete Kette.

»Nimm«, sagte sie.

Skar zögerte einen Moment, griff widerwillig nach der Kette und blickte stirnrunzelnd auf die graue Wasserfläche hinunter. Der Gestank ließ Übelkeit in ihm aufsteigen. Das Wasser war nicht überall so ruhig wie hier – weiter zur Mitte hin gab es Strudel und winzige, rasende Wirbel, und von Zeit zu Zeit trug die Strömung formlose dunkle Dinge mit sich.

»Es gibt ... keinen anderen Weg?« fragte er.

Legis schüttelte den Kopf. »Wir sind direkt unter der Mauer«, sagte sie. »Der Abfluß führt direkt in die Drachenhöhle hinein – es ist nicht weit. Zehn, vielleicht fünfzehn Stöße. Die Kette weist dir den Weg.«

Skar starrte die *Errish* zweifelnd an.

»Wir sind auf diesem Weg aus der Stadt geflohen«, fuhr sie fort. »Zwei von uns sind ertrunken. Ihre Leichen sind noch dort unten. Für einen Mann wie dich ist es nicht sehr schwierig. Geh!« Ihre Stimme klang plötzlich ungeduldig und gehetzt, und Skars Mißtrauen erwachte erneut. Vielleicht war dies die Falle, auf die er die ganze Zeit unbewußt gewartet hatte, und der Stollen hatte nicht nach wenigen Metern einen Ausgang, sondern führte geradewegs in den Tod, so daß nur ihre Leichen auf der anderen Seite ins Meer gespült wurden.

Aber vielleicht war er auch einfach nur zu mißtrauisch.

»Nun mach schon«, sagte Mork hinter ihm. Skar dreht sich halb um und verlor auf dem glitschigen Untergrund um ein Haar das Gleichgewicht. Der schmale Streifen von Sternenlicht, der durch den offenstehenden Eingang in den Schacht gefallen war, war erloschen. Offensichtlich war nun auch der letzte Quorrl zu ihnen heruntergestiegen und hatte den gußeisernen Deckel hinter sich zugezogen. Hinter den Quorrl, halbwegs verdeckt von den breitschultrigen Gestalten der Schuppenkrieger, drängten sich Legis' Männer zusammen. Der Gang war fast zu schmal, um sie alle aufzunehmen. Skars Blick tastete über das Gesicht des Quorrl. Die stumpfgrauen Schuppen des Riesen schienen mit der Farbe der Felswände hinter ihm zu verschmelzen.

Mork nickte auffordernd. Skar schluckte die bissige Bemerkung, die ihm auf der Zunge lag, hinunter, packte die Kette fester und trat widerwillig ins Wasser.

Es war kalt, viel kälter, als er geglaubt hatte; eine dünne, schneidende Linie mörderischer Kälte, die an seinen Beinen und seinem Körper emporkroch und gefühllose Taubheit hervorrief. Skar ließ sich behutsam ganz ins Wasser gleiten, biß die Zähne zusammen und schwamm, die Rechte fest um die straff gespannte Kette geklammert, los. Hinter ihm glitten Legis, dann Mork und die anderen Quorrl ins Wasser.

Sie schwammen schräg über den See bis weit über seine Mitte hinaus. Skar spürte, wie seine Kräfte schon nach den ersten Zügen nachzulassen begannen. Die Kälte saugte das Leben aus ihm heraus, lähmte ihn und verwandelte seine Muskeln in starre, schmerzende Knoten, die sich mehr und mehr weigerten, seinen Befehlen zu gehorchen. Die Kette verschwand plötzlich unter ihm in der Tiefe. Er hielt an, trat einen Moment Wasser und nahm einen letzten, tiefen Atemzug, ehe er tauchte.

Die Strömung riß ihn mit sich. Er konnte nichts sehen, obwohl er – trotz des brennenden Schmerzes und des Widerwillens, mit dem ihn das übelriechende, schleimige Wasser erfüllte – die Augen weit geöffnet hielt. Sein Rücken schrammte an hartem, rissigem Stein entlang. Ein schmerzhafter Schlag prellte ihm die Kette aus der Hand, aber der Sog des abfließenden Wassers leitete ihn sicherer, als es die Kette gekonnt hätte. Irgend etwas schrammte an seiner Schulter entlang, und etwas Weiches, Schleimiges floß über sein Gesicht und blieb einen Moment daran haften.

Skars Herz begann zu hämmern. Kälte und Strömung rissen weiter an ihm, verbrannten seine Haut und saugten das letzte bißchen Kraft aus ihm heraus. In seiner Kehle saß plötzlich ein dikker, schmerzhafter Kloß, der mit jeder Sekunde dicker zu werden schien. Er wollte atmen, doch es ging nicht. Seine Lungen brannten, schmerzten unerträglich, aber selbst wenn es ihm gelungen wäre, den Mund zu öffnen, wäre seine Kehle zu verkrampft gewesen, um zu atmen.

Und dann, von einer Sekunde auf die andere, erreichte er die Oberfläche. Er sah Licht über sich, stemmte sich mit einer letzten verzweifelten Anstrengung gegen die Strömung, die ihn weiter in die Tiefe reißen wollte, und brach durch den Wasserspiegel. Mit raschen, gierigen Zügen saugte er die Luft in seine Lungen, hustete, würgte und schwamm gleichzeitig auf das Ufer zu.

Dicht neben ihm brach Morks geschuppter Schädel durch die Wasseroberfläche. Der Quorrl rief etwas, das Skar nicht verstand, und deutete hektisch nach rechts. Skar ruderte mit den Armen und versuchte, sich auf der Stelle zu drehen. Der Sog der Strömung wurde stärker. Skar blinzelte, um wieder klar sehen zu können, spuckte einen Mundvoll Wasser aus und sah sich aufmerksam um.

Sie befanden sich in einer weiteren Höhle, die aber ungleich höher und größer war als die, in die der Abfluß gemündet hatte. Das Wasser floß mit einem mächtigen Rauschen durch ein schmales, künstlich geschaffenes Bett, das auf der rechten Seite von der Stirnwand der Höhle und auf der linken von einem gewaltigen unterirdischen Plateau begrenzt wurde. Aber das war es nicht, worauf ihn Mork hatte aufmerksam machen wollen.

Vor ihnen, wie ein Gebirge aus Fleisch und Panzerplatten, stand eine Feuerechse.

Nicht bewegen!« keuchte Mork. Sein Kopf tanzte dicht neben Skar auf den Wellen, und seine Worte gingen im Gurgeln und Rauschen des schnell fließenden Wassers beinahe unter. Aber Skar mußte sie nicht verstehen, um zu gehorchen. Sein Blick hing gebannt am Schädel der gewaltigen Bestie, die kaum einen Steinwurf entfernt am Ufer des Flusses stand und mißtrauisch zu ihnen herüberäugte. Sie war ein Gigant, selbst für eine Feuerechse. Skar schätzte ihre Größe auf gute zehn Meter; nicht sehr viel weniger, als Velas Staubdrachen gemessen hatte, obwohl er weitaus massiger und kraftvoller gewesen war als diese Echse hier. Ihr Kopf pendelte ständig hin und her, als wäre sie auf der Suche nach irgend etwas, und das dumpfe, rasselnde Geräusch ihrer Atemzüge übertönte sogar das Tosen des Flusses.

Nach und nach tauchten auch die anderen auf – Herger zuerst, gefolgt von zwei Quorrl-Kriegern und Legis' Männern, die in rascher Folge durch den Wasserspiegel brachen. Die Strömung versuchte sie auseinanderzutreiben und mit sich zu reißen, aber die Quorrl, gegen deren gewaltige Körperkräfte selbst der Sog des Wasser nicht ankam, hielten sie zusammen.

Skar sah sich verzweifelt nach Legis um. Die *Errish* war ein paar Meter den Fluß hinuntergerissen worden und kämpfte sich jetzt mühsam gegen die Strömung zurück.

»Der Drache!« rief er über das Brüllen der Wassermassen. »Kannst du ihn fortjagen?«

Es war nicht zu erkennen, ob die *Errish* seine Worte verstanden hatte oder nicht, aber sie änderte ihren Kurs ein wenig und schwamm jetzt nicht mehr direkt auf ihn und die anderen zu, sondern würde, wenn sie die Richtung beibehielt, dicht unterhalb der Raubechse das Ufer erreichen.

Eine Hand berührte Skar an der Schulter und krallte sich schmerzhaft durch den dünnen Stoff seines Mantels. Er fuhr herum, schlug den Arm instinktiv beiseite und erkannte Herger. Sein Gesicht war eine Grimasse der Furcht, und sein Mund formte ununterbrochen lautlose Worte.

»Reiß dich zusammen!« schrie Skar.

Herger paddelte wie wild mit den Armen und versuchte immer wieder nach Skar zu greifen. In seinen Augen flackerte blinde Panik.

»Der Drache«, keuchte er. »Er wird uns töten, Skar.«

Skar sah instinktiv zum Ufer hinüber. Das Ungeheuer hatte sich aufgerichtet und stand jetzt, die winzigen, armähnlichen Vorderläufe in der typischen Angriffshaltung seiner Gattung erhoben, direkt am Wasser. Der gewaltige Schwanz peitschte nervös den Boden. Skar wußte, daß sie hier keineswegs in Sicherheit waren. Die Echse mußte nur einen großen Schritt in den Fluß tun, um ihn und die anderen zu erreichen. Aber Skar wußte auch, wie sehr die gewaltigen Raubechsen das Wasser scheuten. Für das Tier mußten die im Fluß treibenden Menschen und Quorrl eine verlockende – und dazu leichte – Beute sein, aber seine Abneigung gegen die Nässe war stärker. Noch.

Skar verstärkte sein Wassertreten, weil die Kälte allmählich seine Glieder zu lähmen begann. Er konnte jetzt spüren, wie seine Kräfte schwanden; schneller, als er befürchtet hatte.

Einer der Männer schrie plötzlich auf, warf in einer grotesk anmutenden Geste die Arme in die Luft und verschwand mit weit geöffnetem Mund im Wasser. Mork rief einem seiner Krieger einen scharfen Befehl zu. Der Quorrl tauchte, kam aber bereits wenige

Augenblicke später wieder an die Oberfläche und schüttelte wortlos den Kopf.

Der erste, dachte Skar düster. Sie hatten noch nicht einmal einen Fuß in die Verbotene Stadt gesetzt, und schon war der erste Mann tot.

»Bleibt zusammen!« schrie Mork. »Wenn euch die Strömung davonträgt, seid ihr verloren!«

Skar fand diese Warnung höchst überflüssig. Seine Kraftreserven waren fast erschöpft – er würde den Kampf gegen die Strömung nur noch wenige Augenblicke durchhalten.

Legis hatte mittlerweile das Ufer erreicht. Skar sah, wie sie verzweifelt versuchte, sich an der glatten Kante emporzuziehen, aber ihre Hände fanden an dem nassen, glitschigen Stein keinen richtigen Halt, und sie glitt vier-, fünfmal wieder ins Wasser zurück, ehe sie endlich oben war.

Die Feuerechse hatte ihr Näherkommen mißtrauisch verfolgt. Der gewaltige schuppige Kopf der Bestie pendelte noch immer nervös hin und her, und ihr Schwanz schlug monoton gegen Felsen und Stein. Es klang wie das Dröhnen einer gewaltigen Todestrommel. Als sich die *Errish* auf den Felsen hinaufzog und erschöpft auf die Knie sank, richtete sich die Echse auf und trat mit einem einzigen gewaltigen Schritt auf sie zu. Skar unterdrückte im letzten Moment einen Schreckenslaut.

Irgend etwas geschah zwischen der *Errish* und der gewaltigen Raubechse. Die beiden ungleichen Wesen starrten sich an, und es kam Skar fast so vor, als redeten sie miteinander. Die Kiefer der Echse mahlten. Ihre Klauen zuckten, öffneten sich wie bizarre, dreifingrige Hände und schlossen sich wieder. Eine Ewigkeit schien zu vergehen, Sekunden, in denen sich die Blicke der *Errish* und der Feuerechse ein stummes, gnadenloses Duell lieferten. Dann, zögernd und mit schwerfälligen, starren Bewegungen, drehte sich das gewaltige Tier um und begann langsam zurückzuweichen.

»Schnell!« rief Legis. »Kommt an Land! Ich weiß nicht, wie lange ich sie zurückhalten kann!«

Skar sah sich noch einmal nach Herger um, sah ihn wie einen gefangenen Fisch im Griff eines Quorrl zappeln und schwamm los. Die Strömung verstärkte sich, als er sich dem Ufer näherte, und er schaffte es fast nicht mehr, sich auf den glatten Felsen hinaufzuziehen. Erschöpft brach er in die Knie, blieb einen Moment keuchend und mit hämmerndem Herzen hocken und drehte sich dann herum, um den anderen zu helfen.

Herger war halb ertrunken, als er das Ufer erreichte. Der Quorrl, der ihn die ganze Zeit mit sich geschleift hatte, lud ihn wie eine leblose Last vor Skars Füßen ab, schüttelte abfällig den Kopf und ging. Skar kniete neben dem Hehler nieder, drehte ihn behutsam auf den Rücken und schlug ihm mehrmals, sanft und mit der flachen Hand, ins Gesicht. Herger stöhnte. Er hustete, erbrach würgend Wasser und Schleim und krampfte die Hände über dem Magen zusammen.

»Alles in Ordnung?« fragte Skar.

Herger versuchte zu lächeln, aber es mißlang ihm kläglich.

»Wo ist . . . der Drache?« keuchte er.

»Fort. Legis hat ihn weggeschickt. Frag mich nicht, wie, aber sie hat es getan.«

»Es wird nicht lange halten, Skar«, sagte Legis.

Skar sah auf. Die *Errish* stand über ihm. Sie schwankte, und ihr Gesicht war grau. Das Wasser hatte die schwarze Farbe, die sie sich zur Tarnung ins Gesicht geschmiert hatte, aufgeweicht und verlaufen lassen, so daß sie ein bizarres Muster auf ihrer Haut bildete. Ihr Atem ging schnell und in hektischen Stößen. »Wir müssen von hier verschwinden«, fuhr sie fort. »Die Tiere kommen oft zum Trinken hierher, und ich glaube nicht, daß ich die Kraft habe, es noch ein zweites Mal zu tun.«

Skar fragte nicht danach, was sie ein zweites Mal tun wollte. Er nickte, stand auf und half Herger, auf die Füße zu kommen. »Kannst du laufen?« fragte er.

Herger nickte. »Ich denke.« Er sah Legis an. »Wie geht es weiter?«

»Wir müssen aus dieser Höhle heraus. Weiter hinten gibt es

Gänge, die zu klein für die Drachen sind. Dort können wir ausruhen. Kommt jetzt.«

Sie deutete mit einer vagen Geste in die Dunkelheit hinter sich, drehte sich herum und fuhr mit einer raschen, nervösen Bewegung über ihr Gewand. Als sie losging, sah Skar, daß sie hinkte; sie mußte sich verletzt haben, entweder während des Tauchens oder beim Hinaufklettern auf das felsige Ufer.

Er versuchte vergeblich, die wattige Schwärze vor sich mit Blikken zu durchdringen. Die Höhle war groß, gewaltig – ein unterirdischer Dom, noch höher als Laynanyas unterirdische Festung. Ein eisiger Hauch streifte Skars Gesicht, als er sich herumdrehte, um Legis zu folgen. Ein schwer zu definierender Geruch lag in der Luft: Drachengestank.

Sie gingen mehr als hundert Meter hinter der rasch ausschreitenden *Errish* her, ehe sie die gegenüberliegende Wand endlich erkennen konnten. Sie war glatt, als wäre sie poliert worden, und mit verschlungenen, bizarren Linien und Strichen übersät; ein Muster, das im ungewissen grauen Licht zu leben schien. Ein gewaltiger gezackter Tunnel mündete im rechten Drittel der Wand in die Höhle, daneben erkannte Skar andere, viel kleinere Gänge; Stollen, die vielleicht für menschliche Benutzer gedacht, vielleicht auch nur zufällig entstanden waren.

Legis deutete auf einen der kleineren Tunnels. »Dort hinein. Es ist der kürzeste Weg.« Ohne auf eine Antwort zu warten, beschleunigte sie ihre Schritte und verschwand gebückt in der dunklen Öffnung.

Das flackernde graue Licht blieb hinter ihnen zurück, als sie weitergingen. Skar streckte tastend die Hände nach beiden Seiten aus und setzte vorsichtig einen Fuß vor den anderen. Es machte ihn nervös, nicht sehen zu können, wohin er ging. Er versuchte seine Schritte zu zählen, um wenigstens zu wissen, wie weit sie gingen, verzählte sich aber fast sofort und hörte damit auf. Legis war irgendwo vor ihm; eine körperlose Quelle schleifender und raschelnder Geräusche und hektischer Atemzüge.

Schließlich wurde es vor ihnen wieder hell; der gleiche, flakkernde graue Schein, der schon die große Höhle draußen erfüllt hatte. Legis ging schneller und rannte die letzten Meter fast, ehe sie mit einem erleichterten Aufatmen stehenblieb und zu Skar zurückblickte. Ihr Gesicht war bleich.

Skar blieb neben ihr stehen und trat zur Seite, um Platz für die anderen zu schaffen.

Sie alle boten einen jämmerlichen Anblick. Sie waren durchnäßt, froren und waren am Ende ihrer Kräfte. Selbst die Quorrl hatten viel von der unbändigen Stärke, die sie bisher wie eine knisternde Aura umgeben hatte, verloren und wirkten nur noch müde. Skar zitterte. Der nasse Mantel klebte auf seiner Haut und kühlte ihn nur noch mehr aus, statt ihn zu wärmen, und er fühlte sich plötzlich so schwach, daß er sich gegen die Wand lehnen mußte.

Er hielt nach Herger Ausschau und entdeckte ihn zwischen Legis' Männern. Herger wankte vor Erschöpfung und war grau im Gesicht, aber unverletzt. Der Flug hierher hatte mehr von ihnen allen verlangt, als sie bisher selbst gemerkt hatten. Skar zweifelte plötzlich daran, daß sie wirklich eine Chance hatten. Vielleicht hätte er es auf eine offene Konfrontation mit Mork ankommen lassen sollen. Wenn es zum Kampf kam, würden ihm weder die Rebellen noch die Quorrl eine Hilfe sein, im Gegenteil.

Aber jetzt war es zu spät für solche Überlegungen.

»Wie geht es weiter?« fragte er.

»Wir sind fast am Ziel«, antwortete die *Errish.* »Aber der schwerste Teil liegt trotzdem noch vor uns. Wir sollten eine Weile hierbleiben und Kräfte sammeln.«

»Kräfte?« fragte Herger schweratmend. »Wozu? Kommt noch eine kleine Kletterpartie oder vielleicht noch ein Wasserfall, den wir hinaufschwimmen müssen?«

»Das nicht«, antwortete Legis ernsthaft. »Siehst du diesen Gang?« Sie deutete mit einer Kopfbewegung hinter sich. Sie standen in einem hohen, kuppelförmigen Raum mit rohen, kaum bearbeiteten Wänden, die ebenfalls über und über mit verschlungenen Linien und Runen bedeckt waren; Symbole einer fremden, vor

Äonen untergegangenen Sprache, vielleicht aber auch nur eine sonderbare Maserung der Felsen. Auf der anderen Seite war ein niedriger, seltsam asymmetrischer Stollen zu sehen, ähnlich dem, aus dem sie gerade gekommen waren. Die Verbotene Stadt mußte auf einem wahren Labyrinth unterirdischer Gänge und Katakomben errichtet worden sein. Für einen Moment fühlte sich Skar an Combat erinnert; aber diese Stadt war anders, ganz anders.

»Dahinter liegt der Aufgang«, fuhr Legis fort. »Eine schmale Treppe – leicht zu verteidigen, aber fast vergessen. Und sie wird nicht damit rechnen, daß wir auf diese Weise in die Stadt eindringen.«

»Ich hoffe, sie rechnet überhaupt nicht damit, sonst sind wir nämlich schon jetzt so gut wie tot«, knurrte Mork.

»Keine Sorge«, sagte Legis, eine Spur zu hastig. »Es wäre ein leichtes gewesen, uns draußen am Fluß in Empfang zu nehmen und zu töten.« Sie schüttelte heftig den Kopf. »Die Gefahr, von der ich spreche, ist eine ganz andere«, fuhr sie, zu Skar gewandt, fort. »Die Treppe führt direkt in den Palast der Ehrwürdigen Mutter hinauf. Es gibt so gut wie keine Wachen dort oben – niemand rechnet damit, daß jemand hierherkommen würde, um Hand an die Margoi zu legen. Aber um sie zu erreichen, müssen wir durch die Höhle der Drachen.«

»Die Höhle der . . .« Herger schluckte ein paarmal. »Aber ich dachte, daß . . .«

»Du meinst das Tier draußen am Fluß?« Legis lächelte dünn. »Sie kommen ab und zu dorthin, um zu trinken. Aber sie leben hier, direkt unter dem Palast. Die Tiere vertragen das feuchte Klima der Küste nicht und würden unruhig werden, wenn sie zu lange draußen wären.«

»Wie viele sind es?« fragte Mork.

Legis zuckte mit den Achseln. »Ich weiß es nicht«, gestand sie. »Die Zahl ist niemals gleich – es gibt nicht sehr viele von uns, und es sind selten mehr als zehn, höchstens ein Dutzend Drachen in Elay. Unter normalen Umständen«, fügte sie hastig hinzu. »Ich weiß nicht, wie viele es jetzt sind. Bevor wir geflohen sind, begann die Margoi damit, alle erreichbaren *Errish* zusammenzurufen. Zum Schein, um über den Krieg gegen die Quorrl zu beraten.«

»Und in Wahrheit, um die auszuschalten, die sie nicht unter ihren Willen zwingen konnte«, vermutete Skar.

Legis nickte. »Das fürchte ich. Es könnte deshalb sein, daß ... sehr viele Tiere dort drüben sind.«

»Aber du kannst sie ablenken«, sagte Herger. Seine Stimme schwankte. »Du ... du bist eine *Errish.* Ihr *Errish* redet mit den Drachen.«

Legis schwieg, aber der Blick, mit dem sie Herger ansah, sagte genug.

»Das kann sie nicht«, meinte Skar ruhig.

Herger fuhr zusammen, starrte erst Legis, dann ihn und dann wieder die *Errish* an. »Was ... soll das heißen?« fragte er verwirrt. »Du bist eine *Errish*, und –«

»Skar hat recht«, unterbrach ihn Legis. »Ich kann es nicht mehr.« Sie schluckte. »Unsere Tiere gehorchen uns nicht mehr. Die Echse unten am Ufer abzulenken, war beinahe mehr, als ich konnte.«

»Sie ... gehorchen euch nicht mehr?« wiederholte Herger ungläubig. »Wie meinst du das? Wie ...«

»So wie sie es sagt, Schmuggler«, mischte sich Mork ein. »Was glaubst du, warum wir uns wie die Ratten unter der Erde verkriechen? Hast du wirklich angenommen, eine *Errish* – eine stolze *Ehrwürdige Frau«* – er betonte die beiden letzten Worte übermäßig und bedachte Legis mit einem fast abfälligen Blick – »würde sich wie ein gemeiner Dieb in die Heilige Stadt ihres Clans einschleichen, wenn sie noch über ihren Drachen gebieten würde?« Er lachte, leise, abfällig und vollkommen ohne Humor, schlug sich mit der Faust in die geöffnete Rechte und grinste, als er den Ausdruck ungläubigen Schreckens auf Hergers Zügen sah.

»Ist das ... ist das wahr?« keuchte Herger.

Legis nickte. »Es ist wahr.«

»Und du bist der einzige, der es noch nicht gemerkt hat«, fügte Mork hinzu.

»Aber dann . . .«

»Wenn du der Meinung sein solltest, daß es besser gewesen wäre, nicht hierherzukommen, hättest du recht«, sagte Skar. »Du hättest Laynanyas Angebot annehmen und dort bleiben sollen. Jetzt ist es zu spät.«

»Wir . . . wir können nicht durch eine Höhle voller wilder Drachen marschieren«, stammelte Herger. »Sie werden uns umbringen.«

»Das ist möglich«, nickte Mork. »Aber wir werden versuchen, es zu verhindern.« Er grinste erneut, wurde sofort wieder ernst und wandte sich an Legis. »Gehen wir weiter.«

Die *Errish* zögerte. »Es wäre besser, wenn . . . wenn ich allein vorausgehen und mich umsehen würde«, sagte sie stockend.

»Allein?«

Skar konnte direkt sehen, wie es hinter Morks Stirn arbeitete. Der Quorrl traute der *Errish* nicht. Und er machte nicht viel Hehl aus seinen Gefühlen.

»Nein«, sagte er nach kurzem Überlegen. »Wir gehen alle.«

»Die Männer brauchen Ruhe«, widersprach Legis. »Und deine Krieger ebenfalls. Und es ist besser, wenn wir wissen, was vor uns ist.«

»Nein«, sagte Mork.

»Du traust mir nicht«, murmelte Legis. »Aber ich glaube nicht, daß jetzt der richtige Zeitpunkt ist, darüber zu streiten, Mork. Wenn ich euch in eine Falle hätte locken wollen, hätte ich es zehnmal tun können, auf dem Weg hierher. Diese Höhlen sind gefährlich, selbst für die, die sich hier auskennen. Ich möchte weder deine noch meine Männer in den Tod schicken, Mork.« Sie straffte sich. »Und vielleicht«, fuhr sie, schärfer und mit leicht erhobener Stimme, fort, »denkst du einmal darüber nach, daß du mich nicht zwingen kannst, deinen Befehlen zu gehorchen.«

Morks Hand krampfte sich um den Schwertgriff, aber er schien einzusehen, daß er diesmal in der schwächeren Position war.

»Gut«, sagte er dumpf. »Die Männer mögen sich ausruhen. Vielleicht hast du recht, und sie brauchen ihre Kräfte noch. Aber ich werde dich begleiten. Und der Satai auch.«

Legis nickte. »Dann laßt uns gehen.« Sie öffnete die schwarze Metallspange, mit der ihr Mantel zusammengehalten wurde, warf das durchnäßte Kleidungsstück achtlos zu Boden und strich sich mit den Fingerspitzen das Haar aus der Stirn. Dann wandte sie sich um und ging, schnell und fast überhastet. Skar warf einen letzten Blick zu Herger zurück, ehe er ihr folgte. Im Gesicht des Hehlers zuckte ein Nerv. Er mußte halb verrückt sein vor Furcht.

Der Gang, durch den sie Legis folgten, führte in einer Länge von drei-, vierhundert Schritten geradeaus und begann sich dann langsam abwärts zu neigen. Sie drangen tiefer in die Erde ein. Es wurde wärmer, je weiter sie kamen, und auch das graue Licht, das aus den Wänden und der Decke zu dringen schien, nahm allmählich an Intensität zu. Der Drachengestank blieb, und Skar glaubte jetzt von Zeit zu Zeit ein dumpfes, machtvolles Grollen zu hören, einen Laut, als bewege sich irgendwo vor ihnen etwas ungeheuer Großes und Schweres. Aber vielleicht spielten ihm auch nur seine Nerven einen Streich.

Nach einer Weile wurde die Neigung des Bodens schwächer, bis sie sich schließlich wieder ebenerdig bewegten.

Legis' Schritte wurden langsamer; schließlich blieb sie ganz stehen, warf Skar und Mork einen raschen, warnenden Blick zu und legte den Finger auf die Lippen. Skar deutete ein Nicken an und lauschte. Das dumpfe Dröhnen schien stärker geworden zu sein, aber nach einer Weile wurde ihm klar, daß es nichts anderes als das Geräusch seines eigenen Herzschlages war, das er hörte.

Er starrte an Legis vorbei, konnte aber nichts außer vagen Schatten erkennen.

»Keinen Laut mehr jetzt«, zischte die *Errish*. Sie sprach in jenem raschen, gehetzten Flüsterton, den man fast ebenso weit hören konnte wie normales Reden, und Skar konnte ihre Nervosität beinahe körperlich spüren. Sie bückte sich ein wenig, tastete mit der Rechten an der Wand entlang, als hätte sie plötzlich Angst, trotz der ausreichenden Beleuchtung den richtigen Weg zu verlieren, und ging weiter.

Sie brauchten fast zehn Minuten, um die letzten dreißig Schritte zurückzulegen. Als der Gang schließlich endete, wußte Skar, warum Legis sich die letzten Schritte so übertrieben vorsichtig vorangetastet hatte.

Vor ihnen lag ein gewaltiger unterirdischer Felsendom; keine Höhle, sondern eine Welt unter der Welt, ein bizarrer Wald aus steinernen Bäumen und Büschen, fünf-, sechshundert Fuß hoch und so groß, daß sich sein gegenüberliegendes Ende in wogender Ungewißheit verlor. Gewaltige steinerne Säulen trugen die Decke, und direkt vor ihnen erstreckte sich ein Labyrinth von Felstrümmern und scharfkantigen, von Urgewalten aus dem Boden gebrochenen Brocken. Legis huschte geduckt aus dem Stollen heraus, sah sich hastig nach beiden Seiten um und ging hinter einem Felsen in Deckung. Skar folgte ihr nach sekundenlangem Zögern auf die gleiche Weise, während Mork im Stollen zurückblieb und erst auf einen auffordernden Wink der *Errish* hin nachkam.

Der Quorrl setzte dazu an, etwas zu sagen, aber Legis legte erneut die Finger auf die Lippen und deutete nach rechts.

Skar sah erst nach Sekunden, worauf die *Errish* sie hatte aufmerksam machen wollen: Zwischen den Felsen bewegten sich Schatten, täuschend klein neben den gigantischen granitenen Gebilden und nahezu unsichtbar durch ihre schuppige graue Haut.

Drachen.

Skar hatte plötzlich das Gefühl, von einer unsichtbaren, eisigen Hand gestreift zu werden. Die Tiere waren noch weit entfernt; sieben, vielleicht acht, die er erkennen konnte, und mehr, sehr viel mehr, mußten sich noch in der Weite der Höhle aufhalten. Legis' Befürchtungen schienen sich bewahrheitet zu haben: Vela hatte die *Errish* zusammengerufen, und sie waren gekommen, aus allen Teilen der Welt und so schnell sie konnten, glaubten sie doch dem

Ruf ihrer gewählten Führerin zu folgen. Wenn sie die Wahrheit erkannten - *wenn* sie sie überhaupt erkannten -, war es zu spät. Erst jetzt, erst als Skar die Ansammlung gewaltiger schuppiger Raubsaurier vor sich sah und die ungeheure Macht spürte - nicht die Macht Velas oder ihrer geraubten Magie, sondern die Ballung primitiver, unbeschreiblicher Kraft, die die gewaltigen Ungeheuer darstellten -, begriff er, wie teuflisch Velas Plan wirklich war. Teuflisch und genial zugleich.

Selbst die Macht, die ihr der Stein verlieh, hätte nicht ausgereicht, einen Kampf gegen die *Errish* zu gewinnen. Er mochte ihr Überlegenheit über eine oder auch ein Dutzend der Ehrwürdigen Frauen verleihen, aber gegen eine ganze Armee der *Errish*, gegen die Ehrwürdige Mutter und die geballte Kraft Elays hätte sie selbst mit seiner Hilfe versagt.

Aber die Macht der *Errish* beruhte zum Großteil auf ihrer Gewalt über die Drachen. Nahm man sie ihnen, wurden sie zu ganz normalen Menschen, zu Frauen, die sich in Heilkunst und der Anwendung geheimer Künste verstanden; sie waren aber keine Hexen mehr. Er hatte die wahre Bedeutung von Legis' Worten nicht begriffen, als sie ihm gesagt hatte, daß ihre Tiere ihnen nicht mehr gehorchten. Nicht wirklich.

»So hat sie es also getan«, murmelte er.

Legis sah auf. »Was?«

Skar deutete auf die Echsen. »Das ist der Quell ihrer Macht«, flüsterte er. »Sie beherrscht die Drachen. Sie spricht mit ihnen - so wie ihr es getan habt, früher. Und damit beherrscht sie euch. Die meisten jedenfalls«, schränkte er ein.

Legis biß sich auf die Unterlippe und starrte ihn an. »Unsinn«, sagte sie. »Du selbst hast mir erzählt, wie sie in den Besitz des Steines kam, und wie . . .« Sie verstummte, als sie Skars Kopfschütteln sah.

»Warum belügst du dich selbst?« fragte Skar leise. »Du weißt so gut wie ich, daß es so war. Du wußtest es schon die ganze Zeit. Du sagst, eure Tiere gehorchen euch nicht mehr, aber du weißt, daß das nicht alles ist. Das ist keine Erklärung dafür, daß nur wenige -

wie du und Laynanya – die Wahrheit erkannt haben.« Er deutete auf die Drachen. »Sie sind mehr als Tiere, nicht wahr?«

Legis schwieg. Ihre Lippen bildeten einen schmalen, blutleeren Strich in ihrem Gesicht, und ihr Blick flackerte. Skar begriff plötzlich, daß er mehr als eine einfache Frage gestellt hatte. Vielleicht war er – ohne es zu wollen – auf das größte und bestgehütete Geheimnis der *Errish* gestoßen: den Schlüssel zu ihrer Macht.

»Ja«, gestand sie schließlich. »Sie sind mehr als Tiere – sie sind überhaupt keine Tiere. Sie ... denken. Aber anders als du und ich, und auch anders als du«, fügte sie mit einem Blick auf Mork, der ihrer Unterhaltung mit unbewegtem Gesicht folgte und immer wieder nervös zu den Echsen hinüberstarrte, hinzu.

»Und ihr redet mit ihnen?«

»Nein.« Legis atmete hörbar ein. »Es ist kein Reden. Es ist ...« Sie brach ab, starrte einen Herzschlag lang zu Boden und schüttelte den Kopf. »Ich müßte euch töten«, sagte sie plötzlich. »Niemand darf dieses Geheimnis kennen. Kein Quorrl und kein Satai, niemand, der nicht der Kaste der *Errish* angehört.«

»Vielleicht müßtest du das«, sagte Mork ungerührt. »Aber du hättest uns auch dafür töten müssen, daß wir überhaupt hierhergekommen sind. Und wenn wir versagen, spielt es ohnehin keine Rolle mehr, ob euer großes Geheimnis gelüftet ist oder nicht. Dann wird es nämlich bald keine Satai und Quorrl mehr geben. Und auch keine *Errish*.«

»Ich kann euch nicht erklären, was es ist«, sagte Legis leise. »Wir wachsen zusammen mit unseren Echsen auf, und wenn sie sterben, dann sterben auch wir. Es ist, als wären wir eins – ein Wesen in mehreren Körpern. Ihr Schmerz ist unser Schmerz, und unsere Empfindungen sind ihre. Sie ...« Ihre Stimme versagte. Plötzlich und ohne Warnung begann sie zu weinen; ein krampfhaftes, mühsam zurückgehaltenes Schluchzen zuerst, das nach Sekunden von hemmungslos fließenden Tränen abgelöst wurde.

»Du hast recht, Skar«, schluchzte sie. »Aber du ... du weißt nicht, was es bedeutet.« Sie verbarg das Gesicht in den Händen. Ihre Schultern zuckten. »Er ist hier«, sagte sie. »Irgendwo dort vorne. Ich ... kann ihn spüren.«

»*Wer* ist hier?« fragte Mork betont.

»Cariot«, antwortete Legis. Sie sah auf, schluchzte noch einmal und fuhr sich mit dem Handrücken über die Augen, um die Tränen fortzuwischen. Der Moment der Schwäche war vorüber, und sie hatte sich wieder in der Gewalt. »Mein Drache«, fügte sie erklärend hinzu. »Er ist irgendwo hier, bei den anderen. Ich fühle ihn. Aber er ist nicht mehr der, der er war.«

»Die gleichen Worte, die du über die Margoi gesagt hast«, meinte Skar. »Nicht sie hat sich verändert, sondern ihr Tier. Wie deines. Sie kann eure Gedanken nicht unter ihren Willen zwingen, aber die der Drachen. Und die meisten von euch merken es nicht einmal. Wie viele waren es, die mit euch geflohen sind?«

»Dreißig«, antwortete Legis stockend. »Wenig mehr als zwanzig kamen lebend draußen in der Wüste an.«

»Dreißig von wie vielen? Dreihundert?«

Legis verneinte. »Es gibt nicht mehr viele *Errish*, Skar. Das Volk der Drachen stirbt, und mit ihm die *Errish*. Als wir flohen, waren hundert von uns hier.«

»Und die dreißig besten mußten fliehen«, sagte Skar nachdenklich. »Die, die ihr hätten gefährlich werden können.«

»Nicht die besten, Skar«, widersprach Legis leise. »Ich war nie eine wirklich *gute Errish.*« Sie lächelte traurig. »Ich habe es niemals wirklich geschafft, mit Cariots Geist zu verschmelzen, nicht wirklich. Wir waren niemals *wirklich* eins. Und auch die anderen nicht. Es war eher ... andersherum. Die guten, die wirklich *guten Errish* verfielen ihr zuerst. Unsere Macht ist die Macht über die Drachen, du hast recht. Aber es ist auch unser Fluch. Ich wollte es nicht wahrhaben, keiner von uns wollte es wissen, und wir haben die Wahrheit verleugnet, aber gerade unsere Stärke war es, die Vela den Weg ebnete.«

»Und Laynanya?«

»Oh, sie ist mächtig – ich habe die Wahrheit gesagt, als wir über sie sprachen. Aber ihr Drache ist alt und wird bald sterben, und seine Gedanken sind nicht mehr klar.«

Die Erklärung befriedigte Skar ganz und gar nicht, aber er drang nicht weiter in Legis. Die *Errish* wirkte äußerlich jetzt wieder gefaßt, aber er wußte, daß dieser Eindruck täuschen konnte. Die *Errish* stand unter einem ungeheuren seelischen Druck, einem Druck, unter dem die meisten anderen Menschen bereits zerbrochen wären, und schon ein einziges unbedachtes Wort konnte den endgültigen Zusammenbruch herbeiführen.

Auch Mork schien zu spüren, was in der *Errish* vorging. Er warf Skar einen raschen, warnenden Blick zu, räusperte sich übertrieben und deutete mit einer Kopfbewegung in die Höhle hinein. »Gibt es einen Weg dort hindurch?« fragte er. »Einen, auf dem uns die Drachen nicht entdecken?«

Legis schüttelte den Kopf. »Nein. Wir müssen es riskieren. Aber wir haben eine Chance. Sie sehen nicht sehr gut. Wenn wir ihnen nicht zu nahe kommen, so daß sie uns nicht wittern können, und wir keinen Lärm machen, können wir es schaffen.«

»Das gefällt mir nicht«, murrte der Quorrl.

»Mir auch nicht«, sagte Skar. »Aber niemand hat dich gezwungen mitzukommen. Vielleicht tust du dich mit Herger zusammen und wartest hier unten, bis wir zurück sind.«

Mork schenkte ihm einen bösen Blick, schwieg aber.

»Wir müssen es riskieren«, sagte Legis. »Und wir müssen uns beeilen – ich fürchte, wir sind selbst hier unten nicht sicher. Gehen wir zurück und holen die anderen.«

Sie wollte aufstehen, aber Skar hielt sie mit einer raschen Bewegung fest. »Es reicht, wenn einer von uns geht«, sagte er. »Bleib mit Mork hier und halt die Augen auf – ich beeile mich.« Er stand unverzüglich auf, warf einen Blick zu den Drachen hinüber und rannte los.

Der Rückweg kam ihm weiter vor als der Weg hinunter. Skar fror mit jeder Minute stärker. Der nasse Mantel begann auf seiner Haut zu trocknen, und die Kälte kroch allmählich in seinen Körper hinein und nagte an seinen letzten verbliebenen Kraftreserven. Er lief schneller und rannte schließlich den steil ansteigenden Weg hinauf, aber selbst die Bewegung vermochte die beißende Kälte nicht vollends aus seinen Gliedern zu vertreiben. Sein Herz hämmerte, als das Stollenende schließlich vor ihm auftauchte. Er blieb stehen, atmete ein paarmal tief durch und ging langsamer weiter. Die Höhle, in der Herger und die anderen zurückgeblieben waren, lag jetzt direkt vor ihm. Eigentlich hätte er ihre Stimmen hören müssen (oder wenigstens irgendwelche Laute). Aber vor ihm war nichts.

Skar blieb stehen. Er spürte, daß dort vor ihm irgend etwas nicht stimmte. Es war zu still, zu ruhig, selbst wenn er annahm, daß die Zurückgebliebenen sich bemühten, keinen Lärm zu machen. Elf Personen konnten einfach nicht so vollkommen lautlos sein, auch wenn sie es wollten.

Langsam ging er weiter. Seine Hand glitt unter den nassen Umhang und tastete nach dem Griff des *Tschekal.* Das Leder war klamm, vollgesogen mit Wasser und Kälte, und das beruhigende Gefühl von Sicherheit und Stärke, das ihn normalerweise immer überkam, wenn er die Waffe berührte, blieb diesmal aus.

Ein schwacher, süßlicher Geruch wehte ihm entgegen, als er weiterging. Im ersten Moment erkannte er nicht, was es war, aber er wurde stärker, je näher er der Höhle kam, und schließlich gewahrte er einen dunklen, formlosen Schatten unmittelbar vor ihrem Eingang.

Skar blieb abermals stehen, warf einen sichernden Blick über die Schulter zurück und zog die Waffe aus dem Gürtel. Das Geräusch, mit dem die Klinge aus der schmalen Lederscheide glitt, erschien ihm in der lastenden Stille überlaut; wer immer hier lauern mochte, mußte es hören.

Unsinn, dachte er zornig. Es gibt niemanden, der hier lauerte. Dieser Weg in die Verbotene Stadt braucht keinen Wächter; er bewacht sich selbst; besser, als es jeder Posten könnte.

Skar verscheuchte den Gedanken mit einem unwilligen Kopfschütteln, wechselte das Schwert von der Rechten in die Linke und ging weiter. Der Geruch wurde stärker.

Blut.

Es war Blutgeruch; jenes schwere, süßliche, auf morbide Art beinahe angenehme Aroma, das er von so vielen Schlachtfeldern und aus so vielen Arenen kannte, und zwar zu gut, um sich einzureden, daß es etwas anderes sein konnte. Es war Blutgeruch, und der dunkle Umriß vor ihm war ein Körper. Der Körper eines Quorrl.

Skar ließ sich neben dem Schuppenkrieger auf ein Knie nieder, legte das Schwert, lautlos und so nahe, daß er es mit einem raschen Griff sofort wieder erreichen konnte, auf den Boden und drehte den Quorrl um.

Er war tot. In seinen pupillenlosen Fischaugen war ein Ausdruck ungläubigen Schreckens festgefroren, ein Schrecken, der schlimmer gewesen sein mußte als der körperliche Schmerz. Sein rechter Arm war fort – an seiner Schulter gab es nur noch einen zerrissenen Stumpf, aus dem überraschend wenig Blut floß. Der Quorrl war weder verblutet noch an einer anderen Verletzung gestorben. Was ihn getötet hatte, war der Schock gewesen, eine Furcht, die sich selbst im Tode noch tief in seine Züge gegraben hatte.

Aber was konnte ein Wesen wie einen Quorrl im wahrsten Sinne des Wortes zu Tode erschrecken?

Skar nahm sein Schwert auf, sah sich – nun wirklich mehr in Angst als beunruhigt – noch einmal um und ging weiter. Seine Schritte wurden langsamer.

Die Höhle war voll von Toten. Er hatte es erwartet – nicht erwartet: gewußt –, aber der Anblick traf ihn trotzdem wie ein Hieb. Der winzige Raum glich einem Schlachthaus – überall war Blut, waren tote, zerfetzte Körper, abgerissene Arme, Beine . . .

Skar unterdrückte ein Stöhnen. Er hatte die Szene schon einmal erlebt. Verstümmelte. Menschen, die mit gnadenloser Brutalität ermordet – geschlachtet – worden waren. Er schob sein Schwert in den Gürtel zurück, trat vorsichtig über den verkrümmt daliegenden Leichnam eines Quorrl hinweg und sah sich um. Der Anblick ließ Übelkeit in ihm aufsteigen. Übelkeit und Haß.

Er wußte, wer dieses Gemetzel angerichtet hatte.

Der Wolf war hier, ganz in seiner Nähe. Er belauerte ihn, so, wie er ihn die ganze Zeit belauert hatte. Er hockte vielleicht gerade jetzt irgendwo in der Dunkelheit des Ganges vor ihm und starrte ihn aus leblosen Augen an.

Skar entdeckte Herger am anderen Ende des Raumes. Er lag auf dem Gesicht, die Hände zu Klauen verkrümmt, als hätte er versucht, sich in seiner Angst in den felsigen Boden zu graben. Die rechte Hälfte seines Kopfes war abgebissen. Der zersplitterte Schädelknochen zeigte Spuren von Zähnen, gewaltigen, einwärts gekrümmten Zähnen. Zähne aus Stein, dachte Skar, aus schwarzem, auf unselige Weise zum Leben erwachtem Granit, der beseelt war von einer Magie, die seit Äonen vergessen war und ihrer Welt schon einmal den Untergang gebracht hatte.

Skars Hände begannen plötzlich zu zittern. Er schloß die Augen, senkte das Haupt und preßte die Kiefer so heftig zusammen, daß es schmerzte. Aber es half nichts. Der körperliche Schmerz vermochte die andere, tiefergehende Qual, die in seiner Seele gelauert hatte und wie ein böser Alpdruck jetzt wieder zum Leben erwachte, nicht zu vertreiben.

Jetzt erst, in diesem Moment, als er vor Hergers verstümmeltem, ausgeblutetem Leichnam kniete, wurde ihm klar, wie sehr er den Hehler gemocht hatte. Er hatte sich nur eingeredet, ihn zu verabscheuen, hatte versucht, sich das selbst glaubhaft zu machen, weil er gewußt hatte, daß dies geschehen würde, weil er – ohne daß er den Gedanken jemals wirklich bewußt gedacht hätte – Angst vor diesem Augenblick gehabt hatte, vor dem Moment, in dem er sich seiner wahren Gefühle für Herger bewußt werden würde. Vor dem Moment, in dem er sich eingestand, Herger zu mögen. Er hatte gewußt, daß ihn der Wolf töten würde, in genau diesem Augenblick.

So wie der Wolf alles vernichtete, was er, Skar, liebte.

»Warum bringst du mich nicht um?« flüsterte er. »Warum kommst du nicht endlich aus deinem Versteck heraus und stellst dich zum Kampf?« Die gekrümmte Decke über Skars Kopf fing den Klang seiner Worte auf und warf ihn als verzerrtes Echo durch den Gang, und für einen Moment glaubte er fast, ein höhnisches Lachen als Antwort zu bekommen. Er sah auf. Der Tunnel vor ihm war voller Schwärze, Schwärze und Furcht, die aus seiner Seele heraufgekrochen war und in der wabernden Finsternis Gestalt anzunehmen begann.

»Komm heraus«, flüsterte er. »Komm endlich heraus und zeige dich, du verdammte Bestie!« Seine Hände krallten sich in den blutigen Stoff von Hergers Jacke, aber er merkte es nicht einmal. »Ich weiß nicht, was du von mir willst«, flüsterte er, »aber du kannst es haben. Komm her und stell dich zum Kampf, du Ungeheuer!«

Aber die Dunkelheit vor ihm blieb stumm. Allmählich begann er zu begreifen, daß es etwas Schlimmeres als Verzweiflung gab – Ohnmacht. Nicht einmal gegenüber Vela, die sein Leben zerstört und alles, woran er glaubte und wofür er kämpfte, in den Schmutz getreten hatte, hatte er dieses Gefühl in solcher Stärke verspürt. Gegen sie konnte er wenigstens kämpfen, auch wenn er kaum eine Chance hatte, diesen Kampf jemals zu gewinnen.

Seine Hand schloß sich durch den Stoff des Mantels hindurch um den Schwertgriff so fest, daß seine Knöchel knackten. Es wäre leicht – eine rasche Bewegung, ein kurzer, heißer Schmerz; vielleicht nicht einmal das. Trotz allem hatte er es bisher nicht zugeben wollen, aber es gab nichts mehr, wofür er noch leben konnte. Mit Herger war der letzte Mensch gestorben, der ihm noch irgend etwas bedeutet hatte.

Aber auch diesen letzten Ausweg würde ihm der Wolf nicht lassen.

Er war da, irgendwo ganz in seiner Nähe, lautlos und lauernd. Er wartete auf eine neue Blöße, einen neuen Schmerz, den er ihm zufügen konnte. Er würde es verhindern, so wie er verhindert hatte, daß Tantor ihn tötete, und wie er Velas Armee vernichtet hatte, ehe er sich und sie umbringen konnte.

Nein – nicht einmal diese letzte Gnade würde er ihm gewähren. Vielleicht war dies der Preis, den er für den Frevel, den er Combat angetan hatte, bezahlen mußte. Vielleicht würde er bis ans Ende seiner Tage ein Gejagter bleiben, ein Mann, dessen Freundschaft Leid und dessen Liebe Tod bedeuteten.

Hinter seinem Rücken wurde ein erschrockener Ausruf laut. Skar sprang auf die Füße und riß das Schwert aus dem Gürtel.

Aber es war nur Mork. Der Quorrl stand, starr vor ungläubigem Schrecken, unter dem Tunnelausgang und starrte abwechselnd ihn und die Toten zu seinen Füßen an.

»Was ist . . . hier passiert?« keuchte er. Seine Stimme zitterte so stark, daß Skar die Worte mehr erriet, als er sie wirklich verstand.

»Ich weiß es nicht«, sagte Skar. Er trat rasch einen halben Schritt zur Seite und auf den Quorrl zu, so daß Hergers Leichnam seinen Blicken entzogen war. Er wollte nicht, daß Mork sah, wie grausam der Wolf den Hehler gestraft hatte, gestraft dafür, daß er sein Freund hatte sein wollen. »Die Männer müssen vollkommen überrascht worden sein. Es scheint keinen Kampf gegeben zu haben«, sagte er. Er sprach sehr schnell, um den Quorrl abzulenken. Er wußte nicht, ob Laynanya oder Legis ihm von Combats Wächter erzählt hatten, und er wollte auch nicht, daß er es nun erfuhr.

»Die *Errish*«, flüsterte Mork. »Das war diese Hexe, Skar.«

Skar schüttelte den Kopf und trat über die Toten hinweg.

»Sie haben sich nicht einmal gewehrt, Mork. Sie hatten überhaupt keine Chance. Sieh doch selbst«, sagte er mit einem Fingerzeig auf einen von Morks Kriegern. Das Schwert des Toten steckte noch in seinem Gürtel.

Aber der Quorrl schien Skars Worte gar nicht zu hören. »Sie war es«, murmelte er dumpf. »Es war diese *Errish*, Skar. Es . . . es war kein Zufall, daß die Männer gerade hier zurückgeblieben sind. Es war eine Falle.« Er stöhnte. Seine mächtige Brust hob und senkte sich in schnellen, hektischen Stößen. »Es war eine Falle«, wiederholte er. »Sie wußte, daß das passieren würde. Sie hat sie umgebracht.«

»Red keinen Unsinn, Mork«, sagte Skar ruhig. »Sieh dich doch um – das hier waren keine Menschen. Wenn sie von Wächtern überrascht worden wären, hätten sie sich gewehrt. Aber sie hatten nicht die geringste Chance.«

»Ihr Drachen«, stammelte Mork. Er war am Ende seiner Beherrschung, und es hätte Skar nicht einmal mehr überrascht, wenn er plötzlich in hysterisches Gelächter ausgebrochen wäre oder etwas ähnlich Sinnloses getan hätte. »Sie hat ihren Drachen auf sie gehetzt.«

»Es müßte schon ein sehr kleiner Drache gewesen sein, um in diesen Gang zu passsen«, versetzte Skar ruhig. »Glaub mir, Legis hat nichts damit zu tun.«

Hinter dem Quorrl schienen zwei winzige rotglühende Funken in der Dunkelheit aufzuglimmen. Wolfsaugen.

Skar schüttelte das Bild mühsam ab und schob die Waffe in den Gürtel. »Warum bist du überhaupt hierhergekommen?« fragte er, um das Thema zu wechseln.

»Du bist nicht zurückgekommen«, murmelte Mork. Er sah Skar nicht an. Sein Blick hing noch immer wie gebannt an den Toten, wanderte von einem zum anderen und glitt über den blutbesudelten Boden. Die Furcht in seinen Augen wuchs.

Skar hatte nicht gemerkt, wieviel Zeit vergangen war. Erst jetzt spürte er, daß er endlose Minuten neben Hergers Leichnam gekniet hatte, ohne das Verstreichen der Zeit, ohne überhaupt irgend etwas zu spüren, ja selbst ohne zu denken.

»Laß uns gehen«, sagte er. »Wer immer das hier getan hat, ist noch hier. Und ich möchte ihm nicht begegnen.«

Mork nickte mühsam. Er hatte den ersten Schrecken überwunden, aber das, was danach kam, war schlimmer. Skar ging rasch auf ihn zu und legte ihm die Hand auf die Schulter. »Sei vernünftig, Mork«, sagte er. »Legis hat nichts damit zu tun. Wenn wir sie nicht begleitet hätten, dann wären wir jetzt so tot wie diese Männer.«

Die Worte gingen ihm glatt über die Lippen, so glatt, daß er sich dafür haßte. Wenn er nicht mitgegangen wäre, dann wären diese

Männer und Quorrl noch am Leben.

Mork nickte, rührte sich aber immer noch nicht, und Skar mußte ihn wie ein willenloses Kind vor sich herschieben. Der Quorrl begann zusammenhanglose Worte in seiner Muttersprache zu stammeln, während sie durch den Gang zurückgingen, und hätte Skar ihn nicht fast gewaltsam mitgezerrt, wäre er stehengeblieben.

Der Anblick erschütterte Skar. Er paßte nicht zu dem Bild, das er sich von Mork gemacht hatte – nicht zu diesem gewaltigen schuppigen Wesen, das nur aus Kraft und kaum gebändigter Wildheit zu bestehen schien und dem man keine anderen Gefühle als Haß und Mordlust zutraute. Für einen Moment bedauerte er fast, daß er Mork nicht unter anderen Umständen kennengelernt hatte. Sie hätten viel voneinander lernen können.

Aber dieser Gedanke war falsch – wären er und Mork sich zu einer anderen Zeit und unter anderen Umständen begegnet, dann hätten sie nichts anderes als Todfeinde sein können.

Erst als sie die Drachenhöhle beinahe erreicht hatten, erwachte Mork aus seiner Erstarrung. Er blieb stehen, schlug Skars Hand mit einem schmerzhaften Hieb beiseite und funkelte ihn wütend an.

»Es ist gut«, sagte er böse. »Du brauchst mich nicht zu führen wie ein Kind.«

Skar nickte, und Mork fuhr mit einer heftigen Bewegung herum und stürmte weiter. Er floh – nicht vor der Gefahr, die hinter ihnen lauerte, sondern vielmehr vor der Blöße, die er sich gegeben hatte. Für einen Moment hatte er Skar hinter sein starres Schuppengesicht blicken lassen und ihm gezeigt, daß der Unterschied zwischen Menschen und Quorrl vielleicht nicht einmal annähernd so groß war, wie es bisher den Anschein gehabt hatte. Aber Skar wußte nicht, ob es wirklich gut war. Es konnte sein, daß Mork ihn später dafür haßte. Wenn es ein »Später« gab . . .

Legis kniete noch immer hinter dem Felsen, hinter dem sie Dekkung gesucht hatte, als Skar gegangen war. Auf ihrem Gesicht erschien ein überraschter Ausdruck, als sie sah, daß Skar und der

Quorrl allein zurückkamen.

»Wo sind die anderen?« fragte sie, als Skar geduckt neben ihr anlangte und in den Schatten des Felsens glitt.

»Tot«, antwortete Skar, ohne sie anzusehen.

»Tot?« stieß Legis hervor. »Was heißt das? Wie ...«

»Das heißt, daß sie ermordet worden sind«, mischte sich Mork ein. »Jemand hat sie umgebracht, *Errish.*«

Skar sah ihn alarmiert an. Der Quorrl wirkte äußerlich gefaßt, aber seine Hände zuckten fast unmerklich, und in seinen Augen stand ein gefährliches Flackern.

»Was willst du damit sagen?« fragte Legis. Ihr Blick glitt fragend von Mork zu Skar und wieder zurück.

»Er will nichts sagen«, warf Skar hastig ein. »Sie sind tot, und wir wissen nicht, wer sie getötet hat.«

Mork fuhr auf. »Es ist genug, Satai«, zischte er. »Du brauchst mir nicht die Worte in den Mund zu legen, die ich zu sagen habe. Ich weiß sehr wohl, was ich meine. Und du auch!«

Die letzten Worte hatte er geschrien. Skar blickte über den Felsen, aber die Drachen unten in der Höhle rührten sich nicht. »Sei leise, bei allen Göttern!« antwortete er scharf. »Und überlege erst einmal – Legis war nicht eine Sekunde allein. Was hätte sie schon tun können, das wir nicht bemerkt hätten?«

Mork wischte seinen Einwand mit einer unwilligen Geste beiseite. »Hexenwerk!« fauchte er leiser, aber keineswegs ruhig. »Sie ist eine Hexe, Satai! Sie hat sie umgebracht!«

Skar bewegte sich ein wenig. Seine Hand glitt unauffällig zum Gürtel und legte sich auf den Schwertgriff. Mork war am Ende seiner Selbstbeherrschung angelangt. Seine Hände zitterten.

»Du hast uns verraten, Hexe«, keuchte er. »Und auch wir wären tot, wenn ich nicht darauf bestanden hätte, dich zu begleiten.«

Legis schüttelte verwirrt den Kopf. »Das ... das ist nicht wahr, Mork«, sagte sie schleppend. »Ich weiß nicht, was den Männern ...« Sie brach plötzlich ab, und in ihren Augen glomm ein erschrockener Funke auf. Ihr Blick suchte den Skars.

»Du lügst!« brüllte Mork. Mit einer Bewegung, die zu schnell war, als daß Skar sie noch hätte verhindern können, warf er sich auf die *Errish* und riß sie hoch. Legis schrie, schlug dem Quorrl die geballten Fäuste ins Gesicht und trat um sich. Mork spürte es nicht einmal.

»Laß sie los!« schrie Skar. Er sprang ebenfalls auf, packte die Hände des Quorrl und versuchte seinen Griff zu sprengen. Es war unmöglich. Mork drückte mit der ganzen gewaltigen Kraft seiner Muskeln zu. Legis' Schreie wurden zu einem krächzenden Stöhnen. Ihre Rippen knackten hörbar. Noch wenige Sekunden, und der Quorrl würde ihr den Brustkorb eingedrückt haben.

Skar sprang zurück, riß sein Schwert aus dem Gürtel und schlug mit der flachen Seite der Klinge zu. Der Stahl traf Morks Handgelenk mit erbarmungsloser Wucht. Der Quorrl brüllte, mehr vor Wut als Schmerz, ließ die *Errish* los und wich zwei, drei Schritte zurück. Sein Blick sprühte vor Haß.

Während Legis mit einem qualvollen Wimmern in die Knie brach, zog der Quorrl seine eigene Waffe aus der Scheide und nahm eine gebückte, sprungbereite Kampfhaltung ein. »Du also auch«, grollte er. »Ihr habt das geplant, nicht? Du hast mit ihr gemeinsame Sache gemacht!«

»Sei vernünftig«, antwortete Skar. »Ich verstehe –«

»Nichts verstehst du«, unterbrach ihn Mork. »Aber *ich* verstehe jetzt, Satai. Ihr habt das von Anfang an geplant, du und diese Hexe. Aber wenn ich schon sterbe, dann gemeinsam mit euch.« Er sprang vor, mit einer Geschmeidigkeit, die Skar diesem Koloß niemals zugetraut hätte. Sein Schwert hackte nach Skars Kopf, verfehlte ihn um Millimeter und schlug Funken aus dem Fels. Skar drehte sich blitzschnell zur Seite, ließ den Quorrl über sein ausgestrecktes Bein stolpern und schlug ihm den Schwertknauf in den Rücken. Mork schrie, taumelte, von seinem eigenen ungestümen Schwung getragen, noch einige Schritte weiter und brach in die Knie.

Aber auch Skar war gestürzt. Der Ansturm des Giganten hatte ihn zu Boden geschleudert. Sein Bein war taub, und als er sich aufraffte, konnte er nur mit Mühe einen Schmerzenslaut unterdrükken. Einen zweiten Angriff dieser Art würde er nicht überleben. Mork war kein normaler Gegner. Skars Erfahrung aus unzähligen Arenakämpfen nutzte ihm hier nicht viel. Der Quorrl war eine lebende Kampfmaschine, ein Gebirge aus Fleisch und Muskeln, gegen das Skars ausgefeilte Kampftechnik beinahe nutzlos war.

»Hör auf, Mork«, sagte er keuchend. »Ich will dich nicht töten.« Aber er würde es müssen. Mork war kein Gegner, den er kampfunfähig machen konnte. Wenn Mork das nächste Mal angriff, würde einer von ihnen sterben.

»Hör auf«, sagte Skar noch einmal.

Mork knurrte, wechselte das Schwert blitzschnell von der rechten in die linke Hand und stürmte mit gesenktem Schädel heran. Skar wartete, bis der Quorrl ganz knapp vor ihm war, federte blitzschnell hoch und setzte mit einem halben Salto über den Schuppenkrieger hinweg. Sein Schwert beschrieb eine komplizierte Bahn, traf Mork mit der ganzen gewaltigen Wucht des Sprunges und trennte ihm den Kopf von den Schultern. Der Quorrl stürmte noch ein paar Schritte weiter, brach langsam und beinahe widerwillig in die Knie und sackte dann wie eine haltlose Gliederpuppe in sich zusammen.

Skar ließ schweratmend sein Schwert sinken. In seinen Ohren rauschte das Blut, und hinter seiner Stirn wurde ein hysterisches, lautloses Lachen laut. Ein Gefühl des Irrsinns schoß aus seiner Seele empor und überflutete seine Gedanken.

Erst als ihn Legis an der Schulter berührte, klärten sich seine Gedanken wieder. Er sah auf, blickte in ihr bleiches, erschrockenes Gesicht und wollte etwas sagen. Aber seine Kehle war zugeschnürt, so daß er nur ein unartikuliertes Stöhnen hervorbrachte.

»Du hattest keine andere Wahl, Skar«, sagte Legis sanft. Sie schien seine Gedanken zu erraten. »Er war nicht mehr bei Sinnen. Er hätte uns beide getötet, wenn du nicht ihn getötet hättest.«

Vielleicht wäre es besser gewesen, dachte Skar. Aber er sagte nichts.

»Wir müssen weiter«, fuhr Legis fort. »Der Aufgang ist dort drüben. Komm jetzt.« Sie deutete in die Dunkelheit vor sich und setzte sich in Bewegung. Skar folgte ihr.

Als sie die Deckung der Felsen verließen, glaubte Skar einen schwarzen, zottigen Schatten hinter sich zu erkennen.

Der Aufgang, von dem Legis gesprochen hatte, war eine steile, kaum zwei Fuß breite Treppe, die an der Außenseite eines der mächtigen Stützpfeiler emporführte. Sie brauchten fast eine Stunde, bis sie sie erreichten. Legis führte ihn auf einem scheinbar sinnlosen Zickzack-Kurs durch die Höhle, jede Deckung und jedes Versteck, das sich ihnen unterwegs bot, ausnutzend. Zwei- oder dreimal kam eine der gewaltigen Raubechsen in ihre Nähe, aber sie hatten Glück – vielleicht war auch der *Errish* doch noch mehr von ihrer einstigen Macht geblieben, als sie bisher zugegeben hatte, und sie lenkte die Tiere ab; Skar schien es ein paarmal, als rede sie mit den Bestien, während sie stumm und wie in Trance dastand und aus weit geöffneten, starren Augen in die Dunkelheit hineinblickte. Er fragte nicht danach, und auch Legis sprach kaum ein Wort, ehe sie die Treppe erreichten.

Legis keuchte vor Erschöpfung, als sie neben dem gewaltigen Granitpfeiler anlangten. Mit einem erleichterten Seufzer ließ sie sich gegen den rauhen Stein sinken, hob die Hände und fuhr sich erschöpft durch das Gesicht. Ihre Haut glänzte vor Schweiß, obwohl es hier unten bitter kalt war.

»Wie geht es . . . weiter?« fragte Skar stockend. Auch sein Herz raste. Auf dem Weg hierher hatte er eine neue Definition des Wortes Angst kennengelernt. Sein Atem schmeckte bitter.

Legis deutete mit einer Kopfbewegung nach oben. »Wir sind direkt unter dem Palast«, sagte sie. »Die Treppe mündet in einen Lagerraum. Er steht leer und ist fast vergessen.«

Wieder hatte Skar das Gefühl, daß in ihren Worten irgendein Fehler war, aber wieder entglitt ihm der Gedanke, bevor er ihn fassen konnte. Sein Blick wanderte die steinerne Säule empor. Sie hatte einen Durchmesser von gut hundert Fuß und strebte senkrecht in die Höhe, um irgendwo über ihnen mit der Decke zu verschmelzen. Und es war nur eine von einem ganzen Wald steinerner Streben, die das Gewicht des Felsens und des Palastes darüber trugen. Die Treppe war roh aus dem Fels herausgemeißelt worden. Es gab kein Geländer – nur den glatten Stein auf der linken und einen bodenlosen Abgrund auf der rechten Seite. Skar wurde es schon fast vom Hinsehen schwindelig.

»Keine Wachen?« fragte er zweifelnd.

Legis verneinte. »Damals jedenfalls nicht«, schränkte sie aber nach einem Moment des Überlegens ein. »Die Männer, die uns gefangennahmen, haben hier unten auf uns gewartet. Aber sie waren froh, wieder von hier verschwinden zu können – wir konnten ein paar ihrer Gespräche belauschen, ehe sie uns wegbrachten. Die Drachen sind wild, und sie reagieren zornig auf die Anwesenheit von Fremden hier unten. Selbst wir gehen nicht oft hierher. Vela wird ihre Männer nicht lange schützen können. Du brauchst dir keine Sorgen zu machen.« Sie lächelte schwach, setzte den Fuß auf die unterste Stufe und blieb noch einmal stehen. »Die Quorrl«, sagte sie. »Wer hat sie getötet? Du weißt es.«

Skar schwieg.

»Es war der Wolf«, vermutete Legis. »Combats Wächter. Er ist hier, nicht wahr?«

Skar nickte widerwillig. »Ja«, gestand er. »Er war die ganze Zeit über in meiner Nähe. Ihr hättet nicht mitkommen sollen.«

»Dann hätte er uns draußen getötet«, antwortete Legis. Sie schien noch mehr sagen zu wollen, drehte sich aber dann wortlos um und wollte weitergehen.

Diesmal war es Skar, der sie zurückhielt. »Er wird auch dich töten, Legis«, sagte er ernst, »wenn du in meiner Nähe bleibst. Laß mich allein! Ich kenne den Weg jetzt und werde das letzte Stück allein gehen. Es nutzt keinem, wenn du dich auch noch opferst.«

»Eine edle Geste, Satai«, antwortete Legis. Sie sprach ein wenig zu laut, und der Spott in ihrer Stimme war bewußt verletzend, vielleicht weil sie glaubte, dies sei die einzige Art, ihn umstimmen zu können. »Aber sie kommt zu spät. Und ich fürchte mich nicht vor dem Tod. Er ist mir immer noch lieber als ein Leben als Verfolgte.« Damit streifte sie seine Hand von ihrem Arm ab und stieg rasch die Stufen empor.

Skar folgte ihr. Legis hatte recht – es war wirklich nicht mehr als eine Geste gewesen. Selbst wenn sie gewollt hätte – es gab kein Zurück mehr. Weder für sie noch für ihn.

Er schob den Gedanken mit einem ärgerlichen Knurren beiseite und lief rasch hinter der *Errish* auch die schmalen Stufen hinauf. Der Stein war ausgetreten und so glatt, daß Skar bei jedem Schritt Angst hatte, den Halt unter den Füßen zu verlieren. Seine Linke tastete an der glatten Felswand neben ihm entlang, während er den anderen Arm weit ausgestreckt über das Nichts hielt, um die Balance zu halten. Er vermied es krampfhaft, nach rechts zu sehen, sondern hielt den Kopf so, daß er immer nur die Felswand und die nächsten drei oder vier Stufen im Blickfeld hatte. Aber er spürte die Tiefe. Ihr Sog wurde stärker, mit jedem Schritt, den sie weiter hinaufgingen, und nach einer Weile brach ihm kalter Schweiß aus den Poren.

Sie mußten sich mehr als eine halbe Meile auf der steilen Spirale in die Höhe bewegt haben, als Legis stehenblieb und zu ihm zurückblickte. Ihr Atem ging keuchend.

»Es ist nicht mehr weit«, sagte sie mühsam. »Sei von jetzt an vorsichtig. Keinen Laut mehr. Wir sind direkt unter dem Tempel.«

Skar sah zum ersten Mal nach oben. Über ihnen, noch vier, fünf Windungen dieses bizarren, steinernen Schneckenhauses entfernt, wölbte sich ein Himmel aus Granit; schwarzer, zernarbter Fels, von einer Unzahl titanischer Säulen getragen, und dazwischen ...

Skar blieb so abrupt stehen, daß er fast das Gleichgewicht verloren hätte. Zwischen den Pfeilern, dünn und im schwachen Licht dieser unterirdischen Welt mehr zu erahnen als wirklich zu erkennen, spannten sich schwarze Fäden, die, Spinnweben gleich, ineinander verflochten waren und Knoten, Netze und Verdickungen bildeten. Manche waren zerrissen und pendelten lose im Zugwind, andere waren zu dicken Klumpen verwachsen wie geschmolzenes Pech, das Fäden zieht.

»Was ... ist das?« fragte er.

Legis blieb abermals stehen, sah ungeduldig zurück und runzelte die Stirn. »Was meinst du?«

Skar deutete auf das schwarze Gewebe. »Dies. Was ist das? War es schon immer hier?«

Legis' Blick folgte seinem Fingerzeig. Sie schwieg ein paar Sekunden, schüttelte den Kopf und sah wieder zu ihm hinunter. »Immer nicht«, sagte sie langsam. »Aber als ich das letzte Mal hier unten war, hat es begonnen.« Sie zögerte. »Inzwischen ist es mehr geworden. Viel mehr. Warum fragst du?«

Skar schüttelte hastig den Kopf. »Aus keinem Grund«, sagte er rasch. »Es war ... reine Neugierde.«

Auf Legis' Gesicht erschien ein zweifelnder Ausdruck, aber sie schwieg und ging weiter.

Skar starrte wie gebannt auf das ölig glänzende Gewebe, während sie höher stiegen. Allmählich begann alles einen Sinn zu ergeben. Skar wußte noch nicht, welchen, aber er fühlte, daß er der Lösung des Rätsels jetzt ganz nahe war. Noch wenige Teile, und er hatte das Mosaik zusammen.

Die Säule verbreiterte sich über ihnen und ging wie das Dach eines gewaltigen steinernen Pilzes in die Höhlendecke über. Legis sah sich im Gehen um, legte den Zeigefinger auf die Lippen und deutete mit der anderen Hand nach oben. Die Treppe endete abrupt vor einer gezackten, roh aus dem Felsen gebrochenen Öffnung. Legis bückte sich, verschwand in der Dunkelheit und hantierte eine Weile an einem metallenen Riegel herum. Dann ertönte ein leises Quietschen. Es war ein Laut, als bewege sich ein rostiges Scharnier in einer uralten Angel. »Komm jetzt«, ertönte ihre Stimme aus der Dunkelheit.

Skar folgte Legis, blieb aber dicht hinter dem Eingang des Stollens noch einmal stehen und warf einen Blick in die gähnende Tiefe. Sie mußten eine halbe Meile hoch sein, vielleicht noch mehr. Der erstarrte Steinwald war zu einer winzigen Spielzeuglandschaft geworden. Von den Drachen war keine Spur mehr zu sehen. Er versuchte dem Lauf der Treppe mit Blicken zu folgen, aber das Bild verschwamm fast sofort vor seinen Augen, und dafür stieg Übelkeit in ihm auf. Hastig wandte er sich ab und kroch hinter der *Errish* her.

Der Gang führte etwa zehn Meter geradeaus und endete vor einer niedrigen, metallbeschlagenen Holztür. Er war wirklich aus dem gewachsenen Felsen herausgemeißelt worden, nicht gebrannt oder auf magische Weise entstanden wie die Tunnel in Tuan; eine schier unglaubliche Arbeit.

Skar richtete sich mit einem erleichterten Seufzen auf, als er die Tür hinter sich hatte. Das graue Irrlicht, das die Höhle erhellte, blieb hinter ihnen zurück, aber durch ein vergittertes Fenster unter der Decke fiel flackernder gelber Schein. Sie waren im Keller des Palastes, und draußen mußte bereits heller Tag herrschen. Skar überlegte – sie waren kurz vor Sonnenaufgang in die Höhle eingedrungen, und es mußte, wenn sein Zeitgefühl nicht ebenfalls durcheinandergekommen war, jetzt ungefähr Mittag sein. Keine gute Zeit, um in eine streng bewachte Festung einzudringen. Aber auch eine Zeit, zu der niemand mit einem solchen Vorhaben rechnen würde.

Er bewegte Arme und Schultern, um seine verspannten Muskeln zu entkrampfen, und sah sich neugierig um. Der Raum war klein; ein asymmetrisches Rechteck von zehn auf fünfzehn Schritten Größe, dessen Decke auf der einen Seite höher als auf der anderen war. Die Winkel, in denen die Wände zusammenstießen, waren nicht klar zu erkennen; es war, als würde Skars Blick von einem unsichtbaren Spiegel abgelenkt und genarrt. Er kannte diese Art von Architektur, aber er hatte gehofft, sie niemals wiedersehen zu müssen.

»Und jetzt?« fragte er.

Legis deutete zur Tür. »Dahinter liegen die Vorratskeller«, sagte sie. »Es ist selten jemand hier. Aber weiter oben müssen wir vorsichtig sein.«

»Was heißt das, weiter oben?« fragte Skar.

»Die Privatgemächer der Margoi liegen im Westturm«, erklärte Legis.

»Gibt es Wachen?«

Legis verneinte. »Niemand muß die Margoi bewachen«, sagte sie tadelnd. Sie zögerte, sah ihn unsicher an und schlang die Finger ineinander. »Du willst wirklich zu ihr?«

Skar sah überrascht auf. »Ein bißchen spät für solche Überlegungen, nicht?« fragte er.

»Oh, es ist nicht das, was du denkst«, sagte Legis rasch. »Aber was tust du, wenn Vela nicht hier ist? Wenn die Margoi selbst auf dem Thron sitzt und Vela ihre Fäden im verborgenen zieht?«

Auch Skar hatte schon daran gedacht, aber er wußte, daß es nicht so sein würde. Trotz allem blieb Vela berechenbar – sie wollte Macht, und sie würde sich nicht damit begnügen, wie ein Schatten im Hintergrund zu bleiben und ihre Intrigen zu spinnen. Er wußte, daß er Vela entweder auf dem Stuhl der Ehrwürdigen Mutter oder überhaupt nicht finden würde. »Gehen wir«, sagte er, ohne auf Legis' Frage zu antworten.

Sie verließen den Keller. Legis führte ihn durch ein verwirrendes Labyrinth asymmetrischer Stollen und schräger, in unmöglichen Winkeln aufsteigender Treppen; Räume, die dem Blick Schmerzen bereiteten, und Kammern, deren Wände in grauem Nichterkennen verschwammen. Einmal überquerten sie einen Hof, ein schmales, lichtdurchflutetes Zehn- oder Zwölfeck, dessen Boden auf bizarre Weise zu leben schien; und ein paarmal gebot ihm Legis mit hastigen Gesten, in einen Schatten zu huschen und zu schweigen, obwohl er keinen Laut gehört oder ein Zeichen von Leben gesehen hatte. Es war ein gespenstischer Weg. Skar spürte das fremde Leben, die Gegenwart von etwas unsagbar Fremdem, Feindseligem, das sich wie Modergeruch in den schwarzen Wänden eingenistet hatte. Sie waren länger als eine Stunde unterwegs, ohne auf einen einzigen Menschen zu treffen.

Schließlich blieb Legis erneut stehen. »Wir sind da«, raunte sie.

Skar sah sich neugierig um. Sie waren eine Treppe emporgestiegen und standen in einer winzigen, fensterlosen Kammer. In der gegenüberliegenden Wand war eine Tür.

»Die Kammer der Margoi liegt hinter jener Tür«, flüsterte Legis.

Skar runzelte die Stirn. Das alarmierende Gefühl in seinem Inneren wurde stärker. Es war zu leicht gewesen. Aber wenn es eine Falle war, dann waren sie längst hineingetappt.

»Gut«, raunte er. »Du bleibst hier. Wenn du Lärm hörst oder ich nicht zurückkomme, dann fliehst du.«

Legis schüttelte den Kopf. »Ich begleite dich«, erwiderte sie leise. »Ich will sie sehen.«

»Sei vernünftig«, seufzte Skar. »Ich habe kaum eine Chance, lebend hier herauszukommen. Warum willst du dich . . .«

»Wenn du versagst, Skar«, fiel ihm Legis wispernd ins Wort, »dann hat keiner von uns eine Chance, noch lange zu leben. Und wenn sie wirklich so gefährlich ist, wie du glaubst, dann kannst du jede Hilfe gebrauchen, die sich dir bietet.«

Legis' Worte klangen logisch, und Skar widersprach nicht mehr. Es war auch nicht der wahre Grund, warum er allein gehen wollte. Es waren zu viele gestorben, zu viele Unschuldige umgebracht worden, als daß es jetzt noch auf ein Leben mehr oder weniger angekommen wäre. Aber dies hier war *sein* Kampf.

Trotzdem ging er mit einem wortlosen Nicken an Legis vorbei, streckte die Hand nach dem Riegel aus und legte das Ohr an die Tür.

Alles, was er hörte, war das hämmernde Geräusch seines eigenen Herzens. Das Holz war wohl zu dick, um irgendwelche Laute durchzulassen. Er warf Legis einen warnenden Blick zu und schob den Riegel zur Seite. Die Tür schwang lautlos nach innen.

Skar blinzelte. Vor ihnen lag ein gewaltiger, domähnlicher Raum mit gewölbter Decke und schwarzem, spiegelndem Boden. Die Wände waren mit Teppichen und Tüchern verhängt worden, wohl um einen einigermaßen wohnlichen Eindruck zu vermitteln und die fremde Architektur der Stadt zu verbergen.

Ein Gefühl dumpfer Erregung ergriff von Skar Besitz. Er schob die Tür noch weiter auf, schlüpfte hindurch und duckte sich in einen Schatten. Legis huschte lautlos hinterher und kniete neben ihm nieder. Ihre Hand wies zur gegenüberliegenden Seite.

Der Raum war beinahe leer. Es gab einen Tisch – eine gewaltige, zwanzig Meter lange Tafel aus schwarzem Stein –, zwei oder drei Dutzend Stühle, die sich um den Tisch herum gruppierten, und ein schmales Bett hinter einem halb durchsichtigen Vorhang in einer Nische.

Und einen Thron. Ein Gefühl eisiger Kälte durchströmte Skar beim Anblick des Möbelstückes. Ein Monstrum von Thron, passend zu diesem Monstrum von Stadt. Ein gewaltiges schwarzes Ding, halb verborgen im Schatten und auf bizarre Weise lebend, lauernd wie ein Raubtier.

Der Thron war nicht leer. Skar konnte nur einen dunklen Umriß erkennen; der Schatten einer Frau, schlank, reglos; das Gesicht war unter einer tief in die Stirn gezogenen Kapuze verborgen. Aber Skar spürte, daß sie ihn ansah.

»Tritt näher, Skar«, sagte Vela ruhig.

Legis zuckte wie unter einem Hieb zusammen. Ihre Hand fuhr unter ihren Umhang und erstarrte, als Skar sie warnend ansah.

Die Gestalt auf dem Thron lachte leise. »Laß den Scanner dort, wo er ist, du kleine Närrin«, sagte sie. »Ich glaube nicht, daß du ihn schnell genug ziehen könntest. Aber wenn du es versuchen willst . . .« Velas Schatten bewegte sich. In ihrer Hand glitzerte etwas Kleines, Silbernes. Legis erstarrte.

»Ihr habt lange gebraucht«, fuhr Vela fort. »Ich habe schon vor Stunden mit euch gerechnet. Aber auf alte Freunde wartet man gerne.« Sie stand auf, kam mit gemessenen Schritten die Stufen des Thrones herunter und blieb hinter dem Tisch stehen. »Kommt näher. Es redet sich nicht gut auf so große Entfernung.«

Skar richtete sich ganz langsam auf. Seine Hand lag am Gürtel, nur wenige Zentimeter vom Griff des *Tschekal* entfernt. Aber er würde es nicht ziehen können.

Langsam, wie betäubt, näherte er sich dem Thron. Er wußte jetzt, warum es so leicht gewesen war. Sie hatte es gewußt. Vielleicht hatte sie ihnen sogar den Weg geebnet, Hindernisse beseitigt, an denen sie niemals vorbeigekommen wären. Sein Blick suchte den Velas, aber unter der Kapuze waren nur dunkle Schatten. Das Silberding in ihrer Hand glitzerte boshaft. Skar hatte die Waffe schon einmal bei ihr gesehen und von ihrer furchtbaren Wirkung gehört. Eine Waffe der Alten. Ein Ding, das Blitze schleuderte und Menschen in Sekunden zu Asche verbrennen konnte.

»Tu es nicht«, sagte Vela. »Ich weiß, wie schnell du bist. Vielleicht könntest du dein Schwert schleudern und mich töten, aber du würdest es nicht mehr erleben. Und du wüßtest deshalb nicht, ob du mich wirklich getötet oder nur verwundet hättest.«

Skar spürte wieder den alten Haß in sich aufsteigen, heißer und brennender als jemals zuvor. Er stand der Frau gegenüber, die sein Leben zerstört hatte, die seine Freunde getötet und sein Vertrauen ausgenutzt hatte, die schuld daran war, daß Del gestorben war.

Und er war hilflos.

Vela trat einen halben Schritt zurück, nahm die Kapuze herunter und kam um den Tisch herum. Ihre Bewegungen wirkten schwerfällig und müde, als müsse sie sich zu jedem Schritt zwingen, und ihre Gestalt war längst nicht mehr so schlank und jugendlich, wie er sie in Erinnerung hatte. Sie war . . .

Legis stieß ein ungläubiges Keuchen aus. »Laynanya!«

Vela kam näher. Ein triumphierendes Lächeln huschte über ihre Züge. Ihre linke Hand lag in einer unbewußten, schützenden Haltung auf ihrem Leib.

»Du Hexe!« keuchte Legis. »Du warst die ganze Zeit draußen bei uns. Du hast –«

»Du magst eine gute *Errish* sein, Kindchen«, fiel Vela ihr spöttisch ins Wort, »aber von Politik verstehst du leider nur sehr wenig. Das erste, was ich getan habe, war, eure lächerliche Rebellenarmee ins Leben zu rufen. Ich muß mich noch bedanken für deine Hilfe. Du warst –«

Aber Legis hörte schon nicht mehr zu. Sie schrie auf, duckte sich und riß die Hand unter dem Mantel hervor. In ihren Fingern

glitzerte ein klobiges silbernes Etwas.

Skar warf sich instinktiv zur Seite und schloß die Augen. Ein weißes, helles, *unerträglich* helles Licht fraß sich durch seine zusammengepreßten Lider, hüllte Legis ein und verwandelte sie in eine brüllende Fackel. Skar stürzte, schrie vor Schmerz und Haß und schleuderte sein *Tschekal*. Die Waffe flog in einer geraden, blitzschnellen Bahn auf die *Errish* zu.

Aber sie erreichte ihr Ziel nicht. Eine Handbreit vor Velas Brust prallte sie gegen ein unsichtbares Hindernis, flog, wie von einem Hieb getroffen, zur Seite und landete klirrend auf dem Boden. Die schlanke Klinge aus Sternenstahl glühte.

»Du Narr«, sagte Vela. Ihre Stimme klang hart. »Du enttäuschst mich, Skar. Nach allem, was du geleistet hast, um hierherzukommen, hätte ich mehr Verstand von dir erwartet. Hast du wirklich geglaubt, daß ich mich nicht zu schützen weiß?« Sie steckte ihre Waffe ein, straffte sich und klatschte in die Hände. Hinter dem Thron traten zwei gewaltige schwarze Gestalten hervor, knöcherne Männer mit reißenden Stacheln an Schulter- und Kniegelenken, mit toten Gesichtern und mit Händen, die nichts anderes waren als mörderische Klauen. Tuan-Krieger.

»Packt ihn«, sagte Vela hart. »Aber behandelt ihn gut! Ich werde später mit ihm reden.«

Sie brachten ihn in ein Verlies, ein fensterloses, feuchtkaltes Loch von unbestimmbarer Größe, ketteten ihn an und ließen ihn allein. Sieben- oder achtmal bekam er zu essen, und viermal schlief er, aufrecht stehend und mit ausgebreiteten Armen an die Wand gekettet. Sein Zeitgefühl erlosch. Er wußte nicht, wie lange er hier unten war – Tage, Stunden oder Wochen. Anfangs schrie er, warf sich mit aller Macht gegen die dünnen, unzerreißbaren Ketten, verfluchte Vela und flehte sie abwechselnd an, aber irgendwann erlahmten seine Kräfte, und irgendwann, noch später, gab er auf. Sein Widerstandsgeist erlosch; nicht für den Moment, so wie schon ein paarmal zuvor, sondern endgültig.

Er hatte verloren.

Er hatte gekämpft, vielleicht wie nie ein Mann vor ihm, und er hatte verloren. Einmal erwachte er und spürte warme, salzige Tränen auf seinen Wangen, ohne daß er sich ihrer schämte, und ein anderes Mal hörte er Schreie und zusammenhangloses Gestammel und merkte erst nach Minuten, daß er selbst es war, der schrie; und wieder ein anderes Mal glaubte er tapsende, schwere Schritte und ein dunkles, drohendes Knurren zu hören, und sein verwirrter Geist zauberte rotglühende Wolfsaugen in die Dunkelheit des Kerkers. Er schrie, flehte den Wolf an, ihn zu töten, aber die Schwärze vor ihm blieb stumm, weil es keinen Wolf gab, weil Combats Henker, wenn er überhaupt noch hier war, irgendwo lauerte, wartete und sich an seiner Qual weidete. Skar konnte keine Gnade von ihm erwarten, keinen raschen, schmerzlosen Tod. Er war dort, wo der Wolf ihn hatte haben wollen. Am Ende. Vernichtet. So gründlich zerstört, wie man einen Menschen nur zerstören konnte, ohne ihn umzubringen. Kraftlos. Entmutigt. Jedes bißchen Stolz aus ihm herausgebrannt. Ein Wrack; nicht körperlich, aber in seiner Seele.

Irgendwann, nach einem Jahrhundert, in dem er am Rande des Wahnsinns entlangbalanciert war, holten sie ihn und brachten ihn zu Vela.

Skar hatte kaum mehr die Kraft, auf seinen eigenen Beinen zu stehen, als ihn die beiden Tuan-Krieger in den Thronsaal der *Errish* schleiften. Ihr Griff schmerzte, aber Skar war beinahe dankbar dafür, denn dieser Schmerz zeigte ihm auch, daß er noch nicht ganz tot war, daß er immer noch zu – wenn auch primitiven – Empfindungen fähig war.

Die *Errish* war allein wie beim ersten Mal. Die beiden Hornkrieger stießen Skar vor der schwarzen Steintafel zu Boden und entfernten sich auf einen befehlenden Wink Velas. Ihre Schritte verklangen auf den polierten Fliesen.

Skar blieb minutenlang reglos und mit gesenktem Kopf knieen.

Allmählich kehrte das Leben in seine abgestorbenen Glieder zurück; ein langsamer, schmerzhafter Prozeß, der sein Gegenstück hinter seiner Stirn fand, wo sich seine Gedanken langsam zu klären begannen.

Nach einer Weile räusperte sich Vela. Skar hob mühsam den Kopf, sah zu ihr auf und blinzelte. Die Vorhänge vor den großen, spitz zulaufenden Fenstern waren zurückgezogen worden, um das Sonnenlicht hereinzulassen, aber es war trotzdem nicht richtig hell. Der schwarze Stein Elays saugte das Licht auf wie ein Schwamm das Wasser.

»Setz dich, Skar«, sagte Vela. »Du brauchst nicht vor mir zu knieen, solange wir allein sind.«

Der grausame Hohn in ihren Worten prallte von ihm ab. Sie konnte ihn nicht mehr verletzen. Es gab keinen Schmerz mehr, der ihm noch nicht zugefügt worden wäre. Mühsam erhob er sich, wankte zu einem der Stühle und setzte sich. Der Stein fühlte sich kalt und hart wie Stahl an. Plötzlich fror er.

»Was ... willst du von mir?« fragte er schleppend. Seine eigene Stimme kam ihm fremd vor. Er erschrak vor ihrem Klang.

»*Ich* von *dir*?« wiederholte Vela mit gespielter Überraschung. »Ich dachte bisher, es wäre umgekehrt – bist du nicht hergekommen, weil *du* etwas von *mir* wolltest?« Sie lehnte sich ein wenig zurück, und Skar erkannte die glitzernde *Errish*-Waffe auf ihrem Schoß. Vor seinen Augen stieg das Bild eines brennenden, verkohlten Körpers auf. Vela bemerkte seinen Blick und lächelte. »Du siehst, ich zolle dir noch immer den Respekt, der einem Satai zukommt«, sagte sie.

Skar schüttelte müde den Kopf. »Keine Spielchen mehr, Vela. Du hast gewonnen.«

Velas linke Augenbraue rutschte ein wenig nach oben. »Habe ich das?« fragte sie. Sie lachte; es war das gleiche glockenhelle Jungmädchen-Lachen, das er schon mehrmals von ihr gehört hatte und das so gar nicht zu ihr zu passen schien. »Ja«, fuhr sie nach einer Weile fort. »Vielleicht hast du recht, und ich habe gewonnen. Leicht war es nicht.« Sie seufzte, fuhr sich mit einer unbewußten Geste durch das Haar und beugte sich vor. »Du hast dich geschlagen, wie es eines Satai würdig ist«, sagte sie. »Es gab eine Zeit, da habe ich ernsthaft daran gezweifelt, dich besiegen zu können. Weißt du das?«

»Was willst du von mir?« fragte Skar. Die Worte fielen ihm schwer. Er wollte nicht mehr kämpfen. Warum tötete sie ihn nicht endlich?

»Was ich von dir will?« Vela sah ihn nachdenklich an. Sie war noch immer eine sehr schöne Frau, aber etwas in ihrem Gesicht hatte sich verändert. Als Laynanya hatte sie einmal zu ihm gesagt, daß Vela nicht mehr diejenige war, die er kennengelernt hatte; daß der Stein der Macht ihre Seele verändert hatte, und diese Worte entsprachen der Wahrheit. Er konnte die Veränderung sehen, obwohl jede Linie ihres Gesichtes gleichgeblieben war. Ein vager Schmerz hatte sich in ihre Züge gegraben, eine schwer zu beschreibende, fast unheimliche Verschiebung ins Negative, Böse. »Vielleicht nur mit dir reden. Dir meinen Respekt zollen, wenn du so willst.«

»Respekt?« Skar hätte fast gelacht. »Es ist billig, sich einem Besiegten gegenüber großzügig zu zeigen, Vela«, sagte er. »Und ich will deine Großherzigkeit nicht. Wir haben gekämpft, und du hast mich geschlagen.«

»Nicht *wir* haben gekämpft«, widersprach Vela. Sie griff unter ihren Umhang und zog eine dünne Kette aus silbernem Sternenstahl zwischen ihren Brüsten hervor. Am Ende der Kette hing der Stein von Combat. »Du hast gegen den gekämpft, Skar«, sagte sie betont. »Du und dieses Ding, ihr habt euch ein Duell geliefert, und ich war nicht viel mehr als eine Zuschauerin.« Sie löste den Stein von der Kette, legte ihn vor sich auf den Tisch und blickte einen Herzschlag lang nachdenklich auf die schräg geschliffenen Facetten. Das Feuer des Steines brach sich in ihren Pupillen und füllte sie mit lodernder Glut. »Es war ein Kampf, den kein normaler Sterblicher hätte gewinnen können, Skar. Ich wollte dich nicht verspotten – meine Worte waren ehrlich gemeint.« Sie sah auf. »Ich habe es nicht mehr nötig, dich zu belügen. Es tut mir jetzt noch leid, daß du mein Angebot abgelehnt hast. Ich hätte einen Mann wie dich an meiner Seite gebrauchen können.«

Sie schwieg einen Moment und schien auf eine Antwort zu warten, aber Skar starrte sie nur an. Schließlich hob sie seufzend die Schultern, befestigte den Stein wieder an seiner Kette und verbarg ihn erneut unter dem Mantel. »Es ist nicht leicht für eine Frau, allein zu sein«, fuhr sie fort. »Und ich bin allein.« Wieder sah sie ihn an, und in ihren Augen glomm ein seltsamer Ausdruck auf, etwas, das Skar schaudern ließ, obwohl er nicht sagen konnte, was es war. »Ich habe dir einmal gesagt, ich könnte dich zwingen, mich zu lieben, Skar«, sagte sie, »und es war mein Ernst. Aber ich werde es nicht tun. Selbst jetzt nicht.«

»So wie du Del gezwungen hast?«

Mit einem Mal wirkte sie traurig. »Ich habe ihn nicht gezwungen, Skar«, sagte sie. »Was er tat, tat er freiwillig. Und der Vorwurf in deinen Worten ist ungerecht. Du hast ihn mir genommen. Ich weiß, daß du mich für seinen Tod verantwortlich machst, aber in Wirklichkeit bist du es, den die Schuld trifft. Er wäre noch am Leben, wenn du ihn damals nicht entführt hättest. Aber das ist jetzt vorbei«, fuhr sie mit veränderter Stimme fort. »Es hat wenig Zweck, über Dinge zu jammern, die geschehen sind. Und Del ist nicht tot. Er lebt. Die Sumpfleute haben ihr Versprechen gehalten und ihn wieder zum Leben erweckt.«

Skar schüttelte den Kopf. »Der Mann, der er einmal gewesen ist, lebt nicht mehr«, sagte er. »Du weißt das so gut wie ich. Weder du noch ich werden den Mann wiedersehen, den wir einmal« – er zögerte und sprach das Wort mit schmerzhafter Betonung aus – »geliebt haben. Es gibt ihn nicht mehr.«

»Ich glaube, du unterschätzt die Macht Coshs«, widersprach Vela. »Nicht einmal ich wäre den Sumpfzauberern gewachsen gewesen. Ich hätte die Schlacht verloren, wenn sie mich damals zum Kampf gezwungen hätten.«

Skar schürzte abfällig die Lippen. »Was sagtest du gerade? Es hat keinen Zweck, über Dinge zu reden, die vorbei sind?«

Zu seiner Überraschung lachte Vela. »Du hast recht, Skar«,

meinte sie. »Reden wir über Dinge, die sein werden – es wird dich interessieren, wie es Gowenna und ihren graugesichtigen Freunden geht. Sie waren nicht untätig, während du hierhergereist bist.«

Skar starrte sie an. Die Erwähnung Gowennas weckte Erinnerungen in ihm, schmerzhafte Erinnerungen, die er vergessen wollte.

»O ja, sie lebt noch«, sagte Vela, als sie den Ausdruck auf seinen Zügen bemerkte. »Und sie ist – auf ihre Weise – so erfolgreich gewesen wie du. Sie und dein Freund Del haben ein Heer aufgestellt und vor wenigen Tagen den Götterpaß überschritten.« Sie lachte, und dieses Mal klang es wirklich amüsiert, und fuhr fort: »Als ob Elay durch ein Heer genommen werden könnte! Eigentlich sollte sie es besser wissen. Selbst wenn ich nicht hier wäre, und selbst wenn der Stein noch in Combat läge, wäre ein Angriff auf diese Festung sinnlos.«

»Immerhin ist es mir auch gelungen herzukommen.«

»Weil ich es wollte«, sagte Vela gleichmütig. »Und weil du einen mächtigen Verbündeten hattest. Nur eine *Errish* konnte euch den Weg durch die Höhlen zeigen, und nicht einmal mit ihrer Hilfe wäret ihr auch nur in die Nähe des Palastes gekommen, wenn ich euch nicht den Weg geebnet hätte. Es gibt Gefahren dort unten, von denen sich nicht einmal Legis etwas hätte träumen lassen. Du hast es gemerkt – von vierzehn seid nur ihr zwei noch am Leben. Was geschah mit den anderen, mit Mork und seinen Quorrl? Haben ihn die Drachen gefressen?«

Skar mußte all seine Kraft aufbieten, um sich seine Überraschung nicht anmerken zu lassen. Sie weiß es nicht, dachte er. Sie weiß nichts von Combats Wächter, und daß er hier ist.

»Mork habe ich getötet«, sagte er. »Die anderen ...« Er zuckte mit den Achseln. »Ich weiß nicht, was mit ihnen geschah. Legis und der Quorrl und ich gingen voraus, um den Weg zu erkunden. Als wir zurückkamen, waren sie tot. Alle.«

Vela wirkte für einen Moment überrascht.

»Eine der Gefahren, von denen du sprachst«, fügte er hastig hinzu. Seine Worte klangen nicht überzeugend, aber zu seiner

Überraschung schien sich Vela mit dieser Erklärung zufriedenzugeben. Warum fragt sie nicht nach dem Wolf? dachte er. Sie weiß, daß er mich verfolgt. Sie hat meine Gedanken gelesen und hat ihn gesehen, als er ihr Heer angriff.

»Du hast ihn getötet. War es ein guter Kampf?«

»Nein«, antwortete Skar. »Es war Mord. Er hatte keine Chance.«

»Schade. Er war ein guter Mann. Ein würdiger Gegner für dich. Und auch für mich. Ich wußte, daß ihr früher oder später aneinandergeraten würdet, schon als ich euch das erste Mal beisammen sah. Aber das spielt jetzt keine Rolle mehr.« Sie lächelte wieder, doch ihr Blick wurde plötzlich hart, und ein unsichtbarer grauer Schatten schien sich über ihre Züge zu legen. »Du bist mir ähnlicher geworden, als du ahnst, weißt du das?« fragte sie. »Du hast dein Versprechen wahrgemacht und mich gefunden, aber du hast deinen Weg mit Toten gepflastert. Du hast Andred getötet und Legis und Herger und Mork – habe ich jemanden vergessen?« Sie tat so, als überlege sie, und nickte. »Tantor. Ich vergaß Tantor in meiner Aufzählung. Aber dafür müßte ich dir dankbar sein. Ich hätte ihn sowieso beseitigen müssen. Er wurde zu mächtig.«

Skars Hände begannen zu zittern. »Du ... du hast die Wahrheit gesagt«, krächzte er. »Erinnerst du dich, was du als Laynanya zu mir gesagt hast? Daß die Vela, die –«

Sie brachte ihn mit einer hastigen Geste zum Schweigen. »Ich weiß es, Skar. Du hältst mich für schlecht, nicht wahr?«

»Nicht schlecht«, korrigierte Skar sie. »Für böse. Für durch und durch böse.«

»Böse ...« Vela seufzte. »Ein großes Wort, und es spricht sich schnell aus. Aber was heißt das schon – böse? Böse ist immer nur der andere, Skar. Säßest du an meiner Stelle und ich an deiner, würde ich dich böse nennen. Das Recht ist immer auf der Seite des Siegers. Aber was heißt schon Recht? Ist Recht nicht das, wofür man kämpft, ganz gleich, was es ist? Glaubst du nicht, daß auch ein blutiger Tyrann meint, er wäre im Recht? Ist das, was wir Recht nennen, nicht letztlich nur ein anderes Wort für Stärke?«

Sie schüttelte den Kopf, lehnte sich zurück und verzog rasch und schmerzlich die Lippen. Ihre Hand preßte sich auf den Leib. »Mein Angebot gilt noch immer«, fuhr sie nach einer Weile, abrupt das Thema wechselnd, fort. »Der Thron von Elay ist groß genug für zwei. Überlege es dir.«

»Du kennst die Antwort.«

»Ich fürchte, ja«, murmelte Vela. »Und es tut mir leid, Skar. Ich brauche dich.«

»Mich oder das, was ich bin?«

»Beides, Skar. Das eine habe ich, aber ich fürchte, das andere werde ich nie bekommen. Du siehst«, fügte sie mit einem flüchtigen Lächeln hinzu, »nicht einmal meine Macht reicht aus, mir alle Wünsche zu erfüllen.«

Skar runzelte fragend die Stirn. »Was meinst du damit?«

Vela schwieg sekundenlang. »Du weißt es wirklich nicht?« Wieder legte sich ihre Hand auf die Wölbung ihres Leibes, aber diesmal war es keine Geste des Schmerzes. »Erinnerst du dich, was dir Laynanya über dieses Kind erzählte? Es war nur zum Teil wahr, Skar. Der Vater dieses Kindes ist ein Krieger, aber es war keiner meiner Männer, und es ist auch kein Kind der Gewalt. Ich wollte es haben. Ich brauche es, Skar, so wie ich dich brauche.«

Skars Kehle war plötzlich wie zugeschnürt. Er hatte geglaubt, jenseits allen Schreckens zu sein, aber das war nicht wahr. Es gab keine Grenze des Schmerzes. »Du meinst . . .«

»Dieses Kind wird mein Erbe sein, Skar«, sagte Vela. »Unser beider Erbe. Es wird all die Macht haben, über die wir beide jemals geboten haben, und mehr. Ich hätte es gerne zusammen mit seinem Vater großgezogen. Erforsche deine Gefühle, und du wirst erkennen, daß ich dich nicht belüge. Es ist *dein* Kind, das ich unter dem Herzen trage.«

Eine eisige Hand griff nach Skars Herz und preßte es zusammen.

»Es ist dein Kind«, sagte Vela noch einmal. »Dein Sohn, Skar. Vielleicht wird es ein Kind des Schreckens sein, in deinen Augen, aber ich weiß, daß ich in mir den Knaben trage, der diese Welt verändern wird. Er wird deine Macht erben, und ich werde dafür sorgen, daß er lernt, sie anzuwenden. Das, was ich vermag, wird nichts gegen ihn sein. Er wird über die Macht der Alten gebieten, Skar, so wie du es gekonnt hättest.«

Skar spürte, daß er zu schwanken begann, und klammerte sich im letzten Moment an der Tischkante fest. Hinter seiner Stirn begannen die Gedanken auf und ab zu hüpfen, einen wirren, unkontrollierbaren Tanz aufzuführen. Aber Vela war noch nicht fertig.

»Du glaubst, für das Gute zu kämpfen, Skar«, fuhr sie fort, »aber es ist dein Erbe, das ich in mir trage. Du kannst dich selbst belügen, aber du kannst dich nicht verleugnen. Du bist mein Verbündeter, ob du es willst oder nicht. Das Kind, das ich austrage, wird dein Kind sein, und es wird die Kraft seines Vaters sein, die diese Welt verändert. In einem hattest du recht – ich bin nicht stark genug, das zu tun, was ich wollte. Ich habe den Stein studiert und versucht, mich mit ihm vertraut zu machen, aber ich habe meine Grenzen erkennen müssen. Ich kann ein wenig mit den Jahreszeiten herumspielen und die Gedanken von Menschen und Tieren beeinflussen, aber ich kann nicht die Zukunft verändern. *Er* wird es können.«

Skar stöhnte. »Du . . .«

»Sag nichts Vorschnelles«, fiel ihm Vela hastig ins Wort. »Ich gebe dir noch einmal Zeit, dir mein Angebot zu überlegen. Gowennas Heer wird in drei Tagen zu den Rebellen stoßen und sich mit ihnen vereinen. Wir werden dort sein, um sie zu vernichten. So lange hast du Zeit. Überlege es dir gut, Satai. Du wirst entweder neben mir leben und die Geschicke dieser Welt lenken – oder mit deinen Freunden zusammen sterben.«

Seine Augen begannen zu schmerzen, als sie ihn nach draußen führten. Eine Woche Dunkelheit hatte sie empfindlich werden lassen, so daß ihm das Sonnenlicht wie grelle Weißglut vorkam und ihm die Tränen über die Wangen fließen ließ. Er wollte die Hand heben, um seine Augen zu bedecken, aber die beiden Hornkrieger hielten seine Arme unbarmherzig fest.

Vela hatte nicht viel Zeit verloren. Während sie oben in ihrem Gemach mit ihm geredet hatte, waren im Innenhof der Festung die letzten Vorbereitungen für den Abmarsch getroffen worden. Die gewaltigen asymmetrischen Tore waren weit geöffnet, und auf dem Platz davor hatte die Armee der *Errish* Aufstellung genommen. Es war kein großes Heer, aber vielleicht das schlagkräftigste, das diese Welt jemals gesehen hatte. Skar spürte einen eisigen Schauer, als ihn die beiden Tuan-Krieger über den Hof führten. Es waren hundert, vielleicht hundertfünfzig Männer, kräftige Gestalten in den schwarzen Stachelpanzern von Velas Leibgarde. Dahinter, in einer reglosen Dreifachreihe wie bizarre steinerne Statuen mitten in der Bewegung eingefroren, noch einmal die doppelte Anzahl schwarzglänzender Hornkrieger; Velas Armee des Irrsinns, die sie aus den Abgründen der Zeit heraufbeschworen und zu unseligem Leben erweckt hatte. Und hinter ihnen, wie eine Mauer aus Fleisch und vibrierender Kraft, die Drachen.

Skar zählte vier Dutzend der gewaltigen Panzerechsen, eine so groß und wild wie die andere. Eine lebende Walze aus Wut und explosiver Aggressivität, die keine Gewalt dieser Welt würde aufhalten können. Vela hatte recht, dachte er dumpf. Auch ohne die zusätzliche Macht, die ihr Combats Stein verlieh, wäre ein Angriff auf diese Stadt Wahnsinn. Gowennas Vorhaben war ein Akt der Verzweiflung, nicht mehr als ein vielleicht heroisches, aber vollkommen nutzloses Symbol.

Sein Blick wandte sich nach Süden. Die Sonne stand im Zenit und tauchte das Land in goldenes Licht und trügerischen Frieden. Zwischen den grauen Felsen vor dem Tor zeigte sich das erste zaghafte Grün des Frühlings, Gras, das Monate zu früh aus der

Erde brach, genarrt von der Magie eines Volkes, das über diesen Boden gewandelt war, als es so etwas wie Menschen noch nicht gab; als die Welt voller Düsternis und schwarzer Spinnweben gewesen war, voller Gewalt und einer Art von Leben, das diesen Namen vielleicht nicht einmal verdiente.

Skar versuchte sich vorzustellen, wie die Welt aussehen würde, wenn Velas Schreckensherrschaft sich weiter ausbreitete. Die Zeit der Alten würde wiederkommen, aber Vela irrte sich, wenn sie glaubte, ihre Gewalten zum Guten wenden zu können. Trotz allem glaubte sie wohl noch immer an dieses Ziel, sonst hätte sie niemals die Kraft aufgebracht, das zu tun, was sie getan hatte. Aber sie irrte sich. So wie sie ihn zum Werkzeug gemacht hatte, war auch sie nur noch der Handlanger eines Geistes, der aus einem äonenlangen Schlaf erwacht war und daranging, sich die Welt untertan zu machen.

Skar wunderte sich, woher diese Gedanken kamen. Es war, als wäre er plötzlich aufgewacht, und seine Überlegungen liefen mit einer seltenen Schärfe ab, bedienten sich eines Wissens, das plötzlich in ihm war, als wären in seinem Bewußtsein unvermittelt Türen zu einem Bereich geöffnet worden, von dem er nicht einmal gewußt hatte, daß es ihn gab. Irgend etwas war mit ihm geschehen, während er in Velas Kerker gewesen war.

Aber auch dieses Rätsel löste sich mit dem gleichen selbstverständlichen Wissen, das plötzlich aus dem Nirgendwo über ihn gekommen war. Es war das Wissen seines Dunklen Bruders, das Erbe, das er in sich trug und dessen sich Vela bedienen wollte, um ihre Macht zu festigen. Sie hatte die Wahrheit gesagt, damals in Tuan. Etwas vom Geist der Alten war in ihm, und ein winziges bißchen von diesem Etwas war jetzt an die Oberfläche gekommen. Er sah die Welt in einer blitzartigen, grauenhaften Vision vor sich, so wie sie sein würde: eine Welt ohne Menschen, auch ohne Drachen und *Errish* und Quorrl, ein Planet, der nichts mehr mit Enwor gemein hatte als einen Namen und vielleicht nicht einmal mehr das. Er sah schwarze, wie geschmolzenes Pech glänzende Fäden aus dem Boden kriechen, vibrierende Nervenstränge eines gewaltigen, auf Milliarden und Abermilliarden einzelner Körper verteilten Wesens, sah eine Armee stachelbewehrter Hornkrieger über das Land marschieren und Jagd auf die letzten Menschen machen, sah den Himmel schwarz werden und bizarre Städte und formlose, unbeschreibliche Dinge sich über das Land ausbreiten. Vielleicht würde das Meer bleiben; es war groß. Groß und geduldig genug, selbst diesem Gegner zu trotzen. Aber nicht einmal das war sicher.

Vela irrte sich. Sie glaubte das Böse überlisten, sich seiner Kräfte bedienen zu können, um die Zukunft dieser Welt zu verändern.

Aber er wußte auch, daß es sinnlos war, noch einmal mit ihr zu reden. Das Ding in ihr war schon zu stark. Vielleicht würde es nicht einmal mehr etwas ändern, wenn sie die Schlacht verlor, und vielleicht war ihr Körper schon nur noch eine leere Hülle, die nicht mehr gebraucht wurde.

Die beiden Hornkrieger führten ihn an der Front der schwarzen Reiter vorbei zu einer großen, an eine Sänfte erinnernde Konstruktion, die zwischen zwei der Drachen aufgehängt worden war. Eine schmale Strickleiter führte zu ihr hinauf. Die Krieger ließen Skars Arme los, und einer von ihnen bedeutete ihm mit einer befehlenden Geste hinaufzusteigen. Skar zögerte einen Moment, ehe er gehorchte. Er brauchte keine Erklärungen, um zu wissen, daß Vela in dieser Sänfte reisen würde. Es war ein Marsch von drei Tagen bis zur unterirdischen Festung der Rebellen; auch im Sattel eines Drachen eine zu anstrengende Reise für eine Schwangere.

Er erhielt einen schmerzhaften Stoß in den Rücken und bestieg hastig die erste Sprosse. Die Drachen bewegten sich unruhig und starrten ihn aus ihren winzigen intelligenten Augen an. Vielleicht spürten sie den Aufruhr in seiner Seele. Vielleicht war es aber auch nur der fremde Geruch, den er ausströmte und der sie beunruhigte.

Er zog sich die letzten Sprossen empor, senkte den Kopf, um nicht an dem niedrigen geschnitzten Sturz des Einganges anzustoßen, und erhob sich auf die Knie. Das Innere der Sänfte war überraschend groß. Durch die Wände sickerten dünne Streifen goldenen Sonnenlichts herein und gaukelten ihm ein Gefühl des Friedens vor. Er stand auf und breitete rasch die Arme aus, um sein Gleichgewicht zu halten, als der Boden unter ihm zu schwanken begann. Der Drachengestank war hier drinnen übermächtig.

Er durchquerte die Sänfte, hockte sich in eine Ecke und legte den Kopf auf die Knie. Er wollte nicht mehr denken. Er wartete darauf, daß sie endlich kam und ihn tötete. Oder daß der Wolf dies tat. Wo war er? Hatte er ihn all die Zeit verfolgt oder gehetzt, um ihn jetzt allein zu lassen, kehrte er zurück nach Combat, um wieder für eine Ewigkeit zu Stein und Schweigen zu erstarren? Oder lauerte er immer noch irgendwo in seiner Nähe?

Wahrscheinlich, dachte er. Wahrscheinlich war er noch irgendwo hier, und wahrscheinlich war er der Grund, warum er überhaupt noch lebte. Er war mächtig, ein Dämon, dem nichts unmöglich war, und er würde es nicht zulassen, daß seine Strafe so leicht ausfiel. Irgendwie, das wußte Skar plötzlich, würde er ihn schützen, um seine Qual zu verlängern.

»Das Selbstmitleid steht dir nicht«, drang eine Stimme in seine Gedanken. Er sah auf und erkannte einen Schatten vor dem Eingang. Das weiße Sonnenlicht zeichnete die Konturen mit einem bösen blauen Heiligenschein nach.

»Wie kommst du darauf?« sagte er widerwillig. Er wollte nicht reden.

Vela lachte, bewegte sich gebückt auf ihn zu und setzte sich. Die Sänfte begann zu beben, und von draußen drang ein dumpfes, unglaublich machtvolles Raunen und Dröhnen herein; wie der Laut eines gewaltigen Tieres. Die Armee hatte sich in Bewegung gesetzt. Velas Eintreffen war das letzte Zeichen gewesen, auf das noch gewartet worden war. »Man sieht es«, erklärte sie leichthin. »Aber du bist kein Mann, der sich einem solchen Gefühl hingeben sollte. Nütze die Zeit, die ich dir noch gewähre. Drei Tage sind nicht viel.«

»Hier?« fragte er.

Vela machte eine undeutbare Geste. »Das überlasse ich dir. Wenn du lieber in Ketten hinter einem Pferd hermarschieren möchtest, als meine Gesellschaft zu ertragen, so ist das deine Wahl. Aber ich glaube, wir haben zu reden.«

Skar setzte dazu an, etwas zu sagen, schüttelte aber dann den Kopf und starrte blicklos an Vela vorbei. Die Schatten vor dem Eingang begannen zu wandern. Es roch nach heißem Staub und Schweiß.

»Gut«, sagte Vela nach einer Weile. Skar schrak auf. Er merkte erst jetzt, daß sie ihn sekundenlang angestarrt und auf eine Antwort gewartet hatte. »Vielleicht wäre es wirklich zuviel, jetzt eine Antwort von dir zu verlangen. Ich habe dir Bedenkzeit bis nach der Schlacht versprochen, und ich halte mein Wort.«

Skars Blick tastete über ihr Gesicht. Jetzt, im Halbschatten der Sänfte, sah es noch verwundbarer und schöner aus als zuvor. Ein neues, seltsames Gefühl kroch aus seinem Inneren empor, ein Empfinden, vor dem er erschrak und das er eilig wieder dorthin zu verbannen versuchte, woher es gekommen war. Das Gift begann zu wirken.

»Es ist seltsam«, murmelte er. Die Worte entstanden ohne sein Zutun, und er hörte sich selbst neugierig und mit vagem Schrekken zu. »Ich müßte dich hassen, aber ich kann es nicht.«

In Velas Augen glomm ein neugieriger Funke auf. »Was dann?«

Skar lachte, sehr leise und sehr traurig. Plötzlich war kein Zorn mehr in ihm. »Mitleid«, sagte er. »Du tust mir nur noch leid, mehr nicht.«

Velas Lächeln erstarrte, aber Skar sah sie jetzt nicht mehr an, sondern blickte weiter zu den tanzenden Schatten vor dem Ausgang hinaus.

Über dem Tal lag noch Nebel, der letzte flüchtige Hauch der Nacht, der nur widerwillig der hereinbrechenden Dämmerung wich. Es war kalt; die Sonne war als lodernder roter Ball über den Horizont gekrochen, aber es würde noch lange dauern, bis ihre Wärme den Klammergriff des Frostes gesprengt haben würde. An den Wänden der Schlucht glitzerte Rauhreif, hier und da hatte sich Eis in kleinen stacheligen Nestern festgesetzt, und über der nördlichen Hälfte des Canyons fiel Schnee; ein wirbelnder grauweißer Vorhang, hinter dem die Gestalten der Quorrl und Menschen nur noch als huschende Schatten wahrzunehmen waren.

Skar schlug fröstelnd den Kragen seines pelzgefütterten Mantels höher und trat einen Schritt vor. Die beiden Tuan-Krieger folgten ihm wie stumme, mächtige Schatten, aber er bemerkte sie kaum noch. Es waren erst drei Tage vergangen, seit sie in seiner Nähe waren, aber er hatte sich schon an sie gewöhnt. Solange er sich nicht zu hastig bewegte oder gegen Velas ausdrückliche Verbote verstieß, ließen sie ihn in Ruhe.

Die *Errish* drehte sich um, als sie seine Schritte hörte, lächelte flüchtig und wies mit der Linken ins Tal hinunter. Die andere Hand umklammerte den Stein. Sie hatte ihn von seiner Kette gelöst und hielt ihn so fest, als wolle sie ihn zerbrechen. »Bist du zufrieden?« fragte sie.

»Womit?«

»Mit ihren Vorbereitungen. Ihre Späher müßten schon blind sein, wenn sie das Heer noch nicht bemerkt hätten.«

Skar schenkte sich die Antwort und sah sich statt dessen – zum hundertsten Male – nach allen Seiten um. Es war die klassische Situation: Unter ihnen, auf der anderen Seite der Schlucht und durch die große Entfernung zu einer Ansammlung winziger schwarzer Pünktchen degradiert, rückte das Heer heran, eine Walze aus Fleisch und Panzerplatten, die wie eine bizarre Kaulquappe auf das Lager der Rebellen vorstieß. Vela hatte ihm einen Schlachtplan erklärt; er war nicht sonderlich originell, nicht einmal gut – aber das mußte er auch nicht sein. Was der *Errish* an strategischem Geschick fehlte, machte sie durch pure Gewalt wett, nicht ein-, sondern hundertmal. Gewalt und Magie. *Wenn* es Magie war.

Skar schob den Gedanken beiseite. Es war müßig, über etwas nachzudenken, das vom menschlichen Bewußtsein nicht erfaßt werden konnte. Wenn es keine Magie war, dann etwas so Fremdes und Unvorstellbares, daß das Wort wieder seine Berechtigung bekam.

»Woran denkst du?« fragte Vela.

Skar sah sie an. »An nichts«, antwortete er ausweichend.

Vela schüttelte tadelnd den Kopf. »Das solltest du nicht«, sagte sie. »Du hast nicht mehr viel Zeit, vergiß das nicht. In einer Stunde treffen die Heere aufeinander.«

Skar drehte sich mit einem Ruck um und entfernte sich ein paar Schritte. Velas Worte waren der reine Hohn. Die Rebellen waren schon jetzt besiegt. Das Unwetter, das seit drei Tagen über ihrem Tal tobte und mit Hagel- und Schneestürmen auf die wehrlosen Krieger einschlug, mußte sie bereits zermürbt haben. Es war ein unwirklicher Anblick: Hier oben, auf Velas improvisiertem Feldherrnhügel, wuchsen bereits Gras und farbige Unkräuter, und Skar konnte trotz der beißenden Kälte die Wärme spüren, die die Sonne spendete. Bald würde er den Mantel ablegen und die Temperaturen eines Frühlings genießen können, der den Rebellen dort unten wie grausamer Spott vorkommen mußte. Dicht unter Skar, kaum eine Pfeilschußweite entfernt, verlief eine unsichtbare Grenze: die Mauer zwischen Frühling und tiefstem Winter, zwischen lebenspendender Wärme hier oben und tödlicher, würgender Kälte, die sich wie ein weißes Leichentuch über die Schlucht gelegt hatte. Wenige Schritte hinter dieser Grenze lagen Tote; ein Dutzend Quorrl, vielleicht die doppelte Anzahl Männer, und zwischen ihnen eine verkrümmte, graugekleidete Gestalt. Die *Errish* hatte versucht, Velas scheinbar schutzloses Lager zu nehmen. Skar hatte den Kampf nicht mit angesehen. Nur zwei der schwarzen Tuan-Krieger waren nötig gewesen, die *Errish* und ihre Begleiter zu töten. Und selbst das war nur ein weiterer Akt überflüssiger Grausamkeit. Sie hätten das Tal nicht einmal verlassen können, wenn Vela es ihnen nicht gestattet hätte. Der Schneesturm dort unten war nur ein Spiel - sie hätte die Gewalten der Hölle heraufbeschwören können, wenn sie gewollt hätte.

Er straffte sich, riß sich gewaltsam von dem grausigen Anblick los und ging zu Vela zurück.

»Was verlangst du von mir, wenn du es nicht tust?« fragte er.

Vela runzelte in gespielter Verblüffung die Stirn. »Wenn ich was nicht tue?« erwiderte sie.

Skar knurrte ungeduldig. »Hör auf. Du weißt genau, was ich meine - brich den Angriff ab. Sie können dir nicht schaden. Du hast keinen Grund, sie umzubringen.«

»Du irrst dich, Skar«, antwortete Vela. »Ich habe Tausende von Gründen - und zwei davon heißen Gowenna und Del. Sie sind dort unten, sie und ihre Verbündeten.« Ihre Stimme wurde hart. »Die Herren von Cosh hätten bleiben sollen, wo sie waren, Skar. Niemand hat sie gezwungen, ein Heer aufzustellen und mit Gowenna hierherzuziehen. Sie hat diesen Kampf gewollt, und sie wird ihn bekommen.«

»Es ist kein Kampf«, sagte Skar. »Es ist Mord. Sie sind schon jetzt halb erfroren - glaubst du, sie hätten eine Chance gegen deine Drachen und diese« - er wies auf die schwarzen Hornkrieger und verzog abfällig das Gesicht - »diese *Kreaturen*?«

»Natürlich nicht«, antwortete Vela ruhig. »Hätten sie sie, wäre ich nicht hier, Skar. Aber ich glaube, du hast noch immer nicht begriffen, *warum* wir hier sind, du und ich. Du willst diese Schlacht nicht? Ein Wort von dir genügt, und wir ziehen uns zurück. Du weißt, welches.«

Skar starrte sie an. Seine Hände zuckten.

»Dort unten sind mehr als zweitausend Krieger«, fuhr Vela fort. »Menschen, Quorrl, Sumpfleute - und ein paar deiner Freunde. Ihr Leben liegt in deiner Hand. Entscheide dich. Ein Wort von dir, und wir rücken ab. Der Thron von Elay wartet noch auf dich. Du kannst herrschen, Skar. Du wirst mehr Macht in Händen halten als jemals ein Mann vor dir.«

»Hör auf«, flüsterte er.

»Aufhören?« Vela sog geräuschvoll die Luft ein. »Du verkennst deine Lage, Satai«, sagte sie. »Du hast nichts zu fordern, und du bist nicht in der Situation, mir Vorwürfe zu machen. Wenn es zur Schlacht kommt, dann ist es deine Schlacht, Skar. Die Schuld am Tod dieser Männer dort unten wirst *du* tragen. *Du* allein, nicht *ich*!«

»Das ist nicht wahr«, stöhnte Skar. »Du –«

»Du hast mich böse gemacht«, fiel ihm Vela ins Wort. »Vielleicht bin ich es – in deinen Augen. Aber ich gebe dir die Möglichkeit, dieses Morden zu verhindern, Skar. Ich weiß, wie hoch dir der Preis dafür vorkommen muß, aber wenn du wirklich der Mann bist, der du zu sein vorgibst, dann bezahle ihn. Ich verlange nichts als dein Wort, bei mir zu bleiben und deine Feindschaft zu vergessen. Keine Hilfe. Was zu tun ist, werde ich tun.«

»Ich brauche nur stillzuhalten, nicht?« fragte Skar mühsam. »Du verlangst nichts von mir, als daß ich zusehe, wie du diese Welt vernichtest.«

»Unsinn. Ich glaube, du überschätzt uns beide, Skar. Wir können diese Welt weder vernichten noch retten. Aber dein Sohn wird es können. Wäre dir nicht wohler, wenn du dabeisein und ihn lenken könntest? Wenn ich so abgrundtief schlecht bin, wie du mich siehst, kannst du es dann verantworten, die Erziehung dieses Kindes allein in meine Hände zu legen?«

Skar schwieg. Vela starrte ihn noch eine Weile an, nickte dann und straffte die Schultern. »Wie du willst, Skar.« Sie hob die rechte Hand mit dem Stein, schloß die Augen und murmelte lautlose Worte. Skar vermeinte ein leises Knistern zu hören, ein Geräusch wie von fernen Blitzen, und die Luft roch plötzlich wie nach einem Gewitter. Der Stein begann in ihrer Hand zu glühen in einem kalten, unerträglich gleißenden Licht. Eine knöcherne Hand legte sich von hinten auf Skars Schulter und hielt ihn fest.

Ein unwirkliches blaues Licht begann sich über dem Tal auszubreiten. Es sah aus, als glühten die wirbelnden Schneewolken, und die Männer und Quorrl dahinter waren nicht mehr als Motten, die dem Licht zu nahe gekommen waren und verbrannten. Ihre Bewegungen wirkten plötzlich abgehackt und hastig. Dann riß die kochende Wand auf mit beinahe schmerzhafter Plötzlichkeit. Der letzte Schnee sank zu Boden, und das Tal lag als weißer, von unbestimmbarer Bewegung erfüllter Abgrund vor ihnen.

»Du hast recht, Skar«, sagte Vela spöttisch. »Es war unfair. Ich werde ihnen zumindest Gelegenheit geben, sich zur Schlacht zu formieren.«

Skar ballte in hilflosem Zorn die Fäuste. ›Ein Wort von dir‹, hallten Velas Worte hinter seiner Stirn nach. Ein einziges Zeichen von ihm, und dieses sinnlose Morden würde nicht stattfinden.

»Nun?« fragte Vela. In ihrer Stimme war jetzt eine winzige, aber hörbare Spur von Ungeduld. »Hast du dich entschieden?«

Er konnte sich nicht entscheiden. Niemand konnte eine solche Entscheidung von irgend jemandem verlangen.

Vela wartete. Ihr Gesicht war zu einer reglosen Maske erstarrt, und als er sie ansah, glaubte er für einen winzigen Moment hinter ihren Zügen etwas anderes zu erkennen, das Antlitz von etwas unsagbar Fremdem, Uraltem. Sie war nicht mehr sie selbst. Sie hatte unrecht gehabt. Die Schuld an dem, was jetzt geschah, traf nicht ihn und auch nicht sie. Nicht mehr. Sie bestimmten beide nicht mehr, was geschehen würde. Schon lange nicht mehr.

Er senkte den Blick und wandte sich ab, soweit es der unbarmherzige Griff der Hornkrieger zuließ. Unten im Tal begannen sich die Rebellen zu formieren. Der Schneesturm hatte vollkommen aufgehört, und die weiße Decke war schon nach Minuten von Tausenden von Füßen und Hufen zertrampelt und zu braunem Matsch geworden. Er versuchte einen Blick zur Höhle der Daktylen zu werfen, aber ihr Eingang war zu weit entfernt, als daß er mehr als hektische Aktivität hätte erkennen können.

Skar versuchte jedes Gefühl auszuschalten und nur noch ein Krieger zu sein, der dem Verlauf der Schlacht zusieht. Er erkannte eine Anzahl graugekleideter, huschender Schattengestalten zwischen den Quorrl, und einmal meinte er, für Sekunden einen hünenhaften gepanzerten Mann zu erblicken, war sich aber nicht sicher, ob es wirklich Del war. Als er dort unten gewesen war, hatte ihn die Größe der Schlucht erstaunt, aber jetzt schien sie kaum auszureichen, um all die Krieger aufzunehmen, die sich dort zum Kampf formierten. Es waren Sumpfleute unter ihnen, sehr viele Sumpfleute. Gowenna mußte mehr als tausend Reiter aus Cosh mitgebracht haben – eine ungeheure Armee. Und doch ein Nichts gegen die Kräfte, die ihnen gegenüberstanden.

»Sieh gut hin, Skar«, sagte Vela. »Du bist noch nie Zeuge einer totaleren Niederlage gewesen.«

Skar wollte nicht antworten, aber Velas Worte weckten einen sinnlosen Zorn in ihm. »Ich habe gelernt, mich erst über einen Sieg zu freuen, wenn der Kampf vorbei ist«, knurrte er.

Ein amüsiertes Lächeln spielte um die Lippen der *Errish*. »Es wird nicht lange dauern«, sagte sie. »Sieh hin.«

Skar gehorchte. Vielleicht hätte er sich jetzt umwenden und gehen sollen, aber das wäre ein Verhalten gewesen, das in seiner Lage allerhöchstens lächerlich gewirkt hätte.

Die Rebellen formierten sich zu drei Gruppen – zwei Trupps von je tausend Mann, die Hälfte davon zu Pferd, die andere zu Fuß; eine dritte, kleinere, bestand nur aus Reitern und schloß sich hinter den beiden großen Einheiten zusammen.

»Das gilt uns«, sagte Vela amüsiert. »Mein Respekt. Sie haben immerhin erkannt, daß wir nur wenige sind.« Sie lachte. »Aber ich fürchte, wir sind nicht so wehrlos, wie deine Freundin und Del glauben.« Sie gab einem ihrer Begleiter einen Wink. Der Mann entfernte sich hastig und kam wenige Augenblicke später zurück, ein zusammengeschobenes wuchtiges Fernglas in der Hand. Vela nahm es entgegen, zog es auseinander und setzte es sich an die Augen.

»Tatsächlich«, murmelte sie, nachdem sie eine Weile hindurchgesehen hatte. »Sie sind dabei.« Sie setzte das Glas wieder ab, wog es nachdenklich in der Hand und wandte sich an Skar. »Du kennst sie – ist es nun Heldenmut, oder will sie sich nur den Triumph nicht nehmen lassen, mich selbst zu töten?«

Skar schwieg. Vela trat auf ihn zu, hob die Hand, um ihm das Glas zu reichen, und überlegte es sich im letzten Augenblick anders. »Laßt sie herankommen«, sagte sie mit erhobener Stimme. »Vernichtet die Krieger, aber laßt die Frau und den Satai am Leben.«

Skar fuhr auf, aber einer seiner Bewacher riß ihn mit einer blitzschnellen Bewegung zurück.

»Schone deine Kräfte«, sagte Vela gelassen. »Verfluche mich ruhig, wenn es dir Erleichterung verschafft. Aber streng dich nicht an – der interessanteste Teil steht uns noch bevor.«

Skar bäumte sich verzweifelt auf, doch der Griff des Dämonenkriegers lockerte sich nicht um einen Millimeter. Skars Bemühungen schienen den Druck der unmenschlich starken Hände sogar noch zu verstärken.

Vela sah wieder nach Süden. Die beiden großen Heeresgruppen der Rebellen hatten mit dem Aufstieg aus dem Tal begonnen. Aber sie rückten langsamer vor, als Skar erwartet hatte. Vielleicht fanden die Pferde auf dem spiegelglatt gefrorenen Boden keinen rechten Halt; vielleicht hatten auch der tagelange Sturm, die Kälte und die zyklopischen Gewitter, die Velas eigentlicher Streitmacht wie unsichtbare apokalyptische Vorboten vorausgeeilt waren, ihre Kräfte schon soweit erlahmen lassen, daß sie zu keinem größeren Tempo mehr fähig waren. Skar versuchte, die Geschwindigkeit der beiden Heere abzuschätzen – wenn die Rebellen ihren Vormarsch nicht sehr bald beschleunigten, dann würde der entscheidende Zusammenstoß unmittelbar am Rand der Schlucht stattfinden.

»Worauf warten sie?« fragte Vela. Skars Blick folgte dem ihren. Die dritte, kleinere Formation der Rebellen hatte sich bisher nicht von der Stelle gerührt. Meldereiter galoppierten hektisch hin und her, und unter den Männern war eine allgemeine Unruhe ausgebrochen – aber sie blieben, wo sie waren, obgleich es kaum ein Ritt von zehn Minuten hier herauf gewesen wäre.

»Sie wartet«, sagte Skar ruhig. »Sie wartet, bis die Schlacht beginnt. Der beste Zeitpunkt für einen direkten Angriff auf das feindliche Hauptquartier ist immer der Moment der Schlacht.«

Vela nickte. »Sie fürchtet, wir könnten sonst Verstärkung von unserem Hauptheer bekommen«, murmelte sie. Ihre Vermutung war so unsinnig wie falsch, aber Skar ging nicht darauf ein. Langsam begann er zu ahnen, welchem Plan die Rebellen folgten. Wenn seine Vermutung zutraf, war der Plan genial. Aber auch er würde nichts nützen.

Aus der großen Höhle am anderen Ende der Schlucht stob plötzlich ein Schwarm dunkler, fledermausflügeliger Punkte. Daktylen. Ihre Zahl überraschte Skar. Er war selbst in dieser Höhle gewesen und hatte gesehen, daß es viele waren – aber nicht so viele! Es mußten weit über hundert Tiere sein, die in einem breiten, nicht abreißenden Strom aus der Erde stoben und sich über dem Tal formierten. Das helle, aufgeregte Krächzen der Drachenvögel erfüllte die Luft. Skar nickte anerkennend. Einem Gegner aus Fleisch und Blut hätten die Rebellen mit ihren gewaltigen Kampfechsen eine tödliche Überraschung bereitet.

»Sie greifen an«, flüsterte Vela. Ihre Stimme bebte vor Erregung. Aber es war eine Erregung, die ihn abstieß. Er hatte sie schon unzählige Male gesehen, das Brennen in den Augen, das unbewußte Zittern der Lippen – er kannte diese Art von Erregung aus zahllosen Arenakämpfen, er hatte sie immer gesehen, wenn er Blicke zu den Rängen hinaufgeworfen hatte, ehe die tödlichen Duelle begannen. Plötzlich ekelte er sich vor Vela, vor dem, was aus ihr geworden war.

Aber vielleicht belog er sich auch nur selbst. Vielleicht sah er nur, was er sehen wollte, um seinen Haß zu rechtfertigen.

Die Daktylen hatten ihren Aufmarsch beendet und bildeten einen gewaltigen, leicht auseinandergezogenen Kreis. Die Köpfe der Tiere wiesen nach Westen auf das näherrückende Heer der Drachen und Hornkrieger. Einer der Quorrl auf ihren Rücken hob die Arme und stieß einen scharfen Befehl aus. Skar hörte den Laut wie ein leises Flüstern, das der Wind herantrug. Durch die Formation der Flugdrachen ging eine Welle der Bewegung. Aus dem Kreis wurde ein Oval, dann ein langgezogenes, spitz zulaufendes Dreieck, das mit phantastischer Geschwindigkeit auf das Heer der *Errish* zuraste.

Sie schafften nicht einmal die halbe Strecke.

Zwischen und über den Drachen blitzte es grell auf. Dünne weiße Lichtbahnen zuckten der angreifenden Daktylenarmee entgegen, und dann war der Himmel voller brennender Vögel und Quorrl, voller Flammen und Schreie und Blut. Skar schloß entsetzt die Augen, aber der grelle Feuerschein der *Errish*-Waffen fraß sich selbst durch seine geschlossenen Lider hindurch, und der Hornkrieger hielt ihn mit unbarmherziger Kraft fest, so daß er den Kopf nicht abwenden konnte.

Es dauerte nicht einmal zwei Minuten. Die geordnete Angriffsformation der Daktylenreiter verwandelte sich in ein Chaos schreiender, kopflos flüchtender Tiere, aber die *Errish* ließen ihnen nicht die kleinste Chance. Schon die erste überraschende Salve aus den fürchterlichen Waffen hatte fast ein Viertel der Drachen vom Himmel gebrannt. Und die *Errish* schossen weiter, auch als die Quorrl ihre Tiere herumrissen und verzweifelt zum Tal zurückflogen. Immer und immer wieder griff das Feuer der Sterne nach den schwarzen Flugechsen, verwandelte ihre Körper in Fakkeln und ihre Reiter in schreiende Bündel, die wie Sternschnuppen zu Boden stürzten und den Fluchtweg der Quorrl auf grausige Weise markierten. Nicht einmal ein Zehntel der Streitmacht, die aus den Höhlen aufgestiegen war, kam lebend zurück.

»Hör auf«, flehte Skar. »Hör auf mit diesem Wahnsinn.«

»Es ist kein Wahnsinn«, antwortete Vela, ohne den Blick von dem grausigen Schauspiel zu wenden. »Es ist Krieg, Skar – ich dachte nicht, daß ich den Unterschied einem Krieger erklären muß.«

Skar antwortete nicht mehr. Sie wollte ihn nicht verstehen. Was sie tat, dieses ganze mörderische Schauspiel, sollte nur dem Zweck dienen, ihn zu quälen.

»Was hast du davon, wenn ich aufgebe?« fragte er. »Ich würde dich bei der ersten Gelegenheit –«

»Hintergehen und verraten?« fiel ihm Vela ins Wort. »Kaum, Skar. Davor wüßte ich mich zu schützen, glaub mir. Entscheide dich.« Sie wies hinter sich. Die beiden ungleichen Heere waren weiter aufeinander zugekrochen und standen sich auf wenig mehr als Pfeilschußweite gegenüber. Skar trat an Vela vorbei, geführt und gehalten von den schwarzen Giganten aus Tuan. Einen Moment lang stemmte er sich mit aller Kraft gegen den Druck der eisigen Pranken, die ihn zwangen, dem schrecklichen Geschehen weiter zuzusehen; dann gab er auf.

Die Front der Drachenreiterinnen näherte sich der Schlucht und zog sich gleichzeitig weiter auseinander. Skar wartete darauf, wieder das grelle Sternenfeuer der entsetzlichen Waffen aufflammen zu sehen, aber diesmal schienen die *Errish* einen anderen Plan zu verfolgen. Kurz bevor die beiden Armeen aufeinanderstießen, spalteten sich die Drachen in drei gleich große, dicht zusammengedrängte Gruppen, wandelnden Festungen gleich, gegen die die heranstürmenden Reiter und Fußtruppen schlichtweg lächerlich wirkten.

Aber der erwartete Zusammenprall blieb aus. Die Reiterei der Rebellen verwandelte sich Augenblicke zuvor in einen quirlenden, auseinanderspritzenden Haufen, durch den die Drachen hindurchstießen, ohne auf nennenswerten Widerstand zu treffen. Die ungestüme Wucht ihres Ansturms verpuffte, und es gab plötzlich nichts, wogegen sie kämpfen konnten.

Vela runzelte die Stirn und sah überrascht Skar an.

»Du hattest recht«, sagte Skar mit einem dünnen, humorlosen Lächeln. »Del ist bei ihnen. Dieser Plan dürfte von ihm stammen. Wäre ich dort unten, hätte ich euch auf die gleiche Weise in die Falle gelockt.«

»Falle?« wiederholte Vela. »Von was für einer Falle sprichst du, Satai?«

Skar deutete mit einer Kopfbewegung ins Tal. »Von dieser dort, *Errish*.«

Vela fuhr herum. In den wenigen Sekunden, die sie miteinander geredet hatten, hatte sich das Bild vollkommen gewandelt. Die

Rebellen hatten sich neu formiert, aber sie bildeten jetzt keine gerade Schlachtreihe mehr, sondern zwei langgezogene, einander überlappende Halbkreise hinter den Drachen, aus denen ein Hagel von Wurfgeschossen und Pfeilen auf die *Errish* und ihre gewaltigen Echsen herunterregnete. Skar sah, wie zwei, drei der graugekleideten Gestalten getroffen aus den Sätteln kippten. Eine der Echsen stieß plötzlich einen trompetenhaften, unglaublich lauten Schrei aus, hob die Vorderläufe zum Kopf und begann zu toben. Der Pfeilregen verstärkte sich, und weitere *Errish* stürzten aus den Sätteln. Vereinzelt blitzten jetzt doch die grellen weißen Lichtbahnen ihrer magischen Waffen auf, aber das quirlende, sich ständig in Bewegung befindende Reiterheer bot kein gutes Ziel für die dünnen Blitze, und für einen getroffenen Reiter erschien sofort ein neuer und füllte die Lücke.

Vela war blaß geworden. »Die Drachen«, murmelte sie verstört. »Was ist mit den Drachen los?«

»Hast du selbst mir nicht erzählt, welchen Respekt du vor den Sumpfmännern hast?« fragte Skar. Seine Stimme bebte. »Dort unten sind mehr als tausend Reiter aus Cosh. Genug, um fünfzig deiner Drachen ablenken zu können.«

Vela schluckte. Ihre Mundwinkel zuckten, aber sie sagte nichts mehr, sondern wandte sich wieder der Schlacht zu.

Drei oder vier der graugeschuppten Giganten waren tot, annähernd die Hälfte hatte keine Reiter mehr, und die andere wandte sich zu kopfloser Flucht. Aber es gab nichts, wohin sie fliehen konnten. Auf drei Seiten wurden sie von den Rebellen bedrängt, die immer neue Schwärme von Pfeilen und Armbrustbolzen auf sie herabregnen ließen; Waffen, die eine Feuerechse vielleicht nur durch einen glücklichen Zufallstreffer töten, ihnen aber immer Schmerzen zufügen und sie dadurch in Raserei versetzen konnten. Und das Bemühen ihrer Reiterinnen, sie zu beruhigen, schien nur noch das Gegenteil zu bewirken. Die Tiere schrien, peitschten mit den Schwänzen den Boden und verletzten sich oder ihre Reiter gegenseitig.

Dann erreichte das erste Tier den Rand der Schlucht.

Skar war nicht einmal überrascht, als der scheinbar massive Fels unter dem Gewicht des Drachen nachgab. Das Tier bäumte sich erschrocken auf, griff mit den winzigen Vorderpfoten haltsuchend in die Luft und stürzte in einer Lawine von Sand, zersplitterndem Holz und Geröll zweihundert Fuß tief in die Schlucht. Skar glaubte die Erschütterung bis hier oben zu spüren.

»Diese Falle habe ich gemeint«, sagte er trocken. »Sieh gut hin, Vela«, fuhr er mit beißendem Spott fort. »Du bist noch nie Zeugin einer totaleren Niederlage gewesen.«

Vela fuhr mit einer blitzartigen, wütenden Bewegung herum. Für den Bruchteil einer Sekunde war ihr Gesicht eine verzerrte Maske des Hasses.

Aber sie hatte sich sofort wieder in der Gewalt. »Dein Triumph kommt zu früh, Skar«, sagte sie. »Die Schlacht ist noch nicht vorbei.«

»Das stimmt«, antwortete Skar ruhig. »Aber das dort unten ist nicht mehr der Haufen verängstigter Quorrl und feiger Flüchtlinge, den du ins Leben gerufen hast, Laynanya.« Er benutzte absichtlich diesen Namen, und er sah, wie sie bei seinem Klang zusammenzuckte. »Das dort unten ist Del. Du hast ihn immer für ein großes Kind gehalten, und vermutlich ist er das auch noch. Aber er ist auch mein Schüler, Vela. Ich habe ihm alles beigebracht, was ich je wußte, und er war ein sehr gelehriger Schüler. Vielleicht war diese Schlacht hier der erste Fehler, den du begangen hast, aber es war auch dein größter. Du hättest dich niemals auf sie einlassen dürfen.«

»Unsinn«, widersprach Vela. Sie wirkte fahrig. Ihr Blick flakkerte. Sie fuhr sich mit einer hektischen, nervösen Geste durch das Haar, drehte mit einem Ruck den Kopf und sah wieder hinab ins Tal. Der südliche Rand der Schlucht war unter einer brodelnden Qualm- und Staubwolke verschwunden, in der es ab und zu weißblau aufleuchtete. Aber Vela wußte so gut wie Skar, daß der Kampf vorbei war. Die Sumpfleute hatten den Kontakt zwischen den *Errish* und deren Drachen gründlich unterbrochen, und der Lärm und die Schmerzen, die die Reiter ihnen zufügten, ließen die

Tiere wieder zu dem werden, was sie ohne ihre Mentalpartnerinnen waren – Ungeheuer, kraftstrotzende, gewaltige Ungeheuer vielleicht, aber keine ernstzunehmenden Gegner mehr für einen Feind, der Gewalt mit List, und Kraft mit Fallen zu beantworten in der Lage war.

Doch Skar wußte auch, daß der wirkliche Kampf noch bevorstand. Die Drachen hatten sich der Schlucht von Süden her genähert, aber der gefährlichere Feind kam aus der anderen Richtung. Noch war von den Hornkriegern keine Spur zu sehen – Velas Zeitplan war gründlich durcheinandergeraten; wahrscheinlich würden noch Minuten vergehen, ehe die stacheligen schwarzen Helme der Dämonen über den Hügeln erschienen. Skar biß sich nervös auf die Lippen. Er kannte Del und wußte, daß der junge Satai immer für eine Überraschung gut war – aber er, Del, hatte so wenig Zeit gehabt. Zwei, vielleicht drei Tage, um aus einem zusammengewürfelten Haufen von Flüchtlingen und halbwilden Quorrl eine Armee zu formen und darüber hinaus einen Plan auszuarbeiten, mit dessen Hilfe er einen Feind schlagen konnte, gegen den noch niemand bestanden hatte. Skar war nicht sicher, ob er selbst dieser Aufgabe gewachsen gewesen wäre. Aber wenn es außer ihm noch jemand konnte, dann Del.

Skar hielt nach Velas Reiterei Ausschau, konnte sie aber nirgends entdecken. Ein Teil der Männer war hier oben bei ihnen, die anderen hatten den Befehl, bei den Drachen zu bleiben, um die Flanken zu sichern. Vermutlich waren sie längst aufgerieben, zermalmt zwischen den beiden aufeinanderprallenden Heeren.

»Was wird er tun?« fragte Vela. Ihre Faust ballte sich um den Stein. Plötzlich fuhr sie herum, starrte Skar aus geweiteten Augen an und schrie noch einmal: »Was wird er tun?«

»Ich weiß es nicht«, antwortete Skar.

»Du weißt es«, zischte Vela. »Du bist ein Satai wie er, ein Krieger. Du weißt es, und du wirst es mir sagen!«

Skar hielt ihrem Blick ruhig stand. »Es würde dir nichts nützen, Vela.«

»Ich werde dich zwingen. Du weißt, daß ich es kann.«

Skar hob instinktiv die freie Linke zur Schläfe. Die winzige Wunde war verheilt, aber er konnte sie noch immer spüren. »Das könntest du«, nickte er, »aber dir fehlt die Zeit. Du wirst zusehen müssen. Ganz egal, was geschieht.«

Eine seltsame Veränderung ging plötzlich mit der *Errish* vor sich. Gerade war ihr Gesicht noch eine Maske des Hasses gewesen, aber jetzt breitete sich eine eisige, entschlossene Kälte über ihre Züge aus. Skar unterdrückte ein Schaudern. »Nun gut, Skar«, sagte sie. »Ich lasse dir deinen Triumph. Wir werden sehen, wer den Sieg davonträgt.«

Skar sah zum südlichen Rand der Schlucht. Acht, neun zerschmetterte, verdrehte Körper lagen auf dem felsigen Grund des Einschnittes, und das grelle Wetterleuchten hinter den Staubwolken hatte jetzt fast ganz aufgehört. »Du hast schon verloren, Vela«, murmelte er. »Was hier geschehen ist, wird nicht verborgen bleiben. Fünfzig deiner Drachen sind getötet worden. Der Mythos eurer Unbesiegbarkeit ist beseitigt. Du hast deine stärkste Waffe verloren.«

Vela antwortete nicht, aber Skar konnte sehen, wie es hinter der starren Maske ihres Gesichts arbeitete. »Vielleicht hast du recht«, flüsterte sie nach einer Weile. »Aber auch das wird deine Freunde nicht retten.« Ihre Hand schloß sich fester um den Stein, so fest, daß die Knöchel wie kleine runde, weiße Narben hervortraten.

Sie warteten. Der Schlachtenlärm hörte nach und nach auf, und die brodelnde Staubwolke über der Schlucht spie die ersten Reiter aus. Sie waren müde, verletzt und blutend, erschöpft bis zum Zusammenbruch - aber siegreich!

Zeit verging - Skar wußte nicht, wieviel: Sekunden, die sich zu Minuten dehnten. Zuviel Zeit, wie er an Velas Reaktion erkannte. Sie bot alle Kraft auf, äußerlich gelassen zu erscheinen, aber Skar kannte sie zu gut, um sich täuschen zu lassen. Und die Hügel im Norden blieben leer.

Auch die Verteidiger unten im Tal wurden sichtlich unruhig. Die Überlebenden des Reiterheeres kehrten nach und nach in den Schutz der Schlucht zurück. Es waren weniger, als Skar gehofft hatte. Sie mußten im letzten Teil des Kampfes einen hohen Blutzoll für ihren Sieg entrichtet haben. Aber die Hornkrieger kamen nicht. Es war, als hätte die Zeit, die sie ausgespien hatte, sie ebenso plötzlich wieder verschluckt wie einen Alptraum, der sich unter den ersten Strahlen der Sonne in Nichts auflöste.

»Warum gibst du es nicht zu?« fragte Skar schließlich. »Erinnerst du dich an deine eigenen Worte? Es ist keine Schande, von einem solchen Gegner besiegt zu werden.«

Vela antwortete nicht. Ein einzelner Reiter erschien auf den Hügelkämmen im Norden und sprengte ins Tal hinab. Skar sah, wie unter den Rebellen erneut Unruhe ausbrach. Eine schwerfällige, im einzelnen nicht zu erkennende Bewegung lief durch die Schlucht.

»Diese Narren«, sagte Vela leise. »Ich werde sie strafen. Sieh hin, Skar. Sieh genau hin, wenn du wissen willst, was ich mit denen tue, die sich mir widersetzen. Sieh ganz genau hin.«

Sie hob die Hand mit dem Stein hoch über den Kopf. Ihr Gesicht verzerrte sich. »Sieh hin, Skar«, keuchte sie noch einmal. »Und dann sag mir, ob es das wert war.«

Der Stein begann zu glühen, rot zuerst, dann gelb und weiß, in einem grausamen, unerträglichen Licht. Skar schrie vor Schmerzen, aber der Hornkrieger hielt ihn unbarmherzig fest und zwang ihn, weiter hinzusehen. Der Kristall loderte wie eine Sonne in Velas Hand, und seine Glut steigerte sich immer weiter, wurde greller, gleißender, bis das Fleisch ihrer Hand durchsichtig wurde und er die Knochen darunter sehen konnte.

Ein dumpfer Schlag ging durch den Boden. Die Erde stöhnte, und irgendwo unter Skars Füßen baute sich ein machtvolles, drohendes Knistern auf. »Sieh es dir an, Skar«, keuchte Vela. »Sieh zu, wie deine Freunde sterben.«

Skar starrte aus schreckensweiten Augen ins Tal hinab. Die

Schlucht bebte. Gewaltige Risse und Sprünge durchzogen ihre Wände, und von ihren Rändern lösten sich in immer rascherer Folge Steine und Felsbrocken und regneten auf Menschen und Tiere herab. Hier und da glaubte Skar dunkle, lodernde Rotglut zu erkennen. Ein tausendstimmiger Schrei des Entsetzens wehte durch das Grollen der gemarterten Erde zu ihm herauf. Aus dem geordneten Truppenaufmarsch wurde eine blinde, kopflose Flucht. Es roch plötzlich nach brennendem Stein, und Skar erinnerte sich wieder des unguten Gefühls, das er gehabt hatte, als er unten in den Höhlen gewesen war. Das unterirdische Labyrinth war durch Vulkanismus entstanden. Diese Gänge hatte Feuer gegraben, eine Glut, die längst nicht erloschen war, sondern nur schlief, vielleicht seit Äonen.

Und dann war es vorbei.

Die Erde hörte auf zu zittern, und die Sonne in Velas Hand erlosch wie eine Kerzenflamme, die der Wind ausgeblasen hat. Die *Errish* stieß einen ungläubigen Laut aus, wankte wie unter einem Hieb und umklammerte den Stein mit beiden Händen.

Er war tot. Das Feuer in seinem Inneren war erloschen, und von einem Moment zum anderen hielt Vela nichts als ein Stück wertlosen Kristalls in Händen.

Ihr Blick bohrte sich in den Skars. »Was hast du getan?« keuchte sie. »Du . . .« Ihre Stimme versagte. Sie zitterte, krümmte sich wie unter Schmerzen und warf plötzlich den Kopf in den Nacken. »Tötet ihn!« schrie sie. »Tötet ihn!«

Aber die beiden gewaltigen schwarzen Krieger hinter Skar rührten sich nicht. Ihre Hände lagen noch immer wie stählerne Klammern auf Skars Schultern, doch es war kein Leben mehr in ihnen. Sie waren erstarrt, tot wie der Stein, den Vela in Händen hielt.

Skar streifte die Klauen der schwarzen Giganten ab, ging langsam auf die *Errish* zu und nahm ihr den Stein aus den Fingern. Sie wehrte sich nicht mehr. Mit dem Feuer in ihrer Hand war auch ihre Kraft erloschen.

Er richtete sich auf, drehte den glitzernden Kristall nachdenklich in der Hand und wandte sich um. Es war alles so schnell gegangen, so einfach und undramatisch, daß er ... ja – er war beinahe enttäuscht. Aber er fühlte keine Angst. Es war vorbei, und in ihm war nur jene betäubende, schmerzhafte Leere, die er oft nach einem Kampf oder einer verlorenen Schlacht verspürt hatte.

Vor ihm begann sich ein Schatten zu formen: Nebel, die aus dem Nichts kamen, einen gewaltigen schwarzen Umriß bildeten und zu einem Körper wurden. Es sah aus wie ein Erscheinen aus dem Nichts, aber es war nicht so. Er war die ganze Zeit bei ihm gewesen, unsichtbar und wachsam. Er hatte gelauert, aber nicht auf ihn, sondern auf das, was jetzt geschehen war, auf seine Chance, auf die Möglichkeit, seine und Skars Kräfte zu vereinen. Auf einen Moment der Unaufmerksamkeit.

Skar war weder überrascht noch erschrocken. Er hatte es gewußt im gleichen Moment, in dem er begriffen hatte, daß die Hornkrieger nicht mehr kommen würden. Sekundenlang blieb er reglos stehen und musterte den gewaltigen schwarzen Wolf. Es war das erste Mal, daß er das Tier wirklich sah. Damals in Combat hatte er nicht mehr als einen flüchtigen Blick erhascht, und später war er ihm nur als Schatten, als huschender Schemen in der Nacht und dunkler Todesbote begegnet. Jetzt, als sie sich gegenüberstanden, sah er, daß er schön war. Sein schwarzes Fell glänzte wie polierter Marmor, und unter der Haut zeichneten sich perfekt geformte, kräftige Muskeln ab. Skar war niemals einem Wesen begegnet, bei dem sich Kraft und Eleganz auf solch perfekte Weise vereinigt hätten.

Er verspürte weder Furcht noch Schrecken, als er sich dem Wolf näherte. Das Tier stand reglos vor ihm, ein Gigant aus Muskeln und ungebändigter Kraft, starr, ohne zu atmen, ohne auch nur die winzigste Bewegung zu machen. Sein Henker, der ihn gehetzt hatte bis ans Ende der Welt und ihn jetzt gestellt hatte. Aber das einzige, was Skar fühlte, war Erleichterung. Er betrachtete den Tod jetzt nur noch als Erlösung.

Zwei Schritte vor dem Wolf blieb er stehen, legte den Stein ins Gras und richtete sich wieder auf. Es war nicht mehr als ein Symbol. Combats Wächter hatte die Macht, die der Stein gehabt hatte, längst wieder an sich genommen, und der Stein war jetzt nicht mehr als ein glitzerndes, wertloses Ding.

Der Wolf kam langsam näher. Die mächtige schwarze Schnauze senkte sich, berührte den Stein und rollte ihn wie ein Spielzeug durch das Gras. Der Blick der dunklen Augen des Wolfes bohrte sich in den Skars. Und hinter Skars Stirn begann eine Stimme ein lautloses Wort zu formen, ein Wort in einer Sprache, die so alt war wie diese Welt und das er trotzdem verstand. Es war nur dieses eine Wort, aber es erklärte alles:

HERR

Und jetzt, endlich, begriff er.

Vela lag im Gras und weinte, als er zu ihr zurückkehrte. Sie war verkrümmt, als hätte sie Schmerzen. Die Hände lagen schützend auf ihrem Leib. Skar kniete neben ihr nieder, hob sie vorsichtig auf und legte die Hand unter ihr Kinn. Sie machte eine schwache Abwehrbewegung, fast als hätte sie Angst, daß er sie schlagen könnte. Ihr Blick flackerte, als sie die Augen öffnete und ihn ansah.

Skar spürte wieder jenes seltsame zärtliche Gefühl in sich und widerstand im letzten Moment der Versuchung, die Hand zu heben und ihre Wange zu streicheln. Er wußte jetzt, daß es nichts als Mitleid war. Es war niemals mehr gewesen.

»Es ist vorbei«, sagte er.

Velas Blick löste sich von seinem und richtete sich auf den Wolf. Skar sah den Schrecken in ihren Augen und spürte, wie sich ihre Fingernägel in seine Haut gruben.

»Keine Angst«, murmelte er. »Er wird dir nichts tun.« Jetzt nicht mehr, fügte er in Gedanken hinzu. Das Ding, das von Vela Besitz ergriffen hatte, war vernichtet. Weder seine Kraft noch die Macht Combats allein hatten ausgereicht, den unseligen Geist der Vergangenheit, den Vela heraufbeschworen hatte, zu bezwingen.

Skar hatte es nicht gewußt, aber sie waren die ganze Zeit Verbündete gewesen, er und Combat, der Geist dieser Stadt, der Geist der Alten, der sich in diesem gewaltigen schwarzen Wolf manifestiert hatte. Aber sie hatten erst vereint sein müssen, um die Macht des Steines zu brechen. Er hatte nicht einmal etwas von dem Kampf gespürt; vielleicht ein blitzschnelles Gefühl, als griffe etwas in ihn hinein, bediente sich seiner Kraft; Kräfte, die ihm selbst nicht zur Verfügung standen.

Er erhob sich und sah ins Tal hinunter. Reiter kamen näher, Dutzende, wenn nicht Hunderte. An ihrer Spitze galoppierte eine breitschultrige, in mattes Schwarz gekleidete Gestalt.

»Kannst du aufstehen?« fragte Skar.

Vela nickte, aber er mußte ihr die Hand halten, damit sie wirklich auf die Füße kam und aus eigener Kraft stehen konnte. Ihr Blick folgte dem seinen.

»Keine Angst«, sagte er. »Sie werden dir nichts tun. Ich werde ihnen alles erklären.«

»Sie werden mir nichts tun?« fragte Vela ungläubig. »Und du? Du wirst mich nicht ... nicht töten?«

Skar schüttelte traurig den Kopf. Sie hatte nichts verstanden, gar nichts. Es gab keinen Grund, sie zu töten. Der Stein war nicht die Macht, sondern der Fluch Combats gewesen, nicht sein Schatz, sondern sein Gefangener, die Essenz alles Bösen, alles Schlechten, das es jemals in dieser Stadt gegeben hatte, und kein Mensch konnte die Kraft aufbringen, mit dem dunklen Erbe eines ganzen Volkes zu ringen und diesen Kampf zu gewinnen. Warum sollte er sie töten? Sie hatte alles verloren, woran sie jemals geglaubt hatte, und sie würde nie wieder dieselbe sein, als die er sie kennengelernt hatte, damals in Ikne. Vela, die Hexe, existierte nicht mehr. Sie war so tot wie dieser vermeintliche Stein der Macht, und die Frau neben ihm war nichts als ein blasses Abbild von ihr, geschlagen, besiegt, für immer zerbrochen.

»Nein«, sagte er nach einer Weile. »Ich werde dich nicht töten, Vela. Niemand wird das tun. Ich werde die Sumpfmänner bitten, dich zum Berg der Götter zu bringen. Der Rat der Satai wird am besten wissen, was mit dir geschehen soll. Und mit dem ... Kind«, fügte er nach einem unmerklichen Zögern hinzu.

Vela nickte, aber er glaubte nicht, daß sie seine Worte wirklich verstanden hatte. »Der Stein«, sagte sie plötzlich. »Was wirst du damit tun?«

»Nichts«, antwortete er. »Es gibt nichts mehr zu tun, Vela. Wir haben uns getäuscht, von Anfang an. Es war nie das, was wir alle darin gesehen haben. Der Schlüssel zur Macht der Alten ist mit ihnen untergegangen, und es ist gut so. Der Stein der Macht hat niemals existiert. Es war Combats Fluch, Vela. Aber er ist besiegt.« Er sah sie einen Moment ernst an, schloß die Hand um den Stein und atmete hörbar ein.

Irgendwo in seiner Seele war plötzlich ein leises, wohlvertrautes Flüstern, eine Stimme, die ihm sagte, daß er sich irrte, daß in dem Stein noch immer Macht war, und daß er sich ihrer bedienen konnte, wenn er es wollte. Und er spürte, daß sie recht hatte. Sowenig, wie es so etwas wie das Böse an sich wirklich gab, sowenig würde der Kampf dagegen jemals ganz gewonnen werden können. Der Stein lebte noch immer, irgendwie, hatte noch immer Macht, nicht mehr jene Art von Macht, die Vela in ihm gesehen hatte, aber eine andere, vielleicht stärkere.

Skar schloß die Hand um den Stein und drückte mit aller Gewalt zu. Als er sich wenige Augenblicke später umdrehte, war der Platz neben ihm leer. Der Wolf war verschwunden.

»Komm«, sagte er. Er ergriff Vela am Arm, drehte sich herum und ging Del und den anderen entgegen. Während sie den Hügel hinunterschritten, öffnete er die Faust.

Zwischen seinen Fingern rieselte feiner weißer Staub hervor und verwehte im Wind.

ENDE
der Trilogie um den
»Stein der Macht«